U0453052

國家社科基金重大項目"漢魏六朝集部文獻集成"（13&ZD109）階段性成果。

國家社科基金重大項目"中國早期經典文本的形成、流變及其學術體系建構"（21&ZD252）前期成果。

漢魏六朝集部文獻整理與研究叢書
劉躍進　主編

秦漢文學紀事

上册

孫少華　編著

中國社會科學出版社

圖書在版編目(CIP)數據

秦漢文學紀事：上下冊/孫少華編著. —北京：中國社會科學出版社，2023.11

（漢魏六朝集部文獻整理與研究叢書）

ISBN 978 - 7 - 5227 - 2228 - 3

Ⅰ.①秦…　Ⅱ.①孫…　Ⅲ.①中國文學—古代文學史—秦漢時代　Ⅳ.①I209.32

中國國家版本館 CIP 數據核字(2023)第 128643 號

出 版 人	趙劍英
選題策劃	郭曉鴻
責任編輯	王小溪
責任校對	楊　林
責任印製	戴　寬

出　版	中國社會科學出版社
社　址	北京鼓樓西大街甲 158 號
郵　編	100720
網　址	http://www.csspw.cn
發行部	010 - 84083685
門市部	010 - 84029450
經　銷	新華書店及其他書店
印　刷	北京君昇印刷有限公司
裝　訂	廊坊市廣陽區廣增裝訂廠
版　次	2023 年 11 月第 1 版
印　次	2023 年 11 月第 1 次印刷
開　本	710×1000　1/16
印　張	41
字　數	669 千字
定　價	229.00 元(全二冊)

凡購買中國社會科學出版社圖書，如有質量問題請與本社營銷中心聯繫調換
電話：010 - 84083683
版權所有　侵權必究

總　　序

　　漢魏六朝，是文學觀念不斷進步、文學體裁競相發展、文學理論初步成熟、文學作品大量涌現的重要時期，是唐宋文學繁榮的重要基礎，也是唐代以後文學在創新性發展、創造性轉化時尋找理論依據的重要源頭。這個時期，圖書按照四部分類的觀念和方法逐漸明晰起來。其中的集部，與近代以來的文學觀念相近，在魏晋以後得到長足發展。一些閥閱世家，甚至人人有集。《隋書·經籍志》中的著録，可謂洋洋大觀。

　　輯録、彙編漢魏六朝時期的集部文獻，明清以來成果卓著。張燮《七十二家集》、張溥《漢魏六朝百三家集》爲綜合性文獻整理成果。清代嚴可均以一己之力，取廣義之文，傾其半生心血，彙纂而成《全上古三代秦漢三國六朝文》。現代學者逯欽立編《先秦漢魏晋南北朝詩》，收録重點在詩。這幾部大書，至今依然是研究漢魏六朝文學不可或缺的重要文獻資料。然而，限於當時聞見和學術觀念，這些著作在整體性、系統性等方面還存在一些不盡如人意的地方。近百年來，敦煌遺書等出土文獻的面世以及域外漢籍的傳入，爲我們從全域視野出發，重新認識并系統整理漢魏六朝集部文獻提供了新的歷史契機。

　　在文獻資料積累不斷豐富和現代學科觀念日益發展的背景下，如何運用現代科學的研究方法與學術理論，重新整理與研究漢魏六朝集部文獻，確實是一個值得深入思考的問題。爲此，我們應當跳出狹隘的純文學研究路徑，更廣泛地關注政治文化背景；跳出中國原有的學術疆域，更密切地跟踪境外學術界的新資料、新方法、新成果；跳出理論與文獻孰重孰輕的無謂紛争，在文獻與理論并重的基礎上，强調文本細讀的重要性。在此基礎上，回歸傳統的經典著作，回歸主流的思想方法。

二〇一三年度國家社科基金重大項目"漢魏六朝集部文獻集成"努力踐行這一理念，從五個方面開展研究。

第一是《文選》研究，由華僑大學文學院徐華負責。核心成果是劉躍進編纂的《文選舊註輯存》。此外，還有徐華的《歷代選學文獻綜錄》、宋展雲的《〈文選〉詩類題解輯考》、黃燕平的《〈文選〉應用文體敘說》、趙建成的《李善〈文選注〉引書考錄》、崔潔的《〈文選〉目錄標注》、馬燕鑫的《〈文選〉音注輯考》、王瑋的《現當代〈文選〉研究論著分類目錄索引》等，充分體現出《文選》作爲文學經典所蘊含的豐富內容。第二是《玉臺新詠》研究，由北京大學傅剛負責，主體成果是《〈玉臺新詠〉校箋》。第三是先唐集部文獻敘錄，由廈門大學胡旭負責。主要成果是《先唐總集敘錄》《先唐別集敘錄》和《先唐詩文評敘錄》三部著作。第四是漢魏六朝文集研究綜錄，由陝西師範大學楊曉斌負責。成果有楊曉斌主編的《漢魏六朝集部文獻研究著作提要》、蔡丹君的《陶淵明集文獻研究》等。第五是漢魏六朝文學批評文獻研究，由中國社會科學院文學研究所孫少華負責。主要成果有孫少華的《漢魏六朝文學紀事》、梁臨川的《詩品疏證》等著作。

爲完整體現"集成"特色，課題組已獲得國家社科基金滾動經費的支持，正在組織學術團隊編纂這個項目的二期工程"漢魏六朝集部文獻叢刊"。這項工作具體由孫少華和劉明負責。

漢魏六朝集部文獻，浩如煙海。我們盡可能以不同形式、不同層次向學界呈其整體面貌，相信能對漢魏六朝文學史研究有所裨益。重大課題研究是一個系統工程，需要全體參與人員通力合作，共同提高。通過這次重大課題的集體攻關，我們試圖探索出一條既有鮮明學術個性，又能呈現整體風貌的有效途徑。更重要的是，通過這種合作，各位同仁取長補短，精誠合作，開闊視野，增進友情，大家都受益匪淺。希望這套叢書的出版，能有力地推進漢魏六朝文學研究的深入。對此，我們充滿期待。

劉躍進
二〇一六年三月二十日

總　目

上　冊

總序	（1）
整理説明	（1）
凡例	（1）
卷一	（1）
卷二	（23）
卷三	（45）
卷四	（80）
卷五	（152）
卷六	（190）
卷七	（223）
卷八	（251）

下　冊

卷九	（279）
卷十	（338）
卷十一	（375）
卷十二	（399）
卷十三	（428）
卷十四	（454）

卷十五 …………………………………………………（484）
卷十六 …………………………………………………（535）

主要參考書目 ………………………………………（603）

上册目録

總序 …………………………………………………………… （1）
整理説明 ……………………………………………………… （1）
凡例 …………………………………………………………… （1）

卷一 …………………………………………………………… （1）
  秦始皇嬴政（前259—前210）………………………… （1）
  吕不韋（？—前235）…………………………………… （7）
  燕丹子（生卒不詳）……………………………………… （8）
  荆軻（？—前227）……………………………………… （9）
  高漸離（生卒不詳）……………………………………… （9）
  張儀（？—前309）……………………………………… （10）
  李斯（前284—前208）………………………………… （11）
  趙高（？—前207）……………………………………… （12）
  成公生（生卒不詳）……………………………………… （13）
  孔鮒（？—前208）……………………………………… （13）
  樂臣公（生卒不詳）……………………………………… （15）
  商山四皓（生卒不詳）…………………………………… （15）
  東海黄公（生卒不詳）…………………………………… （18）
  項籍（前232—前202）………………………………… （18）
  虞姬（？—前202）……………………………………… （19）
  酈食其（？—前203）…………………………………… （20）
  竇公（生卒不詳）………………………………………… （21）

2　秦漢文學紀事

卷二 ……………………………………………………………（23）

漢高祖劉邦（前256—前195）……………………………（23）

蒯通（生卒不詳）…………………………………………（26）

蕭何（？—前193）…………………………………………（27）

夏侯嬰（？—前172）………………………………………（27）

叔孫通（生卒不詳）………………………………………（28）

戚夫人（？—前194）………………………………………（29）

賈佩蘭（生卒不詳）………………………………………（30）

陸賈（生卒不詳）…………………………………………（31）

曹參（？—前190）…………………………………………（32）

張良（？—前186）…………………………………………（33）

陳平（？—前178）…………………………………………（34）

韓信（？—前196）…………………………………………（35）

周王孫（生卒不詳）………………………………………（35）

婁敬（生卒不詳）…………………………………………（36）

周勃（？—前169）…………………………………………（36）

夏侯寬（生卒不詳）………………………………………（36）

韋孟（生卒不詳）…………………………………………（37）

申公（生卒不詳）…………………………………………（37）

朱建（生卒不詳）…………………………………………（39）

季布（生卒不詳）…………………………………………（40）

趙王劉友（？—前181）……………………………………（40）

朱虛侯劉章（？—前177）…………………………………（40）

漢惠帝劉盈（前210—前188）……………………………（42）

楚元王劉交（？—前179）…………………………………（42）

高堂生（生卒不詳）………………………………………（43）

張生（生卒不詳）…………………………………………（44）

歐陽生（生卒不詳）………………………………………（44）

卷三 ……………………………………………………………（45）

漢文帝劉恒（前203—前157）……………………………（45）

竇太后（？—前135）………………………………………（48）

韓嬰(生卒不詳) …………………………………………… (49)

伏生(生卒不詳) …………………………………………… (50)

徐生(生卒不詳) …………………………………………… (50)

公孫昆(渾)邪(生卒不詳) ………………………………… (51)

丁寬(生卒不詳) …………………………………………… (52)

賈誼(前200—前168) ……………………………………… (52)

袁盎(？—前148) …………………………………………… (55)

吳太子劉賢(生卒不詳) …………………………………… (56)

張釋之(生卒不詳) ………………………………………… (56)

淮南厲王劉長(前198—前174) …………………………… (57)

轅固生(生卒不詳) ………………………………………… (57)

朱買臣(？—前115) ………………………………………… (58)

胡毋生(生卒不詳) ………………………………………… (58)

董安國(生卒不詳) ………………………………………… (59)

河上公(生卒不詳) ………………………………………… (59)

漢景帝劉啓(前188—前141) ……………………………… (60)

晁錯(前200—前154) ……………………………………… (61)

鄧公(生卒不詳) …………………………………………… (63)

鄒陽(生卒不詳) …………………………………………… (63)

嚴忌(生卒不详) …………………………………………… (64)

枚乘(？—前140) …………………………………………… (64)

路喬如(生卒不詳) ………………………………………… (65)

公孫詭(？—前148) ………………………………………… (65)

羊勝(？—前148) …………………………………………… (66)

公孫乘(生卒不詳) ………………………………………… (66)

文翁(生卒不詳) …………………………………………… (67)

主父偃(？—前126) ………………………………………… (68)

梁懷王劉揖(？—前169) …………………………………… (69)

梁孝王劉武(？—前144) …………………………………… (69)

韓商(生卒不詳) …………………………………………… (71)

翟公(生卒不詳) …………………………………………… (72)

河間獻王劉德(前171—前130) …………………………… (72)

魯共王劉餘(？—前128) ……………………………………(75)
　　江都王劉建(？—前121) ……………………………………(76)
　　趙王劉彭祖(？—前92) ………………………………………(76)
　　廣川王劉去(前115—前71) …………………………………(76)
　　中山王劉勝(？—前113) ……………………………………(78)
　　毛萇(生卒不詳) ……………………………………………(79)

卷四 ………………………………………………………………(80)
　　漢武帝劉徹(前156—前87) …………………………………(80)
　　李少君(生卒不詳) …………………………………………(95)
　　李少翁(生卒不詳) …………………………………………(96)
　　發根(生卒不詳) ……………………………………………(96)
　　欒大(生卒不詳) ……………………………………………(97)
　　公孫卿(生卒不詳) …………………………………………(98)
　　顏駟(生卒不詳) ……………………………………………(99)
　　陳阿嬌(生卒不詳) …………………………………………(100)
　　劉辟強(？—前160) …………………………………………(100)
　　榮廣(生卒不詳) ……………………………………………(100)
　　王臧(？—139) ………………………………………………(101)
　　田蚡(？—前130) ……………………………………………(101)
　　韓安國(？—前127) …………………………………………(102)
　　江公(生卒不詳) ……………………………………………(103)
　　嚴助(約163？—前122) ……………………………………(103)
　　司馬談(約前165—前110) …………………………………(104)
　　臣饒(生卒不詳) ……………………………………………(104)
　　張騫(前164—前114) ………………………………………(105)
　　張湯(？—前116) ……………………………………………(105)
　　賈嘉(？—前160) ……………………………………………(106)
　　汲黯(？—前112) ……………………………………………(106)
　　淮南王劉安(前179—前122) ………………………………(107)
　　司馬相如(？—前118) ………………………………………(112)
　　盛覽(生卒不詳) ……………………………………………(116)

慶虬之（生卒不詳） …………………………………………（117）
公孫弘（前200—前121） ……………………………………（117）
鄒長倩（生卒不詳） …………………………………………（119）
董仲舒（前179—前104） ……………………………………（120）
褚大（生卒不詳） ……………………………………………（121）
吾丘壽王（生卒不詳） ………………………………………（122）
嬴公（生卒不詳） ……………………………………………（123）
夏侯始昌（生卒不詳） ………………………………………（123）
東方朔（前161—？） …………………………………………（124）
枚皋（前156—？） ……………………………………………（131）
洛下閎（生卒不詳） …………………………………………（132）
孔臧（生卒不詳） ……………………………………………（132）
衛子夫（？—前91） …………………………………………（133）
麗娟（生卒不詳） ……………………………………………（133）
戾太子劉據（前128—前91） ………………………………（134）
韓嫣（生卒不詳） ……………………………………………（135）
丘仲（生卒不詳） ……………………………………………（135）
韋賢（前148—前67） ………………………………………（135）
司馬遷（生卒不詳） …………………………………………（136）
兒寬（？—前103） ……………………………………………（137）
江都公主劉細君（？—前101） ……………………………（138）
李延年（生卒不詳） …………………………………………（138）
孔安國（生卒不詳） …………………………………………（140）
何比干（生卒不詳） …………………………………………（141）
蘇武（前140—前60） ………………………………………（141）
李陵（？—前74） ……………………………………………（142）
衛青（？—前106） ……………………………………………（142）
霍去病（前140—前117） ……………………………………（142）
李息（生卒不詳） ……………………………………………（143）
趙子（生卒不詳） ……………………………………………（143）
董謁（生卒不詳） ……………………………………………（144）
陽丘侯劉偃（？—前80） ……………………………………（144）

白公(生卒不詳) ………………………………… (145)
后蒼(生卒不詳) ………………………………… (145)
終軍(？—前113) ………………………………… (146)
齊懷王劉閎(？—前110) ………………………… (147)
燕王劉旦(？—前80) …………………………… (147)
廣陵王劉胥(？—前54) ………………………… (148)
張偃(生卒不詳) ………………………………… (150)
郲奇(生卒不詳) ………………………………… (151)

卷五 ……………………………………………… (152)
漢昭帝劉弗陵(前94—前74) …………………… (152)
戴德(生卒不詳)　戴聖(生卒不詳) …………… (153)
蔡義(前154—前71) ……………………………… (154)
劉德(生卒不詳) ………………………………… (155)
眭弘(？—前78) ………………………………… (155)
食子公(生卒不詳) ……………………………… (156)
王吉(？—前48) ………………………………… (156)
雋不疑(生卒不詳) ……………………………… (157)
馮奉世(？—前40) ……………………………… (157)
傅介子(？—前65) ……………………………… (158)
張安世(？—前62) ……………………………… (159)
焦延壽(生卒不詳) ……………………………… (159)
龔遂(生卒不詳) ………………………………… (160)
王式(生卒不詳) ………………………………… (161)
漢宣帝劉詢(前91—前49) ……………………… (162)
霍光(？—前68) ………………………………… (164)
趙充國(前137—前52) ………………………… (165)
歐陽高(生卒不詳) ……………………………… (165)
夏侯勝(生卒不詳) ……………………………… (166)
夏侯建(生卒不詳) ……………………………… (167)
林尊(生卒不詳) ………………………………… (167)
疏廣(生卒不詳)　疏受(生卒不詳) …………… (167)

蔡千秋（生卒不詳） …………………………………………（168）
王褒（生卒不詳） ……………………………………………（169）
陰子方（生卒不詳） …………………………………………（170）
何武（前72—3） ……………………………………………（170）
華龍（生卒不詳） ……………………………………………（171）
張子僑（生卒不詳） …………………………………………（172）
楊惲（？—前54） ……………………………………………（173）
魏相（？—前59） ……………………………………………（173）
丙吉（？—前55） ……………………………………………（173）
韓延壽（生卒不詳） …………………………………………（174）
趙定（生卒不詳） ……………………………………………（176）
尹翁歸（？—前62） …………………………………………（176）
桓寬（生卒不詳） ……………………………………………（177）
張千秋（生卒不詳） …………………………………………（178）
黃霸（？—前51） ……………………………………………（178）
于定國（？—前40） …………………………………………（179）
蕭望之（前107—前47） ……………………………………（179）
張敞（？—前48） ……………………………………………（180）
嚴延年（生卒不詳） …………………………………………（181）
路溫舒（生卒不詳） …………………………………………（181）
公孫達（生卒不詳） …………………………………………（182）
嚴彭祖（生卒不詳） …………………………………………（182）
顏安樂（生卒不詳） …………………………………………（183）
丁姓（生卒不詳） ……………………………………………（184）
周慶（生卒不詳） ……………………………………………（184）
劉向（前77—前6） …………………………………………（185）

卷六 …………………………………………………………（190）

漢元帝劉奭（前74—前33） ………………………………（190）
王政君（前71—13） …………………………………………（192）
朱雲（生卒不詳） ……………………………………………（192）
施讎（生卒不詳） ……………………………………………（194）

五鹿充宗(生卒不詳) …………………………………………… (194)

翼奉(生卒不詳) ……………………………………………………… (195)

史游(生卒不詳) ……………………………………………………… (196)

淮陽憲王劉欽(?—前28) ……………………………………… (196)

長孫順(生卒不詳) …………………………………………………… (197)

王尊(生卒不詳) ……………………………………………………… (197)

賈捐之(生卒不詳) …………………………………………………… (198)

虞公(生卒不詳) ……………………………………………………… (198)

費直(生卒不詳) ……………………………………………………… (199)

高相(生卒不詳) ……………………………………………………… (200)

聞人通漢(生卒不詳) ………………………………………………… (200)

孔霸(生卒不詳) ……………………………………………………… (200)

韋玄成(?—前36) …………………………………………………… (201)

周堪(生卒不詳) ……………………………………………………… (202)

貢禹(前124—前44) ………………………………………………… (203)

薛廣德(生卒不詳) …………………………………………………… (203)

匡衡(生卒不詳) ……………………………………………………… (204)

張長安(生卒不詳)　唐長賓(生卒不詳) ………………………… (205)

褚少孫(生卒不詳) …………………………………………………… (206)

馮野王(生卒不詳) …………………………………………………… (206)

馮逡(生卒不詳) ……………………………………………………… (207)

馮立(生卒不詳) ……………………………………………………… (207)

馮參(?—前7) ……………………………………………………… (208)

平當(?—前5) ……………………………………………………… (208)

許商(生卒不詳) ……………………………………………………… (209)

陳咸(生卒不詳) ……………………………………………………… (209)

蕭育(生卒不詳) ……………………………………………………… (210)

陳湯(生卒不詳) ……………………………………………………… (210)

弘恭(生卒不詳) ……………………………………………………… (211)

歐陽地餘(生卒不詳) ………………………………………………… (211)

申章昌(生卒不詳) …………………………………………………… (211)

王中(生卒不詳) ……………………………………………………… (212)

張猛(生卒不詳) …………………………………………… (212)

諸葛豐(生卒不詳) ………………………………………… (212)

京房(前 77—前 37) ……………………………………… (213)

龔勝(前 68—11)　龔舍(前 61—7) …………………… (214)

孟喜(生卒不詳) …………………………………………… (215)

京房(生卒不詳) …………………………………………… (216)

梁丘賀(生卒不詳) ………………………………………… (216)

伏理(生卒不詳) …………………………………………… (217)

馮商(生卒不詳) …………………………………………… (217)

尹更始(生卒不詳) ………………………………………… (219)

王昭君(前 56—前 19) …………………………………… (219)

張山拊(生卒不詳) ………………………………………… (221)

陳囂(生卒不詳) …………………………………………… (221)

卷七 …………………………………………………………… (223)

漢成帝劉驁(前 51—前 7) ……………………………… (223)

趙飛燕(前 45—前 1) …………………………………… (226)

趙合德(前 45—前 7) …………………………………… (226)

班婕妤(前 48—2) ………………………………………… (227)

嚴遵(前 86—10) ………………………………………… (228)

王駿(？—前 15) ………………………………………… (229)

翟方進(前 53—前 7) …………………………………… (230)

師丹(生卒不詳) …………………………………………… (230)

滿昌(生卒不詳) …………………………………………… (230)

班伯(生卒不詳) …………………………………………… (231)

班斿(生卒不詳) …………………………………………… (231)

徐敖(生卒不詳) …………………………………………… (232)

張禹(？—前 5) …………………………………………… (232)

孔光(前 65—5) …………………………………………… (234)

李尋(生卒不詳) …………………………………………… (234)

鄭寬中(生卒不詳) ………………………………………… (235)

張無故(生卒不詳) ………………………………………… (235)

谷永（？—前8） ……………………………………………………（236）
樓護（生卒不詳） ……………………………………………………（237）
杜參（？—前7） ……………………………………………………（237）
朱宇（生卒不詳） ……………………………………………………（238）
橋仁（生卒不詳） ……………………………………………………（238）
徐良（生卒不詳） ……………………………………………………（238）
李長（生卒不詳） ……………………………………………………（239）
成公（生卒不詳） ……………………………………………………（239）
陳農（生卒不詳） ……………………………………………………（239）
嵩真（生卒不詳）　　曹元理（生卒不詳） ……………………（240）
伶玄（生卒不詳） ……………………………………………………（240）
安丘望之（生卒不詳） ………………………………………………（241）
漢哀帝劉欣（前25—前1） …………………………………………（242）
杜鄴（生卒不詳） ……………………………………………………（243）
杜欽（生卒不詳） ……………………………………………………（243）
甄豐（？—10） ………………………………………………………（243）
彭宣（生卒不詳） ……………………………………………………（244）
戴崇（生卒不詳） ……………………………………………………（244）
鮑宣（生卒不詳） ……………………………………………………（245）
房鳳（生卒不詳） ……………………………………………………（245）
士孫張（生卒不詳） …………………………………………………（245）
漢平帝劉衎（前9—6） ………………………………………………（246）
梅福（生卒不詳） ……………………………………………………（247）
田真（生卒不詳） ……………………………………………………（248）
楊寶（生卒不詳） ……………………………………………………（248）
董春（生卒不詳） ……………………………………………………（249）
宋勝之（？—3） ……………………………………………………（250）

卷八 ……………………………………………………………………（251）
　王莽（前46—23） …………………………………………………（251）
　陳欽（？—15） ……………………………………………………（252）
　劉歆（？—23） ……………………………………………………（252）

揚雄（前53—18） …………………………………………………… （256）

揚烏（生卒不詳） ……………………………………………………… （260）

高康（生卒不詳） ……………………………………………………… （261）

云敞（生卒不詳） ……………………………………………………… （261）

金欽（生卒不詳） ……………………………………………………… （262）

侯芭（生卒不詳） ……………………………………………………… （262）

陳遵（生卒不詳） ……………………………………………………… （263）

張竦（生卒不詳） ……………………………………………………… （264）

徐宣（生卒不詳） ……………………………………………………… （265）

蘇竟（前39—30） …………………………………………………… （265）

師氏（生卒不詳） ……………………………………………………… （266）

王霸（生卒不詳） ……………………………………………………… （266）

逢萌（生卒不詳） ……………………………………………………… （267）

周黨（生卒不詳） ……………………………………………………… （268）

王良（生卒不詳） ……………………………………………………… （268）

薛方（生卒不詳） ……………………………………………………… （268）

牟長（生卒不詳） ……………………………………………………… （269）

張湛（生卒不詳） ……………………………………………………… （269）

逢真（生卒不詳） ……………………………………………………… （270）

史岑（生卒不詳） ……………………………………………………… （270）

任文公（生卒不詳） …………………………………………………… （270）

徐誦（生卒不詳） ……………………………………………………… （271）

隗囂（？—33） ………………………………………………………… （271）

公孫述（？—36） ……………………………………………………… （272）

景丹（？—26） ………………………………………………………… （272）

卓茂（？—28） ………………………………………………………… （273）

馮異（？—34） ………………………………………………………… （273）

譙玄（？—35） ………………………………………………………… （274）

劉茂（生卒不詳） ……………………………………………………… （274）

崔篆（生卒不詳） ……………………………………………………… （274）

耿況（？—36） ………………………………………………………… （275）

侯霸（？—37） ………………………………………………………… （275）

高詡（？—37） …………………………………………（276）
伏湛（？—37） …………………………………………（276）
陳茂（生卒不詳） ………………………………………（276）
李業（生卒不詳） ………………………………………（277）
郅惲（生卒不詳） ………………………………………（277）
索盧放（生卒不詳） ……………………………………（278）

整理説明

自劉向《別録》、劉歆《七略》分類古書，《漢書·藝文志》逐步將此類觀念明確化。南朝齊王儉《七志》、梁阮孝緒《七録》直至《隋書·經籍志》，擴大了漢代的目録分類範疇，且更加細緻、全備。《新唐書·藝文志》提出："兩都各聚書四部，以甲乙丙丁爲次，列經史子集四庫。"直至《四庫全書》將"經史子集"分類觀念落實下來，中國目録學中的古書分類遂完全定型。這種目録分類觀念的學術意義，就是從目録學角度對古書予以分類，便於古書編目、檢索、保存與閱讀。這是其積極意義的一面，其弊端，則是客觀上造成了古書在流傳、閱讀過程中學術地位的升降，同時影響了研究者對這些不同部類文獻的信任程度。

魏晉以來，爲著述或閱讀需要，開始出現《皇覽》《華林遍略》《文選》《玉臺新詠》之類的類書或選本。隋唐四大類書的出現，代表著此類觀念的成熟。如果説，魏晉南北朝的類書與選本，或者有較爲正統的學術觀念，關注的也是學術中的主流人物以及他們的主流作品，那麽，隋唐類書已經大大改變了此類觀念，將那些被儒家視作"虛妄""荒誕不經"的神仙、方術之作，甚至包括較爲敏感的讖緯之作，一并采入，體現了不同於中古之前的學術觀念。這種做法的意義，就是很容易讓閱讀者從歷時角度把握某一典故的來龍去脉，起到了很好的語言詞彙普及作用。至於語言詞彙背後的歷史背景，則是此類著述無法考慮的事情。

無論是類書，還是選本，其背後都體現了一種"博雜"與"實用"的學術觀念。即無論收録的文獻，在古書目録中屬於何種門類，只要能爲閱讀者提供較爲豐富、全面的閱讀認識，都可以納入選擇範圍。漢魏六朝文學文獻，浩如煙海，如何在廣袤的文獻海洋里將對文學閱讀、研究有用的資料摘選出來，便於閱讀與研究，是一個存在技術難度的問題。畢竟，漢魏六朝的文學史料，大多存在於史書中，而如何將這些看似"真實"的史部文本，轉化爲文學史料，是需要斟酌使用的。至於漢魏六朝雜史、雜傳，或者子部、集部文獻中保存的文人逸聞軼事，如何結合史書記載，認識其"虛妄性"，并能將其合理應用於學術研究中，也是一個大費周章但又不能不面對的問題。有鑒於此，我們設想，是否可以利用古代類書、選本的編著方式，同時參考正史注釋或者雜史、雜傳甚至筆記小説的史料選擇觀念，編排一部漢魏六朝文人事迹彙編呢？

2013 年，劉躍進先生的國家社科基金重大課題"漢魏六朝集部文獻集成"立項，作爲其中的子課題負責人，我承擔了"漢魏六朝集部詩文評文獻研究"的工作。起初，劉老師希望我以《文心雕龍》爲中心開展研究。但是，苦於對《文心雕龍》的研究找不到合適的思路，後來劉老師建議我以"漢魏六朝文學紀事（或稱文人軼事彙編）"爲題，嘗試開展工作。

對於這個題目，我開始并無把握，因爲對此類選題以往没有研究經驗。後來，按照劉老師提出的研究計劃，我們搜集漢魏六朝文人逸聞軼事、文學紀事等資料，初步計劃是：

第一，搜集與文人有關的逸聞軼事，無論正史、雜史，還是諸子著作、筆記小説，皆納入搜集範圍；

第二，通過梳理該時期文人的生活狀態、學術交往、學術興趣、學術或文學作品等，分析文人在當時的學術與文學經歷，從而爲我們立體了解文人及其生活提供直觀的資料。

最初書稿近百萬字，後來申請出版資助的時候，根據評審專家的建議，將正史資料大部删除或移入"按語"中，全書稿壓縮在五十萬字左右。

作爲子課題參與者，資料的初期搜集工作主要由佟亨智、沈相輝協助完成；資料删訂、調整、編排與"按語"撰寫主要由孫少華負責。陳壁君、陳堯、李鵬飛、謝久勝、陳斌等人參加了後期的校對工作。增加"按語"的想法是，通過分析材料在特殊歷史時期的使用、解讀、影響等情況，歸納它們之於當下學術研究的價值。

歷史上或後來補充的"文學紀事"較多，如何編纂這個階段的文學紀事，需要斟酌。因爲，真正稱得上"文學"者，至魏晉以後才逐漸增多；此前所謂的"文學"資料，并不豐富，如何選擇并處理，需要認真思考。同時，我們的"文學紀事"，在多大意義上能給漢魏六朝文學研究者提供資料價值，也是我們有所顧慮的地方。本此，我們的初步想法是：該書不僅僅具有資料價值，而且能夠通過我們的"按語"分析，爲讀者提供一點有益的研究思考。

最早的《唐詩紀事》，出自宋人計有功之手，凡八十一卷。按照上海古籍出版社的"出版説明"，該書共收詩人一千一百五十家，内容繁富。計有功的編纂方法是，以人繫文，唐代詩人，有名必録；詩人作品，或録名篇，或存全璧，或記本事，或采評論；其人可考者，即撮述其世系爵里與生平經歷（計有功《唐詩紀事》，上海古籍出版社2013年版，"出版説明"第1—2頁）。另外，除了録詩人之詩，《唐詩紀事》也録詩人逸聞軼事，及其序、文等作品，但往往詩、事、文等雜録，并無一定體例。

《宋詩紀事》，清厲鶚輯撰，一百卷，是仿《唐詩紀事》以紀事體裒輯宋代詩歌的宏大著作，主要采録宋人文集、詩話、筆記、山經、地志等各種珍秘典籍。全書選入三千八百一十二家，較《唐詩紀事》不同者，該書在人名之後附作者小傳，綴以評論，并注明出處。由於此書卷帙浩繁，收録作品亦有挂一漏萬之處。

民國陳衍輯撰有《遼詩紀事》《金詩紀事》《元詩紀事》，今上海古籍出版社出版王慶生增訂《金詩紀事》，保留了陳衍於作家之後的小傳，然將小傳後的軼事、評論資料移至作品後，以"集評"形式附録，并增補了宋、金以後的歷代詩話、序跋、評論、批註等，可謂用功甚勤，資料詳實。

今人周勛初先生在民國丁傳靖輯《宋人軼事彙編》的基礎上，主編《唐人軼事彙編》，并增補、修訂《宋人軼事彙編》，其範圍不僅僅包括與文學有關者，而是將除正史之外的唐宋人撰雜史、傳記、故事、小説一并采録，顯然是以文學類文獻爲主，目的是爲文學研究者提供一份有用的史料。其編排順序先列帝王后妃、宗室、王子、公主，再列各朝人物，均以活動時代先後爲序，末附時代不明者。

漢魏六朝這個時期的"文學紀事"，目前所見有周建江《漢詩文紀事》《三國兩晉十六國詩文紀事》與《南北朝隋詩文紀事》，主要是按照作家排列，收録了他們的部分詩文作品，并附有簡單的作者簡介，體例不同於以往的"文學紀事"。

　　本書體例,主要參照以往的"文學紀事",尤其是周勛初先生等人"文人軼事"的做法,以文人軼事爲主,臚列與"文"有關的不同時期的文獻,并以"按語"形式對此類文獻予以考辨。本書使用"文學紀事",而未采用周勛初等先生"文人軼事"的原因,在於本書除"文人軼事"之外,還收錄了大量詩文評、文人著述之類的文獻,以及編著者的考辨,更符合"文學研究"的工作。

　　大致説來,《唐詩紀事》的做法較爲平實,《宋詩紀事》開始變得複雜,而《金詩紀事》體例則更趨複雜。漢魏六朝文人衆多,積累了後世大量的評論資料,若按照《金詩紀事》的做法,《漢魏六朝文學紀事》無疑是一個浩大工程,靠一二人的力量,短時間内根本無法完成。爲此,我們采取了各家紀事"以人繫文"的體例,將各種文人軼事原原本本、按時代臚列於人名之後;人名之後不附小傳或評論,而是在材料之後,以"按語"形式將與之相關的前代有關史料、編著者的閱讀思考等附錄於後,爲理解、使用這些材料提供一個參考。同時,本書參考周勛初先生主編的《唐人軼事彙編》《宋人軼事彙編》的做法,多關注雜史、雜傳、傳記、小説等文獻中的"逸聞軼事";不同之處是將正史文本適當采錄於正文或"按語"中,以便爲讀者考辨後世文學素材之來自、後世文學題材之變化,起到"考鏡源流"之作用。

　　在此,有幾點"擴大化"的做法,需要予以説明。

　　第一,"文人"範圍的擴大。若按照一般的"文學史觀",本書或有很多人不可能被納入"文人"之列。因爲"文學"在漢魏六朝的産生有其複雜的背景與因素,同時前代帝王將相、公子王孫、平常百姓,有的雖無文學作品,但他們如果成爲後世文學作品的描寫對象,成爲今天文學研究者關注的研究對象,亦可一并納入"文學"範圍予以關注。一言以蔽之,凡對當時"文學"發生、發展具有一定促進作用之人,凡對當今文學研究有所啓迪之人,皆可納入"文人"之列。例如,當時對學術發展、文本保存有意義者,在歷史上已經進入文學文本成爲文學描寫的對象者,對當今理解文學文本有啓發者,皆予以收錄。

　　第二,"文學"概念的擴大。漢魏六朝的"文學"概念,很大程度上是一種大的"文章"觀,據此,我們收錄的"文人事迹",不僅僅涉及後世的"純文學",還涉及他們與經學、史學、子學、宗教、玄學等的關係。這也是漢魏六朝文學所在的文化環境,也是這一時期文學發生、發展的思想基礎。但在具體内容上,魏晋南北朝部分將更多偏重"文學"性資料。

第三,"紀事"内容的擴大。"漢魏六朝文學紀事",本質上應該將與文人有關的所有文學史料皆予以收録,包括他們的文學作品。但事實上,這是不可能做到的。故此,本書所謂的"紀事",是以文人"逸聞軼事"爲主,但亦兼收與"逸聞軼事"有關的文學作品的零章斷句以及後人評論。尤其是古書注釋、類書中的内容,平時并不常見,亦很少或很難成爲文學研究的佐證,故一并收録,供閲讀者、研究者參考。

第四,"文本"與"史料"收録的擴大。本書并未以"真僞"觀念甄别文本或史料,而是將與文人逸聞軼事有關者,皆予以關注。有些文本或史料明顯晚出,甚至具有神異、傳聞色彩,但因是在後世傳聞基礎上形成,對於了解後人如何認識前代文人與作品有所裨益,故亦皆予以收録。

第五,"按語"評論的擴大。本書"按語"部分,除了分析文人"逸聞軼事",還兼及對其著述、文學思想來源與影響、文本風格等各方面分析,力圖盡可能從文人、文學的歷史現場,挖掘當時的學術信息。需要說明的是,因爲體例使然,兩漢文學紀事部分由於與經學、歷史、讖緯、子學等具有更爲密切的複雜關係,我們的"按語"只能就某些問題提出疑問,提供閲讀或研究的一些綫索。這些"按語"的意義,可以將本來看似獨立的文人紀事串聯起來,起到提綱挈領的作用,從而使其具有"類書"的性質。例如,唐宋類書曾以"貧"爲目,臚列了大量古代文人貧苦生活的故事資料。這在我們的文學紀事中有更爲詳細的記載,由此可以幫助我們了解古代文人的早期生活,以及對他們後來生活、政治態度的影響。

第六,文人生卒年,多參《中國大百科全書》中國文學第三版與陸侃如《中古文學繫年》、劉躍進《秦漢文學編年史》,其中也有個人考證。全書分卷與人物編排順序,大致按照文人生卒時間,個别人物爲了方便比較,也偶有調整。

在此,需要提醒讀者注意的是,對"文學紀事"的認識,需要采取一分爲二的辯證態度。我們首先采録的是"文學"史料,其次是後世認爲的"雜史雜傳"或其他文本及其注釋文字,但"按語"中會將"正史"中的史料納入進來予以比較。這些"正史""雜史""雜傳"材料,即使如何被視作"原始",其實都逃不掉"後人追書"的嫌疑。就此而言,即使包括"正史"中的史料,已經屬於後人"先入爲主"的記録,帶有記録者本人的主觀判斷與評論。我們在閲讀、使用這些不同材料的時候,除了嘗試借用這些不同史料形成對某個文人的"完整印象",同時還要認識到不同文本從不同側面、不同層次、不同需要對該文人的書寫、塑造甚至神化。文學具有"虚構"的成分,但歷史書寫何嘗不是如此?歷史人物的書寫何嘗不是如此?就此而言,"正史"也具有文學色彩。

　　本質上看,"文學紀事"不是"歷史實録",也做不到"歷史實録";其任務也不是爲了"還原歷史",也不可能"還原歷史"。我們如果能夠從"文學紀事"的不同史料中,了解某個文人的生活狀態、喜怒哀樂、衣食住行,了解他們在歷史上的文學地位、文學貢獻、社會作用,了解他們對自然世界與社會生活的認識,了解他們通過文學解釋社會、人生、生命意義的方式與結論,進而對我們認識文學與人生有所裨益,就足夠了。不僅僅文學,包括整個人文學科,有時候我們不必太計較其有無"用處"。因爲,整個人文學科,尤其是文學,對世道人心、社會風俗長期浸染與持久矯正的作用,不是短期可以見效的。無用之用,方是大用。

　　漢魏六朝典籍浩繁,即使研究者也未必能夠全部做到遍讀群書,而文學紀事可以將不同文本中的同類文獻排比臚列,便於理解、認識文本的内涵。本書編纂的初衷有三:

　　第一,方便文史研究者將其作爲一種新形式的"類書"使用,從不同史料的記載側面,盡可能全面了解漢魏六朝文人的生活面貌;

　　第二,方便文史研究者將其作爲新形式的"文本"使用,從不同文本的書寫角度,盡可能了解漢魏六朝文人被塑造、被書寫的需要與目的;

　　第三,方便文史研究者將其作爲一種新形式的"問題"展開深度思考,即通過"按語",從不同層面把握史料背後的學術綫索。

　　當然,漢魏六朝文人衆多,關於他們的逸聞趣事也如汗牛充棟,常有令人目不暇接之感。因此,我們搜集的文獻,未免也有挂一漏萬之處,敬請方家批評指正。

最後需要説明的是，在兩漢文學紀事基礎上，編者最後又增加了秦代文學部分，這樣最終將原來的"漢魏六朝文學紀事"確定爲"秦漢魏晉南北朝文學紀事"。另爲閲讀方便，特分爲"秦漢文學紀事"與"魏晉南北朝文學紀事"兩部分出版。本次出版的是"秦漢文學紀事"，其中大量借鑒了王應麟、梁玉繩、陳直等人的研究成果，又對各種文史資料進行了勾連比勘的工作，希望能對研究秦漢文史研究者有所裨益。

凡　　例

1. 本書參考《唐詩紀事》《宋詩紀事》《金詩紀事》《清詩紀事》《唐人軼事彙編》《宋人軼事彙編》等體例，以"事"繫文，以"文"繫人，體例上又有變化。

2. 本書所録"文人"有兩種理解：第一，凡在文學史上曾有作品傳世者，無論其作品是否存世；第二，雖無文學作品傳世，然以文學形象進入後世文學作品者。由於秦漢尚無清晰的"文學"觀念，故以後世文學思想爲準則，凡對文史文本書寫有益、與文史思想相關的資料，皆予以收録并加按語。

3. 本書主要以文人逸聞軼事爲主，兼及與其逸聞軼事有關的文學作品、評論等史料。適當采録文人作品、評論的原因，在於方便讀者認識後世對其人、其文在歷史上的評價。

4. 本書輯録範圍包括類書、選本、雜史、雜傳，以及正史、總集、別集及其注疏文字，其他金石、墓誌文字，一并參考。正史文字主要放入"按語"中。考慮適當采録正史的原因，在於方便讀者將其他史料與正史對讀，辨章學術，考鏡源流。

5. 全書主要按照文人生卒年順序排列，個別事迹相近者除外。

6. 本書各條目中的文獻臚列順序，大致按照先正史，後雜史、雜傳、諸子、文學；同類史料，爲方便閱讀，則合并排列；同一文獻涉及多人者，悉列於主要人物名下，其他人物之後稍作説明。

7. 較爲重要的資料，或者需要説明的其他情況，以"按語"形式附于文後。"按語"部分，不僅僅清理與文學有關的資料，而且分析材料中的文人心態、文人交游或交際關係、文人在社會與政治中的態度與表現，等等；同時對文人生卒、著述、文學作品情況予以考辨。

8. 本書收錄了不少以往被視作虛妄、僞造的資料，目的是將其與正史中的文人事迹進行對比，以考察此類文獻産生、傳播的背景或原因。

卷 一

秦始皇嬴政（前259—前210）

秦始皇設刑罰，爲車裂之誅，以歛奸邪，築長城於戎境，以備胡、越，征大吞小，威震天下，將帥橫行，以服外國，蒙恬討亂於外，李斯治法於內，事逾煩天下逾亂，法逾滋而天下逾熾，兵馬益設而敵人逾多。秦非不欲治也，然失之者，乃擧措太衆、刑罰太極故也。……秦始皇驕奢靡麗，好作高臺榭，廣宮室，則天下豪富制屋宅者，莫不仿之，設房闥，備厩庫，繕雕琢刻畫之好，博玄黄琦瑋之色，以亂制度。（《新語·無爲》）

按：西漢初年，陸賈《新語》將秦始皇視作施酷刑、驕奢淫逸之形象，此漢人叙述之辭，然亦秦亡之後文人總結之語。"始皇暴虐"與"秦滅六國"是漢代文人著述中的常見主題。

文學曰："秦滅六國，虜七王，沛然有餘力，自以爲蚩尤不能害，黄帝不能斥。及二世弑死望夷，子嬰繫頸降楚，曾不得七王之俯首。使六國并存，秦尚爲戰國，固未亡也。何以明之？自孝公以至於始皇，世世爲諸侯雄，百有餘年。及兼天下，十四歲而亡。何則？外無敵國之憂，而内自縱恣也。自非聖人，得志而不驕佚者，未之有也。"（《鹽鐵論·論功》）

按：此亦漢人總結秦亡之原因。時至漢代中期，仍然存在此類討論。如《鹽鐵論·論鄒》亦記漢人由秦亡總結歷史經驗："昔秦始皇已吞天下，欲并萬國，亡其三十六郡；欲達瀛海，而失其州縣。知大義如斯，不如守小計也。"

秦始皇帝太后不謹，幸郎嫪毐，封以爲長信侯，爲生兩子。毐專國事，浸益驕奢，與侍中左右貴臣俱博飲酒醉，爭言而鬥，瞋目大叱曰："吾乃皇帝之假父也，窶人子何敢乃與我亢！"所與鬥者走行白皇帝，皇帝大怒，毐懼誅，因作亂，戰咸陽宮。毐敗，始皇乃取毐四支車裂之，取其兩弟囊撲殺之，取皇太后遷之于萯陽宮，下令曰："敢以太后事諫者，戮而殺之，從蒺藜其脊肉幹四支，而積之闕下。"諫而死者二十七人矣。齊客茅焦乃往上謁曰："齊客茅焦願上諫皇帝。"皇帝使使者出問："客得無以太后事諫也？"茅焦曰："然。"使者還白曰："果以太后事諫。"皇帝曰："走往告之，若不見闕下積死人邪？"使者問茅焦，茅焦曰："臣聞之天有二十八宿，今死者已有二十七人矣，臣所以來者，欲滿其數耳。臣非畏死人也。"走入白之。茅焦邑子同食者，盡負其衣物行亡。使者入白之，皇帝大怒曰："是子故來犯吾禁，趣炊鑊湯煮之！是安得積闕下乎？趣召之入。"皇帝按劍而坐，口正沫出。使者召之入，茅焦不肯疾行，足趣相過耳。使者趣之，茅焦曰："臣至前則死矣！君獨不能忍吾須臾乎？"使者極哀之。茅焦至前，再拜，謁起稱曰："臣聞之，夫有生者不諱死，有國者不諱亡。諱死者不可以得生，諱亡者不可以得存。死生存亡，聖主所欲急聞也，不審陛下欲聞之？"皇帝曰："何謂也？"茅焦對曰："陛下有狂悖之行，陛下不自知邪？"皇帝曰："何等也？願聞之！"茅焦對曰："陛下車裂假父，有嫉妒之心；囊撲兩弟，有不慈之名；遷母萯陽宮，有不孝之行；從蒺藜於諫士，有桀紂之治。今天下聞之，盡瓦解無嚮秦者，臣竊恐秦亡，為陛下危之。所言已畢，乞行就質。"乃解衣伏質。皇帝下殿，左手接之，右手麾左右曰："赦之！先生就衣，今願受事。"乃立焦為仲父，爵之為上卿。皇帝立駕千乘萬騎，空左方，自行迎太后萯陽宮，歸於咸陽。太后大喜，乃大置酒待茅焦，及飲，太后曰："抗枉令直，使敗更成，安秦之社稷，使妾母子復得相會者，盡茅君之力也。"（《說苑·正諫》）

按：《史記·秦始皇本紀》："齊人茅焦說秦王曰：'秦方以天下為事，而大王有遷母太后之名，恐諸侯聞之，由此倍秦也。'秦王乃迎太后於雍而入咸陽，復居甘泉宮。"《史記》記茅焦一句話，《說苑》卻敷演成一段故事，可知漢代流傳茅焦說秦王故事甚繁。司馬遷所記，其實也有傳聞成分。皇帝與太后之關係，是秦漢政治、歷史生活中的大事。太后對朝政的干預方式和程度，基本決定著王朝的政治命運。嬴政生卒考證見劉躍進《秦漢文學編年史》（商務印書館2006年版，第3頁）。據茅焦見秦始皇帝事，以及茅焦獻始皇帝之言，多戰國策士之風，或爲後世增飾、虛增，未必可信。

又《史記·秦始皇本紀》："始皇推終始五德之傳，以爲周得火德，秦代周德，從所不勝。方今水德之始，改年始，朝賀皆自十月朔。衣服旄旌節旗皆上黑。數以六爲紀，符、法冠皆六寸，而輿六尺，六尺爲步，乘六馬。更名河曰德水，以爲水德之始。剛毅戾深，事皆決於法，刻削毋仁恩和義，然後合五德之數。於是急法，久者不赦。"《史記索隱》："謂五行之德始終相次也。《漢書·郊祀志》曰：'齊人鄒子之徒論著終始五德之運，始皇采用。'"秦漢時期奉行的文化，不外乎齊、楚、蜀文化，這是構成秦漢主流思想的三大地域文化。"五德終始"、神仙長生等皆齊文化，秦漢以此爲其政治、生活的兩大思想支柱。

秦始皇帝既吞天下，乃召群臣而議曰："古者五帝禪賢，三王世繼，孰是？將爲之。"博士七十人未對。鮑白令之對曰："天下官，則讓賢是也；天下家，則世繼是也。故五帝以天下爲官，三王以天下爲家。"秦始皇帝仰天而嘆曰："吾德出于五帝，吾將官天下，誰可使代我後者。"鮑白令之對曰："陛下行桀、紂之道，欲爲五帝之禪，非陛下所能行也。"秦始皇帝大怒曰："令之前！若何以言我行桀、紂之道也？趣說之，不解則死。"令之對曰："臣請說之。陛下築臺干雲，宮殿五里，建千石之鐘，萬石之簴，婦女連百，倡優累千，興作驪山宮室，至雍相繼不絶，所以自奉者，殫天下，竭民力。偏駁自私，不能以及人，陛下所謂自營僅存之主也。何暇比德五帝，欲官天下哉？"始皇闇然無以應之，面有慚色。久之，曰："令之之言，乃令衆醜我。"遂罷謀，無禪意也。（《說苑·至公》）

按：劉向《說苑》此類故事，多虛造而誡帝王之言，并非史實。由此可見，劉向與漢初陸賈、賈誼等人撰述的一大變化，就是多虛語描述，故事性更强，而借用歷史人物之口的批評、說理更爲直接。

秦始皇既兼天下，大侈靡。即位三十五年，猶不息。治大馳道，從九原抵雲陽，塹山堙谷，直通之。厭先王宮室之小，乃於豐鎬之間，文武之處，營作朝宮。渭南山林苑中作前殿阿房，東西五百步，南北五十丈。上可以坐萬人，下可建五丈旗。周爲閣道，自殿直抵南山之嶺。以爲闕。爲復道，自阿房渡渭水，屬咸陽，以象天極閣道，絶漢抵營室也。又興驪山之役，錮三泉之底。關中離宮三百所，關外四百所，皆有鐘磬帷帳，婦女倡優。立石闕東海上朐山界中，以爲秦東門。於是有方士韓客侯生、齊客盧生，相與謀曰："當今時不可以居。上樂以刑殺爲威，下畏罪持禄，莫敢盡忠。上不聞過而日驕，下懾伏以慢欺而取容。諫者不用，而失道滋甚。吾黨久居，且爲所害。"乃相與亡去。始皇聞之，大怒，曰："吾異日厚盧生，尊爵而事之，今乃誹謗我。吾聞諸生多爲妖言，以亂黔首。"乃使御史悉上諸生。諸生傳相告，犯法者四百六十餘人，皆坑之。盧生不得，而侯生後得。始皇聞之，召而見之。升東阿之臺，臨四通之街，將數而車裂之。始皇望見侯生，大怒曰："老虜不良，誹謗而主，乃敢復見我！"侯生至，仰臺而言曰："臣聞知死必勇。陛下肯聽臣一言乎？"始皇曰："若欲何言？言之！"侯生曰："臣聞禹立誹謗之木，欲以知過也。今陛下奢侈失本，淫泆趨末，宮室臺閣，連屬增累；珠玉重寶，積襲成山；錦綉文采，滿府有餘；婦女倡優，數巨萬人；鐘鼓之樂，流漫無窮；酒食珍味，盤錯於前；衣服輕暖，輿馬文飾，所以自奉，麗靡爛熳，不可勝極。黔首匱竭，民力單盡。尚不自知。又急誹謗，嚴威克下。下暗上聾，臣等故去。臣等不惜臣之身，惜陛下國之亡耳。聞古之明王，食足以飽，衣足以暖，宮室足以處，輿馬足以行，故上不見棄於天，下不見棄於黔首。堯茅茨不翦，采椽不斲，土階三等，而樂終身者，以其文采之少，而質素之多也。丹朱憿虐，好慢淫，不修理化，遂以不升。今陛下之淫，萬丹朱而十昆吾桀紂，臣恐陛下之十亡也，而曾不一存。"始皇默然久之，曰："汝何不早言？"侯生曰："陛下之意，方乘青雲，飄摇於文章之觀。自賢自健，上侮五帝，下凌三王，棄素樸，就末技。陛下亡徵見久矣。臣等恐言之無益也，而自取死，故逃而不敢言。今臣必死，故爲陛下陳之。雖不能使陛下不亡，欲使陛下自知也。"始皇曰："吾可以變乎？"侯生曰："形已成矣，陛下坐而待亡耳。若陛下欲更之，能若堯與禹乎？不然，無冀也。陛下之佐又非也，臣恐變之不能存也。"始皇喟然而嘆，遂釋不誅。後三年，始皇崩，二世即位，三年而秦亡。（《說苑·反質》）

　　按：秦東門，又見《史記·秦始皇本紀》，陳直《史記新證》："《全後漢文》卷一百零二《漢熹平元年東海廟碑》云：'闕者秦始皇所立，名之秦東門闕，事在《史記》。'此石原在江蘇海州，爲漢之臨朐界，碑文所記，與本文正合。"（第23頁）劉向《說苑》多此類"秦人諫而始皇悔"之故事，顯然屬於劉向僞造，是爲了進諫漢皇帝，實現其"暴君尚且納諫"的勸諫目的。這是漢代文風的變化，同時也反映了政治環境變化之後的撰述風格變化。西漢末年這種"以古鑒今"的寫作目的，還是非常明確的。

此記秦始皇治大馳道事，而《史記》多記其巡行刻石之事，如《史記·秦始皇本紀》："二十八年，始皇東行郡縣，上鄒嶧山。立石，與魯諸儒生議刻石頌秦德，議封禪望祭山川之事。乃遂上泰山，立石，封，祠祀。下，風雨暴至，休於樹下，因封其樹爲五大夫。禪梁父。刻所立石。"泰山刻石之辭，見於《史記》，今不錄。《史記索隱》："其詞每三句爲韵，凡十二韵。下之罘、碣石、會稽三銘皆然。"梁玉繩《史記志疑》卷五云："始皇刻石之詞凡七，史載其六，鄒嶧乃首事，獨刪而不錄，未識史公何意。今其詞尚存也。趙明誠《金石錄》云：'《嶧山碑》文詞簡古，非秦人不能爲，《史記》獨遺此文，何哉？'"（上册，第176頁）陳直《漢書新證》釋《藝文志》"《奏事》二十篇，注秦時大臣奏事及刻石名山文也"云："《史記·秦始皇本紀》所錄秦代六石刻文，蓋采用《奏事》，獨遺嶧山刻石，疑本爲《奏事》所不載。"（第229頁）即陳直以爲《史記》不錄嶧山石刻文，是司馬遷所用秦《奏事》無此碑文。然宋人尚能見此碑文，司馬遷未曾親見碑文乎？

《史記》記秦始皇刻石不少，此是一文體，亦具特殊文學風格。始皇出游，多有"頌秦德"之刻石，如："三十七年十月癸丑，始皇出游。左丞相斯從，右丞相去疾守。……上會稽，祭大禹，望於南海，而立石刻頌秦德。"此秦刻石，《史記索隱》："望于南海而刻石。三句爲韵，凡二十四韵。"此處言"左丞相斯從"，未言趙高隨從，梁玉繩《史記志疑》引劉青芝《史記紀疑》以爲："此處宜并叙趙高名，自是史公疏筆。"（上册，第183頁）刻石"頌秦德"，是秦始皇時期的文化舉措，至漢以辭賦"頌漢德"，其文化淵源在此。

其他民間刻石，亦有詩歌頌唱，如："三十六年，熒惑守心。有墜星下東郡，至地爲石，黔首或刻其石曰'始皇帝死而地分'。始皇聞之，遣御史逐問，莫服，盡取石旁居人誅之，因燔銷其石。始皇不樂，使博士爲《仙真人詩》，及行所游天下，傳令樂人歌弦之。"《仙真人詩》不傳。梁玉繩《史記志疑》卷五《始皇本紀》："《述異記》謂始皇三十六年童謡

曰'阿房，阿房，亡始皇'，或因有童謠而刻石乎？史不言之，略也。"（上冊，第 182 頁）

始皇元年，騫霄國獻刻玉善畫工名裔。使含丹青以漱地，即成魑魅及詭怪群物之像；刻玉爲百獸之形，毛髮宛若真矣。皆銘其臆前，記以日月。工人以指畫地，長百丈，直如繩墨。方寸之內，畫以四瀆五岳列國之圖。又畫爲龍鳳，騫翥若飛。皆不可點睛，或點之，必飛走也。始皇嗟曰："刻畫之形，何得飛走！"使以淳漆各點兩玉虎一眼睛，旬日則失之，不知所在。山澤之人云："見二白虎，各無一目，相隨而行，毛色相似，異於常見者。"至明年，西方獻兩白虎，各無一目。始皇發檻視之，疑是先所失者，乃刺殺之。檢其胸前，果是元年所刻玉虎。迄胡亥之滅，寶劍神物，隨時散亂也。

始皇好神仙之事，有宛渠之民，乘螺舟而至。舟形似螺，沉行海底，而水不浸入，一名"淪波舟"。其國人長十丈，編鳥獸之毛以蔽形。始皇與之語，及天地初開之時，瞭如親覩。曰："臣少時躡虛却行，日游萬里。及其老朽也，坐見天地之外事。臣國在咸池日沒之所九萬里，以萬歲爲一日。俗多陰霧，遇其晴日，則天豁然雲裂，耿若江漢。則有玄龍黑鳳，翻翔而下。及夜，燃石以繼日光。此石出燃山，其土石皆自光澈，扣之則碎，狀如粟，一粒輝映一堂。昔炎帝始變生食，用此火也。國人今獻此石。或有投其石於溪澗中，則沸沫流於數十里，名其水爲焦淵。臣國去軒轅之丘十萬里，少典之子采首山之銅，鑄爲大鼎。臣先望其國有金火氣動，奔而往視之，三鼎已成。又見冀州有異氣，應有聖人生，果有慶都生堯。又見赤雲入於酆鎬，走而往視，果有丹雀瑞昌之符。"始皇曰："此神人也。"彌信仙術焉。

始皇起雲明臺，窮四方之珍木，搜天下之巧工。南得煙丘碧樹，酈水燃沙，賁都朱泥，雲岡素竹；東得蔥巒錦柏，漂楂龍松，寒河星柘，岠雲之梓；西得漏海浮金，狼淵羽璧，滌嶂霞桑，沉塘員籌；北得冥皋乾漆，陰阪文杞，寒流黑魄，暗海香瓊，珍異是集。二人騰虛緣木，揮斤斧于空中，子時起工，午時已畢。秦人謂之"子午臺"，亦言於子午之地，各起一臺，二説疑也。（以上見《拾遺記》卷四）

按：《史記·秦始皇本紀》："齊人徐市等上書，言海中有三神山，名曰蓬萊、方丈、瀛洲，仙人居之。請得齋戒，與童男女求之。於是遣徐市發童男女數千人，入海求僊人。"此秦始皇遺人求仙故事，在後世文學作品中流傳甚廣。梁玉繩《史記志疑》卷五《始皇本紀》："市即芾，與黻同，各本皆訛刻爲朝市之市。"（上册，第178頁）始皇好神仙，對後世帝王及小説影響深遠。統一之後的秦王朝，從政治思想高度爲神仙思想打開了方便之門，并對神仙思想在整個社會思潮中的傳播起到了推波助瀾的作用。西漢黄老盛行、武帝好神仙，皆與此有關。

吕不韋（？—前235）

《史記》：吕不韋撰《春秋》成，榜於秦市曰："有人能改一字者，賜金三十斤。"（《太平御覽》卷一百九十一《居處部十九·市》）

按：《史記·吕不韋列傳》："當是時，魏有信陵君，楚有春申君，趙有平原君，齊有孟嘗君，皆下士喜賓客以相傾。吕不韋以秦之彊，羞不如，亦招致士，厚遇之，至食客三千人。是時諸侯多辯士，如荀卿之徒，著書布天下。吕不韋乃使其客人人著所聞，集論以爲八覽、六論、十二紀，二十餘萬言。以爲備天地萬物古今之事，號曰《吕氏春秋》。布咸陽市門，懸千金其上，延諸侯游士賓客有能增損一字者予千金。"吕不韋時，荀子之文名聞之於世，故吕不韋仿荀子而著書。

《吕氏春秋》之名，見於《史記》。而《太平御覽》卷一百九十一引《史記》作《春秋》，梁玉繩《史記志疑》卷三十一曰："豈别據異本乎？"（下册，第1309頁）《史記索隱》："八覽者，《有始》、《孝行》、《慎大》、《先識》、《審分》、《審應》、《離俗》、《時君》也。六論者，《開春》、《慎行》、《貴直》、《不苟》、《以順》、《士容》也。十二紀者，記十二月也，其書有《孟春》等紀。二十餘萬言，二十六卷也。"《漢書·藝文志》："《吕氏春秋》二十六篇。秦相吕不韋輯智略士作。"劉躍進《秦漢文學編年史》以爲《吕氏春秋》成于秦王政八年（前239）。

新城郡，本漢中房陵縣也。秦始皇徙吕不韋舍人萬家於房陵，以其隨地也。（《華陽國志》卷二）

或問："吕不韋其智矣乎，以人易貨？"曰："誰謂不韋智者與？以國易宗。不韋之盗，穿窬之雄乎？穿窬也者，吾見擔石矣，未見洛陽也。"

(《法言·淵騫》)

按：此西漢末人論呂不韋。"以人易貨"事或出《史記》。

或曰：凡作者精思已極，居位不能領職。蓋人思有所倚着，則精有所盡索。著作之人，書言通奇，其材已極，其知已罷。案古作書者，多位布散槃解；輔傾寧危，非著作之人所能爲也。夫有所逼，有所泥，則有所自，篇章數百。呂不韋作《春秋》，舉家徙蜀；淮南王作道書，禍至滅族；韓非著治術，身下秦獄。身且不全，安能輔國？夫有長於彼，安能不短於此？深於作文，安能不淺於政治？（《論衡·書解》）

按：《史記》稱"號曰《呂氏春秋》"，《論衡》稱"呂不韋作《春秋》"，是《史記》時代未必以"呂氏"二字冠書名。

燕丹子（生卒不詳）

《燕丹子》：太子丹質於秦，秦王遇之無禮，不得意，欲歸。秦王不聽，謬言令烏白頭，馬生角，乃可。丹仰天而嘆，烏即白頭，馬生角。秦不得已而遣之，爲機發之橋，欲陷丹。丹過之，橋爲不發。夜到關，丹爲雞鳴，遂得逃歸。故怨於秦，欲報之，養勇士，無所不至。丹與其傅麴武書曰："丹不肖，生於僻陋之國，長於不毛之地，未曾得覩君子雅訓。欲有所陳，幸垂覽之。丹聞丈夫之通義節，恥受辱以生也。貞正所羞之見，却以虧其節。故有刎喉不顧，據鼎不過者。斯豈樂死而忘生哉，其心所守也。今秦王反戾天常，虎狼其行，遇丹無禮，諸侯最甚。每念之，痛入骨髓。計燕國之衆，不能敵之；曠年相守，力固不足。欲收天下勇士，集海內英雄，破國空藏以奉養之，重幣甘辭以市於秦。秦貪我略而信我辭，則一劍之任，當千萬之師，須臾之間，可解丹萬世之恥。若其不然，令丹生無目於天地，死懷恨於九泉。必令諸侯無以爲嘆，易水之北，未知誰有。此蓋亦大夫恥也。謹遣書，願熟思之。"（《太平御覽》卷一百四十七《皇親部十三·太子二》）

按：《燕丹子》成書時間多有爭議，然其中故事，與《史記》《戰國策》多有雷同。《隋書·經籍志》："《燕丹子》一卷。丹，燕王喜太子。"陳直《史記新證》稱："其書雖爲僞記，其事當有所本。"（第106頁）

《史記索隱》：《燕丹子》曰："丹求歸，秦王曰'烏頭白，馬生角，乃許耳。'丹乃仰天嘆，烏頭即白，馬亦生角。"《風俗通》及《論衡》皆有此説，仍云"厩門木烏生肉足"。(《史記》卷八十六《刺客列傳》)

按：若《史記》"太史公曰"所言"天雨粟，馬生角"事不虛，則司馬遷時代，已有此類燕丹子的傳聞故事，而至少在東漢此書已有相似文本流傳。

荆軻（？—前 227）

《燕丹子》：太子送荆軻於易水之上，荆軻起爲壽，歌曰："風蕭蕭兮易水寒，壯士一去兮不復還。"高漸離擊築和之。爲壯聲則士髮衝冠，爲哀聲則士皆流涕。(《初學記》卷一《天部上·風第六》)

按：荆軻與燕丹子事，多見晚出《燕丹子》。此《易水歌》在後世流傳頗廣。《太平御覽》卷六十四《地部二十九·易水》、卷五百七十二《樂部十·歌三》引《燕丹子》，與《初學記》文字稍異。

人之舉事，或意至而功不成，事不立而勢貫山，荆軻、醫夏無且是矣。荆軻入秦之計，本欲劫秦王生致於燕，邂逅不偶，爲秦所擒。當荆軻之逐秦王，秦王環柱而走，醫夏無且以藥囊提荆軻。既而天下名軻爲烈士，秦王賜無且金二百鎰。(《論衡·定賢》)

荆軻入秦，宋意擊築，歌於易水之上。聞者瞋目，髮直穿冠。(《劉子·辯樂》)

《三秦記》：荆軻入秦，爲燕太子報仇。把秦王衣袂曰："寧爲秦地鬼，不爲燕地囚。"王美人彈琴作語曰："三尺羅衣何不掣？四面屏風何不越？"王因掣衣而走，得免。(《太平御覽》卷七百一《服用部三·屏風》)

高漸離（生卒不詳）

《太史公記》：燕太子丹遣荆軻欲西刺秦王，與客送之易水，而設祖道，高漸離擊筑，荆軻和歌，爲濮上音，士皆垂髮涕泣，後爲羽聲，慷慨而索，瞋目，髮盡上指冠。荆軻入秦，事敗而死。漸離變名易姓，爲人庸保，匿作於宋子，久之，作苦，聞其家堂上客擊筑，伎癢不能毋出言，曰："彼有善不善。"從者告其主曰："彼庸乃知音，竊言是非。"家丈人作樂，召前使擊筑，一坐稱美，賜酒；而漸離念久畏約，毋窮已時，乃退，出裝匣中筑，與其善衣，更容貌而前，莫不驚愕，下與亢禮，以爲上客，使擊筑歌，無不涕泣而去者。宋子客傳之，聞於秦始皇，始皇召見，人有識者，乃高漸離；始皇惜其善擊筑，重殺之，乃矐其目，使擊筑，未嘗不稱善，稍益近之。漸離乃以鈆置筑木中，後進得近，舉筑撲始皇，不中，於是遂誅。（《風俗通義·聲音》）

　　按：此見《史記·刺客列傳》。陳直《史記新證》："始皇好音樂，用魏勃父鼓琴，高漸離擊筑，《燕丹子》所稱'荆軻刺秦王時，願聽琴聲而死'。其書雖爲僞記，其事當有所本。"（第106頁）王利器校注曰："此事又見《戰國策·燕策三》、《論衡·書虛》篇。器按：《史記·高紀正義》、《漢書·高紀下》注引應劭，《文選》荆軻《歌》注引應劭《漢書注》，唐寫本盧藏用《春秋後語注》引應劭，《急就篇》王應麟《補》注引應劭，并云：'筑狀似琴（一作"瑟"）而大，頭安弦，以竹擊之，故名曰筑。'今考應氏此篇釋樂器者，俱詳其性狀，惟此獨否，當據應注以補之也。"

張儀（？—前309）

　　或問："儀、秦學乎鬼谷術，而習乎縱橫言，安中國者各十餘年，是夫？"曰："詐人也，聖人惡諸。"曰："孔子讀，而儀、秦行，何如也？"曰："甚矣！鳳鳴而鷙翰也。""然則子貢不爲與？"曰："亂而不解，子貢恥諸；說而不富貴，儀、秦恥諸。"（《法言·淵騫》）

　　按：揚雄時代以縱橫家爲"詐人"，且稱"聖人惡諸"，是漢末士人拒縱橫言。

　　或曰："儀、秦其才矣乎？迹不蹈已。"曰："昔在任人，帝曰難之，亦才矣。才乎才，非吾徒之才也。"（《法言·淵騫》）

　　按：張儀、蘇秦事在漢末流傳頗廣。

張儀、蘇秦二人，同志好學，迭剪髮而鬻之，以相養。或傭力寫書，非聖人之言不讀。遇見《墳》《典》，行途無所題記，以墨書掌及股裏，夜還而寫之，析竹爲簡。二人每假食于路，剝樹皮編以爲書帙，以盛天下良書。嘗息大樹之下，假息而寐。有一先生問："二子何勤苦也？"儀、秦又問之："子何國人？"答曰："吾生於歸谷。"亦云鬼谷，鬼者，歸也。又云，歸者，谷名也。乃請其術，教以干世出俗之辯，即探胸内，得二卷説書，言輔時之事。《古史考》云："鬼谷子也，鬼、歸，音相近也。"（《拾遺記》卷四）

　　按：此魏晋流傳張儀、蘇秦見鬼谷子事。

李斯（前284—前208）

　　大夫曰："夫懷柱而言正，自托於無欲而實不從，此非士之情也？昔李斯與包丘子俱事荀卿，既而李斯入秦，遂取三公，據萬乘之權以制海内，切倅伊、望，名巨泰山；而包丘子不免於甕牖蒿廬，如潦歲之蛙，口非不衆也，卒死於溝壑而已。今内無以養，外無以稱，貧賤而好義，雖言仁義，亦不足貴者也！"（《鹽鐵論·毁學》）

　　按：漢人從《史記》説，以爲李斯事荀卿。李斯曾上書"諫逐客"，《史記正義》稱："在始皇十年。"梁玉繩《史記志疑》卷三十一《李斯列傳》："《大事記》云：'是時不韋專國，亦客也，孰敢言逐客乎？本記載于不韋免相後，得之矣。'"（下册，第1317頁）《漢書》卷三十《藝文志》稱："《蒼頡》一篇。上七章，秦丞相李斯作。"此以《蒼頡》七章爲李斯所作。陳直《漢書新證》："《顔氏家訓·書證篇》云：'《蒼頡篇》李斯所造，而云"漢兼天下，海内并厠，豨黥韓覆，畔討滅殘"，後人所附益也。'任大椿、孫星衍諸人，皆有《蒼頡篇》輯本，均引采之。現以《居延漢簡》考之，此四句則在第五章末尾。"（第229頁）此類字書，成書過程非常複雜，其中往往有後人續筆。

　　文學曰："方李斯之相秦也，始皇任之，人臣無二，然而荀卿謂之不食，覩其罹不測之禍也。包丘子飯麻蓬藜，修道白屋之下，樂其志，安之於廣厦芻蕘，無赫赫之勢，亦無戚戚之憂。"（《鹽鐵論·毁學》）

文學曰："君子懷德，小人懷土。賢士徇名，貪夫死利。李斯貪其所欲，致其所惡。孫叔敖早見於未萌，三去相而不悔，非樂卑賤而惡重祿也，慮患遠而避害謹也。夫郊祭之牛，養食期年，衣之文綉，以入廟堂，太宰執其鸞刀，以啓其毛；方此之時，願任重而上峻阪，不可得也。商鞅困於彭池，吳起之伏王尸，願被布褐而處窮鄙之蒿廬，不可得也。李斯相秦，席天下之勢，志小萬乘；及其囚於囹圄，車裂於雲陽之市，亦願負薪入東門，行上蔡曲街徑，不可得也。蘇秦、吳起以權勢自殺，商鞅、李斯以尊重自滅，皆貪祿慕榮以沒其身，從車百乘，曾不足以載其禍也！"（《鹽鐵論·毀學》）

按：此從司馬遷之說，以爲李斯死於貪慾，即"以尊重自滅"，"貪祿慕榮以沒其身"。

案秦始皇二十六年，長狄十二見於臨洮，長五丈餘，以爲善祥，鑄金人十二以象之，各重二十四萬斤，坐之宮門之前，謂之金狄。皆銘其胸云："皇帝二十六年，初兼天下，以爲郡縣，正法律，同度量。大人來見臨洮，身長五丈，足六尺。"李斯書也。故衛恒《叙篆》曰："秦之李斯，號爲工篆，諸山碑及《銅人銘》，皆斯書也。"（《水經注》卷四《河水》）

按：《漢書·五行志》曾記十二金人事，據《水經注》，李斯曾有此類"金人銘"作品。

趙高（？—前207）

秦王子嬰立，凡百日，郎中趙高謀殺之。子嬰寢於望夷之宮，夜夢有人身長十丈，須鬢絕青，納玉舃而乘丹車，駕朱馬而至宮門。云欲見秦王子嬰，閽者許進焉。子嬰乃與言。謂子嬰曰："余是天使也，從沙丘來。天下將亂，當有同姓名欲相誅暴。"翌日乃起，子嬰則疑趙高，囚高於咸陽獄，懸于井中，七日不死；更以鑊湯煮，七日不沸，乃戮之。子嬰問獄吏曰："高其神乎？"獄吏曰："初囚高之時，見高懷有一青丸，大如雀卵。"時方士說云："趙高先世受韓終丹法，冬月坐於堅冰，夏日臥於爐上，不覺寒熱。"及高死，子嬰棄高尸于九達之路，泣送者千家。或見一青雀從高尸中出，直入雲。九轉之驗，信於是乎。子嬰所夢，即始皇之靈；所著

玉烏，則安期先生所遺也。鬼魅之理，萬世一時。(《拾遺記》卷四)

按：《漢書·藝文志》稱："《爰歷》六章，車府令趙高作。"陳直《史記新證》云："趙高蓋深通小學者，與下文趙高曾授胡亥書正合。又秦始皇陵出土有'左司高瓦'，亦疑爲趙高監造之瓦。左司爲左司空之省文。"(第23—24頁)趙高教胡亥書，陳直《史記新證》以爲即《爰歷篇》(第24頁)。

成公生(生卒不詳)

劉向云：與李斯子由同時。由爲三川守，成公生游談不仕。(《漢書》卷三十《藝文志》顏師古注)

按：在名家，可知秦時尚有名家著作流傳。顏師古曰："姓成公。"陳直《漢書新證》："《漢印文字徵》第二、一一頁，有'成公右乘'印，成公爲複姓，師古説是也。晋成公綏有《嘯賦》，爲東郡白馬人，見《晋書·文苑》本傳。"(第231—232頁)又《漢書》卷三十《藝文志》："《成公生》五篇。與黃公等同時。"

孔鮒(？—前208)

《孔叢子》：家有先人遺書，兄弟相勉，諷誦不倦，研精墳典十有餘年。(《北堂書鈔》卷九十七《藝文部三·好學十》)

按：《孔叢子·獨治》："子魚生於戰國之世，長於兵戎之間，然獨樂先王之道，講習不倦。"孔鮒，《孔叢子》稱其字子魚。《史記集解》卷一百二十一《儒林列傳》注引"徐廣曰"："孔鮒之弟子襄，爲惠帝博士，遷爲長沙太傅。生忠，忠生武及安國。安國爲博士、臨淮太守。"《漢書》卷二十《古今人表》："孔鮒，孔穿孫。"《漢書》卷八十一《孔光傳》："孔子生伯魚鯉，鯉生子思伋，伋生子上帛，帛生子家求，求生子真箕，箕生子高穿。穿生順，順爲魏相。順生鮒，鮒爲陳涉博士，死陳下。鮒弟子襄爲孝惠博士，長沙太傅。"又《漢書·儒林傳》："及至秦始皇兼天下，燔

《詩》《書》，殺術士，六學從此缺矣。陳涉之王也，魯諸儒持孔氏禮器往歸之，於是孔甲爲涉博士，卒與俱死。"顏師古注："《孔光傳》云：'鮒爲陳涉博士，死陳下。'今此云孔甲，將名鮒而字甲也。"此說恐非。

秦始皇東并，子魚謂其徒叔孫通曰："子之學可矣，盍仕乎？"對曰："臣所學于先生者，不用於今，不可仕也。"子魚曰："子之材能見時變，今爲不用之學，殆非子情也。"叔孫通遂辭去，以法仕秦。（《孔叢子》卷六《獨治》）

陳餘謂子魚曰："秦將滅先王之籍，而子爲書籍之主，其危矣。"子魚曰："顧有可懼者，必或求天下之書焚之。書不出則有禍，吾將先藏之以待其求，求至無患矣。"（《孔叢子》卷六《獨治》）

按：《東觀漢記·尹敏傳》："孔鮒藏《尚書》《孝經》《論語》于夫子舊堂壁中。"此言孔鮒藏書，與《孔叢子》同。《漢書·藝文志》顏師古注："《家語》孔騰字子襄，畏秦法峻急，藏《尚書》《孝經》《論語》于夫子舊堂壁中，而《漢紀·尹敏傳》云孔鮒所藏，二說不同，未知孰是。"顏師古所言《家語》，實出《孔子家語後序》，其說較晚。

陳王涉讀《國語》言申生事，顧博士曰："始余信聖賢之道，乃今知其不誠也。先生以爲何如？"答曰："王何謂哉？"王曰："晉獻惑聽讒，而書又載驪姬夜泣公，而以信入其言。人之夫婦夜處幽室之中，莫能知其私焉，雖黔首猶然，況國君乎？予以是知其不信，乃好事者爲之辭，將欲成其說，以誣愚俗也。故使予并疑于聖人也。"博士曰："不然也。古者，人君外朝則有國史，内朝則有女史。舉則左史書之，言則右史書之，以無諱示後世。善以爲式，惡以爲戒。廢而不記，史失其官。故凡若晉侯、驪姬床第之私、房中之事，不得掩焉。若夫設教之言，驅群俗，使人入道而不知其所以者也。今此皆書實事，累累若貫珠，可無疑矣。"王曰："先生真聖人之後風也。今幸得聞命，寡人無過焉。"（《孔叢子·答問》）

博士凡仕六旬，老于陳。將没，戒其弟子曰："魯，天下有仁義之國也。戰國之世，講頌不衰，且先君之廟在焉。吾謂叔孫通處濁世而清其身，學儒術而知權變，是今師也。宗於有道，必有令圖，歸必事焉。"（《孔叢子》卷六《問軍禮》）

按：孔鮒傳爲《孔叢子》作者，後人多以爲王肅僞作。其材料有較早來源，未必出王肅之手。《隋書·經籍志》稱孔鮒撰《孔叢子》七卷，此說較晚，然《孔叢子》確實有先秦資料。《宋史·藝文志》著錄孔鮒《小爾雅》一卷，實本在《孔叢子》中，宋時析出單行。

樂臣公（生卒不詳）

其後二十餘年，高帝過趙，問："樂毅有後世乎？"對曰："有樂叔。"高帝封之樂鄉，號曰華成君。華成君，樂毅之孫也。而樂氏之族有樂瑕公、樂臣公，趙且爲秦所滅，亡之齊高密。樂臣公善修黃帝、老子之言，顯聞于齊，稱賢師。（《史記》卷八十《樂毅列傳》）

按：本傳稱："太史公曰：始齊之蒯通及主父偃讀樂毅之報燕王書，未嘗不廢書而泣也。樂臣公學黃帝、老子，其本師號曰河上丈人，不知其所出。河上丈人教安期生，安期生教毛翕公，毛翕公教樂瑕公，樂瑕公教樂臣公，樂臣公教蓋公。蓋公教於齊高密、膠西，爲曹相國師。"漢之黃老學，本齊學，樂臣公以黃帝、老子之學顯於齊，而其弟子蓋公教授於齊，爲曹參師，是漢初上層士人之黃老，其源在樂臣公。而樂臣公本由趙入齊，則齊之黃老與趙又有淵源。《史記·外戚世家》稱孝文竇太后"家在清河，欲如趙近家"，"竇太后好黃帝、老子言，帝及太子諸竇不得不讀《黃帝》《老子》，尊其術"。《史記·禮書》稱"孝文好道家之學"，《風俗通義·正失》稱"文帝本修黃老之言"，等等。此皆知武帝前皇室之黃老學，主要是出自趙地，齊之黃老爲其流而已。由於黃老之學關係漢武帝時期儒術的推行，故把握樂臣公、竇太后、曹參、陳平、漢文帝等人之黃老學說，對瞭解漢初政治、文化走向具有非常重要的意義。皇甫謐《高士傳》將樂臣公、蓋公置於商山四皓之前。另外，由太史公梳理黃老學說之傳承順序看，漢初已經有明顯的學派流別觀念，此漢末劉向、劉歆《別錄》《七略》之思想淵源。

商山四皓（生卒不詳）

《會稽典錄》：鄞大里黃公，絜己暴秦之世，高祖即阼，不能一致，惠

帝恭讓，出則濟難。（《三國志》卷五十七《吳志·虞翻傳》裴松之注）

按：崔琦《四皓頌》："昔南山四皓者，蓋甪里先生、綺里季、夏黃公、東園公是也。秦之博士，遭世暗昧，道滅德消，坑黜儒術，《詩》《書》是焚。於是四公退而作歌曰：'莫莫高山，深谷滅哉。曄曄紫芝，可以療飢。唐虞世遠，吾將何歸？駟馬高蓋，其憂甚大。富貴畏人兮，不如貧賤之肆志。'"（《太平御覽》卷五百七十三《樂部十一·歌四》）崔琦東漢人，其《四皓頌》所錄之歌，恐非出自四皓而爲崔琦依托之作。然終究爲漢人作品，近《琴操》風格。《四皓頌》"深谷滅哉"，《高士傳》作"深谷逶迤"，且《高士傳》錄四皓故事更爲繁富。

美行，園公、綺里季、夏黃公、甪里先生。言辭，婁敬、陸賈。執正，王陵、申屠嘉。折節，周昌、汲黯。守儒，轅固、申公。苗異，董相、夏侯勝、京房。（《法言·淵騫》）

按：陳直《史記新證》："四皓之名，以見於《史記》及《法言》、《新序》爲最古，次則東漢四皓神坐机題字（見《小蓬萊閣金石記》，有摹本）。"（第108頁）

四皓者，皆河内軹人也。或在汲，一曰東園公，二曰甪里先生，三曰綺里季，四曰夏黃公。皆修道潔己，非義不動。秦始皇時，見秦政虐，乃退入藍田山而作歌曰："莫莫高山，深谷逶迤。曄曄紫芝，可以療飢。唐虞世遠，吾將何歸？駟馬高蓋，其憂甚大。富貴之畏人，不如貧賤之肆志。"乃共入商雒，隱地肺山，以待天下定。及秦敗，漢高聞而徵之，不至，深自匿終南山，不能屈己。（皇甫謐《高士傳》卷中）

按：《漢書·王貢兩龔鮑傳》："自園公、綺里季、夏黃公、甪里先生、鄭子真、嚴君平皆未嘗仕，然其風聲足以激貪厲俗，近古之逸民也。"顏師古注："四皓稱號，本起於此，更無姓名可稱知。此蓋隱居之人，匿迹遠害，不自標顯，秘其氏族，故史傳無得而詳。至於後代皇甫謐、圈稱之徒，及諸地理書說，競爲四人施安姓字，自相錯互，語又不經，班氏不載於書。諸家皆臆說，今并棄略，一無取焉。"然陳直《漢書新證》云："四皓稱號，始見於《史記·留侯世家》，次見於揚子《法言》，皆在班固之前，顏師古注，謂本起於此，殆偶遺忘耳。"又稱：《隸釋》卷八、《金石錄》卷二十九錄四皓神坐刻石，與《史記》《法言》《漢書》正合；樂浪彩篋塚出土人物故事畫畫像題字，蓋南方學者流傳之說。

"綜上所述，四皓神坐刻石，爲東漢中晚期作品，樂浪彩篋題字，爲東漢初中期作品，皆可與《漢書》印證異同，爲極有價值之史料，顏師古所謂施安姓氏者，指皇甫謐《高士傳》，陶潛《聖賢群輔錄》等書而言。"（第377—378頁）此處以"未嘗仕""風聲足以激貪厲俗"作爲"逸民"標準，乃東漢人之認識。魏晋南北朝觀點與此有別。另：《漢書》論四皓與鄭子真、嚴君平"風聲足以激貪厲俗"，以"風聲"作爲評價人的道德標準，值得注意。

張子房與四皓書云：良白：仰惟先生，秉超世之殊操，身在六合之間，志凌造化之表。但自大漢受命，禎靈顯集，神母告符，足以宅兆民之心。先生當此時，輝神爽乎雲霄，濯鳳翼於天漢，使九門之外，有非常之客，北闕之下，有神氣之賓，而淵游山隱，竊爲先生不取也。良以頑薄，承乏忝官，所謂絶景不御，而駕服駑駘。方今元首欽明文思，百揆之佐，立則延企，坐則引領，日仄而方丈不御，夜寢而闈閣不閉。蓋皇極須日月以揚光，后土待岳瀆以導滯；而當聖世，鸞鳳林棲，不翔乎太清，騏驥岳遁，不步於郊莽，非所以寧八荒而慰六合也。不及省侍，展布腹心，略寫至言，相料翻然不猜其意。張良白。

四皓答書曰：竄蟄幽藪，深谷是室，豈悟雲雨之使，奄然萃止。方今三章之命，邈殷湯之曠澤，禮隆樂和，四海克諧，六律及於絲竹，和聲應於金石，飛鳥翔於紫闕，百獸出於九門。頑夫固陋，守彼岩穴，足未嘗踐閻閭，目未曾見廊廟，野食於豐草之中，避暑於林木之下；望月晦然後知三旬之終，覩霜雪然後知四時之變，問射夫然後知弓弩之須，訊伐木然後知斧柯之用。當秦項之艱難，力不能負干戈，攜手逃走，避役山草，倚朽若立，循水似濟。遂使青蠅盜聲於晨鷄，魚目竊價於隋珠。公侯應靈挺特，神父授策，蓋無幽而不明也。豈有烹鼎和味，而願令菽麥厠方丈之御；被龍服袞，而欲使女蘿上紺綾之緒；恐汨泥以濁白水，飄塵以亂清風；是以承命傾筐，聞寵若驚。謹因飛龍之使，以寫鳴蟬之音，乞守兔鹿之志，終其寄生之命也。（《殷芸小説》卷二）

按：張良與四皓書及四皓答書，不見於史書記載，雖出自小説家言，然未必爲殷芸之流僞造。觀二書之文，多駢儷之辭，顯非漢初人所作。余嘉錫稱："殷芸既收入《小説》，自是晋、宋間人所擬作。"（《殷芸小説》，上海古籍出版社1984年版，第56頁）《搜神記》《異苑》等書，多搜集包括皇室人員在內的逸聞軼事,説明閲讀的"娛樂性"已經成爲時尚。

東海黃公(生卒不詳)

余所知有鞠道龍善爲幻術,向余説古時事:有東海人黃公,少時爲術,能制龍御虎,佩赤金刀,以絳繒束髮,立興雲霧,坐成山河。及衰老,氣力羸憊,飲酒過度,不能復行其術。秦末,有白虎見於東海,黃公乃以赤刀往厭之,術既不行,遂爲虎所殺。三輔人俗用以爲戲,漢帝亦取以爲角抵之戲焉。(《西京雜記》卷三)

按:角抵戲在漢武帝時期較爲盛行。此黃公傳説有後世戲曲元素。《文選》卷二《西京賦》:"東海黃公,赤刀粵祝。冀厭白虎,卒不能救。挾邪作蠱,於是不售。"《文選》李善注:"東海有能赤刀禹步,以越人祝法厭虎者,號黃公。"

項籍(前232—前202)

項王軍壁垓下,兵少食盡,漢軍及諸侯兵圍之數重。夜聞漢軍四面皆楚歌,項王乃大驚曰:"漢皆已得楚乎?是何楚人之多也!"項王則夜起,飲帳中。有美人名虞,常幸從;駿馬名騅,常騎之。於是項王乃悲歌慷慨,自爲詩曰:"力拔山兮氣蓋世,時不利兮騅不逝。騅不逝兮可奈何,虞兮虞兮奈若何!"歌數闋,美人和之。項王泣數行下,左右皆泣,莫能仰視。(《史記》卷七《項羽本紀》)

按:《史記·項羽本紀》:"項籍者,下相人也,字羽。初起時,年二十四。其季父項梁,梁父即楚將項燕,爲秦將王翦所戮者也。項氏世世爲楚將,封於項,故姓項氏。"梁玉繩《史記志疑》卷六《項羽本紀》以爲,此處"字羽",當依《高祖功臣表》《序傳》作"字子羽"(第198頁)。陳直《漢書新證》引《春秋名字解詁》:"項籍字羽者,籍爲鵲之假借字,故名籍字羽。"(第240頁)此二説未必是。秦漢楚歌,有歌有和，已有具體的形制。

昔項羽既敗，爲漢兵所追，乃謂其餘騎曰："吾起兵至今八年，身經七十餘戰，所擊者服，遂霸天下。今而困於此，此天亡我，非戰之罪也。"斯皆存亡所由，欲南反北者也。夫攻戰，王者之末事也，非所以取天下也。王者之取天下也有大本，有仁智之謂也。仁則萬國懷之，智則英雄歸之、御萬國、總英雄以臨四海，其誰與爭？若夫攻城必拔，野戰必克，將帥之事也。羽以小人之器，暗於帝王之教，謂取天下一由攻戰，矜勇有力，詐虐無親，貪嗇專利，功勤不賞。有一范增，既不能用，又從而疑之，至令憤氣傷心，疽發而死。豪傑背叛，謀士違離，以至困窮，身爲之虜。然猶不知所以失之，反瞋目潰圍，斬將取旗，以明非戰之罪，何其謬之甚歟！高祖數其十罪，蓋其大略耳。若夫纖介之失，世所不聞，其可數哉。且亂君之未亡也，人不敢諫；及其亡也，人莫能窮，是以至死而不寤，亦何足怪哉。（徐幹《中論·慎所從》）

按：《諸葛亮集》卷一《正議》："昔在項羽，起不由德，雖處華夏，秉帝者之勢，卒就湯鑊，爲後永戒。"徐幹、諸葛亮批評項羽不仁、無德，是從歷史角度繼承司馬遷對歷史人物的品評方式；而魏晉以後的人物品評，皆由此發展而來。徐幹、諸葛亮之評價，與司馬遷同。

虞姬（？—前202）

《楚汉春秋》：歌曰："汉兵已略地，四方楚歌声。大王意气尽，贱妾何聊生。"（《史記》卷七《項羽本紀》張守節正義）

按：項羽主要事迹見《史記·項羽本紀》《漢書·項籍傳》。"楚歌"，《史記集解》引應劭曰："楚歌者，謂雞鳴歌也。漢已略得其地，故楚歌者多雞鳴時歌也。"《史記正義》引顏師古曰："楚人之歌也，猶言'吳謳'、'越吟'。若雞鳴爲歌之名，於理則可，不得云'雞鳴時'也。高祖戚夫人楚舞，自爲楚歌，豈亦雞鳴時乎？"顏師古說是。然陳直《漢書新證》以爲，顏師古說乃襲自其叔父顏游秦之説。《漢書》顏師古注襲用顏游秦處頗多。項羽自爲楚貴族，其所言"是何楚人之多也"，乃疑楚民叛之。其自作歌被稱作"詩"，而後又稱"歌數闋"，則知當時"歌詩"合稱。而"美人和之",是"和歌",亦"和詩"。這種當場和歌、和詩之事,先秦已經產生,但不甚普遍,且真正文人之間的"唱和"較晚。《楚漢春秋》出現的五言歌詩,恐後起。《史記正義》引《括地志》:"虞姬墓在濠州定遠縣東六十里。長老傳云項羽美人冢也。"司馬遷對項羽評價,有褒有貶。"有美人名虞",梁玉繩《史記志疑》卷六《項羽本紀》:"徐廣云'一作"姓虞氏"',是。《漢書》全襲《史記》,正作'姓虞氏'也。"

酈食其(？—前203)

酈食其,號酈生,説漢王曰:"臣聞之,知天之天者,王事可成;不知天之天者,王事不可成。王者以民爲天,而民以食爲天。夫敖倉,天下轉輸久矣,臣聞其下乃有藏粟甚多。楚人拔滎陽,不堅守敖倉,乃引而東,令適卒分守成皋,此乃天所以資漢。方今楚易取,而漢反却,自奪其便,臣竊以爲過矣。且兩雄不俱立,楚漢久相持不決,百姓騷動,海内摇蕩,農夫釋耒,工女下機,天下之心,未有所定也。願陛下急復進兵,收取滎陽,據敖倉之粟,塞成皋之險,杜太行之路,距蜚狐之口,守白馬之津,以示諸侯形制之勢,則天下知所歸矣。"漢王曰:"善。"乃從其計畫,復守敖倉,卒糧食不盡,以擒項氏。其後吳、楚反,將軍竇嬰,周亞夫復據敖倉,塞成皋如前,以破吳、楚。皆酈生之謀也。

酈生説漢王曰:"方今燕趙已復,唯齊未下,今田橫據千里之齊,田閒據二十萬之衆,軍於歷城,今田宗强,負海,阻河,濟南近楚,民多變詐,陛下雖遣數十萬師,未可以歲月下也。臣請奉明詔説齊王,令稱東藩。"於是使酈生食其説齊王曰:"王知天下之所歸乎?"王曰:"不知也。"曰:"王知天下之所歸,則齊國可得而有也;若不知天下之所歸,則齊國未可保也。"齊王曰:"天下何歸?"曰:"歸漢。"王曰:"先生何以言之?"曰:"漢王與項王戮力西面擊秦,約先入咸陽者王之,漢王先入咸陽,項王倍約不與,而王之漢中。項王遷殺義帝,漢王起蜀漢之兵擊三秦,出關而責義帝之處,收天下之兵,立諸侯之後。降城即以侯其將,得賂即以予其士,與天下同其利,豪傑賢才,皆樂爲其用。諸侯之兵,四面而至,蜀漢之粟,方船而下。項王有倍約之名,殺義帝之實,於人之功無所記，於人之過無所忘，戰勝而不得其賞，拔城而不得其封，非項氏莫得用事，爲人刻印，刓而不能授，攻城得賂，積財而不能賞，天下畔之，賢才怨之，而莫爲之用。故天下之事，歸於漢王，可坐而策也。夫漢王發蜀漢，定三秦，涉西河之外，乘上黨之兵，下井陘，誅成安，破北魏，舉三十二城，此蚩尤之兵，非人之力也。今已據敖倉之粟，塞成皋之險，守白馬之津，杜太行之阪，距蜚狐之口，天下後服者先亡矣。王疾下漢王，齊國社稷，可得而保也；不下漢王，危亡可立而待也。"田橫以爲然，即聽酈生，罷歷下兵戰守之備，生日縱酒，此酈生之謀也。及齊人蒯通説韓信曰："足下受詔擊齊，何故止？將三軍之衆，不如一豎儒之功，可因齊無備，擊之。"韓信從之，酈生爲田橫所害，後信、通亦不得其所，由不仁也。(《新序·善謀》)

按：《新序》與《史記》多合。漢人以"不義"論項羽，以"不仁"論韓信，此當時論人之標準。《史記》卷九十七《酈生陸賈列傳》："酈生食其者，陳留高陽人也。好讀書，家貧落魄，無以爲衣食業，爲里監門吏。然縣中賢豪不敢役，縣中皆謂之狂生。"《史記索隱》："高陽屬陳留圉縣。高陽，鄉名也，故《耆舊傳》云'食其，高陽鄉人'。"《史記正義》："《陳留風俗傳》云'高陽在雍丘西南'。《括地志》云'圉城在汴州雍丘縣西南。食其墓在雍丘西南二十八里'。蓋謂此也。"陳直《史記新證》："戰國至西漢時，監門多隱君子。"(第133頁)酈食其亦類此。

或問："酈食其説陳留，下敖倉；説齊罷歷下軍，何辯也？韓信襲齊，以身脂鼎，何訥也？"曰："夫辯也者，自辯也。如辯人，幾矣！"(《法言·重黎》)

竇公(生卒不詳)

余前爲王翁典樂大夫，得樂家書記言："文帝時，得魏文侯時樂人竇公，年百八十歲，兩目皆盲。文帝奇之，問曰：'何所服食而能至此耶？'對曰：'臣年十三失明，父母哀其不及衆技，教臣爲樂，使鼓琴，日講習以爲常事，臣不導引，無所服餌也，不知壽得若何？'"譚以爲竇公少盲，專一內視，精不外鑒，恒逸樂，所以益性命也，故有此壽。(《新輯本桓

譚新論·祛蔽》）

　　按：竇公乃漢相傳著名樂師。西漢孔安國、劉向、劉歆之"好古之學"，始于魏文侯。《漢書》卷三十《藝文志》："六國之君，魏文侯最爲好古，孝文時得其樂人竇公，獻其書，乃《周官·大宗伯》之《大司樂章》也。"《古今姓氏書辯證》引《風俗通義》佚文："竇公氏，魏文侯時，有樂人竇公氏獻古文《樂書》一篇。"魏文侯時（前472—前396）之竇公，至漢文帝（前202—前157）時仍存世，兩漢之際桓譚見書記其"年百八十歲"，時間相合，知西漢已經流傳竇公長壽且知樂故事。班固《漢書·藝文志》所記，當有所本。從時間上説，魏文侯之竇公，與漢文帝時之竇公，或非同一人，世或有誤傳。然桓譚《新論》言此出"樂家書"，則桓譚、劉歆時代所見"樂家書"有此説。《漢書·藝文志》之言，或即出劉歆《七略》。另《藝文志》稱竇公獻"《周官·大宗伯》之《大司樂章》"，《風俗通義》稱獻"《樂書》一篇"，二書題名顯然不同。應劭《風俗通義》又在班固《藝文志》後，似乎其時已經不從《藝文志》之説。即使《漢書·藝文志》記竇公事爲非，然此人在漢代樂家中無疑具有較高的地位。

卷 二

漢高祖劉邦（前256—前195）

高祖還歸，過沛，留。置酒沛宫，悉召故人父老子弟縱酒，發沛中兒得百二十人，教之歌。酒酣，高祖擊筑，自爲歌詩曰："大風起兮雲飛揚，威加海内兮歸故鄉，安得猛士兮守四方！"令兒皆和習之。高祖乃起舞，慷慨傷懷，泣數行下。謂沛父兄曰："游子悲故鄉。吾雖都關中，萬歲後吾魂魄猶樂思沛。且朕自沛公以誅暴逆，遂有天下，其以沛爲朕湯沐邑，復其民，世世無有所與。"（《史記》卷八《高祖本紀》）

按：《史記集解》引《風俗通義》曰："《漢書》注，沛人語初發聲皆言'其'。其者，楚言也。高祖始登帝位，教令言'其'，後以爲常耳。"此歌是漢詩之首，三言加"兮"字結構。《漢書》不記其歌名，《文選》題《漢高帝歌》，《大風歌》之名亦當出於隋唐之際。陳直《漢書新證》云："《藝文志》稱《高祖歌詩》二篇，指《大風》及《鴻鵠》而言。《文選》題云《漢高帝歌一首》，皆無《大風歌》之名。《金石萃編・漢十七》，沛縣歌風臺，有《大風歌》刻石，標題爲《漢高祖皇帝歌》，相傳爲曹喜書，當不可靠，篆體與三體石經相近，雖不能確定時代，然觀其標題不稱爲《大風歌》，而稱爲《漢高祖皇帝歌》，與《文選》相同，可定爲六朝以上之古刻。在文獻上稱爲《大風歌》者，則始於《藝文類聚》。"高祖生卒考證，參見《秦漢文學編年史》第70—71頁。又《漢書》卷十六《高惠高后文功臣表》引封爵之誓曰："使黄河如帶，泰山若厲，國以永存，爰及苗裔。"此"誓"體。顏師古注引應劭曰："封爵之誓，國家欲使功臣傳祚無窮也。帶，衣帶也。厲，砥厲石也。河當何時如衣帶，山當何時如厲石，言如帶厲，國猶永存，以及後世之子孫也。"高祖《大風歌》較爲知名，而其《封爵誓》，被劉勰稱爲"漢祖建侯，定山河之誓"。另《古文苑》卷十有《手敕太子》五篇，《漢書·藝文志》又有："《高祖傳》十三篇。高祖與大臣述古語及詔策也。"《藝文志》在儒家。王應麟《漢藝文志考證》："《魏相傳》：'奏《明堂月令》曰：高皇帝所述書《天子所服》第八。'《隋志》：梁有《漢高祖手詔》一卷。"《古文苑》所記，與史書所記多合，有其文史價值。其中的《手敕太子》，豈《隋志》"《漢高祖手詔》"乎？

　　四人爲壽已畢，趨去。上目送之，召戚夫人指視曰："我欲易之，彼四人爲之輔，羽翼已成，難動矣。呂氏真乃主矣。"戚夫人泣涕，上曰："爲我楚舞，吾爲若楚歌。"歌曰："鴻鵠高飛，一舉千里。羽翼以就，橫絕四海。橫絕四海，又可奈何！雖有矰繳，尚安所施！"歌數闋，戚夫人歔欷流涕。上起去，罷酒。竟不易太子者，良本招此四人之力也。（《漢書》卷四十《張良傳》）

　　按：此商山四皓事。此處漢高祖楚歌爲四言，伴以楚舞，後世題名《鴻鵠歌》。《漢書》卷三十《藝文志》："高祖歌詩二篇。"王應麟《漢藝文志考證》："《大風歌》，亦名《三侯之章》，《文中子》曰：'《大風》安不忘危，其伯心之存乎？'《鴻鵠歌》，朱文公以爲卒章意象蕭索，非復《三侯》比矣。"陳直《史記新證》以爲《漢書·藝文志》"歌詩二篇"即指《大風歌》與《鴻鵠歌》，并指出："《本紀》作'自爲歌詩'，《樂書》稱'爲詩《三侯之章》'，皆無《大風歌》之名，其名爲《大風歌》者，始於《藝文類聚》。又《金石萃編》卷十九，有《大風歌》刻石，題爲'漢高祖皇帝歌'，爲魏晉時所刻，亦不稱爲《大風歌》也。"（第29頁）

　　《三齊略》：滎陽有免井，漢沛公避項羽追，逃於井中，有雙鳩集其上，人云沛公逃入井。羽曰："井中有人，鳩不集其上。"遂下道，沛公遂免難。後漢世元日放鳩，蓋爲此也。（《太平御覽》卷二十九《時序部十四·元日》）

　　按：《三齊略》，又稱《三齊略記》，晉伏琛撰，清王仁俊有輯本。其中所言"沛公避項羽追，逃於井中"脫難事，後世多有此類針對帝王將相蒙難、脱難故事，顯然皆有依托成分。而其記劉邦此事，亦屬漢晉人造。

《風俗通》：俗説：高祖與項羽戰，敗於京、索，遁叢薄中，羽追求之，時鳩正鳴其上，追者以鳥在無人，遂得脱。後及即位，異此鳥，故作鳩杖以賜老者。案：少皞五鳩，鳩民者，聚民也。《周禮》羅氏：“獻鳩養老。”漢無羅氏，故作鳩杖以扶老。（《太平御覽》卷九百二十一《羽族部八·鳩》）

按：此“俗説”值得注意，當與正史説不同。《風俗通義》此處所記近小説家言。所言"俗説"，可知當時有一種類似後世小説的"俗説"在流傳，并且與歷史人物故事有密切關係。

高祖爲泗水亭長，送徒驪山，將與故人訣去。徒卒贈高祖酒二壺，鹿肚、牛肝各一。高祖與樂從者飲酒食肉而去。後即帝位，朝晡尚食，常具此二炙，并酒二壺。（《西京雜記》卷二）

漢高祖初入咸陽宮，周行庫府，金玉珍寶，不可稱言。其尤驚異者，有青玉五支燈，高七尺五寸。作蟠螭，以口銜燈，燈燃，鱗甲皆動，焕炳若列星而盈室焉。復鑄銅人十二枚，坐皆高三尺，列在一筵上，琴筑笙竽，各有所執，皆結花彩，儼若生人。筵下有二銅管，上口高數尺，出筵後。其一管空，一管内有繩，大如指，使一人吹空管，一人紐繩，則衆樂皆作，與真樂不異焉。有琴長六尺，安十三弦，二十六徽，皆用七寶飾之，銘曰"璠璵之樂"。玉管長二尺三寸，二十六孔，吹之則見車馬山林，隱嶙相次，吹息亦不復見，銘曰"昭華之琯"。有方鏡，廣四尺，高五尺九寸，表里有明，人直來照之，影則倒見。以手捫心而來，即見腸胃五臟，歷然無礙。人有疾病在内者，則掩心而照之，必知病之所在。又女子有邪心，則膽張心動。秦始皇帝常以照宮人，膽張心動則殺之。高祖悉封閉以待項羽，羽并將以東，後不知所在。（《西京雜記》卷三）

按：《西京雜記》記高祖之説，未必爲史實，但説其以傳聞形式流傳，則不無可能。《西京雜記》多記逸聞軼事，其事未必符合史實，但其中所言典章制度、文化風俗，對研究漢代歷史具有借鑒意義。《殷芸小説》卷二亦有載。

滎陽板渚津原上有厄井，父老云：漢高祖曾避項羽于此井，爲雙鳩所救。故俗語云："漢祖避時難，隱身厄井間，雙鳩集其上，誰知下有人？"漢朝每正旦輒放雙鳩，起於此。（《殷芸小説》卷一）

按：據《風俗通義》《殷芸小説》"俗説""俗語"可知，東漢以來盛傳漢高祖故事，且敷演成"正旦放鳩"節日。《太平廣記》卷一百三十五《徵應一·帝王休徵》有引。《殷芸小説》顯然據《風俗通義》記載的"俗説"材料而來。

蒯通（生卒不詳）

　　或問"蒯通抵韓信，不能下，又狂之"。曰："方遭信閉，如其抵！"曰："蠘可抵乎？"曰："賢者司禮，小人司蠘，況拊鍵乎？"（《法言·重黎》）

　　按：《史記·田儋列傳》："蒯通者，善爲長短説，論戰國之權變，爲八十一首。"《漢書》卷四十五《蒯通傳》："通論戰國時説士權變，亦自序其説，凡八十一首，號曰《雋永》。"《史記索隱》："言欲令此事長，則長説之；欲令此事短，則短説之。故《戰國策》亦名曰'短長書'是也。"如此，"長短説"是一才能，亦是一種"文類"。"八十一首"，《史記集解》引《漢書》曰："號爲《雋永》。永，一作'求'。"《史記索隱》："《雋永》，書名也。"顔師古注："雋，肥肉也。永，長也。言其所論甘美而義深長也。"據其内容與書名看，蒯通《雋永》"論戰國之權變"，當屬子書，近縱橫家言。

　　《漢書·藝文志》有"《蒯子》五篇"，即在縱橫家列。宋王應麟《漢藝文志考證》卷七録"《蒯子》一篇"，誤。《史記》《漢書》稱蒯通《雋永》作"八十一首"，不稱"篇""卷"，而《藝文志》稱"篇"。據班固説此書"通論戰國時説士權變，亦自序其説，凡八十一首"，較《史記》"論戰國之權變，爲八十一首"之説，多"亦自序其説"，可知班固時代所見該書，除了論戰國權變，還有蒯通本人評論之辭。如此，班固時代的《蒯子》五篇，應該是包括司馬遷時代《雋永》在内的續編本，二者不宜簡單等同。陳直《漢書新證》："兩漢人著書，皆不稱子。如陸賈《新語》，揚雄《法言》，劉向《新序》、《説苑》，王充《論衡》，王符《潛夫論》之類是也。蒯通《雋永》，即其書名，非評其書中價值之名詞也（《藝文志》，《蒯子》五篇，疑是後人所加，非通之自名）。"（第

279—280頁)自陸賈《新語》始,漢人已爲其著述題名,則其時已有明顯的古書編纂之事。

《史記》之《張耳陳餘列傳》《淮陰侯列傳》多記蒯通說辭,據其辯說才能,與司馬遷稱其"善爲長短說"合;據其内容,疑即《藝文志》中《蒯子》之文。蒯通之辭,多故作驚人之語,是其辯智。如以《雋永》《蒯子》文本視之,則該書應多"奇警"之語,與漢初敦厚文風多有不同。

蕭何(?—前193)

前漢蕭何善篆籀。爲前殿成,覃思三月,以題其額。觀者如流,何使禿筆書。出羊欣《筆陣圖》。(《太平廣記》卷二百六《書一·蕭何》)

按:《史記·蕭相國世家》:"蕭相國何者,沛豐人也。以文無害爲沛主吏掾。"本傳稱孝惠二年卒。沛豐,陳直《史記新證》:"秦時泗水郡,漢初改爲沛郡,豐縣屬沛,傳文不稱泗水而稱沛,是太史公用漢制紀秦事。"(第106頁)"以文無害",陳直《史記新證》:"文無害,始見於《蕭相國世家》,本傳凡四見,謂既通曉律令文而不深刻害人也,爲兩漢人之習俗語。"(第183頁)

《漢書·藝文志》"漢興,蕭何草律,亦著其法,曰:'太史試學童,能諷書九千字以上,乃得爲史。又以六體試之,課最者以爲尚書御史史書令史。吏民上書,字或不正,輒舉劾。'"蕭何貢獻,一在"收秦丞相御史律令圖書";一在爲漢制定律法,以史"能諷書九千字以上"。此漢興小學發展的重要原因。漢賦之發展,即與小學興盛有密切關係。另外,蕭何善書,雖出羊欣《筆陣圖》,資料較晚,恐有所本;且蕭何曾爲秦刀筆吏,此說未必虛妄。

夏侯嬰(?—前172)

《博物志》:漢滕公夏侯嬰死,公卿送葬,至東都門外。馬不行,踣地悲鳴,得石槨,有銘曰:"佳城鬱鬱,三千年見白日,吁嗟滕公居此

室。"乃葬之。(《藝文類聚》卷四十《禮部下·冢墓》)

《西京雜記》：滕公駕至陳都門，馬鳴，跪不肯前，以足跑地，久之。滕公懼，使卒掘其所跪之地，深二尺，得石槨。滕公以燭照之，有銘，乃以水洗之，其文字古異，左右莫能知。問叔孫通，曰："科斗書也。"以今文寫之，曰："佳城鬱鬱，三千年見白日，呼嗟滕公居此室。"滕公曰："嗟乎，天也！吾死其葬此乎？"於是終葬此焉。(《太平御覽》卷五百九十《文部六·銘志》)

按：《西京雜記》與《博物志》所記夏侯嬰事，稍有不同，當是後世依托之辭，然其銘文之體，近漢讖緯之文。

"滕、灌、樊、酈？"曰："俠介。"(《法言·淵騫》)

按：《史記》本傳稱夏侯嬰"(文帝)八歲卒，諡爲文侯"。

叔孫通(生卒不詳)

《魯國先賢志》：叔孫通草創朝儀，拜通爲奉常，賜金五百斤。通悉以金賜諸生，諸生乃喜曰："叔孫生，聖人也，知當世務。"(《太平御覽》卷八百一十一《珍寶部十·金下》)

按：以叔孫通爲"漢儒宗""聖人"，皆後來之觀念。叔孫通時代，尚"見非於齊魯之士"，故無定評。叔孫通爲漢制禮儀，史書多有記載，如《漢書·禮樂志》："漢興，撥亂反正，日不暇給，猶命叔孫通制禮儀，以正君臣之位。高祖説而嘆曰：'吾乃今日知爲天子之貴也！'以通爲奉常，遂定儀法，未盡備而通終。"叔孫通爲漢制禮儀，是漢人的一種"集體叙述"，雖然"未盡備而通終"，然而却開兩漢禮樂改革先風。又《漢書·楚元王傳》："漢興，去聖帝明王遐遠，仲尼之道又絶，法度無所因襲。時獨有一叔孫通略定禮儀，天下唯有《易》卜，未有它書。"劉歆將"禮"與"書"一類文本并列，或因其所采禮，皆自古禮經書。故《初學記》稱："漢初，朝制無文。叔孫通頗采禮經，參酌秦法，雖適物觀時，有救崩弊，然先王之宏典，蓋多缺矣。"(《初學記》卷二十一《文部·經典第一》)

(孔鮒)戒其弟子曰："吾謂叔孫通處濁世而清其身，學儒術而知權

變，是今師也。宗於有道，必有令圖，歸必事焉。"（《孔叢子·問軍禮》）

按：孔鮒稱叔孫通"知權變"，《史記》叔孫通稱他人"不知時變"，二書意同。《史記》卷九十九《叔孫通列傳》："叔孫通儒服，漢王憎之；乃變其服，服短衣，楚制，漢王喜。"此亦叔孫通"知權變"之表現。《史記索隱》："孔文祥云'短衣便事，非儒者衣服。高祖楚人，故從其俗裁製'。"此處叔孫通以"楚制"變儒服，符合劉邦等人楚人的生活習慣，同時亦符合當時"興楚"之觀念。先秦楚衣多短促，故陳直《史記新證》曰："長沙戰國楚墓中所出木俑，皆短衣持兵。又仰天湖出土楚竹簡有'楚智繏，皆有蔓足繏'之紀載，足爲促字省文，皆楚衣短促之證。"（第154頁）儒生鄙視叔孫通，稱其"所事者且十主"，是誇飾之言。梁玉繩《史記志疑》稱："通事秦始皇、二世、項梁、義帝、項羽乃降漢，凡更六主，而云十主何也？"（下冊，第1354頁）

子思之後，子高、子順、子魚皆守家法，學者祖之。叔孫通本學於子魚，子魚使仕始皇。陳餘儒者，與子魚善。陳勝首事，餘薦子魚，餘輕韓信以取敗亡，鮒死陳下，儒學幾絕，獨通遺種僅存，卒賴以有立。（《孔叢子·獨治》）

按：《孔叢子》記叔孫通學術傳承。《史記》本傳稱其爲"叔孫生"，陳直《史記新證》："《漢舊儀》云：'博士稱先生。'故《史》《漢》敘事，或簡稱先，或簡稱生。"

"叔孫通？"曰："槧人也。"（《法言·淵騫》）

按："槧人"，《法言》注："見事敏疾。"

戚夫人（？—前194）

高帝、戚夫人善鼓瑟擊筑，帝常擁夫人倚瑟而弦歌，畢，每泣下流漣。夫人善爲翹袖折腰之舞，歌《出塞》《入塞》《望歸》之曲。侍婦數百皆習之，後宮齊首高唱，聲入雲霄。

戚姬以百煉金爲彄環，照見指骨。上惡之，以賜侍兒鳴玉、耀光等，各四枚。（《西京雜記》卷一）

按：《漢書·外戚傳上》："高祖崩，惠帝立，呂后爲皇太后，乃令永巷囚戚夫人，髡鉗衣赭衣，令舂。戚夫人舂且歌曰：'子爲王，母爲虜，終日舂薄暮，常與死爲伍！相離三千里，當誰使告女？'"戚夫人且工且歌，近口誦歌謠。然歌唱内容既被呂后偵知，此歌因無樂器配合，爲吟誦形式。《西京雜記》所記戚夫人，較《漢書》爲詳，有文學色彩。其中《漢書》之三、五言歌，應該是楚歌的一種形式。《西京雜記》中的"《出塞》《入塞》《望歸》之曲"，前二曲，《樂府詩集》爲横吹曲；《望歸》，《樂府詩集》有"十曰《望行人》"，未知有何聯繫。《西京雜記》或以後世曲歸戚夫人。

賈佩蘭（生卒不詳）

　　戚夫人侍兒賈佩蘭，後出爲扶風人段儒妻。説在宫内時，見戚夫人侍高帝，嘗以趙王如意爲言，而高祖思之，幾半日不言，嘆息悽愴，而未知其術，輒使夫人擊筑，高祖歌《大風》詩以和之。又説在宫内時，嘗以弦管歌舞相歡娱，競爲妖服，以趣良時。十月十五日，共入靈女廟，以豚黍樂神，吹笛擊筑，歌《上靈》之曲。既而相與連臂，踏地爲節，歌《赤鳳凰來》。至七月七日，臨百子池，作于闐樂。樂畢，以五色縷相羈，謂爲相連愛。八月四日，出雕房北户，竹下圍棋，勝者終年有福，負者終年疾病，取絲縷，就北辰星求長命乃免。九月九日，佩茱萸，食蓬餌，飲菊華酒，令人長壽。菊華舒時，并采莖葉，雜黍米釀之，至來年九月九日始熟，就飲焉，故謂之菊華酒。正月上辰，出池邊盥濯，食蓬餌，以祓妖邪。三月上巳，張樂於流水。如此終歲焉。戚夫人死，侍兒皆復爲民妻也。（《西京雜記》卷三；《搜神記》卷二）

　　按：《西京雜記》文字較《搜神記》詳細，故此處文字取前者。此段材料，以十月爲歲首，符合漢初曆法。然其中很多内容，似非漢初風俗，如"相與連臂，踏地爲節"，此似胡樂，或中古風俗；飲菊花酒，亦似後世習俗。故戚夫人、賈佩蘭實有其人，而賈佩蘭所説之事則未必有之。此處所記十月十五日、七月七日、八月四日、九月九日、正月上辰、三月上巳之節日，或先秦既有，或後世方有，不一而足，將其作爲研究古代民間節日習俗史料，未嘗不可。

陸賈（生卒不詳）

　　高祖既得天下，馬上之計未敗，陸賈造《新語》，高祖粗納采。呂氏橫逆，劉氏將傾，非陸賈之策，帝室不寧。蓋材知無不能，在所遭遇，遇亂則知立功，有起則以其材著書者也。（《論衡·書解》）

　　按：自司馬遷以"太史公曰"評價歷史人物，兩漢多好此風。此處評論陸賈《新語》產生之原因。

　　《新語》，陸賈所造，蓋董仲舒相被服焉，皆言君臣政治得失，言可采行，事美足觀。鴻知所言，參貳經傳，雖古聖之言，不能增過。陸賈之言，未見遺闕，而仲舒之言零祭可以應天，土龍可以致雨，頗難曉也。（《論衡·案書》）

　　按：班固《答賓戲》："近者，陸子優繇，《新語》以興。"此班固說《新語》所由產生。優繇，《漢書》注引鄭氏曰："不仕也。"

　　秦世不文，頗有雜賦。漢初詞人，順流而作。陸賈扣其端，賈誼振其緒，枚馬播其風，王揚騁其勢，皋朔已下，品物畢圖。繁積於宣時，校閱於成世，進御之賦千有餘首，討其源流，信興楚而盛漢矣。（《文心雕龍·詮賦》）

　　按：《史記》對陸賈作賦事無記載，陸賈在漢賦創作上的貢獻，主要見於《漢書·藝文志》之記載。而劉勰以陸賈爲漢賦起源之首，當是《漢書》以來的認識。《漢書》卷三十《藝文志》有《楚漢春秋》九篇，陸賈所記；《陸賈》二十三篇；陸賈賦三篇。此處三種書籍記載，具有初步的史、子、集三類分目觀念。《楚漢春秋》，在《六藝略》"春秋"。王應麟《漢藝文志考證》："陸賈記項氏與漢高初起及惠文間事。《隋志》九卷。《史通》云：'晏子、虞卿、呂氏、陸賈，其書篇第，本無年月，而亦謂"春秋"。'《司馬遷傳》贊：'漢興，伐秦定天下，有《楚漢春秋》。'劉氏曰：'歷代國史，其流出於《春秋》。劉歆叙《七略》，王儉撰《七志》，《史記》以下皆附《春秋》。荀勖分四部，史記、舊事入丙部。阮孝緒《七錄·記傳錄》紀史傳，由是經與史分。'洪氏曰：'陸賈書當時事，而所言多與史不合，顏師古屢辨之。若高祖之臣，別有絳灌、南宫侯張耳、淮陰舍人謝公。"《陸賈》二十三篇，在《諸子略》"儒家"，疑此僅是收錄陸賈之作，因無書名，故以人名分類。然既然已經有以人名分類意識，則有別集編纂之實。"《陸賈》二十三篇"，實即《陸賈集》，《藝文志》爲無"集"字之別集題名方式。王應麟曰："本傳：'高帝曰："爲我著秦所以失天下，吾所以得之者，及古成敗之國。"賈凡著十二篇，每奏一篇，未嘗不稱善，稱其書曰《新語》。'太史公曰：'余讀陸生《新語》十二，固當世之辯士。'隋唐《志》二卷，今存《道基》《術事》《輔政》《無爲》《資賢》《至德》《懷慮》七篇。吳僑曰：'《輔政篇》曰："書不必起于仲尼之門。"夫黜仲尼之書，則道不尊矣，烏能使高帝行儒術哉？'"陸賈賦三篇，《文心雕龍》存目《孟春賦》或《感春賦》，《文心雕龍·才略》："漢室陸賈，首發奇采，賦孟春而選典誥，其辨之富矣。"

樊將軍噲問陸賈曰："自古人君皆云受命於天，云有瑞應，豈有是乎？"賈應之曰："有之。夫目瞤得酒食，燈火華得錢財，午鵲噪而行人至，蜘蛛集而百事喜，小既有徵，大亦宜然。故目瞤則咒之，燈火華則拜之，午鵲噪則喂之，蜘蛛集則放之。況天下之大寶，人君重位，非天命何以得之哉？瑞者，寶也，信也，天以寶爲信，應人之德，故曰瑞應。無天命，無寶信，不可以力取也。"（《西京雜記》卷三）

按：西漢尚無清晰的瑞應討論，《太平廣記》樊噲問陸賈事，乃後世附會，非當時事。此條即輯自《殷芸小説》。

曹參（？—前190）

參爲漢相國，出入三年。卒，諡懿侯。子窋代侯。百姓歌之曰："蕭何爲法，顜若畫一；曹參代之，守而勿失。載其清净，民以寧一。"（《史記》卷五十四《曹相國世家》）

按：此處百姓之四言歌，《史記》《漢書》多有之，未必真的屬民謠之類，或出於文人制作而流傳於民間。曹參是西漢黃老之學的重要傳承者之一，《史記·曹相國世家》記載："參之相齊，齊七十城。天下初定，悼惠王富於春秋，參盡召長老諸生，問所以安集百姓如齊故俗，諸儒以百數，言人人殊，參未知所定。聞膠西有蓋公，善治黃老言，使人厚幣請之。既見蓋公，蓋公爲言治道貴清靜而民自定，推此類具言之。參於是避正堂，舍蓋公焉。其治要用黃老術，故相齊九年，齊國安集，大稱賢相。"梁玉繩《史記志疑》卷二十六《曹相國世家》："《博物志》參字敬伯。班彪譏史公云：'蕭、曹、陳平、董仲舒并時之人，不記其字。'又《史記考異》曰：'蕭、曹皆以相國終，故目録皆云相國，與陳丞相、張丞相一例。篇首參不稱相國而稱侯，此義例之疏也。'"（下册，第1160頁）此可知後人以爲《史記》有固定體例，其實未必。曹參對漢代學術的一大貢獻，就是學習、提倡黃老言，并將其推至漢代社會的前臺。需要注意的是，曹參所學黃老，本於蓋公，而蓋公之學源於趙地樂臣公。竇太后之黃老，亦學於趙。齊地之黃老，乃趙地之流裔。

或問"蕭、曹"。曰："蕭也規，曹也隨。"（《法言·淵騫》）

張良(？—前186)

或問"近世社稷之臣"。曰："若張子房之智，陳平之無悟，絳侯勃之果，霍將軍之勇，終之以禮樂，則可謂社稷之臣矣。"（《法言·淵騫》）

按：《史記·留侯世家》曾記張良學《太公兵法》事："子房始所見下邳圯上老父與《太公書》者，後十三年從高帝過濟北，果見穀城山下黃石，取而葆祠之。"又《史記·留侯世家》有"出一編書"之説，編，《史記集解》引徐廣曰："編，一作'篇'。"《太公兵法》，《史記正義》引《七録》："《太公兵法》一帙三卷。太公，姜子牙，周文王師，封齊侯也。"張良與黃石公故事，《史記》記載同，然似有傳聞成分。後世據此神化張良與黃石公故事，皆由此而來。張良長於韓，韓非之學即本于黃老，而三晉乃黃老學説盛行之地，然史書未記張良與黃老之關係。從其受學《太公兵法》看，其學應屬黃老。又《史記正義》引《括地志》："漢張良墓在徐州沛縣東六十五里，與留城相近也。"《史記》前記老父言"穀城山下黃石即我"，後稱"果見穀城山下黃石"，此類材料顯然是司馬遷取傳聞而成。從文學意義上看，張良因遇黃石公而輔助劉邦取天下，與韓信胯下之辱而終成事業一樣，皆是後世落魄文人讀書求名之典範，并成爲後世才子佳人小説的典型素材。

晋簡文云："漢世人物，當推子房爲目標，神明之功，玄勝之要，莫之與二。接俗而不虧其道，應世而事不嬰□。玄識遠情，超然獨邁。"（《殷芸小説》）

按：此晋人論漢人，故以"玄勝之要""玄識遠情，超然獨邁"爲上。

陳平（？—前 178）

桓譚《新論》：或云："陳平爲高帝解平城之圍，則言其事秘，世莫得而聞也。此以工妙踔善，故藏隱不傳焉。子能權知斯事否？"吾應之曰："此策乃反薄陋拙惡，故隱而不泄。高帝見圍七日，而陳平往説閼氏，閼氏言於單于而出之，以是知其所用説之事矣。彼陳平必言漢有好麗美女，爲道其容貌天下無有，今困急，已馳使歸迎取，欲進與單于，單于見此人，必大好愛之；愛之，則閼氏日以遠疏，不如及其未到，令漢得脱去，去，亦不持女來矣。閼氏婦女，有妒媢之性，必憎惡而事去之。此説簡而要，及得其用，則欲使神怪，故隱匿不泄也。"劉子駿聞吾言，乃立稱善焉。（《史記》卷五十六《陳丞相世家》裴駰集解）

按：《史記·陳丞相世家》："高帝用陳平奇計，使單于閼氏，圍以得開。高帝既出，其計秘，世莫得聞。"桓譚《新論》所言略同。《史記集解》稱："《漢書音義》應劭説此事大旨與桓論略同，不知是應全取桓《論》，或別有所聞乎？今觀桓《論》似本無説。"梁玉繩《史記志疑》卷二十六《陳丞相世家》："韓王信、夏侯嬰、匈奴等傳，則漢之所以動閼氏解圍者，止于重賂而已，烏有所謂奇秘之計哉？史公造爲此言，遂使桓譚（《集解》引《新論》）、應劭（《漢書·高紀》注）意測以美女動之，不惟鄙陋可羞，亦誣陳平甚矣。"（下册，第 1170—1171 頁）

陳平主要事迹見《史記·陳丞相世家》《漢書·陳平傳》。《漢書·陳平傳》："陳平，陽武户牖鄉人也。少時家貧，好讀書，治黄帝、老子之術。"《史記》記陳平"少時好黄帝、老子之術"，在"太史公曰"中，

《漢書》則將此語植入正文。然司馬遷之評論，似亦是後來評價之辭，至於陳平少時是否確實如此，則不得而知。

韓信（？—前196）

淮陰侯韓信者，淮陰人也。……信釣於城下，諸母漂，有一母見信飢，飯信，竟漂數十日。信喜，謂漂母曰："吾必有以重報母。"母怒曰："大丈夫不能自食，吾哀王孫而進食，豈望報乎！"（《史記》卷九十二《淮陰侯列傳》）

按：此類故事多傳聞性質。司馬遷據傳聞之事敷演成細緻、曲折的故事，人物對話細緻入微，當取自"淮陰人言"，且將民間叙述之辭完整采錄下來。春秋有"采詩"之事，司馬遷有"采史"之舉，故其撰《史記》的一個貢獻，是改春秋戰國諸侯、地方上報史料爲私人主動赴地方、民間"采史"，有豐富史料的作用。

周王孫（生卒不詳）

漢興，田何以齊田徙杜陵，號杜田生，授東武王同子中、洛陽周王孫、丁寬、齊服生，皆著《易傳》數篇。（《漢書》卷八十八《儒林傳》）

按：顏師古注："田生授王同、周王孫、丁寬、服生四人，而四人皆著《易傳》也。"周王孫與王同、丁寬、服生同門。《漢書·藝文志》錄"丁氏八篇"，其中或有丁寬之《易傳》。《漢書·藝文志》："《易傳周氏》二篇，字王孫也。《蔡公》二篇，衛人，事周王孫。"漢代《易》學，始于田何，周王孫等四人有"傳"；周王孫弟子之作如《蔡公》二篇，當屬周氏之"學"之作。此可見西漢《易》學，以田何爲《易》"宗"，其下有"傳"、有"學"。《漢書》記經學傳授，常有"宗""傳""學"之說。

婁敬（生卒不詳）

婁敬始因虞將軍請見高祖，衣旃衣，披羊裘。虞將軍脱其身上衣服以衣之，敬曰："敬本衣帛，則衣帛見；敬本衣旃，則衣旃見。今舍旃褐，假鮮華，是矯常也。"不敢脱羊裘，而衣旃衣以見高祖。（《西京雜記》卷四）

按：《西京雜記》較《漢書》所記更爲詳細。由此處記載可知，《西京雜記》之説，未必全屬虚造，亦并非簡單傳抄史書。

周勃（？—前169）

《楚漢春秋》：漢已定天下，論群臣破敵禽將，活死不衰，絳灌、樊噲是也。功成名立，臣爲爪牙，世世相屬，百世無邪，絳侯周勃是也。（《文選》劉子駿《移書讓太常博士》注）

按：由《楚漢春秋》論周勃之語看，該書多論楚漢間將相功績。《史記》本傳稱"孝文十一年（前169）薨，謚曰武侯"。

夏侯寬（生卒不詳）

孝惠二年，使樂府令夏侯寬備其簫管，更名曰《安世樂》。（《漢書》卷二十二《禮樂志》）

按：《安世樂》屬房中樂，據傳源於先秦，由后妃諷誦。漢高祖時亦有《房中祠樂》，爲唐山夫人所作，楚聲。《儀禮·燕禮》："若與四方之賓燕……有《房中之樂》。"鄭玄注："弦歌《周南》《召南》之詩，而不用鐘磬之節也。"漢哀帝時期，以《房中樂》爲鄭衛之音而罷之，故稱："《安世樂》鼓員二十人，十九人可罷。"（《漢書·禮樂志》）

韋孟（生卒不詳）

　　韋賢字長孺，魯國鄒人也。其先韋孟，家本彭城，爲楚元王傅，傅子夷王及孫王戊。戊荒淫不遵道，孟作詩風諫。後遂去位，徙家于鄒，又作一篇。（《漢書》卷七十三《韋賢傳》）

　　按：《漢書·韋賢傳》："孟卒於鄒。或曰其子孫好事，述先人之志而作是詩也。自孟至賢五世。"韋孟四言詩，在西漢具有重要文學價值。值得注意的是，其四言詩篇幅較長。

申公（生卒不詳）

　　申公，魯人也。少與楚元王交俱事齊人浮丘伯受《詩》。漢興，高祖過魯，申公以弟子從師入見於魯南宮。呂太后時，浮丘伯在長安，楚元王遣子郢與申公俱卒學。元王薨，郢嗣立爲楚王，令申公傅太子戊。戊不好學，病申公。及戊立爲王，胥靡申公。申公愧之，歸魯退居家教，終身不出門。復謝賓客，獨王命召之乃往。弟子自遠方至受業者千餘人，申公獨以《詩經》爲訓故以教，亡傳，疑者則闕弗傳。蘭陵王臧既從受《詩》，已通，事景帝爲太子少傅，免去。武帝初即位，臧乃上書宿衛，累遷，一歲至郎中令。及代趙綰亦嘗受《詩》申公，爲御史大夫。綰、臧請立明堂以朝諸侯，不能就其事，乃言師申公。於是上使使束帛加璧，安車以蒲裹輪，駕駟迎申公，弟子二人乘軺傳從。至，見上，上問治亂之事。申公時已八十餘，老，對曰："爲治者不在多言，顧力行何如耳。"是時上方好文辭，見申公對，默然。然已招致，即以爲太中大夫，舍魯邸，議明堂事。太皇竇太后喜《老子》言，不說儒術，得綰、臧之過，以讓上曰："此欲復爲新垣平也！"上因廢明堂事，下綰、臧吏，皆自殺。申公亦病免歸，數年卒。弟子爲博士十餘人，孔安國至臨淮太守，周霸膠西內史，夏寬城陽內史，碭魯賜東海太守，蘭陵繆生長沙內史，徐偃膠西中尉，鄒人闕門慶忌膠東內史，其治官民皆有廉節稱。其學官弟子行雖不備，而至於大夫、郎、掌故以百數。申公卒以《詩》《春秋》授，而瑕丘江公盡能傳之，徒衆最盛。及魯許生、免中徐公，皆守學教授。（《漢書》卷八十八《儒林傳》）

按：安車迎申公，《漢書·武帝紀》亦稱："議立明堂。遣使者安車蒲輪，束帛加璧，徵魯申公。"由史書多處記載"上因廢明堂事，盡下趙綰、王臧吏，後皆自殺。申公亦疾免以歸""迎魯申公，欲設明堂""議立明堂。遣使者安車蒲輪，束帛加璧，徵魯申公"分析，議立明堂，與申公《魯詩》有關。《史記·儒林列傳》："及今上即位，趙綰、王臧之屬明儒學，而上亦鄉之，於是招方正賢良文學之士。自是之後，言《詩》於魯則申培公，於齊則轅固生，於燕則韓太傅。"申公以《魯詩》，得與齊、韓并列，其弟子趙綰、王臧有其功。此言武帝"好文辭"，不喜申公所言"爲治者不在多言"，或因申公之言合黃老說。王臧、趙綰皆申公弟子，學《魯詩》，是可知武帝崇儒，以《魯詩》爲先。於魯、齊、燕各自選一家之《詩》，前二者以其地、後者以其姓爲《詩》學流派稱呼，此或魯、齊治《詩》者衆，而以二人爲其首。此種做法，於各家《詩》派中選擇一人爲代表，也有便於學術傳承的考慮。

《漢書·楚元王傳》："元王既至楚，以穆生、白生、申公爲中大夫。高后時，浮丘伯在長安，元王遣子郢客與申公俱卒業。文帝時，聞申公爲《詩》最精，以爲博士。元王好《詩》，諸子皆讀《詩》，申公始爲《詩》傳，號《魯詩》。元王亦次之《詩》傳，號曰《元王詩》，世或有之。"顏師古注："凡言傳者，謂爲之解說，若今《詩毛氏傳》也。"申公久居於楚，楚爲西漢一《詩》學中心。《史記·儒林列傳》與《漢書·儒林傳》皆稱"申公獨以《詩經》爲訓以教，無傳，疑者則闕不傳"，《楚元王傳》則稱"申公始爲《詩》傳，號《魯詩》"，是《魯詩》名稱始出；楚元王之《詩》傳"號曰《元王詩》"，是西漢除齊、魯、韓、毛四家《詩》之外，還有其他《詩》家。

韓、毛乃至楚元王劉交所傳《詩》，皆以其姓名稱呼《詩》派，是自成一家，與魯、齊儒者所治《詩》不同。另外，《詩經》諸家的出現，打破了此前"黃老"一統的局面。若以浮丘伯爲"《詩》宗"，申公雖"以《詩經》爲訓故以教，亡傳"，實際上其"訓故"即屬《魯詩》之"傳"；而韋氏家族即爲《魯詩》之"學"，故稱"韋氏《詩》學"。《史記》稱申公

"弟子自遠方至受業者百餘人",此稱"弟子自遠方至受業者千餘人"。

申公弟子爲博士者十餘人,則可知《魯詩》影響之大。"鄒人闕門慶忌",陳直《漢書新證》:"《漢印文字徵》第十二、三頁,有'闕門到'印,此兩漢闕門姓之可考者。"(第424頁)又釋"學官弟子"曰:"武威漢墓出土《儀禮》木簡,有《日忌》木簡,背面有'河平□年四月四日,諸文學弟子出穀五千餘斛'之簡文,文學弟子,即本傳所稱之學官弟子。"(第427頁)

《書》曰:"《詩》言志,歌詠言。"故哀樂之心感,而歌詠之聲發。誦其言謂之詩,詠其聲謂之歌。故古有采詩之官,王者所以觀風俗,知得失,自考正也。孔子純取周詩,上采殷,下取魯,凡三百五篇,遭秦而全者,以其諷誦,不獨在竹帛故也。漢興,魯申公爲《詩》訓故,而齊轅固、燕韓生皆爲之傳。或取《春秋》,采雜説,咸非其本義。與不得已,魯最爲近之。三家皆列於學官。又有毛公之學,自謂子夏所傳,而河間獻王好之,未得立。(《漢書》卷三十《藝文志》)

按:《漢書》所言"誦其言謂之詩,詠其聲謂之歌"非常重要,即從辭、聲上爲詩歌稱呼分類,雖然名稱不同,其意一也。按照"魯申公爲《詩》訓故,而齊轅固、燕韓生皆爲之傳。或取《春秋》,采雜説,咸非其本義"之説,申公《魯詩》多遵從《詩經》本意,最近"經";《齊詩》《韓詩》多"采雜説",而爲"經傳"。從另一個角度分析,按照《藝文志》之説,應是齊、韓《詩》多與《春秋》(或三傳)相合;《魯詩》《毛詩》則近《詩經》本意。

朱建(生卒不詳)

平原君朱建者,楚人也。故嘗爲淮南王黥布相,有罪去,後復事黥布。布欲反時,問平原君,平原君止之,布不聽而聽梁父侯,遂反。漢已誅布,聞平原君諫不與謀,得不誅。語在《黥布》語中。平原君爲人辯有口,刻廉剛直,家於長安。行不苟合,義不取容。辟陽侯行不正,得幸呂太后。時辟陽侯欲知平原君,平原君不肯見。及平原君母死,陸生素與平原君善,過之。(《史記》卷九十七《朱建列傳》)

按："平原君爲人辯有口，刻廉剛直""行不苟合，義不取容"，似爲司馬遷"太史公曰"之辭。《漢書》卷三十《藝文志》："《平原君》七篇。朱建也。朱建賦二篇。"《平原君》七篇，在《藝文志》儒家。西漢人作品，多以其姓名作書名，是知當時雖無別集之名，然已有別集之實。

季布（生卒不詳）

或問："季布忍焉，可爲也？"曰："能者爲之，明哲不爲也。"或曰："當布之急，雖明哲之如何？"曰："明哲不終項仕，如終項仕，焉攸避？"（《法言·重黎》）

按：《史記·季布傳》引太史公曰："以項羽之氣，而季布以勇顯於楚，身履軍搴旗者數矣，可謂壯士。然至被刑戮，爲人奴而不死，何其下也！彼必自負其材，故受辱而不羞，欲有所用其未足也，故終爲漢名將。"《漢書·楚元王傳》："往者高皇帝時，季布有罪，至於夷滅，後赦以爲將軍，高后、孝文之間卒爲名臣。"

趙王劉友（？—前181）

趙王餓，乃歌曰："諸吕用事兮劉氏危，迫脅王侯兮强授我妃。我妃既妒兮誣我以惡，讒女亂國兮上曾不寤。我無忠臣何故棄國？自決中野兮蒼天舉直！於嗟不可悔兮寧蚤自財。爲王而餓死兮誰者憐之！吕氏絶理兮托天報仇。"丁丑，趙王幽死，以民禮葬之長安民冢次。（《史記》卷九《吕太后本紀》）

按：《樂府詩集》卷八十四收錄此歌，題名《趙幽王歌》。

朱虛侯劉章（？—前177）

城陽景王祠。謹按：《漢書》："朱虛侯劉章，齊悼惠王子，高祖孫也。宿衛長安，年二十，有氣力。高后攝政，諸呂擅恣，章私忿之。嘗入侍宴飲，章爲酒吏，自請曰：'臣將種也，請得軍法行酒。'有詔可。酒酣，章進歌舞，已而復曰：'請爲太后《耕田歌》。'太后笑曰：'顧汝父知田耳，若生而爲王者子，安知田乎？'曰：'臣知之。深耕廣種，立苗欲疏，非其種者，鋤而去之。'太后默然。頃之，諸呂有亡酒者，章拔劍追斬之，而還報曰：'有亡酒一人，臣謹行軍法斬之。'太后左右大驚，業許之矣，無以罪也。自是諸呂畏憚，雖大臣亦皆依之。高后崩，諸呂作亂，欲危社稷，章與周勃共誅滅之，尊立文帝，封城陽王，賜黃金千斤，立二年薨。"城陽今莒縣是也。自琅琊、青州六郡，乃渤海都邑鄉亭聚落，皆爲立祠，造飾五二千石車，商人次第爲之，立服帶綬，備置官屬，烹殺謳歌，紛籍連日，轉相誑曜，言有神明，其譴問禍福立應，歷載彌久，莫之匡糾，唯樂安太守陳蕃、濟南相曹操，一切禁絕，肅然政清。陳、曹之後，稍復如故，安有鬼神，能爲病者哉？予爲營陵令，以爲章本封朱虛，并食此縣，《春秋國語》："以勞定國，能御大灾。"凡在於他，尚列祀典。章親高祖之孫，進説耕田，軍法行酒，時固有大志矣。及誅諸呂，尊立太宗，功冠天下，社稷已寧，同姓如此，功烈如彼，餘郡禁之可也，朱虛與莒，宜常血食。於是乃移書曰："到聞此俗，舊多淫祀，糜財妨農，長亂積惑，其侈可忿，其愚可愍。昔仲尼不許子路之禱，晉悼不解桑林之祟，死生有命，吉凶由人，哀我黔黎，漸染迷謬，豈樂也哉？莫之懲耳。今條下禁，申約吏民，爲陳利害，其有犯者，便收朝廷；若私遺脱，彌彌不絶，主者髠截，嘆無及已。城陽景王，縣甚尊之。惟王弱冠，内侍帷幄，吕氏恣睢，將危漢室，獨先見識，權發酒令，抑邪扶正，忠義洪毅，其歆禋祀，禮亦宜之；於駕乘烹殺，倡優男女雜錯，是何謂也？三邊紛拏，師老器弊，朝廷旰食，百姓嚻然。禮興在有，年饑則損。自今聽歲再祀，備物而已，不得殺牛，遠近他倡，賦會宗落，造設紛華，方廉察之，明爲身計，而復僭失，罰與上同。明除見處，勿後中覺。"（《風俗通義・怪神》）

按：《史記・孝文本紀》稱文帝三年（前178）"四月，城陽王章薨"。

劉章年二十，忿劉氏不得職。常入待燕飲，高后令章爲酒吏，章自請曰："臣將種也，請得以軍法行酒。"高后曰："可。"酒酣，章進歌舞，已而曰："請爲太后言耕田。"高后兒子畜之，笑曰："顧而父知田耳，若生而爲王子，安知田？"章曰："臣知之。"太后曰："試爲我言田意。"章曰："深耕概種，立苗欲疏。非其種者，鋤而去之。"太后默然。頃之，諸吕一人醉亡，章斬之。自是後，諸吕憚之，雖大臣皆依朱虚侯。劉氏爲强。其明年，吕産欲作亂，章首先斬産，以定天下。(《金樓子·説蕃》)

按：《金樓子》之文多取《漢書》。

漢惠帝劉盈（前 210—前 188）

漢惠帝二年正月癸酉旦，有兩龍現于蘭陵廷東里温陵井中，至乙亥夜去。京房《易傳》曰："有德遭害，厥妖龍見井中。"又曰："行刑暴惡，黑龍從井出。"(《搜神記》卷六)

按：《法苑珠林》卷四十四引作《搜神記》，本事出《漢書·五行志》。由此可知，魏晉時期的志人、志怪故事，與漢代陰陽五行説災異、讖緯等多有關係。《漢書·惠帝紀》注引臣瓚曰："帝年十七即位，即位七年，壽二十三。"

楚元王劉交（？—前 179）

元王既至楚，以穆生、白生、申公爲中大夫。高后時，浮丘伯在長安，元王遣子郢客與申公俱卒業。文帝時，聞申公爲《詩》最精，以爲博士。元王好《詩》，諸子皆讀《詩》。申公始爲《詩》傳，號《魯詩》。元王亦次之《詩》傳，號曰《元王詩》，世或有之。(《漢書》卷三十六《楚元王傳》)

按：楚元王劉交招同門穆生、白生、申公，四人皆少時學《詩》於浮丘伯，然未卒業，故《漢書》方稱"高后時，浮丘伯在長安，元王遣子郢客與申公俱卒業"。"申公始爲《詩》傳，號《魯詩》"，知《魯詩》并非出於魯，而出於楚。元王《詩》傳號稱"《元王詩》"，疑非盡出於其本人，或有申公、其子郢客甚至其他門人之功。

楚元王事多見《史記》《漢書》之記載，如《史記·楚元王傳》：

"楚元王劉交者，高祖之同母少弟也，字游。……高祖六年，已禽楚王韓信於陳，乃以弟交爲楚王，都彭城。即位二十三年卒，子夷王郢立。夷王四年卒，子王戊立。"《史記索隱》："《漢書》作'同父'。言同父者，以明異母也。"《後漢書·郡國志》李賢注引《北征記》："彭城西二十里有山，山有楚元王墓。"又《漢書·楚元王傳》記載："楚元王交字游，高祖同父少弟也。好書，多材藝。少時嘗與魯穆生、白生、申公俱受《詩》於浮丘伯。伯者，孫卿門人也。及秦焚書，各別去。"顔師古："言同父，知其異母。"漢初申公《魯詩》源于荀子。荀子傳浮丘伯，浮丘伯傳楚劉交與魯穆生、白生、申公，至申公而得以廣大之。此稱荀子爲"孫卿"，前人或以爲乃避漢宣帝諱而改稱，陳直《史記新證》云："荀字銅器作筍，《詩經》作郇，皆荀字之假借。《荀子》書中亦稱孫卿，蓋當時因荀孫音相近，故可相通。迨至漢世，則有嚴格之區別，故荀彘、荀淑等人，皆姓荀，不與孫姓相混。《索隱》謂荀卿因避漢宣帝諱改稱爲孫卿非也。"（第130頁）孫卿之稱，或非避漢宣帝諱時改，然漢宣帝世多稱呼"孫卿"，也是事實。

或問楚元王，子曰："惠人也。"（王通《中説·述史》）

按：楚元王在漢代傳《詩》過程中具有一定作用。其招申公，《魯詩》產於其地、其時，元王功不可没。

高堂生（生卒不詳）

諸學者多言《禮》，而魯高堂生最本。《禮》固自孔子時而其經不具，及至秦焚書，書散亡益多，於今獨有《士禮》，高堂生能言之。（《史記》卷一百二十一《儒林列傳》）

按：漢《禮》主要傳自高堂生。《漢書·藝文志》："漢興，魯高堂生傳《士禮》十七篇。訖孝宣世，后倉最明。戴德、戴聖、慶普皆其弟子，三家立於學官。"高堂生傳《士禮》十七篇，傳后蒼、大小戴、慶普，《漢書·藝文志》："《經》七十篇。"班固自注："后氏、戴氏。""七十"，王應麟《漢藝文志考證》引劉原父："當作'十七'。"陳直《漢書新證》："一九五九年七月，武威磨咀子六號漢墓中，出現漢代竹木簡所寫

《儀禮》，包含三部份，甲本是《儀禮·士相見之禮》等七篇，乙本是《喪服傳》一篇，丙本是《喪服經》。甘肅省博物館定爲是漢代今文經，疑爲慶普所傳之本。"（第 228 頁）

張生（生卒不詳）

伏生教濟南張生及歐陽生。張生爲博士。夏侯勝，其先夏侯都尉，從濟南張生受《尚書》，以傳族子始昌。（《漢書》卷八十八《儒林傳》）

按：張生爲《尚書》博士。

歐陽生（生卒不詳）

歐陽生字和伯，千乘人也。事伏生，授倪寬。寬又受業孔安國，至御史大夫，自有傳。寬有俊材，初見武帝，語經學。上曰："吾始以《尚書》爲樸學，弗好，及聞寬說，可觀。"乃從寬問一篇。歐陽、大小夏侯氏學皆出於寬。寬授歐陽生子，世世相傳，至曾孫高子陽，爲博士。高孫地餘長賓以太子中庶子授太子，後爲博士，論石渠。元帝即位，地餘侍中，貴幸，至少府。戒其子曰："我死，官屬即送汝財物，慎毋受。汝九卿儒者子孫，以廉絜著，可以自成。"及地餘死，少府官屬共送數百萬，其子不受。天子聞而嘉之，賜錢百萬。地餘少子政爲王莽講學大夫。由是《尚書》世有歐陽氏學。（《漢書》卷八十八《儒林傳》）

按：《史記·儒林列傳》："伏生教濟南張生及歐陽生，歐陽生教千乘兒寬。"《後漢書·儒林傳上》："《前書》云：濟南伏生傳《尚書》，授濟南張生及千乘歐陽生，歐陽生授同郡兒寬，寬授歐陽生之子，世世相傳，至曾孫歐陽高，爲《尚書》歐陽氏學。"歐陽《尚書》學本自濟南伏生，世世相傳，傳承不輟，得成一家之"學"，此"家學"則師承自倪寬，故《漢書》稱"歐陽、大小夏侯氏學皆出於寬"。此學問應是倪寬結合歐陽生、孔安國二家學說而成。

卷 三

漢文帝劉恆（前203—前157）

孝成皇帝好《詩》《書》，通覽古今，閑習朝廷儀禮，尤善漢家法度故事，常見中壘校尉劉向，以世俗多傳道：孝文皇帝，小生于軍，及長大有識，不知父所在，日祭於代東門外；高帝數夢見一兒祭己，使使至代求之，果得文帝，立爲代王。及後徵到，後期，不得立，日爲再中。及即位爲天子，躬自節儉，集上書囊以爲前殿帷，常居明光宫聽政，爲皇太薄后持三年服，廬居枕塊如禮，至以發大病，知後子不能行三年之喪，更制三十六日服。治天下，致升平，斷獄三百人，粟升一錢。"有此事不？"向對曰："皆不然。"

謹按：漢高三年，魏王豹叛漢附楚，漢使大將韓信擊虜豹姬薄夫人，傳詣洛陽織室。漢王見薄姬，内後宫，幸之，生文帝，二年而爲王者子，常居宫闕內，不棄捐軍中，祭代東門。高皇后八年後九月己酉夕即位，就未央，幸前殿，下赦令，即位時以昏夜，日不再中。文帝雖節儉，未央前殿至奢，雕文五采，畫華榱壁璫，軒檻皆飾以黄金，其勢不可以書囊爲帷，奢儉好醜，不相副侔。

又文帝以後元六年己亥崩未央宫，在時平常聽政宣室，不居明光宫。及皇太薄后以孝景二年四月壬子薨，葬南陵，文帝先太后崩，不爲皇太薄后持三年服。文帝遵漢家，基業初定，重承軍旅之後，百姓新免於干戈之難，故文帝宜因修秦餘政教，輕刑事少，與之休息，以儉約節欲自持，初開籍田，躬勸農耕桑，務民之本，即位十餘年，時五穀豐熟，百姓足，倉廩實，蓄積有餘。然文帝本修黃、老之言，不甚好儒術，其治尚清净無爲，以故禮樂庠序未修，民俗未能大化，苟溫飽完結，所謂治安之國也。其後匈奴數犯塞，侵擾邊境，單于深入寇掠，賊害北地都尉，殺略吏民，系虜老弱，驅畜産，燒積聚，候騎至甘泉，烽火通長安，京師震動，無不憂懣。是時，大發興材官騎士十餘萬軍長安，帝遣丞相灌嬰擊匈奴，文帝自勞兵至太原、代郡，由是北邊置屯待戰，設備備胡，兵連不解，轉輸駱驛，費損虛耗，因以年歲穀不登，百姓饑乏，穀糴常至石五百，時不升一錢。前待詔賈捐之爲孝元皇帝言：“太宗時，民賦四十，斷獄四百餘。”案太宗時民重犯法，治理不能過中宗之世，地節元年，天下斷獄四萬七千餘人，如捐之言，復不類，前世斷獄，皆以萬數，不三百人。文帝即位二十三年，日月薄蝕，地數震動，毀壞民廬舍，關東二十九山，同日崩潰，水出，河決酸棗，大風壞都，雨雹如桃李，深者厚三尺，狗馬及人皆生角，大雪蝗蟲。文帝下詔書曰：“閑者，陰陽不調，日月薄蝕，年穀不登，大遭旱蝗饑饉之害，謫見天地，災及萬民。丞相、御史議可以佐百姓之急。”推此事類，似不及太宗之世，不可以爲升平。上曰：“吾於臨朝統政施號令何如？”向未及對，上謂向：“校尉帝師傅，耆舊洽聞，親事先帝，歷見三世得失，事無善惡，如聞知之，其言勿有所隱。”向曰：“文帝時政頗遺失，皆所謂悔悋小疵耶。嘗輦過郎署，問中郎馮唐以趙將廉頗、馬服，唐言：‘今雖有此人，不能用也。’推輦而去，還歸禁中，召責讓，唐頓首陳言：‘聞之於祖父，道廉頗、李牧爲邊將，市租諸入，皆輸莫府，而趙王不問多少，日擊牛灑酒，勞賜士大夫，賞異有加，故能立威名。今臣竊聞雲中太守魏尚，邊之良將也，匈奴常犯塞爲寇，尚追之，吏士爭居前，樂盡死力，斬首上功，誤差數級，下之吏，尚竟抵罪。由是言之：雖得廉頗、李牧，不能用也。’及河東太守季布，治郡有聲，召欲以爲御史大夫，左右或毀言使酒，後不用，布見辭去，自陳曰：‘臣幸得待罪河東，無故而見徵召，此人必有以臣欺國者，既到無用，此人亦有以毀傷臣者。今以一人言則進之，以一人言則退之，臣恐天下有以見朝廷短也。’上有慚色，卒遣布之官。及太中大夫鄧通，以佞幸吮癰瘍癕汁見愛，擬於至親，賜以蜀郡銅山，令得鑄錢。通私家之富，侔於王者封君。又爲微行，數幸通家。文帝代服衣罽，襲氊帽，騎駿馬，從侍中近臣常侍期門武騎獵漸臺下，馳射狐兔，畢雉刺彘，是時，待詔賈山諫以爲

'不宜數從郡國賢良吏出游獵，重令此人負名，不稱其舉。'及太中大夫賈誼，亦數諫止游獵，是時，誼與鄧通俱侍中同位，誼又惡通爲人，數廷譏之，由是疏遠，遷爲長沙太傅，既之官，内不自得，及渡湘水，投吊書曰：'闒茸尊顯，佞諛得意。'以哀屈原離讒邪之咎，亦因自傷爲鄧通等所愬也。"成帝曰："其治天下，孰與孝宣皇帝？"向曰："中宗之世，政教明，法令行，邊境安，四夷親，單于欸塞，天下殷富，百姓康樂，其治過於太宗之時，亦以遭遇匈奴賓服，四夷和親也。"上曰："後世皆言文帝治天下幾至太平，其德比周成王，此語何從生？"向對曰："生於言事。文帝禮言事者，不傷其意，群臣無小大，至即便從容言，上止輦聽之，其言可者稱善，不可者喜笑而已。言事多襃之，後人見遺文，則以爲然。世之毀譽，莫能得實，審形者少，隨聲者多，或至以無爲有。故曰：'堯、舜不勝其善，桀、紂不勝其惡。'桀、紂非殺父與君也，而世有殺君父者，人皆言無道如桀、紂，此不勝其惡。故若文帝之仁賢，不勝其善，世俗襃揚，言其德比成王，治幾太平也。然文帝之節儉約身，以率先天下，忍容言者，含咽臣子之短，此亦通人難及，似出於孝宣皇帝者也。如其聰明遠識，不忘數十年事，制持萬機，天資治理之材，恐文帝亦且不及孝宣皇帝。"向以爲如此。及世間言文帝小生於軍中，長大祭代東門外，使者求得之，因立爲代王，徵當即位，後期，日爲之再中，集上書囊，以爲前殿帷，常居明光宮聽政，爲薄太后持三年服，治天下，致升平，斷獄三百人，粟一升一錢：凡此十餘事，皆俗人所妄傳，言過其實，及傅會，或以爲前皆非是，如劉向言。(《風俗通義·正失》)

按：此節以劉向之口，辯駁漢文帝"躬自節儉，集上書囊以爲前殿帷，常居明光宮聽政"之說，以證明漢文帝時的治世"皆俗人所妄傳，言過其實"。這說明，東方朔時代相傳的漢文帝治世，至漢成帝時已經受到質疑。劉向等人整理先秦典籍，本有"質疑"、批判精神，其對漢文帝時期的歷史反思，或有其特殊背景。然由於東方朔距漢文帝世近，其說未必皆爲"妄傳"。漢文帝時期距漢成帝已有百餘年，但距漢武帝時期不足二十年，從文本流傳角度看，距離文本中的故事越近的時代，對文本的信任度越高；相反，信任度越低。即使本神聖化的文本，也是如此。又王安石《漢文帝》詩云："輕刑死人衆，喪短生者偷。仁孝自此薄，哀哉不能謀。露臺惜百金，灞陵無高丘。淺恩施一時，長患被九州。"此非獨質疑文帝之治，且謂文帝無謀，乃至遺禍漢室社稷。

　　文帝自代還，有良馬九匹，皆天下之駿馬也。一名浮雲，一名赤電，一名絕群，一名逸驃，一名紫燕騮，一名綠螭驄，一名龍子，一名鱗駒，一名絕塵，號為九逸。有來宣能御，代王號為王良，俱還代邸。（《西京雜記》卷二）

　　文帝為太子，立思賢苑以招賓客。苑中有堂隍六所，客館皆廣廡高軒，屏風幃褥甚麗。（《西京雜記》卷三）

　　按：《西京雜記》記載的文帝九馬、立思賢苑事，尤其是對思賢苑客館、屏風之描寫，皆有文學色彩。

　　魯少千者，山陽人也。漢文帝嘗微服懷金過之，欲問其道。少千拄金杖，執象牙扇，出應門。（《搜神記》卷一）

　　漢文帝十二年，吳地有馬生角，在耳前，上向。右角長三寸，左角長二寸，皆大二寸。劉向以為馬不當生角，猶吳不當舉兵向上也。吳將反之變云。京房《易傳》曰："臣易上，政不順，厥妖馬生角。茲謂賢士不足。"又曰："天子親伐，馬生角。"（《搜神記》卷六）

　　按：《法苑珠林》卷八十七引作《搜神記》，本事見《漢書·五行志》。

　　文帝後元五年六月，齊雍城門外有狗生角。京房《易傳》曰："執政失下，將害之，厥妖狗生角。"（《搜神記》卷六）

　　按：《法苑珠林》引作《搜神記》，本事見《漢書·五行志》。由此可看出漢代讖緯、符命、災異類故事，進入後世志怪、佛教文本，成為其中的題材。

竇太后（？—前135）

　　漢竇太后信老子之言，孝文帝及外戚諸竇，皆不得不讀，讀之皆大得其益。故文景之世，天下謐然，而竇氏三世保其榮寵。（《太平廣記》卷一）

　　按：此以文景之世治歸於黃老，知後世道教對黃老學之作用有誇大之嫌。《漢書·儒林傳》："及至孝景，不任儒，竇太后又好黃老術，故諸博士具官待問，未有進者。"《漢書》卷二十二《禮樂志》："至武帝即位，進用英雋，議立明堂，制禮服，以興太平。會竇太后好黃老言，不說儒術，其事又廢。"好黃老而不進儒，可見黃老與儒之興廢，皆與皇權有密切關係。

《史記·外戚世家》："竇太后，趙之清河觀津人也。呂太后時，竇姬以良家子入宮侍太后。"又稱："竇太后好黃帝、老子言，帝及太子諸竇不得不讀《黃帝》、《老子》，尊其術。"清河近趙地，黃老盛行。此敘竇太后身世，亦敘梁孝王之身世。此二人對漢初黃老、神仙、辭賦等思想皆有重要影響。而由此處看，梁孝王的梁國，也信奉黃老學說，而先後入梁的賈誼、枚乘、鄒陽、司馬相如等人的作品中，不能排除黃老思想的影響。陳直《史記新證》："良家子屢見於《漢書》李廣、東方朔等傳，據本文及《衛皇后傳》，良家子爲男女之統稱，六郡良家是從狹義言之。而女子除稱良家子外，亦可稱爲良家女。"（第103頁）又稱："良家子屢見於《漢書》李廣、東方朔、趙充國、甘延壽等傳，有六郡良家之稱……是一種資歷名稱，非形容之名詞。"（第164頁）

韓嬰（生卒不詳）

韓嬰，燕人也。孝文時爲博士，景帝時至常山太傅。嬰推詩人之意，而作《内》《外傳》數萬言，其語頗與齊、魯間殊，然歸一也。淮南賁生受之。燕趙間言《詩》者由韓生。韓生亦以《易》授人，推《易》意而爲之傳。燕趙間好《詩》，故其《易》微，唯韓氏自傳之。武帝時，嬰嘗與董仲舒論於上前，其人精悍，處事分明，仲舒不能難也。後其孫商爲博士。孝宣時，涿郡韓生其後也，以《易》徵，待詔殿中，曰："所受《易》即先太傅所傳也。嘗受《韓詩》，不如韓氏《易》深，太傅故專傳之。"司隸校尉蓋寬饒本受《易》於孟喜，見涿韓生説《易》而好之，即更從受焉。（《漢書》卷八十八《儒林傳》）

按：《韓詩》出於燕趙。"燕趙間好《詩》"，其所學主要依靠韓嬰《内》《外傳》。"其語頗與齊、魯間殊，然歸一"，是説韓《詩》與齊魯辭有異，而主旨一致。這説明，漢代四家《詩》，一開始就出現了文本差異。

伏生(生卒不詳)

伏生者，濟南人也。故爲秦博士。孝文帝時，欲求能治《尚書》者，天下無有，乃聞伏生能治，欲召之。是時伏生年九十餘，老，不能行，於是乃詔太常使掌故朝錯往受之。秦時焚書，伏生壁藏之。其後兵大起，流亡，漢定，伏生求其書，亡數十篇，獨得二十九篇，即以教于齊魯之間。學者由是頗能言《尚書》，諸山東大師無不涉《尚書》以教矣。(《史記》卷一百二十一《儒林列傳》)

按：伏生爲秦博士，秦焚書，博士官所職不在焚燒之列，故不知伏生爲何壁藏之。又其所藏既爲全壁，其後獨得二十九篇，其餘數十篇何以亡之？若因蠹蟲所壞，亦不至於數十篇盡數被毀而無存。又伏生藏書與孔壁藏書頗爲類似，不知二者有關係否。又《史記·儒林列傳》："伏生教濟南張生及歐陽生，歐陽生教千乘兒寬。兒寬既通《尚書》，以文學應郡舉，詣博士受業，受業孔安國。……自此之後，魯周霸、孔安國，洛陽賈嘉，頗能言《尚書》事。孔氏有《古文尚書》，而安國以今文讀之，因以起其家。逸《書》得十余篇，蓋《尚書》滋多於是矣。"此記伏生以來漢代《尚書》學傳承：伏生—濟南張生、歐陽生—兒寬，而兒寬又"受業孔安國"，則伏生《尚書》學又爲孔安國所知。後來孔安國《古文尚書》，應有吸取伏生之學的成分。無論是篇卷、內容、解說等各方面，孔安國《古文尚書》都具備"集大成"之特點。

徐生(生卒不詳)

而魯徐生善爲容。孝文帝時，徐生以容爲禮官大夫。傳子至孫延、徐襄。襄，其天姿善爲容，不能通《禮經》；延頗能，未善也。襄以容爲漢禮官大夫，至廣陵內史。延及徐氏弟子公户滿意、桓生、單次，皆嘗爲漢禮官大夫。而瑕丘蕭奮以《禮》爲淮陽太守。是後能言《禮》爲容者，由徐氏焉。(《史記》卷一百二十一《儒林列傳》)

按：容，《漢書》作"頌"。《史記索隱》："《漢書》作'頌'，亦音容也。"由"襄，其天姿善爲容，不能通《禮經》""襄以容爲漢禮官大夫""能言《禮》爲容"綜合分析，"容"與"《禮經》"是日常禮節儀式與文本的關係。漢代將儀式與《禮經》結合者，皆出自徐氏。而楚辭、漢賦之"頌"，與儀式究竟有何關係，值得思考。

《漢書·儒林傳》亦有記載："漢興，魯高堂生傳《士禮》十七篇，而魯徐生善爲頌。孝文時，徐生以頌爲禮官大夫，傳子至孫延、襄。襄，其資性善爲頌，不能通經；延頗能，未善也。襄亦以頌爲大夫，至廣陵内史。延及徐氏弟子公户滿意、桓生、單次皆爲禮官大夫。而瑕丘蕭奮以《禮》至淮陽太守。諸言《禮》爲頌者由徐氏。"《漢書》注："蘇林曰：'《漢舊儀》有二郎爲此頌貌威儀事。有徐氏，徐氏後有張氏，不知經，但能盤辟爲禮容。天下郡國有容史，皆詣魯學之。'師古曰：'頌讀與容同。下皆類此。'"此處"頌"與"禮儀"有關。如果將《禮》分爲兩個層面，第一個就是《禮》經文本層面，第二個就是禮儀應用層面，因此徐生子才有一"善爲頌，不能通經"、一通經而"未善"。"頌"同"容"，"禮容"，《史記·孔子世家》："孔子爲兒嬉戲，常陳俎豆，設禮容。"可知在"禮儀"中，"頌"有表演、演習之意。陳直《漢書新證》："《隸釋》卷七《楊統碑》云：'庶考斯之頌儀。'頌讀爲容，與本文同。"又曰："公户滿意，亦見《史記·三王世家》褚先生補《史記》叙燕王旦事。"（第425頁）

公孫昆（渾）邪（生卒不詳）

漢有西平太守公孫渾邪，著書十五篇；子賀，丞相、葛繹侯，生敬聲，太僕。犯事，父子俱死獄中。（《元和姓纂》卷一）

按：《漢書·公孫賀傳》："公孫賀字子叔，北地義渠人也。賀祖父昆邪，景帝時爲隴西守，以將軍擊吳楚有功，封平曲侯，著書十餘篇。"此所記"著書十餘篇"，即《漢書·藝文志·陰陽家》"《公孫渾邪》十五篇"，亦即公孫昆邪，班固自注："平曲侯。"《漢書·公孫賀傳》稱公孫渾邪"著書十餘篇"，而《藝文志》直接命名爲"《公孫渾邪》十五篇"，或應理解爲"公孫渾邪十五篇",否則,即證明劉向、劉歆等人的《別錄》《七略》已經將西漢人的著述編輯爲書,且以作者名爲書名。依當時實際情況看,似乎不太可能。如此,筆者疑《漢書·藝文志》以作者"名、姓+篇數"的形式,應該理解爲收錄某人著述篇數,未必是將其著述編輯爲專書後的題名稱謂。

丁寬(生卒不詳)

丁寬字子襄,梁人也。初,梁項生從田何受《易》,時寬爲項生從者,讀《易》精敏,材過項生,遂事何。學成,何謝寬。寬東歸,何謂門人曰:"《易》以東矣。"寬至洛陽,復從周王孫受古義,號《周氏傳》。景帝時,寬爲梁孝王將軍距吳楚,號丁將軍,作《易說》三萬言,訓故舉大誼而已,今《小章句》是也。寬授同郡碭田王孫。王孫授施讎、孟喜、梁丘賀。繇是《易》有施、孟、梁丘之學。(《漢書》卷八十八《儒林傳》)

按:丁寬與周王孫同門,而又從其學《易》"古義"《周氏傳》。《漢書·藝文志》:"《丁氏》八篇,名寬,字子襄,梁人也。""《丁氏》八篇",或者亦應理解爲"丁氏八篇"。此處亦有"傳""學"之別,如丁寬從田何學《易》,又從周王孫學《周氏傳》,其《易說》稱"章句";而其傳田王孫,田王孫再傳施讎、孟喜、梁丘賀,《易》有"施、孟、梁丘之學"。施、孟、梁丘又有傳授,故可稱"學"。

賈誼(前200—前168)

或問:"景差、唐勒、宋玉、枚乘之賦也,益乎?"曰:"必也,淫。""淫,則奈何?"曰:"詩人之賦麗以則,辭人之賦麗以淫。如孔氏之門用賦也,則賈誼升堂,相如入室矣。如其不用何?"(《法言·吾子》)

按:桓譚《新論》:"賈誼不左遷失志,則文彩不發。"此論當出於司馬遷。《史記·屈原賈生列傳》:"賈生名誼,洛陽人也。年十八,以能誦詩屬書聞於郡中。……孝文皇帝初立，聞河南守吳公治平爲天下第一，故與李斯同邑而常學事焉，乃徵爲廷尉。廷尉乃言賈生年少，頗通諸子百家之書。文帝召以爲博士。"賈誼"頗通諸子百家之書"值得注意。其時，漢文帝尚未支持儒家，後來賈誼成爲長沙王太傅，其通諸子百家或爲其政治資本。陳直《漢書新證》："《經典釋文叙錄》，叙《左氏傳》流傳云：'鐸椒傳虞卿，虞卿傳荀卿，荀卿傳張蒼，張蒼傳賈誼。'韋昭《國語解序》云：'遭秦之亂，幽而復光，賈生史遷，頗綜述焉。'據此賈生除《左氏傳》之外，兼通《國語》。"（第288頁）陳直《史記新證》以爲，虞卿亦深通《春秋》學者，但其著《虞氏春秋》體例同《吕氏春秋》，而與《春秋經》不同（第132—133頁）。

賈誼以年少氣盛，提出"改正朔，易服色，法制度，定官名，興禮樂"之政治大事，風頭太勁，必然引起政治、學術上元老、前輩的反對。又本傳謂賈生被貶乃絳、灌之屬所爲，而明人謝肇淛以爲，賈誼得罪文帝幸臣鄧通，故此被貶。賈誼《吊屈原文》有"闟茸尊顯兮，佞諛得志"之句，謝氏認爲，此即"哀屈原離讒邪之咎，亦自傷爲鄧通所愬也"。詳見謝氏《文海披沙》卷一。梁玉繩《史記志疑》亦有辨析。賈誼提出的"色尚黄，數用五"，至漢武帝時期才真正實施。"數用五"，陳直《漢書新證》稱："漢武帝以後，三公、將軍、九卿、太守、國相印章，皆用五字，張晏説是也。太守以下郡都尉亦用五字章，現有瑯琊、廣漢二都尉章可證（見《齊魯封泥集存》二十二頁）。此爲張晏所未言。將軍屬官之校尉司馬，九卿屬官之令長丞，以及縣令長印，皆用四字，不用五字。"（第37頁）又曰："爲官名指官印擬改用五字也，漢初公卿、太守、都尉印文皆四字，賈誼之議未采納，至武帝時始正式改用。"（第288頁）

賈誼謫遷長沙，渡湘水，有《吊屈原賦》，《史記》本傳稱："賈生既辭往行，聞長沙卑濕，自以壽不得長，又以適去，意不自得。及渡湘水，爲賦以吊屈原。"梁玉繩《史記志疑》卷三十一《屈原賈生列傳》："賈生因服鳥入舍，故以爲壽不得長，非但因卑濕也。此乃下文之復出者，《漢書》改曰'誼既以適去'甚當。應衍'辭'字。至'又'字，十五字，《文選》同《漢書》。"（下册，第1306頁）先秦文獻無記載屈原事者，後人多疑屈原其人之存在，然漢初賈誼赴長沙、渡湘水而吊屈原，顯然此地曾流傳著屈原故事。賈誼此賦，具有非同一般的文學意義，即在於前代文人事迹，引起後世文人之心理同情，并爲之撰文，是一種特殊的文學書寫。此賦意義，尚不僅僅在於以"吊文"爲賦，而且還在於賈誼很有可能是以屈原之文體形式"吊"屈原，此可見楚辭與漢代"楚賦""漢賦"之淵源。另外，司馬遷《史記》以賈誼與屈原同傳，是主觀上認爲賈誼賦與屈原楚辭具有某種關係。

後被文帝徵見，漢文帝"方受釐，坐宣室"，宣室，在未央宫。賈誼答文帝所問"鬼神之本"，結合賈誼自作《鵩鳥賦》看，他與文帝信仰鬼神之説。此時黄老神仙盛行，自然有其社會基礎。旋即"拜賈生爲梁懷王太傅"，而《史記·日者列傳》又記："賈誼爲梁懷王傅，王墮馬斃，誼不食，毒恨而死。"賈誼先在長安，後由楚入梁，對楚文化傳播入梁地，或有重要作用。"及孝文崩"以下，梁玉繩《史記志疑》以爲當屬後人增改；"至孝昭時"二句當删之。又曰："《唐表》誼子名璠，璠二子嘉、恽。"（下册，第1307頁）梁懷王薨，劉武入梁爲梁王，是爲梁孝王。賈誼入梁，在梁孝王、枚乘、司馬相如之先，未知梁孝王好賦，與賈誼有何關係。

又《史記·屈原賈生列傳》："太史公曰：余讀《離騷》、《天問》、《招魂》、《哀郢》，悲其志。適長沙，觀屈原所自沈淵，未嘗不垂涕，想見其爲人。及見賈生吊之，又怪屈原以彼其材，游諸侯，何國不容，而自令若是。讀《服鳥賦》，同死生，輕去就，又爽然自失矣。"此處司馬遷提及屈原《離騷》《天問》《招魂》《哀郢》篇章，并提及賈誼"吊之"及其《鵩鳥賦》詩，可知司馬遷是在讀二人之文後，方赴長沙尋訪屈原、賈誼行迹。此處司馬遷明確提出"《服鳥賦》"篇名，是知漢人著文，已有題名之實。《漢書》卷三十《藝文志》："《五曹官制》五篇。"《藝文志》在陰陽家。班固自注："漢制，似賈誼所條。"這與本傳"賈生以爲漢興至孝文二十餘年，天下和洽，而固當改正朔，易服色，法制度，定官名，興禮樂，乃悉草具其事儀法，色尚黄，數用五，爲官名，悉更秦之法"記載相合。《漢書·賈誼傳》則稱："凡所著述五十八篇，掇其切於世事者著於傳云。"此稱賈誼"著述五十八篇"，是以單篇傳世。班固所選入者，以"切於世事者"爲先。

賈誼通《左傳》，《漢書·儒林傳》記載："漢興，北平侯張蒼及梁太傅賈誼、京兆尹張敞、太中大夫劉公子皆修《春秋左氏傳》。誼爲《左氏傳訓故》，授趙人貫公，爲河間獻王博士，子長卿爲蕩陰令，授清河張禹長子。"賈誼《左傳》學，或以爲來源於荀子。賈誼學術近乎雜家，《漢書·司馬遷傳》："賈誼、朝錯明申韓。"此是以賈誼、晁錯明法家之學。而《漢書·楚元王傳》："在漢朝之儒，唯賈生而已。"此以賈誼爲儒。由賈誼有陰陽學著作、"明申韓""爲《左氏傳訓故》"等分析，以其年少之人，如此博學，在整個漢代算得上鳳毛麟角。

賈誼在長沙，鵬鳥集其承塵。長沙俗以鵬鳥至人家，主人死。誼作《鵬鳥賦》，齊死生，等榮辱，以遣憂累焉。(《西京雜記》卷五)

按：賈誼在長沙，有《鵬鳥賦》，《史記》本傳稱："賈生爲長沙王太傅三年，有鴞飛入賈生舍，止於坐隅。楚人命鴞曰'服'。賈生既以適居長沙，長沙卑濕，自以爲壽不得長，傷悼之，乃爲賦以自廣。"梁玉繩《史記志疑》卷三十一《屈原賈生列傳》引金耀辰曰："諸書皆言鴞、服是一物，然《周禮·秋官》萙蔟氏疏云'鴞之與鵬二鳥，俱夜爲惡聲者。則依《漢書》作"服似鴞"爲確。'"此可知鴞、鵬當非同物。《史記志疑》又曰："賈賦，以《漢書》、《文選》校之，醉各不同，當是所傳之別。"(下册，第1306頁)《漢書·藝文志》稱"登高能賦"，而此處賈誼在其舍而能"爲賦以自廣"，此可知漢人以賦抒寫心志，已經非常自由。此小賦，是漢初賦的主要形式。賈誼在楚作賦，此或《史記》以其賦與屈原楚辭有關，故將二人同傳。

湘州有南寺，東有賈誼宅。宅有井，小而深，上斂下大，狀似壺，即誼所穿。井旁局脚食床，容一人坐，即誼所坐也。……誼宅今爲陶侃廟，誼時種甘，猶有存者。(《殷芸小説》卷二)

按：此二事又見盛弘之《荆州記》與庚穆之《湘州記》，證明賈誼事在民間多有流傳。《水經注·湘水篇》："賈誼宅有一脚石床，才容一人坐，云誼宿所坐床，是即枰也。"(《釋名疏證》卷五)南北朝時期仍然有賈誼故宅，在湘州南寺東。而《殷芸小説》又稱"誼宅今爲陶侃廟"，雖未知是否爲事實，然可見當時仍然有賈誼故事流傳。

袁盎(？—前148)

或問："爰盎"。曰："忠不足而談有餘。"(《法言·淵騫》)

按：揚雄評論袁盎"忠不足而談有餘"，是以"忠"論人，此前《鹽鐵論》已有此類思想。《史記·袁盎列傳》："袁盎者，楚人也，字絲。"袁盎卒年參見劉躍進《秦漢文學編年史》（第120—121頁）。《西京雜記》卷六："袁盎家以瓦爲棺槨，器物都無，唯有銅鏡一枚。"孔融《與曹操論酒禁書》有"袁盎非醇醪之力，無以脫其命"之説。

吴太子劉賢（生卒不詳）

孝文時，吴太子入見，得侍皇太子飲博。吴太子師傅皆楚人，輕悍，又素驕，博爭道，不恭，皇太子引博局提吴太子，殺之。（《史記》卷一百六《吴王濞列傳》）

按：《漢書·荆燕吴傳》全録此文，可見當時上層貴族生活。《史記·吴王濞列傳》司馬貞索隱引"姚氏案"引《楚漢春秋》："吴太子名賢，字德明。"漢代楚人身份主要有兩個，一個是劉邦故地楚人，一個是項籍故地楚人，無論哪部分楚人，都會具有"輕悍，又素驕"之弊，皆從心理上不屈于同爲楚人之皇太子。

陳直《漢書新證》云："《西京雜記》云：'博法用六箸，或謂之究，以竹爲之，長六寸（原文作分字），或用二箸。'又《中國古鏡之研究》，圖版一一，有西王母陸博圖。又有東王公，西王母仙人六博圖鏡，皆紹興出土。《四川畫像集》第二十六、三十五、七十九頁，共有六博圖三圖，山東省出土漢畫像石，亦有六博圖，博盤下皆有局，疑爲木製，故提擊可以殺人。"（第251頁）由此可見西漢早期的貴族文化生活。

張釋之（生卒不詳）

王生者，善爲黄老言，處士也。嘗召居廷中，三公九卿盡會立，王生老人，曰"吾韤解"，顧謂張廷尉："爲我結韤！"釋之跪而結之。既已，人或謂王生曰："獨奈何廷辱張廷尉，使跪結韤？"王生曰："吾老且賤，自度終無益于張廷尉。張廷尉方今天下名臣，吾故聊辱廷尉，使跪結韤，

欲以重之。"諸公聞之，賢王生而重張廷尉。(《史記》卷一百二《張釋之列傳》)

按：此"王生結襪"事，有文學傳奇色彩。《史記·張釋之列傳》："張廷尉釋之者，堵陽人也，字季。……釋之言秦漢之間事，秦所以失而漢所以興者久之。""言秦漢之間事，秦所以失而漢所以興者久之"，即秦漢之"故事"。又《史記·張釋之列傳》太史公曰："張季之言長者，守法不阿意；馮公之論將率，有味哉！有味哉！語曰'不知其人，視其友'。二君之所稱誦，可著廊廟。《書》曰'不偏不黨，王道蕩蕩；不黨不偏，王道便便'。張季、馮公近之矣。"

淮南厲王劉長（前198—前174）

劉長，母本張敖美人，坐貫高事，系之河內。弟趙兼因辟陽侯告呂后，后妒不肯白。辟陽侯不強爭，美人已生厲王，恚即自殺。長有材，力扛鼎，乃往請辟陽侯，侯出見之，即袖金椎椎之，居處無度，爲黃屋蓋擬天子，擅爲法令，不用漢法，以罪徙蜀，處嚴道，日三食，給薪菜鹽炊食器席蓐，制曰："食長給肉日五斤，酒二斗。"令故美人才人得幸者從之，乃不食而死。(《金樓子·説蕃》)

按：此言"以罪徙蜀，處嚴道"，《史記·淮南衡山列傳》有"蜀郡嚴道邛郵"，陳直《史記新證》："西安漢城遺址出土'嚴道令印'及'嚴道橘園'等封泥……蓋嚴道爲罪人流徙之所，兼有銅山之采礦、朱橘之貢獻，故公牘往來頻繁。"（第177頁）《史記·淮南王列傳》："孝文十二年，民有作歌歌淮南厲王曰：'一尺布，尚可縫；一斗粟，尚可舂。兄弟二人不能相容。'"漢文帝聞歌淮南王之歌，知藩國之歌可被采入皇室。

轅固生（生卒不詳）

清河王太傅轅固生者，齊人也。以治《詩》，孝景時爲博士。與黃生爭論景帝前。(《史記》卷一百二十一《儒林列傳》)

按：轅固生言《齊詩》，《史記·儒林列傳》："言《詩》於魯則申培公，於齊則轅固生，於燕則韓太傅。"《漢書·藝文志》："漢興，魯申公爲《詩訓故》，而齊轅固、燕韓生皆爲之傳。或取《春秋》，采雜説，咸非其本義。"揚雄稱其爲"守儒"，其《法言·淵騫》稱："守儒，轅固、申公。"揚雄《法言·淵騫》多有評論西漢文人之語，或本學術，或本品行，標準不一，然值得重視。

朱買臣（？—前115）

朱買臣爲會稽太守，懷章綬，還至舍亭，而國人未知也。所知錢勃，見其暴露，乃勞之曰："得無罷乎？"遺與紈扇。買臣至郡，引爲上客，尋遷爲掾史。（《西京雜記》卷二）

按：錢勃，人名，事迹未詳。《漢書·藝文志》："朱買臣賦三篇。"荀悦《漢紀》系武帝誅買臣，在元鼎二年（前115）。

《漢書·朱買臣傳》："朱買臣字翁子，吳人也。家貧，好讀書，不治產業，常艾薪樵，賣以給食，擔束薪，行且誦書。"朱買臣"以《楚辭》與助俱幸"與"説《春秋》，言《楚詞》"，可知《楚辭》在西漢之流傳。而西漢時期《楚辭》在吳地之傳播，亦值得注意。朱買臣好學，《北堂書鈔》卷九十七《藝文部三》稱："鄒子云：朱買臣孳孳修學，不知天南之流粟。"買臣通經、楚辭，如本傳稱："會邑子嚴助貴幸，薦買臣。召見，説《春秋》，言《楚詞》，帝甚説之，拜買臣爲中大夫，與嚴助俱侍中。"

胡毋生（生卒不詳）

公羊高、穀梁寘、胡毋氏皆傳《春秋》，各門異户，獨《左氏》傳爲近得實。（《論衡·案書》）

按：在王充看來，胡毋生雖治《公羊》，然與公羊高、穀梁寘"各門異户"，似胡毋生之《公羊》亦自成一家之學。"獨《左氏》傳爲近得實"，是東漢已接受《左傳》之説。

胡母生，又作胡毋生，《漢書·儒林傳》："胡母生字子都，齊人也。治《公羊春秋》，爲景帝博士。與董仲舒同業，仲舒著書稱其德。年老，歸教于齊，齊之言《春秋》者宗事之，公孫弘亦頗受焉。""齊之言《春秋》者宗事之"，則胡母生爲《春秋》之"宗"。

董安國（生卒不詳）

　　《董安國》十六篇。漢代內史，不知何帝時。（《漢書》卷三十《藝文志》）
　　按：在農家。陳直《漢書新證》："《百官表》，文帝十四年，有內史董赤，疑即此人，安國疑赤之字。"（第237頁）

河上公（生卒不詳）

　　河上公者，莫知其姓名也。漢孝文帝時，結草爲庵於河之濱，常讀老子《道德經》。時文帝好老子之道，詔命諸王公大臣州牧在朝卿士，皆令誦之，不通《老子》經者，不得升朝。帝於經中有疑義，人莫能通，侍郎裴楷奏云："陝州河上有人誦《老子》。"即遣詔使齎所疑義問之，公曰："道尊德貴，非可遥問也。"帝即駕幸詣之，公在庵中不出，帝使人謂之曰："溥天之下，莫非王土，率土之濱，莫非王民。域中四大，而王居其一，子雖有道，猶朕民也，不能自屈，何乃高乎？朕能使民富貴貧賤。"須臾，公即拊掌坐躍，冉冉在空虚之中，去地百餘尺，而止於虚空。良久，俯而答曰："余上不至天，中不累人，下不居地，何民之有焉。君宜能令余富貴貧賤乎？"帝大驚悟，知是神人，方下輦稽首，禮謝曰："朕以不能，忝承先業，才小任大，憂於不堪，而志奉道德，直以暗昧，多所不了，惟願道君垂湣，有以教之。"河上公即授素書老子《道德章句》二卷，謂帝曰："熟研究之，所疑自解。余著此經以來，千七百餘年，凡傳三人，連子四矣，勿示非人。"帝即拜跪受經。言畢，失公所在，遂於西山築臺望之，不復見矣。論者以爲文帝雖耽尚大道，而心未純

信，故示神變以悟帝，意欲成其道，時人因號河上公。（葛洪《神仙傳》卷八）

按：此言《道德經》傳授，未必爲事實。其中言"冉在空虛之中""示神變以悟帝"等語，顯然後世虛造之辭。

漢景帝劉啓（前188—前141）

漢景帝元年九月，膠東下密人年七十餘，生角。角有毛。京房《易傳》曰："冢宰專政，厥妖人生角。"《五行志》以爲人不當生角，猶諸侯不敢舉兵以向京師也。其後遂有七國之難。至晋武帝泰始五年，元城人年七十，生角。殆趙王倫篡亂之應也。（《搜神記》卷六）

按：汪紹楹校注以爲，此條見《法苑珠林》四十三引，本事分別見於《漢書》《晋書》《宋書》之《五行志》。由此看來，《搜神記》在搜集史書志怪類故事之時，亦曾將不同時期的同一類故事合并處理。

漢景帝三年，邯鄲有狗與彘交。是時趙王悖亂，遂與六國反，外結匈奴以爲援。《五行志》以爲犬兵革失衆之占，彘北方匈奴之象。逆言失聽，交於異類，以生害也。京房《易傳》曰："夫婦不嚴，厥妖狗與彘交，茲謂反德，國有兵革。"（《搜神記》卷六）

按：《法苑珠林》四十引作《搜神記》，本事見《漢書·五行志》。

景帝三年十一月，有白頸烏與黑烏，群鬥楚國呂縣。白頸不勝，墮泗水中，死者數千。劉向以爲近白黑祥也。時楚王戊暴逆無道，刑辱申公，與吳謀反。烏群鬥者，師戰之象也。白頸者小，明小者敗也。墮於水者，將死水地。王戊不悟，遂舉兵應吳，與漢大戰，兵敗而走，至於丹徒，爲越人所斬，墮泗水之效也。京房《易傳》曰："逆親親，厥妖白黑烏鬥於國中。"燕王旦之謀反也，又有一烏一鵲，鬥於燕宮中池上，烏墮池死。《五行志》以爲楚、燕皆骨肉藩臣，驕恣而謀不義，俱有烏鵲鬥死之祥。行同而占合，此天人之明表也。燕陰謀未發，獨王自殺于宮，故一烏而水色者死；楚炕陽舉兵，軍師大敗于野，故烏衆而金色者死。天道精微之效也。京房《易傳》曰："顓征劫殺，厥妖烏鵲鬥。"（《搜神記》卷六）

按：汪紹楹校注以爲，各書未見引《搜神記》，本事見《漢書·五行志》。

景帝十六年，梁孝王田北山，有獻牛足上出背上者。劉向以爲近牛禍。内則思慮霿亂，外則土功過制，故牛禍作。足而出於背，下奸上之象也。(《搜神記》卷六)

按：《法苑珠林》八十七引作《搜神異記》，本事見《漢書·五行志》。汪紹楹以爲"十六年"當從《漢書》"中六年"。《漢書·五行志》中的陰陽灾異、讖緯事，具有非常明確的政治隱喻，而至《搜神記》中，脫離了《漢書》營造的歷史背景與政治氛圍，這些文獻的政治意義則完全消失，在後世人讀來，這些文獻已經變爲較爲純粹的"神怪"故事。漢代陰陽五行、灾異、讖緯文獻，爲魏晋志怪小説的産生提供了土壤。

漢景帝時有"制詔"之舉，如《史記·孝文本紀》："孝景皇帝元年十月，制詔御史：'蓋聞古者祖有功而宗有德，制禮樂各有由。聞歌者，所以發德也；舞者，所以明功也。高廟酎，奏《武德》《文始》《五行》之舞。孝惠廟酎，奏《文始》《五行》之舞。'"制詔作爲專稱始於秦漢，故陳直《史記新證》稱："在秦以前，尊之於卑，皆可稱詔。如《國語》越王勾踐之'父詔其子，兄詔其弟'。《蒼頡篇》之'幼子承詔'。吕不韋戈之詔吏圖是也。秦漢以後，始爲制詔之專稱。"(第124頁)《武德》《文始》《五行》之舞，是西漢初年之舞，後來又有變化。

晁錯(前200—前154)

文學曰："晁生言諸侯之地大，富則驕奢，急即合從。故因吳之過而削之會稽，因楚之罪而奪之東海，所以均輕重，分其權，而爲萬世慮也。弦高誕於秦而信於鄭，晁生忠於漢而仇於諸侯。人臣各死其主，爲其國用，此解楊之所以厚於晋而薄於荆也。"(《鹽鐵論·晁錯第八》)

按：《鹽鐵論》稱晁錯"忠於漢"，此可知"忠於國家"一類思想，此前早已産生。而揚雄《法言·淵騫》稱："或問：晁錯。曰：愚。"《法言》評袁盎"忠不足而談有餘"、《鹽鐵論》評論晁錯"忠於漢而仇於諸侯"，是漢人以"忠"論袁盎、晁錯。此處揚雄以爲晁錯"愚"，以一字論人，實有人物品鑒之風。

晁錯事多見《史記》《漢書》記載。《史記·晁錯列傳》："鼂錯者，潁川人也。學申商刑名於軹張恢先所，與洛陽宋孟及劉禮同師。以文學爲太常掌故。錯爲人陗直刻深。孝文帝時，天下無治《尚書》者，獨聞濟南伏生故秦博士，治《尚書》，年九十餘，老不可徵，乃詔太常使人往受之。太常遣錯受《尚書》伏生所。還，因上便宜事，以《書》稱説。詔以爲太子舍人、門大夫、家令。以其辯得幸太子，太子家號曰'智囊'。"晁錯與袁盎皆辯士。司馬遷評論曰："鼂錯爲家令時，數言事不用；後擅權，多所變更。諸侯發難，不急匡救，欲報私讎，反以亡軀。語曰'變古亂常，不死則亡'，豈錯等謂邪！"陳直《漢書新證》："《史記》作晁錯，《漢書》則鼂、朝二字并用，三字在姓氏中，當以鼂字爲正體。""張恢先所"，《漢書》作"張恢生所"，陳直《漢書新證》："《漢舊儀》云：'博士稱先生。'或簡稱爲先，如《梅福傳》之叔孫先，《李尋傳》之正先，本傳之鄧先（筆者按：即《漢書·晁錯傳》）是也。或簡稱爲生，如伏生，轅固生，賈生是也。此獨稱'張恢生'，在姓名下加一'生'字，尚屬創見。張恢亦疑爲秦代博士，故《史記》稱爲'張恢先'。上述諸人，只有鄧先非博士。又漢人習俗語每稱某所，如《居延漢簡釋文》卷一、七十三頁有'詣張掖太守府，牛掾在所'。卷三、十七頁，有'共買林君所'，各紀載是也。"（第293—294頁）

　　此言"太常遣錯受《尚書》伏生所"，而《古文尚書序》則稱："伏生老，言不可曉，使其女傳言授晁錯。"（《太平御覽》卷六百九《學部三·書》）

　　晁錯著述，見《漢書》本傳："錯又言宜削諸侯事，及法令可更定者，書凡三十篇。孝文雖不盡聽，然奇其材。當是時，太子善錯計策，爰盎諸大功臣多不好錯。"《漢書》卷三十《藝文志·諸子略·法家》："《鼂錯》三十一篇。""《鼂錯》三十一篇"，宜作"鼂錯三十一篇"，如《漢書》晁錯本傳稱"書凡三十篇"可知。王應麟《漢藝文志考證》："錯學申商刑名於軹張恢生所，與洛陽宋孟及劉帶同師。呂氏曰：'申商之學，亦世有傳授。'《唐志》'晁氏《新書》七卷。'《隋志》：'梁有三卷'。《文選·賓戲注》引朝錯《新書》。太史公曰：'賈生、晁錯明申商。'蘇氏曰：'錯不足道也，而誼亦爲之。'"

鄧公（生卒不詳）

鄧公，成固人也，多奇計。建元中，上招賢良，公卿言鄧公，時鄧公免，起家爲九卿。一年，復謝病免歸。其子章以脩黃老言顯於諸公間。（《史記》卷一百一《袁盎晁錯列傳》）

按：《史記正義》引《括地志》云："成固故城在梁州成固縣東六里，漢城固城也。"鄧公之子鄧章善黃老學。

鄒陽（生卒不詳）

或問"鄒陽"。曰："未信而分疑，慷辭免罿，幾矣哉！"（《法言·重黎》）

按：《史記·鄒陽列傳》："鄒陽者，齊人也。游于梁，與故吳人莊忌夫子、淮陰枚生之徒交。上書而介於羊勝、公孫詭之間。勝等嫉鄒陽，惡之梁孝王。孝王怒，下之吏，將欲殺之。鄒陽客游，以讒見禽，恐死而負累，乃從獄中上書。"鄒陽本齊人，游歷吳、梁，與莊忌、枚乘交游，"皆以文辯著名"，此數人乃漢初文學發展重要人物。《西京雜記》卷四有其《酒賦》。

韓安國作《几賦》不成，鄒陽代作，其辭曰："高樹凌雲，蟠紆煩冤，旁生附枝。王爾公輸之徒，荷斧斤，援葛藟，攀喬枝。上不測之絶頂，伐之以歸。眇者督直，聾者磨礱。齊貢金斧，楚入名工，乃成斯几。離奇髣髴，似龍盤馬回，鳳去鶯歸。君王憑之，聖德日躋。"鄒陽、安國罰酒三升，賜枚乘、路喬如絹，人五匹。（《西京雜記》卷四）

按：《西京雜記》作者、時代不明，然魏晉時期枚乘、鄒陽、韓安國等人游歷舊迹仍在，其賦未必是後人僞造，或有其來自。梁孝王時期，鄒陽、韓安國、枚乘等人，創造了梁國辭賦的書寫模式，營造了梁地辭賦的創作氛圍，推動了漢初整個辭賦的興起與發展。另據漢初賦作形式，以及陸賈、賈誼賦體名或賦作内容分析，此類小賦在漢初較爲流行。

嚴忌（生卒不详）

是時梁孝王來朝，從游説之士齊人鄒陽、淮陰枚乘、吳莊忌夫子之徒，相如見而説之，因病免，客游梁。（《史記》卷一百一十七《司馬相如列傳》）

按：莊忌，即嚴忌。顔師古《漢書·司馬相如傳》注："嚴忌本姓莊，當時尊尚，號曰夫子。史家避漢明帝諱，故遂爲嚴耳。"《漢書·藝文志》："莊夫子賦二十四篇。"賦在"屈原賦之屬"。其賦流傳至今者有《哀時命》，文多不載。又《漢書·嚴助傳》："嚴助，會稽吳人，嚴夫子子也，或言族家子也。"

嚴忌曾以賦家身份侍奉武帝左右，《漢紀·孝武皇帝紀》："若嚴助、朱買臣、吾丘壽王、司馬相如、主父偃、徐樂、嚴安、東方朔、枚皋、膠倉、終軍、嚴忌等皆以材能并在左右。"此在《漢書》、班固《兩都賦序》皆有記載。

枚乘（？—前140）

枚乘爲《柳賦》，其辭曰："忘憂之館，垂條之木。枝逶遲而含紫，葉萋萋而吐緑。出入風雲，去來羽族。既上下而好音，亦黄衣而絳足。蜩螗厲響，蜘蛛吐絲。階草漠漠，白日遲遲。于嗟細柳，流亂輕絲。君王淵穆其度，御群英而玩之。小臣瞽聵，與此陳詞。于嗟樂兮！於是樽盈縹玉之酒，爵獻金漿之醪（梁人作藷蔗酒，名金漿）。庶羞千族，盈滿六庖。弱絲清管，與風霜而共雕，鎗鍠啾唧，蕭修寂寥，儵义英旄，列襟聯袍。小臣莫效於鴻毛，空銜鮮而嗽醪。雖復河清海竭，終無增景于邊撩。"（《西京雜記》卷四）

按：《漢書·枚乘傳》："枚乘字叔，淮陰人也，爲吳王濞郎中。吳王之初怨望謀爲逆也，乘奏書諫。……吳王不納。乘等去而之梁，從孝王游。"枚乘《上吳王書》在文學史上具有一定地位，主要在於其寫法，開闢了駢散結合的新思路。陳直《漢書新證》:"《文選》枚乘《七發》云:'楚太子有疾,而吴客問之。'《楚元王傳》,'以宗正上邳侯郢客嗣,是爲夷王,立四年薨,子戊嗣'。《七發》文中,吴客是枚乘自謂,楚太子謂楚王戊,自來注《文選》者,皆未加註解,且以爲設辭,誤矣。"(第303頁)

又《漢書・枚乘傳》:"復游梁,梁客皆善屬辭賦,乘尤高。孝王薨,乘歸淮陰。"離開吴王之後,枚乘入梁,成爲梁孝王身邊重要的辭賦家,且撰賦水平最高。枚乘《七發》,繼承先秦楚辭模式,同時開啓漢代楚地爲主、其他藩國文化爲輔的辭賦寫作方式,是漢賦起源與興盛的根源。如果說,司馬相如真正推動了漢賦的崛起,但枚乘應該是漢賦產生的源頭。

枚乘另有《梁王菟園賦》,見《古文苑》及《藝文類聚》卷六十五。《臨灞池遠訣賦》,見《文選・謝朓休沐重還道中詩》注引《枚乘集》。《七發》,見《文選》。以往對《西京雜記》記載的西漢人賦作,多以其爲偽作而未受到學者注意,其實應該將此類賦作與西漢或東漢其他人同類賦作進行比較研究,才能得出一個較爲客觀的認識。

路喬如(生卒不詳)

路喬如爲《鶴賦》,其詞曰:"白鳥朱冠,鼓翼池干。舉修距而躍躍,奮皓翅之𩙥𩙥。宛修頸而顧步,啄沙磧而相歡。豈忘赤霄之上,忽池籞而盤桓。飲清流而不舉,食稻粱而未安。故知野禽野性,未脱籠樊,賴吾王之廣愛,雖禽鳥兮抱恩。方騰驤而鳴舞,憑朱檻而爲歡。"(《西京雜記》卷四)

按:此賦混用四、六言,合乎東漢以後賦風格。

公孫詭(?—前148)

公孫詭爲《文鹿賦》,其詞曰:"麀鹿濯濯,來我槐庭。食我槐葉,懷我德聲。質如緗綈,文如素綦。呦呦相召,《小雅》之詩。嘆丘山之比

歲，逢梁王于一時。"（《西京雜記》卷四）

按：公孫詭賦用四、六言，與路喬如同。《史記·梁孝王世家》："（梁孝王）招延四方豪桀，自山以東游説之士莫不畢至。齊人羊勝、公孫詭、鄒陽之屬。公孫詭多奇邪計，初見王，賜千金，官至中尉，梁號之曰公孫將軍。"公孫詭與羊勝、鄒陽皆齊人，齊地近梁，故皆見用於梁孝王。三人皆有謀略，然鄒陽多"陽謀"，羊勝、公孫詭多陰謀，故《漢書》稱"公孫詭多奇邪計"，稱鄒陽"介於羊勝、公孫詭之間"。

羊勝（？—前148）

《屏風賦》：屏風鞈匝，蔽我君王。重葩累綉，遝璧連璋。飾以文錦，映以流黃。畫以古列，顒顒昂昂。藩後宜之，壽考無疆。（《西京雜記》卷四）

按：羊勝，齊人，事見上公孫詭條。此賦純用四言，符合漢初賦體式。羊勝爲人，與公孫詭同，多奸詐，鄒陽介於二人之間，體現了齊人複雜的性格。《漢書·地理志》稱："初太公治齊，修道術，尊賢智，賞有功，故至今其土多好經術，矜功名，舒緩闊達而足智。其失夸奢朋黨，言與行繆，虛詐不情，急之則離散，緩之則放縱。"此可見齊人兩種矛盾性格特點："好經術，矜功名，舒緩闊達而足智"，"夸奢朋黨，言與行繆，虛詐不情"。前者如高堂生、后蒼、鄒陽，後者如羊勝、公孫詭。入漢以來，齊地盛行陰陽五行、黃老、經學等多種學說，體現了齊人思想開放的特點。在漢初來説，齊地應該是思想最爲活躍的地區之一。

公孫乘（生卒不詳）

公孫乘爲《月賦》，其辭曰：月出皦兮，君子之光。鶤雞舞於蘭渚，蟋蟀鳴於西堂。君有禮樂，我有衣裳。猗嗟明月，當心而出。隱員巖而似鈎，蔽修堞而分鏡。既少進以增輝，遂臨庭而高映。匪明皓璧，非淨琇瑩。躔度運行，陰陽以正。文林辯圃，小臣不佞。（《西京雜記》卷四）

按：公孫乘，武帝時人。此賦用四、六言，近漢末風格。

文翁（生卒不詳）

蜀有回復水，江神嘗溺殺人，文翁拔劍擊之，遂不爲害。（《水經注》卷三十三）

按：葛洪《抱朴子內篇·道意》："文翁破水靈之廟，而身吉民安。"此可見文翁在漢以後之影響，已經不限於郡國教育方面，且賦予其某種神通。

漢文翁當起田，砍柴爲陂，夜有百十野豬，鼻載土著柴中。比曉，塘成，稻常收。嘗欲斷一大樹，欲斷處去地一丈八尺。翁先咒曰："吾得二千石，斧當著此處。"因擲之，正砍所欲。後果爲蜀郡守。（《殷芸小説》卷二）

按：此事又見《太平御覽》卷七百六十三引《幽明錄》："文翁常欲斷大樹，欲斷處，去地一丈八尺，翁先祝曰：'吾若得二千石，斧當著此處！'因擲之，中所欲一丈八尺處。後果爲郡。"二者表述基本相同。然《太平御覽》卷七十四《地部三十九·塘》引《錄異傳》稍有不同："文翁者，廬江人，爲兒童時，乃有神異。及長，當起歷下陂以作田。文翁晝日斫伐薪，以爲陂塘。其夜，忽有數百頭野豬，以鼻載土著柴中，比曉，成塘。"後世對文翁形象有誇飾成分，然由此可見文翁在蜀中教育的貢獻精神，爲後世所景仰。《廬江七賢傳》所記有文黨事："《廬江七賢傳》云：文党字翁仲，未學之時，與人俱入叢木，謂侶人曰：'吾欲遠學，先試投斧高木上，斧當掛。'乃仰投之，斧果上掛，因之長安受經。"（《北堂書鈔》卷九十七《藝文部三·好學十一》）余嘉錫考證，此與《殷芸小説》記文翁似是同一事。周楞伽輯注《殷芸小説》以爲，《廬江七賢傳》所記，實際上是《殷芸小説》文翁的後一事；《小説》前一事，見《太平御覽》卷七十四所引《錄異傳》；《幽明錄》所記，較《廬江七賢傳》更爲近似。

西漢郡國教育，與文翁關係甚大，故《漢書·循吏傳》稱："常選學官僮子，使在便坐受事。每出行縣，益從學官諸生明經飭行者與俱，使傳教令，出入閨合。縣邑吏民見而榮之，數年，爭欲爲學官弟子，富人至出錢以求之。繇是大化，蜀地學于京師者比齊魯焉。至武帝時，乃令天下郡國皆立學校官，自文翁爲之始云。"《漢書·循吏傳》："文翁，廬江舒人也。少好學，通《春秋》，以郡縣吏察舉。"陳直《漢書新證》："《御覽》卷七十四引《錄異傳》云：'文翁廬江人，及長當起歷下陂以作田，文翁畫日斫伐薪以爲陂塘。'又《抱朴子·道意篇》云：'文翁破水靈之廟而身吉民安。'此皆文翁佚事之可考者。"（第426頁）

文翁事或與史實不合，然《漢書》多次記此事，可知文翁對蜀地教育之貢獻，對"天下郡國"教育之影響甚深。"學官僮子"，陳直《漢書新證》："《王褒傳》云：'於是益州刺史王襄，使褒作《中和》、《樂職》、《宣佈詩》，選好事者令依《鹿鳴》之聲，習而歌之，時汜鄉侯何武爲僮子選在歌中。'蓋文翁招選學僮之風氣，至宣帝時仍盛行。"（第427頁）而《三國志·蜀志·秦宓傳》亦稱："蜀本無學士，文翁遣相如東受七經，還教吏民，於是蜀學比于齊、魯。故《地理志》曰：'文翁倡其教，相如爲之師。'"可知三國時文翁影響依然很大。

或以文翁遣相如東受七經與史實不合，此或有後世附會成分，然可見文翁與司馬相如對蜀地文化之貢獻。《漢書·地理志上》："景、武間，文翁爲蜀守，教民讀書法令，未能篤信道德，反以好文刺譏，貴慕權勢。及司馬相如游宦京師諸侯，以文辭顯於世，鄉黨慕循其迹。後有王褒、嚴遵、揚雄之徒，文章冠天下。繇文翁倡其教，相如爲之師，故孔子曰：'有教亡類。'"常璩《華陽國志》卷三："始文翁立文學精舍講堂，作石室，一作玉室，在城南。"文翁推進蜀地教育方面有啟蒙之功，王褒、嚴遵、揚雄皆受惠于此。《漢書·循吏傳》稱："文翁終於蜀，吏民爲立祠堂，歲時祭祀不絕。至今巴蜀好文雅，文翁之化也。"《後漢書·文苑傳》："昔文翁在蜀，道著巴漢。"然《地理志》批評"教民讀書法令，未能篤信道德，反以好文刺譏，貴慕權勢"。

主父偃（？—前126）

主父偃辱賤於齊，排擯不用；赴闕舉疏，遂用於漢，官至齊相。趙人徐樂亦上書，與偃章會，上善其言，徵拜爲郎。人謂偃之才，樂之慧，非

也。(《論衡·命錄》)

按：《史記·主父偃傳》："主父偃者，齊臨菑人也。學長短縱橫之術，晚乃學《易》、《春秋》、百家言。"主父偃博學之人，通縱橫、百家言、《易》、《春秋》。陳直《漢書新證》云："主父爲趙武靈王之後，《漢印文字徵》第五、九頁，有'主父官'、'主父會'二印，據此西漢主父之姓尚習見。"(第347頁)

主父偃"齊諸儒生相與排擯，不容于齊"，可知"文人相輕"，自古而然。武帝誅主父偃在元朔三年（前126）。主父偃著述見《漢書·藝文志》："《主父偃》二十八篇。"在縱橫家，疑應作"主父偃二十八篇"，即存主父偃作品二十八篇。王應麟《漢藝文志考證》："《說苑》引主父偃曰：'人而無辭，安所用之？昔子修其辭而趙武致其敬，王孫滿明其言而楚莊以慚。'"

梁懷王劉揖（？—前169）

梁懷王揖，文帝少子也。好《詩》《書》，帝愛之，異於他子。五年一朝，凡再入朝。因墮馬死，立十年薨。無子，國除。(《漢書》卷四十七《文三王傳》)

按：《史記·屈原賈生列傳》："梁懷王，文帝之少子，愛，而好書，故令賈生傅之。"梁懷王雖無文，然其時賈誼入梁，則是梁地文學中的大事，這預示著楚辭或楚文化，因懷王、賈誼而傳入梁地。《漢書·文三王傳》稱："梁孝王武以孝文二年與太原王參、梁王揖同日立。"立在孝文前元二年（前178），立十年薨，則卒年在文帝前元十一年（前169）。

梁孝王劉武（？—前144）

梁孝王好營宮室苑囿之樂，作曜華之宮，築兔園。園中有百靈山，山有膚寸石、落猿巖、棲龍岫。又有雁池，池間有鶴洲鳧渚。其諸宮觀相連，延亙數十里。奇果異樹，瑰禽怪獸畢備。王日與宮人賓客弋釣其中。

(《西京雜記》卷二)

按：《史記·梁孝王世家》："孝王，竇太后少子也，愛之，賞賜不可勝道。於是孝王築東苑，方三百餘里。廣睢陽城七十里。大治宮室，爲復道，自宮連屬於平臺三十餘里。得賜天子旌旗，出從千乘萬騎。東西馳獵，擬于天子。出言趯，入言警。招延四方豪桀，自山以東游說之士莫不畢至。"東苑，梁玉繩《史記志疑》卷二十六《梁孝王世家》："《御覽》百五十九引《史》曰'梁孝王築東苑三百里，是曰兔苑'，今無'兔苑'句。"梁孝王所築東苑，後世又稱作"梁園""兔苑"，疑皆後世稱呼。此處聚集了來自長安、蜀、吳、楚以及其他各地的文人，如枚乘、鄒陽、司馬相如等，說明梁地是多地域文化的匯聚中心。另外，梁孝王爲竇太后少子，而太后好黃老，則梁孝王應好黃老學，枚乘、司馬相如等人賦作中，即多黃老、神仙思想。司馬相如《子虛之賦》即作於此，故《漢書·司馬相如傳》稱："會景帝不好辭賦，是時梁孝王來朝，從游說之士齊人鄒陽、淮陰枚乘、吳嚴忌夫子之徒，相如見而說之，因病免，客游梁，得與諸侯游士居，數歲，乃著《子虛之賦》。"睢陽，陳直《史記新證》："梁都睢陽，其地出強弓。《烏生古辭》云：'秦氏家有游蕩子，工用睢陽強，蘇合彈。'（見《樂府詩集》卷二十八）與本文正合。"（第111頁）由此可見，梁地當時不僅經濟發達，也有很強的軍事力量，故《史記》此處稱："梁多作兵器弩弓矛數十萬，而府庫金錢且百巨萬，珠玉寶器多於京師。"又稱："孝王未死時，財以巨萬計，不可勝數。及死，藏府餘黃金尚四十餘萬斤，他財物稱是。"

梁孝王游於忘憂之館，集諸游士各使爲賦。枚乘爲《柳賦》……路喬如爲《鶴賦》……公孫詭爲《文鹿賦》……鄒陽爲《酒賦》……公孫乘爲《月賦》……羊勝爲《屏風賦》……韓安國作《几賦》不成，鄒陽代作其辭。（《西京雜記》卷四）

按：梁地是漢賦產生的策源地，《西京雜記》所記梁孝王周圍文人之賦，當非虛造。各人所作賦之全文詳見各人條目。

梁孝王入朝，與上爲家人之宴。乃問王諸子，王頓首謝曰："有五男。"即拜爲列侯，賜與衣裳器服。王薨，又分梁國爲五，進五侯皆爲王。（《西京雜記》卷四）

按：梁孝王多珍寶，此見《史記·梁孝王世家》："初，孝王在時，有罍樽，直千金。孝王誠後世，善保罍樽，無得以與人。"梁孝王文帝前元二年（前178）立，三十五年薨，卒年在景帝中元六年（前144）。《史記索隱》引應劭曰："《詩》云'酌彼金罍'。罍者，畫雲雷之象以金飾之。"陳直《史記新證》："累樽，即雷尊之異文，當爲商末周初制作。西漢時商周金器，出土至少，值千金亦可以知當時之市價。"（第111頁）此又證梁孝王時經濟之發達。這說明，枚乘、鄒陽、司馬相如等人赴梁，有經濟上的考慮；而辭賦在梁地的產生，也與其高度發達的經濟不無關係。

梁孝王子賈從朝年幼，竇太后欲强冠婚之。上謂王曰："兒堪棄矣。"王頓首謝曰："臣聞禮二十而冠，冠而字，字以表德，自非顯才高行，安可强冠之哉？"帝曰："兒堪冠矣。"餘日，帝又曰："兒堪室矣。"王頓首曰："臣聞禮三十壯有室，兒年蒙悼未有人父之端，安可强室之哉？"帝曰："兒堪室矣。"餘日，賈朝至閫而遺其舄。帝曰："兒真幼矣。"白太后未可冠婚之。（《西京雜記》卷四）

按：《西京雜記》記錄梁孝王事實夥，是該書多記歷史掌故，而梁孝王時代好文，故多文人雅事。梁孝王的"東苑文學"，是文學史上最早以召集文人創作文學作品爲主的群體，其文學史意義不容忽視。先是，賈誼爲梁懷王太傅入梁；梁孝王時，其他賦家陸續來投。尤其是以司馬相如爲首的賦家，從長安走向梁國，又從梁國走回長安，他們對辭賦從"楚賦"轉變爲真正意義上的"漢賦"作出了重要貢獻。

韓商（生卒不詳）

後其（按：韓嬰）孫商爲博士。孝宣時，涿郡韓生其後也，以《易》徵，待詔殿中，曰："所受《易》即先太傅所傳也。嘗受《韓詩》，不如《韓氏易》深，太傅故專傳之。"司隸校尉蓋寬饒本受《易》於孟喜，見涿韓生說《易》而好之，即更從受焉。（《漢書》卷八十八《儒林傳》）

按：《經典釋文序錄》："其（按：韓嬰）孫商爲博士，孝宣時涿韓生其後也。河內趙子事燕韓生，授同郡蔡誼。"此言韓商及其後韓生傳《易》《詩》事。

翟公（生卒不詳）

下邽翟公有言，始翟公爲廷尉，賓客闐門；及廢，門外可設雀羅。翟公復爲廷尉，賓客欲往，翟公乃大署其門曰："一死一生，乃知交情。一貧一富，乃知交態。一貴一賤，交情乃見。"（《史記》卷一百二十《汲鄭列傳》）

按：翟公署其門之辭，皆四言詩體，活畫出當時世態炎涼。《漢書·翟方進傳》："翟方進字子威，汝南上蔡人也。家世微賤，至方進父翟公，好學，爲郡文學。方進年十二三，失父孤學。"據此知翟公早亡。

河間獻王劉德（前171—前130）

河間獻王曰："堯存心於天下，加志於窮民，痛萬姓之罹罪，憂衆生之不遂也。有一民飢，則曰：'此我飢之也。'有一人寒，則曰：'此我寒之也。'一民有罪，則曰：'此我陷之也。'仁昭而義立，德博而化廣，故不賞而民勸，不罰而民治。先恕而後教，是堯道也。"（《説苑·君道》）

河間王德，築日華宮，置客館二十餘區，以待學士，自奉養不逾賓客。（《西京雜記》卷四）

按：《西京雜記》多記漢代帝王、王侯建造宮室，以録文人學士事。劉德建日華宮，也有此用途。此處《西京雜記》所記是真實的事情。陳直《漢書新證》："《三輔黃圖》，紀載亦同。又按：翟雲升《隸編》摹有河間獻王君子館磚，苗夔墓誌亦云：'得君子館磚。'余在西安白集武處，見舊拓君子館、日華宮兩磚，合拓本一幅。'君子'二字直書，'日華'二字橫書，旁有大興劉位坦題記。大意謂'河間獻王公館遺址，時時發現"君子"二字磚，篆形各不相侔，日華宮磚，尤爲罕見'云云。《西京雜記》所記，與近世出土磚甓，完全符合，可見《雜記》成書雖晚，所載西漢故事，可信者多。"（第310頁）由此説來，《西京雜記》必有其特定的史料來源，并非後世虛造。

《西京雜記》所言劉德"以待學士",《史記·五宗世家》稱爲"山東諸儒多從之游":"河間獻王德,以孝景帝前二年用皇子爲河間王。好儒學,被服造次必於儒者。山東諸儒多從之游。"陳直《史記新證》:"濰縣郭氏藏有'河間太守'封泥(原物現藏北京大學歷史系)。又《齊魯封泥集存》一頁,有'河間王璽'封泥,皆與本傳相合。蓋河間先爲漢郡,趙王及楚王辟疆皆因而未改,成爲自置之郡,而河間太守封泥,已稱太守,則爲楚王時物。"(第104頁)《漢書·禮樂志》:"河間獻王采禮樂古事,稍稍增輯,至五百餘篇。"《漢書·藝文志》:"又有毛公之學,自謂子夏所傳,而河間獻王好之,未得立。"

昔蕃屏之盛德者,則劉德字君道,造次儒服,卓爾不群。好古文,每就人間求善書,必爲好寫與之,留其真本,加以金帛。士有不遠千里而至者,多獻其先祖舊書:《周官》《尚書》《禮》《禮記》《孟子》《老子》,獻王好之。采《周官》及諸子之樂事作《樂記》,獻八佾之舞,使弟子王定傳之,二十四篇。首表立《毛詩》《左氏春秋》博士。武帝在位,來朝,對辟雍、明堂、靈臺,故世謂之"三雍對"也,及令詔策問三十餘事,及著《樂語》五均事云:"天子取諸侯之土以立五均,則市無二價,四民常均,強者不得困弱,富者不得要貧,則公家有餘,恩及於小民矣。"王既有雅材,亦以爲治道非禮樂不成,因獻所集雅樂,天子下大樂官,常存肄之,歲時以備數。常山王禹世受河間樂,能說其義。弟子宋曄上書云:"河間王躬求幽隱,興禮樂,蓋有漢之所以興也。"王常謂人曰:"禹鑿江,通乎九谷,灑分五湖而注東海,民不怨者,利也。吾將行之。"時玄俗自言餌巴豆、雲母,賣藥於都市,七丸一錢,治百病。王病,服之,下蛇十餘頭。俗言王病乃六世餘殃,非王所招也。王常放乳鹿,仁心感天,故當遇耳。俗形無影,獻王欲以女配之,俗夜亡去。故武帝遣所忠問王,王輒對無窮。帝曰:"湯以七十里,文王以百里,其勉之。"王知意,即縱酒聽樂,又爲《周制》二十篇。(《金樓子·說蕃》)

按:如《西京雜記》《金樓子》一類對西漢事迹之記載,已多後世人想象成分,其中多後人理想化色彩的描寫。《金樓子》文字多出《漢書》,如《漢書·景十三王傳》記載:"河間獻王德以孝景前二年立,修學好古,實事求是。從民得善書,必爲好寫與之,留其真,加金帛賜以招之。繇是四方道術之人不遠千里,或有先祖舊書,多奉以奏獻王者,故得書多，與漢朝等。是時，淮南王安亦好書，所招致率多浮辯。獻王所得書皆古文先秦舊書，《周官》《尚書》《禮》《禮記》《孟子》《老子》之屬，皆經傳說記，七十子之徒所論。其學舉六藝，立《毛氏詩》《左氏春秋》博士。修禮樂，被服儒術，造次必於儒者。山東諸儒（者）〔多〕從而游。"向河間獻王獻書者，"或有先祖舊書"，其"所得書皆古文先秦舊書"，此說未必皆爲事實，畢竟當時"先祖""先秦"之書中，未必皆自先秦傳承下來，而所謂"先祖"之古書，與傳世本應多有不同。然就某書總體上的主旨而言，當大致相同。

此處所記"三雍對"諸事，亦見《漢書·景十三王傳》："武帝時，獻王來朝，獻雅樂，對三雍宮及詔策所問三十餘事。其對推道術而言，得事之中，文約指明。"此"對三雍宮及詔策所問三十餘事"，即《藝文志》所言"河間獻王《對上下三雍宮》三篇"。又《漢書·藝文志》："《河間周制》十八篇。河間獻王《對上下三雍宮》三篇。"二書皆在《藝文志》儒家。《河間周制》，班固自注："似河間獻王所述也。""述"是西漢學者理解的著述觀念。

《對上下三雍宮》，王應麟《漢藝文志考證》："本傳：'武帝時，獻王來朝，獻雅樂，對三雍宮（應劭曰："辟雍、明堂、靈臺。"），及詔策所問三十餘事。其對推道術而言，得事之中，文約指明。'後漢張純案《河間古辟雍記》具奏之。《說苑》引獻王之言。司馬公曰：'獻王得《周官》《左氏春秋》《毛氏詩》而立之。《周禮》者，周公之大典；毛氏言《詩》最密，《左氏》與《春秋》相表里，三者不出，六藝不明。微獻王，則六藝其遂暗乎！故其功烈，至今賴之。'《五宗世家》注：'《漢名臣奏》曰：獻王朝，被服造次必于仁義。問以五策，獻王輒對無窮。'"

此言"著《樂語》五均事"，《漢書·食貨志下》顔師古注引鄧展曰："《樂語》，《樂元語》，河間獻王所傳，道五均事。"桓譚有《樂元起》。《舊唐書·經籍志》："《樂元起》二卷，桓譚撰。"《新唐志》同。曾樸《補後漢書藝文志》："案《白虎通德論》引有《樂元語》，蓋河間獻王所撰。此書名《樂元起》者，或起發《樂元語》之紕謬，故以爲名。"《樂元起》或與《樂元語》一樣，記載的多是與禮樂有關的古文獻，且二書文獻，很可能大部雷同。《漢書》卷三十《藝文志》："武帝時，河間獻王好儒，與毛生等共采周官及諸子言樂事者，以作《樂記》，獻八佾之舞，與制氏不相遠。其内史丞王定傳之，以授常山王禹。禹，成帝時爲謁者，數言其義，獻二十四卷記。劉向校書，得《樂記》二十三篇，與禹不同，其道寖以益微。"西漢多有樂類文獻，如《樂元語》《樂元起》《樂記》者，皆當時編輯、流傳之樂類文獻。

魯共王劉餘（？—前128）

孔安國《尚書序》：魯共王好治宮室，壞孔子舊宅，以廣其居，於屋壁中得先人所藏虞夏商周之書。（《初學記》卷二十四《居處部·牆壁第十一》）

按：《漢書·景十三王傳》："恭王初好治宮室，壞孔子舊宅以廣其宮，聞鐘磬琴瑟之聲，遂不敢復壞，於其壁中得古文經傳。"魯恭王得孔壁古文經傳事，不見於《史記》，而見於好古文之東漢人記載。《史記·五宗世家》："魯共王餘，以孝景前二年用皇子爲淮陽王。……好治宮室苑囿狗馬。季年好音，不喜辭辯，爲人吃。""好音"，是以有壞孔子宅而有"聞鐘磬琴瑟之聲"之事。陳直《史記新證》："魯靈光殿遺址出土有魯九年所造北陛刻石（現藏北京大學歷史系），蓋爲共王餘之物，與本文正合。"（第113頁）

《物理論》：魯恭王壞孔子舊宅，得《周書》，闕無《冬官》，漢武購千金而莫有得者，遂以《考工記》備其數。（《太平御覽》卷六百一十九《學部十三·采求遺逸》）

劉餘之封爲淮陽王，吴楚反破後，徙王魯。好治宮室苑囿狗馬，季年好音，口吃難言。初，壞孔子舊宅以廣其宮，聞鐘磬琴瑟之聲，遂不敢壞，於其壁中得古文經傳。（《金樓子·説蕃》）

按：孔安國《尚書序》之説更將所得古書明確至夏商周時代；《物理論》之記載，則更明確到某書之具體篇章；《金樓子》之記載，乃合《史記》《漢書》二説而成。《尚書序》有爲《尚書》張目傾向，《物理論》有爲《周書》真僞辯解傾向，《金樓子》有更加完整化敘述傾向。從《史記》《漢書》至《尚書序》《物理論》《金樓子》，各書記載不一，而越加詳實的説法越可疑。

江都王劉建（？—前121）

　　劉建游章臺，令女子乘小船，以足蹈覆其船，四人皆溺，二人死。後游雷陂，天大風，建使郎二人乘小舟入波中，船覆，兩郎攀船，乍見乍没，建臨觀大笑，令皆死。宫人姬八子有過者，輒令裸立擊鼓，或置樹上，久者三十日乃得衣。或髠鉗以鉛杵舂，不中程輒掠；或縱狼令齧殺之，建觀而大笑。或閉不食，令餓死。建欲令人與禽獸交而生子，強令宫人裸而與羝羊及狗交，專爲淫虐。號王后父胡應爲將軍。中大夫疾有材力，善騎射，號曰靈武君。作治黄屋蓋，刻皇帝璽，鑄將軍、都尉金銀印，作漢使節二十，綬千餘，具積數歲，以謀反自殺。(《金樓子·説蕃》）

　　按：此取《漢書·景十三王傳》。

趙王劉彭祖（？—前92）

　　劉彭祖爲人巧佞，卑諂足恭而心刻深，好法律，持詭辯以中人。多内寵姬及子孫。相二千石欲奉漢法以治，則害於王家。是以每相二千石至，彭祖衣帛布單衣，自行迎除舍，多設疑事以詐動之，故二千石莫敢治，而趙王擅權。使使即縣爲賈人榷會，入多於國租稅，以是多金錢。然所賜姬諸子亦盡之。彭祖不好治宫室禨祥，好爲吏。上書願督國中盗賊。常夜從走卒行徼邯鄲中，諸使過客，以彭祖險詖，莫敢留。(《金樓子·説蕃》）

　　按：此取《史記·五宗世家》與《漢書·景十三王傳》。

廣川王劉去（前115—前71）

　　後與昭信等飲，諸姬皆侍，去爲望卿作歌曰："背尊章，嫖以忽，謀屈奇，起自絶。行周流，自生患，諒非望，今誰怨！"使美人相和歌之。……

昭信欲擅愛，曰："王使明貞夫人主諸姬，淫亂難禁。請閉諸姬舍門，無令出敖。"使其大婢爲僕射，主永巷，盡封閉諸舍，上鑰於後，非大置酒召，不得見。去憐之，爲作歌曰："愁莫愁，居無聊。心重結，意不舒。內弗鬱，憂哀積。上不見天，生何益！日崔隤，時不再。願棄軀，死無悔。"令昭信聲鼓爲節，以教諸姬歌之，歌罷輒歸永巷，封門。（《漢書》卷五十三《景十三王傳》）

按：以上二歌，《樂府詩集》卷八十四收錄，題名《廣川王歌二首》。其一純三言，其二三言中夾雜一句四言。

劉去嗣爲廣川王，其殿門有成慶畫，短衣大絝長劍，去好之，作七尺五寸劍，被服皆效焉。有幸姬王昭平、王地餘，許以爲后。去當疾，姬陽成昭信侍甚謹，更愛之。去與地餘戲，得袖中刀，笞問狀，服欲與昭平共殺昭信。笞問昭平，不服，以鐵鍼鍼之，強服。乃會諸姬，去以劍自擊地餘，令昭信擊昭平，皆死。去立昭信爲后，幸姬陶望卿爲修靡夫人，主繒帛；崔修成爲明貞夫人，主永巷。昭信復譖望卿曰："與我無禮，衣服常鮮於我，盡取善繒丐諸宮人。"去未之信。又巧譖之。昭信知去已怒，即誣言望卿歷指諸郎吏臥處，俱知其主名，又言郎中令錦被，疑有奸。去即與昭信從諸姬至望卿所，裸其身，更擊之，令諸姬各持燒鐵灼望卿，望卿走，投井死。諸幸於去者，昭信輒譖殺之，凡十四人。去坐徙自殺，昭信棄市。（《金樓子·説蕃》）

按：此取《漢書》之言，由此可知《漢書》在魏晉南北朝之影響。《漢書·景十三王傳》："去即繆王齊太子也，師受《易》《論語》《孝經》皆通，好文辭、方技、博弈、倡優。其殿門有成慶畫，短衣大絝長劍，去好之，作七尺五寸劍，被服皆效焉。"晉灼曰："成慶，荆軻也，衛人謂之慶卿，燕人謂之荆卿。"顏師古曰："成慶，古之勇士也，事見《淮南子》，非荆卿也。"《淮南子》有"孟賁成荆無所行其威"，高誘注："成荆，古勇士也。"《史記》卷七十九《范雎蔡澤列傳》有成荆，《史記集解》引徐廣曰："一作'羌'。"引許慎曰："成荆，古勇士。"《戰國策》有"荆慶之斷"，宋鮑彪注："荆，成荆。"如此，成荆即成慶，但非荆軻。陳直《漢書新證》："沈欽韓謂《戰國策·秦策》'范雎説秦王，成荆孟賁之勇'，成荆即荆軻，成慶爲成荆之轉音。考范雎較荆軻時代尚略早，名次列在孟賁之上，可證成荆非荆軻之別名，沈説非也。但成荆即本文之成慶，沈説則是。"（第312頁）又《漢書》卷五十三《景十三王傳》："前畫工畫望卿舍。"漢代已經有以繪畫爲職業的專門人才，稱作"畫工"；善書之人，稱作"書者"。陳直《漢書新證》云："漢代以畫爲職業者，稱爲畫工。《漢代紀年銘漆器圖説》六頁，始元二年漆耳杯題字有'畫工文'，題名（僅舉一例），與《霍光傳》之黄門畫工，《西京雜記》之畫工毛延壽，均同一例。至於善書之人，則稱爲書者，不稱爲書工，見《藝文志》賦家。"（第312頁）西漢畫工可以近距離接觸女子，故昭信誣望卿與畫工有奸。

中山王劉勝（？—前113）

魯恭王得文木一枚，伐以爲器，意甚玩之。中山王爲賦曰："麗木離披，生彼高崖。拂天河而布葉，横日路而摧枝。幼雛嬴觳，單雄寡雌。紛紜翔集，嘈嗷鳴啼。載重雪而稍勁風，將等歲於二儀。巧匠不識，王子見知。乃命班爾，載斧伐斯。隱若天崩，豁如地裂。華葉分披，條枝摧折。既剥既刊，見其文章。或如龍盤虎踞，復似鸞集鳳翔。青綢紫綬，環璧圭璋。重山累巘，連波迭浪。奔電屯雲，薄霧濃雰。麋宗驥旅，鷄族雉群。蠋綉鴛錦，蓮藻芰文。色比金而有裕，質參玉而無分。裁爲用器，曲直舒卷。修竹映池，高松植巘。制爲樂器，婉轉蟠紆。鳳將九子，龍導五駒。制爲屏風，鬱崩穿隆。制爲杖几，極麗窮美。制爲枕案，文章璀璨，彪炳焕汗。制爲盤盂，采玩踟躕。猗歟君子，其樂只且。"恭王大悦，顧盼而笑，賜駿馬二匹。（《西京雜記》卷六）

按：此賦恐後世僞托之作。《四庫全書總目提要》："《文木賦》出《西京雜記》，乃吴均所爲。見段成式《酉陽雜俎》，亦不能辨别，則編録未爲精核。"《文選補遺》《廣文選》《歷代賦彙》等收録，皆題名《文木賦》。《史記》稱劉勝"立四十二年卒"，《漢書》稱"四十三年薨"；《漢書》稱"孝景前三年（前154）立"。荀悦《漢紀》稱："（元鼎四年）春二月。中山王胜薨。諡曰靖王。"劉勝卒在武帝元鼎四年（前113）。據趙王、中山王之矛盾，可知後世對劉勝"好聲色"之記載，或有誇飾成分。陳直《史記新證》："一九七六年，河北滿城發掘劉勝及其妻竇綰兩座大崖墓，出土金域銅漆各器二千八百餘件。尤以金縷玉衣最爲珍貴。"（第113頁）該兩墓坐落在兩座大山之間，形同太師椅形狀，可窺當時堪輿學之發展狀況。

毛萇（生卒不詳）

張華《博物志》：鄭注《毛詩》曰箋，不解此意。或云毛公嘗爲北海相，玄是郡人，故以爲敬云。（《後漢書》卷七十九下《儒林傳下》李賢注）

按：《漢書·儒林傳》："毛公，趙人也。治《詩》，爲河間獻王博士，授同國貫長卿。長卿授解延年。延年爲阿武令，授徐敖。敖授九江陳俠，爲王莽講學大夫。由是言《毛詩》者，本之徐敖。"《漢書·藝文志》："又有毛公之學，自謂子夏所傳，而河間獻王好之，未得立。"《後漢紀》卷十二《孝章皇帝紀下》："《毛詩》者，出於魯人毛萇，自謂子夏所傳，河間獻王好之。"毛萇，祖籍魯人，後遷趙，故一稱"趙人"、一稱"魯人"。燕之韓嬰、趙之毛萇，皆以其姓氏爲《詩》派名稱，《魯詩》出於楚，《毛詩》出於河間。《毛詩》傳授路綫如下：子夏—毛公—貫長卿—解延年—徐敖—陳俠。

孔子删《詩》，授卜商，商爲之序，以授魯人曾申，申授魏人李克，克授魯人孟仲子，仲子授根牟子，根牟子授趙人荀卿，荀卿授魯國毛亨，毛亨作《訓詁傳》，以授趙國毛萇，時人謂亨爲大毛公，萇爲小毛公。（陸璣《草木鳥獸蟲魚疏》卷下）

按：陸璣所言《毛詩》傳承之有序，非常清晰，不知所據何來，然必有某種文獻上的明確記載。自《史記》以來的《儒林傳》的一個工作，就是建立學統，以示學術有其來自、有其賡續。這與歷史王朝建立的"五德終始"說類似。戰國末年以來的一個非常有趣的學術現象，就是在政治、歷史、學術上都出現了"傳承有序"的認識。《詩》學等《五經》也是如此，代有傳承。這是中國古代學術特有的學術現象，也符合"大一統"觀念。也就是說，"大一統"思想的出現，影響到秦漢以來政治、歷史、社會、學術的方方面面。

卷　四

漢武帝劉徹（前156—前87）

劉歆《七略》：武帝廣獻書之路，百年之間，書積如丘山，故外有太常、史、博士之藏，内則延閣、廣内、秘室之府。（《太平御覽》卷二百三十三《職官部三十一·秘書監》）

按：《漢書·藝文志》："迄孝武世，書缺簡脱，禮壞樂崩，聖上喟然而稱曰：'朕甚閔焉！'於是建藏書之策，置寫書之官，下及諸子傳説，皆充秘府。"漢武帝時期，是古書整理的一個重要時期，此時獻書者衆。

《漢舊儀》：武帝初置博士，取學通行修，博學多藝，曉古文《爾雅》。（《北堂書鈔》卷六十七《設官部十九》）

漢武帝材質高妙，有崇先廣統之規，故即位而開發大志，考合古今，模範前聖故事，建正朔，定制度，招選俊傑，奮揚威怒，武義四加，所征者服，興起六藝，廣進儒術，自開闢以來，惟漢家爲最盛焉。故顯爲世宗，可謂卓爾絶世之主矣。然上多過差，既欲斥境廣土，又乃貪利，争物之無益者。聞西夷大宛國有名馬，即大發軍兵，攻取歷年，士衆多死，但得數十匹耳。（《新輯本桓譚新論·識通》）

《幽明録》：漢武帝在甘泉宫，有玉女降，嘗與武帝圍棋相娱。女風姿端正，帝密悦，乃欲逼之，玉女唾帝面而去，遂病瘡經年，故《漢書》云"避暑甘泉宫"，此其時也。（《太平御覽》卷三百八十七《人事部二十八·唾》）

按：此解釋《漢書》之説法，乃後世訛傳。

武帝作昆明池，欲伐昆吾夷，教習水戰。因而於上遊戲養魚，魚給諸陵廟祭祀，餘付長安市賣之。池周回四十里。（《西京雜記》卷一）

　　武帝時，身毒國獻連環羈，皆以白玉作之，馬瑙石爲勒，白光琉璃爲鞍。鞍在暗室中，常照十餘丈，如晝日。自是長安始盛飾鞍馬，競加雕鏤。或一馬之飾直百金，皆以南海白蜃爲珂，紫金爲華，以飾其上。猶以不鳴爲患，或加以鈴鑷，飾以流蘇，走則如撞鐘磬，若飛幡葆。後得貳師天馬，帝以玫瑰石爲鞍，鏤以金銀鍮石，以綠地五色錦爲蔽泥，後稍以熊羆皮爲之。熊羆毛有綠光，皆長二尺者，直百金。卓王孫有百余雙，詔使獻二十枚。

　　武帝過李夫人，就取玉簪搔頭。自此後，宮人搔頭皆用玉，玉價倍貴焉。（以上見《西京雜記》卷二）

　　漢武帝時，幸李夫人。夫人卒後，帝思念不已。方士齊人李少翁，言能致其神。乃夜施帷帳，明燈燭，而令帝居他帳，遙望之。見美女居帳中，如李夫人之狀，還幄坐而步，又不得就視。帝愈益悲感，爲作詩曰："是耶？非耶？立而望之，偏。娜娜何冉冉其來遲！"令樂府諸音家弦歌之。（《搜神記》卷二）

　　按：《漢書》所無之細節，在《西京雜記》《搜神記》皆有細緻叙述，可知史書至此一變。此記漢武帝"爲作詩"，其源在《漢書·武帝紀》記武帝善作歌詩："元狩元年冬十月，行幸雍，祠五畤。獲白麟，作《白麟之歌》。……（元鼎四年）六月，得寶鼎后土祠旁。秋，馬生渥洼水中。作《寶鼎》《天馬》之歌。……（元封二年）夏四月，還祠泰山。至瓠子，臨決河，命從臣將軍以下皆負薪塞河堤，作《瓠子之歌》。……六月，詔曰："甘泉宮內中產芝，九莖連葉。上帝博臨，不異下房，賜朕弘休。其赦天下，賜雲陽都百户牛酒。"作《芝房之歌》。……五年冬，行南巡狩，至於盛唐，望祀虞舜於九嶷。登灊天柱山，自尋陽浮江，親射蛟江中，獲之。舳艫千里，薄樅陽而出，作《盛唐樅陽之歌》。……（太初）四年春，貳師將軍廣利斬大宛王首，獲汗血馬來。作《西極天馬之歌》。……（太始三年）二月，令天下大酺五日。行幸東海，獲赤雁，作《朱雁之歌》。……（太始四年）夏四月，幸不其，祠神人于交門宫，若有鄉坐拜者。作《交門之歌》。"以上歌詩皆楚歌。《天馬之歌》，《水經注》："敦煌西有馬蹄谷，漢武帝聞大宛有天馬，遣李廣利伐而得之，甚以爲奇，故賦《天馬之歌》。"（《太平御覽》卷五十四《地部十九·谷》）《朱雁之歌》，陳直《漢書新證》云："《禮樂志·郊祀歌》第十八有'《象載瑜》，一曰《赤雁歌》'是也。又《鐃歌十八曲·上陵》云：'滄海之雀赤翅鴻，白雁隨山林，乍開乍合，曾不知日月明。'蓋亦詠此事。"（第38頁）此類故事，皆成爲後世神仙小說的重要題材。後世其他書籍亦多記漢武帝爲歌詩事，如《漢武帝集》："奉車子侯暴病，一日死，上甚悼之，乃自爲歌詩。"（《太平御覽》卷五百九十二《文部八·御製下》）《隋書·經籍志》："《漢武帝集》一卷。梁二卷。"《太平御覽》有引，或唐末尚存。再如《漢武別傳》："漢武帝元封三年，作柏梁臺。詔群臣二千石，有能爲七言，乃得上坐。"（《北堂書鈔》卷一百二《藝文部八·詩三十》）此叙柏梁臺群臣作七言詩事，未必是史實，然亦可見七言詩在雜傳類故事之流傳。

　　蜀郡張寬，字叔文，漢武帝時爲侍中。從祀甘泉，至渭橋，有女子浴于渭水，乳長七尺。上怪其異，遣問之。女曰："帝後第七車者，知我所來。"時寬在第七車，對曰："天星，主祭祀者。齋戒不潔，則女人見。"（《搜神記》卷四）

　　漢武帝太始四年七月，趙有蛇從郭外入，與邑中蛇鬥孝文廟下，邑中蛇死。後二年秋，有衛太子事，自趙人江充起。（《搜神記》卷六）

　　按：《法苑珠林》卷三十一、《太平御覽》卷八百八十五引作《搜神記》，本事見《漢書·五行志》。

　　東郡送一短人，長七寸，衣冠具足。上疑其山精，常令在案上行，召東方朔問。朔至，呼短人曰："巨靈，汝何忽叛來，阿母還未？"短人不對，因指朔謂上曰："王母種桃，三千年一作子，此兒不良，已三過偷之矣。遂失王母意，故被謫來此。"上大驚，始知朔非世中人。短人謂上曰："王母使臣來，陛下求道之法：唯有清净，不宜躁擾。復五年，與帝會。"言終不見。

　　帝齋於尋真臺，設紫羅薦。

　　王母遣使謂帝曰："七月七日我當暫來。"帝至日，掃宮內，然九華燈。七月七日，上於承華殿齋。日正中，忽見有青鳥從西方來集殿前。上問東方朔，朔對曰："西王母暮必降尊像，上宜灑掃以待之。"上乃施帷帳，燒兜末香。香，兜渠國所獻也，香如大豆，塗宮門，聞數百里；關中嘗大疫，死者相系，燒此香，死者止。是夜漏七刻，空中無雲，隱如雷聲，竟天紫色。有頃，王母至，乘紫車，玉女夾馭，載七勝，履玄瓊鳳文之舃，青氣如雲，有二青鳥如烏，夾侍母旁。下車，上迎拜，延母坐，請不死之藥。母曰："太上之藥，有中華紫蜜、雲山朱蜜、玉液金漿；其次藥，有五雲之漿、風實雲子、玄霜絳雪；上握蘭園之金精，下摘圓丘之紫奈。帝滯情不遣，欲心尚多，不死之藥，未可致也。"因出桃七枚，母自啖二枚，與帝五枚，帝留核著前。王母問曰："用此何爲？"上曰："此桃美，欲種之。"母笑曰："此桃三千年一著子，非下土所植也。"留至五更，談語世事，而不肯言鬼神，肅然便去。東方朔於朱鳥牖中窺母，母謂帝曰："此兒好作罪過，疏妄無賴，久被斥退，不得還天。然原心無惡，尋當得還，帝善遇之！"母既去，上惆悵良久。

後上殺諸道士妖妄者百餘人，西王母遣使謂上曰："求仙信邪？欲見神人，而先殺戮，吾與帝絕矣。"又致三桃，曰："食此可得極壽。"使至之日，東方朔死。上疑之，問使者，曰："朔是木帝精，爲歲星，下游人中，以觀天下，非陛下臣也。"上厚葬之。

上幸梁父，祠地主，上親拜，用樂焉；庶羞以遠方奇禽異獸及白雉白烏之屬。其日，上有白雲，又有呼"萬歲"者，禪肅然，白雲爲蓋。

上自封禪後，夢高祖坐明堂，群臣亦夢，於是祀高祖於明堂，以配天。還，作高陵館。（《漢武故事》）

按：此類記漢武帝與東方朔所言神仙怪異故事，對後世神魔小説的創作有直接影響。

上於長安作蜚簾觀，於甘泉作延壽觀，高二十丈。又築通天臺於甘泉，去地百餘丈，望雲雨悉在其下。春至泰山，還，作道山宮，以爲高靈館。又起建章宮，爲千門萬户，其東鳳闕，高二十丈；其西唐中廣數十里；其北太液池，池中有漸臺，高三十丈，池中又作三山，以象蓬萊、方丈、瀛洲，刻金石爲魚龍禽獸之屬；其南方有玉堂、璧門、大鳥之屬，玉堂基與未央前殿等，去地十二丈，階陛咸以玉爲之，鑄銅鳳皇，高五丈，飾以黃金，棲屋上。又作神明臺、井幹樓，高五十餘丈，皆作懸閣，輦道相屬焉。其後又爲酒池肉林，聚天下四方奇異鳥獸於其中，鳥獸能言能歌舞，或奇形異態，不可稱載。其旁別造奇華殿，四海夷狄器服珍寶充之：琉璃、珠玉、火浣布、切玉刀，不可稱數。巨象、大雀、師子、駿馬，充塞苑廏，自古已來所未見者必備。又起明光宮，發燕、趙美女二千人充之，率取年十五已上、二十已下，滿四十者出嫁，掖庭令總其籍，時有死、出者補之。凡諸宮美人可有七八千。建章、未央、長樂三宮，皆輦道相屬，懸棟飛閣，不由徑路。常從行郡國，載之後車，與上同輦者十六人，員數恒使滿，皆自然美麗，不假粉白黛黑。侍衣軒者亦如之。上能三日不食，不能一時無婦人，善行導養術，故體常壯悦。其有孕者，拜爵爲容華，充侍衣之屬。

宮中皆畫八字眉。

甘泉宮南有昆明，中有靈波殿，皆以桂爲柱，風來自香。

未央庭中設角抵戲，享外國，三百里內皆觀。角抵者，六國所造也，秦并天下，兼而增廣之，漢興雖罷，然猶不都絶，至上復采用之。并四夷之樂，雜以奇幻，有若鬼神。角抵者，使角力相抵觸也。其雲、雨、雷、電，無異於真，畫地爲川，聚石成山，倏忽變化，無所不爲。

驪山湯，初，秦始皇砌石起宇，至漢武又加修飾焉。

大將軍四子皆不才，皇后每因太子涕泣，請上削其封。上曰："吾自知之，不令皇后憂也。"少子竟坐奢淫誅，上遣謝后，通削諸子封爵，各留千户焉。

上巡狩過河間，見有青紫氣自地屬天。望氣者以爲其下有奇女，必天子之祥。求之，見一女子在空館中，姿貌殊絶，兩手一拳，上令開其手，數百人擘，莫能開，上自披，手即申。由是得幸，爲"拳夫人"，進爲婕妤，居鉤弋宮，解黃帝素女之術，大有寵。有身，十四月産昭帝，上曰："堯十四月而生，鉤弋亦然。"乃命其門曰"堯母門"。從上至甘泉，因幸，告上曰："妾相運正應爲陛下生一男，七歲，妾當死，今年必死。宮中多蠱氣，必傷聖體。"言終而臥，遂卒。既殯，香聞十里餘，因葬雲陵。上哀悼，又疑非常人，發冢，空棺無尸，唯衣履存焉。起通靈臺于甘泉，常有一青鳥，集臺上往來，宣帝時乃止。

望氣者言宮中有蠱氣，上又見一男子帶劍入中龍華門，逐之，弗獲。上怒，閉長安城諸宮門，索十二日，不得，乃止。

治隨太子反者，外連郡國數十萬人，壺關三老鄭茂上書，上感悟，赦反者。拜鄭茂爲宣慈校尉，持節徇三輔，赦太子。太子欲出，疑弗實。吏捕太子急，太子自殺。

上幸河東，欣言中流，與群臣飲宴。顧視帝京，乃自作《秋風辭》曰：「泛樓船兮汾河，橫中流兮揚素波。簫鼓吹，發棹歌，極歡樂兮哀情多！」顧謂群臣曰：「漢有六七之厄，法應再受命。宗室子孫，誰當應此者？六七四十二，代漢者，當塗高也。」群臣進曰：「漢應天受命，祚逾周、殷，子子孫孫，萬世不絕。陛下安得亡國之言，過聽於臣妾乎？」上曰：「吾醉言耳！然自古以來，不聞一姓遂長王天下者，但使失之非吾父子可矣。」

上欲浮海求神仙，海水暴沸湧，大風晦冥，不得御樓船，乃還。上乃言曰：「朕即位已來，天下愁苦，所爲狂悖，不可追悔，自今有妨害百姓，費耗天下者，罷之。」田千秋奏請罷諸方士，斥遣之，上曰：「大鴻臚奏是也，其海上諸侯及西王母驛，悉罷之。」拜千秋爲丞相。

行幸五柞宫，謂霍光曰：「朕去死矣！可立鈎弋子，公善輔之。」時上年六十餘，髮不白，更有少容，服食辟穀，希復幸女子矣。每見羣臣，自嘆愚惑：「天下豈有仙人，盡妖妄耳！節食服藥，故差可少病。」自是亦不服藥，而身體皆瘠瘦，一二年中，慘慘不樂。三月丙寅，上晝卧不覺，顔色不異，而身冷無氣，明日，色漸變，閉目。乃發哀告喪。未央前殿朝晡上祭，若有食之者。葬茂陵，芳香之氣異常，積於墳埏之間，如大霧。常所御，葬畢，悉居茂陵園，上自婕妤以下二百餘人，上幸之如平生，而旁人不見也。光聞之，乃更出宫人，增爲五百人，因是遂絕。

始元二年，吏告民盗用乘輿御物，案其題，乃茂陵中明器也，民別買得。光疑葬日監官不謹，容致盗竊，乃收將作以下繫長安獄考訊。居歲餘，鄠縣又有一人於市貨玉杯，吏疑其御物，欲捕之，因忽不見，縣送其器，又茂陵中物也。光自呼吏問之，説市人形貌如先帝，光於是默然，乃赦前所繫者。歲餘，上又見形謂陵令薛平曰：「吾雖失世，猶爲汝君，奈何令吏卒上吾山陵上磨刀劍乎？自今已後，可禁之。」平頓首謝，忽然不見。因推問，陵旁果有方石，可以爲礪，吏卒常盗磨刀劍。霍光聞，欲斬陵下官，張安世諫曰：「神道茫昧，不宜爲法。」乃止。甘泉宫恒自然有鐘鼓聲，候者時見從官鹵簿，似天子儀衛。自後轉稀，至宣帝世乃絶。（以上見《漢武故事》）

按：《漢武故事》，唐宋類書皆有零星記載，爲閲讀方便，今依《漢魏六朝筆記小説大觀》之文。

漢武帝思懷往者李夫人，不可復得。時始穿昆靈之池，泛翔禽之舟。帝自造歌曲，使女伶歌之。時日已西傾，涼風激水，女伶歌聲甚遒，因賦《落葉哀蟬》之曲曰："羅袂兮無聲，玉墀兮塵生。虛房冷而寂寞，落葉依於重扃。望彼美之女兮安得，感余心之未寧！"帝聞唱動心，悶悶不自支持，命龍膏之燈以照舟内，悲不自止。親侍者覺帝容色愁怨，乃進洪梁之酒，酌以文螺之卮。卮出波祇之國。酒出洪梁之縣，此屬右扶風，至哀帝廢此邑，南人受此釀法。今言"雲陽出美酒"，兩聲相亂矣。帝飲三爵，色悅心歡，乃詔女伶出侍。帝息於延涼室，卧夢李夫人授帝蘅蕪之香。帝驚起，而香氣猶著衣枕，歷月不歇。帝彌思求，終不復見，涕泣洽席，遂改延涼室爲遺芳夢室。初，帝深嬖李夫人，死後常思夢之，或欲見夫人。帝貌憔悴，嬪御不寧。詔李少君，與之語曰："朕思李夫人，其可得見乎？"少君曰："可遥見，不可同於帷幄。暗海有潛英之石，其色青，輕如毛羽。寒盛則石溫，暑盛則石冷。刻之爲人像，神悟不異真人。使此石像往，則夫人至矣。此石人能傳譯人言語，有聲無氣，故知神異也。"帝曰："此石像可得否？"少君曰："願得樓船百艘，巨力千人，能浮水登木者，皆使明於道術，賫不死之藥。"乃至暗海，經十年而還。昔之去人，或升雲不歸，或託形假死，獲反者四五人。得此石，即命工人依先圖刻作夫人形。刻成，置於輕紗幕里，宛若生時。帝大悅，問少君曰："可得近乎？"少君曰："譬如中宵忽夢，而晝可得近觀乎？此石毒，宜遠望，不可逼也。勿輕萬乘之尊，惑此精魅之物！"帝乃從其諫。見夫人畢，少君乃使舂此石人爲丸，服之，不復思夢。乃築靈夢臺，歲時祀之。

元封元年，浮忻國貢蘭金之泥。此金出湯泉，盛夏之時，水常沸湧，有若湯火，飛鳥不能過。國人常見水邊有人冶此金爲器，金狀混混若泥，如紫磨之色；百鑄，其色變白，有光如銀，即"銀燭"是也。常以此泥封諸函匣及諸宮門，鬼魅不敢干。當漢世，上將出征，及使絕國，多以此泥爲璽封。衛青、張騫、蘇武、傅介子之使，皆受金泥之璽封也。武帝崩後，此泥乃絕焉。

日南之南，有淫泉之浦。言其水浸淫從地而出成淵，故曰"淫泉"。或言此水甘軟，男女飲之則淫。其水小處可濫觴褰涉，大處可方舟沿溯，隨流屈直。其水激石之聲，似人之歌笑，聞者令人淫動，故俗謂之"淫泉"。時有鳧雁，色如金，群飛戲於沙瀨，羅者得之，乃真金鳧也。當秦破驪山之墳，行野者見金鳧向南而飛，至淫泉。後寶鼎元年，張善爲日南太守，郡民有得金鳧以獻。張善該博多通，考其年月，即秦始皇墓之金鳧也。昔始皇爲冢，斂天下瑰異，生殉工人，傾遠方奇寶於冢中，爲江海川瀆及列山岳之形。以沙棠沉檀爲舟楫，金銀爲鳧雁，以琉璃雜寶爲龜魚。又於海中作玉象鯨魚，銜火珠爲星，以代膏燭，光出墓中，精靈之偉也。昔生埋工人于冢內，至被開時，皆不死。工人於冢內琢石爲龍鳳仙人之像，及作碑文辭贊。漢初發此冢，驗諸史傳，皆無列仙龍鳳之制，則知生埋匠人之所作也。後人更寫此碑文，而辭多怨酷之言，乃謂爲"怨碑"。《史記》略而不錄。

董偃常臥延清之室，以畫石爲床，文如錦也。石體甚輕，出郅支國。上設紫琉璃帳，火齊屏風，列靈麻之燭，以紫玉爲盤，如屈龍，皆用雜寶飾之。侍者於戶外扇偃。偃曰："玉石豈須扇而後凉耶？"侍者乃却扇，以手摸，方知有屏風。又以玉精爲盤，貯冰於膝前。玉精與冰同其潔澈。侍者謂冰之無盤，必融濕席，乃合玉盤拂之，落階下，冰玉俱碎，偃以爲樂。此玉精，千塗國所貢也。武帝以此賜偃。哀、平之世，民家猶有此器，而多殘破。及王莽之世，不復知其所在。

太初二年，大月氏國貢雙頭雞，四足一尾，鳴則俱鳴。武帝置於甘泉故館，更以餘雞混之，得其種類而不能鳴。諫者曰："《詩》云：'牝雞無晨。'一云：'牝雞之晨，惟家之索。'今雄類不鳴，非吉祥也。"帝乃送還西域。行至西關，雞反顧望漢宮而哀鳴。故謠言曰："三七末世，雞不鳴，犬不吠，宮中荊刺亂相係，當有九虎爭爲帝。"至王莽篡位，將軍有九虎之號。其後喪亂彌多，宮掖中生蒿棘，家無雞鳴犬吠。此雞未至月支國，乃飛於天漢，聲似鶤雞，翱翔雲裏。一名暄雞，昆、暄之音相類。（《拾遺記》卷五）

漢武帝嘗微行，造主人家。家有婢，有國色，帝悅之，因留宿，夜與主婢臥。有一書生，亦寄宿，善天文，忽見客星將掩帝星甚逼，書生大驚，連呼"咄咄"，不覺聲高。乃見一男子，持刀將欲入，聞書生聲急，謂爲己故，遂躄縮走去，客星應時而退。如是者數遍。帝聞其聲，異而召問之。書生具說所見，帝乃悟曰："此必婢婿也，將欲肆其兇惡於朕。"乃召集期門、羽林，語主人曰："朕天子也。"於是擒拿問之，服而誅。後帝嘆曰："斯蓋天啓書生之心，以扶佑朕躬。"乃厚賜書生。（《殷芸小

說》卷一）

按：此又見於《漢武洞冥記》卷二。

漢武帝未誕之時，景帝夢一赤彘從雲中直下，入崇蘭閣。帝覺而坐於閣上，果見赤氣如煙霧來蔽戶牖。望上，有丹霞蓊鬱而起，乃改崇蘭閣為猗蘭殿。後王夫人誕武帝於此殿。有青雀群飛於霸城門，乃改為青雀門。乃更修飾，刻木為綺寮。雀去，因名青綺門。

建元二年，帝起騰光臺，以望四遠。於臺上撞碧玉之鐘，掛懸黎之磬，吹霜條之篴，唱來雲依日之曲。方朔再拜於帝前，曰："臣東游萬林之野，獲九色鳳雛，涔源丹獺之水赤色。西過洞螌，得滄淵蚵子靜海游珠。洞螌在虞淵西，蚵泉池在五柞宮北，中有追雲舟、起風舟、侍仙舟、含煙舟。或以杪棠為柂楫，或以木蘭文柘為櫓棹，又起五層臺於月下。"

釣影山去昭河三萬里，有雲氣，望之如山影。丹藿生於影中，葉浮水上。有紫河萬里，深十丈，中有寒荷，霜下方香盛。有降靈壇、養靈池、分光殿五間、奔雷室七間、望蟾閣十二丈，上有金鏡，廣四尺。元封中，有祇國獻此鏡，照見魑魅，不獲隱形。

都夷香如棗核，食一片，則歷月不飢。以粒如粟米許，投水中，俄而滿大盂也。

甘泉宮南昆明池中，有靈波殿七間。皆以桂為柱，風來自香。帝既耽於靈怪，常得丹豹之髓、白鳳之骨，磨青錫為屑，以蘇油和之，照於神壇，夜暴雨光不滅。有霜蛾，如蜂赴火，侍者舉麟鬣拂拂之。

元光中，帝起壽靈壇。壇上列植垂龍之木，似青梧，高十丈，有朱露，色如丹汁，灑其葉，落地皆成珠。其枝似龍之倒垂，亦曰珍枝樹。此壇高八丈，帝使董謁乘雲霞之輦以昇壇。至夜三更，聞野雞鳴，忽如曙，西王母駕玄鸞，歌春歸樂，謁乃聞王母歌聲而不見其形。歌聲繞梁三匝乃止，壇傍草樹枝葉或翻或動，歌之感也。四面列種軟棗，條如青桂。風至，自拂階上游塵。（以上見《漢武洞冥記》卷一）

元鼎元年，起招仙閣於甘泉宮西。編翠羽麟毫為簾，青琉璃為扇，懸黎火齊為床，其上懸浮金輕玉之磬。浮金者，色如金，自浮於水上；輕玉者，其質貞明而輕。有霞光綉，有藻龍綉，有連煙綉，有走龍錦，有雲鳳錦，翻鴻錦。閣上燒荃蘼香屑，燒粟許，其氣三月不絕。進嶗嵊細棗，出嶗嵊山，山臨碧海上，萬年一實，如今之軟棗。咋之有膏，膏可燃燈，西王母握以獻帝。燃芳苡燈，光色紫，有白鳳、黑龍、羼足來，戲于閣邊。有青鳥，赤頭，道路而下，以迎神女。神女留玉釵以贈帝，帝以賜趙婕妤。至昭帝元鳳中，宮人猶見此釵。黃琳欲之，明日示之，既發匣，有白燕飛昇天。後宮人學作此釵，因名玉燕釵，言吉祥也。

元鼎五年，郅支國貢馬肝石百斤。常以水銀養之，內玉櫃中，金泥封其上。國人長四尺，惟餌此石而已。半青半白，如今之馬肝。舂碎以和九轉之丹，服之，彌年不飢渴也。以之拂髮，白者皆黑。帝坐群臣於甘泉殿，有髮白者，以石拂之，應手皆黑。是時公卿語曰："不用作方伯，惟須馬肝石。"此石酷烈，不和丹砂，不可近髮。帝寢靈莊殿，召東方朔於青綺，窗不隔綈紈，重幕，問朔曰："漢承庚運，火德，以何精瑞為祥應？"朔跪而對曰："臣常至吳明之墟，是長安東過扶桑七萬里，有及雲山。山頂有井，雲起井中，若土德王黃雲出，火德王赤雲出，水德王黑雲出，金德王白雲出，木德王青雲出。此皆應瑞德也。"帝曰："善。"

起神明臺，上有九天道金床、象席，虎珀鎮雜玉為簟。帝坐良久，設甜水之冰，以備洪濯酌。瑤琨碧酒，炮青豹之脯。果則有塗陰紫梨、琳國碧李，仙眾與食之。

吠勒國貢文犀四頭，狀如水兕。角表有光，因名明犀。置暗中，有光影，亦曰影犀。織以為簟，如錦綺之文。此國去長安九千里，在日南。人長七尺，被髮至踵，乘犀象之車。乘象入海底取寶，宿於蛟人之舍，得淚珠。則蛟所泣之珠也，亦曰泣珠。

甜水去虞淵八十里，有甜溪，水味如蜜。東方朔游此水，得數斛以獻帝。投水于井，井水常甜而寒，洗沐則肌理柔滑。

瑤琨，去玉門九萬里，有碧草如麥，割之以釀酒，則味如醇酎，飲一合，三旬不醒。但飲甜水，隨飲而醒。

塗山之背，梨大如升，或云斗。紫色，千年一花，亦曰紫輕梨。

琳國去長安九千里，生玉葉李，色如碧玉，數十年一熟，味酸。昔韓終常餌此李，因名韓終李。

元封三年，大秦國貢花蹄牛。其色駁，高六尺，尾環繞其身，角端有肉，蹄如蓮花，善走，多力。帝使輂銅石，以起望仙宮，迹在石上，皆如花形，故陽關之外花牛津，時得異石。長十丈，高三丈，立于望仙宮，因名龍鍾石。武帝末，此石自陷入地，唯尾出土上，今人謂龍尾墩也。（以

上俱見《漢武洞冥記》卷二)

按：此處記漢武帝造"望仙官"，與桓譚《新論》記載相合："余少時爲奉車郎，孝成帝出祠甘泉、河東郡，先置華陰集靈宫，武帝所造門曰望仙，殿曰存仙。"（《新輯本桓譚新論·道賦》）此可見《漢武洞冥記》亦有一定史料價值。

帝好微行，于長安城西，夜見一螭游于路。董謁曰："昔桀媚末喜於膝上，以金簪貫玉螭腹爲戲。今螭腹余金簪穿痕，安非此耶？"曰："白龍魚麟，網者食之。"帝曰："試我也。"

元封四年，修彌國獻駁騾，高十尺，毛色赤斑，皆有日月之象。帝以金埏爲鎖絆，以寶器盛芻以飼之。

元封五年，勒畢國貢細鳥，以方尺之玉籠盛數百頭，形如大蠅，狀似鸚鵡，聲聞數里之間，如黃鵠之音也。國人常以此鳥候時，亦名曰候日蟲。帝置之于宫内，旬日而飛盡，帝惜，求之不復得。明年，見細鳥集帷幕，或入衣袖，因名蟬。宫内嬪妃皆悦之，有鳥集其衣者，輒蒙愛幸。至武帝末，稍稍自死，人猶愛其皮。服其皮者，多爲丈夫所媚。

勒畢國，人長三寸，有翼，善言語戲笑，因名善語國。常群飛往日下自曝，身熱乃歸。飲丹露爲漿。丹露者，日初出有露汁如珠也。（《漢武洞冥記》卷二）

按：《漢武洞冥記》多記四方異事，此史書所不載。

太初三年，起甘泉望風臺。臺上得白珠如花一枝，帝以錦蓋覆之，如照月矣。因名照月珠，以賜董偃，盛以琉璃之筐。（《漢武洞冥記》卷二）

按：甘泉宫之"望風臺"，不見史書記載。

李充，馮翊人也。自言三百歲，荷草畚，負《五岳真圖》而至。帝禮待之，亦號負圖先生也。（《漢武洞冥記》卷二）

孟岐，河清之逸人也。年可七百歲。語及周初事，了然如目前。岐侍周公升壇上，岐以手摩成王足。周公以玉笏與之，岐嘗寶執，每以衣袂拂拭，笏厚七分，今鋭斷，恒切桂葉食之。聞帝好仙，披草蓋而來謁帝焉。（《漢武洞冥記》卷二）

按：此又見於《初學記》《太平御覽》《太平廣記》等書。《漢武洞冥記》，傳爲東漢郭憲（字子衡）作。

郭瓊，東郡人也。形貌醜劣，而意度過人。曾宿人家，輒乞薪自照讀

書。晝眠，眼不閉，行地無迹。帝聞其異，徵焉。(《漢武洞冥記》卷二)

黃安，代郡人也。爲代郡卒。自云卑猥不獲處人間，執鞭懷荊而讀書。晝地以記數者，夕地成池矣。時人謂黃安年可八十餘，視如童子。常服朱砂，舉體皆赤，冬不著裘。坐一神龜，廣二尺，人問："子坐此龜幾年矣？"對曰："昔伏羲始造網罟，獲此龜以授吾。吾坐龜背已平矣。此蟲畏日月之光，二千歲即一出頭，吾坐此龜，已見五出頭矣。"行即負龜以趨，世人謂黃安萬歲矣。(《漢武洞冥記》卷二)

按：以上李充、孟岐、郭瓊、黃安四人，皆漢武帝時人，見《漢武洞冥記》，似皆神仙家，未必實有其人。史書所記武帝時神仙家，惟見李少君、李少翁、欒根、欒大數人。

天漢二年，帝昇蒼龍閣，思仙術，召諸方士言遠國遐方之事。唯東方朔下席，操筆跪而進，帝曰："大夫爲朕言乎？"朔曰："臣游北極，至鐘火之山，日月所不照，有青龍銜燭火以照。山之四極，亦有園圃池苑，皆植異木異草。有明莖草，夜如金燈，折枝爲炬，照見鬼物之形。仙人寧封常服此草，于夜暝時，輒見腹光通外，亦名洞冥草。"帝令剉此草爲泥，以塗雲明之館。夜坐此館，不加燈燭。亦名照魅草。采以藉足，履水不沉。(《漢武洞冥記》卷三)

有夢草，似蒲，色紅。晝縮入地，夜則出，亦名懷莫。懷其葉，則知夢之吉凶，立驗也。帝思李夫人之容，不可得，朔乃獻一枝，帝懷之，夜果夢夫人。因改曰懷夢草。

有鳳葵草，色丹，葉長四寸，味甘，久食令人身輕肌滑。赤松子餌之三歲，乘黃蛇入水，得黃珠一枚，色如真金，或言是黃蛇之卵，故名蛇珠，亦曰銷疾珠。語曰：寧失千里駒，不失黃蛇珠。

有五味草，初生味甘，花時味酸，食之使人不眠，名曰却睡草。末多國獻此草。此國人長四寸，織麟毛爲布，以文石爲床，人形雖小，而屋宇崇曠，織鳳毛錦，以錦爲帷幕也。

鳥哀國，有龍爪薤，長九尺，色如玉。煎之有膏，以和紫桂爲丸，服一粒，千歲不飢，故語曰：薤和膏，身生毛。

有掌中芥，葉如松子。取其子置掌中，吹之而生，一吹長一尺，至三尺而止，然後可移於地上。若不經掌中吹者，則不生也。食之能空中孤立，足不躡地。亦名躡空草。

帝常見彗星，東方朔折指星之木以授帝。帝以木指彗星，星尋則没也。星出之夜，野獸皆鳴。別說謂之獸鳴星。

有紫柰，大如斗，甜如蜜。核紫，花青，研之有汁如漆，可染衣。其汁著衣，不可澣浣。亦名暗衣柰。

有龍肝瓜，長一尺，花紅葉素，生於冰谷。所謂冰谷素葉之瓜。仙人瑕丘仲采藥，得此瓜，食之，千歲不渴。瓜上恒如霜雪，刮嘗，如蜜淳。及帝封泰山，從者皆賜冰谷素葉之瓜。

帝解鳴鴻之刀，以賜朔。刀長三尺，朔曰："此刀黃帝采首山之金鑄之，雄已飛去，雌者猶存。"帝臨崩，舉刀以示朔，恐人得此刀，欲銷之。刀於手中化爲鵲，赤色，飛去雲中。

有鵲銜火於清溪之上，鵲化成龍。

西域獻虎龍，高七尺，映日看之，光如聚炬火。有童子遥見有黃鵠，白首，鼓翅於帝前，即方朔。著黃綾單衣，頭已斑白。漢朝皆異其神化而不測其年矣。

善苑國嘗貢一蟹，長九尺，有百足四螯，因名百足蟹。煮其殼，勝於黃膠，亦謂之螯膠，勝於鳳喙之膠也。

帝常夕望，東邊有青雲起，俄而，見雙白鵠集臺之上，倏忽變爲二神女，舞于臺，握鳳管之簫，撫落霞之琴，歌青吳春波之曲。帝舒暗海玄落之席，散明天發日之香，香出胥池寒國。地有發日樹，言日從雲出，雲來掩日，風吹樹枝，拂雲開日光也。亦名開日樹。樹有汁，滴如松脂也。

有玄都翠水，水中有菱，碧色，狀如鷄飛，亦名翔鷄菱。仙人鳬伯子常游翠水之涯，采菱而食之，令骨輕，兼身生毛羽也。

有遠飛鷄，夕則還依人，曉則絕飛四海，朝往夕還，常銜桂枝之實，歸於南山，或落地而生。高七八尺，衆仙奇愛之。剉以釀酒，名曰桂醪。嘗一滴，舉體如金色。陸通嘗餌黃桂之酒。祝鷄公善養鷄，得遠飛鷄之卵，伏之名曰翻明鷄，如鵠大，色紫，有翼，翼下有目，亦曰目羽鷄。

帝於望鵠臺西起俯月臺，臺下穿池，廣千尺，登臺以眺月，影入池中，使仙人乘舟弄月影，因名影娥池，亦曰眺蟾臺。酌雲菹酒，菹以玄草、黑蕨、金蒲、甜蓼，果以青櫻、龍爪、白芋、紫莖、寒蕨、地花、氣葛，此葛於地下生花，入地十丈，乃得此葛。其根倒出，亦名金虎鬚，草因名紫鬚葛也。

影娥池中有游月船、觸月船、鴻毛船、遠見船，載數百人。或以青桂之枝爲棹，或以木蘭之心爲楫，練實之竹爲篙，紉石脈之爲繩纜也。石脈出哺東國，細如絲，可縋萬斤。生石裏，破石而後得。此脈縈緒如麻紵也，名曰石麻，亦可爲布也。

影娥池中有鼉龜，望其群出岸上，如連璧弄於沙岸也。故語曰：夜未央，待龜黃。

影娥池北作鳴禽之苑，有生金樹，破之，皮間有屑如金，而色青，亦名青金樹。

有司夜雞，隨鼓節而鳴不息，從夜至曉，一更爲一聲，五更爲五聲，亦曰五時雞。

有喜日鵝，至日出時銜翅而舞，又名曰舞日鵝。

有升葉鴨，赤色，每止於芙蕖上，不食五穀，唯咂葉上垂露，因名垂露鴨，亦曰丹毛鳧。

有女香樹，細枝葉，婦人帶之，香終年不減。（以上俱見《漢武洞冥記》卷三）

武帝暮年，彌好仙術，與東方朔狎昵，帝曰："朕所好甚者不老，其可得乎？"朔曰："臣能使少者不老。"帝曰："服何藥耶？"朔曰："東北有地日之草，西南有春生之魚。"帝曰："何以知之？"朔曰："三足烏數下地食此草，羲和欲馭，以手掩烏目，不聽下也，長其食此草。蓋鳥獸食此草，則美悶不能動矣。"帝曰："子何以知乎？"朔曰："臣小時掘井，陷落地下數十年，無所托寄。有人引臣欲往此草，中隔紅泉，不得渡，其人以一隻履與臣，臣泛紅泉，得至此草之處，臣采而食之。其國人皆織珠玉爲業，邀臣入雲端之幕，設玄瑙雕枕，刻黑玉，銅鏤爲日月雲雷之狀，亦曰縷雲枕。又薦蛟毫之白縟，以蛟毫織爲縟也。此毫柔而冷，常以夏日舒之，因名柔毫縟。又有水藻之屏，臣舉手拭之，恐水流濕其席，乃其光也。"

帝所幸宮人，名麗娟，年十四，玉膚柔軟，吹氣勝蘭。不欲衣纓拂之，恐體痕也。每歌，李延年和之，於芝生殿唱回風之曲，庭中花皆翻落。置麗娟於明離之帳，恐塵垢污其體也。帝常以衣帶系麗娟之袂，閉於重幕之中，恐隨風而去也。麗娟以琥珀爲佩，置衣裾裏，不使人知，乃言骨節自鳴，相與爲神怪也。

有丹蝦，長十丈，鬚長八尺，有兩翅，其鼻如鋸。載紫桂之林，以鬚纏身急流，以爲棲息之處。馬丹嘗折蝦鬚爲杖，後棄杖而飛，鬚化爲丹，亦在海傍。

帝昇望月臺，時瞑，望南端有三青鴨群飛，俄而止於臺上，帝悦之。至夕，鴨宿於臺端，日色已暗，帝求海肺之膏以爲燈焉，取靈瀵布爲纏，火光甚微，而光色無幽不入。青鴨化爲三小童，皆著青綺文縟，各握鯨文大錢五枚，置帝几前。身止影動，因名輕影錢。

元封三年，鄒過國獻能言龜一頭，長一尺二寸，盛以青玉匣，廣一尺九寸，匣上鬻一孔以通氣。東方朔曰："唯承桂露以飲之，置於通風之臺上。"欲往卜，命朔而問焉，言無不中。

唯有一女人愛悦于帝，名曰巨靈。帝傍有青瑉唾壺，巨靈乍出入其中，或戲笑帝前。東方朔望見巨靈，乃目之，巨靈因而飛去。望見化成青雀，因其飛去，帝乃起青雀臺，時見青雀來，則不見巨靈也。（以上俱見《漢武洞冥記》卷四）

《漢武内傳》：西王母降，命侍女安法嬰歌《玄雲曲》曰："大象雖云寥，我把天地户。披雲泛靈輿，倏忽適下土。泰真靈中唱，始知風塵苦。頤神三田中，約精六闕下。"上元夫人自彈雲林之璈，鳴弦駭洞，清音零朗。乃奏《步玄曲》，其辭曰："黄陟真道騰，步玄登天霞。負笈造天關，借問太上家。忽遇紫微圃，真人列如麻。流星清飆起，雲蓋映朱葩，蘭房辟林闕，碧室啓瓊沙，丹臺結空構，曄曄生露華。誰言終有終，扶桑不爲查。"王母命侍女田四非答歌，其辭曰："晨登太霞宫，挹此玉水蘭。夕入玄圃闕，采蕊掇琅玕。濯足瓠瓜河，織女立津盤。吐納抱景雲，味之當一餐。朝發漫汗府，暮宿鈎陳垣。莫與世人説，行尸言此難。"（《太平御覽》卷五百七十二《樂部十·歌三》）

按：《藝文類聚》等皆有引。《漢武内傳》記西王母事頗多，陳直《史記新證》："漢代每以西王母事爲鏡銘及圖畫題材，於西王母之外，又增加東王公以爲配（西王母鏡見《小檀欒室鏡影》卷二、十四頁，此鏡出土極多，僅舉一例）。"（第 187 頁）

漢孝武皇帝劉徹好長生之道，以元封元年登嵩高之岳，築尋真之臺，齋戒精思。四月戊辰，王母使墉城玉女王子登來語帝曰："聞子欲輕四海之禄，迄萬乘之貴，以求長生真道乎，勤哉！七月七日，吾當暫來也。"

帝問東方朔，審其神應，乃清齋百日，焚香宮中。夜二唱之後，白雲起於西南，鬱鬱而至，徑趣宮庭。漸近，則雲霞九色，簫鼓震空，龍鳳人馬之衆，乘麟駕鹿之衛，科車天馬，霓旗羽幢，千乘萬騎，光耀宮闕。天仙從官，森羅億衆，皆長丈餘。既至，從官不知所在，王母乘紫雲之輦，駕九色斑麟，帶天真之策，佩金剛靈璽，黃錦之服，文彩明鮮，金光奕奕，腰分景之劍，結飛雲大綬，頭上大華髻，戴太真晨纓之冠，躡方瓊鳳文之履，可年二十許，天姿晻藹，靈顏絕世，真靈人也。下車扶侍二女，登床東向而坐。帝拜，跪問寒溫，立侍良久，呼帝使坐，設以天厨，芳華百果，紫芝萎蕤，紛若瑱螺，精珍異常，非世所有，帝不能名也。又命侍女取桃，玉盤盛七枚，大如鴨子，四以與帝，母自食其三。帝食桃，輒收其核，母問何爲。曰："欲種之耳。"母曰："此桃三千歲一實，中土地薄，種之不生，如何？"於是王母命侍女王子登彈八球之璈，董雙成吹雲和之笙，石公子擊昆庭之玉，許飛瓊鼓震靈之簧，婉凌華拊吾陵之石，范成君扣洞陰之磬，段安香作九天之鈞，法嬰歌玄靈之曲，衆聲激朗，靈音駭空。……王母命駕將去，帝下席叩頭請留，王母即命侍女召上元夫人同降帝宮。良久，上元夫人至，復坐設天厨。久之，王母命夫人出《八會之書》《五岳真形》《五帝六甲靈飛之符》，凡十二事。云："此書天上四萬劫一傳，若在人間，四十年可授有道之士。"王母乃命侍女宋靈賓開雲錦之囊，取一冊以授帝。王母執書起立，手以付帝。（杜光庭《墉城集仙錄》卷一）

按：後世描寫漢武帝神仙事頗多，此與記秦始皇與神仙事相仿，可知古代帝王好神仙，是後世民間神仙信仰與志怪、神仙小說的思想源頭。

李少君（生卒不詳）

少君言於上曰："祠竈則致物，致物而丹沙可化爲黃金，黃金成以爲飲食器則益壽，益壽而海中蓬萊僊者可見，見之以封禪則不死，黃帝是也。臣嘗游海上，見安期生，食臣棗，大如瓜。安期生僊者，通蓬萊中，合則見人，不合則隱。"於是天子始親祠竈，而遣方士入海求蓬萊安期生之屬，而事化丹沙諸藥齊爲黃金矣。（《宋記》卷十二《孝武本紀》）

按：《史記·孝武本紀》："是時而李少君亦以祠竈、穀道、却老方見上，上尊之。少君者，故深澤侯入以主方。匿其年及所生長，常自謂七十，能使物，却老。""使物，却老"，皆漢代神仙方術。李少君此處幾個觀念非常重要，應主要來自先秦：第一，"祠竈則致物"；第二，"致物而丹沙可化爲黃金"；第三，以黃金制作飲食器物則延年益壽；第四，長壽則可見蓬萊神仙；第五，見神仙封禪則不死。由此看來，煉金是最重要的環節。又《史記·孝武本紀》："居久之，李少君病死。天子以爲化去不死也，而使黃錘史寬舒受其方。求蓬萊安期生莫能得，而海上燕齊怪迂之方士多相效，更言神事矣。"上好之，下必效焉。漢武帝與秦始皇是推動黃老、神仙思想盛行的重要推手。

李少翁（生卒不詳）

齊人李少翁，年二百歲，色如童子，上甚信之，拜爲文成將軍，以客禮之。于甘泉宮中畫太一諸神像，祭祀之。少翁云："先致太一，然後昇天，昇天然後可至蓬萊。"歲餘而術未驗。會上所幸李夫人死，少翁云能致其神，乃夜張帳，明燭，令上居他帳中，遙見李夫人，不得就視也。

李少君言冥海之棗大如瓜，種山之李大如瓶也。

文成誅月餘日，使者籍貨關東還，逢之於漕亭，還言見之。上乃疑，發其棺，無所見，唯有竹筒一枚，捕驗間無蹤迹也。（《漢武故事》）

按：《史記·孝武本紀》："齊人少翁以鬼神方見上。……又作甘泉宮，中爲臺室，畫天、地、泰一諸神，而置祭具以致天神。"漢武帝時代的天、地、泰一信仰，與齊人少翁有莫大關係。武帝時代的很多神仙、不死，皆與齊文化有關。

發根（生卒不詳）

天子至鼎湖，病甚，游水發根言於上曰："上郡有神，能治百病。"上乃令發根禱之，即有應。上體平，遂迎神君會於甘泉，置之壽宮。神君最貴者大夫，次大禁司命之屬，皆從之。非可得見，聞者音與人等，來則肅然風生，帷幄皆動。于北宮設鐘簨羽旗，以禮神君。神君所言，上輒令記之，命曰畫法，率言人事多，鬼事少。其說鬼事與浮屠相類，欲人爲善，貴施與，不殺生。（《漢武故事》）

按：《史記·孝武本紀》："文成死明年，天子病鼎湖甚，巫醫無所不致，不愈。游水發根乃言曰：'上郡有巫，病而鬼下之。'……神君所言，上使人受書其言，命之曰'畫法'。"此可見《漢武故事》類著作，亦非向壁虛造，而實有其史書依據。

欒大（生卒不詳）

欒大有方術，嘗於殿前樹旍數百枚，大令旍自相擊，繙繙竟庭中，去地十餘丈，觀者皆駭。

帝拜欒大爲天道將軍，使著羽衣，立白茅上，授玉印；大亦羽衣，立白茅上受印，示不臣也。

欒大曰："神尚清淨。"上於是於宮外起神明殿九間，神室：鑄銅爲柱，黃金塗之，丈五圍，基高九尺，以赤玉爲陛；基上及戶，悉以碧石，橡亦以金，刻玳瑁爲龍虎禽獸，以薄其上，狀如隱起。橡首皆作龍形，每龍首銜鈴，流蘇懸之，鑄金如竹收狀以爲壁，白石脂爲泥，漬椒汁以和之，白蜜如脂，以火齊薄其上。扇屛悉以白琉璃作之，光照洞徹；以白珠爲簾，玳瑁押之；以象牙爲簀，帷幕垂流蘇；以琉璃珠玉、明月夜光，雜錯天下珍寶爲甲帳，其次爲乙帳。甲以居神，乙以自御，俎案器服，皆以玉爲之。前庭植玉樹，植玉樹之法，葺珊瑚爲枝，以碧玉爲葉，花子或青或赤，悉以珠玉爲之，子皆空其中，小鈴鎗鎗有聲。薨標作金鳳皇，軒翥若飛狀，口銜流蘇，長十餘丈，下懸大鈴，庭中皆墼以文石，率以銅爲瓦，而淳漆其外，四門并如之。雖昆侖玄圃，不是過也。上恒齋其中，而神猶不至，於是設諸僞，使鬼語作神命云："應迎神，嚴裝入海。"上不敢去。東方朔乃言大之無狀，上亦發怒，收大，腰斬之。（《漢武故事》）

按：《史記·孝武本紀》："樂成侯上書言欒大。欒大，膠東宮人，故嘗與文成將軍同師，已而爲膠東王尚方。……大言曰：'臣嘗往來海中，見安期、羨門之屬。'"武帝與神仙事，後世多引用，故附於此。羨門，古仙人，《秦始皇本紀》有"羨門高誓"，梁玉繩以《封禪書》羨門子高與《郊祀志》羨門高是一人，張文虎以爲"誓"字非衍即誤，或有脫文，而陳直引宋玉《高唐賦》"羨門高谿"，以爲宋玉《高唐賦》之高谿即《秦始皇本紀》之高誓，"谿與誓爲一聲之轉"（陳直《史記新證》，中華書局 2006 年版，第 22 頁）。

公孫卿（生卒不詳）

齊人公孫卿謂所忠曰："吾有師說秘書言鼎事，欲因公奏之。如得引見，以玉羊一爲壽。"所忠許之。視其書而有疑，因謝曰："寶鼎事已決矣，無所復言。"公孫卿乃因嬖人平時奏之，有札書言："宛侯問于鬼臾區，區曰：'帝得寶鼎，神策延年，是歲乙酉，朔旦冬至，得天之紀，終而復始。'於是迎日推算，乃登仙於天，今年得朔旦冬至，與黃帝時協，臣昧死奏。"帝大悅，召卿問。卿曰："臣受此書于申公，已死，尸解去。"帝曰："申公何人？"卿曰："齊人安期生同受黃帝言，有此鼎書。申公嘗告臣言：'漢之聖者，在高祖之曾孫焉。寶鼎出，與神通，封禪得上太山，則能登天矣。黃帝郊雍祠上帝，宿齋三月，鬼臾區尸解而去，因葬雍，今大鴻冢是也；其後黃帝接萬靈於明庭，甘泉是也；升仙于寒門，穀口是也。'"

上爲伐南越，告禱泰一，爲泰一鋒旗，命曰"靈旗"，畫日月斗，大吏奉以指所伐國。

拜公孫卿爲郎，持節候神。自太室至東萊，云見一人，長五丈，自稱"巨公"，牽一黃犬，把一黃雀，欲謁天子，因忽不見。上於是幸緱氏，登東萊，留數日，無所見，唯見大人迹。上怒公孫卿之無應，卿懼誅，乃因衛青白上云："仙人可見，而上往遽，以故不相值。今陛下可爲觀於緱氏，則神人可致。且仙人好樓居，不極高顯，神終不降也。"於是上于長安作飛廉觀，高四十丈；于甘泉作延壽觀，亦如之。

上巡邊至朔方，還，祭黃帝冢橋山。上曰："吾聞黃帝不死，今有冢，何也？"公孫卿曰："黃帝已仙上天，群臣思慕，葬其衣冠。"上嘆

曰："吾後升天，群臣亦當葬吾衣冠於東陵乎？"乃還甘泉，類祠太一。（《漢武故事》）

按：公孫卿事見《史記·孝武本紀》，據其中言"申功，齊人也。與安期生通，受黃帝言，無書"推測，神仙與長生不死在齊地最盛，而與齊地流行的黃老學說融合，爲武帝所接受。

顔駟（生卒不詳）

《漢武故事》：上嘗輦至郎署，見一老髭鬢皓白，衣服不完。上問曰："公何時爲郎，何其老矣？"對曰："臣姓顔名駟，江都人也。文帝時爲郎。"上問曰："何不遇也？"駟曰："文帝好文，臣好武；景帝好老，臣又少，陛下好少，臣已老。是以三世不遇。"上感其言，拜爲會稽都尉。（《太平御覽》卷三百八十三《人事部二十四·壽老》）

按：顔駟"好武"，此亦見《顔氏家訓·誡兵》："漢郎顔駟，自稱好武，更無事迹。""三世不遇"，因"好武"遇"武帝"而見用，亦有虛飾成分。

昔周人有仕數不遇，年老白首，泣涕于塗者。人或問之："何爲泣乎？"對曰："吾仕數不遇，自傷年老失時，是以泣也。"人曰："仕奈何不一遇也？"對曰："吾年少之時，學爲文，文德成就，始欲仕宦，人君好用老。用老主亡，後主又用武，吾更爲武，武節始就，〔用〕武主又亡。少主始立，好用少年，吾年又老，是以未嘗一遇。"（《論衡·逢遇》）

按：《論衡》叙"三世不遇"故事，未取《漢武故事》顔駟說，而用"周人有仕數不遇"故事，則《漢武故事》成書晚於《論衡》；而《漢武故事》之言，有假《論衡》周人不仕故事虛構之處。漢武帝時多神仙、養生人物，此顔駟未必完全虛造。武帝時有安成，即有養生術之作，如《漢書·藝文志》："《待詔臣安成未央術》一篇。"應劭曰："道家也，好養生事，爲未央之術。"疑武帝時人。陳直《漢書新證》："長生未央，爲西漢人之習俗語，不但宮殿瓦當用之，即空心磚、方磚亦多采用，安成既爲道家，'未央術'當爲'長生術'之歇後語。"（第233頁）

陳阿嬌（生卒不詳）

《漢武故事》：帝年數歲，長公主遍指侍者："與作婦，好否？"皆不用。後指陳后，帝曰："若得阿嬌作婦，當以金屋貯之。"（《太平御覽》卷八百一十一《珍寶部十·金下》）

按："金屋藏嬌"，典出於此。

司馬相如《長門賦序》：孝武皇帝陳皇后得幸頗爲妒，別在長門宮，愁悶悲思，聞相如天下工爲文，奉黃金百斤爲相如、文君取酒，因求解悲愁之辭，而相如爲頌以奏主上，皇后復得親幸。（《太平御覽》卷一百三十六《皇親部二·孝武陳皇后》）

按：此事未必爲事實。

劉辟强（？—前160）

辟强字少卿，亦好讀《詩》，能屬文。武帝時，以宗室子隨二千石論議，冠諸宗室。清靜少欲，常以書自娛，不肯仕。……辟强子德待詔丞相府，年三十餘，欲用之。或言父見在，亦先帝之所寵也。遂拜辟强爲光禄大夫，守長樂衛尉，時年已八十矣。徙爲宗正，數月卒。（《漢書》卷三十六《楚元王傳》）

按：辟强好《詩》，其家世世守其學，當爲《魯詩》。經劉德，至劉向、劉歆，劉氏遂成漢末影響最大的家族。《漢書·藝文志》："宗正劉辟强賦八篇。"在陸賈賦之屬。

榮廣（生卒不詳）

上因尊《公羊》家，詔太子受《公羊春秋》，由是《公羊》大興。太子既通，復私問《穀梁》而善之。其後浸微，唯魯榮廣王孫、皓星公二人受焉。廣盡能傳其《詩》《春秋》，高材捷敏，與《公羊》大師眭孟等論，數困之，故好學者頗復受《穀梁》。沛蔡千秋少君、梁周慶幼君、丁姓子孫皆從廣受。(《漢書》卷八十八《儒林傳》)

按：楊士勛《春秋穀梁傳疏》："穀梁子名淑，字元始，魯人，一名赤。受經于子夏，爲經作傳，故曰《穀梁》，傳孫卿，孫卿傳魯人申公，申公傳博士江翁，其後魯人榮廣大善《穀梁》。"

王臧(？—139)

蘭陵王臧既從受《詩》，已通，事景帝爲太子少傅，免去。武帝初即位，臧乃上書宿衛，累遷，一歲至郎中令。及代趙綰亦嘗受《詩》申公，爲御史大夫。綰、臧請立明堂以朝諸侯，不能就其事，乃言師申公。(《漢書》卷八十八《儒林傳》)

按：趙綰、王臧議立明堂，"不能就其事"，方"言師申公"。趙綰、王臧皆從魯申公學《詩》。

田蚡(？—前130)

昔漢竇嬰、灌夫爲武安侯田蚡所搆而死。及蚡疾，巫者視鬼，見竇灌夾而笞之，蚡竟卒。事相類耳。出《玉堂閑話》。(《太平廣記》卷一百二十四《報應二十三》)

按：《史記·魏其武安侯列傳》："武安侯田蚡者，孝景后同母弟也，生長陵。……魏其、武安俱好儒術，推轂趙綰爲御史大夫，王臧爲郎中令。"漢武帝接受董仲舒"獨尊儒術"之前，已有武安侯等人推行之，不過并未成功。這說明，在漢武帝推行儒學之前，已有儒學湧動的潛流。然後世多關注其報應事。

漢竇嬰，字王孫，漢孝文帝竇皇后從兄子也。封魏其侯，爲丞相。後乃免相。及竇皇后崩，嬰益疏薄無勢，默不得志。與太僕灌夫相引薦，交結其歡，恨相知之晚乎。孝景帝王皇后異父同母弟田蚡爲丞相，親幸縱横，使人就嬰求城南田數頃。嬰不與曰："老僕雖棄，丞相雖貴，寧可以勢相奪乎！"灌夫亦助怒之。蚡皆恨之。及蚡娶妻，王太后詔列侯宗室皆往賀蚡。灌夫爲人狂酒，先嘗以醉忤蚡，不肯賀之。竇嬰強與俱去。酒酣，灌夫行酒至蚡，蚡曰："不能滿觴。"灌夫因言辭不遜。蚡遂怒曰："此吾驕灌夫之罪也。"乃縛灌夫，謂長史曰："有詔召宗室，而灌夫罵坐不敬。"并奏其在鄉里豪橫，處夫棄市。竇嬰還謂其妻曰："終不令灌夫獨死而嬰獨生。"乃上事具陳灌夫醉飽，事不足誅。帝召見之，嬰與蚡互相言短長。帝問朝臣："兩人誰是？"朝臣多言嬰是。王太后聞，怒而不食曰："我在，人皆凌籍吾弟。我百歲後，當魚肉之中。"及出，蚡復爲嬰造作惡語，用以聞上。天子亦以蚡爲不直，特爲太后故，論嬰及夫棄市。嬰臨死罵曰："若死無知則已，有知要不獨死。"後月餘，蚡病，一身盡痛，若有打擊之者。但號呼叩頭謝罪。天子使視鬼者瞻之，見竇嬰、灌夫共守笞蚡。蚡遂死。天子亦夢見嬰而謝之。（釋道世《法苑珠林》卷七十《受報篇第七十九》）

　　按：此敘田蚡報應事。《法苑珠林》《太平廣記》所記報應故事，源於《史記》之記載："武安侯病，專呼服謝罪。使巫視鬼者視之，見魏其、灌夫共守，欲殺之。竟死。"中國古代史書故事被改造爲佛教題材，體現了佛教故事本土化的進程。

韓安國（？—前127）

　　御史大夫韓安國者，梁成安人也，後徙睢陽。嘗受韓子、雜家說於騶田生所。事梁孝王，爲中大夫。吴楚反時，孝王使安國及張羽爲將，扞吴兵於東界。張羽力戰，安國持重，以故吴不能過梁。吴楚已破，安國、張羽名由此顯。（《史記》卷一百八《韓長孺列傳》）

　　按：陳直《史記新證》："《史記》稱爵稱子，稱官稱名稱字，皆有褒貶……稱字者爲尊，疑韓安國稱字者，因避師孔安國諱，故列傳標題改稱韓長孺，非特尊其人也。但敘事處，仍稱韓安國。"（第163頁）《史記》稱"安國以元朔二年中卒"。韓安國作爲出身梁地之人，與由梁入蜀再入長安之司馬相如，後來成爲漢武帝文武左右臂，對當時的文化、政治發展當有重要作用。

江公（生卒不詳）

瑕丘江公受《穀梁春秋》及《詩》于魯申公，傳子至孫爲博士。武帝時，江公與董仲舒并。仲舒通《五經》，能持論，善屬文。江公吶於口，上使與仲舒議，不如仲舒。而丞相公孫弘本爲《公羊》學，比輯其議，卒用董生。（《漢書》卷八十八《儒林傳》）

按：漢有兩江公，一爲瑕丘江公，史稱"大江公"；一爲博士江公，《儒林傳》謂其"世爲《魯詩》宗"。《漢書·儒林傳》稱："申公卒以《詩》《春秋》授，而瑕丘江公盡能傳之，徒衆最盛。"知瑕丘江公傳申公《魯詩》。

嚴助（約163？—前122）

嚴助，會稽吳人，嚴夫子子也，或言族家子也。郡舉賢良，對策百餘人，武帝善助對，繇是獨擢助爲中大夫。後得朱買臣、吾丘壽王、司馬相如、主父偃、徐樂、嚴安、東方朔、枚皋、膠倉、終軍、嚴葱奇等，并在左右。是時征伐四夷，開置邊郡，軍旅數發，内改制度，朝廷多事，婁舉賢良文學之士。公孫弘起徒步，數年至丞相，開東閣，延賢人與謀議，朝覲奏事，因言國家便宜。上令助等與大臣辯論，中外相應以義理之文，大臣數詘。其尤親幸者，東方朔、枚皋、嚴助、吾丘壽王、司馬相如。相如常稱疾避事。朔、皋不根持論，上頗俳優畜之。唯助與壽王見任用，而助最先進。（《漢書》卷六十四《嚴助傳》）

按：嚴助與司馬相如、枚皋等賦家并游，侍于漢武帝周圍，可見當時漢武好文之盛，并且其中多賦家。後來枚皋的"自悔類倡"之説，并非説賦家不受重視，應該是與當時列侯宗室的政治地位相比較而言的。需要注意的是，《漢書》多記漢武帝時期此類辭賦家事，可見辭賦在當時的一時之盛。膠倉，陳直《漢書新證》以爲即《藝文志》縱橫家之"聊蒼"（第343頁）。《漢書·嚴助傳》説嚴助"作賦頌數十篇"。《漢書·藝文志》

稱："嚴助賦三十五篇。"顏師古注："上言莊忽奇，下言嚴助，史駁文。"

嚴安，即莊安，避諱改爲"嚴"。《漢書·嚴安傳》："嚴安者，臨菑人也。以故丞相史上書。……後以安爲騎馬令。"《漢書·藝文志》："《莊安》一篇。"在縱橫家。陳直《漢書新證》："《漢書》對於'莊'字，有避有不避，本文莊安與莊忽奇皆不改，後人以爲史之駁文，其實班固當日就原史料之簡文謄寫，并無定例。"（第232頁）

莊忽奇賦，見《漢書·藝文志》："常侍郎莊忽奇賦十一篇。"在陸賈賦之屬。班固自注："枚皋同時。"顏師古注："《七略》云'忽奇者，或言莊夫子子，或言族家子莊助昆弟也。從行至茂陵，詔造賦'。"《漢書》對"莊"避諱，或避或不避，此處未避。陳直《漢書新證》："漢遂少言告墓方簡，有'騁馬四匹'之文，予釋爲'忽奇'二字合文，'忽奇'當爲良馬之義，字仍應讀爲驄。"（第233頁）

司馬談（約前165—前110）

漢承周史官，至武帝置太史公。太史公司馬談，世爲太史。子遷，年十三，使乘傳行天下，求古諸侯史記，續孔氏古文，序世事，作傳百三十卷，五十萬字。談死，子遷以世官復爲太史公，位在丞相下。天下上計，先上太史公，副上丞相。太史公序事如古《春秋》法，司馬氏本古周史佚後也。作《景帝本紀》，極言其短及武帝之過，帝怒而削去之。後坐舉李陵，陵降匈奴，下遷蠶室。有怨言，下獄死。宣帝以其官爲令，行太史公文書事而已，不復用其子孫。（《西京雜記》卷六）

按：《晋書·天文志》："及漢景武之際，司馬談父子繼爲史官，著《天官書》，以明天人之道。"司馬遷命運的轉折，與李陵降有關，此處有一個疑點：司馬遷何以如此激烈介入李陵事？

臣饒（生卒不詳）

劉向《別錄》：饒，齊人也，不知其姓，武帝時待詔，作書名曰《心

術》也。(《漢書》卷三十《藝文志》顔師古注)

按：失其姓氏，而其書尚存，未知西漢當世人書籍如何保存。有小説作品，見《漢書·藝文志》："《待詔臣饒心術》二十五篇。武帝時。"

張騫（前164—前114）

張騫、蘇武之奉使也，執節没身，不屈王命，雖古之膚使，其猶劣諸！(《法言·淵騫》)

按：《史記·大宛列傳》："張騫，漢中人，建元中爲郎。"陳直《史記新證》："《華陽國志》：張騫，漢中城固人。《索隱》引陳壽《益部耆舊傳》亦同。今騫墓在城固張家村，《衛霍列傳》稱騫冢在漢中，不言城固，蓋只舉其郡名，與此相同。"(第186頁)

崔豹《古今注》：酒盃藤出西域。藤大如臂，去實，皆可以酌酒。自有文章，映徹可愛。實大如杯，味如豆蔻，香美消酒。土人提酒來，至藤下，摘花酌酒，以其實消酒。其國人寶之，不傳於中國。張騫大宛國得之，事在《張騫出關志》。(《太平御覽》卷九百九十五《百卉部二》；《太平廣記》卷四百七引《炙轂子》)

按：《古今注》與《炙轂子》文字稍有異，今取前者。《隋書》卷三十三《經籍志》："《張騫出關志》一卷。"《册府元龜》卷五百六十《國史部·地理》："張騫爲郎，使月氏，撰《出關志》一卷。"由其內容稱"張騫入宛得之"可知，此書記張騫入宛游歷所見異物事，其作者斷非張騫本人，乃後人所輯無疑。

張騫苜蓿園，今在洛中。苜蓿本胡中菜也，張騫始於西戎得之。(任昉《述異記》卷下)

按：此溯源外來草木。

張湯（？—前116）

以敏于筆，文墨雨集爲賢乎？夫筆之與口，一實也。口出以爲言，筆書以爲文。口辯，才未必高，然則筆敏，知未必多也。且筆用何爲敏？以敏于官曹事？事之難者，莫過於獄，獄疑則有請讞。蓋世優者，莫過張湯，張湯文深，在漢之朝，不稱爲賢。太史公序累，以湯爲酷，酷非賢者之行。（《論衡·定賢》）

按：《史記·酷吏列傳》："是時上方鄉文學，湯決大獄，欲傅古義，乃請博士弟子治《尚書》《春秋》補廷尉史，亭疑法。奏讞疑事，必豫先爲上分別其原，上所是，受而著讞決法廷尉絜令，揚主之明。""上方鄉文學，湯決大獄，欲傅古義"與"刻深吏多爲爪牙用者，依於文學之士"，是吏亦爲"文學之士"。"絜令"，陳直《史記新證》："《漢書》作挈令，謂刻於板書，皆爲契字之假借（王莽之契刀，反爲挈字之假借，謂可提挈也）。"（第183頁）又《法苑珠林·破邪篇》稱："張湯酷吏，七世垂纓。"

賈嘉（？—前160）

及孝文崩，孝武皇帝立，舉賈生之孫二人至郡守，而賈嘉最好學，世其家，與余通書。至孝昭時，列爲九卿。（《史記》卷八十四《賈誼傳》）

按：賈嘉，賈誼之孫，與司馬遷書信往來。《史記·儒林列傳》："自此之後，魯周霸、孔安國，洛陽賈嘉，頗能言《尚書》事。"賈嘉與孔安國、周霸皆能言《尚書》。

汲黯（？—前112）

汲黯每諫上曰："陛下愛才樂士，求之無倦，比得一人，勞心苦神，未盡其用，輒已殺之。以有限之士，資無已之誅，臣恐天下賢才將盡于陛下，欲誰與爲治乎？"黯言之甚怒，上笑而喻之曰："夫才爲世出，何時無才！且所謂才者，猶可用之器也，才不應務，是器不中用也，不能盡才以處事，與無才同也，不殺何施！"黯曰："臣雖不能以言屈陛下，而心猶以爲非，願陛下自今改之，無以臣愚爲不知理也。"上顧謂群臣曰：

"黯自言便辟,則不然矣;自言其愚,豈非然乎!"時北伐匈奴,南誅兩越,天下騷動。黯數諫爭,上弗從,乃發憤謂上曰:"陛下耻爲守文之士君,欲希奇功於爭表,臣恐欲益反損,取累於千載也。"上怒,乃出黯爲郡吏,黯忿憤,疽發背死,謚剛侯。(《漢武故事》)

按:《史記·汲黯傳》:"汲黯字長孺,濮陽人也。其先有寵于古之衛君。至黯七世,世爲卿大夫。"汲黯學黃老。"至黯七世",張文虎以爲"舊刻七世作十世,與《漢書》合",陳直《史記新證》解釋曰:"《史記》之數逢七者,《漢書》多作十。其原因爲西漢人七字中畫微短,與十字相似。"(第181頁)又據《史記》本傳,汲黯治黃老,"治務在無爲",然其個人修養上則未遵行黃老之道,其"爲人性倨,少禮,面折,不能容人之過",以及"好直諫,數犯主之顏色"之舉,顯然非道家之行爲。汲黯"好學,游俠,任氣節,内行脩絜,好直諫",竟然使得淮南王等人皆"憚黯",理由之一即稱其"好直諫"。而"直諫"或者是表面之辭,關鍵"直諫"背後的"守節死義",這一條又與"游俠,任氣節"有關。漢代的"游俠""任氣節""直諫"與士人社會地位、社會管理的關係,值得研究。

淮南王劉安(前179—前122)

《淮南要略》:養士數千,高才者八人,蘇非、李尚、左吴、陳由、伍被、毛周、雷被、晋昌,號曰:"八公"也。(《史記》卷一百一十八《淮南王傳》司馬貞索隱)

按:陳直《史記新證》:"西安漢城遺址曾出'蘇非子'印,文字古質,與淮南時代正相適應(吴興沈氏藏,未著録)。"(第179頁)

漢之淮南王,聘天下辯通,以著篇章。書成皆布之都市,懸置千金,以延示衆士,而莫能有變易者,乃其事約艷,體具而言微也。

淮南不貴盛富饒,則不能廣聘駿士,使著文作書。(《新輯本桓譚新論·本造》)

按:桓譚《新論》亡佚,此據朱謙之《新輯本桓譚新論》所輯。此可知淮南王著書對後世頗有影響。

俗説：淮南王安，招致賓客方術之士數千人，作《鴻寶》《苑秘》、枕中之書，鑄成黃白，白日升天。（《風俗通義·正失》）

按：應劭"謹按"稱："親伏白刃，與衆棄之，安在其能神仙乎？安所養士，或頗漏亡，耻其如此，因飾詐説，後人吠聲，遂傳行耳。"淮南王劉安白日升仙、煉黃金事，東漢已有流傳，故後世以《神仙傳》爲劉向作。

劉安有文才，好書，鼓琴，不喜弋獵狗馬馳聘。行陰德拊循百姓，沽名譽。招致賓客方術之士數千人，作《内書》二十一篇，《外書》甚衆。又有《中書》八篇，言神仙黃白之術，亦二十餘萬言。時武帝方好藝文，以安屬爲諸父，辯博善爲文辭，甚尊重之。每爲報書及賜，常召司馬相如等視草乃遣，初，安入朝，獻所作《内篇》，新出，上愛秘之。使爲《離騷傳》，且受詔，日食時上，又獻頌及賦。每見，談説，昏暮而罷。（《金樓子·説蕃》）

按：《漢書·淮南衡山濟北王傳》文字與此大致相同，可知《金樓子》文字多取《漢書》。此處所言漢武帝"好藝文"、召司馬相如等"視草乃遣"等事，值得注意：第一，漢武帝不僅好儒術，還好藝文，這爲此時儒學、文學的繁榮提供了條件；第二，漢武帝給劉安的書信，要首先經過司馬相如等人審閱草稿後再謄寫送出，可知當時爲文已經有"起草稿"的觀念；第三，當時書信或辭賦作品，有備份的文本，是可能的。另外，據上所述，淮南王著述有：淮南王賦八十二篇（包括《薰籠賦》）、《離騷傳》、《頌德》、《長安都國頌》。

《西京雜記》：淮南王著《鴻列》二十篇。鴻，大也；烈，明也，言大明禮教也。號爲《淮南子》，一曰《劉安子》。自云字中有風霜之氣；楊子雲以爲一出一入，字直百金。（《太平御覽》卷六百二《文部十八·著書下》）

按：《漢書·藝文志》："《淮南道訓》二篇。"《淮南道訓》在《藝文志·六藝略》"《易》類"，班固自注："淮南王安聘明《易》者九人，號九師説。"王應麟《漢藝文志考證》："《七略》曰：'《九師道訓》者，淮南王安所造。'張平子《思玄賦》'文君爲我端著兮，利飛遁以保名'，注云：'《遁》上九曰："飛遁，無不利。"《淮南九師道訓》曰："遁而能飛，吉孰大焉。"'曹子建《七啓》'飛遁離俗'，注亦引之。劉向《別録》：'所校讎中《易》傳《淮南九師道訓》，除復重，定著十二篇。淮南王聘善爲《易》者九人，從之采獲，故中書著曰《淮南九師書》。'《文中子》謂'九師興而《易》道微'。《隋志》已亡其書。"

淮南王安好學多才藝，集天下遺書，招方術之士，皆爲神仙，能爲雲雨。百姓傳云："淮南王，得天子，壽無極。"上心惡之，徵之。使覘淮南王，云王能致仙人，又能隱形升行，服氣不食。上聞而喜其事，欲受其道。王不肯傳，云無其事。上怒，將誅，淮南王知之，出令與群臣，因不知所之。國人皆云神仙或有見王者。常恐動人情，乃令斬王家人首，以安百姓爲名。收其方書，亦頗得神仙黃白之事，然試之不驗。上既感淮南道術，乃徵四方有術之士，於是方士自燕齊而出者數千人。（《漢武故事》）

淮南王安好道術，設厨宰以候賓客。正月上午，有八老公詣門求見。門吏白王，王使吏自以意難之，曰："吾王好長生，先生無駐衰之術，未敢以聞。"公知不見，乃更形爲八童子，色如桃花。王便見之，盛禮設樂，以享八公。援琴而弦歌曰："明明上天，照四海兮。知我好道，公來下兮。公將與余，生羽毛兮。升騰青雲，蹈梁甫兮。觀見三光，遇北斗兮。驅乘風雲，使玉女兮。"今所謂《淮南操》是也。（《搜神記》卷一）

按：晋時有《淮南操》，此蔡邕《琴操》後之曲。

《列仙傳》：漢淮南王劉安，言神仙黃白之事，名爲《鴻寶萬畢》三卷，論變化之道。於是八公乃詣王，授《丹經》及《三十六水方》。俗傳安之臨仙去，餘藥器在庭中，雞犬舐之，皆得飛升。（《藝文類聚》卷七十八《靈異部上·仙道》）

《神仙傳》：漢淮南王劉安者，漢高帝之孫也。其父厲王長，得罪徙蜀，道死。文帝哀之，而裂其地，盡以封長子，故安得封淮南王。時諸王子貴侈，莫不以聲色游獵犬馬爲事，唯安獨折節下士，篤好儒學，兼占候方術，養士數千人，皆天下俊士。作《内書》二十一篇，又《中篇》八章，言神仙黃白之事，名爲《鴻寶》，《萬畢》三章，論變化之道，凡十萬言。武帝以安辯博有才，屬爲諸父，甚重尊之。特詔及報書，常使司馬相如等共定草，乃遣使，召安入朝。嘗詔使爲《離騷經》，旦受詔，食時便成，奏之。安每宴見，談說得失，及獻諸賦頌，晨入夜出。乃天下道書及方術之士，不遠千里，卑辭重幣請致之。於是乃有八公詣門，皆鬚眉皓白。門吏先密以白王，王使閽人，自以意難問之曰："我王上欲求延年長生不老之道，中欲得博物精義入妙之大儒，下欲得勇敢武力扛鼎暴虎横行之壯士。今先生年已耆矣，似無駐衰之術，又無賁育之氣，豈能究於《三墳》《五典》《八索》《九丘》，鉤深致遠，窮理盡性乎？三者既乏，余不敢通。"八公笑曰："我聞王尊禮賢士，吐握不倦，苟有一介之善，莫不畢至。古人貴九九之好，養鳴吠之技，誠欲市馬骨以致騏驥，師郭生以招群英。吾年雖鄙陋，不合所求，故遠致其身，且欲一見王，雖使無益，亦豈有損，何以年老而逆見嫌耶？王必若見年少則謂之有道，皓首則謂之庸叟，恐非發石采玉，探淵索珠之謂也。薄吾老，今則少矣。"言未竟，八公皆變爲童子，年可十四五，角髻青絲，色如桃花。門吏大驚，走以白王。王聞之，足不履，跣而迎登思仙之臺。張錦帳象床，燒百和之香，進金玉之几，執弟子之禮，北面叩首而言曰："安以凡才，少好道德，羈鑠事務，沉淪流俗，不能遣累，負笈出林。然夙夜飢渴，思願神明，沐浴滓濁，精誠淺薄。懷情不暢，邈若雲漢。不期厚幸，道君降屈，是安祿命當蒙拔擢，喜懼屏營，不知所措。唯願道君哀而教之，則蟥蛉假翼於鴻鵠，可衝天矣。"八童子乃復爲老人，告王曰："余雖復淺識，備爲先學。聞王好士，故來相從，未審王意有何所欲？吾一人能坐致風雨，立起雲霧，畫地爲江河，撮土爲山岳；一人能崩高山，塞深泉，收束虎豹，召致蛟龍，使役鬼神；一人能分形易貌，坐存立亡，隱蔽六軍，白日爲暝；一人能乘雲步虛，越海凌波，出入無間，呼吸千里；一人能入火不灼，入水不濡，刃射不中，冬凍不寒，夏曝不汗；一人能千變萬化，恣意所爲，禽獸草木，萬物立成，移山駐流，行宫易室；一人能煎泥成金，凝鉛爲銀，水鍊八石，飛騰流珠，乘雲駕龍，浮於太清之上。在王所欲。"安乃日夕朝拜，供進酒脯，各試其向所言，千變萬化，種種異術，無有不效。遂授《玉丹經》三十六卷。藥成，未及服。而太子遷好劍，自以人莫及也。于時郎中雷被，召與之戲，而被誤中遷，遷大怒，被怖，恐爲遷所殺，乃求擊匈奴以贖罪，安聞不聽。被大懼，乃上書于天子云："漢法，諸侯擁閼不與擊匈奴，其罪入死，安合當誅。"武帝素重王。不咎，但削安二縣耳。安怒被，被恐死。與伍被素爲交親，伍被曾以奸私得罪于安，安怒之未發，二人恐爲安所誅，乃共誣告，稱安謀反。天子使宗正持節治之。八公謂安曰："可以去矣，此乃是天之發遣王。王若無此事，日復一日，未能去世也。"八公使安登山大祭，埋金地中，即白日升天。八公與安所踏山上石，皆陷成迹，至今人馬迹猶存。八公告安曰："夫有藉之人，被人誣告者，其誣人當即死滅，伍被等今當復誅矣。"於是宗正以失安所在，推問，云王仙去矣。天子悵然，乃諷使廷尉張湯，奏伍被，云爲畫計，乃誅二被九族，一如八公之言也。漢史秘之，不言安得神仙之道，恐後世人主，當廢萬機，而競求于安道，乃言安得罪後自殺，非得仙也。按《左吳記》云：安臨去，欲誅二被。八公諫曰："不可，仙去不欲害行蟲，況於人乎。"安乃止。又問八公曰："可得將素所交親俱至彼，便遣還否？"公曰："何不得爾，但不得過五人。"安即以左吳、王眷、傅生等五人，至玄洲，便遣還。《吳記》具説云：安未得上天，遇諸仙伯，安少習尊貴，稀爲卑下之禮，坐起不恭，語聲高亮，或誤稱"寡人"。於是仙伯主者奏安云"不敬"，應斥遣去。八公爲之謝過，乃見赦，謫守都厠三年，後爲散仙人，不得處職，但得不死而已。武帝聞左吳等隨王仙去更還，乃詔之，親問其由。吳具以對。帝大懊恨，乃嘆曰："使朕得爲淮南王者，視天下如脱屣耳。"遂便招募賢士，亦冀遇八公，不能得，而爲公孫卿、欒大等所欺，意猶不已，庶獲其真者。以安仙去分明，方知天下實有神仙也。時人傳八公、安臨去時，餘藥器置在中庭，雞犬舐啄之，盡得升天，故雞鳴天上，犬吠雲中也。出《神仙傳》。（《太平廣記》卷八《神仙八》）

　　按：此"作《内書》二十一篇，又《中篇》八章，言神仙黄白之事，名爲《鴻寶》，《萬畢》三章，論變化之道，凡十萬言"，《漢書》與《金樓子》皆作"二十餘萬言"，是。《漢書·藝文志》："《淮南内》二十一篇。《淮南外》三十三篇。"在雜家。《淮南内》，王應麟《漢藝文志考證》卷七："《淮南王安傳》：'招致賓客方術之士數千人，作爲《内書》二十一篇，《外書》甚衆。又有《中篇》八卷，言神仙黄白之術，亦二十余萬言。安入朝，獻所作《内篇》新出，上愛秘之。'《西京雜記》：'安著《鴻烈》二十一篇。鴻，大也。烈，明也。言大明禮教。自云"字中皆挾風霜"，揚子雲以爲一出一入。'安與蘇飛、李尚、左吳、田由、雷被、毛披、伍被、晋昌八人及諸儒大山、小山之徒，共講論道德，總統仁義，而著此書。許慎注，標其首皆曰'間詁'，自名注曰'記上'。"《淮南外》，顏師古注："《内篇》論道，《外篇》雜説。"若如顏師古所言，《内篇》"論道"，何以亦入雜家？

《招隱士》者，淮南小山之所作也。昔淮南王安，博雅好古，招懷天下俊偉之士。自八公之徒，咸慕其德，而歸其仁，各竭才智，著作篇章，分造詞賦，以類相從。故或稱小山，或稱大山。其義猶《詩》有《小雅》《大雅》也。（《楚辭章句補注》卷十二）

按：劉安賦頌作品，見《漢書·藝文志》："淮南王賦八十二篇。淮南王群臣賦四十四篇。"王應麟《漢藝文志考證》卷八："《隋志》集一卷。梁二卷。劉向《別錄》：'淮南王有《薰籠賦》。'"則《薰籠賦》爲淮南王賦作。王應麟又曰："《楚辭·招隱士》淮南小山之所作也。淮南王安招致賓客，客有八公之徒，分造詞賦，以類相從，或稱'大山'，或稱'小山'，如《詩》之有大小《雅》。"如此，淮南群臣賦已經具有編輯分類意識。

司馬相如（？—前118）

蜀本無學士，文翁遣相如東受七經，還教吏民，於是蜀學比於齊、魯。故《地里志》曰："文翁倡其教，相如爲之師。"（《三國志》卷三十八《蜀志·秦宓傳》）

按：司馬相如對蜀郡文化教育的發展，具有重要的貢獻。梁玉繩《史記志疑》云："史公但采詞賦，而遺其明經化俗之大端，何也？《史通·載文篇》譏《史》、《漢》載《上林》、《甘泉》等賦無裨勸獎，有長奸詐。"然漢賦在當時自然承擔過必要的文化或政治使命，非後世人所能知。

漢代以"相如""得意""壽王"爲名者極爲普遍，詳參陳直《漢書新證》。狗監，陳直《史記新證》："狗監不見於《漢書·百官公卿表》，當爲上林令之屬官，以其他監官推之，其職位在令丞之下，《李延年傳》則作狗中。"（第176頁）清閻若璩《潛邱劄記》卷六："真《子虛賦》久不傳，《文選》所載乃《天子游獵賦》，昭明誤分之而標名耳。"梁玉繩《史記志疑·司馬相如列傳》曰："至《淖南集·文辨》疑相如賦《子虛》自有首尾，而其賦《上林》也復合之爲一，恐未然。"據漢武帝"不得與此人同時"知，司馬相如《子虛賦》有古風，具有梁國地方風格，非當時天子所見具有宮廷風格的長安之賦。後司馬相如"請爲天子游獵賦",知此賦乃爲漢武帝作。今所見全賦,蕭統《文選》題名《子虛上林賦》,并分爲兩篇。據其内容,應是前《子虛之賦》與後來之《天子游獵賦》合二爲一之作。王若虚《滹南遺老集·文辨》亦足備一説。另據《史記》"令尚書給筆劄",知當時"筆劄"珍貴,即使司馬相如經濟上有所改善,仍然缺乏此類物品。

司馬相如初與卓文君還成都,居貧,愁懣。以所著鸘裘就市人陽昌貰酒,與文君爲歡。既而文君抱頸而泣曰:"我平生富足,今乃以衣裘貰酒。"遂相與謀,於成都賣酒。相如親著犢鼻褌滌器,以恥王孫。王孫果以爲病,乃厚給文君。文君遂爲富人。文君姣好,眉色如望遠山,臉際常若芙蓉,肌膚柔滑如脂。十七而寡,爲人放誕風流,故悦長卿之才而越禮焉。長卿素有消渴疾,及還成都,悦文君之色,遂以發痼疾。乃作《美人賦》,欲以自刺,而終不能改,卒以此疾至死。文君爲誄,傳於世。(《西京雜記》卷二)

按:《西京雜記》記西漢人事,多小説筆法。

司馬長卿賦,時人皆稱典而麗,雖詩人之作,不能加也。揚子雲曰:"長卿賦不似從人間來,其神化所至邪?"子雲學相如爲賦而弗逮,故雅服焉。(《西京雜記》卷三)

按:此處所言"時人皆稱典而麗",恐非其實。而《史記》《漢書》多以揚雄論司馬相如之賦,遂形成後世以揚雄爲論賦起點的論述模式。《漢書·藝文志》引揚雄之言曰:"詩人之賦麗以則,辭人之賦麗以淫。如孔氏之門人用賦也,則賈誼登堂,相如入室矣,如其不用何!"《史記》《漢書》皆記揚雄論賦,是以揚雄觀點作爲此前賦學理論的總結性認識。又《史記·司馬相如列傳》"太史公曰"有"楊雄以爲"云云,此類明顯晚于司馬遷與司馬相如的文字進入《史記》,與《左傳》記載的與孔子時代不符的"子曰"形式一樣,屬於後人文字竄入無疑。這種文本現象,并非簡單地與真偽相關,而是蘊含著特定的文本編纂理念。即至特定時代,後人發現可以用後世聖人、賢人的思想總結某文本的思想或理論時,後人會不顧忌人與文的時代差異,而將此類看似"經典""精闢"的文字補入其中,不可將其視作整個文本的僞造證據。

相如將獻賦,未知所爲。夢一黃衣翁謂之曰:"可爲《大人賦》。"遂作《大人賦》,言神仙之事。以獻之,賜錦四匹。……相如將聘茂陵人女

爲妾，卓文君作《白頭吟》以自絶。相如乃止。(《西京雜記》卷三)

　　按：《西京雜記》記相如此類故事，多類後世文學本事。《漢書》所記此類，皆屬史實或序文，然魏晉以後所記，皆類本事，如《西京雜記》中的很多故事，即爲此類性質。此時代包括《西京雜記》《漢武故事》在内體現出來的"文學本事"特徵，值得關注。

　　班固時代對司馬相如的賦學成就評價頗高，如《漢書·叙傳下》："文艷用寡，子虛烏有，寓言淫麗，托風終始，多識博物，有可觀采，蔚爲辭宗，賦頌之首。"班固以司馬相如爲"辭宗"，"賦頌之首"，是針對漢宫廷賦而言。至於其前之楚辭、楚賦或藩國地方之賦，則是另一回事。《漢書·地理志下》則稱："及司馬相如游宦京師諸侯，以文辭顯於世，鄉黨慕循其迹。後有王褒、嚴遵、揚雄之徒，文章冠天下。"

　　上少好學，招求天下遺書，上親自省校，使莊助、司馬相如等以類分别之，尤好辭賦，每所行幸及奇獸異物，輒命相如等賦之。上亦自作詩賦數百篇，下筆即成，初不留意。相如作文遲，彌時而後成，上每嘆其工妙，謂相如曰："以吾之速，易子之遲，可乎？"相如曰："於臣則可，未知陛下何如耳？"上大笑而不責也。(《漢武故事》)

　　按：《史記》《漢書》司馬相如本傳記其著述較詳，如："相如拜爲孝文園令。天子既美子虛之事，相如見上好仙道，因曰：'上林之事未足美也，尚有靡者。臣嘗爲大人賦，未就，請具而奏之。'相如以爲列仙之傳居山澤間，形容甚臞，此非帝王之仙意也，乃遂就《大人賦》。……相如既奏大人之頌，天子大説，飄飄有凌雲之氣，似游天地之間意。"《史記》由天子"美子虛之事"，得出"見上好仙道"的結論，説明前子虛之賦，與神仙有關。《大人賦》純寫神仙。又《史記》本傳稱："相如既病免，家居茂陵。天子曰：'司馬相如病甚，可往從悉取其書；若不然，後失之矣。'使所忠往，而相如已死，家無書。問其妻，對曰：'長卿固未嘗有書也。時時著書，人又取去，即空居。長卿未死時，爲一卷書，曰有使者來求書，奏之。無他書。'其遺札書言封禪事，奏所忠。"相如死時，家中無書，説明其成熟作品無備份。"時時著書，人又取去"，説明其作多單傳。而生前曾"爲一卷書"，似乎司馬相如當時有著書、編書之事。然武帝、相如妻之言，似非事實。

　　《史記》本傳又稱："相如他所著，若《遺平陵侯書》《與五公子相難》《草木書》篇不采，采其尤著公卿者云。"此知司馬遷收録文人作品的原則之一，就是看其是否"尤著公卿"，也就是今天所説的是否"流行"。後文還有"采其語可論者著於篇"，此又一編選標準。前者從社會外部"流行"角度，後者從作品內部評價角度。這反映兩個事實：第一，當時人已有一定的書籍編選觀念、標準與原則；第二，司馬遷能夠看到同代文人"可選"與"不可選"的所有文章，包括辭賦、書劄等不同文體，如果當時并未將文人所有著作匯總爲"集"，司馬遷是很難得出此類"比較性"結論的。由此看來，至少在西漢中期，雖無"集"之名，而應有"集"之事。

《漢書·藝文志》亦稱："《凡將》一篇。司馬相如作。……《荆軻論》五篇。軻爲燕刺秦王，不成而死，司馬相如等論之。……《司馬相如賦》二十九篇。"此處《凡將》《荆軻論》、賦作等單列其名，説明此類作品并未被整理成一"集"。然將這數類作品擺在一起説，已經有從整體上視此類作品爲"某人著作"的意識，只是未將其編輯成專書而已，當然亦無後世別集類書名。

又《史記·司馬相如列傳》："賦奏，天子以爲郎。無是公言天子上林廣大，山谷水泉萬物，及子虛言楚雲夢所有甚衆，侈靡過其實，且非義理所尚，故删取其要，歸正道而論之。"據"删取其要"知，司馬遷收録司馬相如此賦，對賦的內容有所删削。後人或疑此事非，然并無實據。司馬相如賦，後世不同文本改易文字頗多，故顏師古云："近代之讀相如賦者多矣，皆改易文字，競爲音説，致失本真，徐廣、鄒誕生、諸詮之、陳武之屬是也。"陳直《漢書新證》云："班固《幽通賦》、揚雄各賦、蕭該之《漢書音義》，亦皆引有諸詮、陳武二家之説，自來注家，未言諸、陳爲何時人。又按：《史記·司馬相如列傳》，《索隱》'名曰雲夢'句，引有褚詮注，則諸詮似爲褚詮之誤字。顏師古本文又誤作諸詮之也。褚詮似爲宋齊時人，以姓氏考之，或爲褚淵之一族。又按：《御覽》卷三百九十二引《陳武别傳》云：'陳武字國，本休屠人，嘗騎驢牧羊，諸家牧豎十餘人或有知歌謡者，武遂學《太山梁父》、《幽州馬客吟》及《行路難》之屬。'（《御覽》卷三百六十三又引有《陳武别傳》）。此條次於韓壽之後，阮籍之前，陳武當爲西晉時人無疑。"（第324頁）《史記》本傳稱其"好讀書，學擊劍"，説明司馬相如一方面具有文人習氣，另一方面又具有尚武愛好。後來揚雄等人總結辭賦寫作,常與學習擊劍聯繫,不知是否與司馬相如此愛好有關。此處之所謂《子虛之賦》作于司馬相如游梁時。司馬相如游梁,是他學賦、寫賦的關鍵階段,也是地方辭賦醞釀、發展,最終被發展爲宫廷辭賦的關鍵環節。應該説,在梁地所作賦,還具有典型的藩國甚至楚賦風格,而在此基礎上,司馬相如後來撰寫的《上林賦》,則已經具有宫廷特點。所以,《子虛上林賦》被南朝蕭統《文選》分爲兩篇,是有其道理的。

魏文帝《典論》:或問:"屈原、相如之賦孰愈?"曰:"優游按衍,屈原之尚也;浮沈漂淫,窮侈極妙,相如之長也。然原據托譬喻,其意周旋,綽有餘度矣。長卿、子雲意未能及也。"(《北堂書鈔》卷一百《藝文部六·論文二十》)

按:此曹丕比較相如、揚雄與屈原賦之優劣。漢魏文人常將屈原、司馬相如、揚雄等賦家互相比較,如揚雄《劇秦美新》張瞻注:"相如《封禪》,靡而不典。揚雄《美新》,典而不實。"(《北堂書鈔》卷一百《藝文部六·論文二十》)張瞻未詳何人,唐段成式《酉陽雜俎》有"賈人張瞻",恐非同人。然《北堂書鈔》有記,必知其爲唐前人無疑。此處稱其"注揚雄《劇秦美新》",其與《文選》注之關係,值得留意。

漢司馬相如字長卿,蜀郡北有升遷橋,相如往長安,乃題橋柱曰:"丈夫不乘駟馬,不復過此。"遷中郎,果如志。(《白氏六帖》卷七《志節十三》)

按:此事或如《西京雜記》《漢武故事》,乃六朝人所編纂漢人軼事。此類故事,傳聞不少,如《白氏六帖·檄十三》又稱:"司馬相如以木爲書,刺外國之尹。"

盛覽(生卒不詳)

司馬相如爲《上林》《子虛》賦,意思蕭散,不復與外事相關,控引天地,錯綜古今,忽然如睡,焕然而興,幾百日而後成。其友人盛覽,字長通,牂牁名士,嘗問以作賦。相如曰:"合纂組以成文,列錦綉而爲質,一經一緯,一宫一商,此賦之迹也。賦家之心,苞括宇宙,總覽人

物，斯乃得之於內，不可得而傳。"覽乃作《合組歌》《列錦賦》而退，終身不復敢言作賦之心矣。(《西京雜記》卷二)

按：此處所記，亦有"文學本事"性質。朱勝非《紺珠集》卷二："揚雄謂長卿賦不似人間來，嘆服不已。其友盛覽問則何如其佳？雄曰：'合篆組以成文，列錦綉以成質。'雄遂著《合組之歌》《列錦之賦》。"《紺珠集》將《西京雜記》所言司馬相如之言、盛覽之編書行爲，系於揚雄，或誤。然從文學發展的時代看，《西京雜記》司馬相如所言"合篆組以成文，列錦綉而爲質"，應爲揚雄時代之言；而司馬相如所言"作賦之迹""賦家之心"，亦非西漢人語。對漢賦作出評論、總結，應是漢成帝時代劉向、劉歆、揚雄等人的事情。

慶虬之(生卒不詳)

長安有慶虬之，亦善爲賦，嘗爲《清思賦》，時人不之貴也。乃托以相如所作，遂大見重於世。(《西京雜記》卷三)

按：依托名人以重文名，乃六朝人事。西漢重經，賦僅在個別時代受到重視，不太可能出現依托情况。西漢賦作殊夥，此《清思賦》亦是佚賦。魏阮籍亦有《清思賦》。

公孫弘(前200—前121)

公孫弘著《公孫子》，言刑名事，亦謂字直百金。(《西京雜記》卷三)

按：《漢書·藝文志·諸子略·儒家類》："《公孫弘》十篇。"此《公孫子》"言刑名事"，當在法家。《公孫子》，恐後世編纂之書，當時公孫弘不可能以"子"題名其書，亦不可能有編書之舉。又《史記》卷一百一十二《平津侯傳》："丞相公孫弘者，齊菑川國薛縣人也，字季。少時爲薛獄吏，有罪，免。家貧，牧豕海上。年四十餘，乃學《春秋》雜說。"《春秋》雜說，朱彝尊《經義考》卷一百七十："按《漢書·公孫弘傳》學《春秋》雜說，度即《公羊雜記》也。"《漢書·藝文志》有

"《公羊雜記》八十三篇"。何焯《義門讀書記》卷十八："雜説，雜家之説，兼儒墨，合名法者也。《藝文志》亦有《公羊雜記》八十三篇，以宏所對'智者術之原也'一條味之，其學蓋出於雜家。則此雜説，非《春秋》經師之雜説也。"何焯説是。

公孫弘起家徒步，爲丞相，故人高賀從之。弘食之脱粟飯，覆以布被。賀怨曰："何用故人富貴爲？脱粟布被，我自有之。"弘大慚。賀告人曰："公孫弘内服貂蟬，外衣麻枲，内厨五鼎，外膳一肴，豈可以示天下？"於是朝廷疑其矯焉。弘嘆曰："寧逢惡賓，不逢故人。"（《西京雜記》卷二）

按：《史記》"食一肉脱粟之飯"，在《西京雜記》中已經被敷演成一段故事。此"脱粟飯"，又見《漢書》本傳，而無此高賀對話事。此處高賀所言之辭，與《漢書》稱公孫弘"家無所餘"相悖，然與《漢書》記其性格"其性意忌，外寬内深"有相合之處。

或問："公孫弘、董仲舒孰邇？"曰："仲舒欲爲而不可得者也，弘容而已矣。"（《法言·淵騫》）

按：《漢書·公孫弘卜式兒寬傳》班固"贊曰"，詳列西漢武宣時代著名文人不同的歷史功績，可謂一個"名臣圖"："漢之得人，于茲爲盛，儒雅則公孫弘、董仲舒、兒寬，篤行則石建、石慶，質直則汲黯、卜式，推賢則韓安國、鄭當時，定令則趙禹、張湯，文章則司馬遷、相如，滑稽則東方朔、枚皋，應對則嚴助、朱買臣，曆數則唐都、洛下閎，協律則李延年，運籌則桑弘羊，奉使則張騫、蘇武，將率則衛青、霍去病，受遺則霍光、金日磾，其餘不可勝紀。是以興造功業，制度遺文，後世莫及。孝宣承統，纂修洪業，亦講論六藝，招選茂異，而蕭望之、梁丘賀、夏侯勝、韋玄成、嚴彭祖、尹更始以儒術進，劉向、王褒以文章顯，將相則張安世、趙充國、魏相、丙吉、于定國、杜延年，治民則黃霸、王成、龔遂、鄭弘、召信臣、韓延壽、尹翁歸、趙廣漢、嚴延年、張敞之屬，皆有功迹見述於世。參其名臣，亦其次也。"此又見於《史記·平津侯主父列傳》"班固稱曰"，乃後來竄入之文。班固此文，可謂對整個西漢武帝、宣帝時代文人的總評，故王應麟《玉海》收錄并題名《漢武宣名臣》。該段文字出現在《史記·平津侯主父列傳》中固不宜，在《漢書·公孫弘卜式兒寬傳》亦不盡合適，似應在《漢書·循吏傳》中。此處，班固贊以"儒雅""篤行""質直""推賢""定令""文章""滑稽""應對""曆數""協律""運籌""奉使""將率""受遺"等爲士人分類，與文學有關者如"儒雅""文章""滑稽""應對"，即如《論語》及後世《世說新語》之文學、言語；其他可入德行、政事二門。漢宣帝之後之"儒術""文章""將相""治民"，亦可歸入文學、言語、政事之科。班固在此，將史書（司馬遷）、賦（司馬相如）歸入"文章"，又將宣帝后之諸子（劉向）、賦（王褒）歸入"文章"，則東漢時的"文章"觀念，是以史、子、賦皆爲"文章"。

"班固贊"附於公孫弘本傳後，是證武、宣時代有名文臣，皆與"公孫弘、董仲舒出"有密切關係。然後世常以彼時複雜的人事關係而疾其風俗，如元于欽《齊乘》卷六："轅固，齊人。漢武始好儒，迂仲舒，疾轅固；公孫達于前，張禹、孔光顯於後。西漢風俗不美，良有以夫。"迂，遠也。公孫達即公孫弘。此說未必是。

《漢武故事》：公孫弘薨，上聞而悲之，乃改殯之，上自誄之。（《北堂書鈔》卷一百二《藝文部八·誄三十六》）

按：此說"上自誄之"，未必是。

鄒長倩（生卒不詳）

公孫弘以元光五年爲國士所推，上爲賢良。國人鄒長倩以其家貧，少自資致，乃解衣裳以衣之，釋所著冠履以與之，又贈以芻一束、素絲一襚、撲滿一枚。書題遺之曰："夫人無幽顯，道在則爲尊。雖生芻之賤也，不能脫落君子，故贈君生芻一束。詩人所謂'生芻一束，其人如玉'。五絲爲䌰，倍䌰爲升，倍升爲䋲，倍䋲爲紀，倍紀爲緵，倍緵爲襚，此自少至多，自微至著也，類士之立功勳，故贈君素絲一襚。撲滿者，以土爲器，以蓄錢具，其有入竅而無出竅，滿則撲之。土，粗物也；錢，重貨也。入而不出，積而不散，故撲之。士有聚斂而不能散者，將有撲滿之敗，而不可誡歟？故贈君撲滿一枚。猗嗟盛歟！山川阻修，加以風露。次卿足下，勉作功名，竊在下風，以俟嘉譽。"（弘答爛敗不存。）（《西京雜記》卷五）

按：《西漢文紀》收錄此文，題名《遺公孫弘書》。其中"五絲爲䌰，倍䌰爲升，倍升爲䌰，倍䌰爲紀，倍紀爲緵，倍緵爲襚"，此類《爾雅》小學文字，知此説并非無據。另據文末"弘答爛敗不存"之語，似亦非故意僞造之辭。

董仲舒（前179—前104）

董仲舒專精于述古，年至六十餘，不窺園中菜。（《新輯本桓譚新論·本造》）

按：桓譚"述古"之説，以其承聖人"述而不作"思想。《漢書》本傳有"三年不窺園，其精如此"之説。

若夫陸賈、董仲舒，論説世事，由意而出，不假取於外，然而淺露易見，觀讀之者，猶曰傳記。（《論衡·超奇》）

董仲舒著書，不稱子者，意殆自謂過諸子也。漢作書者多，司馬子長、楊子雲，河、漢也，其餘，涇、渭也。然而子長少臆中之説，子雲無世俗之論。仲舒説道術奇矣，北方三家尚矣。讖書云："董仲舒，亂我書"，蓋孔子言也。（《論衡·案書》）

按：董仲舒著述，多見《漢書》本傳與《藝文志》。《漢書·董仲舒傳》："仲舒所著，皆明經術之意，及上疏條教，凡百二十三篇。而説《春秋》事得失，《聞舉》《玉杯》《蕃露》《清明》《竹林》之屬，復數十篇，十餘萬言，皆傳於後世。掇其切當世施朝廷者著於篇。"董仲舒爲文有篇名、無書名，《春秋繁露》稱篇名，或是書先以單篇流傳。《漢書·藝文志》："《公羊董仲舒治獄》十六篇。"在《六藝略》"春秋"。王應麟《漢藝文志考證》："《隋志》：'董仲舒《春秋決事》十卷。'《唐志》：'《春秋決獄》十卷。'（《七録》云：'《春秋斷獄》五卷。'應劭曰：'仲舒居家，朝廷每有政議，遣廷尉張湯問其得失，於是作《春秋決獄》二百三十二事，動以經對。'《論衡》曰：'仲舒表《春秋》之義，稽合於律，無乖異者。'《太平御覽》載仲舒《決獄》二事，引《春秋》'許止進藥''夫人歸於齊'。《通典》載仲舒斷疑獄，引《春秋》之義'父爲子隱'。）"

又《漢書·藝文志》："《董仲舒》百二十三篇。"今本《漢書》以董仲舒爲書名，恐非。王應麟《漢藝文志考證》："本傳：'仲舒所著，皆明經術之意，及上疏條教，凡百二十三篇。而説《春秋》事得失，間舉《玉杯》《蕃露》《清明》《竹林》之屬，復數十篇，十餘萬言。'後漢明德馬后尤善董仲舒書，注云：'《玉杯》《蕃露》《清明》《林竹》之屬。'《七録》、隋唐《志》：《春秋繁露》十七卷。今八十二篇，始《楚莊王》，終《天道施》，三篇闕。又即用'玉杯''竹林'題篇，疑後人附著。《館閣書目》：'案《逸周書·王會》"天子南面立，絻無繁露"，注云"繁露，冕之所垂，有聯貫之象"，《春秋》屬辭比事，仲舒立名或取諸此。'（集一卷，《士不遇賦》《答制策》《詣公孫弘記室》。其見於傳注者，有《救日食祝》《止雨書》《雨雹對》。）"據《藝文志》所録"百二十三篇"與《後漢書》單舉篇名看，《春秋繁露》乃後世所輯。

董仲舒夢蛟龍入懷。乃作《春秋繁露》詞。（《西京雜記》卷二）

按：此乃後世傳説，以董仲舒作《春秋繁露》爲"天授"。其他如揚雄夢五臟出而作《甘泉賦》同理。漢及以後人，皆將"天命"與"人文"聯繫起來。此類故事亦皆有"文學本事"性質。

董仲舒嘗下帷獨詠，忽有客來詣，語遂移日。風姿音氣，殊爲不凡。與論《五經》，究其微奥。仲舒素不聞有此人，而疑其非常。客又云："欲雨。"仲舒因此戲之曰："巢居知風，穴居知雨。卿非狐狸，則是鼷鼠。"客聞此言，色動形壞，化成老狸，蹶然而走。（《新輯搜神記》卷一八《變化篇之三》）

按：此以後世神怪故事依托董仲舒。董仲舒有《止雨書》，故後世多有與其有關傳説，如《藝文類聚》卷一百有"祈雨"事："江都相仲舒，下內史承書從事。其都間吏家在百里內，皆令人故行書告縣，遣妻視夫。賜巫一月租，使巫求雨。復使巫相推擇潔净易教者祭。跪祝曰：'天生五穀以養人，今五穀病旱，恐不成，敬進清酒甘羞，再拜請雨。'"

褚大（生卒不詳）

初梁相褚大通《五經》，爲博士，時寬爲弟子。及御史大夫缺，徵褚大，大自以爲得御史大夫。至洛陽，聞兒寬爲之，褚大笑。及至，與寬議封禪於上前，大不能及，退而服曰："上誠知人。"（《漢書》卷五十八《兒寬傳》）

按：褚大以"通《五經》"而輕視兒寬，文人自負如此。而《漢書》記其"退而服曰"云云，僅僅說明褚大服其論封禪事，其他未必，則《漢書》此處所記恐有誇大成分。褚大爲董仲舒弟子。《史記·儒林列傳》："仲舒弟子遂者：蘭陵褚大，廣川殷忠，溫呂步舒。褚大至梁相。"

吾丘壽王（生卒不詳）

趙人吾丘壽王，武帝時待詔，上使從董仲舒受《春秋》，高才，通明於事。後爲東郡都尉。上以壽王之賢，不置太守。時軍發，民騷動，歲惡，盜賊不息。上賜壽王書曰："子在朕前時，輻湊并至，以爲天下少雙，海內寡二，至連十餘城之勢，任四千石之重，而盜賊浮舡行攻取於庫兵，甚不稱在前時，何也？"壽王謝言難禁。復召爲光祿大夫，常居左右，論事說議，無不是者。才高智深，通明多見，然其爲東郡都尉，歲惡，盜賊不息，人民騷動，不能禁止。不知壽王不得治東郡之術邪？亡將東郡適當復亂，而壽王之治偶逢其時也？夫以壽王之賢，治東郡不能立功，必以功觀賢，則壽王棄而不選也。恐必世多如壽王之類，而論者以無功不察其賢。（《論衡·定賢》）

按：《漢書·吾丘壽王傳》："吾丘壽王字子贛，趙人也。年少，以善格五召待詔。詔使從中大夫董仲舒受《春秋》，高材通明。"吾丘壽王善於行棋和算術，故此處稱"以善格五召待詔"。又《漢書·東方朔傳》稱"使太中大夫吾丘壽王與待詔能用算者二人"，故亦精通算術（《漢書新證》，第355頁）。吾丘壽王著述，見《漢書·藝文志》："《吾丘壽王》六篇。吾丘壽王賦十五篇。"《吾丘壽王》六篇，在儒家。"吾丘壽王賦十五篇"，在屈原賦之屬，其在當時屬於賦作較多者。陳直《漢書新證》："吾丘或作虞邱。《漢印文字徵》第二、五頁，有'吾丘延年'印。又《外戚·趙皇后傳》，有'掖庭令吾丘遵'，據此作吾丘者是也。又《文字徵》第八、十七頁，有'王壽王'、'寒壽王'、'澤壽王'、'鍾壽王'、'徐壽王'、'顏壽王'、'強壽王'等七印。知西漢時以壽王爲名者，極爲普遍，特見於史者，僅吾丘壽王與《律曆志》之張壽王耳。"（第346頁）

嬴公（生卒不詳）

而董生爲江都相，自有傳。弟子遂之者，蘭陵褚大，東平嬴公，廣川段仲，温吕步舒。大至梁相，步舒丞相長史，唯嬴公守學不失師法，爲昭帝諫大夫，授東海孟卿、魯眭孟。孟爲符節令，坐説灾異誅，自有傳。（《漢書》卷八十八《儒林傳》）

按：《史記》未記嬴公爲董仲舒弟子。據《漢書》文意，嬴公應爲董仲舒弟子；東海孟卿、魯眭孟皆嬴公弟子。然《後漢書·儒林傳》云："《前書》齊胡母子都傳《公羊春秋》，授東平嬴公，嬴公授東海孟卿，孟卿授魯人眭孟，眭孟授東海嚴彭祖、魯人顏安樂。"則嬴公從胡母生學《春秋》，非董仲舒弟子；"嬴公授東海孟卿，孟卿授魯人眭孟"，則眭弘爲嬴公再傳弟子。王應麟《漢藝文志考證》引《六藝論》云："治《公羊》者，胡毋生、董仲舒、仲舒弟子嬴公、公弟子眭孟、孟弟子嚴彭祖及顏安樂。"知王應麟從《漢書》説，《後漢書》説誤。

夏侯始昌（生卒不詳）

夏侯始昌，魯人也。通《五經》，以《齊詩》《尚書》教授。自董仲舒、韓嬰死後，武帝得始昌，甚重之。始昌明於陰陽，先言柏梁臺灾日，至期日果灾。時昌邑王以少子愛，上爲選師，始昌爲太傅。年老，以壽終。（《漢書》卷七十五《夏侯始昌傳》）

按：《漢書·五行志中之上》："孝武時，夏侯始昌通《五經》，善推《五行傳》，以傳族子夏侯勝，下及許商，皆以教所賢弟子。"此與《漢書》本傳所記稍異。夏侯始昌以魯人明陰陽、言灾異，可見齊學對魯人之影響，亦可見戰國學術在漢初的融合。

東方朔（前161—?）

　　世稱東方生之盛也，言不純師，行不純表，其流風遺書，蔑如也。……或問："東方生名過實者，何也？"曰："應諧，不窮，正諫，穢德。應諧似優，不窮似哲，正諫似直，穢德似隱。"（《法言·淵騫》）
　　按：東方朔自詡多才。《漢書·東方朔傳》："東方朔字曼倩，平原厭次人也。……朔初來，上書曰：'臣朔少失父母，長養兄嫂。年十三學書，三冬文史足用。十五學擊劍。十六學《詩》《書》，誦二十二萬言。十九學孫吳兵法，戰陣之具，鉦鼓之教，亦誦二十二萬言。凡臣朔固已誦四十四萬言。又常服子路之言。臣朔年二十二，長九尺三寸，目若懸珠，齒若編貝，勇若孟賁，捷若慶忌，廉若鮑叔，信若尾生。'"平原厭次，陳直《漢書新證》："《金石萃編》卷九十、唐顔真卿《書東方畫贊碑》云，'平原猒次人也，魏建安中分猒次爲樂陵郡，故又爲郡人焉。'贊爲晋夏侯孝若撰文，距漢魏較近，以厭次爲猒次，由猒次變樂陵，故地理之沿革亦較詳。"（第352頁）東方朔能"誦四十四萬言"，在當時爲識字多者。"文史足用"，"史"即字書。明張志淳《南園漫錄》卷五："按《東方傳》云'學書三冬，文史足用'，乃今之字書，在漢則史書篆隸之類也，故曰'文史足用'。觀其下曰'十五學擊劍，十六學詩書'，則前三冬所學爲字書可知。"若武帝建元元年（前140）二十二歲，則其生年應在文帝後元三年（前161），卒年不詳。
　　又《史記·滑稽列傳》："武帝時，齊人有東方生名朔，以好古傳書，愛經術，多所博觀外家之語。朔初入長安，至公車上書，凡用三千奏牘。公車令兩人共持舉其書，僅然能勝之。人主從上方讀之，止，輒乙其處，讀之二月乃盡。""外家之語"，陳直《史記新證》："漢人以諸子百家之語爲外家。"（第191頁）東方朔上書"三千奏牘"，不知其簡牘何所而來。陳直《史記新證》曰："以木簡例之，每簡平均三十字，全奏約十萬字左右。"（第191頁）漢武帝閱讀方式值得注意，其"止輒乙其處"，不知所"乙"之位置如何選擇。
　　此言東方朔"不窮"，《漢書·東方朔傳》亦稱"郭舍人滑稽不窮"，陳直《漢書新證》："《經典釋文·叙錄》云：'犍爲文學《爾雅注》三卷，一云犍爲郡文學卒史臣舍人，武帝時待詔（馬氏玉函山房有輯本）。'後人考者，多以爲郭舍人作品。又《柏梁臺詩》，'齧妃女唇甘如飴'，亦爲郭舍人所聯句，所謂滑稽不窮者是也。"（第352頁）

另《西京雜記》卷四稱："東方生善嘯，每曼聲長嘯，輒塵落帽。"《漢書》未言東方朔曉音，故此記載未必屬實。

太史公造書，書成示東方朔。朔爲平定，因署其下。"太史公"者，皆東方朔所加之也。（《新輯本桓譚新論·本造》）

按：此以東方朔爲《史記》增"太史公曰"，未必是事實。

東方朔短辭薄語，以爲信驗。人皆謂朔大智，後賢莫之及。譚曰："鄙人有以狐爲貍，以瑟爲箜篌，此非徒不知狐與瑟，又不知貍與箜篌，乃非但言朔，亦不知後賢也。"（《新輯本桓譚新論·見徵》）

按：桓譚評論東方朔"短辭薄語"，與揚雄所論類似。

俗言：東方朔太白星精，黃帝時爲風后，堯時爲務成子，周時爲老聃，在越爲范蠡，在齊爲鴟夷子皮。言其神聖能興王霸之業，變化無常。（《風俗通義·正失》）

按：應劭"謹按"曰："朔之逢占射覆，其事浮淺，行於衆，僮兒牧豎，莫不眩耀，而後之好事者，因取奇言怪語附著之耳，安在能神聖歷世爲輔佐哉？"

《東方朔別傳》：凡占，長吏東騎，初出，下車，當視天有黃雲來覆車，五穀大熟。（《北堂書鈔》卷一百五十六《歲時部四·豐稔篇二十七》）

《東方朔（別傳）》：孝武皇帝時，幸甘泉，至長平阪上，馳道中央有蟲覆而赤，如生肝狀，頭目口齒鼻耳盡具。先驅旄頭馳還以聞曰："道不可御。"於是上止車，遣侍中馳往視之，還，盡莫知也。時東方朔從在後屬車，上召朔使馳往視之，還，對曰："怪哉。"上曰："何謂也？"朔對曰："秦始皇時拘系無罪，幽殺無辜，衆庶怨恨，無所告訴，仰天而嘆曰，怪哉！感動皇天，此憤氣之所存也，故名之曰怪哉。是地必秦之獄處也。"上有詔使丞相公孫弘案地圖，果秦之獄處也。上曰："善！當何以去之？"朔曰："夫積憂者，得酒而去之。以酒置中，立消靡。"上大笑曰："東方生真所謂先生也，何以報先知之聖人哉！"乃賜帛百疋。（《太平御覽》卷六百四十三《刑法部九·獄》）

按：又見《藝文類聚》卷七十二《食物部·酒》，有"別傳"二字，但記事簡略。《漢武內傳》亦記"有蟲赤如肝"事："帝幸甘泉道間，有蟲，赤如肝，頭身口齒悉具。東方朔曰：'必秦獄處也。'"（《北堂書鈔》卷一百四十八《酒食部七》）是東方朔《內傳》《外傳》《別傳》《故事》等，皆有相同故事。

《東方朔別傳》：朔與三門生俱行，見一鳩，占皆不同。一生曰："今日當得酒。"一生曰："其酒必酸。"一生曰："雖得酒，不得飲也。"三生皆到主人，須臾，主人出酒樽中，即安於地，贏而復之，訖不得酒。出門，問其故，曰："見鳩飲水，故知得酒。鳩飛集梅樹上，故知酒酸。鳩飛去，所集枝折墮地，折者，傷復之像，故知不得飲也。"（《太平御覽》卷九百七十《果部七·梅》）

《東方朔傳》：武帝時，上林獻棗，上以枝擊未央前殿檻。呼朔曰："叱來叱來，先生知此篋中何物？"朔曰："上林獻棗四十九枚。"上曰："何以知之？"朔曰："呼朔者，上也；以枝擊檻，兩木林也；曰朔來朔來者，棗也；叱叱者四十九。"上大笑，賜帛十疋。（《藝文類聚》卷八十七《果部下·棗》）

按：此所謂《東方朔傳》，其實即《別傳》也。下同。

《東方朔傳》：漢武帝時，未央宮殿前鐘無故自鳴，三夜三日不止。大怪之，召待詔王朔問之，朔對有兵氣。上更問東方朔，朔對曰："王朔知其一不知其二。臣聞銅者土之子，以陰陽氣類言之，子母相感。山恐有崩弛者，故鐘先鳴。《易》曰：鳴鶴在陰，其子和之。"上曰："應在幾日？"朔曰："在五日內。"居三日，南郡太守上言山崩，延袤二十餘里。上大笑，賜帛三十匹。（《初學記》卷十六《樂部下·鐘第五》）

《東方朔傳》：孝武皇帝時，閑居無事，燕坐未央前殿，天新雨止。當此時，東方朔執戟在殿階傍，屈指獨語。上從殿上見朔，呼問之："生獨所語者何也？"朔對曰："殿後柏樹上有鵲，立枯枝上，東向而鳴也。"（《初學記》卷三十《鳥部·鵲第六》）

按：《白孔六帖》卷九十五《鵲一》引《東方朔傳》與《初學記》引文字稍異："新雨止，聞鵲聲。問朔。朔曰：必殿後枯樹上東向也。果如言。問何以知之。朔曰：以人事言，風從東來，鵲尾長，旁風則順，立枯不滑。"《初學記》卷三十引《東方朔傳》："朔曰：'以人事言之，從東方來。鵲尾長，傍風則傾，背風則蹶，必當順風而立，是以東向鳴也。'"《初學記》引兩則、《白孔六帖》引一則《東方朔傳》故事，其實皆《別傳》故事，此三則故事具有先後連續性。

東方朔《神異經》：西北海外有人，長二千里，兩腳中間相去千里，腹圍一千餘里，但日飲天酒五斗。（《初學記》卷二《天部下·露第五》）

東方朔者，平原厭次人也。久在吳中，爲書師數十年。武帝時，上書說便宜，拜爲郎。至昭帝時，時人或謂聖人，或謂凡人，作深淺顯默之行。或忠言，或戲語，莫知其旨。至宣帝初，棄郎以避亂世，置幘官舍，風飄之而去。後見於會稽，賣藥五湖。智者疑其歲星精也。（《列仙傳》卷下）

按：東方朔得列後世神仙家，或與其自稱"隱於朝"有關。後世仙家不知東方朔此乃戲謔語。本傳記東方朔與郭舍人"隱語"事，中有"窶藪"一詞，陳直《漢書新證》："《續漢書·五行志》，桓帝時童謠云：'河間姹女工數錢。'可證數錢爲漢魏人之習俗語。"（第352頁）"柏者鬼之廷"一詞，陳直《漢書新證》："東漢末期兩陶器一朱書地券，皆稱墓柏地下二千石，等於秦始皇封松爲五大夫。可證兩漢人對墓柏之重視，與本文柏者鬼之廷，事實正合。"（第353頁）以上陳直所言，多當時生活習俗。另此處之"隱語""諧語"，多爲文字游戲，東方朔解諧語方式，亦爲解字。這在當時是一種文字游戲，而在後世大規模進入文章後，則成爲一種文體形式。

武帝欲殺乳母，乳母告急於東方朔，朔曰："帝忍而愎，旁人言之，益死之速耳。汝臨去，但屢顧我，我當設奇以激之。"乳母如言，朔在帝側曰："汝宜速去，帝今已大，豈念汝乳哺時恩邪？"帝愴然，遂舍之。（《西京雜記》卷二）

東方朔生三日，而父母俱亡，或得之而不知其始，以見時東方始明，因以爲姓。既長，常望空中獨語，後游鴻濛之澤，有老母采桑，自言朔母。一黃眉翁至，指朔曰："此吾兒。吾却食服氣，三千年一洗髓，三千年一伐毛，吾生已三洗髓三伐毛矣。"

朔告帝曰："東極有五雲之澤，其國有吉慶之事，則雲五色，著草木屋、色皆如其色。"

帝齋七日，遣欒賓將男女數十人至君山，得酒，欲飲之。東方朔曰："臣識此酒，請視之。"因即便飲。帝欲殺之，朔曰："殺朔若死，此爲不

驗；如其有驗，殺亦不死。"帝赦之。（《漢武故事》）

按：郭子橫《漢武洞冥記》："東方朔生三日而母死，鄰母得而養之。經歲，母忽失朔，累月暫歸。後復去家萬里，見一枯樹，脱白布裳掛樹，裳化爲龍。"（《太平御覽》卷六百九十六《服章部十三·裳》）

《漢武帝内傳》：西王母使者至，東方朔死。上以問使者，對曰："朔是木帝精，爲歲星，下游人中，以觀天下，非陛下之臣。"（《初學記》卷一《天部上·星第四》）

按：《漢武故事》亦記東方朔與西王母事："西王母指東方朔曰：'仙桃三熟，此兒已三偷也。'"（《白孔六帖》卷九十九《桃六》）

《搜神記》：漢武帝東游，至函谷關，有物當道，其身長數丈，其狀象牛。青眼而曜精，四足入土，動而不徙。百官驚懼，東方朔乃請酒灌之，灌之數十斛而消。帝問其故，答曰："此名憂，患之所生也。此必是秦之獄地。不然，罪人徒作地聚。夫酒忘憂，故能消之也。"帝曰："博物之士，全於此乎？"（《太平廣記》卷三百五十九《妖怪一》）

漢武帝見畫伯夷、叔齊形像，問東方朔，是何人？朔曰："古之愚夫。"帝曰："夫伯夷、叔齊，天下廉士，何謂愚邪？"朔對曰："臣聞賢者居世，與之推移，不凝滯於物。彼何不升其堂、飲其漿，泛泛如水中之鳧，與彼徂游。天子轂下，可以隱居，何自苦於首陽？"上喟然而嘆。

又漢武游上林，見一好樹，問東方朔，朔曰："名善哉。"帝陰使人落其樹。後數歲，復問朔，朔曰："名爲瞿所。"帝曰："朔欺久矣，名與前不同何也？"朔曰："夫大爲馬，小爲駒；長爲鷄，小爲雛；大爲牛，小爲犢；人生爲兒，長爲老；且昔爲善或，今爲瞿所；長少死生，萬物敗成，豈有定哉！"帝乃大笑。出《小説》。（《太平廣記》卷一百七十三《俊辯一》）

按：此條後被輯入《殷芸小説》。西漢時期，已有圖畫聖賢事情，漢武帝見畫伯夷、叔齊形象，未必虛造。

《幽明録》：漢武見物如牛肝，入地不動。問東方朔。朔曰："此積愁之氣，惟酒可以忘愁。"今即以酒灌之，即消。（《北堂書鈔》卷一百四十八《酒食部七》）

東方朔，字曼倩。父張夷，字少平，妻田氏女。夷年二百歲，顏如童子。朔生三日，而田氏死，時景帝三年也。鄰母拾而養之。年三歲，天下秘讖，一覽暗誦于口，常指撝天下，空中獨語。鄰母忽失朔，累月方歸，母笞之。後復去，經年乃歸。母忽見，大驚曰："汝行經年一歸，何以慰我耶？"朔曰："兒至紫泥海，有紫水污衣，仍過虞淵湔浣，朝發中返，何云經年乎？"母問之："汝悉是何處行？"朔曰："兒湔衣竟，暫息都崇堂。王公飴之以丹霞漿，兒食之太飽，悶幾死，乃飲玄天黃露半合，即醒。既而還。路遇一蒼虎，息于路傍。兒騎虎還，打捶過痛，虎啮兒腳傷。"母悲嗟，乃裂青布裳裹之。朔復去家萬里，見一枯樹，脫布掛於樹。布化爲龍，因名其地爲布龍澤。朔以元封中游濛鴻之澤，忽見王母采桑于白海之濱。俄有黃眉翁指阿母以告朔曰："昔爲吾妻，托形爲太白之精，今汝此星精也。吾却食吞氣，已九千餘歲，目中瞳子，色皆青光，能見幽隱之物，三千歲一反骨洗髓，二千歲一刻肉伐毛。自吾生，已三洗髓五伐毛矣。"(《漢武洞冥記》卷一)

按：此處言東方朔父名，恐非其實。

元鼎五年，郅支國貢馬肝石百斤。常以水銀養之，内玉櫃中，金泥封其上。國人長四尺，惟餌此石而已。半青半白，如今之馬肝。舂碎以和九轉之丹，服之，彌年不飢渴也。以之拂髮，白者皆黑。帝坐群臣於甘泉殿，有髮白者，以石拂之，應手皆黑。是時公卿語曰："不用作方伯，惟須馬肝石。"此石酷烈，不和丹砂，不可近髮。帝寢靈莊殿，召東方朔於青綺，窗不隔綈紈，重幕，問朔曰："漢承庚運，火德，以何精瑞爲祥應？"朔跪而對曰："臣常至吳明之墟，是長安東過扶桑七萬里，有及雲山。山頂有井，雲起井中，若土德王黃雲出，火德王赤雲出，水德王黑雲出，金德王白雲出，木德王青雲出。此皆應瑞德也。"帝曰："善"。

元封中，起方山像，招諸靈異，召東方朔言其秘奧。乃燒天下異香，有沉光香、精祇香、明庭香、金磾香、塗魂香，外國所貢青楂之燈。青楂木有膏，如淳漆，削置器中，以蠟和之塗布，燃照數里。(以上見《漢武洞冥記》卷二)

按：俗傳漢武帝時，爲求神仙，已有燒香事。

太初二年，東方朔從西那汗國歸，得聲風木十枝獻帝。長九尺，大如指。此木臨因桓之水，則《禹貢》所謂因桓是也。其源出甜波。樹上有紫燕黃鵠集其間，實如油麻風，吹枝如玉聲，因以爲名。帝以枝遍賜尊臣，臣有凶者，枝則汗，臣有死者，枝則折。昔老聃在於周世，年七百歲，枝竟未汗。偓佺生於堯時，年三千歲，枝竟未一折。帝乃以枝問朔，朔曰："臣已見此枝三過枯死而復生，豈汗折而已哉！里語曰：年未半，枝不汗。此木五千年一濕，萬歲不枯。"（《漢武洞冥記》卷二）

按：《酉陽雜俎》："東方朔西那汗國迴，得聲木十枚。帝以賜大臣。人有疾則杖汗，將死則折。里語：'生年未半杖不汗。'"（《太平廣記》卷四百七《草木二》）

太初四年，東方朔從支提國來。國人長三丈二尺，三手三足，各三指，多力，善走，國内小山能移之，有澗泉，飲能盡。結海苔爲衣，其戲笑，取犀象相投擲爲樂。（《漢武洞冥記》卷二）

按：《漢武洞冥記》多記東方朔出使異域，此未見於史書記載。

東方朔游吉雲之地，得神馬一匹，高九尺。帝問朔："是何獸也？"朔曰："昔西王母乘靈光輦以適東王公之舍，稅此馬游于芝田，乃食芝田之草。東王公怒，棄馬於清津天岸。臣至王公之壇，因騎馬返，繞日三匝，然入漢關，關猶未掩。臣於馬上睡，不覺而至。"帝曰："其名云何？"對曰："因疾，爲名步景。"朔當乘之時，如駑蹇之驢耳。東方朔曰："臣有吉雲草十頃，種於九景山東。二千歲一花，明年應生，臣走請刈之。得以秣馬，馬終不飢也。"朔曰："臣至東極，過吉雲之澤，多生此草，移于九景之山，全不如吉雲之地。"帝曰："何謂吉雲？"朔曰："其國俗以雲氣占吉凶，若樂事，則滿室雲起，五色照人，著於草樹，皆成五色露珠，甚甘。"帝曰："吉雲露可得乎？"朔乃東走，至夕而返，得玄露、青露，盛青琉璃，各受五合，跪以獻帝。遍賜群臣，群臣得嘗者，老者皆少，疾者皆愈。凡五官嘗露：董謁、李充、孟岐、郭瓊、黃安也。（《漢武洞冥記》卷二）

按：此資料又見於《初學記》卷二《天部下·露第五》。

漢武帝時，嘗有獨足鶴。人皆不知，以爲怪異。東方朔奏曰："此《山海經》所謂畢方鳥也。"驗之果是。因敕廷臣皆習《山海經》。《山海經》伯翳所著，劉向編次作序。伯翳亦曰伯益。《書》曰："益典朕虞。"蓋隨禹治水，取山海之異，遂成書。出《尚書故實》。（《太平廣記》卷一百九十七《博物》）

漢戾太子，武帝長子。帝春秋二十九，乃得皇子。群臣喜，枚皋與東方朔作《皇太子生賦》及《立皇子禖祝》。（《册府元龜》卷二百五十八

《儲宫部・誕慶》）

　　按：《史記》《漢書》記東方朔賦作不多，然後世皆將其與枚皋一起納入有名賦家行列。東方朔作此賦，見於《漢書・枚皋傳》："武帝春秋二十九乃得皇子，群臣喜，故皋與東方朔作《皇太子生賦》及《立皇子禖祝》，受詔所爲，皆不從故事，重皇子也。"此賦不見於《漢書・藝文志》，可知《藝文志》收錄文人作品，并非全錄，而是有所選擇性，不可以《藝文志》是否收錄作爲判斷作品真僞之證據。又《册府元龜》卷五百五十五："東方朔，爲侍郎，撰《十洲記》一卷，《神異經》一卷。"此二書，乃後世依托之作。

枚皋（前156—？）

　　枚皋文章敏疾，長卿制作淹遲，皆盡一時之譽，而長卿首尾温麗，枚皋時有累句，故知疾行無善迹矣。揚子雲曰："軍旅之際，戎馬之間，飛書馳檄，用枚皋。廊廟之下，朝廷之中，高文典册，用相如。"（《西京雜記》卷三）

　　按：此評論枚皋、揚雄爲賦之敏捷與速度。《漢書・藝文志》："枚皋賦百二十篇。"《漢書・藝文志》所稱枚皋賦百二十篇，與本傳所稱"爲文疾，受詔輒成，故所賦者多"相合。王應麟《漢藝文志考證》："本傳：'凡可讀者百二十篇，其尤嫚戲不可讀者尚數十篇。'"《西京雜記》記"枚皋文章敏疾，長卿制作淹遲"，即來源於此。後來《文心雕龍・神思》稱"相如含筆而腐毫"，亦是此理。而最爲值得關注的是，《西京雜記》又引揚雄評論枚皋、司馬相如文字，此現象多見於《史記》《漢書》《法言》《新論》《文心雕龍》等。《文心雕龍》中，引揚雄語頗多，如《知音》"揚雄自稱：'好沉博絶麗之文'"，《才略》篇"故揚子以爲'文麗用寡者長卿'"，等等。這充分證明，西漢末年的揚雄，對此前文人成就多有總結性評論，此絶非《法言》一書所能涵蓋，故疑揚雄有詩文評類書籍未能流傳後世。又任昉《文章緣起》："歌詩，漢枚皋作《麗人歌詩》。"枚皋有賦、文、歌詩，不僅寫作速度較快，而且所涉文體亦廣。

洛下閎(生卒不詳)

《益部耆舊傳》：閎字長公，明曉天文，隱於落下，武帝徵待詔太史，於地中轉渾天，改顓頊曆作太初曆，拜侍中，不受。(《史記》卷二十六《曆書》司馬貞索隱)

按：《史記·曆書》："至今上即位，招致方士，唐都分其天部；而巴落下閎運算轉曆，然後日辰之度與夏正同。乃改元，更官號，封泰山。"《史記集解》引徐廣曰："陳術云徵士巴郡落下閎也。"

文學聘士洛下宏，字長公，閬中人也。(《華陽國志》附《益梁寧三州先漢以來士女目錄》，以下簡作"士女目錄")

按：任乃強以爲，"文學聘士"中的"文學"二字衍；"宏"當作"閎"。《漢書·公孫弘卜式兒寬傳》："文章則司馬遷、相如，滑稽則東方朔、枚皋，應對則嚴助、朱買臣，曆數則唐都、洛下閎。"此將洛下閎與司馬相如等人并列。

孔臧(生卒不詳)

司馬貞曰：按《孔叢》云："臧歷位九卿，爲御史大夫，辭曰：'臣經學，乞爲太常典禮。臣家業與安國，綱紀古訓。'武帝難違其意，遂拜太常典禮，賜如三公。"臧子琳位至諸侯，琳子璜失侯爵。此云臧國除，當是後更封其子也。(《錢大昭《漢書辨疑》卷六)

按：《漢書·藝文志》："《太常蓼侯孔臧》十篇。太常蓼侯孔臧賦二十篇。"前者在《藝文志》儒家，後者在賈誼賦之屬。此當爲"太常蓼侯孔臧十篇"，其著錄的意義，就在於說明漢人有哪些人有著書，以及篇數多少。孔臧，班固自注："父聚，高祖時以功臣封，臧嗣爵。"孔臧賦，今存四篇小賦，在《孔叢子·連叢子》。王應麟《漢藝文志考證》："孔臧賦二十篇。《孔叢子》云：'臧嘗爲賦二十四篇，四篇別不在集，似其幼時之作也。'"《史記》卷十八《高祖功臣侯者年表》："元朔三年，侯臧坐爲太常，南陵橋壞，衣冠車不得度，國除。"

《叙書》：家之族胤，一世相承，以至九世相魏，居大梁，始有三子焉。長子之後，承殷統爲宋公；中子之後，奉夫子祀爲襃成侯；小子之後彦，以將事高祖有功，封蓼侯，其子臧嗣焉。歷位九卿，遷御史大夫，辭曰："臣世以經學爲家，轉相承，作訓法。然今俗儒，繁說遠本，雜以妖妄，難可以教。侍中安國，受詔綴集古義，臣乞爲太常，典臣家業，與安國紀綱古訓，使永垂來嗣。"孝武皇帝重違其意，遂拜太常，其禮賜如三公。在官數年，著書十篇而卒。先時嘗爲賦二十四篇，四篇別不在集，似其幼時之作也。又爲書與從弟及戒子，皆有義，故列之于左。（《孔叢子·連叢子上》）

按：孔臧有《諫格虎賦》等四賦，見於《孔叢子·連叢子》，一向被視作僞作，然當留意其賦學意義。

衛子夫（？—前91）

《漢武故事》：衛子夫入宮歲餘，不得見。因涕泣請出，上曰："吾昨夜夢子夫中庭生梓樹數株，豈非天意乎？"是日幸之，有娠。（陳耀文《天中記》卷五十一）

按：《史記·外戚世家》："衛子夫立爲皇后，后弟衛青字仲卿，以大將軍封爲長平侯。四子，長子伉爲侯世子，侯世子常侍中，貴幸。其三弟皆封爲侯，各千三百戶，一曰陰安侯，二曰發干侯，三曰宜春侯，貴震天下。天下歌之曰：'生男無喜，生女無怒，獨不見衛子夫霸天下！'"此歌被明梅鼎祚《古樂苑》卷四十四收錄，題名《衛皇后歌》。

麗娟（生卒不詳）

帝所幸宮人，名麗娟，年十四。玉膚柔軟，吹氣勝蘭，不欲衣纓拂之，恐體痕也。每歌，李延年和之。於芝生殿唱回風之曲，庭中花皆翻落。置麗娟於明離之帳，恐塵垢污其體也。帝常以衣帶繫麗娟之袂，閉於

重幕之中，恐隨風而去也。麗娟以琥珀爲佩，置衣裾裏，不使人知，乃言骨節自鳴，相與爲神怪也。（《漢武洞冥記》卷四）

按：吳兆宜《玉臺新詠箋注》卷九引《拾遺錄》："漢武帝所幸宮人名曰麗娟，身輕弱，常以衣帶系娟，閉於重幕中，恐隨風起。"漢武帝後、妃衆多，後世故以風流事附會之。又見《太平廣記》卷二百七十二。

《采蘭雜誌》：越嶲國有吸華絲，凡華著之，不即墮落，用以織錦。漢時國人奉貢，武帝賜麗娟二兩，命作舞衣。春暮宴於花下，舞時，故以袖拂落花，滿身都著，舞態愈媚，謂之百花之舞。（吳兆宜《玉臺新詠箋注》卷四）

《賈氏說林》：武帝與麗娟看花，而薔薇始開，態若含笑。帝曰："此花絶勝佳人笑也。"麗娟戲曰："笑可買乎？"帝曰："可。"麗娟遂命侍者取黃金百斤，作買笑錢，奉帝爲一日之歡。（吳兆宜《玉臺新詠箋注》卷六）

戾太子劉據（前128—前91）

徐水東北屈逕郎山，又屈逕其山南，衆岑競舉，若竪鳥翅，立石嶄巖，亦如劍杪，極地險之崇崢。漢武之世，戾太子以巫蠱出奔，其子遠遁斯山，故世有郎山之名。山南有《郎山君碑》，事具其文。（《水經注》卷十一）

按：是南北朝時期戾太子故事仍在民間流傳。

陳皇后廢，立衛子夫爲皇后。初，上行幸平陽主家，子夫爲謳者，善歌，能造曲，每歌挑上，上意動，起更衣，子夫因侍衣得幸。頭解，上見其美髮，悦之，歡樂。主遂內子夫于宮。上好容成道，信陰陽書。時宮女數千人，皆以次幸。子夫新入，獨在籍末，歲餘不得見。上釋宮人不中用者出之，子夫因涕泣請出。上曰："吾昨夢子夫庭中生梓樹數株，豈非天意乎？"是日幸之，有娠，生女。凡三幸，生三女。後生男，即戾太子也。（《漢武故事》）

按：劉據少習《公羊》《穀梁》。《漢書·武五子傳》："戾太子據，元狩元年立爲皇太子，年七歲矣。初，上年二十九乃得太子，甚喜，爲立禖，使東方朔、枚皋作《禖祝》。少壯，詔受《公羊春秋》，又從瑕丘江公受《穀梁》。"《漢書·枚皋傳》稱東方朔、枚皋作《皇太子生賦》及

《立皇子禖祝》。武帝時《公羊春秋》盛行，故太子學《公羊》；又學《穀梁傳》，武帝以《春秋》爲太子學習内容。

韓嫣（生卒不詳）

韓嫣好彈，常以金爲丸，所失者日有十餘。長安爲之語曰："苦飢寒，逐金丸。"京師兒童每聞嫣出彈，輒隨之。望丸之所落，輒拾取焉。（《西京雜記》卷四）

按：《史記·佞幸列傳》："今天子中寵臣，士人則韓王孫嫣，宦者則李延年。嫣者，弓高侯孽孫也。"

丘仲（生卒不詳）

謹按：《樂記》：武帝時丘仲之所作也。笛者，滌也，所以蕩滌邪穢，納之於雅正也。（《風俗通義·聲音》）

按：《宋書·樂志》："笛，案馬融《長笛賦》，此器起近世，出於羌中，京房備其五音。又稱丘仲工其事，不言仲所造。《風俗通》則曰：'丘仲造笛，武帝時人。'其後更有羌笛爾。三説不同，未詳孰實。"笛所造，或以爲"出於羌中"，或以爲丘仲所傳，或以爲丘仲所作，疑第一説近之。

韋賢（前148—前67）

韋賢治《詩》，事博士大江公及許生，又治《禮》，至丞相。傳子玄成，以淮陽中尉論石渠，後亦至丞相。玄成及兄子賞以《詩》授哀帝，至大司馬車騎將軍，自有傳。由是魯《詩》有韋氏學。（《漢書》卷八十八《儒林傳》）

按：《漢書·韋賢傳》："年八十二薨，謚曰節侯。"假定韋賢地節三年（前67）卒，年八十二歲，則其生年在漢景帝中元二年（前148）左右。自韋孟至韋賢，五世相傳，漢代家學，淵源有自。《魯詩》成爲"韋氏學"，得力于韋賢、韋玄成、韋賞歷代之功。石渠閣，《漢書·楚元王傳》顏師古注引《三輔舊事》云："石渠閣在未央宮大殿北，以藏秘書。"陳直《漢書新證》："石渠閣遺址，今在西安未央鄉、劉家寨未央宮大殿遺址西北（天祿閣遺址則在直北），現存有漢代石渠兩具，一完一殘，在天祿閣小學內。"（第254頁）又："天祿閣遺址，現在西安未央鄉劉家寨未央宮大殿遺址，直北約一華里，曾出'天祿閣'瓦當（懷寧柯氏所藏拓本）。又出天鹿畫瓦，知天祿即天鹿之假借。"（第423頁）。又《漢書·韋賢傳》："賢四子：長子方山爲高寢令，早終；次子弘，至東海太守；次子舜，留魯守墳墓；少子玄成，復以明經歷位至丞相。故鄒魯諺曰：'遺子黃金滿籯，不如一經。'"《齊乘》卷五："韋賢墓。鄒縣嶧山之陽，石表大刻曰：'漢丞相韋賢墓。'"

司馬遷（生卒不詳）

淮南説之用，不如太史公之用也。太史公，聖人將有取焉；淮南，鮮取焉爾。必也，儒乎！乍出乍入，淮南也；文麗用寡，長卿也；多愛不忍，子長也。仲尼多愛，愛義也；子長多愛，愛奇也。（《法言·君子》）

司馬遷發憤作《史記》百三十篇，先達稱爲良史之才。其以伯夷居列傳之首，以爲善而無報也；爲《項羽本紀》，以踞高位者非關有德也。及其序屈原、賈誼，辭旨抑揚，悲而不傷，亦近代之偉才。（《西京雜記》卷四）

按：桓譚《新論》："太史公不典掌書記，則不能條悉古今。"此與《西京雜記》皆説司馬遷《史記》撰述本事。又《梁書·劉杳傳》引桓譚《新論》："太史《三代世表》，旁行邪上，并效《周譜》。"此叙司馬遷撰《三代世表》之體例。

《西京雜記》：漢承周史官，至武帝，太史公司馬談世爲太史，子遷年十三，使乘傳行天下，求諸侯史記，讀孔氏古文，序世事，作百三十卷五十萬字。談子遷以世官復爲太史公，序事如古《春秋》。司馬氏本古周佚後也。作《景帝本紀》，極言其短及武帝之過。帝怒而削去。坐舉李陵降匈奴，下遷蠶室，有怨言，下獄死。宣帝以其官爲太史令，行太史公文

書而已，不復用其子孫。(《太平御覽》卷六百四《文部二十·史傳下》)

按：此叙司馬氏父子撰《史記》之政治遭遇。《漢書·司馬遷傳》："贊曰：自古書契之作而有史官，其載籍博矣。至孔氏纂之，上斷唐堯，下訖秦繆。唐虞以前，雖有遺文，其語不經，故言黄帝、顓頊之事未可明也。及孔子因魯史記而作《春秋》，而左丘明論輯其本事以爲之傳，又纂異同爲《國語》。又有《世本》，録黄帝以來至春秋時帝王公侯卿大夫祖世所出。春秋之後，七國并爭，秦兼諸侯，有《戰國策》。漢興伐秦定天下，有《楚漢春秋》。故司馬遷據《左氏》、《國語》，采《世本》、《戰國策》，述《楚漢春秋》，接其後事，訖於天漢。其言秦、漢，詳矣。至於采經摭傳，分散數家之事，甚多疏略，或有抵梧。亦其涉獵者廣博，貫穿經傳，馳騁古今，上下數千載間，斯以勤矣。又其是非頗繆于聖人，論大道而先黄老而後六經，序游俠則退處士而進奸雄，述貨殖則崇勢利而羞賤貧，此其所蔽也。然自劉向、揚雄博極群書，皆稱遷有良史之材，服其善序事理，辨而不華，質而不俚，其文直，其事核，不虛美，不隱惡，故謂之實録。烏呼！以遷之博物洽聞，而不能以知自全，既陷極刑，幽而發憤，書亦信矣。迹其所以自傷悼，《小雅》巷伯之倫。夫唯《大雅》'既明且哲，能保其身'，難矣哉！"班固此處所"贊"，即爲後世史學觀念確立了一個標準，如將先秦史書明確爲《春秋》《左傳》《國語》《世本》《戰國策》，將漢以來的史書明確爲《楚漢春秋》，而司馬遷則"述"《楚漢春秋》，而"據《左氏》《國語》，采《世本》《戰國策》"。這僅僅是班固作爲後世史家的理想化認識，至於司馬遷當時編纂《史記》所用文本，絶非"一綫單傳"這麽簡單。又《隋書·經籍志》："司馬談父子，世居太史，探采前代，斷自軒皇。逮于孝武，作《史記》一百三十篇。詳其體制，蓋史官之舊也。"後世史家以司馬遷具有"史官"之職。

兒寬(？—前103)

班固《兩都賦序》：至於武、宣之世，乃崇禮官，考文章，内設金馬石渠之署，外興樂府協律之事，以興廢繼絶，潤色鴻業。是以衆庶悦豫，福應尤盛，白麟、赤雁、芝房、寶鼎之歌，薦於郊廟。神雀、五鳳、甘露、黃龍之瑞，以爲年紀。故言語侍從之臣，若司馬相如、虞丘壽王、東方朔、枚皋、王褒、劉向之屬，朝夕論思，日月獻納。而公卿大臣御史大夫兒寬、太常孔臧、太中大夫董仲舒、宗正劉德、太子太傅蕭望之等，時時間作。（《文選》卷一）

按：《漢書·兒寬傳》："兒寬，千乘人也。治《尚書》，事歐陽生。以郡國選詣博士，受業孔安國。貧無資用，嘗爲弟子都養。時行賃作，帶經而鉏，休息輒讀誦，其精如此。以射策爲掌故，功次，補廷尉文學卒史。"《漢書·武帝紀》稱："（太初二年）冬十二月，御史大夫兒寬卒。"此處將賦家分爲兩類：一種是"朝夕論思，日月獻納"者，一種是"時時間作"者，後者屬於身居高位者，可見東漢已經注意到賦家身份問題。

江都公主劉細君（？—前101）

漢元封中，遣江都王建女細君爲公主，以妻焉。……昆莫年老，語言不通，公主悲愁，自爲作歌曰："吾家嫁我兮天一方，遠托異國兮烏孫王。穹廬爲室兮旃爲墻，以肉爲食兮酪爲漿。居常土思兮心內傷，願爲黃鵠兮歸故鄉。"天子聞而憐之，間歲遣使者持帷帳錦綉給遺焉。（《漢書》九十六下《西域傳下》）

按：《樂府詩集》卷八十四收錄，題《烏孫公主歌》。此歌近楚歌，然又有胡風。若去掉"兮"字，則爲七言。烏孫公主女亦稱"公主"。《前漢紀·孝宣皇帝紀》："元康元年春正月。龜茲王及其夫人來朝。龜茲夫人即烏孫公主女也。自以得尚漢外孫。故請朝。上納之。贈賜甚厚焉。號夫人曰公主。"《漢書·宣帝紀》："（甘露三年）冬，烏孫公主來歸。"應劭曰："楚王女解憂。"應劭所說與《漢書》所言"江都王建女細君"不同。

李延年（生卒不詳）

延年侍上起舞，歌曰："北方有佳人，絕世而獨立，一顧傾人城，再

顧傾人國。寧不知傾城與傾國，佳人難再得！"上嘆息曰："善！世豈有此人乎？"（《漢書》卷九十七《外戚傳》）

按：此歌不見於《史記》，而見於《漢書》，未知班固資料所從何來。由此歌内容、結構之完整性看，後人改易成分較大。《史記·佞幸列傳》："李延年，中山人也。父母及身兄弟及女，皆故倡也。延年坐法腐，給事狗中。而平陽公主言延年女弟善舞，上見，心説之，及入永巷，而召貴延年。延年善歌，爲變新聲，而上方興天地祠，欲造樂詩歌弦之。延年善承意，弦次初詩。其女弟亦幸，有子男。延年佩二千石印，號協聲律。""故倡"，《史記·外戚世家》："李夫人蚤卒，其兄李延年以音幸，號協律。協律者，故倡也。"陳直《史記新證》："倡指李延年，與《漢書·藝文志》黄門令倡相同，謂倡伎之巧，與後代倡家解法，尚微有區别。"（第103頁）

"延年善歌，爲變新聲"，此説李延年善造新聲，當時人應將此"新聲"歸入"鄭衛之音"，此皆與其"故倡"身份不無關係。陳直《漢書新證》："崔豹《古今注》云：'李延年善歌，與戰國時王豹、韓娥并美。'又《御覽》卷五百十三引《風俗通》云：'張仲春武帝時人也，善雅歌與李延年并名。'"（第443頁）《史記》卷十二《孝武本紀》引漢武帝語"民間祠尚有鼓舞之樂，今郊祠而無樂，豈稱乎"，由漢武帝所言推測，李延年之音，似多民間祠"鼓舞之樂"。如此，漢樂府之興起，非出於宫廷之音，而實出於民間，後被改造施之於宫廷。

"號協聲律"，《史記·樂書》："至今上即位，作十九章，令侍中李延年次序其聲，拜爲協律都尉。通一經之士不能獨知其辭，皆集會五經家，相與共講習讀之，乃能通知其意，多爾雅之文。"漢武帝所作十九章，竟然因"多爾雅之文"，而使得"通一經之士不能獨知其辭"，出現了"相與共講習讀之，乃能通知其意"的現象。若此歌非是漢武帝模擬先秦歌詩而作，則儒生媚上成分太濃。

干寶《搜神記》：挽歌者，喪家之樂，執紼者相和之聲也。挽歌詞有《薤露》《蒿里》二章，出田横門人。横自殺，門人傷之悲歌。言人如薤上露，易晞滅也。亦謂人死，精魂歸於蒿里。故有二章。至李延年乃分爲二曲，《薤露》送王公貴人，《蒿里》送士大夫庶人。使挽者歌之。（《初學記》卷十四《禮部下·挽歌第十》）

胡笳者，張博望入西域，傳其法於西京，唯得《摩訶兜勒》一曲。李延年因胡曲更造新聲二十八解，以爲武樂有《出塞》《入塞》《楊柳》等十曲。(《白氏六帖》卷十八《笳二十六》)

孔安國（生卒不詳）

漢興，濟南人伏勝能口誦二十九篇。至漢文帝時，欲立《尚書》學。以勝年且九十餘，老不能行，乃詔太常掌故晁錯就其家傳受之。(伏生爲《尚書》傳四十一篇。歐陽、大小夏侯傳其學，各有能名，是曰今文《尚書》。劉向《五行傳》、蔡邕勒《石經》皆其本。)其後魯恭王壞孔子故宅，於壁中得古文《尚書》《論語》，悉以書還孔氏。武帝乃詔孔安國定其書，作《傳義》爲五十八篇。(見《尚書序》及《正義》。安國書成，後遭漢巫蠱事不行。)(《初學記》卷二十一《文部》)

按：孔安國得《古文尚書》，是中國古代經學史上的大事。《漢書·儒林傳》稱：“孔氏有古文《尚書》，孔安國以今文字讀之，因以起其家逸書，得十餘篇，蓋尚書茲多於是矣。遭巫蠱，未立於學官。安國爲諫大夫，授都尉朝，而司馬遷亦從安國問故。”又《漢書·楚元王傳》：“及魯恭王壞孔子宅，欲以爲宮，而得古文於壞壁之中，《逸禮》有三十九，《書》十六篇。天漢之後，孔安國獻之，遭巫蠱倉卒之難，未及施行。”魯恭王得孔壁古文經，是西漢學術史上的大事；孔安國以今文釋讀《尚書》并獻之，則是《尚書》學史上的大事。從此中國學術史上有了經今古文之爭。《漢書·藝文志》：“孔安國者，孔子後也，悉得其書，以考二十九篇，得多十六篇。安國獻之，遭巫蠱事，未列於學官。”《史記·儒林列傳》：“(申公)弟子爲博士者十餘人，孔安國至臨淮太守。”

《書序》：秦始皇滅先代典籍，焚書坑儒，天下學士逃難解散。我先人用藏其家書於屋壁。至魯恭王時，好治宮室，壞孔子舊宅以廣其居，於壁中得先人所藏古文虞、夏、商、周之書及《傳》《論語》《孝經》，皆科斗文字。(《太平御覽》卷一百八十七《居處部十五·墻壁》)

按：《白氏六帖》卷二十六《書三十六》：“孔安國作傳，其序曰：‘研精覃思，博考經籍。’”孔子後人藏書，是魯恭王得孔壁書之後的說法。《孔叢子》記載爲秦漢之際孔鮒所爲，恐是後人附會之說。

何比干（生卒不詳）

汝南何比干，字少卿，爲汝陰縣獄吏法曹掾，平活數千人。後爲丹陽都尉，獄無冤囚，淮汝號曰"何公"。征和三年三月辛亥，天大陰雨，比干在家，日中夢貴客，車騎滿門，覺以語妻。語未已，而門有老嫗可八十餘，頭白，求寄避雨，雨甚而衣履不霑漬。雨止，遂出門，乃謂比干曰："公有陰德，今天錫君策，以廣公之子孫。"因出懷中符策，狀如簡，長九寸，凡九百九十枚，以授比干，曰："子孫佩印綬者，當隨（一作如）此算。"嫗東行，忽不見。自比干以下，與張氏俱授靈瑞，累世爲名族。三輔舊語曰："何氏算，張氏鉤也。"（趙岐撰《三輔決録》卷二，清《二酉堂叢書》本）

按：《後漢書·何敞傳》："何敞字文高，扶風平陵人也。其先家於汝陰。六世祖比干，學《尚書》於晁錯，武帝時爲廷尉正，與張湯同時。"晁錯傳《尚書》於何比干。

《何氏家傳》：六世祖父比干，字少卿，經明行修，兼通法律。爲汝陰縣獄吏決曹掾，平活數千人。後爲丹陽都尉，獄無冤囚，淮汝號曰"何公"。征和三年三月辛亥，天大陰雨，比干在家，日中夢貴客車騎滿門，覺以語妻。語未已，而門有老嫗可八十餘，頭白，求寄避雨，雨甚而衣履不霑漬。雨止，送至門，乃謂比干曰："公有陰德，今天錫君策，以廣公之子孫。"因出懷中符策，狀如簡，長九寸，凡九百九十枚，以授比干，子孫佩印綬者當如此算。比干年五十八，有六男，又生三子。本始元年，自汝陰徙平陵，代爲名族。（《後漢書》卷四十三《何敞傳》李賢注）

按：《後漢書》注稱引自《何氏家傳》，而此故事又見於趙岐《三輔決録》。《家傳》與《三輔決録》之間，不知何種關係。

蘇武（前140—前60）

蘇武者，故右將軍平陵侯蘇建子也。孝武皇帝時，以武爲栘中監，使匈奴。是時匈奴使者數降漢，故匈奴亦欲降武以取當。單于使貴人故漢人衛律說武，武不從。乃設以貴爵重祿尊位，終不聽。於是律絕不與飲食，武數日不降，又當盛暑，以旃厚衣并束，三日暴。武心意愈堅，終不屈撓，稱曰："臣事君，由子事父也，子爲父死，無所恨。"守節不移，雖有鈇鉞湯鑊之誅而不懼也，尊官顯位而不榮也，匈奴亦由此重之。武留十餘歲，竟不降下，可謂守節臣矣。《詩》云："我心匪石，不可轉也；我心匪席，不可卷也。"蘇武之謂也。匈奴紿言武死，其後漢聞武在，使使者求武，匈奴欲慕義，歸武，以爲典屬國，顯異於他臣也。（《新序·節士》）

按：《新序》記蘇武事，已多文飾之語。

張騫、蘇武之奉使也，執節沒身，不屈王命，雖古之膚使，其猶劣諸！（《法言·淵騫篇》）

李陵（？—前74）

陵起舞，歌曰："徑萬里兮度沙幕，爲君將兮奮匈奴。路窮絕兮矢刃摧，士衆滅兮名已隤。老母已死，雖欲報恩將安歸！"陵泣下數行，因與武決。（《漢書》卷五十四《李廣蘇建傳》）

按：《文選》有蘇武、李陵五言贈答詩，或未必實爲二人之作，但他們的五言詩及其蘊含的文學思想，却對南北朝以後的五言詩產生了重要影響。

衛青（？—前106）

衛將軍青生子，或有獻騧馬者，乃命其子曰騧，字叔馬。其後改爲登，字叔昇。（《西京雜記》卷四）

霍去病（前140—前117）

《霍將軍歌》者，霍去病之所作也。去病爲討寇校尉，爲人少言，勇而有氣，使擊匈奴，斬首二千。復六出，斬首千餘萬級，益封萬五千戶、侯祿、大將軍等。於是志得意歡，乃援琴而歌之曰："四夷既獲，諸夏康兮。國家安寧，樂無央兮。載戢干戈，弓矢藏兮。麒麟來臻，鳳凰翔兮。與天相保，永無疆兮。親親百年，各延長兮！"（《琴操》）

《大周正樂》：《霍將軍歌》者，霍去病之所作也。去病爲討寇校尉，爲人少言，勇而有氣，使擊匈奴，斬首二千。後六出，斬首十餘萬級，益封萬五千戶，秩祿與大將軍等。於是志得意歡，乃援琴而鼓之。（《太平御覽》卷五百七十八《樂部十六·琴中》）

按：此又見於題名蔡邕《琴操》。《大周正樂》乃五代末年後周竇儼等人編纂的綜合性音樂著作，內有與《琴操》相同的文獻，有人以爲即出自《琴操》。

李息（生卒不詳）

將軍李息，郁郅人。事景帝。至武帝立八歲，爲材官將軍，軍馬邑；後六歲，爲將軍，出代；後三歲，爲將軍，從大將軍出朔方：皆無功。凡三爲將軍，其後常爲大行。（《史記》卷一百十一《衛將軍驃騎列傳》）

按：陳直《漢書新證》："茂陵衛青、霍去病兩墓之東，有冢稍小，據方志及當地農民傳說，爲大行李息墓。"元、成時另有一賦家李息，見《漢書·藝文志》："給事黃門侍郎李息賦九篇。"在"陸賈賦之屬"。李息賦在徐明賦後，當元、成時人。

趙子（生卒不詳）

趙子，河內人也。事燕韓生，授同郡蔡誼，誼授同郡食子公與王吉，食生授太山栗豐，吉授淄川長孫順。繇是《韓詩》有王、食、長孫之學。豐授山陽張就，東海發福，福皆至大官，徒衆尤盛。（《册府元龜》卷五百九十八《學校部·教授》）

按：王欽若等曰："趙子，史不載其名。"王吉傳《韓詩》。《漢書·

儒林傳》：" 趙子，河內人也。事燕韓生，授同郡蔡誼。" 蔡誼，即後文"蔡義"。趙子當歷文帝、武帝。"《韓詩》有王、食、長孫之學"，是三人又有弟子再相授，故稱"學"。

董謁（生卒不詳）

《漢武洞冥記》：董謁字仲玄，家去京師三百里，或乘牛驢，或躡履，不日而至京。常息人家，於座以筆題掌，還家以竹籌寫之，書竟則舐掌中字。少來精勤，舌爲之墨爛，世謂之"董仲玄掌錄"。（《北堂書鈔》卷九十七《藝文部三·好學十一》）

董謁，字仲玄，武都郁邑人也。少好學，嘗游山澤，負挾圖書，患其繁重。家貧，拾樹葉以代書簡，言其易卷懷也。編荆爲床，聚鳥獸毛以寢其上。（《漢武洞冥記》卷一）

按："負挾圖書"，可知古人有挾書而游事。而"拾樹葉以代書簡"，當知西漢文本載體，不僅竹帛而已，樹葉亦可代替書簡。此類不易保存之文本載體，想來不在少數。根據出土文獻看來，在秦代即已出現的紙張，未必不能用來作爲書簡。後人向來以"眼見爲實"作爲學術研究的唯一、最重要的出發點，無疑會大量掩蓋很多學術事實。另外，所謂的"董仲玄掌錄"，極似後世"巾箱本"。

元光中，帝起壽靈壇。壇上列植垂龍之木，似青梧，高十丈，有朱露，色如丹汁，灑其葉，落地皆成珠。其枝似龍之倒垂，亦曰珍枝樹。此壇高八丈，帝使董謁乘雲霞之輦以升壇。（《漢武洞冥記》卷一）

帝好微行，於長安城西，夜見一螭游于路。董謁曰："昔桀媚末喜於膝上，以金簪貫玉螭腹爲戲。今螭腹餘金簪穿痕，得非此耶？"曰："白龍魚麟，網者食之。"帝曰："試我也。"（《漢武洞冥記》卷二）

陽丘侯劉偃（？—前80）

陽丘侯偃，齊悼惠王孫，作賦十九篇。（《册府元龜》卷二百七十

《宗室部·文學》）

　　按：又："漢陽丘侯偃，景帝四年，坐出國界，削爲司寇。"（《册府元龜》卷二百九十九《宗室部·專恣》）《漢書·藝文志》："陽丘侯劉偃賦十九篇。"劉偃賦在"屈原賦之屬"，在孔臧賦二十篇後、吾丘壽王賦十五篇之前。

白公（生卒不詳）

　　太始二年，趙中大夫白公復奏穿渠。引涇水，首起谷口，尾入櫟陽，注渭中，袤二百里，溉田四千五百餘頃，因名曰白渠。民得其饒，歌之曰："田於何所？池陽、谷口。鄭國在前，白渠起後。舉臿爲雲，決渠爲雨。涇水一石，其泥數斗。且溉且糞，長我禾黍。衣食京師，億萬之口。"言此兩渠饒也。（《漢書》卷二十九《溝洫志》）

　　按：漢多傳四言歌。《樂府詩集》《古詩紀》《古樂苑》收録，題《鄭白渠歌》。

后蒼（生卒不詳）

　　后蒼字近君，東海郯人也。事夏侯始昌。始昌通《五經》，蒼亦通《詩》《禮》，爲博士，至少府，授翼奉、蕭望之、匡衡。（《漢書》卷八十八《儒林傳》）

　　按：后蒼，或作"后倉"。夏侯始昌傳《禮》《齊詩》於后蒼，后蒼傳翼奉、蕭望之、匡衡。《漢書·藝文志》："《齊后氏故》二十卷。""《齊后氏傳》三十九卷。"王應麟《漢藝文志考證》："后蒼事夏侯始昌，授翼奉、蕭望之、匡衡。奉言五際流爲災異之説。衡議論最爲近理。（自注：'伏黯以明《齊詩》，改定章句，作《解説》九篇。子恭省減浮辭，定爲二十萬言。'）"《藝文志》尚有"《齊孫氏故》二十七卷。……《齊孫氏傳》二十八卷。《齊雜記》十八卷"。孫氏未知何人，王應麟曰："《儒林傳》：'《齊詩》有翼、匡、師、伏之學。'孫氏未詳其名。"然由此可知齊地《詩》學之盛。

《漢書·藝文志》有"《詩經》二十八卷，魯、齊、韓三家"，顏師古注引應劭曰："申公作《魯詩》，后蒼作《齊詩》，韓嬰作《韓詩》。"既云"作"，則皆"經傳"之作。后蒼《齊詩》學自夏侯始昌，夏侯始昌學自轅固生，而《漢書·藝文志》有"《齊后氏故》二十卷，《齊后氏傳》三十九卷"，則應劭說或據此而言之。

又《漢書·藝文志》："《曲臺后倉》九篇。"顏師古引如淳曰："行禮射於曲臺，后倉爲記，故名曰《曲臺記》。《漢官》曰大射于曲臺。"曲臺，晋灼曰："天子射宫也。西京無太學，於此行禮也。"《曲臺后倉》主要涉及射禮。

終軍（？—前113）

漢孝武皇帝之時，獲白麟，戴兩角而共觝，使謁者終軍議之。軍曰："夫野獸而共一角，象天下合同爲一也。"（《論衡·異虚》）

按：《漢書·終軍傳》："終軍字子雲，濟南人也。少好學，以辯博能屬文聞於郡中。年十八，選爲博士弟子。"《漢書·藝文志》："《終軍》八篇。"在儒家。

案魯人得麟，不敢正名麟，曰"有麕而角"者，時誠無以知也。武帝使謁者終軍議之，終軍曰："野禽并角，明同本也。"不正名麟而言"野禽"者，終軍亦疑無以審也。當今世儒之知，不能過魯人與終軍，其見鳳皇騏驎，必從而疑之非恒之鳥獸耳，何能審其鳳皇騏驎乎？（《論衡·講瑞》）

孝武皇帝西巡狩，得白驎，一角而五趾，又有木，枝出復合於本。武帝議問群臣，謁者終軍曰："野禽并角，明同本也；衆枝内附，示無外也。如此瑞者，外國宜有降者。是若應，殆且有解編髮、削左袵、襲冠帶而蒙化焉。"其後數月，越地有降者，匈奴名王亦將數千人來降，竟如終軍之言。終軍之言，得瑞應之實矣。（《論衡·指瑞》）

按：《漢書·終軍傳》："從上幸雍祠五畤，獲白麟，一角而五蹄。時又得奇木，其枝旁出，輒復合於木上。上異此二物，博謀群臣。軍上對曰……對奏，上甚異之，由是改元爲元狩。後數月，越地及匈奴名王有率衆來降者，時皆以軍言爲中。"

齊懷王劉閎（？—前110）

齊懷王閎與燕王旦、廣陵王胥同日立，皆賜策，各以國土風俗申戒焉。曰："惟元狩六年四月乙巳，皇帝使御史大夫湯廟立子閎爲齊王，曰：烏呼！小子閎，受兹青社。朕承天序，惟稽古，建爾國家，封於東土，世爲漢藩輔。烏呼！念哉，共朕之詔。惟命不于常，人之好德，克明顯光；義之不圖，俾君子怠。悉爾心，允執其中，天祿永終；厥有愆不臧，乃凶于乃國，而害於爾躬。嗚呼！保國乂民，可不敬與！王其戒之！"（《漢書》卷六十三《武五子傳》）

按：嚴可均《全漢文》卷四題名《策封齊王閎》。《漢書》稱："閎母王夫人有寵，閎尤愛幸，立八年，薨，無子，國除。"

燕王劉旦（？—前80）

齊懷王閎與燕王旦、廣陵王胥同日立，皆賜策，各以國土風俗申戒焉。……燕剌王旦賜策曰："嗚呼！小子旦，受兹玄社，建爾國家，封於北土，世爲漢藩輔。嗚呼！薰鬻氏虐老獸心，以奸巧邊氓。朕命將率，徂征厥罪。萬夫長，千夫長，三十有二帥，降旂奔師。薰鬻徙域，北州以妥。悉爾心，毋作怨，毋作棐德，毋乃廢備。非教士不得從徵。王其戒之！"（《漢書》卷六十三《武五子傳》）

按：嚴可均《全漢文》卷四題名《策封燕王旦》。

王自歌曰："歸空城兮，狗不吠，鷄不鳴，橫術何廣廣兮，固知國中之無人！"華容夫人起舞曰："髮紛紛兮寘渠，骨籍籍兮亡居。母求死子兮，妻求死夫。裴回兩渠間兮，君子獨安居！"坐者皆泣。（《漢書》卷六十三《武五子傳》）

按："王自歌"與華容夫人歌，《樂府詩集》收錄，題名《燕王歌》

《華容夫人歌》。武帝六王，除少子昭帝得立，其他皆不得善終：戾太子被廢自殺，齊王閎、昌邑哀王髆早死，燕王旦、廣陵王胥因謀反自殺。去掉"兮（之）"字，燕王歌爲三、五言，華容夫人歌爲五、四言。

剌王旦，壯大就國，爲人辯略，博學經書雜說，好星曆術數倡優射獵之事，招致游士。及衛太子敗，齊懷王又薨，旦自以次第當立，上書求入宿衛。上怒，下其使獄。後坐藏匿亡命，削良鄉、安次、文安三縣，武帝由是惡旦，後遂立少子爲太子。帝崩，太子立，是爲昭帝。賜諸侯王璽書，旦不肯哭，曰："璽書封小。京師疑有變。"興宗室，遂招來群國奸人，賦斂銅鐵，作甲兵，數閱其車騎材官卒，建旌旗鼓車，旄頭先殿。郎中侍從著貂羽，黃金附蟬，皆號侍中。旦從相、中尉以下，勒車騎，發民會圍，大獵文安縣，以講士馬。須期日。時天雨，虹下屬宮中飲井水，井水竭，厠中豕群出，壞大官竈，烏鵲死，鼠舞殿端門中。殿上户自閉，不可開。天火燒城門。大風壞宫城樓，折拔樹木。流星下墮。王驚病，使人祠葭水、臺水。王客吕廣等知星，爲王言："當有兵圍城，期在九月、十月。漢當有大臣戮死者。"會燕倉告："蓋主、上官桀與旦有逆謀。"桀等皆伏誅。有赦令到，王讀之曰："嗟乎，獨赦吏民，不赦我。"因迎后姬諸夫人之明光殿，王曰："老虜曹爲事當族。"欲自殺。以綬自絞，后夫人隨旦自殺者二十餘人。（《金樓子·説蕃》）

按：《金樓子》之言，幾乎全取《漢書》，則知《漢書》之文已非"實錄"，而有虛飾成分。戾太子被廢，齊王薨，而今燕王遭忌。其"博學經書雜說，好星曆數術倡優射獵之事，招致游士"，"星曆數術"皆與皇權、政治有關，"倡優射獵"皆帝王之事，則燕王周圍如淮南王、梁孝王多"游士"，且有異志。此招致武帝猜忌之主要原因。

廣陵王劉胥（？—前54）

齊懷王閎與燕王旦、廣陵王胥同日立，皆賜策，各以國土風俗申戒焉。……廣陵厲王胥賜策曰："嗚呼！小子胥，受兹赤社，建爾國家，封于南土，世世爲漢藩輔。古人有言曰：'大江之南，五湖之間，其人輕心。揚州保强，三代要服，不及以正。'嗚呼！悉爾心，袛袛兢兢，乃惠乃順，毋桐好逸，毋邇宵人，惟法惟則！《書》云'臣不作福，不作威'，靡有後羞。王其戒之！"（《漢書》卷六十三《武五子傳》）

　　按：嚴可均《全漢文》卷四題名《策封廣陵王胥》。《文心雕龍·詔策》："漢初定儀則，則命有四品：一曰策書，二曰制書，三曰詔書，四曰戒敕。敕戒州部，詔誥百官，制施赦命，策封王侯。策者，簡也。制者，裁也。詔者，告也。敕者，正也。"又曰："夫王言崇秘，大觀在上，所以百辟其刑，萬邦作孚。故授官選賢，則義炳重離之輝；優文封策，則氣含風雨之潤；敕戒恒誥，則筆吐星漢之華；治戎燮伐，則聲有洊雷之威；眚災肆赦，則文有春露之滋；明罰敕法，則辭有秋霜之烈：此詔策之大略也。"此言"策"出於漢代制度，四言句式，有誡告之意。

　　胥既見使者還，置酒顯陽殿，召太子霸及子女董訾、胡生等夜飲，使所幸八子郭昭君、家人子趙左君等鼓瑟歌舞。王自歌曰："欲久生兮無終，長不樂兮安窮！奉天期兮不得須臾，千里馬兮駐待路。黃泉下兮幽深，人生要死，何爲苦心！何用爲樂心所喜，出入無憬爲樂哑。蒿里召兮郭門閱，死不得取代庸，身自逝。"左右悉更涕泣奏酒，至雞鳴時罷。（《漢書》卷六十三《武五子傳》）

　　按：廣陵王胥歌，《樂府詩集》題名《廣陵王歌》。蒿里，顏師古曰："蒿里，死人里。"漢人所傳人死後靈魂之歸宿。劉胥因祝詛而見敗，可見漢武帝以來，祝詛是非常嚴重的政治事件。劉胥此歌，若去掉"兮"字，三、四、五、六、七言不拘。其中"子女董訾、胡生等夜飲"，陳直《漢書新證》曰："包括女與支子而言，顏師古注二人皆其女名，誤也。""蒿里召兮郭門閱"，陳直《漢書新證》又曰："郭門謂墓郭之門，閱謂墓郭之門猶如閥閱也。陝西省考古所藏有東漢初平四年朱書陶瓶云：'後死者黃母當歸舊閱。'又云：'安冢墓、利子孫，故以神瓶震郭門。'與本傳文完全符合。"（第342頁）

　　劉胥，壯大，好倡樂逸游，力扛鼎，空手搏熊羆猛獸。動作無法度，故終不得爲漢嗣。宣帝即位，封胥四子聖、曾、寶、昌皆爲列侯，又立胥小子宏爲高密王。所褒賞甚厚。始，昭帝時，胥見上年少無子，有覬欲心。而楚地巫鬼，胥迎女巫李女須，使下神祝詛。女須泣曰："孝武帝下我。"左右皆伏言。"吾必令胥爲天子"。胥多賜女須錢，使禱巫山。及昌邑王徵，復使巫祝詛之。後王廢，胥寖信女須等，數賜予錢物。宣帝立，胥曰："太子孫何以反得立？"復使女須咒詛如前。胥宮園中棗樹生十餘莖，莖正赤，葉白如素。池水變赤，魚死。有鼠晝立舞王后庭中。胥謂姬南等曰："棗水魚鼠之怪，甚可惡也。"居數月，咒詛事發，自殺。（《金樓子·説蕃》）

　　按：此全取《漢書·武五子傳》。自淮南王劉安、梁孝王劉武以來，藩王多"好倡樂逸游"者，蓋與其物質生活之優裕有關。"力扛鼎，空手搏熊彘猛獸"，廣陵王好武，故以"無法度"論之，且"終不得爲漢嗣"。燕王、廣陵王欲争大位或有之，若説其謀反，未必是事實。

　　《抱朴子·道意》稱："漢之廣陵，敬奉李頒，傾竭府庫，而不能救叛逆之誅也。"劉胥使女巫反復祝詛，且見徵漢昭帝薨、昌邑王廢事，頗有趣。祝詛效果如何尚在其次，它所帶來的社會心理效應，值得注意。《抱朴子·道意》之"李頒"，陳直《漢書新證》以爲即"李須"之誤字："（《抱朴子·道意》）事與本文合。李頒爲李須之誤字，本文女須即女嬃之省文。"（第341—342頁）

張偃（生卒不詳）

　　張敖，高后六年薨。子偃爲魯元王。以母吕后女故，吕后封爲魯元王。元王弱，兄弟少，乃封張敖他姬子二人：壽爲樂昌侯，侈爲信都侯。高后崩，諸吕無道，大臣誅之，而廢魯元王及樂昌侯、信都侯。孝文帝即位，復封故魯元王偃爲南宫侯，續張氏。（《史記》卷八十九《張耳陳餘列傳》）

　　按：山東曲阜有漢魯王墓，因石質原因，今多頹敗。據其規模、形制，與同時期或稍後劉姓王墓如楚王墓、劉勝墓、梁王墓等，不可同日而語。據此處所言漢代封號，與秦楚不同。

　　《史記·吕太后本紀》："高后爲外孫魯元王偃年少，蚤失父母，孤弱，乃封張敖前姬兩子，侈爲新都侯，壽爲樂昌侯，以輔魯元王偃。"張偃，第一代魯王，趙王張耳之孫，父張敖，母魯元公主。陳直《史記新證》認爲："張敖封成都君，本是嘉名，注家皆以地名解釋，蓋未知秦代封號之典制也。"（第110頁）所謂"秦代封號之典制"，陳直認爲："《秦本紀》琅邪臺石刻題名有五人，爲'列侯武成侯王離、列侯通武侯王賁、倫侯建成侯趙亥、倫侯昌武侯成、倫侯信武侯馮毋擇'，余因疑五人所封，皆非地名，係用成武二字爲封號。當秦楚之際，仍沿用不廢。"（《史記新證》，第109—110頁）《漢書·藝文志》："張偃賦二篇。"在"孫卿賦之屬"。今亡。

《漢書·藝文志》"孫卿賦之屬"中録賦作不少，然亡佚者亦多，如："賈充賦四篇""張仁賦六篇""秦充賦二篇""侍郎謝多賦十篇""平陽公主舍人周長孺賦二篇"，皆在"孫卿賦之屬"。

另如《漢書·藝文志》："李思《孝景皇帝頌》十五篇。"在"孫卿賦"之屬，此處恐亦非著録篇名。東漢多"頌漢德"之作，其淵源即在此類賦作。《漢書·藝文志》："黄門書者假史王商賦十三篇。"王商賦在"孫卿賦之屬"。此王商與漢成帝時曾任丞相之王商非一人。"黄門書者假史"，職官名。

郅奇（生卒不詳）

張掖郡有郅族之盛，因以名也。郅奇字君珍，居喪盡禮。所居去墓百里，每夜行，常有飛鳥銜火夾之，登山濟水，號泣不息，未嘗以險難爲憂，雖夜如晝之明也。以淚灑石則成痕，著朽木枯草，必皆重茂。以淚浸地即醎，俗謂之"醎鄉"。至昭帝嘉其孝異，表銘其邑曰"孝感鄉"，四時祭祀，立廟焉。（《拾遺記》卷六）

按：據"至昭帝"，則郅奇在此前，姑附於此。

卷　五

漢昭帝劉弗陵（前94—前74）

始元元年，黄鵠下太液池，上爲歌曰："黄鵠飛兮下建章，羽肅肅兮行蹌蹌，金爲衣兮菊爲裳。唼喋荷荇，出入蒹葭。自顧菲薄，愧爾嘉祥。"（《西京雜記》卷一）

按：此歌有"兮"爲七言，無"兮"爲四言，若皆去"兮"字，則符合漢歌詩"三、四言"體式。

昭帝時，茂陵家人獻寶劍，上銘曰："直千金，壽萬歲。"（《西京雜記》卷二）

按：西漢鏡銘文多三言，此劍銘文即三言，語言風格、句式符合西漢時代。

漢昭帝元鳳元年九月，燕有黄鼠，銜其尾，舞王宫端門中。王往視之，鼠舞如故。王使吏以酒脯祠。鼠舞不休，一日一夜死。時燕王旦謀反，將死之象也。京房《易傳》曰："誅不原情，厥妖鼠舞門。"（《搜神記》卷六）

按：本事見《漢書·五行志》。

昭帝元鳳三年正月，泰山萊蕪山南，洶洶有數千人聲。民往視之，有大石自立，高丈五尺，大四十八圍，入地深八尺，三石爲足。石立後，有白鳥數千集其旁。宣帝中興之瑞也。（《搜神記》卷六）

按：本事見《漢書·五行志》。"宣帝中興"，是當時一個重要的政治話題，然而能進入陰陽學説，是政治與學術結合的重要體現。

昭帝時，上林苑中大柳樹斷，僕地，一朝起立，生枝葉，有蟲食其

葉，成文字，曰："公孫病已立。"（《搜神記》卷六）

按：本事見《漢書·五行志》。《開元占經》卷一一二引作《搜神記》，由此知後世類書、選本類著作，未必皆從原典中搜集資料，而是以最方便的方式獲取文獻。

昭帝時，昌邑王賀見大白狗冠方山冠而無尾。至熹平中，省內冠狗帶綬，以爲笑樂。有一狗突出，走入司空府門。或見之者，莫不驚怪。京房《易傳》曰："君不正，臣欲篡，厥妖狗冠出朝門。"（《搜神記》卷六）

按：昭帝本事見《漢書·五行志》、熹平事見《後漢書·五行志一》。另李賢注引《袁山松書》曰："光和四年，又於西園弄狗以配人也。"魏晉南北朝時期的很多著作如《搜神記》《金樓子》等，多直接從《漢書》取用材料，其實反映了《漢書》在該時期的學術影響。由這些著述，可討論《漢書》流傳與影響問題。

漢昭帝元始元年，穿淋池，廣千步。中植分枝荷，一莖四葉。狀如駢蓋，日照則葉低蔭根，若葵之衛足也，名曰低光荷。實如玄珠，可以飾珮。花葉雜萎，芬芳之氣徹十餘里。食之令人口氣常香，益人肌理。宮人貴之，每游宴出入，皆含咀，或剪以爲衣，或折以蔽日，相爲戲。《楚詞》謂折芰荷以爲衣，意在斯也。又有倒生菱。莖如亂絲，一花十葉，根浮水上，實沉泥裏，泥如紫色，謂之紫泥菱。食之令人不老。時命水戲，游宴永日。工人進一巨槽，帝曰："栝楫松舟，嫌其重朴，況乎此槽，豈可得而乘也。"乃命文梓爲舟，木蘭爲柅。刻飛鸞翔鷁，飾其船首。隨風輕漾，畢景忘歸，乃至通夜。使宮人爲歌，歌曰："商秋素景泛洪波，誰云好手折芰荷。凉凉淒淒揭棹歌，雲光開曙月低河，萬歲爲樂豈爲多。"帝大悅，起游商臺于池上。及乎末歲，諫者多。遂省游蕩奢侈，埋毀臺池，鸞舟荷芰，隨時廢滅。今臺址無遺，池亦平焉。出《拾遺錄》。（《太平廣記》卷二百三十六《奢侈一》）

按：此七言宮人歌，非西漢體式。

戴德（生卒不詳）　　戴聖（生卒不詳）

孟卿，東海人也。事蕭奮，以授后倉、魯閭丘卿。倉說《禮》數萬言，號曰《后氏曲臺記》，授沛聞人通漢子方、梁戴德延君、戴聖次君、沛慶普孝公。孝公爲東平太傅。德號大戴，爲信都太傅；聖號小戴，以博士論石渠，至九江太守。由是禮有大戴、小戴、慶氏之學。通漢以太子舍人論石渠，至中山中尉。普授魯夏侯敬，又傳族子咸，爲豫章太守。大戴授琅邪徐良斿卿，爲博士、州牧、郡守，家世傳業。小戴授梁人橋仁季卿、楊榮子孫。仁爲大鴻臚，家世傳業，榮琅邪太守。由是大戴有徐氏，小戴有橋、楊氏之學。（《漢書》卷八十八《儒林傳》）

按：此敘西漢《禮》學甚明：孟卿授后倉、魯閭丘卿，后倉授沛聞人通漢子方、梁戴德延君、戴聖次君、沛慶普孝公。后倉傳禮有"大戴、小戴、慶氏之學"，大戴傳禮有徐氏之學，小戴傳禮有"橋、楊氏之學"，其後徐氏與橋氏皆"家世傳業"；慶普"授魯夏侯敬，又傳族子咸"。由此看漢代禮經傳授，有再傳者可稱"學"。而若以蕭奮、孟卿爲"禮宗"，則后倉之《后氏曲臺記》即屬"傳"，而其弟子所受即稱"學"，再傳者亦稱"學"。

蔡義（前154—前71）

蔡義，家在温。故師受《韓詩》，爲博士，給事大將軍幕府，爲杜城門候。入侍中，授昭帝《韓詩》，爲御史大夫。是時年八十，衰老，常兩人扶持乃能行。然公卿大臣議，以爲爲人主師，當以爲相。以元平元年代楊敞爲丞相，封二千户。病死，絕無後，國除。（《史記》卷二十《建元以來侯者年表》）

按：蔡義爲御史大夫時年八十，據《漢興以來將相名臣年表》，蔡義元平元年（前74）以御史大夫爲丞相，而楊敞于元鳳六年（前75）以御史大夫爲丞相，則蔡義爲御史大夫在元鳳六年，時年八十，則其生在漢景帝前元三年（前154）。蔡義以明經入大將軍幕府，知西漢幕府所用文人，多明經之士。而據《漢書·蔡義傳》"義爲丞相時年八十餘……義爲相四歲，薨，謚曰節侯"，蔡義以八十餘而爲丞相，人們議論霍光"置宰相不選賢，苟用可顓制者"，或與蔡義争相者，以爲霍光選相，惟用能爲其所制者。蔡義元平元年（前74）爲相，四年后薨（前71）。

劉德（生卒不詳）

德字路叔，修黃老術，有智略。少時數言事，召見甘泉宮，武帝謂之"千里駒"。昭帝初，爲宗正丞，雜治劉澤詔獄。父爲宗正，徙大鴻臚丞，遷太中大夫，後復爲宗正，雜案上官氏、蓋主事。德常持《老子》知足之計。妻死，大將軍光欲以女妻之，德不敢取，畏盛滿也。（《漢書》卷三十六《楚元王傳》）

按：劉德時代，宗室依然修黃老。《漢書·藝文志》："陽成侯劉德賦九篇。"在"屈原賦之屬"。

眭弘（？—前78）

眭弘字孟，魯國蕃人也。少時好俠，鬥鷄走馬，長乃變節，從嬴公受《春秋》。以明經爲議郎，至符節令。（《漢書》卷七十五《眭弘傳》）

按：陳直《漢書新證》："《十六金符齋續百家姓譜》，九頁，有'眭臨私印'、'眭安世'印，可證眭姓在兩漢尚屬習見。沈欽韓謂今鎮江府有眭姓，讀如雖是也。按：吾鄉眭氏，仍爲著姓，鄉音讀如須。"（第388頁）嬴公乃嬴秦後裔。古嬴城在今萊蕪西南，漢時不知當地是否還有嬴姓人氏。眭弘所學，爲《公羊春秋》。《後漢書·儒林傳》稱："《前書》齊胡母子都傳《公羊春秋》，授東平嬴公，嬴公授東海孟卿，孟卿授魯人眭孟，眭孟授東海嚴彭祖、魯人顏安樂。"此與《漢書》矛盾。前王應麟已有考證，當從《漢書》說，以眭弘爲嬴公弟子。《隋書·經籍志》從《後漢書》說，以"胡母子都傳《公羊春秋》，授東海嬴公，嬴公授東海孟卿，孟卿授魯人眭孟，眭孟授東海嚴彭祖"。《漢書·藝文志》："《眭弘賦》一篇。"顏師古注："即眭孟也。"元鳳四年（前78），眭弘被誅。嬴公從董仲舒學，故《漢書》眭弘本傳稱"先師董仲舒有言"。眭弘善說災異，故《搜神記》卷三引應劭《風俗通義》曰"鄉人有董彥興者，即許季山外孫也。其探賾索隱，窮神知化，雖眭孟、京房，無以過也"。

又《漢書·五行志上》："漢興，承秦滅學之後，景、武之世，董仲舒治《公羊春秋》，始推陰陽，爲儒者宗。宣、元之後，劉向治《穀梁春秋》，數其禍福，傳以《洪範》，與仲舒錯。至向子歆治《左氏傳》，其《春秋》意亦已乖矣；言《五行傳》，又頗不同。是以擥仲舒，別向、歆，傳載眭孟、夏侯勝、京房、谷永、李尋之徒所陳行事，訖於王莽，舉十二世，以傳《春秋》，著於篇。"此叙西漢以經傳說灾異之由來。董仲舒以《公羊》說灾異，劉向以《穀梁》、劉歆以《左傳》，以示不同。眭弘從嬴公學《春秋》，而其先師爲董仲舒，則眭弘以《公羊》說灾異。

食子公（生卒不詳）

趙子，河内人也。事燕韓生，授同郡蔡誼。誼至丞相，自有傳。誼授同郡食子公與王吉。吉爲昌邑〔王〕中尉，自有傳。食生爲博士，授泰山栗豐。吉授淄川長孫順。順爲博士，豐部刺史。由是《韓詩》有王、食、長孫之學。（《漢書》卷八十八《儒林傳》）

按：《說郛》卷十六《宋景文筆記》引《風俗通義》佚文："食氏，食我，韓公子也，見《戰國策》。漢有食子公，爲博士。食音嗣。"《册府元龜》卷五百九十七《學校部·選任》："食子公，河南人，受韓生《詩》於同郡蔡誼，昭帝時爲博士。"食子公學《韓詩》於蔡誼，爲博士；長孫順學於王吉，爲博士，王吉亦爲博士，三人自成《韓詩》之學。陳直《漢書新證》："《隸釋》卷七《馮緄碑》云：'治《春秋》嚴，韓《詩》食氏。'據此食子公亦有《韓詩章句》，特不載於《藝文志》耳。"（第425頁）

王吉（？—前48）

吉兼通《五經》，能爲騶氏《春秋》，以《詩》《論語》教授，好梁

丘賀說《易》，令子駿受焉。（《漢書》卷七十二《王吉傳》）

按：《漢書·王吉傳》："吉與貢禹爲友，世稱"王陽在位，貢公彈冠"，言其取舍同也。元帝初即位，遣使者徵貢禹與吉。吉年老，道病卒，上悼之，復遣使者吊祠云。"《漢書·王吉傳》稱"王吉字子陽，琅邪皋虞人也。少好學明經，以郡吏舉孝廉爲郎"，王吉字子陽，故或稱"王陽"。陳直《漢書新證》："王吉後人，世居琅玡臨沂都鄉南仁里，確然可信。"（第379頁）"王陽在位，貢公彈冠"用韵比較特別，陳直《漢書新證》："丹陽吉鳳池先生云：'王陽兩字爲韵，以下皆兩字爲韵。'在漢代諺語中，别具一格。"（第379頁）王吉當卒於元帝即位之初元元年（前48）。

王吉與食子公學《韓詩》於蔡誼，自成"王氏之學"；又"能爲騶氏《春秋》，以《詩》《論語》教授，好梁丘賀說《易》"，故史書稱其"兼通《五經》"。陳直《漢書新證》："王吉奏疏中，引《詩》者二，引《春秋》、《論語》者一，與本傳文所云'兼通《五經》'正合。"（第379頁）王吉傳《齊論語》，今海昏侯劉賀墓出土《論語》有《知道》，即《齊論語》篇名。宋費樞《廉吏傳》收王吉。《漢書·藝文志》："漢興，有齊、魯之說。傳《齊論》者，昌邑中尉王吉、少府宋畸、御史大夫貢禹、尚書令五鹿充宗、膠東庸生，唯王陽名家。"顏師古注："王吉字子陽，故謂之王陽。"

雋不疑（生卒不詳）

或問"近世名卿"。曰："若張廷尉之平，雋京兆之見，尹扶風之絜，王子貢之介，斯近世名卿矣。"（《法言·淵騫》）

按：此處所言四人指的是張釋之、雋不疑、尹翁歸、王尊。雋不疑通《春秋》，《漢書·雋不疑傳》稱："雋不疑字曼倩，勃海人也。治《春秋》，爲郡文學，進退必以禮，名聞州郡。"

馮奉世（？—前40）

漢興，文帝時馮唐顯名，即代相子也。至武帝末，奉世以良家子選爲郎。昭帝時，以功次補武安長。失官，年三十餘矣，乃學《春秋》涉大義，讀兵法明習，前將軍韓增奏以爲軍司空令。(《漢書》卷七十九《馮奉世傳》)

按：馮奉世治《春秋》，有軍功，歷武、昭世。《漢書·馮奉世傳》："馮奉世字子明，上黨潞人也，徙杜陵。其先馮亭，爲韓上黨守。……及秦滅六國，而馮亭之後馮毋擇、馮去疾、馮劫皆爲秦將相焉。"陳直《漢書新證》："馮毋擇爲馮敬之父，見《漢書》高祖二年紀，又見琅玡臺石刻題名。馮去病（疾）、馮劫均見《史記·秦始皇本紀》。馮去疾又見秦二世元年權量詔文（僅稱御史大夫臣去疾）。"(第407頁) 馮氏祖先在先秦韓、趙、秦皆入仕爲官。西漢馮奉世、馮野王與東漢馮衍輩，其源在此。

又據《漢書·佞倖傳》，馮奉世、馮逡、馮野王皆東漢著名文人馮衍先輩，馮奉世即馮衍曾祖。自西漢馮亭至馮奉世，再至東漢馮衍，馮氏家族內學有傳承，成爲一時之強祖。馮奉世女馮昭儀，明解縉《古今列女傳》有載。

傅介子（？—前65）

傅介子年十四，好學書，嘗棄觚而嘆曰："大丈夫當立功絶域，何能坐事散儒？"後卒斬匈奴使者，還拜中郎。後斬樓蘭王首，封義陽侯。(《西京雜記》卷三)

按：此當爲西漢"投筆從戎"事。

元封元年，浮忻國貢蘭金之泥。此金出湯泉，盛夏之時，水常沸湧，有若湯火，飛鳥不能過。國人常見水邊有人冶此金爲器，金狀混混若泥，如紫磨之色；百鑄，其色變白，有光如銀，即"銀燭"是也。常以此泥封諸函匭及諸宮門，鬼魅不敢干。當漢世，上將出征及使絶國，多以此泥爲璽封。衛青、張騫、蘇武、傅介子之使，皆受金泥之璽封也。武帝崩後，此泥乃絶焉。(《拾遺記》卷五)

按：傅介子事屢見於《西京雜記》《拾遺記》等記載。

張安世（？—前62）

《西京雜記》：張安世十五，爲成帝侍中，善鼓琴，能爲《雙鳳離鸞》之曲。（《太平御覽》卷五百七十九《樂部十七·琴下》）

按：元郝天挺注《唐詩鼓吹》亦引此事。《漢書·張安世傳》又稱："安世字子孺，少以父任爲郎。用善書給事尚書，精力於職，休沐未嘗出。上行幸河東，嘗亡書三篋，詔問莫能知，唯安世識之，具作其事。後購求得書，以相校無所遺失。上奇其材，擢爲尚書令，遷光祿大夫。"皇帝行幸，挾書而行，書亡而張安世能"具作其事"，且購得書後復校，竟然"無所遺失"，可見張安世之博聞強記。本傳稱元康四年（前62）秋薨。

焦延壽（生卒不詳）

《陳留風俗傳》：昭帝時蒙人焦貢爲小黃令，路不拾遺，囹圄空虛。詔遷貢，百姓揮涕守闕，求索還貢。天子聽，增貢之秩千石。貢之風化猶存，其民好學多貧，此其風也。（《太平御覽》卷二百六十八《職官部六十六·良令長下》）

按：《漢書·眭兩夏侯京翼李傳》："延壽字贛。贛貧賤，以好學得幸梁王，王共其資用，令極意學。……贛常曰：'得我道以亡身者，必京生也。'其説長於災變，分六十四卦，更直日用事，以風雨寒温爲候：各有占驗。"陳直《漢書新證》："焦延壽爲梁國蒙縣人。"（第388頁）又陳直《漢書新證》："焦贛亦作譙贛。"（第388頁）此見《小黃門譙敏碑》："君諱敏，字漢達，鄰君之中子，章君之弟，郎中君之昆也。其先故國師譙贛，深明典隩，識録圖緯，能精微天意，傳道與京君明。"（《隸釋》卷十一）

又《漢書·儒林傳》稱："京房受《易》梁人焦延壽。延壽云嘗從孟喜問《易》。會喜死，房以爲延壽《易》即孟氏學，翟牧、白生不肯，皆曰非也。至成帝時，劉向校書，考《易》説，以爲諸《易》家説皆祖田何、楊叔元、丁將軍，大誼略同，唯京氏爲異，党焦延壽獨得隱士之説，托之孟氏，不相與同。"劉向校書，以爲京氏《易》與各家不同，而諸家說《易》多祖田何、楊叔元、丁將軍三家。田何，丁寬從其受《易》，《漢書·藝文志》無田氏說。丁將軍即丁寬，即《漢書·藝文志》所稱："《丁氏》八篇。"顏師古注："名寬，字子襄，梁人也。"楊叔元即楊何，即《漢書·藝文志》所稱："《楊氏》二篇。"顏師古注："名何，字叔元，菑川人。"京氏《易》，《漢書·藝文志》稱有"《孟氏京房》十一篇""災異孟氏京房六十六篇"。由此可知，劉向校書之後，將說《易》者同、異各家皆予以保留。

龔遂（生卒不詳）

聖主誠肯明察群臣，竭精稱職有功效者，無愛金帛封侯之費，其懷奸藏惡罔無狀者，圖鐵鑕鈇之決。然則良臣如王成、黃霸、龔遂、邵信臣之徒，可比郡而得也；神明瑞應，可期年而致也。（《潛夫論·三式》）

按：《漢書·循吏傳》："龔遂字少卿，山陽南平陽人也。以明經爲官，至昌邑郎中令，事王賀。"龔遂"以明經爲官"，事昌邑王劉賀。龔遂提出"坐則誦《詩》《書》，立則習禮容"，劉賀亦有接受。今南昌出土海昏侯劉賀墓，有竹簡《論語》，其中包括《齊論語》的《知道》篇，故今人疑劉賀所學爲《齊論語》。另出土有孔子像的屏風，其上文字與《史記·孔子世家》記載的孔子生年不同。由此知劉賀并非如史書所言如此荒淫，其威脅到霍光權力實有可能。《漢書》此處記龔遂之言，未必是事實。然班固以其爲西漢能吏，故本傳稱其"爲人忠厚，剛毅有大節，內諫爭於王，外責傅相"。又清唐晏《兩漢三國學案》："遂所爲真儒者也。昔孟子所以教齊、梁之君而謂爲王道者，不過足其衣食耳。而遂能用之於渤海，孰謂儒者不可復見於三代下乎？惜乎遂能養之，尚未能教之。尤惜宣帝用遂而未能竟其用，但以水衡都尉終其老也。"另《漢書·公孫弘卜式兒寬傳》班固"贊曰"："治民則黃霸、王成、龔遂、鄭弘、召信臣、韓延壽、尹翁歸、趙廣漢、嚴延年、張敞之屬。"王符、班固皆以龔遂等爲"良臣"，此可謂東漢共識。

王式（生卒不詳）

　　博士江公世爲《魯詩》宗，至江公著《孝經說》，心嫉式，謂歌吹諸生曰："歌《驪駒》。"式曰："聞之于師：客歌《驪駒》，主人歌《客毋庸歸》。今日諸君爲主人，日尚早，未可也。"江翁曰："經何以言之？"式曰："在《曲禮》。"江翁曰："何狗曲也！"式耻之，陽醉遷墜。（《漢書》卷八十八《儒林傳》）

　　按：《漢書·儒林傳》："王式字翁思，東平新桃人也。事免中徐公及許生。式爲昌邑王師。"廢昌邑王之案，牽連者衆，而王式以"臣以三百五篇諫，是以亡諫書"之言脫罪，非實因其授《詩》有功，其中必有隱情。另《詩》之"諫書"作用，與漢賦"諷諫"，皆爲漢代文人著述之法。又《漢書·儒林傳》"山陽張長安幼君先事式，後東平唐長賓、沛褚少孫亦來事式，問經數篇"，山陽張長安幼君、東平唐長賓、沛褚少孫皆事王式，傳《魯詩》。

　　江公、王式皆傳《魯詩》學。"歌吹"乃學官之樂，故顔師古注引如淳之言稱："其學官自有此法，酒坐歌吹以相樂也。""客歌《驪駒》，主人歌《客毋庸歸》"，依照王式之言，學官歌吹有其禮，而江公以主人身份，當歌《客毋庸歸》；《驪駒》乃客人辭行前之歌，是以顔師古注引服虔曰："逸《詩》篇名也，見《大戴禮》。客欲去歌之。"文穎曰："其辭云'驪駒在門，僕夫具存；驪駒在路，僕夫整駕'也。"在漢儒看來，《詩經》不僅爲樂詩，而且有其固定的歌唱禮儀。然陳直《漢書新證》曰："《客毋庸歸》，或爲當時歌曲之名，非逸《詩》也。"（第424頁）

　　王式傳《魯詩》，《漢書·儒林傳》有詳細記載："張生、唐生、褚生皆爲博士。張生論石渠，至淮陽中尉。唐生楚太傅。由是《魯詩》有張、唐、褚氏之學。張生兄子游卿爲諫大夫，以《詩》授元帝。其門人琅邪王扶爲泗水中尉，陳留許晏爲博士，由是張家有許氏學。初，薛廣德亦事王式，以博士論石渠，授龔舍。廣德至御史大夫，舍泰山太守，皆有傳。"此可知張生、唐生、褚生學《魯詩》，其子孫、弟子皆因其學至博士、顯貴，而王式《魯詩》學在西漢影響甚大。王式之學，先傳張幼君、唐長賓、褚少孫、薛廣德；張生傳其兄子游卿、琅邪王扶、陳留許晏，是爲"張家之學"，之後又有"許氏學"；薛廣德傳龔舍。另外，由"張家有許氏學"分析，張生之師王式，不稱"家""學"，王式弟子稱"家"，再傳稱"學"。由"博士江公世爲《魯詩》宗"與江公"心嫉式"分析，王式當與江公同輩。

漢宣帝劉詢（前91—前49）

宣帝被收繫郡邸獄，臂上猶帶史良娣合采婉轉絲繩，繫身毒國寶鏡一枚，大如八銖錢。舊傳此鏡見妖魅，得佩之者爲天神所福，故宣帝從危獲濟。及即大位，每持此鏡，感咽移辰。常以琥珀笥盛之，緘以戚里織成錦，一曰斜文錦。帝崩，不知所在。（《西京雜記》卷一）

按：宣帝通《詩經》《論語》《孝經》，如《漢書·宣帝紀》載霍光奏議稱"孝武皇帝曾孫病已，有詔掖庭養視，至今年十八，師受《詩》《論語》《孝經》，操行節儉，慈仁愛人"。

《漢武帝内傳》：帝崩時遺詔，以雜道書四十卷置棺中。至延康二年，河東功曹李及入上黨抱犢山，采藥於岩室中，得此書，盛以金箱，卷後題日月，是武帝時河東太守張純以箱及書奏上之。武帝時左右見之，涕泣曰："此是帝崩時殯殮物。"宣帝愴然，以書付茂陵，安合如故。（《太平御覽》卷七百一十一《服用部十三·箱》）

按：據《漢魏六朝筆記小説大觀》本《漢武帝内傳》，所葬書目爲：《老子經》二卷、《太上紫文》十三卷、《靈躋經》六卷、《太素中胎經》六卷、《天柱經》九卷、《六龍步元文》七卷、《馬皇受真術》四卷，皆道家、道教典籍，恐後世附會。然帝王崩後葬以書，且在書後題日月，或爲事實。

漢宣帝黃龍元年，未央殿輅軨中雌雞化爲雄，毛衣變化，而不鳴不將，無距。元帝初元元年，丞相府史家雌雞伏子，漸化爲雄，冠距鳴將。至永光中，有獻雄雞生角者。《五行志》以爲王氏之應。京房《易傳》曰："賢者居明夷之世，知時而傷，或衆在位，厥妖雞生角。"又曰："婦

人專政，國不靜；牝雞雄鳴，主不榮。"（《搜神記》卷六）

按：此《法苑珠林》卷四十三引作《搜神記》，本事見《漢書·五行志》。

宣帝之世，燕、岱之間有三男共取一婦，生四子。及至將分妻子而不可均，乃致爭訟。廷尉范延壽斷之曰："此非人類，當以禽獸，從母不從父也。請戮三男，以兒還母。"宣帝嗟嘆曰："事何必古，若此，則可謂當於理而厭人情也！"延壽蓋見人事而知用刑矣，未知論人妖將來之驗也。（《搜神記》卷六）

按：《北堂書鈔》卷四十四、《法苑珠林》卷五十七引作《搜神記》，本事見《太平御覽》卷二三一引謝承《後漢書》及《傅子》的記載。

宣帝地節元年，樂浪之東，有背明之國，來貢其方物。言其鄉在扶桑之東，見日出於西方。其國昏昏常暗，宜種百穀，名曰"融澤"，方三千里。五穀皆良，食之後天而死。有浹日之稻，種之十旬而熟；有翻形稻，言食者死而更生，夭而有壽；有明清稻，食者延年也；清腸稻，食一粒歷年不飢。有搖枝粟，其枝長而弱，無風常搖，食之益髓；有鳳冠粟，似鳳鳥之冠，食者多力；有游龍粟，葉屈曲似游龍也；有瓊膏粟，白如銀，食此二粟，令人骨輕。有繞明豆，其莖弱，自相縈纏；有挾劍豆，其莢形似人挾劍，橫斜而生；有傾離豆，言其豆見日，葉垂覆地，食者不老不疾。有延精麥，延壽益氣；有昆和麥，調暢六府；有輕心麥，食者體輕；有醇和麥，爲麵以釀酒，一醉累月，食之凌冬可袒；有含露麥，穟中有露，味甘如飴。有紫沉麻，其實不浮；有雲冰麻，實冷而有光，宜爲油澤；有通明麻，食者夜行不持燭，是苣蘸也，食之延壽，後天而老。其北有草，名虹草，枝長一丈，葉如車輪，根大如轂，花似朝虹之色。昔齊桓公伐山戎，國人獻其種，乃植於庭，云霸者之瑞也。有宵明草，夜視如列燭，畫則無光，自消滅也。有紫菊，謂之日精，一莖一蔓，延及數畝，味甘，食者至死不飢渴。有焦茅，高五丈，燃之成灰，以水灌之，復成茅也，謂之靈茅。有黃渠草，映日如火，其堅韌若金，食者焚身不熱；有夢草，葉如蒲，莖如箸，采之以占吉凶，萬不遺一；又有聞遐草，服者耳聰，香如桂，莖如蘭。其國獻之，多不生實，葉多萎黃，詔并除焉。（《拾遺記》卷六）

漢宣帝時，江淮饑饉，人相食。天雨穀三日，秦魏地奏亡穀二十頃。

（任昉《述異記》卷下）

　　按：此據明《漢魏叢書》本。

　　漢宣帝以皂蓋車一乘，賜大將軍霍光，悉以金鉸具。至夜，車轄上金鳳凰輒亡去，莫知所之，至曉乃還。如此非一。守車人亦嘗見。後南郡黃君仲北山羅鳥，得鳳凰，入手即化成紫金，毛羽冠翅，宛然具足，可長尺餘。守車人列上云："今月十二日夜，車轄上鳳凰俱飛去，曉則俱還。今則不返，恐爲人所得。"光甚異之，具以列上。後數日，君仲詣闕上鳳凰子，云："今月十二夜，北山羅鳥所得。"帝聞而疑之，置承露盤上，俄而飛去。帝使尋之，直入光家，止車轄上，乃知信然。帝取其車，每游行，即乘御之。至帝崩，鳳凰飛去，莫知所在。嵇康詩云："翩翩鳳轄，逢此網羅。"（《續齊諧記》）

　　按：《續齊諧記》采嵇康詩"翩翩鳳轄，逢此網羅"，以證漢宣帝此事實有。此類故事，未必爲史實，然可知南朝多有此類神怪故事，并與漢代帝王聯繫。明陳耀文《天中記》引作《齊諧記》。

霍光（？—前68）

　　霍將軍妻一産二子，疑所爲兄弟。或曰："前生爲兄，後生者爲弟，今雖俱日，亦宜以先生爲兄。"或曰："居上者宜爲兄，居下宜爲弟，居下者前生，今宜以前生爲弟。"時霍光聞之，曰："昔殷王祖甲一産二子，曰囂，曰良。以卯日生囂，以巳日生良，則以囂爲兄，以良爲弟，若以在上者爲兄，囂亦當爲弟。昔許鼇莊公一産二女，曰妖，曰茂，楚大夫唐勒一産二子，一男一女，男曰貞夫，女曰瓊華，皆以先生爲長。近代鄭昌時、文長蒨并生二男，滕公一生二女，李黎生一男一女，并以前生者爲長。"霍氏亦以前生爲兄焉。（《西京雜記》卷三）

　　按：洪邁《容齋五筆》卷一有"雙生以前爲兄"條，即引《西京雜記》爲證。

　　漢昌邑王賀。初，昭帝崩，無嗣。霍光徵賀典喪，到濟陽，求長鳴雞卵五百枚。道買積竹杖，過弘農，使大奴宋善以衣車載女子行。居道上，不素食，常私買雞豚。漢有三璽，賀受之，大行前，就次發璽不封。初至

國都，不哭，言"嗌痛不能哭"。後，即位二十七日，見廢。(《金樓子·箴戒》)

趙充國(前137—前52)

趙充國字翁孫，隴西上邽人也，後徙金城令居。始爲騎士，以六郡良家子善騎射補羽林。爲人沈勇有大略，少好將帥之節，而學兵法，通知四夷事。(《漢書》卷六十九《趙充國傳》)

按：陳直《漢書新證》："一九四二年，青海出土東漢三老掾趙寬碑，光和三年刻。寬爲充國之嫡後，叙述世系特詳。……《貞松堂集古遺文》卷十四、三十二頁有'趙充國'帶鉤，此物自西安漢城出土，由陝估售出，現藏瀋陽歷史博物館。"(第367頁)趙充國作爲西漢名臣，曾以功德與霍光等被圖畫於未央宮，如《前漢紀·宣帝紀》稱："營平侯趙充國薨，諡曰壯武侯。以功德與霍光等圖畫相次於未央宮，第一曰大司馬大將軍博陸侯霍光，次曰衛將軍富平侯張安世，次曰車騎將軍龍頟侯韓增，次曰後將軍營平侯趙充國，次曰丞相高平侯魏相，次曰丞相博陵侯邴吉，次曰御史大夫建平侯杜延年，次曰宗正陽城侯劉德，次曰少傅梁丘賀，次曰太子太傅蕭望之，次曰典屬國蘇武。皆有功德，知名當世，以明著中興輔佐，列於方叔、(邵)〔召〕虎、仲山甫焉。"此類圖畫功臣，在當時社會上具有非常重要的政治影響，一度成爲漢代功臣之後炫耀的資本，如《論衡·須頌》言："宣帝之時，畫圖漢列士，或不在於畫上者，子孫耻之。何則？父祖不賢，故不畫圖也。"

歐陽高(生卒不詳)

《前書》云：濟南伏生傳《尚書》，授濟南張生及千乘歐陽生，歐陽生授同郡兒寬，寬授歐陽生之子，世世相傳，至曾孫歐陽高，爲《尚書》歐陽氏學。(《後漢書》卷七十九上《儒林傳上》)

按：歐陽高傳林尊、歐陽建，如《漢書·儒林傳》："林尊字長賓，濟南人也。事歐陽高，爲博士，論石渠。"《夏侯勝傳》："勝從父子建字長卿，自師事勝及歐陽高，左右采獲。"歐陽高作《歐陽章句》，此即《漢書·藝文志》"《歐陽章句》三十一卷"。王應麟《漢藝文志考證》："初《書》唯有歐陽。孝宣世，立大、小夏侯。《七錄》云：'三家至西晉并亡，其說間見於義疏。'葉氏曰：'自漢訖西晉，言《書》惟祖歐陽氏。'鄭康成云：'歐陽氏失其本義。'《郊祀志》引歐陽、大、小夏侯三家說六宗，皆曰上不及天，下不及墬，旁不及四方，在六者之間，助陰陽變化，實一而名六。《後漢·輿服志》：永平二年，乘輿服從歐陽氏說，公卿以下從大、小夏侯氏說。桓榮習《歐陽尚書》，受朱普學章句四十萬言，浮辭繁長，多過其實。及榮入授顯宗，減爲二十三萬言。子郁復删省定成十二萬言。夏侯勝從歐陽氏問，建自師事勝及歐陽高，左右采獲，又從五經諸儒問與《尚書》相出入者，牽引以次章句。然則大、小夏侯皆歐陽之學。"又據此所言"至曾孫歐陽高，爲《尚書》歐陽氏學"，則漢代所謂《尚書》"歐陽學"，自歐陽生、兒寬、歐陽生子數輩，至其曾孫歐陽高始成。漢代經學如何可稱爲"一家之學"，值得深究。

夏侯勝（生卒不詳）

　　夏侯勝，其先夏侯都尉，從濟南張生受《尚書》，以傳族子始昌。始昌傳勝，勝又事同郡蕑卿。蕑卿者，倪寬門人。勝傳從兄子建，建又事歐陽高。勝至長信少府，建太子太傅，自有傳。由是《尚書》有大、小夏侯之學。（《漢書》卷八十八《儒林傳》）

　　按：《漢書·夏侯勝傳》："勝復爲長信少府，遷太子太傅。受詔撰《尚書》、《論語說》，賜黃金百斤。年九十卒官，賜冢塋，葬平陵。太后賜錢二百萬，爲勝素服五日，以報師傅之恩，儒者以爲榮。"據《漢書·藝文志》，夏侯勝又傳《魯論語》。夏侯勝傳夏侯建，夏侯建又學于歐陽高，則大小夏侯學皆綜合之學。又《漢書·藝文志》："《經》二十九卷。《大、小夏侯章句》各二十九卷。《大、小夏侯解故》二十九篇。"《經》二十九卷，班固自注："大、小夏侯二家。"據《後漢書·儒林傳上》："（兒）寬授歐陽生之子，世世相傳，至曾孫歐陽高，爲《尚書》歐陽氏學；張生授夏侯都尉，都尉授族子始昌，始昌傳族子勝，爲大夏侯氏學；勝傳從兄子建，建別爲小夏侯氏學：三家皆立博士。"歐陽氏學來自歐陽生或兒寬；大、小夏侯之學來自濟南張生或夏侯始昌。

夏侯建（生卒不詳）

勝從父子建字長卿，自師事勝及歐陽高，左右采獲，又從《五經》諸儒問與《尚書》相出入者，牽引以次章句，具文飾說。勝非之曰："建所謂章句小儒，破碎大道。"建亦非勝爲學疏略，難以應敵。建卒自顓門名經，爲議郎博士，至太子少傅。（《漢書》卷七十五《眭兩夏侯京翼李傳》）

按：夏侯建先從夏侯勝學《尚書》，又從歐陽高學，并"非勝爲學疏略，難以應敵"，知夏侯建未守夏侯勝所認爲的"大儒"之"大道"，故夏侯勝"非之"。夏侯勝所言"章句小儒，破碎大道"，即指夏侯建"左右采獲，又從《五經》諸儒問與《尚書》相出入者，牽引以次章句，具文飾說"之舉。由此可知，夏侯建之學，近似于"經傳雜說"。夏侯建則"顓門名經"，自成"小夏侯學"。

林尊（生卒不詳）

林尊字長賓，濟南人也。事歐陽高，爲博士，論石渠。後至少府、太子太傅，授平陵平當、梁陳翁生。當至丞相，自有傳。翁生信都太傅，家世傳業。由是歐陽有平、陳之學。（《漢書》卷八十八《儒林傳》）

按：林尊學於歐陽高，授平當，平當授鮑宣，主要活動當在昭、宣時期。"由是歐陽有平、陳之學"，則歐陽氏學之後又有"學"。

疏廣（生卒不詳）　　疏受（生卒不詳）

疏廣字仲翁，東海蘭陵人也。少好學，明《春秋》，家居教授，學者自遠方至。徵爲博士太中大夫。地節三年，立皇太子，選丙吉爲太傅，廣爲少傅。數月，吉遷御史大夫，廣徙爲太傅，廣兄子受字公子，亦以賢良舉爲太子家令。受好禮恭謹，敏而有辭。宣帝幸太子宮，受迎謁應對，及置酒宴，奉觴上壽，辭禮閑雅，上甚謹說。頃之，拜受爲少傅。（《漢書》卷七十一《疏廣傳》）

按：疏廣居家教授《春秋》，而慕名而來求學者衆，且有的"自遠方至"，可知其聲名遠播。這說明西漢時期，已經形成了外出求學之風氣，而學者居家即可招收弟子，同孔子所爲。其從子疏受，"好禮恭謹，敏而有辭"，且"辭禮閑雅"，知此時禮儀之於個人之教育與影響，已經對個人行爲方式、品行產生作用。後疏廣、疏受功成身退，陶淵明《詠二疏》贊之："大象轉四時，功成者自去。借問衰周來，幾人得其趣？游目漢廷中，二疏復此舉。"《漢書·疏廣傳》又有"公卿大夫故人邑子設祖道"之言，陳直《漢書新證》："北魏時造像，稱鄉人爲邑子，蓋沿用兩漢人之習俗語。又漢人最重祖道，《居延漢簡釋文》卷二、五十八頁，有'出錢十，付第十七候長祖道錢。出錢十、付第廿三候長祖道錢'之簡文。"（第376頁）

蔡千秋（生卒不詳）

……好學者頗復受《穀梁》。沛蔡千秋少君、梁周慶幼君、丁姓子孫皆從廣受。千秋又事皓星公，爲學最篤。宣帝即位，聞衛太子好《穀梁春秋》，以問丞相韋賢、長信少府夏侯勝及侍中樂陵侯史高，皆魯人也，言穀梁子本魯學，公羊氏乃齊學也，宜興《穀梁》。時千秋爲郎，召見，與《公羊》家并說，上善《穀梁》說，擢千秋爲諫大夫給事中，後有過，左遷平陵令。復求能爲《穀梁》者，莫及千秋。上愍其學且絶，乃以千秋爲郎中戶將，選郎十人從受。汝南尹更始翁君本自事千秋，能說矣，會千秋病死，徵江公孫爲博士。（《漢書》卷八十八《儒林傳》）

按：王應麟《漢藝文志考證》："《穀梁傳》十一卷。韋賢、夏侯勝言穀梁子本魯學，公羊氏乃齊學也。吳兢《書目》云：'秦孝公時人。'楊士勛《疏》云：'穀梁子，名俶，字元始，魯人，一名赤。（注：顏師古曰："名喜"。）受經于子夏，爲經作傳，傳孫卿，卿傳魯人申公。申公傳博士江翁。其後魯人榮廣大善《穀梁》，又傳蔡千秋。漢宣帝好《穀梁》，擢千秋爲郎，由是行於世。"

王褒（生卒不詳）

　　王褒字子淵，蜀人也。宣帝時修武帝故事，講論六藝群書，博盡奇異之好，徵能爲《楚辭》九江被公，召見誦讀，益召高材劉向、張子僑、華龍、柳褒等待詔金馬門。神爵、五鳳之間，天下殷富，數有嘉應。上頗作歌詩，欲興協律之事，丞相魏相奏言知音善鼓雅琴者渤海趙定、梁國龔德，皆召見待詔。於是益州刺史王襄欲宣風化於衆庶，聞王褒有俊材，請與相見，使褒作《中和》《樂職》《宣布》詩，選好事者令依《鹿鳴》之聲習而歌之。（《漢書》卷六十四《王褒傳》）

　　按："宣帝時修武帝故事，講論六藝群書，博盡奇異之好"，可知前朝皇帝的某些行爲，會被後一代王朝繼承、學習，從而成爲所謂的"故事"。漢武帝"好文"、好儒之舉，被漢宣帝繼承，"六藝"屬於儒學，"奇異"近辭賦，故徵明《楚辭》者。

　　《漢書·王褒傳》稱"上令褒與張子僑等并待詔，數從褒等放獵，所幸宮館，輒爲歌頌，第其高下，以差賜帛"，漢宣帝或曾以賦頌高下論人，并論賦曰"辭賦大者與古詩同義，小者辯麗可喜"，此未必出於宣帝首倡，可能是當時對辭賦理論的一種普遍認識，即將"大賦"納入古詩（《詩經》）系統，"小賦"歸結爲具有文才之作。劉勰《文心雕龍·情采》稱："夫鉛黛所以飾容，而盼倩生於淑姿；文采所以飾言，而辯麗本於情性。"此從文辭角度總結"辯麗"含義。又《漢書·王褒傳》稱"太子喜褒所爲《甘泉》及《洞簫頌》，令後宮貴人左右皆誦讀之"，太子後宮皆"誦讀"王褒之"《甘泉》及《洞簫頌》"，此處稱"賦"爲"頌"，或者與"誦讀"之行爲有關。而被"誦讀"之"頌"，不知是否在文字上有所變化。《北堂書鈔》卷九十八引《王褒集序》稱"元帝爲太子，好褒《甘泉頌》及《洞簫賦》，令後官貴人，皆誦讀之"，《北堂書鈔》稱所誦讀者爲"《甘泉頌》及《洞簫賦》"，與《漢書》王褒本傳言頌"《甘泉》及《洞簫頌》"不同。

後世以爲王褒賦重辭藻，如《吕東萊贈趙承國論學帖》稱："西漢自王褒以下，文字專事詞藻，不復簡古。而谷永等書，雜引經傳，無復己見，而古學遠矣，此學者所宜深戒。"此處以爲西漢自王褒之後的辭賦，皆重辭藻；而谷永等引經據典較多，不復"簡古"。此説未必合乎事實，因爲辭賦自司馬相如以來，即重辭藻。

陰子方（生卒不詳）

漢宣帝時，南陽陰子方者，性至孝，積恩好施，喜祀灶。臘日晨炊，而竈神形見。子方再拜受慶。家有黄羊，因以祀之。自是已後，暴至巨富，田七百餘頃，輿馬僕隸，比於邦君。子方嘗言："我子孫必將强大。"至識三世，而遂繁昌。家凡四侯，牧守數十。故後子孫常以臘日祀灶，而薦黄羊焉。（《搜神記》卷四）

何武（前 72—3）

何武字君公，蜀郡郫縣人也。宣帝時，天下和平，四夷賓服，神爵、五鳳之間婁蒙瑞應。而益州刺史王襄使辯士王褒頌漢德，作《中和》《樂職》《宣布》詩三篇。武年十四五，與成都楊覆衆等共習歌之。是時，宣帝循武帝故事，求通達茂異士，召見武等於宣室。上曰："此盛德之事，吾何足以當之哉！"以褒爲待詔，武等賜帛罷。（《漢書》卷八十六《何武傳》）

按：本傳稱何武元始三年（3）自殺，《西京雜記》卷三稱："何武葬北邙山薄龍阪，王嘉冢東北一里。"王褒作《中和》《樂職》《宣布》在"神爵、五鳳之間"（前57—前58），時"武年十四五"，"爲僮子"，則其生年大致在漢宣帝本始二年（前72）左右。《漢書·王褒傳》："神爵、五鳳之間，天下殷（當）〔富〕，數有嘉應。上頗作歌詩，欲興協律之事，丞相魏相奏言知音善鼓雅琴者渤海趙定、梁國龔德，皆召見待詔。於是益州刺史王襄欲宣風化於衆庶，聞王襃有俊材，請與相見，使襃作《中和》、《樂職》、《宣布》詩，選好事者令依《鹿鳴》之聲習而歌之。時氾鄉侯何武爲僮子，選在歌中。"何武與揚雄同鄉。王襃《中和》《樂職》《宣布》詩，與"頌漢德"之作，知當時地方官有爲此目的而使人爲文者。何武本傳顔師古注："中和者，言政教隆平，得中和之道也。樂職，謂百官萬姓樂得其常道也。宣布，德化周洽，遍于四海也。"此從政教、人民、皇帝三個角度頌揚漢德。此三詩能夠被當時少年童子"共習歌之"，知漢詩是可以入樂的。當時地方賦、詩之作，多有"頌漢德"之目的。"循故事"，是因循舊規、推行良策之手段。

又《漢書·何武傳》："武詣博士受業，治《易》。"何武治《易》，與翟方進爲友。何武先學《易》，後考射策，此其入仕之道。"四行"，顔師古注："元帝永光元年詔舉質樸、敦厚、遜讓、有行義各一人。時詔書又令光禄歲以此科第郎從官，故武以此四行得舉之也。"

華龍（生卒不詳）

宣帝時修武帝故事，講論六藝群書，博盡奇異之好，徵能爲《楚辭》九江被公，召見誦讀，益召高材劉向、張子僑、華龍、柳襃等待詔金馬門。（《漢書》卷六十四《王襃傳》）

按：華龍在漢宣帝時待詔金馬門。《漢書·藝文志》："漢中都尉丞華龍賦二篇。"在"孫卿賦之屬"，今亡。宣帝時賦作不少，然亦多亡佚，如《漢書·藝文志》："侍中徐博賦四篇。""黃門書者王廣、呂嘉賦五篇。""左馮翊史路恭賦八篇。"陳直《漢書新證》："史謂掾史，路恭爲人名，因《百官表》歷任左馮翊，無'史路恭'其人。"（第235頁）此皆在"孫卿賦之屬"，今皆亡。其他還有：《鉤盾冗從李步昌》八篇，班固自注："宣帝時數言事。"王應麟《漢藝文志考證》卷五："《百官表》：'少府有鉤盾令丞，'注：'鉤盾主近苑囿。'《枚皋傳》'與冗從爭'，注：'散職。'"錢大昭《漢書辨疑》曰："儒家有《鉤盾冗從李步昌》八篇，疑即其人。"陳直《漢書新證》曰："賦家有李步昌賦二篇，與此當爲一人。《百官表》鉤盾令屬少府，冗從爲散員，亦見《枚皋傳》。冗從各官署皆有之，有時設冗從僕射管理之。《十鐘山房印舉》舉二，有'冗從僕射'印是也。又《印舉》舉二十七、四十三頁，有'李步昌'穿帶印，疑即此人。"（陳直《漢書新證》，第231頁）《漢書·藝文志》又有"李步昌賦二篇"，在"孫卿賦之屬"。今亡。

洛陽錡華賦九篇，亦在"孫卿賦之屬"，今亡。顏師古曰："錡，姓；華，名。錡音魚綺反。"《漢書補注》引王應麟曰："《左傳》'殷民七族，錡氏'。"引葉德輝曰："邵思《姓解》三'西漢有錡業'。案'華'、'業'字形近，疑即此人。"（王先謙：《漢書補注》，上海古籍出版社2012年版，第6冊，第3016頁）陳直《漢書新證》曰："《漢印文字徵》第十四、二頁，有'錡隆'、'錡海'、'錡纏'、'錡奉'、'錡滿'、'錡賢'七印，足證錡姓爲兩漢習見之姓。"（《漢書新證》，第235頁）陳直稱"七印"，實六印。

華龍品行不端，此見《漢書·蕭望之傳》："（鄭）朋與大司農史李宮俱待詔，堪獨白宮爲黃門郎。朋，楚士，怨恨，更求入許、史，推所言許、史事曰……望之聞之，以問弘恭、石顯。顯、恭恐望之自訟，下於它吏，即挾朋及待詔華龍。龍者，宣帝時與張子蟜等待詔，以行污濊不進，欲入堪等，堪等不納，故與朋相結。"

張子僑（生卒不詳）

時元帝爲太子，宣帝使王襃、劉向、張子僑等之太子宮，娛侍太子朝夕讀誦，蕭望之爲太傅，周堪爲少傅。（《後漢書》卷四十上《班彪列傳上》李賢注）

按：《後漢書》作"及至中宗，亦令劉向、王襃、蕭望之、周堪之徒，以文章儒學保訓東宮以下"，并未提及張子僑。李賢或別有所據。《漢書·王襃傳》稱宣帝曾"益召高材劉向、張子僑、華龍、柳襃等待詔金馬門"，以此知張子僑與劉向、王襃才略相等，而其賦不傳。又《漢書·藝文志》稱："光祿大夫張子僑賦三篇。"班固自注："與王襃同時也。"其賦今不傳。

劉向《七略》：孝宣皇帝重申不害《君臣篇》，使黃門郎張子喬正其字。（《太平御覽》卷二百二十一《职官部十九·黃門侍郎》）

按：據劉向語，申不害《君臣篇》曾經張子僑校正文字，是張子僑曾參與劉向校書，并負責校諸子。

楊惲（？—前54）

（楊）忠弟惲，字子幼，以忠任爲郎，補常侍騎。惲母，司馬遷女也。惲始讀外祖《太史公記》，頗爲《春秋》。以材能稱。好交英俊諸儒，名顯朝廷，擢爲左曹。（《漢書》卷六十六《楊惲傳》）

按：楊惲乃司馬遷《史記》重要傳播者，且頗識《春秋》。又《漢書·楊惲傳》有"惲上觀西閣上畫人，指桀紂畫謂樂昌侯王武曰""畫人有堯舜禹湯"之語，可知彼時有上古聖皇、暴君畫像。

魏相（？—前59）

魏相字弱翁，濟陰定陶人也，徙平陵。少學《易》，爲郡卒史，舉賢良，以對策高第，爲茂陵令。（《漢書》卷七十四《魏相傳》）

按：魏相通《易》。又《漢書·魏相傳》稱："相明《易經》，有師法，好觀漢故事及便宜章奏，以爲古今異制，方今務在奉行故事而已。數條漢興已來國家便宜行事，及賢臣賈誼、鼂錯、董仲舒等所言，奏請施行之。"知魏相善"故事"與"便宜章奏"，并曾匯總"數條漢興已來國家便宜行事，及賢臣賈誼、鼂錯、董仲舒等所言"，是漢代已有編纂之實。

丙吉（？—前55）

《風俗通》：龔從兄陽求臘錢，龔假取繁數，頗厭患之，陽與錢千，龔意不滿，欲破陽家，因持弓矢射玄武東闕，三發，吏士呵縛首服。因是遣中常侍、尚書、御史中丞、直事御史、謁者、衛尉、司隸、河南尹、洛陽令悉會發所。劭時爲太尉議曹掾，白公鄧盛："夫禮設闕觀，所以飾門，章於至尊，懸諸象魏，示民禮法也。故車過者下，步過者趨。今龍乃敢射闕，意慢事醜，次於大逆。宜遣主者參問變狀。"公曰："府不主盜賊，當與諸府相候。"劭曰："丞相邴吉以爲道路死傷，既往之事，京兆、長安職所窮逐，而住車問牛喘吐舌者，豈輕人而貴畜哉，頗念陰陽不和，必有所害。掾史爾乃悅服，《漢書》嘉其達大體。令龍所犯，然中外奔波，邴吉防患大豫，況於已形昭晰者哉！明公既處宰相大任，加掌兵戎之職，凡在荒裔，謂之大事，何有近目下而致逆節之萌者？孔子攝魯司寇，非常卿也。折僣溢之端，消纖介之漸，從政三月，惡人走境，邑門不闔，外收强齊侵地，內虧三桓之威。區區小國，尚於趣舍，大漢之朝，焉可無乎？明公恬然謂非己。《詩》云：'儀刑文王，萬國作孚。'當爲人制法，何必取法於人！"於是公意大悟，遣令史謝，申以鈴下規應掾自行之，還具條奏。時靈帝詔報，惡惡止其身，龍以重論之，陽不坐。（《後漢書·五行志五》注）

　　按：此《風俗通》佚文。《漢書·丙吉傳》："丙吉字少卿，魯國人也。治律令，爲魯獄史。"丙吉，通《詩》《禮》，代魏相爲相。陳直《漢書新證》："漢代丙邴二字，在姓氏上通用。"（第385頁）《風俗通義·佚文》即作"邴吉"。

　　《風俗通義·佚文》：陳留有富室翁，年九十無子，取田家女爲妾，一交接，即氣絕；後生得男，其女誣其淫佚有兒，曰："我父死時年尊，何一夕便有子？"爭財數年不能决。丞相邴吉出殿上决獄，云："吾聞老翁子不耐寒，又無影，可共試之。"時八月，取同歲小兒，俱解衣裸之，此兒獨言寒；復令并行日中，獨無影。大小嘆息，因以財與兒。（《意林》，《書鈔》三十六、四十四；《御覽》三八八、八三六）

　　按：陳直《漢書新證》以爲此事在丙吉官廷尉正時之事，非官丞相時事（第386頁）。

韓延壽（生卒不詳）

　　韓延壽字長公，燕人也，徙杜陵。少爲郡文學。父義爲燕郎中。刺王之謀逆也，義諫而死，燕人閔之。是時昭帝富於春秋，大將軍霍光持政，徵郡國賢良文學，問以得失。時魏相以文學對策，以爲"賞罰所以勸善禁惡，政之本也。日者燕王爲無道，韓義出身强諫，爲王所殺。義無比干之親而蹈比干之節，宜顯賞其子，以示天下，明爲人臣之義"。光納其言，因擢延壽爲諫大夫，遷淮陽太守。治甚有名，徙潁川。（《漢書》卷七十六《韓延壽傳》）

　　按：韓延壽因父功得魏相推薦而見用。《漢書·韓延壽傳》稱"趙廣漢爲太守，患其俗多朋黨，故構會吏民，令相告訐，一切以爲聰明，潁川由是以爲俗，民多怨讎。延壽欲更改之，教以禮讓……百姓遵用其教，賣偶車馬下里僞物者，棄之市道"，趙廣漢、韓延壽皆以能吏稱，然廣漢爲去"其俗多朋黨"，而"構會吏民，令相告訐"，致使風俗大壞，"民多怨讎"；延壽"教以禮讓"，終至黃霸時而大治。禮教之功，不可輕視。"賣偶車馬下里僞物者"，陳直《漢書新證》云："西漢墓葬，初期只有偶人及陶馬，在中期以後，始有馬車、牛車、鳥獸及用器模型等。與本傳所言，時代確合。"（第394頁）

　　《漢書》本傳又稱："延壽在東郡時，試騎士，治飾兵車，畫龍虎朱爵。延壽衣黃紈方領，駕四馬，傅總，建幢棨，植羽葆，鼓車歌車。功曹引車，皆駕四馬，載棨戟。五騎爲伍，分左右部，軍假司馬、千人持幢旁轂。歌者先居射室，望見延壽車，嗷咷楚歌。延壽坐射室，騎吏持戟夾陛列立，騎士從者帶弓鞬羅後。令騎士兵車四面營陳，被甲鞮鍪居馬上，抱弩負蘭。又使騎士戲車弄馬盜驂。延壽又取官銅物，候月蝕鑄作刀劍鉤鐔，放效尚方事。""鼓車歌車"，孟康曰："如今郊駕時車上鼓吹也。"師古曰："郊駕，郊祀時備法駕也。""功曹引車"，陳直《漢書新證》："太守出行，功曹引車，爲兩漢之典制，延壽之奢僭逾制，固不在此也。"（第395頁）"延壽坐射室"，陳直《漢書新證》："兩漢太守都尉秋試時，吏士習射，以中六矢爲標準，過六則有嘉獎。"（第395頁）秋射時有歌者，故云"歌者先居射室"，故陳直《漢書新證》稱："居延漢簡甲編八七頁，有簡文云：'右歌人十九人。'蓋爲張掖太守舉行秋射之歌者，與本傳文正合。"（第396頁）值得注意的是，歌者所歌爲"楚歌"。另此處所言月蝕鑄刀劍事，《抱朴子内篇·雜應》有相似記載："或以月蝕時刻，三歲蟾蜍喉下有八字者血，以書所持之刀劍。""持"，陳直《漢書新證》作"鑄"，故其以爲月蝕鑄刀劍之風，至晉猶存（第396頁）。若爲"持"

字，則陳直此説或另當別論。

趙定（生卒不詳）

　　桓子《新論》：宣帝元康、神爵之間，渤海趙定、梁國龍德，召見溫室，拜爲侍郎，皆善琴書也。（《北堂書鈔》卷七十一《設官部二十三·諸王國侍郎一百五十七》）

　　按：《漢書·藝文志》：“《雅琴趙氏》七篇。”班固自注：“名定，勃海人，宣帝時丞相魏相所奏。”此又見劉向《別録》：“趙氏者，渤海趙定人也。宣帝時，元康、神爵間，丞相奏能鼓琴者，渤海趙定、梁國龍德皆召入，見溫室，使鼓琴。時閑燕爲散操，多爲之涕泣者。”（《太平御覽》卷五七九《樂部十七·琴下》）

尹翁歸（？—前62）

　　後去吏居家。會田延年爲河東太守，行縣至平陽，悉召故吏五六十人，延年親臨見，令有文者東，有武者西。閲數十人，次到翁歸，獨伏不肯起，對曰：“翁歸文武兼備，唯所施設。”功曹以爲此吏倨敖不遜，延年曰：“何傷？”遂召上辭問，甚奇其對，除補卒史，便從歸府。案事發奸，窮竟事情，延年大重之，自以能不及翁歸，徙署督郵。河東二十八縣，分爲兩部，閎孺部汾北，翁歸部汾南。所舉應法，得其罪辜，屬縣長吏雖中傷，莫有怨者。舉廉爲緱氏尉，歷守郡中，所居治理，遷補都内令，舉廉爲弘農都尉。（《漢書》卷七十六《尹翁歸傳》）

　　按：《漢書·尹翁歸傳》：“尹翁歸字子兄，河東平陽人也，徙杜陵。翁歸少孤，與季父居。爲獄小吏，曉習文法。喜擊劍，人莫能當。”顏師古曰：“兄讀曰况。”陳直《漢書新證》以爲顏説非，當讀其本音（第391頁）。西漢人多喜擊劍，疑賦家多喜佩劍，故揚雄等人才有“能讀千賦則善賦”“能觀千劍則曉劍”之説，是將讀賦與習劍并提。本傳稱其“元康四年病卒”。

尹翁歸自稱"文武兼備",其自負如此。此言督郵分爲南北兩部,東漢亦有"北部督郵西平郅伯夷"之説(《太平御覽》卷九百一十二《獸部二十四·貍》引《風俗通》),范滂亦"曾爲北部督郵"(《太平御覽》卷七百四《服用部六·囊》引《汝南先賢傳》),故知兩漢皆有督郵。陳直《漢書新證》曰:"兩漢郡縣皆有督郵,郵與尤通,謂督察屬吏之過尤也。郡督郵有一人獨任者,有分爲兩部者,有分爲五部者(五部爲東南西北中),大概以郡屬範圍廣狹而定。"(第392頁)

前漢有尹翁歸,後漢有鄭翁歸,梁家亦有孔翁歸,又有顧翁寵。(《顔氏家訓·風操》)

按:漢代人名多有雷同,此乃當時取名風俗。

桓寬(生卒不詳)

所謂鹽鐵議者,起始元中,徵文學賢良問以治亂,皆對願罷郡國鹽鐵酒榷均輸,務本抑末,毋與天下爭利,然後〔教〕化可興。御史大夫弘羊以爲此乃所以安邊竟,制四夷,國家大業,不可廢也。當時相詰難,頗有其議文。至宣帝時,汝南(相)〔桓〕寬次公治《公羊春秋》,舉爲郎,至廬江太守丞,博通善屬文,推衍鹽鐵之議,增廣條目,極其論難,著數萬言,亦欲以究治亂,成一家之法焉。(《漢書》卷六十六《公孫劉田王楊蔡陳鄭傳》班固"贊曰")

按:此叙桓寬《鹽鐵論》所作之緣由及目的,認爲此書亦"欲以究治亂,成一家之法"。《漢書·藝文志》:"桓寬《鹽鐵論》六十篇。"顔師古注:"寬字次公,汝南人也。孝昭帝時,丞相御史與諸賢良文學論鹽鐵事,寬撰次之。"王應麟《漢藝文志考證》:"今十卷,本論第一至雜論第六十。"《隋書·經籍志》則稱:"《鹽鐵論》十卷,漢廬江府丞桓寬撰。"

《漢書·藝文志》題"桓寬《鹽鐵論》六十篇","作者(編者)、書名、篇卷"齊備,已經是較爲完整的古書著録方式,此可知至少在劉向時代,著録近代作者確定之著作,已經有較爲明確的作者、書名、篇卷次序。至於以"人名+篇卷"著録方式,如"《陸賈》二十三篇""《劉敬》三篇"等,這説明兩個問題:一者此類書籍尚無書名,二者劉向等爲著録方便，臨時以"人名、篇卷"統計在册，未必是以人名爲書名。但這種著録方式，開啓了後世的著作題名方式的變化，爲魏晋南北朝文人別集以"人名＋集"（如《諸葛亮集》）的出現奠定了基礎。《孔叢子·連叢子》收孔臧四賦，稱"別不在集"，此"集"并非説孔臧已經有別集，而是指的是《漢書·藝文志》中"太常蓼侯孔臧賦二十篇"之類的文獻。《連叢子》至少是東漢纂輯，即使按照有人認爲的屬於王肅僞造之作，此"集"字之出現，也早於《諸葛亮集》的編纂。由此看來，事實上的文人別集觀念與文本的出現，早在西漢已經發生了，目前雖然没有發現東漢時期以"集"爲名的別集，但較爲成熟的別集觀念與文本已經産生，則是不争的事實。

張千秋（生卒不詳）

安世長子千秋與霍光子禹俱爲中郎將，將兵隨度遼將軍范明友擊烏桓。還，謁大將軍光，問千秋戰鬥方略，山川形勢，千秋口對兵事，畫地成圖，無所忘失。光復問禹，禹不能記，曰："皆有文書。"光由是賢千秋，以禹爲不材，嘆曰："霍氏世衰，張氏興矣！"及禹誅滅，而安世子孫相繼，自宣、元以來爲侍中、中常侍、諸曹散騎、列校尉者凡十餘人。功臣之世，唯有金氏、張氏，親近寵貴，比于外戚。（《漢書》卷五十九《張湯傳》）

按：張千秋乃張安世子，有識記地理之才。張氏與金氏皆以功臣之後貴幸。清倪濤《六藝之一録》卷二十三："張千秋鼻鈕。張千秋印。"

黄霸（？—前51）

聖主誠肯明察群臣，竭精稱職有功效者，無愛金帛封侯之費，其懷奸藏惡別無狀者，圖鐵鑕鈇之决。然則良臣如王成、黄霸、龔遂、邵信臣之徒，可比郡而得也；神明瑞應，可期年而致也。（《潛夫論·三式》）

按：黄霸從夏侯勝學《尚書》，乃大夏侯學，《史記·建元以來侯者年表》稱:"黃霸,家在陽夏,以役使徙雲陽。以廉吏爲河內守丞,遷爲廷尉監,行丞相長史事。坐見知夏侯勝非詔書大不敬罪,久繫獄三歲,從勝學《尚書》。"又《漢書》黃霸本傳稱"自漢興,言治民吏,以霸爲首",可知東漢與王成、黃霸、龔遂、邵信臣等爲良吏。本傳稱其"甘露三年薨,謚曰定侯"。

于定國(? —前40)

于定國字曼倩,東海郯人也。其父于公爲縣獄史,郡決曹,決獄平,羅文法者于公所決皆不恨。郡中爲之生立祠,號曰于公祠。(《漢書》卷七十一《于定國傳》)

按:立生祠,清趙翼《陔餘叢考·生祠》曰:"《莊子》庚桑子所居,人皆尸祝之,蓋已開其端。《史記》欒布爲燕相,燕齊之間皆爲立社,號曰欒公社。石慶爲齊相,齊人爲立石相祠,此生祠之始也。"於此推測,漢代齊地有爲清官立生祠傳統。于定國學《春秋》,故《史記·建元以來侯者年表》曰:"于定國,家在東海……乃師受《春秋》,變道行化,謹厚愛人。遷爲御史大夫,代黃霸爲丞相。"《漢書·于定國傳》亦稱:"定國乃迎師學《春秋》,身執經,北面備弟子禮。"本傳又稱"(永光元年)數歲,七十餘薨,謚曰安侯",姑定於永光四年(前40)。《漢書》本傳有"東海孝婦"故事,《搜神記》收錄此故事,增益東海孝婦名字。唐釋道世撰《法苑珠林》卷四十九《忠孝篇》亦錄之。

又《漢書·藝文志》:"《易》曰:'先王以明罰飭法'。"王應麟《漢藝文志考證》:"《後魏·刑法志》漢孝武世,增律三十餘篇。宣帝時,于定國爲廷尉,集諸法律凡九百六十卷,大辟四百九十條,千八百八十二事,死罪決比,凡三千四百七十二條,諸斷罪當用者,合二萬六千二百七十二條。"

蕭望之(前107—前47)

蕭望之字長倩,東海蘭陵人也,徙杜陵。家世以田爲業,至望之,好學，治《齊詩》，事同縣后倉且十年。以令詣太常受業，復事同學博士白奇，又從夏侯勝問《論語》《禮服》。京師諸儒稱述焉。(《漢書》卷七十八《蕭望之傳》)

按：顏師古注："近代譜諜妄相托附，乃云望之蕭何之後，追次昭穆，流俗學者共祖述焉。但酇侯漢室宗臣，功高位重，子孫胤緒具詳表、傳。長倩鉅儒達學，名節并隆，博覽古今，能言其祖。市朝未變，年載非遙，長老所傳，耳目相接，若其實承何後，史傳寧得弗詳？《漢書》既不敘論，後人焉所取信？不然之事，斷可識矣。"蕭望之不恥下問，轉益多師，疑其學亦爲"經傳雜學"，由其上疏能"口陳灾異之意"可知。又《漢書·藝文志》："蕭望之賦四篇。"在陸賈賦之屬。

《漢書·蕭望之傳》："望之既左遷，而黃霸代爲御史大夫。數月間，丙吉薨，霸爲丞相。霸薨，于定國復代焉。望之遂見廢，不得相。爲太傅，以《論語》《禮服》授皇太子。"元于欽《齊乘》卷四："(蘭陵)城南有荀卿墓，城北有蕭望之墓。"蕭望之問"好節士"朱雲，於是自殺。蕭望之自稱"年逾六十"，暫定此時六十一歲，則其生年在漢武帝元封四年（前107）。蕭望之能以《春秋》説灾異，亦通《齊詩》《論語》《禮服》，而"以《論語》、《禮服》授皇太子"。蕭望之《論語》學夏侯勝《魯論語》。《漢書》蕭望之本傳稱"宣帝不甚從儒術，任用法律"，則此漢宣帝其所學、所好有關。而班固《漢書·宣帝紀》"贊"稱"孝宣之治，信賞必罰，綜核名實，政事文學法理之士咸精其能，至於技巧工匠器械，自元、成間鮮能及之，亦足以知吏稱其職，民安其業也"，知漢成帝時辭賦繁榮、王莽時期科學技術發達，皆源于漢宣帝時。漢宣帝時，劉向爲宗正，是西漢末年重要事件，因爲其後劉向、劉歆父子領銜整理古書，主要得力於此。

張敞（？—前48）

漢張敞，字子高，河東平陽人，官至京兆尹。善古文，傳之子吉，吉傳其出杜鄴，鄴傳其子林。吉子竦，字伯松，博學文雅，過於子高。三王以來，古文之學蓋絶，子高精勤而習之。其後杜林、衛密爲之嗣。子高好

古博雅，有緝熙之美焉。(《書斷》卷下)

按：《漢書·張敞傳》："張敞字子高，本河東平陽人也。祖父孺爲上谷太守，徙茂陵。敞父福事孝武帝，官至光禄大夫。……敞爲人敏疾，賞罰分明，見惡輒取，時時越法縱舍，有足大者。其治京兆，略循趙廣漢之迹。方略耳目，發伏禁奸，不如廣漢，然敞本治《春秋》，以經術自輔，其政頗雜儒雅，往往表賢顯善，不醇用誅罰，以此能自全，竟免於刑戮。"此叙張敞父祖，而《漢書·張敞傳》稱："敞爲京兆尹，而敞弟武拜爲梁相。"是張敞與其父、祖、弟皆能吏。張敞治《春秋》，"以經術自輔，其政頗雜儒雅"，故能免禍。《漢書·張敞傳》"敞與蕭望之、于定國相善"，又稱張敞"元帝初即位"時病卒，則其卒年在初元元年（前48）。

嚴延年（生卒不詳）

嚴延年，字次卿，東海人，河南太守。雅工史書，規模趙高，時稱其妙。後以罪棄市。(《書斷》卷下)

按：《漢書·酷吏傳》："嚴延年字次卿，東海下邳人也。其父爲丞相掾，延年少學法律丞相府，歸爲郡吏。……延年爲人短小精悍，敏捷於事，雖子貢、冉有通藝於政事，不能絶也。"又稱："東海莫不賢知其母。延年兄弟五人皆有吏材，至大官，東海號曰'萬石嚴嫗'。"此處"雅工史書"之"史書"，即小篆。

路温舒（生卒不詳）

路温舒字長君，鉅鹿東里人也。父爲里監門。使温舒牧羊，温舒取澤中蒲，截以爲牒，編用寫書。稍習善，求爲獄小吏，因學律令，轉爲獄史，縣中疑事皆問焉。太守行縣，見而異之，署決曹史。又受《春秋》，通大義。舉孝廉，爲山邑丞，坐法免，復爲郡吏。(《漢書》卷五十一《路温舒傳》)

按：戰國至西漢監門多隱士，路溫舒父或亦隱君子。"溫舒取澤中蒲，截以爲牒，編用寫書"，路溫舒所用"書寫載體"，可以稱爲"蒲牒紙"或"蒲牒書"。這提醒我們：目前我們看到的甲骨、青銅器、簡帛，并非紙張發明之前唯一的文本載體形式，只不過很多不易保存的載體，在歷史長河中消失了。古人的文本書寫載體，還是以方便、易於取用爲標準。

《漢書·路溫舒傳》："溫舒從祖父受曆數天文，以爲漢厄三七之間，上封事以豫戒。成帝時，谷永亦言如此。及王莽篡位，欲章代漢之符，著其語焉。"路溫舒提出的"漢厄三七之間"，是漢宣帝至王莽時期的重要話題。陳直《漢書新證》："《王莽傳上》，上奏符命云：'遭家不造，遇漢十二世三七之阨'，與本文正合。"（第305頁）

公孫達（生卒不詳）

《列異傳》：任城公孫達，甘露中爲陳郡，卒官，將斂，兒及郡吏數十人臨喪。公達有五歲兒，倏作靈，音聲若父，呵衆人云："哭止，吾欲有所道。"呼諸兒以次教戒，兒悲哀不能自勝。乃慰之曰："四時之運，猶有終，人物短脆，焉當無窮？"如此數千語，皆成文章。兒乃問曰："人死皆無知，大人聰明殊特，獨有神靈耶？"答曰："存亡之事，未易可言，鬼神之事，非人知也。"索紙作書，辭義滿紙，投地云："封書與魏君宰，暮有信來，即以付之。"其暮，君宰果有信來。（《太平御覽》卷八百八十四《神鬼部四·鬼下》）

按：《太平廣記》所記，與《御覽》文字有異。此條稱"甘露中"，則公孫達爲漢宣帝甘露中人。漢宣帝時，無此類鬼魂事，此佛教觀念，則《列異傳》記公孫達此事，當後人結合後世佛教思想而成。

嚴彭祖（生卒不詳）

嚴彭祖字公子，東海下邳人也。與顏安樂俱事眭孟。孟弟子百餘人，唯彭祖、安樂爲明，質問疑誼，各持所見。孟曰："《春秋》之意，在二子矣！"孟死，彭祖、安樂各顓門教授，由是《公羊春秋》有顏、嚴之學。彭祖爲宣帝博士，至河南、東郡太守。以高第入爲左馮翊，遷太子太傅，廉直不事權貴。或説曰："天時不勝人事，君以不修小禮曲意，亡貴人左右之助，經誼雖高，不至宰相。願少自勉强！"彭祖曰："凡通經術，固當修行先王之道，何可委曲從俗，苟求富貴乎！"彭祖竟以太傅官終。（《漢書》卷八十八《儒林傳》）

按：宣帝時爲博士，故系於此。"孟死，彭祖、安樂各顓門教授，由是《公羊春秋》有顏、嚴之學"，知除家學之外，確實又有顓門之學。陳直《漢書新證》："鄭康成《六藝論》云：'治《公羊》者眭孟弟子莊彭祖及顏安樂。'（《公羊序疏》引）足證嚴彭祖本姓莊，因避漢諱而改。準此例嚴延年亦當作莊延年。"（第425頁）《册府元龜》卷六百五《學校部九·注釋第一》："嚴彭祖爲太子太傅，撰《春秋左氏圖》七卷。又注《春秋公羊傳》十二卷。"

顏安樂（生卒不詳）

顏安樂字公孫，魯國薛人，眭孟姊子也。家貧，爲學精力，官至齊郡太守丞，後爲仇家所殺。安樂授淮陽泠豐次君、淄川任公。公爲少府，豐淄川太守。由是顏家有泠、任之學。始貢禹事嬴公，成于眭孟，至御史大夫，疏廣事孟卿，至太子太傅，皆自有傳。廣授琅邪筦路，路爲御史中丞。禹授潁川堂谿惠，惠授泰山冥都，都爲丞相史。都與路又事顏安樂，故顏氏復有筦、冥之學。路授孫寶，爲大司農，自有傳。豐授馬宮、琅邪左咸。咸爲郡守九卿，徒衆尤盛。官至大司徒，自有傳。（《漢書》卷八十八《儒林傳》）

按：此亦專門之學。《漢書·藝文志》："《公羊顏氏記》十一篇。"王應麟《漢藝文志考證》："顏安樂事眭孟，《六藝論》云：'治《公羊》者，胡毋生、董仲舒、仲舒弟子嬴公、公弟子眭孟、孟弟子嚴彭祖及顏安樂。'彭祖爲嚴氏學，安樂爲顏氏學，皆立博士。後漢張霸減定《嚴氏春秋》爲二十萬言。"

丁姓(生卒不詳)

瑕丘江公受《穀梁春秋》及《詩》于魯申公，傳子至孫爲博士。……其後浸微，唯魯榮廣王孫、皓星公二人受焉。廣盡能傳其《詩》《春秋》，高材捷敏，與《公羊》大師眭孟等論，數困之，故好學者頗復受《穀梁》。沛蔡千秋少君、梁周慶幼君、丁姓子孫皆從廣受。（《漢書》卷八十八《儒林傳》）

按：顏師古注："姓丁，名姓，字子孫。"丁姓事，又見周慶條。

周慶(生卒不詳)

復求能爲《穀梁》者，莫及千秋。上愍其學且絶，乃以千秋爲郎中户將，選郎十人從受。汝南尹更始翁君本自事千秋，能說矣，會千秋病死，徵江公孫爲博士。劉向以故諫大夫通達待詔，受《穀梁》，欲令助之。江博士復死，乃徵周慶、丁姓待詔保宮，使卒授十人。自元康中始講，至甘露元年，積十餘歲，皆明習。乃召《五經》名儒太子太傅蕭望之等大議殿中，平《公羊》、《穀梁》同異，各以經處是非。時《公羊》博士嚴彭祖、侍郎申輓、伊推、宋顯，《穀梁》議郎尹更始、待詔劉向、周慶、丁姓并論。《公羊》家多不見從，願請内侍郎許廣，使者亦并内《穀梁》家中郎王亥，各五人，議三十餘事。望之等十一人各以經誼對，多從《穀梁》。由是《穀梁》之學大盛。慶、姓皆爲博士。姓至中山太傅，授楚申章昌曼君，爲博士，至長沙太傅，徒衆尤盛。（《漢書》卷八十八《儒林傳》）

按：漢宣帝時，經學上的一件大事，就是召集《公羊》《穀梁》家討論二書之是非、異同。此次論難，參與人數衆多，如《公羊》博士嚴彭祖、侍郎申輓、伊推、宋顯、許廣，《穀梁》議郎尹更始、待詔劉向、周慶、丁姓、王亥，以及蕭望之十一人，平議《公羊》《穀梁》異同，多從《穀梁》。《穀梁傳》之興始於此。

劉向（前77—前6）

　　向字子政，本名更生。年十二，以父德任爲輦郎。既冠，以行修飭擢爲諫大夫。是時，宣帝循武帝故事，招選名儒俊材置左右。更生以通達能屬文辭，與王褒、張子僑等并進對，獻賦頌凡數十篇。上復興神僊方術之事，而淮南有《枕中鴻寶苑秘書》。書言神僊使鬼物爲金之術，及鄒衍重道延命方，世人莫見，而更生父德武帝時治淮南獄得其書。更生幼而讀誦，以爲奇，獻之，言黃金可成。……會初立《穀梁春秋》，徵更生受《穀梁》，講論《五經》于石渠。（《漢書》卷三十六《楚元王傳》）

　　按：劉向與王褒等獻"賦頌"，彼時又有"辭賦"并稱者，或以爲此皆指"賦"而言。漢宣帝徵劉向受《穀梁傳》，彼時經學傳授，有家學、私學，而又有官方選派受學者。"淮南有《枕中鴻寶苑秘書》"，"而更生父德武帝時治淮南獄得其書。更生幼而讀誦"。《劉向別傳》又記其曾校《易傳》《淮南九師道訓》，如《太平御覽》卷六百九引《劉向別傳》："所校讎中《易傳》《淮南九師道訓》，除復重定，著二篇。淮南王聘善爲者九人，從之采獲，故中書署曰《淮南九師書》。"《漢書·藝文志》班固自注"《淮南道訓》二篇"曰："淮南王安聘明《易》者九人，號九師（法）〔説〕。"

　　劉子政、子駿，子駿兄弟子伯玉，俱是通人，尤珍重《左氏》，教授子孫，下至婦女，無不讀誦。（《新輯本桓譚新論·正經》）

　　按：此可見當時劉氏對《左傳》重視程度，且對劉向、劉歆皆評價爲"通人"。

　　或能陳得失，奏便宜，言應經傳，文如星月。其高第若谷子雲、唐子高者，説書於牘奏之上，不能連結篇章。或抽列古今，紀著行事，若司馬子長、劉子政之徒，累積篇第，文以萬數，其過子雲、子高遠矣。然而因成紀前，無胸中之造。（《論衡·超奇》）

　　以通覽古今，秘隱傳記無所不記爲賢乎？是則傳〔儒〕者之次也。才高好事，勤學不舍，若專成之苗裔，有世祖遺文，得成其篇業，觀覽諷誦。若典官文書，若太史公及劉子政之徒，有主領書記之職，則有博覽通

達之名矣。（《論衡·定賢》）

按：西漢以司馬遷、劉向爲通人。

謹案劉向《別錄》曰："殺青者，直治青竹作簡書之耳。"新竹有汗，善朽蠹，凡作簡者，皆於火上炙乾之，陳、楚之間謂之汗，汗者，去其汗也。吳、越曰殺，殺亦治也。劉向爲孝成皇帝典校書籍，二十餘年，皆先書竹，爲易刊定，可繕寫者，以上素也。由是言之：殺青者竹，斯爲明矣。今東觀書，竹素也。（《風俗通義·佚文》）

《益部耆舊傳》：劉子政談論津津，甘如粘蜜。（《續編珠》卷一）

王仲任言："夫説一經者爲儒生；博古今者爲通人；上書奏事者爲文人；能精思著文連篇章爲鴻儒，若劉向、揚雄之列是也。蓋儒生轉通人，通人爲文人，文人轉鴻儒也。"（《金樓子·立言下》）

按：《漢書·楚元王傳》："向睹俗彌奢淫，而趙、衛之屬起微賤，逾禮制。向以爲王教由内及外，自近者始。故采取詩書所載賢妃貞婦，興國顯家可法則，及孽嬖亂亡者，序次爲《列女傳》，凡八篇，以戒天子。及采傳記行事，著《新序》《説苑》凡五十篇奏之。數上疏言得失，陳法戒。書數十上，以助觀覽，補遺闕。上雖不能盡用，然內嘉其言，常嗟嘆之。"《漢書·楚元王傳》稱劉向"晝誦書傳，夜觀星宿"，此乃漢代文人的學習習慣，也是他們的生活方式。此説《列女傳》爲正禮制而作；《新序》《説苑》亦爲以古説今、"陳法戒"之作。前者爲后妃而作，後者爲皇帝而作。陳直《漢書新證》："《敦煌漢簡校文》一零二頁，有'□□分《列女傳》書'之殘簡文，在西漢中晚期，此書已流傳於邊郡。在東漢時則盛行爲石刻畫像之題材，如武梁祠畫像，有'梁節姑姊'，'齊繼母'，'京師節女'，'鍾立春'，'梁高行'，'魯秋胡'，'齊姑姊、楚昭貞姜'，'王陵母'九事，皆本於劉向《列女傳》。伯父星南府君著有《武梁祠畫像題字考》一卷，主要是闡明爲劉氏父子一家之學。"（第256頁）今見有陳直父陳培壽《漢武梁祠畫像題字補考》一卷。

劉向諸子與辭賦著述，亦多見於《漢書·藝文志》記載，如《漢書·藝文志》："劉向所序六十七篇。"在儒家。班固自注："《新序》《説苑》《世説》《列女傳頌圖》也。"據《藝文志》此類著錄方式，是未單獨著錄劉向《新序》等書，而是以"序"形式，總稱其作。"揚雄所序三十八篇"，班固以爲即"《太玄》十九，《法言》十三，《樂》四，《箴》

二"，亦是。

劉向有《老子》之學著述，如《老子鄰氏經傳》《老子傅氏經説》《老子徐氏經説》，此可見《漢書·藝文志》："劉向《説老子》四篇。"如劉安《離騷傳》確屬當時之作，則漢代亦應有《老子》"經傳"之類著作。至少在班固時代，已經如此題名。劉向之"説"，亦屬"傳"體。

劉向有賦作，《漢書·藝文志》："劉向賦三十三篇。"在賈誼賦之屬。王應麟《漢藝文志考證》："《楚辭》：《九嘆》。《古文苑》：《請雨華山賦》。《文選注》：《雅琴賦》。《隋志》：向集六卷。《唐志》五卷，今所存十八篇。《別録》曰：'向有《芳松枕賦》。'"

《列仙傳》劉向所造，而贊云七十四人出佛經；《列女傳》亦向所造，其子歆又作頌，終於趙悼后，而傳有更始韓夫人、明德馬后及梁夫人嫕：皆由後人所羼，非本文也。（《顔氏家訓·書證》）

按：此時已疑題名劉向之《列仙傳》《列女傳》之真僞。

漢劉向，於成哀之際，校書於天禄閣，專精覃思。夜有老人，着黄衣，藜杖扣閣而進。見向暗中獨坐誦書，老人乃吹杖端，爛然火明，因以照向。説開闢已前事，乃授《洪範五行》之文。向裂衣及紳，以記其言。至曙而去，請問姓名，云："我是太乙之精，聞金卯之姓，有博學者，下而觀焉。"乃出懷中竹牒，有天文地圖之事。子歆，從向授此術。出王子年《拾遺記》。（《太平廣記》卷一百六十一《感應一》）

按：劉向校書，見《漢書·楚元王傳》："上方精於《詩》、《書》，觀古文，詔向領校中《五經》秘書。向見《尚書洪範》，箕子爲武王陳五行陰陽休咎之應。向乃集合上古以來歷春秋六國至秦漢符瑞灾異之記，推迹行事，連傳禍福，著其占驗，比類相從，各有條目，凡十一篇，號曰《洪範五行傳論》，奏之。"劉向校書，是西漢以後中國學術之大事。而對劉向本人影響最大的書，就是其在中秘所見《尚書洪範》，這直接影響了劉向本人的學術觀念，進而影響了西漢末年灾異思想的解説方式，班固《五行志》亦直接受到此類觀念的影響。劉向《洪範五行傳論》，《藝文志》稱《五行傳記》，其在漢代思想史中的作用，尚待發覆。漢成帝即位，一反漢宣帝用宦官做法，重要外戚王氏，此西漢没落之始。一者成帝性懦，又早薨，二者王氏勢大而子弟衆多，致使皇權逐漸落入異姓之手。

劉向經學著述及其具體的校書活動，屢見於《漢書·藝文志》："及秦燔書,而《易》爲筮卜之事,傳者不絶。漢興,田(和)〔何〕傳之。訖于宣、元,有施、孟、梁丘、京氏列於學官,而民間有費、高二家之説。劉向以中《古文易經》校施、孟、梁丘經,或脱去'無咎''悔亡',唯費氏經與古文同。"劉向以《古文易經》校官學之施、孟、梁丘,使之同于民間費氏《易》。

劉向有《五行傳記》,《漢書·藝文志》:"劉向《五行傳記》十一卷。"在《尚書》家,本傳稱《洪範五行傳論》。王應麟《漢藝文志考證》:"本傳曰《洪範五行傳論》。(自注:'本伏生《大傳》云:"維王后元祀,帝令大禹步於上帝。"')沈約曰:'伏生創紀《大傳》,五行之體始詳;劉向廣演《洪範》,休咎之文益備。'"

劉向《詩》學爲《魯詩》學,《漢書·藝文志》:"《魯説》二十八卷。"王應麟《漢藝文志考證》:"荀卿子、劉向《説苑》《新序》《列女傳》間引《詩》以證其説,與毛義絶異。蓋《魯詩》出於浮丘伯,乃荀卿門人。荀卿之學,《魯詩》之原也。劉向爲楚元王交之孫,交亦受《詩》于浮丘伯。劉向之學,《魯詩》之流也。(自注:'《魯詩》有韋氏學,後漢《執金吾丞武榮碑》云:"治《魯詩經》韋君章句。"')《藝文志》稱齊魯韓毛四家,'魯最近之',則此或乃劉向未校對之故耶?"

劉向以《古文尚書》校官學之歐陽、大小夏侯三家,《漢書·藝文志》:"訖孝宣世,有《歐陽》《大小夏侯氏》,立於學官。《古文尚書》者,出孔子壁中。……劉向以中古文校歐陽、大小夏侯三家經文,《酒誥》脱簡一,《召誥》脱簡二。率簡二十五字者,脱亦二十五字,簡二十二字者,脱亦二十二字,文字異者七百有餘,脱字數十。"

劉向校書,乃集體活動,且各有分工,《漢書·藝文志》:"至成帝時,以書頗散亡,使謁者陳農求遺書於天下。詔光録大夫劉向校經傳諸子詩賦,步兵校尉任宏校兵書,太史令尹咸校數術,侍醫李柱國校方技。每一書已,向輒條其篇目,撮其指意,録而奏之。會向卒,哀帝復使向子侍中奉車都尉歆卒父業。歆於是總群書而奏其《七略》,故有《輯略》,有《六藝略》,有《諸子略》,有《詩賦略》,有《兵書略》,有《術數略》,有《方技略》。"

劉向校書所得《樂記》二十三篇,與王禹之世傳二十四卷《樂記》不同。《漢書·藝文志》:"劉向校書,得《樂記》二十三篇,與禹不同,其道浸以益微。"此叙《樂記》之來源。

綜上所述，劉向等人校書，只是當時的一次古書整理活動，并非説明他們的整理成果，一定成爲後世惟一流傳之經典，或者説今天我們看到的古書即是當年劉向等人整理之作。劉向、劉歆之後，西漢揚雄校書天禄閣，東漢蘭臺、東觀皆爲校書場所，對西漢、先秦古書亦有再次整理。

卷 六

漢元帝劉奭（前74—前33）

元帝時童謠曰："井水溢，滅竈煙，灌玉堂，流金門。"至成帝建始二年三月戊子，北宫中井泉稍上，溢出南流，象春秋時先有鸜鵒之謠，而後有來巢之驗。井水，陰也；竈煙，陽也；玉堂、金門，至尊之居：象陰盛而滅陽，竊有宫室之應也。王莽生於元帝初元四年，至成帝封侯，爲三公輔政，因以篡位。（《漢書》卷二十七中之上《五行志中之上》）

按：此童謠收録於《樂府詩集》卷八十八《雜歌謠辭六》。元帝時的童謠，至成帝時被重新提出來以印證灾異，也是後世以"灾異"去定位"文本"的表現，以體現文本的"應驗性"。至於成帝之後王莽時期的篡位解釋，更是以後世"歷史事件"勾連前代文本的表現。古代印證預言、灾異的一個做法，就是用後世"事實"人爲"應驗"前代"記載"的做法。這種解釋的可信度，值得懷疑。古代記録應驗之預言，多用此法。

元帝被病，廣求方士，漢中送道士王仲都，詔問何所能，對曰："但能忍寒暑耳。"因爲待詔。乃以隆冬盛寒日，令袒衣載以駟馬，於上林昆明池上，環冰而馳。御者厚衣狐裘寒戰，而仲都獨無變色。卧於池臺上，曠然自若。夏大暑，使曝日坐，環以十爐火，口不言熱而又身不汗出，此性耐寒暑也。無仙道好奇者爲之。（《新輯本桓譚新論·袪蔽》）

按：朱謙之注稱："《水經》卷十九渭水注，又《三輔黃圖》卷五引至曠然自若句止，又《藝文類聚》卷五歲時部惟引忍暑一事。又《初學記》卷三歲時部，《太平御覽》卷二十時序部、卷三十四時序部、卷七百五十七器物部，《説郛》卷五十九，皆有節引。又連江葉氏本張華《博物志》卷七引王仲都事云：'桓君山君以爲性耐寒暑，以無仙道好奇者爲之。'又《太平御覽》卷三十四亦有此耐寒也一句，惟《歲華紀麗》卷二引'王仲都服飛雪散，能盛暑中曝坐，周焚以火，口不言熱而身無汗出'，未云出《新論》。"

漢元帝永光二年八月，天雨草，而葉相樛結，大如彈丸。至平帝元始三年正月，天雨草，狀如永光時。京房《易傳》曰："君吝於祿，信衰賢去，厥妖天雨草。"（《搜神記》卷六）

按：此又見於《漢書·五行志中之下》。元帝永光二年（前42）、平帝元始三年（3），時隔45年，皆有相同災異，且被史書關注并予以比較，是很特殊的事情。京房爲元帝時人，可知本來京房《易傳》應該是針對元帝永光二年"天雨草"而發。晚於京房《易傳》的平帝元始三年"天雨草"，顯然是後來（或即班固）被補入的，并被置於京房《易傳》之前。這種文本"剪裁"方式，一方面會強化災異與政治的關聯，另一方面會強化京房《易傳》的闡釋效果。這是"觀念先行"情況下，文本被改造、重構之後的結果。京房《易傳》說災異，在當時主要與政治有關，其可信度已經受到了當時人的質疑。而在災異"類同化"情況下，以京房《易傳》對應此類災異，無疑會提高京房《易傳》的闡釋權威。這也是文本經典化的一種路徑。

元帝建昭五年，兗州刺史浩賞，禁民私所自立社。山陽橐茅鄉社，有大槐樹，吏伐斷之。其夜，樹復立故處。説曰："凡枯斷復起，皆廢而復興之象也。是世祖之應耳。"（《搜神記》卷六）

按：本事見《漢書·五行志》。《搜神記》多據《漢書·五行志》，不加改易，可知《搜神記》所輯故事，多從舊說。元帝本好儒，《漢書·元帝紀》："贊曰：臣外祖兄弟爲元帝侍中，語臣曰元帝多材藝，善史書。鼓琴瑟，吹洞簫，自度曲，被歌聲，分刌節度，窮極幼眇。少而好儒，及即位，徵用儒生，委之以政，貢、薛、韋、匡迭爲宰相。而上牽制文義，優游不斷，孝宣之業衰焉。然寬弘盡下，出於恭儉，號令溫雅，有古之風烈。"班固以爲西漢衰自元帝始，故稱"孝宣之業衰"。此言"元帝多材藝"，即善書，曉音，通經。史書，應劭曰："周宣王太史史籀所作大篆。"陳直《漢書新證》云："善史書者爲當時之古隸書，由篆向隸蛻化時期。元帝書體，可能與竟寧、建昭兩鴈足鐙相似，或指爲周宣王時之史籀書，非也。"（第 49 頁）然後來元帝多好方術，西漢末年儒術方術化傾向的加重，與元帝不無關係。

王政君（前 71—13）

元后在家，嘗有白燕銜白石，大如指，墮后績筐中。后取之，石自剖爲二。其中有文曰"母天地"，乃合之。遂復還合。乃寶錄焉。後爲皇后，常并置璽笥中，謂爲天璽也。（《西京雜記》卷四）

按：王政君因在位久，且與王莽篡漢有關，即被後世視作王氏復興的重要人物，故其神異故事頗多。《漢書·元后傳》："翁孺生禁，字稚君，少學法律長安，爲廷尉史。本始三年，生女政君，即元后也。……母，適妻，魏郡李氏女也。後以妒去，更嫁爲河内苟賓妻。""適妻""以妒"而"更嫁"他人爲妻，此可知漢代婚姻狀況，有因嫉妒而被休改嫁者。王禁，陳直《漢書新證》："元后父王禁，亦官丞相府少史，見《五行志》。"（第 469 頁）又引《漢印文字徵》中之"筍譚""筍遮多""筍安樂"等云："以筍爲苟，猶漢印梁姓作梁、范姓作範，皆爲當時之正體。本文作苟者，則爲後代傳寫時所改。"（第 469 頁）

又《漢書·元后傳》有"甘露三年，生成帝於甲館畫堂"之説，甲館畫堂，在太子宫，亦有作"甲觀畫堂"者。具體含義説法各異，後世多以爲此與九子母信仰有關。《漢書·成帝紀》亦言"元帝在太子宫生甲觀畫堂"，應劭曰："甲觀在太子宫甲地，主用乳生也。畫堂畫九子母。"如淳曰："甲觀，觀名。畫堂，堂名。《三輔黄圖》云太子宫有甲觀。"顔師古曰："甲者，甲乙丙丁之次也。《元后傳》言見於丙殿，此其例也。而應氏以爲在官之甲地，謬矣。畫堂，但畫飾耳，豈必九子母乎？霍光止畫室中，是則官殿中通有綵畫之堂室。"

朱雲（生卒不詳）

長安有儒生曰惠莊，聞朱雲折五鹿充宗之角，乃嘆息曰："繭栗犢反能爾耶！吾終恥溺死溝中。"遂裹糧從雲。雲與言，莊不能對。逡巡而去，拊心語人曰："吾口不能遽談，此中多有。"（《西京雜記》卷二）

按：《漢書·朱雲傳》："其教授，擇諸生，然後爲弟子。九江嚴望及望兄子元，字仲，能傳雲學，皆爲博士。望至泰山太守。"此說朱雲教授傳學情況，可見朱雲確實爲聰穎之人，以四十歲學經，而能精深如此，實屬不易。《西京雜記》與《漢書》本傳稱朱雲"擇諸生，然後爲弟子"合。

周昌比高祖于桀紂，而高祖托以愛子。周亞夫申軍令，而太宗爲之不驅。朱雲折檻，辛慶忌叩頭流血，斯乃寬簡之風，漢所以歷年四百也。（傅玄《傅子》）

按：漢有"寬簡之風"，故朱雲輩能直諫，此亦漢能歷四百年之故。尤其是朱雲，其學習、生活經歷較爲複雜，足能體現漢代之政治品格。《漢書·朱雲傳》："朱雲字游，魯人也，徙平陵。少時通輕俠，借客報仇。長八尺餘，容貌甚壯，以勇力聞。年四十，乃變節從博士白子友受《易》，又事前將軍蕭望之受《論語》，皆能傳其業。好倜儻大節，當世以是高之。"朱雲四十方求學，此前已有很深的社會歷練，很多事情已經看開，故能直諫而無所畏懼，非追逐利祿之徒可比。辛慶忌稱其"狂直"，成帝稱其"直臣"，可謂符合其個性。四十乃"變節"學《易》《論語》，而其又好俠，"甚壯""以勇力聞"，故被人稱"兼資文武"。朱雲後能以《易》《論語》難五鹿充宗，且"攝齊登堂，抗首而請，音動左右""連拄五鹿君"，一方面知其雖學晚而甚精；另一方面，其勇力、壯貌，無疑爲其辯難增色不少，如匡衡曾稱朱雲"素好勇，數犯法亡命"。朱雲以俠出身，終身俠義思想未除，至其隱居鄉里，依然如此。而其抗丞相薛宣之言，足見其耿直如此。而其乘牛車、從諸生之舉，無疑是魏晉士人風氣之源頭。

又據《漢書·朱雲傳》，朱雲以辯難爲博士。五鹿充宗與漢元帝佞臣石顯結黨，後爲少府，亦爲漢元帝寵臣。朱雲能以力辯勝五鹿充宗，可見一方面得到了當時一批士人尤其是與石顯、朱雲學術意見相左者如京房輩之支持；另一方面，朱雲可能會有石顯政治上的對手的支持，如《漢書》朱雲本傳稱"時中書令石顯用事，與充宗爲黨，百僚畏之。唯御史中丞陳咸年少抗節，不附顯等，而與雲相結"，可證。

另據《漢書》本傳，朱雲起於民間，故華陰守丞稱其"兼資文武，忠正有智略，可使以六百石秩試守御史大夫，以盡其能"，而太子少傅匡衡則稱其"素好勇，數犯法亡命"，可知對士人評價，不同階層的人有不同的結論。

施讎（生卒不詳）

施讎字長卿，沛人也。沛與碭相近，讎爲童子，從田王孫受《易》。後讎徙長陵，田王孫爲博士，復從卒業，與孟喜、梁丘賀并爲門人。謙讓，常稱學廢，不教授。及梁丘賀爲少府，事多，乃遣子臨分將門人張禹等從讎問。讎自匿不肯見，賀固請，不得已乃授臨等。於是賀薦讎："結髮事師數十年，賀不能及。"詔拜讎爲博士。甘露中與《五經》諸儒雜論同異於石渠閣。讎授張禹、琅邪魯伯。伯爲會稽太守，禹至丞相。禹授淮陽彭宣、沛戴崇子平。崇爲九卿，宣大司空。禹、宣皆有傳。魯伯授太山毛莫如少路、琅邪邴丹曼容，著清名。莫如至常山太守。此其知名者也。繇是施家有張、彭之學。（《漢書》卷八十八《儒林傳》）

按：此記《易》之顓門之學。施讎《易》又有"張、彭之學"。

五鹿充宗（生卒不詳）

五鹿充宗受學於弘成子。成子少時，嘗有人過己，授以文石，大如燕卵。成子吞之，遂大明悟，爲天下通儒。成子後病，吐出此石，以授充宗，充宗又爲碩學也。（《西京雜記》卷一）

按："文石"之說，有神異成分，然可見當時人以爲"學"可遞代而傳。《漢書·藝文志》："五鹿充宗《略說》三篇。"《漢書·朱雲傳》："是時，少府五鹿充宗貴幸，爲梁丘《易》。自宣帝時善梁丘氏說，元帝好之，欲考其異同，令充宗與諸《易》家論。充宗乘貴辯口，諸儒莫能與抗，皆稱疾不敢會。有薦雲者，召入，攝齊登堂，抗首而請，音動左右。既論難，連拄五鹿君，故諸儒爲之語曰：'五鹿岳岳，朱雲折其角。'繇是爲博士。"由此處可知，漢宣帝、元帝好梁丘《易》。漢代各家經師，有"論難""辯論"之風，用於考某經思想異同。五鹿充宗"貴辯口"，故諸儒難與其抗衡。"五鹿岳岳，朱雲折其角"，爲當時品人之辭。陳直《漢書新證》稱："一九三零年，山西懷安縣，出五鹿充墓（見文參五八年九期），中有一奩，隸書'安陽侯家'四字，銅印爲'五鹿充印'四字，尚有其他絲織殘品。《百官表》，'建昭元年尚書令五鹿充宗爲少府'。《恩澤侯表》，安陽侯王音、河平四年封，與充宗正同時，與充宗或親戚有連，漆器因用以隨葬，則五鹿充印，很可能爲五鹿充宗之物。"（第361—362頁）

翼奉（生卒不詳）

翼奉字少君，東海下邳人也。治《齊詩》，與蕭望之、匡衡同師。三人經術皆明，衡爲後進，望之施之政事，而奉惇學不仕，好律曆陰陽之占。元帝初即位，諸儒薦之，徵待詔宦者署，數言事宴見，天子敬焉。（《漢書》卷七十五《翼奉傳》）

按：翼奉與蕭望之、匡衡同師，而興趣各異。《漢書·藝文志》："《孝經》者，孔子爲曾子陳孝道也。夫孝，天之經，地之義，民之行也。舉大者言，故曰《孝經》。漢興，長孫氏、博士江翁、少府后倉、諫大夫翼奉、安昌侯張禹傳之，各自名家。"翼奉治《齊詩》，又傳《孝經》。王應麟《漢藝文志考證》卷二："齊后氏故二十卷。后蒼事夏侯始昌，授翼奉、蕭望之、匡衡。奉言五際，流爲災異之說。衡議論最爲近理。"王應麟《漢藝文志考證》卷九："《翼氏風角》。不著錄。"王應麟曰："《翼奉傳》注：'《翼氏風角》曰：木落歸本，水流歸末，故木利在亥，水利在辰。金剛火強，各歸其鄉。故火刑于午，金刑於酉。'《郎顗傳》注：'風角謂候四方四隅之風，以占吉凶。'《蔡邕傳》注：'《翼氏風角》曰：風者天之號令，所以譴告人君。'《晉·天文志》：'京房著《風角書》，有《集星章》，所載妖星皆見於月旁。'《隋志》：《翼奉風角要候》十一卷。《翼氏占風》一卷。《京房風角要占》三卷。《風角五音占》五卷。《郊祀志》注：'《翼氏風角》五德：東方甲，南方丙，西方庚，北方壬，中央戊。'"

史游（生卒不詳）

《書斷》：章草書，漢黃門令史史游所作也。衛常、李誕并云："漢初而有草法，不知其誰。"蕭子良云："章草者，漢齊相杜操始變藳法。"非也。王愔云："漢元帝時，史游作《急就章》，解散隸體，"篤""書之。漢俗簡惰，漸以行之。"是也。（《太平御覽》卷七百四十九《工藝部六·書下·章草書》）

按：據此，史游有字書《急就章》，并被認爲有可能是章草的創始者。《史記·三王世家》有"論次其真草詔書"之說，陳直《史記新證》認爲："敦煌、居延兩木簡，多屬於草隸書範圍，褚先生當元、成時之草書，可以從木簡理解，俗傳漢章帝始作章草，其説不攻自破。例如《漢晉西陲木簡彙編》十一頁，有'公輔之位'一簡，《居延漢簡釋文》卷三、三十頁後所摹'入南書二封'等十八簡，皆是最典型之草隸（僅舉二種，不再繁引）。"（第115頁）

《漢書·藝文志》："《急就》一篇。（成）〔元〕帝時黃門令史游作。""元帝時黃門令史游作《急就篇》。"陳直《漢書新證》："《急就篇》在成書之後，即已傳播，至東漢尤爲盛行。《居延漢簡釋文》五六零頁，有《急就篇》八簡，八簡中寫開首數句者，占有四簡。"（第230頁）

淮陽憲王劉欽（？—前28）

是時，博女壻京房以明《易》陰陽得幸於上，數召見言事。自謂爲石顯、五鹿充宗所排，謀不得用，數爲博道之。博常欲誑耀淮陽王，即具記房諸所説災異及召見密語，持予淮陽王以爲信驗。（《漢書》卷八十《宣元六王傳》）

按：京房被"石顯、五鹿充宗所排"，然被張博引薦于淮陽王。本傳稱"元康三年立"（前63），"三十六年薨"，則其卒在漢成帝河平元年（前28）。張博爲劉欽舅家。張博言"當今朝廷無賢臣，災變數見"，是將灾異歸於大臣。由於張博曾"即具記房諸所説灾異",而京房爲張博女婿,可知張博言灾異之説得之於京房。京房與石顯、五鹿充宗不睦,

《漢書·藝文志》:"淮陽憲王賦二篇。"當時漢諸王、侯皆有賦作,如"屈原賦之屬"有趙幽王賦一篇、淮南王賦八十二篇、淮南王群臣賦四十四篇、陽丘侯劉隁賦十九篇、陽成侯劉德賦九篇;淮陽憲王賦二篇在"陸賈賦";"孫卿賦"下有廣川惠王越賦五篇、長沙王群臣賦三篇。

長孫順(生卒不詳)

(王)吉授淄川長孫順。順爲博士,豐部刺史。由是《韓詩》有王、食、長孫之學。(《漢書》卷八十八《儒林傳》)

《册府元龜》卷五百九十七《學校部·選任》稱:"長孫順,淄川人,受《韓詩》於昌邑王中尉王吉,爲博士。"據《漢書》之《藝文志》《儒林傳》,長孫順有《孝經》類著作《長孫氏説》二篇,又傳長孫氏之《韓詩》。

《漢書·藝文志》:"《孝經》一篇。"(班固自注:"十八章。長孫氏、江氏、后氏、翼氏四家。")《長孫氏説》二篇。"長孫氏與翼氏并列,知此著《長孫氏説》者,當即長孫順。而《經典釋文·叙録》《隋志》皆無《長孫氏説》,或隋前此書已亡。陳直《漢書新證》:"《漢晉石刻墨影》,《孟璇碑》云'通《韓詩》,兼《孝經》二卷',當即長孫氏説。"(第229頁)

王尊(生卒不詳)

王尊字子贛,涿郡高陽人也。少孤,歸諸父,使牧羊澤中。尊竊學問,能史書。年十三,求爲獄小吏。數歲,給事太守府,問詔書行事,尊無不對。太守奇之,除補書佐,署守屬監獄。久之,尊稱病去,事師郡文學官,治《尚書》《論語》,略通大義。復召署守屬治獄,爲郡决曹史。數歲,以令舉幽州刺史從事。而太守察尊廉,補遼西鹽官長。數上書言便

宜事，事下丞相御史。（《漢書》卷七十六《王尊傳》）

　　按：牧羊之童，能"竊學問，能史書"，若非有誇大成分，民間學習機會或有不少。而十三求爲小吏，給事太守府，且對問自如，一方面說明王尊聰明過人，另一方面說明西漢由上至下的教育體系非常完善。鄉里教育，已經達到很高水準。後王尊"治《尚書》《論語》，略通大義"，知其爲吏時仍然在不斷學習。另據《漢書》王尊本傳，王尊射殺不孝子，實出身士人家庭者不能辦之。出身底層者，往往愛憎、是非更爲分明。"假子"，陳直《漢書新證》："假子或稱前母子。《隸釋》卷十六，武梁祠畫像，有'前母子'、'後母子'、'齊繼母'題字是也。"（第398頁）

賈捐之（生卒不詳）

　　賈捐之字君房，賈誼之曾孫也。元帝初即位，上疏言得失，召待詔金馬門。（《漢書》卷六十四《賈捐之傳》）

　　按：西漢著名文人之後裔，皆有入仕爲官者，此類現象說明漢代選官亦重門第。而數代爲官或傳承經學者，則會逐漸成爲漢代社會中的"顯要家族"。司馬相如、司馬遷、揚雄等著名文人無後，有後代者如賈誼、枚乘、西漢韋氏等，在經學、賦學、仕宦等方面的特點，營造了西漢家族之內的一種"家學"或"家風"。陳直《漢書新證》："《唐書·宰相世系表》賈氏云：'賈誼子璠，璠二子嘉、惲。'賈嘉已見《賈誼傳》，本文稱捐之爲賈誼之曾孫，不言爲賈嘉之子，當爲賈惲之子無疑，《世系表》出於賈氏譜牒，當有依據也。又按：《漢印文字徵》第十二、十一頁，有'傅捐之'、'張捐之'兩印。《居延漢簡釋文》卷二、六十五頁，有鄣卒孫捐之之紀載，可見西漢名捐之者甚爲普遍。"（第350頁）

虞公（生卒不詳）

　　《七略》：漢興，魯人虞公善雅歌，發聲盡動梁上塵。（《文選》卷三十陸機《擬東城一何高》李善注引；《玉海》卷一百六）

刘向《别录》：汉兴已来善歌者，鲁人虞公，发声清哀，盖动梁尘，受学者莫能及也。(《太平御览》卷五百七十二《乐部十·歌三》)

按：虞公歌事，《文选》北宋本、尤袤本引以及《玉海》卷一百六皆作《七略》，《艺文类聚》《初学记》《太平御览》等皆作《别录》。陆机《拟东城一何高》"一唱万夫叹，再唱梁尘飞"，典出於此。后世往往以"梁尘飞"比喻善歌者歌声美妙。西汉盛行歌诗，善歌者如虞公，"受学者莫能及"，可知虞公是当时非常知名的歌者。虞公见於刘向、刘歆之记载，未知何时人，姑系於此。《汉书·艺文志》："《雅歌诗》四篇。"王应麟《汉艺文志考证》卷三："《文选注》：《七略》曰：'汉兴，鲁人虞公善雅歌，发声尽动梁上尘。'《晋志》：'杜夔传旧雅乐四曲，一曰《鹿鸣》，二曰《驺虞》，三曰《伐檀》，四曰《文王》，皆古声辞。'此四篇岂即四曲欤？"

费直（生卒不详）

费直字长翁，东莱人也。治《易》为郎，至单父令。长於卦筮，亡章句，徒以彖象系辞十篇文言解说上下经。琅邪王璜平中能传之。璜又传古文《尚书》。(《汉书》卷八十八《儒林传》)

按：费氏《易》"长於卦筮"，"亡章句"，特意点出，知当时多有章句，且其预测方式，不适合以章句传其学。"以彖象系辞十篇文言解说上下经"，或读为"以《彖》《象》《系辞》十篇文言解说上下经"，有人以为当理解为"以《彖》《象》《系辞》文辞解说上下经"（闫平凡：《"以〈彖〉〈象〉〈系辞〉十篇文言解说上下经"考辨》，《阳明学刊》2015年第7辑）。王璜传费氏古文《易》，又传古文《尚书》，知王璜喜古文经。又《汉书·艺文志》："及秦燔书，而《易》为筮卜之事，传者不绝。汉兴，田（和）〔何〕传之。讫于宣、元，有施、孟、梁丘、京氏列於学官，而民间有费、高二家之说。刘向以中《古文易经》校施、孟、梁丘经，或脱去'无咎''悔亡'，唯费氏经与古文同。"此处言费直《易》，一者出於民间，二者为古文。彼时古文多出民间。费氏《易》在两汉皆未立学官，主要在民间流传，然当时学者多重费氏《易》，如陈元、郑众、马融、郑玄等皆传其学，而王弼注《易》，亦曾本於费氏。此言"讫於宣、元,有施、孟、梁丘、京氏列於學官,而民間有費、高二家之說",且劉向曾校費氏,則其生活當在元、宣時,或亦入成帝時。

高相(生卒不詳)

高相,沛人也。治《易》與費公同時,其學亦亡章句,專說陰陽災異,自言出於丁將軍。傳至相,相授子康及蘭陵毋將永。(《漢書》卷八十八《儒林傳》)

按:高相《易》"亦亡章句","專説陰陽災異",知其學與費氏《易》類似,言災異、卦筮者無章句。或即因此故,高、費氏皆未立學官者。此言高相"與費公同時",故附於此。

聞人通漢(生卒不詳)

聞人氏,少正卯,魯之聞人也,其後遂以聞人爲氏,漢有太子舍人聞人通漢、沛人,治《后氏禮》。(《風俗通義》佚文)

按:《漢書·儒林傳》:"(后)倉説《禮》數萬言,號曰《后氏曲臺記》,授沛聞人通漢子方……通漢以太子舍人論石渠,至中山中尉。"《漢書》注引服虔曰:"在曲臺校書著記,因以爲名。"《漢書》顏師古注:"曲臺殿在未央宮。"《漢書》注引如淳曰:"聞人,姓也,名通漢,字子方。"后倉説《禮》之作,屬於經書之"傳",故號稱爲"記"。

孔霸(生卒不詳)

孔霸字次儒,孔延年之子。宣帝時爲太中大夫,以選授皇太子經。元帝即位,以師賜爵關內侯,號褒成君。霸四子:長子福,次子捷,弟三子喜,弟四子光。(《孔叢子》卷七《連叢子》宋咸注)

按:漢代孔氏子孫世系,參見《漢書·孔光傳》:"孔光字子夏,孔子十四世之孫也。孔子生伯魚鯉，鯉生子思伋，伋生子上帛，帛生子家求，求生子真箕，箕生子高穿。穿生順，順爲魏相。順生鮒，鮒爲陳涉博士，死陳下。鮒弟子襄爲孝惠博士，長沙太傅。襄生忠，忠生武及安國，武生延年。延年生霸，字次儒。霸生光焉。安國、延年皆以治《尚書》爲武帝博士。安國至臨淮太守。霸亦治《尚書》，事太傅夏侯勝，昭帝末年爲博士，宣帝時爲太中大夫，以選授皇太子經，遷詹事，高密相。是時，諸侯王相在郡守上。"

《叙世》：臧子琳，位至諸吏，亦傳學問。琳子黃，厥德不修，失侯爵，大司徒光以其祖有功德，而邑土廢絶，分所食邑三百户，封黃弟茂爲關内侯。茂子子國，生子卬，爲諸生，特善《詩》《禮》而傳之。子卬生仲驩，爲博士，弘農守，善《春秋》三傳、《公羊》《穀梁》訓諸生。仲驩生子立，善《詩》《書》。少游京師，與劉歆友善，嘗以清論譏貶史丹。史丹諸子并用事，爲是不仕，以《詩》《書》教于闕里數百人。子立生子元，以郎校書。時歆大用事，而子元校書七年，官不益，故或譏以爲不恤於進取，唯揚子雲善之。子元生子建，與崔義幼相善、長相親也。義仕王莽，爲建新大尹，數以世利勸子建仕。子建答曰："吾有布衣之心，子有袞冕之志，各從所好，不亦善乎？且習與子幼同志，故相友也。今子以富貴爲榮，而吾以貧賤爲樂，志已乖矣。乖而相友，非中情也，請與子辭。"遂歸鄉里。（《孔叢子·連叢子上》）

按：此叙孔氏子孫世系，與《漢書》有所不同。并叙孔子立、子元父子與劉歆交往。

韋玄成（？—前36）

或問"賢"。曰："爲人所不能。""請人"。曰："顔淵、黔婁、四皓、韋玄。"（《法言·重黎》）

按："韋玄"，即韋玄成。陳直《史記新證》："揚子《法言》，《重黎》、《淵騫》二篇，所論西漢名人，大半皆在《史記》世家或列傳中。可證揚雄在校書時，已熟讀《史記》。……揚雄所論總傳五篇，篇名皆太史公所特創，雖未説明《史記》，而取材於《史記》則無疑義。"（第199頁）

《漢書·韋玄成傳》："玄成爲相七年，守正持重不及父賢，而文采過之。建昭三年薨，諡曰共侯。初，賢以昭帝時徙平陵，玄成別徙杜陵，病且死，因使者自白曰："不勝父子恩，願乞骸骨，歸葬父墓。"上許焉。"韋氏家學，在漢代知名。韋孟、韋賢、韋玄成、韋賞歷代傳承《魯詩》學。西漢中期以後，家學的形成與發展，是西漢經學史上的一個突出現象。

魏收之在議曹，與諸博士議宗廟事，引據《漢書》，博士笑曰："未聞《漢書》得證經術。"收便忿怒，都不復言，取《韋玄成傳》，擲之而起。博士一夜共披尋之，達明，乃來謝曰："不謂玄成如此學也。"(《顔氏家訓·勉學》)

按：此魏收以《漢書》證經術，而治經之博士竟不讀《漢書》。

周堪（生卒不詳）

漢興，太宗使鼂錯導太子以法術，賈誼教梁王以《詩》《書》。及至中宗，亦令劉向、王褒、蕭望之、周堪之徒，以文章儒學保訓東宫以下，莫不崇簡其人，就成德器。(《後漢書》卷四十上《班彪傳》)

按：《漢書·儒林傳》："周堪字少卿，齊人也，與孔霸俱事大夏侯勝。"周堪與孔霸俱師事夏侯勝。東漢以周堪爲與劉向、蕭望之、王褒并列之重要文人。據《漢書·藝文志》："及秦燔書，而《易》爲筮卜之事，傳者不絶。漢興，田（和）〔何〕傳之。訖于宣、元，有施、孟、梁丘、京氏列於學官，而民間有費、高二家之説。劉向以中《古文易經》校施、孟、梁丘經，或脱去'無咎'、'悔亡'，唯費氏經與古文同。"此處言費直《易》，一者出於民間，二者爲古文。彼時古文多出民間。費氏《易》在兩漢皆未立學官，主要在民間流傳，然當時學者多重費氏《易》，如陳元、鄭衆、馬融、鄭玄等皆傳其學，而王弼注《易》，亦曾本於費氏。此言"訖於宣、元，有施、孟、梁丘、京氏列於學官，而民間有費、高二家之説"，且劉向曾校費氏，則其生活當在元、宣時，或亦入成帝時。

貢禹（前124—前44）

《論語》者，孔子應答弟子時人及弟子相與言而接聞於夫子之語也。當時弟子各有所記。夫子既卒，門人相與輯而論纂，故謂之《論語》。漢興，有齊、魯之説。傳《齊論》者，昌邑中尉王吉、少府宋畸、御史大夫貢禹、尚書令五鹿充宗、膠東庸生，唯王陽名家。（《漢書》卷三十《藝文志》）

按：貢禹傳《齊論語》。本傳稱"爲御史大夫數月卒"，則其生年在漢武帝元朔五年（前124），卒年在漢元帝初元五年（前44）。詳考可參見劉躍進《秦漢文學編年史》（第247頁）。

曰："王陽、貢禹遇仲尼乎？"曰："明星皓皓，華藻之力也與？"曰："若是，則奚爲不自高？"曰："皓皓者，己也；引而高之者，天也。子欲自高邪？仲元，世之師也。見其貌者，肅如也；聞其言者，愀如也；觀其行者，穆如也。鄞聞以德詘人矣，未聞以德詘於人也。仲元，畏人也。"（《法言·淵騫》）

薛廣德（生卒不詳）

廣德爲人温雅有醖藉。及爲三公，直言諫争。始拜旬日間，上幸甘泉，郊泰畤，禮畢，因留射獵。廣德上書曰："竊見關東困極，人民流離。陛下日撞亡秦之鐘，聽鄭衛之樂，臣誠悼之。今士卒暴露，從官勞倦，願陛下亟反宫，思與百姓同憂樂，天下幸甚。"上即日還。其秋，上酎祭宗廟，出便門，欲御樓船，廣德當乘輿車，免冠頓首曰："宜從橋。"詔曰："大夫冠。"廣德曰："陛下不聽臣，臣自刎，以血污車輪，陛下不得入廟矣！"上不説。先敺光禄大夫張猛進曰："臣聞主聖臣直。乘船危，就橋安，聖主不乘危。御史大夫言可聽。"上曰："曉人不當如是邪！"乃從橋。（《漢書》卷七十一《薛廣德傳》）

按：便門，此處顔師古注以爲是"長安城南面西頭第一門"，而《漢書·武帝紀》建元三年有"初作便門橋",顏師古注又稱:"便門,長安城北面西頭門,即平門也。古者平便皆同字。於此道作橋,跨渡渭水以趨茂陵,其道易直,即今所謂便橋是其處也。便讀如本字。"茂陵在長安東,若"跨渡渭水以趨茂陵",此"便門"無論是在"北面西頭",還是在"南面西頭",似皆不"其道易直";何清谷以爲是"西出南頭第一門"(《三輔黃圖校釋》,中華書局 2005 年版,第 83 頁),與茂陵更是南轅北轍。《三輔黃圖》以爲,長安南出第三門爲西安門,又稱便門、平門;《三輔黃圖》引《漢宮殿疏》《三輔舊事》則稱西面南頭第一門爲章城門、光華門,又稱便門(《三輔黃圖校釋》,第 82、83 頁)。諸如此類,似北、南、西皆有稱"便門"者。然"便門橋",似在長安北,若從長安赴甘泉,亦出北門爲宜,故疑此處顏師古注"便門",當從《武帝紀》所言"北面西頭門",即長安西北門,在渭水橋上。另,西漢帝王出長安,樓船亦是交通工具之一。薛廣德進諫,近似"死諫",而張猛進諫近似《詩》、賦之委婉而諫,故易於爲人主所接受。

匡衡(生卒不詳)

　　匡衡字稚圭,勤學而無燭。鄰舍有燭而不逮,衡乃穿壁引其光,以書映光而讀之。邑人大姓文不識,家富多書,衡乃與其傭作,而不求償。主人怪,問衡,衡曰:"願得主人書遍讀之。"主人感嘆,資給以書,遂成大學。衡能説《詩》。時人爲之語曰:"無説《詩》,匡鼎來。匡説《詩》,解人頤。"鼎,衡小名也。時人畏服之如是,聞者皆解頤歡笑。衡邑人有言《詩》者,衡從之,與語質疑,邑人挫服,倒屣而去。衡追之,曰:"先生留聽,更理前論。"邑人曰:"窮矣。"遂去不返。(《西京雜記》卷二)

　　按:《史記·張丞相列傳》:"丞相匡衡者,東海人也。好讀書,從博士受《詩》。家貧,衡傭作以給食飲。才下,數射策不中,至九,乃中丙科。其經以不中科故明習。補平原文學卒史。數年,郡不尊敬。御史徵之,以補百石屬薦爲郎,而補博士,拜爲太子少傅,而事孝元帝。"匡衡以其《詩》學而代韋玄成爲相。《漢書·匡衡傳》:"匡衡字稚圭,東海承人也。父世農夫，至衡好學，家貧，庸作以供資用，尤精力過絕人。諸儒爲之語曰：'無説《詩》，匡鼎來；匡説《詩》，解人頤。'"匡衡，字稚圭，或有以"匡鼎來"説，以爲其原字"鼎"。《漢書》注引服虔曰："鼎猶言當也，若言匡且來也。"又引應劭曰："鼎，方也。"又引張晏曰："匡衡少時字鼎，長乃易字稚圭。世所傳衡與貢禹書，上言'衡敬報'，下言'匡鼎白'，知是字也。"而顏師古則曰："服、應二説是也。賈誼曰'天子春秋鼎盛'，其義亦同，而張氏之説蓋穿鑿矣。假有其書，乃是後人見此傳云'匡鼎來'，不曉其意，妄作衡書云'鼎白'耳。字以表德，豈人之所自稱乎？今有《西京雜記》者，其書淺俗，出於里巷，多有妄説，乃云匡衡小名鼎，蓋絶知者之聽。"庸作，顏師古注："庸作，言賣功庸爲人作役而受顧也。"即以顧工獲取報酬以支付學習之費用。

匡衡家貧，其父爲農夫；其學以"傭作"爲資，從博士受《詩》，此或鄉里教育發達之故。《史記》《漢書》記匡衡家貧，前者稱其"傭作以給食飲"，後者稱"庸作以供資用"，而《西京雜記》則更爲具體，稱"與其傭作而不求償"，此自《史記》《漢書》至《西京雜記》之變化。此處以"鼎"爲匡衡小名，顏師古以爲有誤，當解爲"且""方"。

《漢書·藝文志》："《齊后氏故》二十卷。"王應麟《漢藝文志考證》卷五："后蒼事夏侯始昌，授翼奉、蕭望之、匡衡。奉言五際流爲災異之説。衡議論最爲近理。"

張長安（生卒不詳） 唐長賓（生卒不詳）

張長安，字幼君，山陽人。與唐長賓、褚少孫事王式，皆爲博士。繇是《魯詩》有張、唐、褚氏之學。長安門人陳留許晏亦爲博士。（《册府元龜》卷五百九十七《學校部·選任》）

按：王氏《魯詩》之後，有張、唐、褚氏之學，然如何可稱爲"一氏之學"，史書未載，《漢書》亦未稱三人獨立成爲一家之學，故《册府元龜》之説未必爲實。

褚少孫（生卒不詳）

遷没後，缺景、武《紀》，禮、樂、律《書》，《三王世家》，《漢興以來將相年表》，日者、龜策《傳》，《靳蒯列傳》等十篇，元、成間，褚少孫追補，及益以武帝后事，辭旨淺鄙，不及遷書遠甚。（晁公武《郡齋讀書志》卷五）

按：《史記·孝武本紀》裴駰集解引張晏曰："《武紀》，褚先生補作也。褚先生名少孫，漢博士也。"《史記索隱》："褚先生補《史記》，合集武帝事以編年，今止取《封禪書》補之，信其才之薄也。又張晏云'褚先生潁川人，仕元成間'。韋稜云'《褚顗家傳》：褚少孫，梁相褚大弟之孫，宣帝代爲博士，寓居於沛，事大儒王式，號爲"先生"，續《太史公書》'。阮孝緒亦以爲然也。"

馮野王（生卒不詳）

野王字君卿，受業博士，通《詩》。少以父任爲太子中庶子。年十八，上書願試守長安令。宣帝奇其志，問丞相魏相，相以爲不可許。後以功次補當陽長，遷爲櫟陽令，徙夏陽令。（《漢書》卷七十九《馮野王傳》）

按：馮野王，馮奉世之子，"通《詩》"，"以父任爲太子中庶子"。馮奉世治《春秋》，未知馮野王《詩》學何來，不明宗派。據《漢書》，馮野王妹爲昭儀，故元帝稱"吾若用野王爲三公，後世必謂我私後宮親屬"。西漢選賢品鑒人之才能，或從其才能、秉性入手，如"剛強堅固，確然亡欲，大鴻臚野王是也。心辨善辭，可使四方，少府五鹿充宗是也。廉絜節儉，太子少傅張譚是也"，即是。元帝時宦官石顯專權，野王不得用；成帝時王氏擅權，野王亦不得用。馮野王乃東漢馮衍曾祖，在西漢與外戚王鳳有矛盾，故"郡國二千石病賜告不得歸家，自此始"，實際上即始于馮野王。

馮逡（生卒不詳）

逡字子産，通《易》。太常察孝廉爲郎，補謁者。建昭中，選爲復土校尉。光禄勳於永舉茂材，爲美陽令。功次遷長樂屯衛司馬，清河都尉，隴西太守。治行廉平，年四十餘卒。爲都尉時，言河堤方略，在《溝洫志》。（《漢書》卷七十九《馮逡傳》）

按：馮逡，馮奉世子。其《易》不詳宗派。馮奉世、馮立之《春秋》，馮野王、馮衍之《詩》，馮逡之《易》，皆不詳宗派。另《漢書·溝洫志》記馮逡言治河事，與本傳"言河堤方略"合。

馮立（生卒不詳）

立字聖卿，通《春秋》。以父任爲郎，稍遷諸曹。竟寧中，以王舅出爲五原屬國都尉。數年，遷五原太守，徙西河、上郡。立居職公廉，治行略與野王相似，而多知有恩貸，好爲條教。吏民嘉美野王、立相代爲太守，歌之曰："大馮君，小馮君，兄弟繼踵相因循，聰明賢知惠吏民，政如魯、衛德化鈞，周公、康叔猶二君。"後遷爲東海太守，下溼病痺。天子聞之，徙立爲太原太守。更歷五郡，所居有迹。年老卒官。（《漢書》卷七十九《馮立傳》）

按：馮立，馮奉世子，其《春秋》不詳何派。吏民嘉美馮野王、馮立之歌，爲三、七言體式，此在漢代文本中多見此類歌體。既然稱"吏民"，可知應該是"吏"制作而"民"傳之。對官員施政成績的襃獎，一方面有官方的認可，另一方面就是地方吏民的頌歌，而後者似乎更容易進入史書文本，爲後世所知。由此可見，古代文本對一個人的認識與評價，也重視"民"之聲音。《呂氏春秋》《孔叢子》等書，也記載有"民"對孔子、子產的頌歌，歌頌者皆爲"民"，以四言爲主。如《呂氏春秋·樂成》記載："孔子始用於魯，魯人鷩誦之曰：'麛裘而韠，投之無戾。韠而麛裘。投之無郵。'用三年，男子行乎塗右，女子行乎塗左，財物之遺者，民莫之舉。大智之用，固難逾也。子產始治鄭，使田有封洫，都鄙有服。民相與誦之曰：'我有田疇，而子產賦之。我有衣冠，而子產貯之。孰殺子產，吾其與之。'後三年，民又誦之曰：'我有田疇，而子產殖之。我有子弟，而子產誨之。子產若死，其使誰嗣之？'"西漢此類對官員施政的歌頌，與先秦有一定聯繫，但"民歌"如何成爲評價官員能力的形式，其間必有一定的演變。

馮參（？—前7）

參字叔平，學通《尚書》。少爲黃門郎給事中，宿衛十餘年。參爲人矜嚴，好修容儀，進退恂恂，甚可觀也。參，昭儀少弟，行又敕備，以嚴見憚，終不得親近侍帷幄。（《漢書》卷七十九《馮參傳》）

按：馮奉世子有馮譚、馮逡、馮野王、馮立、馮參等九人，女四人。女馮媛，爲漢元帝昭儀、中山太后，後因與傅太后爭而被誣以"祝詛大逆之罪"。馮參受到株連，死者十七人，宗族被遷徙回故郡。至東漢馮衍，馮氏已經家道中落。

平當（？—前5）

平當字子思，祖父以訾百萬，自下邑徙平陵。當少爲大行治禮丞，功次補大鴻臚文學，察廉爲順陽長，栒邑令，以明經爲博士，公卿薦當論議通明，給事中。每有灾異，當輒傅經術，言得失。文雅雖不能及蕭望之、匡衡，然指意略同。（《漢書》卷七十一《平當傳》）

按：平當才亞蕭望之、匡衡。"每有灾異，當輒傅經術，言得失"，是平當之學亦說灾異。陳直《漢書新證》："河南濬縣出土唐偃師縣令蒲州長史平真客碑略云：（見《循園金石跋尾》，及《河朔新碑目》）'平氏之先，蓋周武王子曹叔虞之後，八代孫晋穆公，十一代孫韓哀侯，有子曰婼，食采平邑，因以爲氏。婼七世孫漢中太守戩，以良家遷右扶風，戩孫當丞相，當子晏爲大司徒。'可證當爲平戩之孫，應出於平氏家牒，似有依據。"（第377頁）此碑出土於河南省鶴壁市淇濱區大賚店鎮，"平真客碑通高380釐米，其中碑額高90釐米，碑身高220、寬150、厚50釐米，碑座高70釐米。碑額雕刻6條蟠龍，采用了高浮雕、圓雕技法，頭部均在石碑兩側下垂，小耳尖嘴，龍身肥勁，龍鱗清晰，三爪緊護碑身。石碑兩側及背陰各雕刻佛像一尊，衣紋流暢。碑額篆書'大唐故偃師令蒲州長史平公之碑'"（王國宇：《鶴壁大賚店唐代平真客碑考釋》，《中國國家博物館館刊》2015年第8期）。另據《漢書》本傳，平當卒前不爲子孫受侯印，父子皆爲相，當子晏爲大司徒。韋，顏師古曰："韋謂韋賢也。"韋賢、韋玄成父子亦皆爲相。

許商（生卒不詳）

許商從周堪受《尚書》，四至九卿，號其門人沛唐林子高爲德行，平陵吳章偉君爲言語，重泉王吉少音爲政事，齊炔欽幼卿爲文學。王莽時，林、吉爲九卿，自表上師冢，大夫博士郎吏爲許氏學者，各從門人，會車數百兩，儒者榮之。欽、章皆爲博士，徒衆尤盛。（《册府元龜》卷六百《學校部·師道》）

按：《漢書·藝文志》："許商《五行傳記》一篇。許商《算術》二十六卷。"前書在《尚書》類；後書在"曆譜類"。

陳咸（生卒不詳）

（陳萬年）子咸字子康，年十八，以萬年任爲郎。有異材，抗直，數言事，刺譏近臣，書數十上，遷爲左曹。萬年嘗病，召咸教戒於床下，語至夜半，咸睡，頭觸屏風。萬年大怒，欲杖之，曰："乃公教戒汝，汝反睡，不聽吾言，何也？"咸叩頭謝曰："具曉所言，大要教咸諂也。"萬年乃不復言。（《漢書》卷六十六《陳咸傳》）

按：陳咸"書數十上"，乃以奏書"刺譏近臣"。陳咸父，《漢書》稱"萬年廉平，内行修，然善事人。賂遺外戚許、史，傾家自盡，尤事樂陵侯史高",是知陳萬年善於結交外戚許、史,故教戒陳咸以"譎"。而陳咸"抗直",故不善結交權貴。據《漢書》本傳,陳咸父陳萬年爲沛郡相縣人,與桓譚同鄉。朱雲向陳咸測探宮中情報,而陳咸竟然教其"上書自訟",故此被石顯奏爲"漏泄省中語"。此可知彼時亦有保密制度。陳直《漢書新證》:"朱雲爲槐里令,爲政殘酷,見《陳咸傳》。"(第362頁)

陳咸與朱博、蕭望之之子蕭育少時爲友,此見《漢書·陳咸傳》:"(陳)咸,三公子,少顯名於朝廷,而薛宣、朱博、翟方進、孔光等仕宦絶在咸後,皆以廉儉先至公卿,而咸滯於郡守。"

蕭育(生卒不詳)

(蕭)育字次君,少以父任爲太子庶子。元帝即位,爲郎,病免,後爲御史。大將軍王鳳以育名父子,著材能,除爲功曹,遷謁者,使匈奴副校尉。後爲茂陵令,會課,育第六。而漆令郭舜殿,見責問,育爲之請,扶風怒曰:"君課第六,裁自脱,何暇欲爲左右言?"及罷出,傳召茂陵令詣後曹,當以職事對。育徑出曹,書佐隨牽育,育案佩刀曰:"蕭育杜陵男子,何詣曹也!"遂趨出,欲去官。明旦,詔召入,拜爲司隸校尉。(《漢書》卷七十八《蕭育傳》)

按:蕭育爲蕭望之子,其被任用,蕭望之名望是主要原因,故"大將軍王鳳以育名父子,著材能,除爲功曹"。西漢對官吏實行考核制度,并按照政績予以排名。"課第六",顏師古:"如今之考第高下。"據《漢書》本傳,蕭育、陳咸以"公卿子顯名",此門第使然。而朱博初爲杜陵亭長,後職位超越二人,此友情之毒藥。故少時朋友,成年後各奔前程,三人中朱博先至上卿,位至丞相,竟至朋友有隙,反目成仇,故《漢書》本傳稱"世以交爲難"。然朱博曾因陳咸泄密案施手援救,故二人友情恐未受影響。

陳湯(生卒不詳)

或問曰:"載使子草律。"曰:"吾不如弘恭。""草奏。"曰:"吾不

如陳湯。"曰:"何爲?"曰:"必也律不犯,奏不剟。"(《法言·先知》)

按:《漢書·陳湯傳》:"陳湯字子公,山陽瑕丘人也。少好書,博達善屬文。家貧匄貸無節,不爲州里所稱。"《白氏六帖》卷十一《表奏三十三》:"漢陳湯,字子公,常受人金錢作章奏,卒以此敗。"

弘恭(生卒不詳)

或問曰:"載使子草律。"曰:"吾不如弘恭。""草奏。"曰:"吾不如陳湯。"曰:"何爲?"曰:"必也律不犯,奏不剟。"(《法言·先知》)

按:《漢書·佞幸傳》:"石顯字君房,濟南人;弘恭,沛人也。"此處揚雄評論弘恭、陳湯,以爲自己起草律書的才能不如弘恭、起草章奏的才能不如陳湯。"律不犯,奏不剟",是針對律、奏的文辭而言的。

歐陽地餘(生卒不詳)

(歐陽)高孫地餘長賓以太子中庶子授太子,後爲博士,論石渠。元帝即位,地餘侍中,貴幸,至少府。戒其子曰:"我死,官屬即送汝財物,慎毋受。汝九卿儒者子孫,以廉絜著,可以自成。"及地餘死,少府官屬共送數百萬,其子不受。天子聞而嘉之,賜錢百萬。地餘少子政爲王莽講學大夫,由是《尚書》世有歐陽氏學。(《漢書》卷八十八《儒林傳》)

按:歐陽氏數代傳《尚書》學,王莽時不輟。歐陽政爲王莽講學大夫,講《尚書》。歐陽家學,以《尚書》爲主。

申章昌(生卒不詳)

由是《穀梁》之學大盛。慶、姓皆爲博士。姓至中山太傅,授楚申章昌曼君,爲博士,至長沙太傅,徒衆尤盛。(《漢書》卷八十八《儒林傳》)

按：《漢書》注引李奇曰："姓申章，名昌，字曼君。"楚人，從丁姓學《穀梁》。

王中（生卒不詳）

（嚴彭祖）授琅邪王中，爲元帝少府，家世傳業。中授同郡公孫文、東門雲。雲爲荊州刺史，文東平太傅，徒衆尤盛。雲坐爲江賊拜辱命，下獄誅。（《漢書》卷八十八《儒林傳》）

按：王中傳《公羊春秋》。

張猛（生卒不詳）

子游師生，讒巧所傾。張猛，字子游，騫孫也。師事光祿勳周堪，以光祿大夫、給事中侍元帝。帝當廟祭，濟渭，欲御樓船。御史大夫薛廣德當車免冠，乞頸血污車輪，"陛下不得廟祭矣"。帝色不悦。猛進曰："主聖則臣直。今乘船危，就橋安；聖主不乘危，故大夫言之。"帝曰："曉人不當如是也？"後與周堪俱以忠正爲幸臣弘恭、石顯所譖毀，乍出乍徵。堪平和，猛卒自殺。（《華陽國志》卷十下）

按：《漢書》卷七十一《薛廣德傳》顏師古注："猛，張騫之孫。"張猛師事周堪，周堪師事夏侯勝。《華陽國志》附《士女目錄》："爽朗：給事中張猛。騫孫，元帝時。"

諸葛豐（生卒不詳）

諸葛豐字少季，琅邪人也。以明經爲郡文學，名特立剛直。貢禹爲御史大夫，除豐爲屬，舉侍御史。元帝擢爲司隸校尉，刺舉無所避，京師爲之語曰："間何闊，逢諸葛。"上嘉其節，加豐秩光祿大夫。（《漢書》卷七十七《諸葛豐傳》）

按："京師爲之語"，顯然出於士人的評價。顏師古注："言間者何久闊不相見，以逢諸葛故也。"又《漢書·諸葛豐傳》："時侍中許章以外屬貴幸，奢淫不奉法度，賓客犯事，與章相連。豐案劾章，欲奏其事，適逢許侍中私出，豐駐車舉節詔章曰：'下！'欲收之。章迫窘，馳車去，豐追之。許侍中因得入宮門，自歸上。豐亦上奏，於是收豐節。司隸去節自豐始。"諸葛豐之"節"具有一定特殊權力，而"司隸去節自豐始"，顯示了皇權與監察之間的矛盾。漢元帝時期，司隸校尉具有很大的監督、監察權力，而皇權對司隸校尉"節"之剝奪，無疑限制了監察的許可權，賦予了"特權"更大空間。漢代社會主要的矛盾，是皇權、外戚或宦官特權與士人中層社會、鄉里底層社會之間的矛盾衝突。而士人對皇權、特權的監督權一旦被削弱，社會平衡就會被打破，就動搖了統治階級的統治基礎。西漢衰亡，自元帝始。

京房（前77—前37）

嗟士之相妒豈若此甚乎！此未達於君故受禍邪？惟見知爲可以將信乎？然也，京房數與元帝論難，使制考功而選守；晁錯雅爲景帝所知；使條漢法而不亂。夫二子之於君也，可謂見知深而寵愛殊矣，然京房冤死而上曾不知，晁錯既斬而帝乃悔。（《潛夫論·賢難》）

按：王符此以爲"京房冤死而上曾不知"，誤矣。揚雄將京房視同於董仲舒、夏侯勝，如《法言·淵騫》稱："蓄異，董相、夏侯勝、京房。"然王通《中說·禮樂》則稱："子謂京房、郭璞'古之亂常人也'。"此與揚雄對京房評價相反。宋阮逸注以爲："二子并乖正經、亂人倫者也。"《隋書·經籍志》有"《京君明推偷盜書》一卷"，此書或後世僞托。

《漢書·京房傳》："京房字君明，東郡頓丘人也。治《易》，事梁人焦延壽。延壽字贛……贛常曰：'得我道以亡身者，必京生也。'其說長於災變，分六十四卦，更直日用事，以風雨寒溫爲候：各有占驗。房用之尤精。好鐘律，知音聲。初元四年以孝廉爲郎。"焦延壽所言"得我道以亡身者，必京生也"，有後世小說家語色彩。此必後人據京房被誅而附會之言，未必是事實。《漢書》本傳稱"房本姓李，推律自定爲京氏，死時年四十一", 生卒考證參見劉躍進《秦漢文學編年史》(第252—253頁)。

《漢書·儒林傳》:"京房受《易》梁人焦延壽。延壽云嘗從孟喜問《易》。會喜死, 房以爲延壽《易》即孟氏學, 翟牧、白生不肯, 皆曰非也。至成帝時, 劉向校書, 考《易》説, 以爲諸《易》家説皆祖田何、楊叔〔元〕、丁將軍, 大誼略同, 唯京氏爲異, 黨焦延壽獨得隱士之説, 托之孟氏, 不相與同。房以明災異得幸, 爲石顯所譖誅, 自有傳。房授東海殷嘉、河東姚平、河南乘弘, 皆爲郎、博士。繇是《易》有京氏之學。"《儒林傳》以爲, 京房《易》"黨焦延壽獨得隱士之説, 托之孟氏", 則來自民間之京房《易》, 善卜筮并多有驗, 善説災異。如此, 西漢説災異之興起, 與京房《易》有莫大關係, 而其起源則在民間《易》學, 其應用則在於干預朝政。漢宣帝提倡以"霸王道雜之"治國, 以重"術"之"法術"抑重"學"之"儒術"。這是漢宣帝時期的一大變化, 直接影響了此後直至漢光武朝的治國思想。而民間學術得以進入朝廷并成爲主流, 其關鍵在民間重"術"不重"學"。陰陽、災異學説雖最初出於儒家, 然并非醇儒所重, 故流行於民間, 後又重回主流。這種變化, 直接影響了漢代經學的走向與西漢末年讖緯的興起。從此, 儒家治經, 多兼善讖緯, 皆非醇儒。尤其是在天下大亂之時, 這種學術特徵尤其明顯。由漢大賦的發展規律看來, 司馬相如時代, 主要以黄老神仙爲漢賦指導思想; 百年之後, 揚雄時代(具體説是漢宣帝石渠論經以後的時代)的大賦, 主要以陰陽、災異爲指導思想; 再至五十年以後的東漢班固乃至更晚的張衡等人的大賦出現, 賦則完全成爲儒學統御并用於"頌漢德"的工具。

龔勝(前68—11)　　龔舍(前61—7)

舍亦通《五經》, 以《魯詩》教授。舍、勝既歸鄉里, 郡二千石長吏初到官皆至其家, 如師弟子之禮。舍年六十八, 王莽居攝中卒。(《漢書》卷七十二《兩龔傳》)

按:《漢書·兩龔傳》:"兩龔皆楚人也, 勝字君賓, 舍字君倩。二人相友, 并著名節, 故世謂之楚兩龔。少皆好學明經, 勝爲郡吏, 舍不仕。""名節"是二龔所重, 其被稱爲"楚兩龔", 以及後來爲楚王、哀帝所知，亦與二人"有名節"有關。龔勝、龔舍後歸鄉里，而地方官吏皆執弟子禮以事之，先賢之盛名如此。龔舍"通《五經》"，并以《魯詩》教授。龔舍年六十八，王莽居攝中卒，居攝凡三年，則卒年约在居攝二年（7），生约在漢宣帝神爵元年（前61）。

《漢書·兩龔傳》有"宜動移至傳舍"之說，陳直《史記新證·孟嘗君列傳》："傳舍爲先秦兩漢人稱客舍之習俗語。漢瓦當中有櫻桃轉舍（見《金石索·石索·瓦磚之屬》），又見《漢書·蓋寬饒傳》。傳舍有名，管理傳舍有長，見本傳文。有吏見《平原君傳》。西安漢城遺址曾出'傳舍'秦印，爲舍中吏員所用（吳興沈氏藏）。"（第131頁）《漢書·兩龔傳》又稱"積十四日死，死時七十九矣"，龔勝當卒於王莽始建國三年（11），則其生當在漢宣帝地節三年（前68）。陳直《漢書新證》："《御覽》卷五百六十，引戴延之《述徵記》云：'彭城東北三里，有劉向墓。泗水東三里，漢大夫龔勝冢、石碣猶存。'本傳亦云：'勝居彭城廉里，後世刻石表其里門。'據此知勝之冢及勝之里居皆有刻石。"（第383頁）

孟喜（生卒不詳）

孟喜字長卿，東海蘭陵人也。父號孟卿，善爲《禮》《春秋》，授后蒼、疏廣。世所傳后氏《禮》、疏氏《春秋》，皆出孟卿。孟卿以《禮經》多，《春秋》煩雜，乃使喜從田王孫受《易》。喜好自稱譽，得《易》家候陰陽災變書，詐言師田生且死時枕喜厀，獨傳喜，諸儒以此耀之。同門梁丘賀疏通證明之，曰："田生絕于施讎手中，時喜歸東海，安得此事？"又蜀人趙賓好小數書，後爲《易》，飾《易》文，以爲"箕子明夷，陰陽氣亡箕子；箕子者，萬物方荄茲也。"賓持論巧慧，《易》家不能難，皆曰"非古法也"。云受孟喜，喜爲名之。後賓死，莫能持其說。喜因不肯仞，以此不見信。喜舉孝廉爲郎，曲臺署長，病免，爲丞相掾。博士缺，衆人薦喜。上聞喜改師法，遂不用喜。喜授同郡白光少子、沛翟牧子兄，皆爲博士。繇是有翟、孟、白之學。（《漢書》卷八十八《儒林傳》）

按：陳直《漢書新證》："劉向《孫卿子書録》云：'蘭陵人喜字爲

卿，蓋以法荀卿也。'與本文正合。"（第424頁）孟喜父孟卿善《禮》《春秋》，分授后倉、疏廣。《禮》《春秋》皆繁雜，故孟喜從田王孫受《易》。《儒林傳》稱"漢興，言《易》自淄川田生"，則漢代《易》學淵藪在田王孫。孟喜"得《易》家候陰陽災變書"，僞稱田王孫獨授之，然被梁丘賀戳穿。正爲此故，孟喜才被視作"改師法"。由此可見，漢代有學經而不遵師法者。然孟喜自開師法，"喜授同郡白光少子、沛翟牧子兄"，且後"有翟、孟、白之學"。施讎、孟喜、梁丘賀爲同門。孟喜"詐言師田生且死時枕喜郯，獨傳喜"之舉，以師親授自抬身價，文人自古如此。

京房（生卒不詳）

（梁丘賀）從太中大夫京房受《易》。房者，淄川楊何弟子也。房出爲齊郡太守，賀更事田王孫。宣帝時，聞京房爲《易》明，求其門人，得賀。（《漢書》卷八十八《儒林傳》）

按：顏師古注："自別一京房，非焦延壽弟子爲課吏法者。或書字誤耳，不當爲京房。"此京房乃楊何弟子、梁丘賀師，太中大夫、齊郡太守。

梁丘賀（生卒不詳）

梁丘賀字長翁，琅邪諸人也。以能心計，爲武騎。從太中大夫京房受《易》。……宣帝時，聞京房爲《易》明，求其門人，得賀。賀時爲都司空令，坐事，論免爲庶人。待詔黃門數入説教侍中，以召賀。賀入説，上善之，以賀爲郎。……甘露中，奉使問諸儒于石渠。臨學精孰，專行京房法。琅邪王吉通《五經》，聞臨説，善之。時宣帝選高材郎十人從臨講，吉乃使其子郎中駿上疏從臨受《易》。臨代五鹿充宗君孟爲少府，駿御史大夫，自有傳。充宗授平陵士孫張仲方、沛鄧彭祖子夏、齊衡咸長賓。張爲博士，至揚州牧，光禄大夫給事中，家世傳業；彭祖，真定太傅；咸，王莽講學大夫。繇是梁丘有士孫、鄧、衡之學。（《漢書》卷八十八《儒

林傳》）

按：此云梁丘賀從京房學《易》，傳其子臨，臨傳王吉子駿。而《儒林傳》曾稱孟喜"同門梁丘賀疏通證明之"，"從太中大夫京房受《易》。房者，淄川楊何弟子也。房出爲齊郡太守，賀更事田王孫"，則梁丘賀先學京房《易》，後學田王孫《易》。五鹿充宗學梁丘《易》，再傳于士孫張、鄧彭祖、衡咸，而"梁丘有士孫、鄧、衡之學"。據賀、臨、駿以及五鹿充宗、士孫、鄧、衡之職位看，梁丘《易》甚受皇室喜愛，故梁丘《易》學實爲非常實用的"利祿之學"。然本傳梁丘賀以"刃鄉乘輿車"而筮有兵謀，非據《易》之"學"，而實爲《易》之"術"。元、成帝時期重"術"，於此可見。

伏理（生卒不詳）

（匡）衡授琅邪師丹、伏理斿君、潁川滿昌君都。君都爲詹事，理高密太傅，家世傳業。丹大司空，自有傳。由是《齊詩》有翼、匡、師、伏之學。（《漢書》卷八十八《儒林傳》）

按：宋章如愚《群書考索》卷三："《齊詩》起於轅固，而盛於匡衡。轅固生作《傳》以授夏侯始昌，始昌授后蒼，蒼兼能通《詩》《禮》，以授翼奉、匡衡，（衡授）師丹、伏理，由是《齊詩》有翼、匡、師、伏之學。"東漢幾個經學世家，如桓氏、楊氏、袁氏，其學術思想主要淵源自西漢末年。東漢伏氏之學，雖始祖在伏生，其實主要源自成於漢成帝時期、學於匡衡的伏理之學，後經伏湛、伏翕、伏無忌等，世傳經學，遂成東漢有名經學世家。

馮商（生卒不詳）

梁劉孝威《謝敕賚畫屏風啓》：昔紀亮所隔，唯珍雲母，武秋所顧，上貴琉璃，豈若寫帝臺之基，拂崑山之碧，畫巧吳筆，素逾魏賜，馮商莫能賦，李尤誰敢銘。（《藝文類聚》卷六十九《服飾部上·屏風》）

按：《劉向別傳》："待詔馮商作《燈賦》。"（《藝文類聚》卷八十《火部·燈》）《漢書·藝文志》："待詔馮商賦九篇。"在"陸賈賦之屬"。又《漢書·藝文志》："馮商所續《太史公》七篇。"在《春秋》家。韋昭曰："馮商受詔續《太史公》十餘篇，在班彪《別錄》。商字子高。"顏師古曰："《七略》云商陽陵人，治《易》，事五鹿充宗，後事劉向，能屬文。後與孟柳俱待詔，頗序列傳。未卒，病死。"王應麟《漢藝文志考證》："《張湯傳》贊：'馮商稱張湯之先與留侯同祖。'《史通》云：'《史記》所書，年止漢武。太初已後，闕而不錄。其後劉向、向子歆及諸好事者，若馮商、衛衡、揚雄、史岑、梁審、肆仁、晋馮、段肅、金丹、馮衍、韋融、蕭奮、劉恂等，相次撰續，迄于哀、平間，猶名《史記》。至建武中，司徒掾班彪以爲其言鄙俗，不足以踵前史。又雄、歆偽褒新室，誤後惑衆，不當垂之後代。於是采其舊事，傍貫異聞，作《後傳》六十五篇，其子固爲《漢書》。'"（《論衡》曰："揚子雲錄宣帝以至哀平，陳平仲紀光武。"）

《漢書》陸賈賦較多，然其作多不傳，故很難判斷此類賦作的分類標準，如《漢書·藝文志》："車郎張豐賦三篇。"在"陸賈賦之屬"。班固自注："張子僑子。"另"屈原賦之屬"，有"光祿大夫張子僑賦三篇"。父子二人，皆有賦三篇，一在"陸賈賦"，一在"屈原賦"，似乎并無明確分類法，僅是根據錄入次序隨機載錄而已。賦二十五家，選擇屈原、陸賈、荀卿爲代表的依據不知何在；而"雜賦"的分類，是否因無作者而歸入"雜"？

其他還有：《漢書·藝文志》："河内太守徐明賦三篇"。班固自注："字長君，東海人，元、成世歷五郡太守，有能名。"徐明賦在"陸賈賦之屬"。《漢書·藝文志》收錄賦作，以京城長安内各級官僚、部分藩王爲主，地方官收錄極少。《漢書·藝文志》："遼東太守蘇季賦一篇"在"陸賈賦之屬"。《册府元龜》卷八百三十七："蘇李爲遼東太守，有賦二篇。"蘇李，當蘇季誤。《漢書·藝文志》列其在司馬遷賦之後、蕭望之賦之前。《册府元龜》將其與司馬遷、蕭望之、朱買臣等賦并列。值得注意的一個現象是：《漢書·藝文志》"詩賦略"之"陸賈賦之屬"中的作品，包括陸賈賦，大多亡佚。

尹更始（生卒不詳）

　　尹更始爲諫大夫、長樂户將，又受《左氏傳》，取其變理合者以爲章句，傳子咸及翟方進、琅邪房鳳。咸至大司農，方進丞相，自有傳。（《漢書》卷八十八《儒林傳》）

　　按：尹更始傳《左氏春秋》於其子尹咸及翟方進、房鳳。尹更始又善《穀梁傳》，如《漢書·儒林傳》："上善《穀梁》説，擢千秋爲諫大夫給事中，後有過，左遷平陵令。復求能爲《穀梁》者，莫及千秋。上愍其學且絶，乃以千秋爲郎中户將，選郎十人從受。汝南尹更始翁君本自事千秋，能説矣。"

王昭君（前56—前19）

　　《漢書》：成帝以明君妻單于，明君心念鄉土，乃作《怨曠之歌》曰："秋木萋萋，其葉黄黄。有鳥爰止，集于苞桑。徘徊枝條，志意自得。"（《北堂書鈔》卷一百六《樂部二·歌篇二》）

　　按：《文選》卷十八《琴賦》李善注引《琴操》："王襄女，漢元帝時獻入後宫，以妻單于，昭君心念鄉土，乃作怨曠之歌。"王昭君作歌，出於《琴操》，而不見於《漢書》記載。然《北堂書鈔》引以爲出《漢書》，孔廣陶注："考《漢書》九十四下《匈奴傳》載，昭君妻單于事，係元帝，非成帝，亦無念鄉語。"孔説是。宋本《北堂書鈔》引有誤，或引他書，而誤作《漢書》。然《文選》注引《琴操》與《北堂書鈔》引《漢書》，皆有"心念鄉土"，則此説有其來歷。

　　《琴操》：王昭君者，齊國襄王之女也。昭君年十七時，顏色皎潔，聞于國中。襄王見昭君端正閑麗，於孝元帝。既不幸納，備後宫積五六年，王昭君心有怨曠，不飾其形容。元帝每歷後宫，疎略不過其處。後單于遣使者朝賀，元帝陳設倡樂，仍令後宫莊出。昭君怨恚久，不得侍列，乃更修飾盛服，形容光輝。帝令後宫欲至單于者起，於是昭君喟然越席而前曰:"妾幸得備在後宮,麓醜卑陋,不合陛下之心,誠願得。"元帝見昭君,便驚悔,不得復止,遂以與之。王昭君雖去漢至單于,心思不樂,乃作《怨曠思惟歌》曰:"秋木萋萋,其葉萎黃。我獨伊何,改往變常。翩翩之鶊,遠集西羌。高山峨峨,河水泱泱。父母妻子,道里悠長。嗚呼哀哉,憂心惻傷!"(《太平御覽》卷四百八十三《人事部一百二十四·怨》)

按:《漢書》卷九《元帝紀》注引應劭曰:"郡國獻女未御見,須命於掖庭,故曰待詔。王檣,王氏女,名檣,字昭君。"《漢書》注引文穎曰:"本南郡秭歸人也。"昭君歌,《樂府詩集》卷五十九作《昭君怨》。《後漢書》所記,與《琴操》類似。如果結合《漢書》與《琴操》的記載,昭君十七歲入宮,"備後宮積五六年",于竟寧元年(前33)遠嫁匈奴,時當二十二三歲,則其生當在漢昭帝五鳳二年(前56)左右。"復株絫單于立十歲,鴻嘉元年死。弟且糜胥立,爲搜諧若鞮單于",則昭君卒在鴻嘉元年(前20)前後,姑定於鴻嘉二年(前19)。

《太平御覽》卷五百七十一引《琴操》:"王昭君,齊國王襄漢元帝時獻入後宮。帝以妻單于,昭君心念鄉土,乃作《怨曠之歌》曰:'秋木萋萋,其葉萎黃。有鳥爰止,集于包桑。既得升雲,游倚惟房。志念幽沉,不得頡頏。我獨伊何,改往變常。翩翩之鶊,遠集西羌。高山峩峩,河水泱泱。嗚呼哀哉,憂心惻傷。'"《太平御覽》兩引王昭君歌,自身有所差異,而又與《文選》注引《琴操》、《北堂書鈔》引《漢書》內容不同,可知此歌在唐宋有多個版本。

元帝後宮既多,不得常見,乃使畫工圖形,案圖召幸之。諸宮人皆賂畫工,多者十萬,少者亦不減五萬。獨王嬙不肯,遂不得見。匈奴入朝,求美人爲閼氏,於是上案圖,以昭君行。及去,召見,貌爲後宮第一,善應對,舉止閒雅。帝悔之,而名籍已定。帝重信於外國,故不復更人。乃窮案其事,畫工皆棄市。籍其家,資皆巨萬。畫工有杜陵毛延壽,爲人形,醜好老少,必得其真。安陵陳敞,新豐劉白、龔寬,并工爲牛馬飛鳥衆勢,人形好醜,不逮延壽;下杜陽望,亦善畫,尤善布色;樊育亦善布色,同日棄市。京師畫工,於是差稀。(《西京雜記》卷二)

按:此説漢元帝以畫工圖畫之女形召見后妃,或有傳説成分,然未必毫無依據。由此可見,在西漢書法興起的同時,繪畫亦同時流行。又按:

歷代詠昭君者甚多，惟王安石《明妃曲》最負盛名。

　　漢元帝宮人既多，乃令畫工圖之，欲有呼者，輒披圖召之，其中常者，皆行貨賂。王明君姿容甚麗，志不苟求。工遂毀爲甚狀。後匈奴來和，求美女於漢帝，帝以明君充行，既召見而惜之。但名字已去，不欲中改，於是遂行。（《世說新語·賢媛》）

　　按：元帝雖惜昭君，然終不因私語而改轍，此亦難得。

張山拊（生卒不詳）

　　張山拊字長賓，平陵人也。事小夏侯建，爲博士，論石渠，至少府。授同縣李尋、鄭寬中少君、山陽張無故子儒、信都秦恭延君、陳留假倉子驕。無故善修章句，爲廣陵太傅，守小夏侯説文。恭增師法至百萬言，爲城陽內史。倉以謁者論石渠，至膠東相。尋善説災異，爲騎都尉，自有傳。寬中有儁材，以博士授太子，成帝即位，賜爵關內侯，食邑八百户，遷光祿大夫，領尚書事，甚尊重。（《漢書》卷八十八《儒林傳》）

　　按：張山拊所授弟子皆當時知名文人。陳直《漢書新證》："《十鐘山房印舉》舉十九，二十四頁，有'張山拊'印，應即此人。"（第424頁）張山拊傳小夏侯學，屬於"經傳雜説"，故其弟子李尋"善説災異"。

陳囂（生卒不詳）

　　虞預《會稽典錄》：陳囂，山陰人。宗正劉向、黃門侍郎楊雄薦囂德義可屬薄俗，孝成皇帝特以公車徵。囂時已年七十，每朝請，上常待以師傅之禮。（《太平御覽》卷四百七十四《人事部一百一十五·禮賢》）

　　按：《三國志·吳書·虞翻傳》裴松之注引《會稽典錄》："太中大夫山陰陳囂，漁則化盜，居則讓鄰，感侵退藩，遂成義里，攝養車嫗，行足厲俗，自揚子雲等上書薦之，粲然傳世。"據《會稽典錄》所言，陳囂當爲漢元、成帝時人。

  漢太中大夫陳囂宅，在今禮遜坊長慶寺竹園巷之間，去會稽縣東二里許。囂宅有大竹園，至宋永徽中爲寺，猶號竹園寺。（初，囂與紀伯爲鄰，伯竊囂藩地以自益，囂見之不言，益徙地與之。伯慚懼，亦歸所侵地，其中乃爲大路。鴻嘉二年，太守周君刻石刻表，號曰：義里長簷路。至今鄉人猶號長簷街。）（《會稽志》卷十三）

  按：後漢又有一陳囂，《會稽志》所記"囂與紀伯爲鄰"，實爲後漢陳囂事，故此處"猶號竹園寺"以下，乃後人誤以後漢陳囂爲前漢陳囂而輯補；故編者以括號識之。"鴻嘉二年"四字，亦後人誤補。

卷 七

漢成帝劉驁（前51—前7）

成帝好蹴踘，群臣以蹴鞠爲勞體，非至尊所宜。帝曰："朕好之，可擇似而不勞者奏之。"家君作彈棋以獻，帝大悦，賜青羔裘，紫絲履，服以朝覲。（《西京雜記》卷二）

按：此言以彈棋代蹴鞠，是以"静"代"動"。

孝成皇帝好《詩》《書》，通覽古今，閑習朝廷儀禮，尤善漢家法度故事，常見中壘校尉劉向，以世俗多傳道：孝文皇帝，小生於軍，及長大有識，不知父所在，日祭於代東門外；高帝數夢見一兒祭己，使使至代求之，果得文帝，立爲代王。及後徵到，後期，不得立，日爲再中。及即位爲天子，躬自節儉，集上書囊以爲前殿帷，常居明光宮聽政，爲皇太薄后持三年服，廬居枕塊如禮，至以發大病，知後子不能行三年之喪，更制三十六日服。治天下，致升平，斷獄三百人，粟升一錢。"有此事不？"向對曰："皆不然。"（《風俗通義·正失》）

按：此處所記，應劭"謹按"曰："凡此十餘事，皆俗人所妄傳，言過其實，及傅會，或以爲前皆非是，如劉向言。"《風俗通義》擬桓譚《新論》、王充《論衡》，多辨析世俗異聞，而變"論"爲"通"，是諸子至此又一變。

漢成帝建始四年九月，長安城南，有鼠銜黄蒿、柏葉上民家柏及榆樹上爲巢，桐柏爲多。巢中無子，皆有乾鼠矢數升。時議臣以爲恐有水灾。鼠盗竊小蟲，夜出畫匿。今正畫去穴而登木，象賤人將居貴顯之占。桐柏，衛思後園所在也，其後趙后自微賤登至尊，與衛后同類。趙后終無子而爲害。明年，有鳶焚巢殺子之象云。京房《易傳》曰："臣私祿罔干，厥妖鼠巢。"(《搜神記》卷六)

按：本事見《漢書·五行志》，後被《搜神記》輯入，《法苑珠林》卷四二有引，稱出《搜神記》。原有王莽事，《搜神記》未錄。

成帝河平元年，長安男子石良、劉音相與同居。有如人狀在其室中，擊之，爲狗，走出。去後，有數人披甲持弓弩至良家。良等格擊，或死或傷，皆狗也。自二月至六月乃止。其於《洪範》，皆犬禍，言不從之咎也。(《搜神記》卷六)

按：本事見《漢書·五行志》，《藝文類聚》卷九十四引作《搜神記》。

成帝河平元年二月庚子，泰山山桑谷，有鳶焚其巢。男子孫通等，聞山中群鳥鳶鵲聲，往視之，見巢燃，盡墮池中，有三鳶鷇燒死。樹大四圍，巢去地五丈五尺。《易》曰："鳥焚其巢，旅人先笑，後號咷。"後卒成易世之禍云。(《搜神記》卷六)

按：本事見《漢書·五行志》。

成帝鴻嘉四年秋，雨魚於信都，長五寸以下。至永始元年春，北海出大魚，長六丈，高一丈，四枚。哀帝建平三年，東萊平度出大魚，長八丈，高一丈一尺，七枚，皆死。靈帝熹平二年，東萊海出大魚二枚，長八九丈，高二丈餘。京房《易傳》曰："海數見巨魚，邪人進，賢人疏。"(《搜神記》卷六)

按：成帝本事見《漢書·五行志》，靈帝本事見《後漢書·五行志三》。《搜神記》將漢成帝、哀帝、靈帝三朝事撮合一處，渲染"魚妖"歷代皆有。

成帝永始元年二月，河南街郵樗樹生枝如人頭，眉目鬚皆具，亡髮耳。至哀帝建平三年十月，汝南西平遂陽鄉有材仆地，生枝如人形，身青黃色，面白，頭有髭髮，稍長大，凡長六寸一分。京房《易傳》曰："王德衰，下人將起，則有木生爲人狀。"其後有王莽之篡。(《搜神記》卷六)

按：本事見《漢書·五行志》，《法苑珠林》卷八十有引，作《搜神記》。

成帝綏和二年二月，大厩馬生角，在左耳前，圍長各二寸。是時王莽爲大司馬，害上之萌，自此始矣。(《搜神記》卷六)

按：本事見《漢書·五行志》。此言"害上之萌，自此始"，顯然非當時人所記，而是後世人據當時灾異闡釋并補此按語。

成帝綏和二年三月，天水平襄，有燕生雀，哺食至大，俱飛去。京房《易傳》曰："賊臣在國，厥咎燕生雀，諸侯銷。"又曰："生非其類，子不嗣世。"（《搜神記》卷六）

按：汪紹楹校注稱，此本事見《漢書·五行志》，《法苑珠林》卷八十七引作《搜神異記》。《搜神記》采録《漢書·五行志》，體現了兩種觀念：第一，從"神"之觀念看，是將漢代此類"異象"皆視作"神迹"；第二，從文本流變角度看，正史材料進入後世志怪文本，是干寶時代以爲正史亦記録"神迹"或"異聞"，同時賦予"陰陽五行"類文獻以"鬼神"觀念，體現了正史中此類文獻在時代觀念中的流動性。從"五行"到"鬼神"，體現的則是時代變化之後，史料隨時代觀念變化而變化的過程。文學、歷史研究，除了史料、文本、文人、作品、文體、風格之類的研究，還需要關注此類"史料隨觀念變化而變化"的現象，揭示史料"流動"帶來的新思想。

漢成帝好微行，於太液池旁起宵游宮，以漆爲柱，鋪黑綈之幕，器服乘輿，皆尚黑色。既悅於暗行，憎燈燭之照。宮中美御，皆服皂衣，自班婕妤以下，咸帶玄綬，簪佩雖加錦綉，更以木蘭紗綃罩之。至宵游宮，乃秉燭。宴幸既罷，静鼓自舞，而步不揚塵。好夕出游。造飛行殿，方一丈，如今之輦，選羽林之士，負之以趨。帝於輦上，覺其行快疾，聞其中若風雷之聲，言其行疾也，名曰"雲雷宮"。所幸之宮，咸以氈綈藉地，惡車轍馬迹之喧。雖惑於微行昵宴，在民無勞無怨。每乘輿返駕，以愛幸之姬寶衣珍食，捨於道傍，國人之窮老者皆歌"萬歲"。是以鴻嘉、永始之間，國富家豐，兵戈長戢。故劉向、谷永指言切諫，於是焚宵游宮及飛行殿，罷宴逸之樂。所謂從繩則正，如轉圜焉。（《拾遺記》卷六）

按：《漢書·成帝紀》記鴻嘉元年"上始爲微行出"，張晏曰："於後門出，從期門郎及私奴客十餘人。白衣組幘，單騎出入市里，不復警蹕，若微賤之所爲，故曰微行。"此言"白衣組幘"，與《拾遺記》"器服乘輿，皆尚黑色"不同。而其中所言"鴻嘉、永始之間，國富家豐，兵戈長戢"，與一般認識上的成帝時西漢始衰不同，但或者却反映了當時真實的社會現實。"成帝微行"，本身也説明了當時社會的安定和諧。

趙飛燕（前45—前1）

趙后體輕腰弱，善行步進退，女弟昭儀不能及也。但昭儀弱骨豐肌，尤工笑語。二人并色如紅玉，爲當時第一，皆擅寵後宮。（《西京雜記》卷一）

按：顏師古注："以其體輕故也。"陳直《漢書新證》："《十鐘山房印舉》舉六、五頁，有'婕妤妾趙'鳥篆玉印。倢字作婕，蓋假借字。《金石屑》卷三亦摹此印。在明代即已出土，初爲嚴分宜所藏，續歸項墨林，以後遞藏至龔自珍，最後歸於陳介祺，爲流傳有序之物，或疑僞作者皆非也。"（第465頁）與《漢書》《後漢書》的記載相比，《西京雜記》已近小説家言。

《西京雜記》：趙后有寶琴曰鳳皇，皆以金玉隱起爲龍鳳螭鷥、古賢列女之象，亦爲《歸風送遠》之操。（《太平御覽》卷五百七十九《樂部十七·琴下》）

按：又見《六臣注文選》卷十八《琴賦》李善注、《初學記》卷十六《樂部下》。

趙后飛燕，父馮萬金。祖大力，工理樂器，事江都王協律舍人。萬金不肯傳家業，編習樂聲，亡章曲，任爲繁手哀聲，自號凡靡之樂。聞者心動焉。（題名伶玄《趙飛燕外傳》，明顧氏文房小説本）

按：此記飛燕父馮萬金"編習樂聲亡章曲"，與《西京雜記》記飛燕之琴"皆以金玉隱起爲龍鳳螭鷥，古賢列女之象"不同，可知《西京雜記》頗近史書，而《趙飛燕外傳》純爲小説家言。

趙合德（前45—前7）

趙飛燕爲皇后，其女弟在昭陽殿，遺飛燕書曰："今日嘉辰，貴姊懋膺洪册，謹上襚三十五條，以陳踴躍之心：金華紫輪帽，金華紫輪面衣，織成上襦，織成下裳，五色文綬，鴛鴦襦，鴛鴦被，鴛鴦褥，金錯繡襠，七寶縶履，五色文玉環，同心七寶釵，黃金步摇，合歡圓璫，琥珀枕，龜文枕，珊瑚玦，馬腦彄，雲母扇，孔雀扇，翠羽扇，九華扇，五明扇，雲母屏風，琉璃屏風，五層金博山香爐，回風扇，椰葉席，同心梅，含枝李，青木香，沈水香，香螺卮，九真雄麝香，七枝燈。"（《西京雜記》卷一）

按：飛燕此書，未必出於其手，然所言奢靡、華麗之景，當爲事實。《漢書·外戚傳》："皇后既立，後寵少衰，而弟絶幸，爲昭儀。居昭陽舍，其中庭彤朱，而殿上髹漆，切皆銅遝黃金塗，白玉階，壁帶往往爲黃金釭，函藍田璧，明珠、翠羽飾之，自後宮未嘗有焉。姊弟顓寵十餘年，卒皆無子。"此處言昭陽舍之華麗，非後世小説所能描繪之。髹漆，顔師古注："以漆漆物謂之髹，音許求反，又許昭反。今關東俗，器物一再著漆者謂之捎漆。捎即髹聲之轉重耳。髹字或作䰍，音義亦與髹同。今關西俗云墨髹盤、朱髹盤，其音如此，兩義并通。"此處可見，庭院紅色，殿上漆色，門限（切）爲塗金之銅，臺階爲白玉，壁帶爲黃金做成的釭，內鑲藍田玉、明珠、綠羽毛等。其豪華、奢靡程度，可見一斑。

班婕妤（前48—?）

成帝游於後庭，嘗欲與婕妤同輦載，婕妤辭曰："觀古圖畫，賢聖之君皆有名臣在側，三代末主乃有嬖女，今欲同輦，得無近似之乎？"上善其言而止。太后聞之，喜曰："古有樊姬，今有班婕妤。"婕妤誦《詩》及《窈窕》《德象》《女師》之篇。每進見上疏，依則古禮。（《漢書》卷九十七下《外戚傳下》）

按：班婕妤稱"觀古圖畫"，則漢代多古圖，面對不同的對象，會涉及忠孝、聖賢、明王等不同主題，以達到政治教化之目的。班婕妤能誦《詩》及《窈窕》《德象》《女師》等，顔師古注："《詩》謂《關雎》以下也。《窈窕》《德象》《女師》之篇，皆古箴戒之書也。故傳云誦《詩》及《窈窕》以下諸篇，明《詩》外別有此篇耳。而説者便謂《窈窕》等即是《詩》篇，蓋失之矣。"可知針對后妃教育，有誡圖，又有誡詩、誡文等文本。圖像與文本結合的后妃教育，是漢代後宮教育的基本形式。此類教育內容，多爲劉向以來整理、總結先秦故事而成，可見在西漢末年，針對社會、政治上的不合理或不正常現象，漢代文人萌生了以圖、文等形式整理、總結前代具有政教意義的故事，以達到矯風正俗之目的。

《列女傳》：班婕妤，况之女，賢才通辯，選入後宮，每讀《詩》及"窈窕淑女"之篇，必三復之。（《太平御覽》卷六百一十六《學部十·讀誦》）

按：其事在今《古列女傳》卷八《續古列女傳》。《文選》卷二十七收錄班婕妤《怨歌行》曰："新裂齊紈素，皎潔如霜雪。裁爲合歡扇，團團似明月。出入君懷袖，動搖微風發。常恐秋節至，涼風奪炎熱。棄捐篋笥中，恩情中道絕。"題名與詩中"皎潔"一詞，《玉臺新詠》卷一收錄題名《怨詩一首》，作"鮮潔"。《藝文類聚》卷二、卷四十一引作《怨歌行》，一作"鮮絜"，一作"皎潔"；卷六十九引題名《扇詩》，作"鮮絜"。據《藝文類聚》時代所引，似班婕妤此詩題名、文字初唐尚未確定，且其所錄并非引自《文選》《玉臺新詠》二書，而應自有來源。

《世説》：漢成帝幸趙飛燕，譖班婕妤咒詛，帝乃考問婕妤，對曰："妾聞死生有命，富貴在天；修善尚不蒙福，爲邪欲以何望？若鬼神有知，不受邪佞之訴；如其無知，訴之何益，故不爲也。"（《太平御覽》卷一百四十四《皇親部十·婕妤》）

嚴遵（前 86—10）

楚兩龔之絜，其清矣乎？蜀莊沈冥，蜀莊之才之珍也，不作苟見，不治苟得，久幽而不改其操，雖隨、和何以加諸？舉茲以旃，不亦珍乎！吾珍莊也，居難爲也。（《法言·問明》）

按：此處提及楚人龔勝、龔舍與蜀莊遵（即嚴君平），尤其對嚴君平的品德稱讚有加。鄭子真、嚴君平是西漢道家的代表人物，而嚴君平名聲更大，主要得益於文明甚盛之揚雄從游之學。師由徒顯，歷代皆然。晉皇甫謐《高士傳》有嚴遵傳。鄭子真，名樸。顏師古注："《地理志》謂君平爲嚴遵。《三輔決錄》云子真名樸，君平名尊，則君平、子真皆其字也。"

嚴遵字君平，蜀人。常賣卜成都市，日得百錢以自給。卜訖，則閉肆下簾，以著書爲事。揚雄少，從之游，數稱其德。李强爲益州牧，喜曰：

"吾得君平爲從事足矣。"雄曰："君可備禮與相見，其人不可屈也。"王鳳請交，不許，嘆曰："益我貨者損我神，生我名者殺我身。"故不仕，時人服之。(《高士傳》卷中)

按：由揚雄《法言》可知，此處所言揚雄"數稱其德"有所依據。

天地之情狀，陰陽之吉凶，茫茫乎其亦難詳也，吾亦不必謂之有，又亦不敢保其無也。然黃帝、太公皆所信仗，近代達者嚴君平、司馬遷皆所據用，而經傳有治曆明時剛柔之日。(《抱朴子内篇·登涉》)

按：嚴遵著述，見《册府元龜》卷六百五《學校部·注釋第一》："嚴遵，字君平，蜀郡人，注《老子》二卷，又注《老子指歸》一十卷。"王應麟《漢藝文志考證》卷六："《老子指歸》，不著録。《隋志》十一卷，嚴遵撰。《列子釋文》云：'遵字君平，作《指歸》十四篇，演解五千文。'"《隸釋》卷二十七："漢嚴君平廟前碑二。在綿竹縣，文字磨滅。"

王駿(？—前15)

吉兼通《五經》，能爲騶氏《春秋》，以《詩》《論語》教授，好梁丘賀説《易》，令子駿受焉。駿以孝廉爲郎。左曹陳咸薦駿賢父子，經明行修，宜顯以厲俗。光禄勳匡衡亦舉駿有專對材。遷諫大夫，使責淮陽憲王。遷趙内史。吉坐昌邑王被刑後，戒子孫毋爲王國吏，故駿道病，免官歸。起家復爲幽州刺史，遷司隸校尉，奏免丞相匡衡，遷少府。八歲，成帝欲大用之，出駿爲京兆尹，試以政事。先是京兆有趙廣漢、張敞、王尊、王章，至駿皆有能名，故京師稱曰："前有趙、張，後有三王。"(《漢書》卷七十二《王吉傳》)

按：王駿從其父王吉學騶氏《春秋》、《詩》、《論語》、梁丘《易》等。王駿亦能吏，《漢書》屢稱"前有趙、張，後有三王"，即指曾任京兆尹之趙廣漢、張敞、王尊、王章、王駿。《漢書·藝文志》有"《魯王駿説》二十篇"，顏師古曰："王吉子。"此言"駿乃代宣爲御史大夫，并居位。六歲病卒"，據《漢書·百官公卿表》，王駿鴻嘉元年(前20)爲御史大夫，永始二年(前15)翟方進爲御史大夫，則王駿當卒於是年。

翟方進（前53—前7）

方進雖受《穀梁》，然好《左氏傳》、天文星曆，其《左氏》則國師劉歆，星曆則長安令田終術師也。厚李尋，以爲議曹。（《漢書》卷八十四《翟方進傳》）

按：翟方進受《穀梁傳》，反而愛好《左傳》，是不遵師法。翟方進傳《左傳》於劉歆，傳星曆於田終術。《漢書》本傳又録其時之歌謡："王莽時常枯旱，郡中追怨方進，童謡曰：'壞陂誰？翟子威。飯我豆食羹芋魁。反乎覆，陂當復。誰云者？兩黃鵠。'"《藝文類聚》《太平御覽》皆引此文。翟方進治水之術，爲百姓詬病，此童謡即説此事。漢代童謡，多三言句式，便於口頭傳播。

師丹（生卒不詳）

師丹字仲公，琅邪東武人也。治《詩》，事匡衡。舉孝廉爲郎。元帝末，爲博士，免。建始中，州舉茂材，復補博士，出爲東平王太傅。丞相方進、御史大夫孔光舉丹論議深博，廉正守道，徵入爲光禄大夫、丞相司直。數月，復以光禄大夫給事中，由是爲少府、光禄勳、侍中，甚見尊重。（《漢書》卷八十六《師丹傳》）

按：《漢書·敘傳上》："況生三子：伯、斿、穉。伯少受《詩》於師丹。"師丹從匡衡學《詩》，後授班伯。

滿昌（生卒不詳）

（匡）衡授琅邪師丹、伏理斿君、潁川滿昌君都。君都爲詹事，理高密太傅，家世傳業。丹大司空，自有傳。由是齊《詩》有翼、匡、師、伏之學。滿昌授九江張邯、琅邪皮容，皆至大官，徒衆尤盛。（《漢書》

卷八十八《儒林傳》)

　　按：西漢末期，《齊詩》學甚盛，一方面與《齊詩》可釋讖緯有關，另一方面亦與治《齊詩》蕭望之、師丹、匡衡等人身居高位有關。滿昌弟子有張邯、皮容、馬援，皆至大官。《後漢書》卷二十四《馬援傳》李賢注："（馬援）受《齊詩》，師事潁川滿昌。"滿昌授《齊詩》於馬援。班伯、班超亦通《齊詩》。《册府元龜》卷五百九十七《學校部·世業》："滿昌，字君都。通《詩》《禮》，爲詹事，家世傳業。"

班伯（生卒不詳）

　　伯少受《詩》於師丹。大將軍王鳳薦伯宜勸學，召見宴昵殿，容貌甚麗，誦說有法，拜爲中常侍。時上方鄉學，鄭寬中、張禹朝夕入說《尚書》《論語》於金華殿中，詔伯受焉。既通大義，又講異同於許商，遷奉車都尉。數年，金華之業絶，出與王、許子弟爲群，在於綺襦紈絝之間，非其好也。（《漢書》卷一百上《叙傳上》）

　　按：班伯曾受《詩》《尚書》《論語》於師丹、鄭寬中、張禹。顔師古注："金華殿在未央宫。"此内官受經之例。《漢書·叙傳》有"時乘輿幄坐張畫屏風，畫紂醉踞妲己作長夜之樂"，車帳屏風有紂王醉臥妲己圖，此非史實，故班伯説"衆惡歸之"。新發現的山東費縣潘家疃漢墓前室畫像石，有蘇妲己狐尾像圖。此處妲己尚爲歷史人物，未被視作狐精。

班斿（生卒不詳）

　　斿博學有俊材，左將軍史丹舉賢良方正，以對策爲議郎，遷諫大夫、右曹中郎將，與劉向校秘書。每奏事，斿以選受詔進讀群書。上器其能，賜以秘書之副。時書不布，自東平思王以叔父求《太史公》、諸子書，大將軍白不許。（《漢書》卷一百上《叙傳上》）

　　按：班斿曾與劉向一起校書，并獲得了漢成帝賞賜的中秘之書副本。這在當時是非常重要的學術大事，因爲當時中秘之書不公布於衆，即使皇帝的叔父也未被允許。這說明中秘之書皆有副本，劉向等人所校中秘書，只是副本中的一種而已。另外，劉向校書之後，班氏之流的家藏之書，或有異於劉向所校者；而劉向校書，多大程度上影響了後來的古書內容，是一個疑問。

徐敖（生卒不詳）

　　毛公，趙人也。治《詩》，爲河間獻王博士，授同國貫長卿。長卿授解延年。延年爲阿武令，授徐敖。敖授九江陳俠，爲王莽講學大夫。由是言《毛詩》者，本之徐敖。……孔氏有《古文尚書》……庸生授清河胡常少子，以明《穀梁春秋》爲博士、部刺史，又傳《左氏》。常授虢徐敖。敖爲右扶風掾，又傳《毛詩》，授王璜、平陵塗惲子真。（《漢書》卷八十八《儒林傳》）

　　按：陳俠爲王莽講學大夫，此時已是劉向、劉歆整理典籍之後，不知徐敖所傳《毛詩》與劉向父子整理之《毛詩》有何關係。徐敖是西漢《毛詩》傳播的重要人物。"少子"，顏師古注："亦常字也。"徐敖師胡常，與翟方進同時。徐敖學《毛詩》於解延年，學《尚書》於胡常；又傳《毛詩》於九江陳俠，傳《毛詩》《古文尚書》於王璜、塗惲。（按《儒林傳》此處所記較爲含混，是徐敖傳《毛詩》還是傳《詩》《書》於王璜、塗惲，此處語焉不詳。據後文"子真授河南桑欽君長"看，徐敖所授二人有《古文尚書》；而此處又特意提及"又傳《毛詩》"事，故筆者以傳二人二經爲是。）

張禹（？—前5）

　　張禹字子文，河內軹人也，至禹父徙家蓮（白）〔勺〕。……及禹壯，至長安學，從沛郡施讎受《易》，琅邪王陽、膠東庸生問《論語》，既皆明習，有徒眾，舉爲郡文學。甘露中，諸儒薦禹，有詔太子太傅蕭望之問。禹對《易》及《論語》大義，望之善焉，奏禹經學精習，有師法，可試事。奏寢，罷歸故官。久之，試爲博士。初元中，立皇太子，而博士鄭寬中以《尚書》授太子，薦言禹善《論語》。詔令禹授太子《論語》，由是遷光祿大夫。數歲，出爲東平內史。（《漢書》卷八十一《張禹傳》）

　　按：本傳稱"成帝崩，禹及事哀帝，建平二年薨，諡曰節侯"，知其薨於建平二年（前5），生年不詳。此叙張禹學承，從施讎學《易》，從琅邪王陽、膠東庸生學《論語》。王陽，顏師古曰："王吉字子陽，故謂之王陽。"而王吉、庸生爲齊人，所傳爲《齊論語》，知張禹所學爲《齊論》，故《漢書·藝文志》稱："漢興，有齊、魯之説。傳《齊論》者，昌邑中尉王吉、少府宋畸、御史大夫貢禹、尚書令五鹿充宗、膠東庸生，唯王陽名家。"後來張禹整齊齊、魯二《論》，獨傳《魯論》，故《漢書·藝文志》稱："傳《魯論語》者，常山都尉龔奮、長信少府夏侯勝、丞相韋賢、魯扶卿、前將軍蕭望之、安昌侯張禹，皆名家。張氏最後而行於世。"此處稱張禹所傳《論語》"張氏最後而行於世"，豈劉向最後整理之《魯論》，所據爲張禹之《魯論》乎？然張禹已有定本，劉向如何再有新定本？張禹與劉向同時人，後著録張禹《論語》者，或爲劉歆。另外，"諸儒薦禹"，其中有鄭寬中所薦之功。蕭望之稱張禹"有師法"，知學經當遵師法。

　　本傳又稱："初，禹爲師，以上難數對己問經，爲《論語章句》獻之。始魯扶卿及夏侯勝、王陽、蕭望之、韋玄成皆説《論語》，篇第或異。禹先事王陽，後從庸生，采獲所安，最後出而尊貴。諸儒爲之語曰：'欲爲《論》，念張文。'由是學者多從張氏，餘家浸微。"《漢書·藝文志》有"《魯安昌侯説》二十一篇"。宋王應麟《漢藝文志考證》卷四："何晏序云：張禹本受《魯論》，兼講《齊》説，善者從之。號曰《張侯論》，爲世所貴。……鄭玄以《張侯論》爲本，參考《齊》、《古》而爲之注。"張禹雖治《論語》，而有通變之才。"魯扶卿及夏侯勝、王陽、蕭望之、韋玄成皆説《論語》，篇第或異"，知即使同一時代之學者，所説《論語》篇章亦不同，若以劉賀墓出土《齊論語》與今傳世《論語》印證，或有問題。張禹之《論語》，自成一家，"最後出而尊貴"，且張氏《論語》出而"餘家浸微"，可知張禹在《論語》學上功夫甚深。可以説，西漢末年的《論語》學，雖經劉向、劉歆等人校讎，然各家仍然存在異文、異説，知劉向所校經書，并未形成一統衆經之效果，反而張禹對

《論語》的校讎、總結成果,有可能成爲當時學者學習之經典。也就是說,西漢末年經學文本,非以官方所定爲准,而實以"師法"所傳爲本。這是西漢末年一個特殊的學術現象,并且啓發我們對《漢書·藝文志》的辯證認識。

成少伯工吹竽,見安昌侯張子夏,鼓琴謂曰:"音不通千曲以上,不足以爲知音。"(《新輯本桓譚新論·琴道》)

按:張子夏,實張子文之誤,即張禹。張禹"性習知音聲",善音、好音。

孔光(前65—5)

昔孔光有人問溫室之樹,笑而不答,誠有以也。(《金樓子·戒子》)

按:《劉子·慎言》作:"孔光不對溫室之樹,恐言之泄於左右也。"此以爲孔光言行謹慎,本傳又言"時有所言,輒削草稾",是漢代上書之前,有草稿、有正本,亦證孔光爲人謹慎。先秦已有"草稿"之事,《史記·屈原列傳》"屈平屬草稿未定",陳直《史記新證》曰:"草稿謂草創未定之稿,一曰以草書寫未定之稿,如乙亥之草篆鼎是也(見《積古齋鐘鼎款識》卷四、四十一頁)。新鄭銅器中,亦有類似草篆書之銘文一器。"(第139頁)另本傳稱"孔光字子夏,孔子十四世之孫",杜鄴、杜欽亦皆字子夏,知西漢人多以"子夏"爲名。

李尋(生卒不詳)

李尋字子長,平陵人也。治《尚書》,與張孺、鄭寬中同師。寬中等守師法教授,尋獨好《洪範》灾異,又學天文月令陰陽。事丞相翟方進,方進亦善爲星曆,除尋爲吏,數爲翟侯言事。帝舅曲陽侯王根爲大司馬票騎將軍,厚遇尋。是時多灾異,根輔政,數虛己問尋。尋見漢家有中衰阨會之象,其意以爲且有洪水爲灾,乃説根曰:"《書》云'天聰明',蓋言紫宮極樞,通位帝紀,太微四門,廣開大道,五經六緯,尊術顯士,翼張

舒布，燭臨四海，少微處士，爲比爲輔，故次帝廷，女宮在後。"（《漢書》卷七十五《李尋傳》）

按：李尋治《尚書》，與張孺、鄭寬中從張山拊學小夏侯學，他人守師法，而李尋好災異，此同門中學各有道。師法與仕進遠，而説災異與仕途近。"漢家有中衰陀會之象"，是説當時出現了"三七之厄"的説法。明胡燸《拾遺録》："按李尋有五經六緯之言，蓋起於哀平，至光武篤信之，諸儒習爲内學。隋焚其書，今惟《易緯》存焉。""五經六緯"，孟康曰："六緯，《五經》與樂緯也。"張晏曰："六緯，《五經》就《孝經》緯也。"顔師古曰："六緯者，五經之緯及樂緯也。孟説是也。"

鄭寬中（生卒不詳）

鄭寬中與張禹朝夕入，説《尚書》《論語》於金華殿中。詔伯受焉，既通大義，又講異同於許商。（《初學記》卷二十一《文部·講論第四》）

按：《漢書·張禹傳》："初元中，立皇太子，而博士鄭寬中以《尚書》授太子，薦言禹善《論語》。"《漢書·叙傳》："時上方鄉學，鄭寬中、張禹朝夕入説《尚書》《論語》於金華殿中。"鄭寬中，扶風平陵人，與李尋同郡。鄭寬中與李尋同從張山拊學《尚書》小夏侯學。李尋言災異，而鄭寬中遵循師法，故得"以《尚書》授太子"。此"太子"即漢成帝。

張無故（生卒不詳）

（張山拊）授同縣李尋、鄭寬中少君、山陽張無故子儒、信都秦恭延君、陳留假倉子驕。無故善修章句，爲廣陵太傅，守小夏侯説文。（《漢書》卷八十八《儒林傳》）

按：《册府元龜》卷七百六十七《總録部·儒學》："張無故，字子儒，山陽人。事山拊受《尚書》，善修章句，爲廣陵太傅。"張無故山陽人，與李尋、鄭寬中同師事張山拊，其善章句之學，守《尚書》小夏侯學。

谷永（？—前8）

《漢雜事》：谷永爲尚書，薦薛宣："竊見少府宣，材茂行潔，達於從政；有退食自公之節，寡移賞游説之助。臣恐陛下忽於《羔羊》之詩，捨功實之臣，任虚華之譽，是以越陳宣行能，唯留神考察。"上然之，遂以宣爲御史大夫。（《太平御覽》卷六百三十一《治道部十二·薦舉中》）

按：谷永薦薛宣，稱其"材茂行潔"，此有人物品鑒特征。《漢書·谷永傳》："谷永字子雲，長安人也。……永少爲長安小史，後博學經書。建昭中，御史大夫繁延壽聞其有茂材，除補屬，舉爲太常丞，數上疏言得失。"谷永作爲"小史"，能"博學經書"，可知對於底層官吏，亦有學習經書的機會。漢代社會從偏僻鄉里至長安官吏，皆有平等的學習機會。由此知漢代教育制度與體系，值得關注。

谷子雲、唐子高章奏百上，筆有餘力，極言不諱，文不折乏，非夫才知之人不能爲也。（《論衡·效力》）

按：此言谷永善奏議。

自武帝以至今朝，數舉賢良，令人射策甲乙之科，若董仲舒、唐子高、谷子雲、丁伯玉，策既中實，文説美善，博覽膏腴之所生也。使四者經徒所摘，筆徒能記疏，不見古今之書，安能建美善於聖王之庭乎？（《論衡·别通》）

按：此表彰谷永之奏議、對策文。谷永本名"并"，是《漢書》録其後來改易之名。據《百官公卿表》，元延元年（前12），大司馬大將軍王商薨，王根代爲驃騎將軍；元延四年（前9）谷永爲大司農，"一年免"，綏和元年（前8），許商爲大司農，則永免官及卒在本年（前8）。

觀谷永之陳説，唐林之宜言，劉向之切議，以知爲本，筆墨之文，將而送之，豈徒雕文飾辭，苟爲華葉之言哉？精誠由中，故其文語感動人深。（《論衡·超奇》）

按：王充以爲谷永之與唐林、劉向之文，"以知爲本"，"其文語感動人深"。

樓護(生卒不詳)

五侯不相能，賓客不得來往。婁護豐辯，傳食五侯間。各得其歡心，競致奇膳。護乃合以爲鯖，世稱"五侯鯖"，以爲奇味焉。(《西京雜記》卷二)

按：《太平廣記》卷二百三十四亦記此事："婁護字君卿，歷游五侯之門。每旦，五侯家各遺餉之。君卿口厭滋味，乃試合五侯所餉之鯖而食，甚美。世所謂'五侯鯖'，君卿所致。(出《语林》)"由此知《語林》當采自《西京雜記》，二者皆記文人掌故。

《漢書·游俠傳》："樓護字君卿，齊人。父世醫也，護少隨父爲醫長安，出入貴戚家。護誦醫經、本草、方術數十萬言，長者咸愛重之，共謂曰：'以君卿之材，何不宦學乎？'繇是辭其父，學經傳，爲京兆吏數年，甚得名譽。"此行醫之樓護，棄醫學經，竟能"甚得名譽"，實屬不易。此又醫者接受教育之例。陳直《漢書新證》："秦漢醫士，分齊秦兩派，齊派由陽慶傳倉公，樓護之父世業醫，蓋與倉公有關。"(第439頁)又曰："今之《本草》，所述藥材產地，皆西漢郡縣之名，樓護所誦，當與今本同。古代書少，誦讀數十萬言，即比較一般人爲多，東方朔上書自誇，亦僅四十四萬字。"(第439頁)《文心雕龍·知音》："學不逮文，而信僞迷真者，樓護是也。"劉勰評樓護"學不逮文""信僞迷真"，與其醉心政治不無關係。

杜參(？—前7)

劉向《別錄》云"臣向謹與長社尉杜參校中秘書"。劉歆又云"參，杜陵人，以陽朔元年病死，死時年二十餘"。(《漢書》卷三十《藝文志》顏師古注)

按：《漢書·藝文志》："博士弟子杜參賦二篇。"杜參賦在"陸賈賦之屬"。杜參曾參與劉向校書，其時方二十餘歲，知當時曾徵召博士弟子參與古書整理活動，其所校書種類不明。劉向領校中秘書，在河平三年

（前26），則杜參生年當在此前。

朱宇（生卒不詳）

劉向《別錄》云"驃騎將軍史朱宇"，《志》以宇在驃騎府，故總言驃騎將軍。（《漢書》卷三十《藝文志》顏師古注）

按：《漢書·藝文志》："驃騎將軍朱宇賦三篇。"其賦在"陸賈賦"之屬。

橋仁（生卒不詳）

小戴授梁人橋仁季卿、楊榮子孫。仁爲大鴻臚，家世傳業，榮琅邪太守。由是大戴有徐氏，小戴有橋、楊氏之學。（《漢書》卷八十八《儒林傳》）

按：橋仁"家世傳業"，可知《禮》爲橋氏家學主要內容。楊榮，字子孫，顏師古注"子孫，榮之字也。"又《漢書·藝文志》："漢興，魯高堂生傳《士禮》十七篇。訖孝宣世，后倉最明。戴德、戴聖、慶普皆其弟子，三家立於學官。"

橋玄字公祖，梁國睢陽人也。七世祖仁，從同郡戴德學，著《禮記章句》四十九篇，號曰"橋君學"。成帝時爲大鴻臚。（《後漢書》卷五十一《李陳龐陳橋列傳》）

按：據《後漢書》，橋仁爲東漢橋玄七世祖。《漢書》未稱其學爲"橋君學"，以及"著《禮記章句》四十九篇"事，故可知此稱謂當後世附會，其著作當後世子孫整理之。

徐良（生卒不詳）

大戴授琅邪徐良斿卿，爲博士、州牧、郡守，家世傳業。小戴授梁人橋仁季卿、楊榮子孫。仁爲大鴻臚，家世傳業，榮琅邪太守。由是大戴有

徐氏，小戴有橋、楊氏之學。（《漢書》卷八十八《儒林傳》）

按：傳大戴《禮》者徐良"家世傳業"，傳小戴《禮》者橋仁亦"家世傳業"，説明經多在家族内部傳承。另《儒林傳》稱"翁生信都太傅，家世傳業"，翁生傳《尚書》學，亦家學。由此可知，在漢代，不僅僅存在孔氏家學，其他傳經者亦多有"家學"，如傳《詩》之韋氏。此乃漢代傳經一突出特徵。

李長（生卒不詳）

成帝時將作大匠李長《元尚篇》，皆蒼頡中正字也。（《漢書》卷三十《藝文志》）

按：《漢書·藝文志》録其"《元尚》一篇"，班固自注："成帝時將作大匠李長作。"

成公（生卒不詳）

皇甫士安《高士傳》：成公者，成帝時自隱姓名。嘗誦經，不交世利，時人號曰成公。成帝時出游，問之，成公不屈節。上曰："朕能富貴人，能殺人，子何逆朕哉？"成公曰："陛下能貴人，臣能不受陛下之官；陛下能富人，臣能不受陛下之禄；陛下能殺人，臣能不犯陛下之法。"上不能折，使郎二人就受政事十二篇。（《太平御覽》卷五百八《逸民部八·逸民八》）

陳農（生卒不詳）

光禄大夫劉向校中秘書。謁者陳農使使求遺書於天下。（《漢書》卷十《成帝紀》）

按：《漢書·藝文志》："至成帝時，以書頗散亡，使謁者陳農求遺書於天下。"劉向、劉歆校書之時，仍不斷有"遺書"被搜集并被送至中秘。王應麟《漢藝文志考證》："河平三年，謁者陳農使使求遺書於天下。"

嵩真（生卒不詳）　　曹元理（生卒不詳）

安定嵩真、玄菟曹元理，并明算術，皆成帝時人。真嘗自算其年壽七十三，真綏和元年正月二十五日晡死，書其壁以記之。至二十四日晡時死。其妻曰："見真算時，長下一算，欲以告之。慮脱有旨，故不敢言，今果校一日。"真又曰："北邙青隴上孤櫃之西四丈所，鑿之入七尺，吾欲葬此地。"及真死，依言往掘，得古時空槨，即以葬焉。（《西京雜記》卷四）

按：嵩真，《四庫全書》本《西京雜記》、《太平廣記》卷二百一十五引《西京雜記》皆作"皇甫嵩真"。

元理嘗從其友人陳廣漢，廣漢曰："吾有二囷米，忘其石數，子爲計之。"元理以食筋十餘轉，曰："東囷七百四十九石二升七合。"又十餘轉，曰："西囷六百九十七石八斗。"遂大署囷門。後出米，西囷六百九十七石七斗九升，中有一鼠，大堪一升；東囷不差圭合。元理後歲復過廣漢，廣漢以米數告之，元理以手擊床曰："遂不知鼠之殊米，不如剥面皮矣！"廣漢爲之取酒，鹿脯數片，元理復算，曰："諸蔗二十五區，應收一千五百三十六枚。蹲鴟三十七畝，應收六百七十三石。千牛產二百犢，萬雞將五萬雛。"羊豕鵝鴨，皆道其數，果蓏肴蔌，悉知其所，乃曰："此資業之廣，何供饋之偏邪？"廣漢慚，曰："有倉卒客，無倉卒主人。"元理曰："俎上蒸狍一頭，廚中荔枝一柈，皆可爲設。"廣漢再拜謝罪，自入取之，盡日爲歡。其術後傳南季，南季傳項瑫，瑫傳子陸，皆得其分數，而失玄妙焉。（《西京雜記》卷四）

按：此記西漢方術算法與流傳，是研究西漢文化的重要資料。

伶玄（生卒不詳）

《伶玄自叙》：伶玄，字子于，潞水人。學無不通，知音，善屬文。

簡率，尚真樸，無所矜式。楊雄獨知之。然雄貪名矯激，子于謝不與交，雄深慊毀之。子于由司空小吏歷三署，刺守州郡，爲淮南相，人有風情。哀帝時，子于老休，買妾樊通德。通德，嫕之弟子不周之子也。有才色，知書，慕司馬遷《史記》，頗能言趙飛燕姊弟故事。子于閑居命言，厭厭不倦。子于語通德曰："斯人俱灰滅矣，當時疲精力，馳騖嗜欲蠱惑之事，寧知終歸荒田野草乎？"通德占袖，顧視燈影，以手擁髻，淒然泣下，不勝其悲。子于亦然。通德奏子于曰："夫淫於色，非慧男子不至也。慧則通，通則流，流而不得其防，則百物變態爲溝爲壑，無所不往焉。禮儀成敗之說，不能止其流。惟感之以盛衰奄忽之變，可以防其壞。今婢子所道趙后姊弟事，盛之至也；主君悵然有荒田野草之悲，哀之至也。婢子拊形屬影，識夫盛之不可留，衰之不可推。俄然相緣奄忽，雖婕妤聞此，不少遣乎？幸主君著其傳，使婢子執研削道所記。"於是撰《趙后別傳》。子于爲河東都尉；班躅爲決曹，得幸太守，多所取受。子于召躅，數其罪而撮辱之。躅從兄子彪，續司馬《史記》，絀子于，無所收錄。（題名漢伶玄《趙飛燕外傳》，明顧氏文房小說本）

按：後世多疑其偽作，如《四庫全書總目體要》卷一百四十三："《飛燕外傳》一卷。舊本題漢伶元撰。末有元自序，稱字子于，潞水人。由司空小吏歷三署，刺守州郡，爲淮南相。其妾樊通德，爲樊嫕弟子不周之子，能道飛燕姊弟故事，於是撰《趙后別傳》。其文纖靡，不類西漢人語。序末又稱元爲河東都尉時，辱班彪從父躅，故彪續《史記》不見收錄。其文不相屬，亦不類元所自言。後又載桓譚語一則，言更始二年劉恭得其書於茂陵卜理，建武二年賈子翊以示譚。所稱埋藏之金縢漆匵者，似不應如此之珍貴。又載荀勖校書奏一篇，《中經簿》所錄，今不可考。然所校他書，無載勖奏者，何獨此書有之？又首尾僅六十字，亦無此體，大抵皆出於依托。"然此書從不同時代著述中掇拾碎語、采集傳聞而成，不無可能。

安丘望之（生卒不詳）

嵇康《聖賢高士傳》：安丘望之字仲都，京兆長陵人。少持《老子

經》,恬净不求進宦,號曰"安丘丈人"。成帝聞,欲見之,望之辭不肯見,爲巫醫於人間。(《後漢書》卷十九《耿弇傳》李賢注)

按:《册府元龜》卷六百五《學校部·注釋第一》稱:"安丘望之爲長陵三老,爲《老子章句》二卷。"

安丘望之,京兆長陵人也。少治《老子經》。恬静不求進官,號曰安丘丈人。成帝聞,欲見之。望之辭不肯見。上以其道德深重,常宗師焉。望之不以見敬爲高,愈自損退。爲巫醫於民間,著《老子章句》,故老氏有安丘之學。扶風耿况、王伋等皆師事之,從受《老子》。終身不仕,道家宗焉。(《高士傳》卷中)

安丘望之,字仲都,京兆長陵人也。修尚黄老。漢成帝從其道德,常宗師之。愈自損退。成帝詣之,若值望之章醮,則待事畢然後往。《老子》章句有安丘之學。望之忽病篤,弟子公沙都與於庭樹下,望之曉然病有痊。時冬月,鼻聞李香,開目則見雙赤李著枯枝。望之仰手承李,自墜掌中。因食李,所苦盡除,身輕目明,遂去,莫知何在也。(《抱朴子·内篇》佚文)

按:又見皇甫謐《高士傳》。

漢哀帝劉欣(前25—前1)

漢哀帝建平三年,定襄有牡馬生駒,三足,隨群飲食,《五行志》以爲馬國之武用,三足,不任用之象也。(《搜神記》卷六)

按:汪紹楹校注:"本條見《法苑珠林》八七引作《搜神異記》。本事見《漢書·五行志》。"

哀帝建平四年夏,京師郡國民聚會里巷阡陌,設張博具歌舞,祀西王母。又傳書曰:"母告百姓,佩此書者不死。不信我言,視門樞下,當有白髮。"至秋乃止。(《搜神記》卷六)

按:汪紹楹校注:"本事見《漢書·五行志》。"此西王母,有隱喻王政君擅權意義。《隋書·經籍志》:"哀帝時,博士弟子秦景使伊存口授《浮屠經》,中土聞之,未之信也。"此將佛教傳入中國時間提前至漢哀帝時期,然一般認識皆以漢明帝時爲佛教正式傳入時間。《隋書》所記,未必無據；當然或者亦與《搜神記》之類著述的渲染有關。但某一思想的傳入，有其醞釀、接受、規定的過程，若將史書所記定爲其傳入的最初時間，勢必造成很多學術誤解。

杜鄴（生卒不詳）

杜子夏葬長安北四里，臨終作文曰："魏郡杜鄴，立志忠欵。犬馬未陳，奄先草露。骨肉歸於后土，氣魂無所不之。何必故丘，然後即化。封於長安北郭，此焉宴息。"及死，命刊石，埋於墓側。墓前種松柏樹五株，至今茂盛。（《西京雜記》卷三）

按：《西京雜記》所記，與史書材料相比，文字更加自由活潑，不似史書那般嚴肅。

杜欽（生卒不詳）

（杜）欽字子夏，少好經書，家富而目偏盲，故不好爲吏。茂陵杜鄴與欽同姓字，俱以材能稱京師，故衣冠謂欽爲"盲杜子夏"以相別。欽惡以疾見詆，乃爲小冠，高廣財二寸，由是京師更謂欽爲"小冠杜子夏"，而鄴爲"大冠杜子夏"云。（《漢書》卷六十《杜欽傳》）

按：杜鄴、杜欽皆字子夏。杜欽被別以"盲杜子夏"，是世人予其諢名。而以"小冠杜子夏""大冠杜子夏"別杜欽、杜鄴。

甄豐（？—10）

及亡新居攝，使大司空甄豐等校文書之部，自以爲應制作，頗改定古文。時有六書，一曰古文，孔子壁中書也。二曰奇字，即古文而異者也。三曰篆書，即小篆，秦始皇帝使下杜人程邈所作也。四曰佐書，即秦隸書。五曰繆篆，所以摹印也。六曰鳥蟲書，所以書幡信也。（許慎《説文

解字叙》卷十五上)

　　按:《初學記》卷二十一《文部·文字第三》:"至王莽居攝,使甄豐刊定六體:一曰古文,二曰奇字,三曰篆書,四曰隸書,五曰繆書,六曰蟲書,當代以教學童焉。"《漢書》未載甄豐定六體事。"學童",或引作"童學"。王應麟《漢制考》卷四:"科斗書廢已久。正義:亡新使甄豐較定六書,一曰古文,孔子壁內書也。孔子壁內古文,即蒼頡之體,故鄭玄云:'書初出屋壁,皆周時象形文字,今所謂科斗書。'以形言之爲科斗,指體即周之古文。若於周時秦世所有,至漢猶當識之,不得云無能知者。"

彭宣(生卒不詳)

　　彭宣字子佩,淮陽陽夏人也。治《易》,事張禹,舉爲博士,遷東平太傅。禹以帝師見尊信,薦宣經明有威重,可任政事,繇是入爲右扶風,遷廷尉,以王國人出爲太原太守。(《漢書》卷七十一《彭宣傳》)

　　按:彭宣"治《易》,事張禹",乃施讎之《易》,以其師舉薦而入仕。班固贊曰:"彭宣見險而止,異乎'苟患失之'者矣。"

戴崇(生卒不詳)

　　禹成就弟子尤著者,淮陽彭宣至大司空,沛郡戴崇至少府九卿。宣爲人恭儉有法度,而崇愷弟多智,二人異行。禹心親愛崇,敬宣而疏之。崇每候禹,常責師宜置酒設樂與弟子相娛。禹將崇入後堂飲食,婦女相對,優人筦弦鏗鏘極樂,昏夜乃罷。而宣之來也,禹見之於便坐,講論經義,日晏賜食,不過一肉卮酒相對。宣未嘗得至後堂。及兩人皆聞知,各自得也。(《漢書》卷八十一《張禹傳》)

　　按:彭宣重師法,而有上下之序;戴崇性自由,而與張禹同樂。彭宣矜持而戴崇知孝。《漢書·儒林傳》:"禹至丞相。禹授淮陽彭宣、沛戴崇子平。崇爲九卿,宣大司空。禹、宣皆有傳。"張禹傳《易》《論語》。

鮑宣（生卒不詳）

鮑宣字子都，渤海高城人也。好學明經，爲縣鄉嗇夫，守束州丞。後爲都尉太守功曹，舉孝廉爲郎，病去官，復爲州從事。大司馬衛將軍王商辟宣，薦爲議郎，後以病去。（《漢書》卷七十二《鮑宣傳》）

按：《漢書》本傳稱鮑宣上書，"其言少文多實"，則重質輕文。又《後漢書·列女傳》："勃海鮑宣妻者，桓氏之女也，字少君。宣嘗就少君父學，父奇其清苦，故以女妻之，裝送資賄甚盛。"鮑宣安貧樂道，有隱逸思想。其妻少君得入《列女傳》，且能留名。鮑宣妻、子、孫皆有名，《漢書考證》曰："鮑宣子永、孫昱，三世司隸，《後書》有傳，而宣妻桓少君在《列女傳》。"

房鳳（生卒不詳）

房鳳字子元，不其人也。以射策乙科爲太史掌故。太常舉方正，爲縣令都尉，失官。大司馬票騎將軍王根奏除補長史，薦鳳明經通達，擢爲光禄大夫，遷五官中郎將。時光禄勳王龔以外屬内卿，與奉車都尉劉歆共校書，三人皆侍中。歆白《左氏春秋》可立，哀帝納之，以問諸儒，皆不對。歆於是數見丞相孔光，爲言《左氏》以求助，光卒不肯。唯鳳、龔許歆，遂共移書責讓太常博士，語在《歆傳》。（《漢書》卷八十八《儒林傳》）

按：不其，顏師古注："琅邪之縣也。其音基。"房鳳"射策乙科爲太史掌故"。房鳳學《左傳》，故支持劉歆立《左傳》。房鳳學《左傳》於尹更始，故《漢書·儒林傳》稱："尹更始爲諫大夫、長樂户將，又受《左氏傳》，取其變理合者以爲章句，傳子咸及翟方進、琅邪房鳳。"

士孫張（生卒不詳）

充宗授平陵士孫張仲方、沛鄧彭祖子夏、齊衡咸長賓。張爲博士，至揚州牧，光祿大夫給事中，家世傳業；彭祖，真定太傅；咸，王莽講學大夫。繇是梁丘有士孫、鄧、衡之學。(《漢書》卷八十八《儒林傳》)

按：士孫張學《易》於五鹿充宗，《冊府元龜》卷五百九十七《學校部·選任》："士孫張，字仲方，平陵人，受《易》於五鹿充宗，爲博士。"

漢平帝劉衎（前9—6）

講學沖邃，洙、泗是睎。胤帝紹聖，庶熙疇諮。楊宣，字君緯，什邡人也。少受學於楚國王子張，天文、圖緯於河內鄭子侯，師楊公叔，能暢鳥言，長於災異，教授弟子以百數。成帝徵拜諫大夫。帝無嗣，宣上封事，勸宜以定陶恭王子爲太子，帝從之，出宣爲交州牧。太子即位，爲哀帝。拜河內太守，徵太倉令。上言宜封周公、孔子後，帝從之，封周公後公孫相如爲褒魯侯，孔子後孔均爲褒成侯。又薦遼東王綱、琅琊徐吉、太原郭越、楚國龔勝等宜贊隆時雍。平帝時，命持節爲講學大夫，與劉歆共校書。居攝中卒。門生河南李吉、廣漢嚴象、趙翹等皆作大儒。(《華陽國志》卷十中)

按：封孔子後孔均、周公後公孫相如乃平帝所爲，故"上言宜封周公、孔子後"云云，當在"平帝時"之後。東漢蜀郡學者通圖緯者頗多。另漢末學、校、庠、序各級教育機構設置嚴密，如《漢書·平帝紀》記載："夏，安漢公奏車服制度，吏民養生、送終、嫁娶、奴婢、田宅、器械之品。立官稷及學官。郡國曰學，縣、道、邑、侯國曰校。校、學置經師一人。鄉曰庠，聚曰序。序、庠置《孝經》師一人。"鄉、聚皆有《孝經》師，這是非常有力度的教育措施。這雖然看似王莽才設計的教育體系，然此前必有類似政策，故可知漢代自上而下的教育制度是較爲完善的。西漢很多鄉里貧民之子，有學習機會，并有接觸經書機會，當與此有關。由此進一步分析，漢代國家的管理思想與措施，有很好的渠道能夠順暢傳達，并較好地得以實現。

漢平帝元始元年二月，朔方廣牧女子趙春病死，既棺殮，積七日，出在棺外。自言見夫死父，曰："年二十七，汝不當死。"太守譚以聞，說曰："至陰爲陽，下人爲上，厥妖人死復生。"其後王莽篡位。(《搜神記》

卷六）

按：魏晋六朝很多神怪故事，如《搜神記》的記載，多出自漢代此類灾異、讖緯故事。《漢書》與《搜神記》記同一異事，前者言"至陰爲陽，下人爲上"，後者言"其後王莽篡位"，是《搜神記》記驗證事。《搜神記》多取《漢書》此類故事，由此可見西漢末年此類文化對魏晋志怪思想的直接影響。

平帝時思想複雜而自由，從另一個角度看也是漢代學術大總結、大整理時期，如《漢書·平帝紀》記載："徵天下通知逸經、古記、天文、曆算、鐘律、小學、史篇、方術、本草及以《五經》《論語》《孝經》《爾雅》教授者，在所爲駕一封軺傳，遣詣京師。至者數千人。"《漢書·平帝紀》："孝平皇帝，元帝庶孫，中山孝王子也。"《漢書》引荀悦曰："諱衎之字曰樂。"引應劭曰："布綱治紀曰平。"漢成帝未立中山孝王，而哀帝后孝王子爲皇帝。此消彼長，是西漢選擇太子之長期表現，并且是帝、后、外戚各家權力鬥爭的表現。從"徵天下"看，當時民間學術非常發達，也證明了漢代教育的完善程度。陳直《漢書新證》曰："方術謂醫方，指方技而言，非指方士也。《樓護傳》云：'誦醫經、本草、方術十餘萬言'可證。"（第49頁）

梅福（生卒不詳）

贛水又北徑南昌左尉廨西，漢成帝時，九江梅福爲南昌尉，居此。後福一旦捨妻子，去九江，傳云得仙。（《水經注》卷三十九）

按：《漢書·梅福傳》："梅福字子真，九江壽春人也。少學長安，明《尚書》《穀梁春秋》，爲郡文學，補南昌尉。"梅福少時學長安，通《尚書》《穀梁春秋》。又《漢書·梅福傳》："福居家，常以讀書養性爲事。""讀書養性"，并非以讀書求仕，此漢代真讀書人。

蛇門南面有陸無水，春申君造以禦。越軍在巳地，以屬蛇，因號蛇門。前漢梅福字子貞，爲南昌尉，避王莽亂政，稱得仙，棄妻子，易姓名。有人見福隱市卒，即此門也。（陸廣微《吳地記》）

按：《漢書·梅福傳》："至元始中，王莽顓政，福一朝棄妻子，去九江,至今傳以爲仙。其後,人有見福於會稽者,變名姓,爲吳市門卒云。"梅福棄家而去,人以爲成仙,亦入"逸民"或"獨行"。

田真(生卒不詳)

京兆田真兄弟三人,共議分財。生貲皆平均,惟堂前一株紫荆樹,共議欲破三片。明日,就截之,其樹即枯死,狀如火然。真往見之,大驚,謂諸弟曰:"樹本同株,聞將分斫,所以顦顇。是人不如木也。"因悲不自勝,不復解樹。樹應聲榮茂,兄弟相感,合財寶,遂爲孝門。真仕至太中大夫。陸機詩云:"三荆歡同株。"(《續齊諧記》)

按:此處文字取《漢魏六朝筆記小説大觀》。田真事在《續齊諧記》中楊寶之前,故知其爲西漢人。此類故事,已經被賦予佛教思想,不過借漢人説事而已。《續齊諧記》有些故事後,附漢魏晋宋人詩,似以故事解釋詩歌本意。

楊寶(生卒不詳)

弘農楊寶,性慈愛,年九歲,至華陰山,見一黄雀爲鴟梟所搏,逐樹下,傷瘢甚多,宛轉復爲螻蟻所困。寶懷之以歸,置諸梁上。夜聞啼聲甚切,親自照視,爲蚊所嚙,乃移置巾箱中,啖以黄花。逮十餘日,毛羽成,飛翔,朝去暮來,宿巾箱中,如此積年。忽與群雀俱來,哀鳴遶堂,數日乃去。是夕,寶三更讀書,有黄衣童子曰:"我,王母使臣。昔使蓬萊,爲鴟梟所搏,蒙君之仁愛見救,今當受賜南海。"別以白玉環與之,曰:"令君子孫潔白,且從登三公,事如此環矣。"寶之孝大聞天下,名位日隆。子震,震生秉,秉生彪,四世名公。及震葬時,有大鳥降,人謂真孝招也。蔡邕論云:"昔日黄雀報恩而至。"(《續齊諧記》)

按:此又見於《後漢書·楊震傳》李賢注與《藝文類聚》卷九十二《鳥部下》引《續齊諧記》及《搜神記》卷二十,文字有所差異。《後漢書·楊震傳》:"(楊震)父寶,習歐陽《尚書》。哀、平之世,隱居教授。居攝二年，與兩龔、蔣詡俱徵，遂遁逃，不知所處。光武高其節。建武中，公車特徵，老病不到，卒於家。"楊寶乃東漢大儒楊震之父，其習歐陽《尚書》，不仕王莽，是當時多數文人的選擇。楊寶與兩龔、蔣詡一起拒絕出仕王莽遁逃，是當時很多文人已經形成拒事王莽的普遍心理。弘農楊氏，在兩漢是儒學世家，也是當時非常顯赫的學術與政治家族。

弘農楊寶，年七歲，行于華山中。見黃雀，被螻蟻所困。寶收養之，瘡愈而飛去。後數年，黃雀爲黃衣童子，持玉環來，以贈楊寶："我華岳山使者，爲人所傷，勞子恩養，今來報銜。子之世代，皆爲三公。"言訖不見。後漢時。（《新輯搜神記》卷二十九）

按："七歲"，《續齊諧記》作"九歲"。黃雀報恩事，蔡邕曾論曰："昔日黃雀報恩而至。""結草銜環"故事，亦源於此。各本《續齊諧記》文字略有差異。在楊寶之後，子孫傳承爲：寶生震，震生秉，秉生賜，賜生彪，彪生修。楊修爲曹操所殺。漢代此類顯要家族，多將其功追溯至先祖某代之積德行善之舉，明顯受到佛教影響。然《續齊諧記》中所言黃衣童子，自稱西王母、王母或華岳山使者，是佛教文化與本土神仙思想結合的產物。

董春（生卒不詳）

謝承《後漢書》：董春，字紀陽，會稽餘姚人。少好學，師事侍中祭酒王君仲，受《古文尚書》，後詣京房授《易》。究極聖旨，條列科義，後遷師，立精舍，遠方門徒、學者常數百人。諸生每升講堂，鳴鼓三通，橫經捧手請問者百人。（《初學記》卷十八《人部中·師事第一》）

按：此說董春從王君仲受《古文尚書》，"後詣京房授《易》"，則其或爲兩漢之交人。《初學記》卷二十一《文部·講論第四》作："謝承《後漢書》：董春，字紀陽，少好學，究極聖指。後還歸，立精舍，遠方門徒從者，常數百人。諸生每升講堂，鳴鼓三通，橫經捧手請問者百人；追隨上堂難問者，百餘人。"又《北堂書鈔》卷七十五《設官部二十七·太守中》引《謝漢書》："董春爲廬江太守，當官明亮，德政多奇，爲吏民者相美之也。"董春當入光武後爲廬江太守。

宋勝之（？—3）

皇甫士安《高士傳》：宋勝之字即子。南陽安眾人也。少孤，年十五失父母。家於穀城鄹中，孝慕甚篤，鄹中化之，少長有禮。勝之每行見老人擔負，輒以身代之。獵得禽獸，嘗分肉與有親者。貧，依姊居數歲，乃至長安，受《易》通明，以信義見稱。從兄衷爲東平内史，遣吏召之。勝之曰："衆人所樂者，非勝之願也。"乃去游太原，從郇越牧羊，以琴書自娛。丞相孔光聞而就太原辟之，不至。元始三年，病卒於太原。（《太平御覽》卷五百八《逸民部八》）

按：此晋人搜集漢代逸民事，若不虛，則西漢已有超脱於經學之外、"以琴書自娛"者。漢代疏廣、疏受二人，即使歸鄉隱居，尚且有充裕的經濟保障。此純以守貧隱義者，鮮見於史書記載。在積極用世的漢代，此類人物顯然無入史書機會。

卷 八

王莽（前46—23）

王莽之時，省《五經》章句，皆爲二十萬，博士弟子郭路夜定舊説，死於燭下，精思不任，絶脉氣滅也。（《論衡·效力》）

按：此類著述耗神之説，多見漢代記載，如桓譚《新論》曾記揚雄爲賦夢五臟出。

王莽之時，勃海尹方年二十一，無所師友，性智開敏，明達六藝。魏都牧淳于倉奏："方不學，得文能讀誦，論義引五經文，文説議事，厭合人之心。"帝徵方，使射蜚蟲，筴射無非（弗）知者，天下謂之聖人。（《論衡·實知》）

按：王莽從沛郡陳參受《禮》，此見《漢書·王莽傳上》："王莽字巨君，孝元皇后之弟子也。……受《禮經》，師事沛郡陳參，勤身博學，被服如儒生。"又王莽曾"網羅天下異能之士"："莽奏起明堂、辟雍、靈臺，爲學者築舍萬區，作市、常滿倉，制度甚盛。立《樂經》，益博士員，經各五人。徵天下通一藝教授十一人以上，及有逸《禮》、古《書》、《毛詩》、《周官》、《爾雅》、天文、圖讖、鐘律、月令、兵法、史篇文字，通知其意者，皆詣公車。網羅天下異能之士，至者前後千數，皆令記説廷中，將令正乖繆，壹異説云。"此是王莽時期非常重要的學術活動。

蔡邕《獨斷》：漢元帝額有壯髮，不欲使人見，始進幘服，群臣皆隨焉，尚無巾。王莽頭禿，因施巾，故里語曰："王莽禿，幘施屋。"（《太

平御覽》卷六百八十七《服章部四》)

按：此類記載，不見於《漢書》，類似六朝逸聞趣事，恐後世傳聞之言。

王莽居攝，劉京上言："齊郡臨淄縣亭長辛當，數夢人謂曰：'吾，天使也。攝皇帝，當爲真。即不信我，此亭中當有新井出。'亭長起視，亭中因有新井，入地百尺。"(《搜神記》卷五)

按：《搜神記》所記此本事見《漢書·王莽傳》。汪紹楹校注稱："本條未見各書引作《搜神記》。"由此推測：《搜神記》所輯周秦漢異事，或多有正史、雜史、雜傳等所記災異、讖緯文獻，未必皆爲干寶虛構。如《搜神記》多有取《漢書·五行志》者，可證。王莽時多有神仙事，如《漢書·王莽傳下》有《紫閣圖》一書，并引述其內容，實與神仙有關。終南山，服虔曰："長安南山，詩所謂終南，故秦地，故言秦也。"道教產生之前，終南山已與神仙思想產生聯繫。

陳欽(？—15)

(陳)元父欽，字子佚。以《左氏》授王莽，自名《陳氏春秋》，故曰別也。賈護字季君。并見《前書》也。(《後漢書》卷三十六《陳元傳》李賢注)

按：《後漢書·陳元傳》："(陳元)父欽，習《左氏春秋》，事黎陽賈護，與劉歆同時而別自名家。王莽從欽受《左氏》學，以欽爲厭難將軍。"賈護授《左傳》於陳欽，陳欽又授《左傳》於王莽、陳元。陳欽自殺在天鳳二年(15)，其生年存疑。

劉歆(？—23)

歆及向始皆治《易》，宣帝時，詔向受《穀梁春秋》，十餘年，大明習。及歆校秘書，見古文《春秋左氏傳》，歆大好之。時丞相史尹咸以能治《左氏》，與歆共校經傳。歆略從咸及丞相翟方進受，質問大義。初《左氏傳》多古字古言，學者傳訓故而已，及歆治《左氏》，引傳文以解經，轉相發明，由是章句義理備焉。歆亦湛靖有謀，父子俱好古，博見强志，過絶於人。歆以爲左丘明好惡與聖人同，親見夫子，而公羊、穀梁在七十子後，傳聞之與親見之，其詳略不同。歆數以難向，向不能非間也，然猶自持其《穀梁》義。及歆親近，欲建立《左氏春秋》及《毛詩》《逸禮》《古文尚書》皆列於學官。（《漢書》卷三十六《楚元王傳》）

　　按：劉歆少通《詩》《書》，從劉向校書，此見《漢書·楚元王傳》："歆字子駿，少以通《詩》《書》、能屬文召。見成帝，待詔宦者署，爲黄門郎。河平中，受詔與父向領校秘書，講六藝傳記，諸子、詩賦、數術、方技，無所不究。向死後，歆復爲中壘校尉。"劉向校書未畢，劉歆繼承其業，著《七略》，此即《漢書·楚元王傳》所言："復領《五經》，卒父前業。歆乃集六藝群書，種別爲《七略》。"《北堂書鈔》卷九十九《藝文部五·著述十七》引《劉歆集序》亦曰："歆字子駿，受詔與父向校衆書，著《七略》，以剖判百家。"此出《漢書》班固"贊曰"，《北堂書鈔》以爲出《劉歆集序》，則此後世之《劉歆集》引班固語以爲"序"。劉歆《七略》體例，與今《漢書·藝文志》略同，即先論各書性質或功能，如《太平御覽》卷六百九引劉歆《七略》："《詩》以言情，情者，信之符也。《書》以决斷，斷者，義之證也。"同卷引劉歆《七略》："《尚書》，直言也。始歐陽氏先名之，大夏侯、小夏侯立於學官，三家之學，於今傳之。"劉歆卒父業，從事校書工作。劉歆對六藝及其他諸書"無所不究"，顯然較劉向興趣更爲廣泛，其學更爲博雜。劉向、劉歆父子皆爲兩漢之際重要學者。劉歆通詩賦，故《漢書·元后傳》稱"上召見歆，誦讀詩賦，甚説之"。

　　劉歆先治《易》，後學《穀梁傳》《左傳》。劉向父子好古文，而劉歆更進一步，欲推動將"《左氏春秋》及《毛詩》《逸禮》《古文尚書》皆列於學官"，此無疑與以往治《公羊》《穀梁》及其他今文者產生矛盾，勢必引起舊儒抵制。在舊思想統治已久之時，任何帶有"新"之色彩的學問，皆會被守舊者特別反對。雖然，劉向、桓譚等人多宣導"新學"，然整個西漢乃至王莽時代，并未實現"新學"的建立。

　　劉子政、子駿、子駿兄弟子伯玉三人，俱是通人，尤珍重《左氏》，教授子孫，下至婦女，無不讀誦者，此亦蔽也。（《新輯本桓譚新論·正經》）

　　按：桓譚此説劉歆重《左傳》，與《漢書》合。

　　劉歆致雨具，作土龍、吹律及諸方術無不備設。譚問："求雨所以爲

土龍，何也？"曰："龍見者輒有風雨興起，以迎送之，故緣其象類而爲之。"（《論衡·亂龍》）

難以頓牟磁石，不能真是，何能掇針取芥，子駿窮無以應。（《新輯本桓譚新論·辨惑》）

按：揚雄《法言·重黎》稱："象龍之致雨也，難矣哉！曰：'龍乎！龍乎！'"桓譚《新論》記載與揚雄《法言》相合，二人時代相同，知西漢末年的確有此類致雨事。

孝武之時，詔百官對策，董仲舒策文最善。王莽時，使郎吏上奏，劉子駿章尤美。美善不空，才高知深之驗也。《易》曰："聖人之情見於辭。"文辭美惡，足以觀才。（《論衡·佚文》）

按：《論衡·亂龍》："子駿，漢朝智囊，筆墨淵海。"王充對劉歆之評價，十分允當。

商。謹按：劉歆《鐘律書》："商者，章也，物成熟，可章度也。"五行爲金，五常爲義，五事爲言，凡歸爲臣。

角。謹按：劉歆《鐘律書》："角者，觸也，物觸地而出，戴芒角也。"五行爲木，五常爲仁，五事爲貌，凡歸爲民。

宮。謹按：劉歆《鐘律書》："宮者，中也，居中央，暢四方，倡始施生，爲四聲綱也。"五行爲土，五常爲信，五事爲思，凡歸爲君。

徵。謹按：劉歆《鐘律書》："徵者，祉也，物盛大而繁祉也。"五行爲火，五常爲禮，五事爲視，凡歸爲事。

羽。謹按：劉歆《鐘律書》："羽者，宇也，物聚藏，宇覆之也。"五行爲水，五常爲智，五事爲聽，凡歸爲物。故聞其宮聲，使人溫潤而廣大；聞其商聲，使人方正而好義；聞其角聲，使人整齊而好禮；聞其徵聲，使人惻隱而博愛；聞其羽聲，使人善養而好施。宮聲亂者，則其君驕；商聲錯者，則其臣壞；角聲繆者，則其民怨；徵聲洪者，則其事難；羽聲差者，則其物亂。春宮秋律，百卉必雕；秋宮春律，萬物必榮；夏宮冬律，雨雹必降；冬宮夏律，雷必發聲。夫音樂至重，所感者大，故曰："知禮樂之情者能作，識禮樂之文者能述。作者之謂聖，述者之謂明，明聖者，述作之謂也。"（《風俗通義·聲音》）

按：《風俗通義》所引劉歆《鐘律書》，不見於前、後《漢書》。

《傅子》：或問劉歆、劉向孰賢，傅子曰："向才學俗而志中，歆才學通而行邪。《詩》之《雅》《頌》，《書》之《典》《謨》，文質足以相副，玩之若近，尋之益遠，陳之若肆，研之若隱，浩浩乎其文章之淵府也。"（《太平御覽》卷五百九十九《文部十五·品量文章》）

按：此魏晋人評論劉向、劉歆父子高下，前者"俗而志中"，後者"通而行邪"，與桓譚將二人皆論爲"通人"不同。且桓譚論人，皆從學術水準角度評價，此《傅子》評論，則從學術風格角度。

大漢之興，海内新定，先王之禮法尚多有所缺，故因秦之制，以十月爲歲首，曆用顓頊。孝武皇帝恢復王度，率由舊章，招《五經》之儒，徵術數之士，使議定漢曆，及更用鄧平所治。元起太初，然後分、至、啓、閉不失其節，弦、望、晦、朔可得而驗。成、哀之間，劉歆用平術而廣之，以爲《三統曆》，比之衆家，最爲備悉。（《中論·曆數》）

按：此叙漢代曆法演變，至劉歆而成後世法。王應麟《漢藝文志考證》卷九："劉歆作《三統曆》及《譜》，三代各據一統。天統子，地統丑，人統寅。《春秋緯》《樂緯》云：'夏以十三月爲正，息卦受《泰》，物之始，其色尚黑，以寅爲朔。殷以十二月爲正，息卦受《臨》，物之牙，其色尚白，以鷄鳴爲朔。周以十一月爲正，息卦受《復》，其色尚赤，以半夜爲朔。'《三正記》云：'正朔三而改，文質再而復。'朱文公曰：'天開於子，地辟於丑，人生於寅，故斗柄建此三辰之月，皆可以爲歲首，而三代迭用之。'"

《西京雜記》：葛洪家世有劉子駿《漢言》百卷，首尾無題目，但以甲乙丙丁記其卷數。先父傳之，劉歆欲撰書編録漢事類，未得搆而亡，故書無宗本，止雜記，而前後無事類。後好事者以意次第之，始甲之癸爲十帙，帙十卷，合百卷。洪家有小同異。（《太平御覽》卷六百二《文部十八·著書下》）

按：《漢言》，或作《漢書》。此説似乎劉向、劉歆父子有編纂西漢歷史之著作，後世傳言此或班固《漢書》之資料來源。

及揚雄《百官箴》，頗酌於《詩》《書》；劉歆《遂初賦》，歷叙於紀傳；漸漸綜采矣。（《文心雕龍·事對》）

按：劉歆《遂初賦》題名見於《文心雕龍》，引文見《藝文類聚》，又見於《古文苑》。

揚雄（前53—18）

　　先是時，蜀有司馬相如，作賦甚弘麗温雅，雄心壯之，每作賦，常擬之以爲式。又怪屈原文過相如，至不容，作《離騷》，自投江而死，悲其文，讀之未嘗不流涕也。以爲君子得時則大行，不得時則龍蛇，遇不遇命也，何必湛身哉！乃作書，往往摭《離騷》文而反之，自崏山投諸江流以吊屈原，名曰《反離騷》；又旁《離騷》作重一篇，名曰《廣騷》；又旁《惜誦》以下至《懷沙》一卷，名曰《畔牢愁》。《畔牢愁》《廣騷》文多不載，獨載《反離騷》。（《漢書》卷八十七上《揚雄傳上》）

　　按：《漢書·揚雄傳上》叙揚雄家系："揚雄字子雲，蜀郡成都人也。楚漢之興也，揚氏遡江上，處巴江州。而揚季官至廬江太守。漢元鼎間避仇復遡江上，處崏山之陽曰郫，有田一廛，有宅一區，世世以農桑爲業。自季至雄，五世而傳一子，故雄亡它揚於蜀。"陳直《漢書新證》："楊揚二字，在漢代金石刻辭中并無區別。錢大昭引鄭固碑，'有楊烏之才'是也。青海出土漢趙寬碑亦云：'雖楊賈斑杜，弗或過也。'字并作楊，從木不從手。"（第421頁）《漢書·揚雄傳上》："顧嘗好辭賦。"揚雄少作擬司馬相如、屈原。其作題名《反離騷》《畔牢愁》《廣騷》，是有意識爲賦題名。此時擬作，多抒個人情感，與政治無關。

　　本傳記揚雄四賦，如《漢書·揚雄傳上》："還奏《甘泉賦》以風。……又言'屏玉女，却虙妃'，以微戒齊肅之事。賦成奏之，天子異焉。"揚雄此賦，包括《河東賦》《長楊賦》《羽獵賦》三賦，皆與政治有關。漢大賦在西漢的主要功能，就是爲政治服務。另此處言上賦目的，皆用"勸""風"等，説明揚雄作賦，已經有明確的"風勸"意識，所以《史記·司馬相如列傳》《漢書·揚雄傳》等，皆用揚雄總結的"風勸"説總結漢賦功能。其實，揚雄之前，漢賦并無明確的"諷諫"寫作意識，所謂的"勸百諷一""諷諫"等，皆揚雄總結的觀點。陳直《漢書新證》："蕭該音義引諸詮説……揚雄各賦之中，音義多引諸詮、陳武之説，司馬相如各賦，亦舊有諸陳二家之注，見於《司馬相如傳》標題之下顏師古注。（諸詮，顏師古注作諸詮之。）諸詮之當爲褚詮，疑宋齊時

人，陳武爲西晉人。"（第422頁）

本傳記載揚雄作《解嘲》《解難》，皆點明其緣由，前者在"時雄方草《太玄》，有以自守，泊如也。或謝雄以玄尚白，而雄解之"，後者在"客有難《玄》大深，衆人之不好也，雄解之"。此皆《漢書》總結之言，後來成爲選家選錄揚雄作品時的"序"。此以史家之言作爲賦序。《解嘲》中客所言"《太玄》五千文，支葉扶疏，獨説十餘萬言"，陳直《漢書新證》："兩漢人統計著書字數，有稱文者，以本傳文及張揖《上廣雅表》是也。有稱言者，見於本文及東方朔等傳。亦有直稱字者，太史公《史記自序》凡百三十篇五十二萬六千五百字，高誘序《呂覽》十七萬餘字是也。"（第422—423頁）又《漢書·揚雄傳下》："故人時有問雄者，常用法應之，譔以爲十三卷，象《論語》，號曰《法言》。《法言》文多不著，獨著其目。"

《揚雄家牒》：子雲以天鳳五年卒，葬安陵阪上，所厚沛郡桓君山，平陵如子禮，弟子鉅鹿侯芭，共爲治喪，諸公遣世子朝臣郎吏行事者會送，桓君山爲斂賻，起祠塋，侯芭負土作墳，號曰玄冢。（《藝文類聚》卷四十《禮部下》）

按：安陵阪上，《史記·扁鵲倉公列傳》有"安陵阪里"，陳直《史記新證》："安陵有大阪，疑阪里鄰於大阪，因以得名。"（第160頁）

或問："吾子少而好賦。"曰："然。童子雕蟲篆刻。"俄而，曰："壯夫不爲也。"或曰："賦可以諷乎？"曰："諷乎！諷則已，不已，吾恐不免於勸也。"或曰："霧縠之組麗。"曰："女工之蠹矣。"《劍客論》曰："劍可以愛身。"曰："狴犴使人多禮乎？"（《法言·吾子》）

按：揚雄論賦之言，較爲重要，可見西漢末年揚雄之賦學觀。

揚子雲好天文，問之於洛下黃閎以渾天之説，閎曰："我少能作其事，但隨尺寸法度，殊不曉達其意。後稍稍益愈，到今七十，乃甫適知己，又老且死矣。今我兒子受學作之，亦當復年如我，乃曉知己，又且復死焉。"其言可悲可笑也。

通人揚子雲，因衆儒之説天，以天爲如蓋轉，常左旋，日月星辰，隨而東西。乃圖畫形體行度，參以四時曆數昏明晝夜，欲爲世人立紀律，以垂法後嗣。余難之曰："春秋晝夜欲等平，旦日出於卯，正東方；暮日入於酉，正西方。今以天下之占視之，此乃人之卯酉，非天卯酉。天之卯酉，當北斗極。北斗極天樞，樞，天軸也，猶蓋有保斗矣。蓋雖轉而保斗不移，天亦轉周匝，斗極常在，知爲天之中也。仰視之，又在北，不正在人上。而春秋分時，日出入乃在斗南。如蓋轉，則北道近，南道遠，彼晝夜刻漏之數，何從等平？」子雲無以解也。後與子雲奏事待報，坐白虎殿廊廡下，以寒故，背日曝背。有頃，日光去背，不復曝焉，因以示子雲曰："天即蓋轉而日西行，其光影當照此廊下而稍東耳，無乃是反應渾天家法焉。」子雲立壞其所作，則儒家以天爲左轉非也。（《新輯本桓譚新論·啓寤》）

按：揚雄好天文。

王公子問："揚子雲何人邪？"答曰："才智開通，能入聖道，卓絕於衆，漢興以來未有此也。"國師子駿曰："何以言之？"答曰："通才著書以百數，惟太史公爲廣大，餘皆叢殘小論，不能比之，子雲所造《法言》《太玄經》也。《玄經》數百年外，其書必傳，顧譚不及見也。世咸尊古卑今，貴所聞、賤所見。見揚子雲禄位容貌不能動人，故輕易之。老子其心玄遠，而與道合。若遇上好事，必以《太玄》次《五經》也。"（《新輯本桓譚新論·正經》）

按：此桓譚重揚雄《法言》《太玄》，與《漢書》合。《新輯本桓譚新論·本造》："揚雄不貧，則不能作《玄》《言》。"本傳又記桓譚等人重揚雄之《法言》《太玄》，而《太玄》終不能傳世，是涉及陰陽部分過於難懂。陳直《漢書新證》："《藝文類聚》卷四十引揚雄《家牒》云：'子雲以甘露元年生，天鳳五年卒，葬安陵坂上。'當爲七十一歲，與本傳同。"（第423頁）

揚子雲在長安，素貧約，比歲已甚，亡其兩男，哀痛不已，皆歸葬於蜀，遂至困乏。子雲達聖道，明於死生，宜不下季札，然而慕戀死子，不能以義割恩，自令多費。爲中散大夫，病卒，貧無以辦喪事，以貧困故葬長安，妻子棄其墳墓，西歸於蜀，此罪在輕財，通人之弊也。（《新輯本桓譚新論·識通》）

按：揚雄葬長安，而其二子早卒葬蜀，後其妻歸蜀。

揚子雲工於賦，王君大曉習萬劍之名，凡器遥觀而知，不須手持熟察，余欲從二子學。子雲曰"能讀千賦，則善賦。"君大曰："能觀千劍，則曉劍。"諺曰："伏習象神，巧者不過習者之門。"（《新輯本桓譚新論·道賦》）

按：學賦的技巧在於熟練。《藝文類聚》卷五十六引《桓子新論》："余少時，見揚子雲麗文高論，不量年少，猥欲逮及，常作小賦，用精思大劇，而立感動發病，子雲亦言成帝上甘泉，詔使作賦，爲之卒暴，倦臥，夢其五藏出地，及覺大少氣，病一歲。余素好文，見子雲工爲賦，欲從之學，子雲曰：'能讀千賦，則善爲之矣。'"

張子侯曰："揚子雲，西道孔子也，乃貧如此？"吾應曰："子雲亦東道孔子也。昔仲尼豈獨是魯孔子，亦齊、楚聖人也。"（《新輯本桓譚新論·閔友》）

按：揚雄被稱作"西道孔子"，而桓譚又將其視作"東道孔子"，是提高揚雄學術地位。

揚子雲大才而不曉音。余頗離雅操而更爲新弄，子雲曰："事淺易喜，深者難識，卿不好雅頌而悅鄭聲，宜也。"（《新輯本桓譚新論·閔友》）

按：桓譚以爲揚雄不懂音樂。

譚謂揚子曰："君之爲黃門郎，居殿中，數見輿輦、玉瑤、華芝及鳳凰、三蓋之屬，皆玄黃五色，飾以金玉、翠羽、珠絡、錦綉茵席者也。"（《新輯本桓譚新論·離事》）

按：桓譚《新論》記揚雄事頗夥，是因爲桓譚與揚雄有交往，且尊崇揚雄學問。

陽成子長作《樂經》，揚子雲作《太玄經》，造於助〔眇〕思，極窅冥之深，非庶幾之才，不能成也。（《論衡·超奇》）

王公問於桓君山以揚子雲。君山對曰："漢興以來，未有此人。"君山差才，可謂得高下之實矣。（《論衡·超奇》）

揚子雲作《法言》，蜀富人賚錢千萬，願載於書。子雲不聽，"夫富無仁義之行，猶圈中之鹿，欄中之牛也，安得妄載？（《論衡·佚文》）

敏於賦頌，爲弘麗之文爲賢乎？則夫司馬長卿、揚子雲是也。文麗而務巨，言眇而趨深，然而不能處定是非，辯然否之實。雖文如錦綉，深如河、漢，民不覺知是非之分，無益於彌爲崇實之化。（《論衡·定賢》）

當今未顯，使在百世之後，則子政、子雲之黨也。（《論衡·案書》）

韓非著書，李斯采以言事；揚子雲作《太玄》，侯鋪子隨而宣之。非、斯同門，雲、鋪共朝，覩奇見益，不爲古今變心易意；實事貪善，不遠爲術并肩以迹相輕，好奇無已，故奇名無窮。揚子雲反《離騷》之經，

非能盡反，一篇文往往見非，反而奪之。(《論衡·案書》)

揚子雲好事，常懷鉛提槧，從諸計吏，訪殊方絶域四方之語，以爲裨補《輶軒》所載，亦洪意也。(《西京雜記》卷三)

按：此揚雄作《方言》之緣由。

司馬長卿賦，時人皆稱典而麗，雖詩人之作，不能加也。揚子雲曰："長卿賦不從人間來，其神化所至耳。"子雲學相如爲賦而弗逮，是故雅服焉。(《西京雜記》卷三)

按：揚雄賦的風格被當時人稱作"典而麗"。

揚雄讀書，有人語云："無爲自苦，《玄》故難傳。"忽然不見。雄著《玄》，夢吐白鳳皇集上，頃之而滅。出《西京雜記》。(《太平廣記》卷一百六十一《感應一》)

崔瑗《叙箴》：昔楊子雲讀《春秋傳虞人箴》而善之，於是作爲《九州》及《二十五箴》規匡救，言君德之所宜，斯乃體國之宗也。(《太平御覽》卷五百八十八《文部四·箴》)

按：此説與《漢書》"箴莫善於《虞箴》，作《州箴》"合。

校定書籍，亦何容易，自揚雄、劉向，方稱此職耳。觀天下書未遍，不得妄下雌黄。或彼以爲非，此以爲是；或本同末異；或兩文皆欠，不可偏信一隅也。(《顔氏家訓·勉學》)

按：此以揚雄與劉向并列。

揚烏(生卒不詳)

《劉向別傳》：楊信字子烏，雄第二子，幼而聰慧。雄筆《玄經》不會，子烏令作九數而得之。雄又擬《易》"羊觸藩羝"，彌日不就。子烏曰："大人何不云荷戟入榛?"(《太平御覽》卷三百八十五)

文學神童楊烏，雄子，七歲預父《玄》文，九歲卒。(《華陽國志·序志》)

按：《法言·問神》："育而不苗者，吾家之童烏乎！九齡而與我《玄》文。"揚烏，揚雄幼子，神童。《法言》稱其九歲參與《太玄》，《華陽國志》以爲七歲，當從《法言》説。另，《劉先別傳》稱其名信、字子烏，汪榮寶以爲此説未必可信（詳考參見汪榮寶《法言義疏》，中華書局1987年版，上册，第167頁）。

楊子雲爲郎，居長安，素貧，比歲亡其兩男，哀痛之，皆持歸葬於蜀，以此困乏。雄察達聖道，明於死生，宜不下季劄。然而慕怨死子，不能以義割恩，自令多費，而至困貧。（《新輯本桓譚新論·識通》）

按：此桓譚以爲揚雄"不識大體"。

高康（生卒不詳）

（高）康以明《易》爲郎，永至豫章都尉。及王莽居攝，東郡太守翟誼謀舉兵誅莽，事未發，康候知東郡有兵，私語門人，門人上書言之。後數月，翟誼兵起，莽召問，對受師高康。莽惡之，以爲惑衆，斬康。繇是《易》有高氏學。高、費皆未嘗立於學官。（《漢書》卷八十八《儒林傳》）

按：高康，高相子。

云敞（生卒不詳）

云敞字幼（儒）〔孺〕，平陵人也。師事同縣吳章，章治《尚書經》爲博士。……莽殺宇，誅滅衛氏，謀所聯及，死者百餘人。章坐要斬，磔尸東市門。……敞時爲大司徒掾，自劾吳章弟子，收抱章尸歸，棺斂葬之，京師稱焉。車騎將軍王舜高其志節，比之欒布，表奏以爲掾，薦爲中郎諫大夫。莽篡位，王舜爲太師，復薦敞可輔職。以病免。唐林言敞可典郡，擢爲魯郡大尹。更始時，安車徵敞爲御史大夫，復病免去，卒於家。（《漢書》卷六十七《云敞傳》）

按：云敞師事吳章。吳章治《尚書》，因教授弟子千餘人而被王莽稱作"惡人黨"，其與王莽長子王宇反莽，與此不無關係。然云敞并未受到株連，且在莽朝受到録用，後事更始。

金欽(生卒不詳)

（金）涉之從父弟欽舉明經，爲太子門大夫，哀帝即位，爲太中大夫給事中，欽從父弟遷爲尚書令，兄弟用事。帝祖母傅太后崩，欽使護作，職辦，擢爲泰山、弘農太守，著威名。平帝即位，徵爲大司馬司直、京兆尹。帝年幼，選置師友，大司徒孔光以明經高行爲"孔氏師"，京兆尹金欽以家世忠孝爲"金氏友"。徙光禄大夫侍中，秩中二千石，封都成侯。（《漢書》卷六十八《金日磾傳》）

按：金日磾二子，名賞、建；金日磾弟倫，子安上；安上四子，常、敞、岑、明；敞三子，涉、參、饒。金日磾之後，"倫後嗣遂盛"。漢平帝時，金氏依然是非常重要的政治家族，金欽即以"家世忠孝"被選爲"金氏友"。由此可知，王莽擅權之漢平帝時，爲皇帝選擇"師友"各一，而被選用者，則以其姓氏稱，可知此時"師友"尚未成爲特定職官名稱。然孔光、金欽被選爲"師友"，其實皆以其"家世"背景。入漢以來形成的"家族""家世"，在政治體制中占有重要地位。這種情況，對出身平民的文人必將產生重要的心理影響。如司馬相如、王褒、東方朔、揚雄等純粹出身於平民的文人，其出仕、發展，有著世家子弟難以想象的艱辛。即如枚皋，雖非世家，然因其父枚乘之原因，自然有著較爲順暢的出仕通道。

侯芭(生卒不詳)

雄以病免，復召爲大夫。家素貧，耆酒，人希至其門。時有好事者載酒肴從游學，而鉅鹿侯芭常從雄居，受其《太玄》《法言》焉。劉歆亦嘗觀之，謂雄曰："空自苦！今學者有禄利，然尚不能明《易》，又如《玄》何？吾恐後人用覆醬瓿也。"雄笑而不應。年七十一，天鳳五年卒，侯芭爲起墳，喪之三年。（《漢書》卷八十七下《揚雄傳下》）

按：《論衡·案書》："楊子雲作《太玄》，侯鋪子隨而宣之。"王充稱侯芭爲"侯鋪子"，方以智以爲"鋪子"即侯芭字。俞樾稱："侯鋪即侯芭，'芭'與'鋪'一聲之轉也。"陳直《漢書新證》："侯芭字鋪子也。芭爲葩字省文，鋪爲敷字轉音，名字方相適應。"（第423頁）可知侯芭當作侯葩，字敷子。

揚雄《太玄》《法言》曾傳侯芭，是證當時二書即已有傳承。桓譚高度認可揚雄此二書，是亦知該書有其特定讀者群體。劉歆并不認同揚雄此二書，即認爲它們對學者利祿無益，故稱"今學者有祿利"。《隋書·經籍志》："《韓詩翼要》十卷，漢侯芭傳。"《隋書·經籍志》："梁有《揚子法言》六卷，侯芭注，亡。"以上"侯芭"，《四庫全書》本作"侯芭"，中華書局本皆作"侯苞"，疑作"芭"是（王承略《侯苞、侯包、侯芭考》，《煙臺師範學院學報》1997年第1期）。《隋書·經籍志》所錄侯芭《韓詩翼要傳》與《揚子法言注》，今皆不傳。

自揚子雲研機榛數，創制《玄》經，唯鉅鹿侯芭子常親承雄學。（《太玄》附錄唐王涯《說玄·立例二》）

按：子常，或侯芭字（王承略《侯苞、侯包、侯芭考》，《煙臺師範學院學報》1997年第1期）。然此説實晚，姑附於此俟考。

陳遵（生卒不詳）

（陳遵）長八尺餘，長頭大鼻，容貌甚偉。略涉傳記，贍於文辭。性善書，與人尺牘，主皆藏去以爲榮。請求不敢逆，所到，衣冠懷之，唯恐在後。時列侯有與遵同姓字者，每至人門，曰陳孟公，坐中莫不震動，既至而非，因號其人曰"陳驚坐"云。（《漢書》卷九十二《游俠傳》）

按：《漢書·游俠傳》："陳遵字孟公，杜陵人也。祖父遂，字長子，宣帝微時與有故，相隨博弈，數負進。"陳遵"略涉傳記，贍於文辭"，有文才。其"善書"，竟然使得"與人尺牘，主皆藏去以爲榮"，可知其書法精妙無倫。陳直《漢書新證》："陳遵善書，亦見《法書要錄》，引羊欣能書人名。"（第441頁）同姓同名同字者如此，竟然獲得"陳驚坐"諢名，此筆法有魏晉士人之風。又《漢書》陳遵本傳曰："先是黃門郎揚雄作《酒箴》以諷諫成帝，其文爲酒客難法度士，譬之於物，曰：'子猶瓶矣。觀瓶之居，居井之眉，處高臨深，動常近危。酒醪不入口，臧水滿懷，不得左右，牽於纆徽。一旦叀礙，爲瓽所轠，身提黃泉，骨肉爲泥。自用如此，不如鴟夷。鴟夷滑稽，腹如大壺，盡日盛酒，人復借酤。常爲國器，托於屬車，出入兩宫，經營公家。繇是言之，酒何過乎！'遵大喜之，常謂張竦：'吾與爾猶是矣。足下諷誦經書，苦身自約，不敢差跌，而我放意自恣，浮湛俗間，官爵功名，不減於子，而差獨樂，顧不優邪！'"揚雄《酒箴》不在本傳，而見於此。陈遵以揚雄《酒箴》爲藉口，"放意自恣，浮湛俗間"，可謂好酒，故《漢書·游俠傳》記："遵留朔方，爲賊所敗，時醉見殺。"

張竦（生卒不詳）

揚雄《答劉歆書》：張伯松不好雄賦頌之文，然亦有以奇之。常爲雄道，言其父及其先君憙典訓，屬雄以此篇目頗示其成者。伯松曰："是懸諸日月不刊之書也。"又言恐雄爲《太玄經》，由鼠坻之與牛場也；如其用，則實五稼，飽邦民；否則，爲牴糞，棄之於道矣。而雄服之，伯松與雄獨何德慧，而君與雄獨何譖隙，而當匿乎哉！（戴震《方言疏証》卷十三）

按：張伯松，《漢書·王莽傳上》顔師古注："竦之字。"是知張竦讀書有貴古賤今思想。然據揚雄之言，張竦并非完全排斥揚雄之文。

張竦知有賊當去，會反支日不去，因爲賊所殺，桓譚曰："爲通人之蔽也。"（《漢書》九十二《游俠傳》顔師古注）

按：此或爲桓譚《新論》之文，故朱謙之《新輯本桓譚新論》收録。張竦，祖張敞，父張吉。《後漢書·杜林傳》李賢注："（杜）鄴字子夏，祖父皆至郡守。鄴少孤，其母張敞女也。鄴從敞子吉學，得其家書。竦即吉之子也，博學文雅，過於敞。"杜林從張竦受學。此又見"杜林"條。

揚子雲作《太玄》，造《法言》，張伯松不肯壹觀。與之并肩，故賤其言。使子雲在伯松前，伯松以爲《金匱》矣！（《論衡·齊世》）

徐宣(生卒不詳)

（徐防）祖父宣，爲講學大夫，以《易》教授王莽。父憲，亦傳宣業。（《後漢書》卷四十四《徐防傳》）

按：《册府元龜》卷五百九十七《學校部·世業》："徐防祖父宣爲講學大夫，以《易》教授王莽。父憲亦傳宣業。防少習父祖學，位至太尉。"徐宣授王莽《易》。徐宣、徐憲、徐防祖孫三代皆傳《易》，然未詳何派。

蘇竟(前39—30)

蘇竟字伯況，扶風平陵人也。平帝世，竟以明《易》爲博士講《書》祭酒。善圖緯，能通百家之言。王莽時，〔與〕劉歆等共典校書，拜代郡中尉。（《後漢書》卷三十上《蘇竟傳》）

按：蘇竟通《易》，未詳何派，又"善圖緯"與"百家之言"。自漢成帝以來的校書，歷代皆有，王莽時蘇竟與劉歆校書，即其例。今《漢書·藝文志》中所見成帝時書籍，或即此時校補。

《後漢書·蘇竟傳》："竟終不伐其功，潛樂道術，作《記誨篇》及文章傳於世。年七十，卒於家。"蘇竟《記誨篇》以"篇"爲文章題名，屬於散文體例。據本傳，蘇竟建武五年（29）冬"病篤，以兵屬弟，詣京師謝罪。拜侍中"，"數月，以病免"，其卒應在建武六年（30），則其生當在漢元帝永光五年（前39）。又《後漢書·蘇竟傳》有"《師曠雜事》"，李賢注："《師曠雜事》，雜占之書也。《前書》曰：'陰陽書十六家，有師曠八篇也。'"王應麟《漢藝文志考證》卷八："《隋志》：《師曠書》三卷。《後漢·蘇竟傳》云'猥以《師曠雜事》，輕自炫惑'，注：'雜占之書也。'《方術列傳序》'師曠之書'，注：'今書《七志》有師曠六篇，占災異。'《淮南子》曰：'萇弘、師曠，先知禍福，言無遺策。'又小說有《師曠》六篇。"

師氏(生卒不詳)

（崔篆）母師氏能通經學、百家之言，莽寵以殊禮，賜號義成夫人，金印紫綬，文軒丹轂，顯於新世。（《後漢書》卷五十二《崔駰傳》）

按：王莽朝，崔篆母師氏通經學、諸子，此女子通經者，在當時較爲稀見。

王霸(生卒不詳)

王霸字儒仲，太原廣武人也。少有清節。及王莽篡位，棄冠帶，絕交宦。建武中，徵到尚書，拜稱名，不稱臣。有司問其故。霸曰：「天子有所不臣，諸侯有所不友。」司徒侯霸讓位於霸。閻陽毀之曰：「太原俗黨，儒仲頗有其風。」遂止。以病歸。隱居守志，茅屋蓬户。連徵不至，以壽終。（《後漢書》卷八十三《逸民傳》）

按：李賢注：「皇甫謐《高士傳》曰『故梁令閻陽』也。《前書》曰：『太原多晉公族子孫，以詐力相傾，矜誇功名，報仇過直。漢興，號爲難化，常擇嚴猛將，或任殺伐爲威。父兄被誅，子弟怨憤，至告訐刺史、二千石。』」東漢選吏、評人，亦有地域偏見，可知此陋習自古有之。王霸不能仕進則退隱，此讀書人清高心性。又《後漢書‧列女傳》：「太原王霸妻者，不知何氏之女也。霸少立高節，光武時，連徵不仕。霸已見《逸人傳》。」王霸與其妻、子皆隱居於鄉里，夫妻皆入史書者，較爲稀見。王霸曾爲光武朝尚書，因仕途不順而退隱，故見舊友子得榮祿而知禮節，已子反不如之，故有愧疚之心。王霸妻以「貴」「高」以別二人，是從榮祿、德行角度分別評論，知彼時逸民之產生，與讀書人之守心、入仕不同追求有關。西漢儒者以入世、仕進爲目的，并且他們皆大多順應政治形勢，除了精通經學，還具有天文、陰陽五行、讖緯、符應等綜合知識。他們即使仕途不暢，也很少退居鄉間（疏廣、疏受雖隱居鄉里，但却過著優裕、奢侈的生活，尚不足以稱爲逸民）。東漢儒者，尤其是經王莽、更始、光武戰亂之後，傳統的以經學入仕之名利心，已經大爲減弱，故在榮禄之外，自然爲志行、道德構建了一個寄宿之所。東漢儒者與西漢儒者的一大不同，是讀書人開始有更加明確的德行、節操意識。這是"逸民"思想產生的時代背景。

逢萌（生卒不詳）

逢萌字子康，北海都昌人也。家貧，給事縣爲亭長。時尉行過亭，萌候迎拜謁，既而擲楯嘆曰："大丈夫安能爲人役哉！"遂去之長安學，通《春秋經》。時王莽殺其子宇，萌謂友人曰："三綱絶矣！不去，禍將及人。"即解冠挂東都城門，歸，將家屬浮海，客於遼東。（《後漢書》卷八十三《逸民傳》）

按：東都城門，李賢注："《漢官殿名》：'東都門今名青門也。'《前書音義》曰：'長安東郭城北頭第一門。'"王莽殺子，被逢萌認爲是"三綱絶"之時，亦是漢代人文思想轉變的關鍵。傳統、信仰的中斷，是促使兩漢之際文人心態轉變的關鍵因素。如果説，揚雄因無法仕進退而著書、校書，桓譚不斷嘗試仕進王莽、更始、光武，還是西漢文人舊心態的表現，那麼，如逢萌、王霸等人之隱遁，則已經具有向東漢文人心態轉變的迹象。不過，在"守節不仕"這一點上，揚雄、桓譚與他們是一致的，不過退隱的方式與程度有所差異而已。又李賢注"避世墻東王君公"曰："嵇康《高士傳》曰'君公明《易》，爲郎。數言事不用，乃自污與官婢通，免歸。詐狂儈牛，口無二價'也。"逢萌、徐房、李子雲、王君公以及王霸、周黨、王良、薛方諸士人，皆經歷王莽、更始、光武亂後而退隱，具有典型的代表性。兩漢之際，是文人開始抛棄利禄之心，轉而重視節操、德行、志行的關鍵轉變時代。從此，中國古代文人開始形成了自己獨有的讀書人情操，也是文人品節成熟的關鍵時期。

周黨（生卒不詳）

太原周黨伯況，少爲鄉佐發黨過於人中辱之。黨學《春秋》長安，聞報讐之義，輟講下辭歸報讐，到與鄉佐相聞，期鬥日，鄉佐多從正往，使鄉佐先拔刀，然後相擊。佐欲直，令正擊之，黨被創，困乏，佐服其義勇，箯輿養之；數日蘇興，乃知非其家，即徑歸。其立勇果，乃至於是。（《風俗通義·過譽》）

按：《後漢書·逸民傳》：“周黨字伯況，太原廣武人也。”又稱：“後讀《春秋》，聞復讎之義，便輟講而還，與鄉佐相聞，期剋鬥日。”《春秋》三傳，《公羊》好講復讎之義，故周黨所讀，蓋《公羊春秋》。《後漢書》稱周黨"著書上下篇"，范曄此言，或有所據，則據此可知兩點：第一，此時已經有明確的著書目的，且已經開始爲書分篇；第二，既然可以爲書分篇，則此時已有編纂自著書之事，且應有書名。如果周黨之書無書名，則似不必分上下兩篇。由此推測：兩漢之際，已經有根據劉向、劉歆收書原則，自己編纂、題名古書行爲。此時或無"別集"之名，然必有"別集"之實。《孔叢子》在東漢被續編時有"別不在集"之辭，未必不是事實。

王良（生卒不詳）

王良字仲子，東海蘭陵人也。少好學，習《小夏侯尚書》。王莽時，寢病不仕，教授諸生千餘人。（《後漢書》卷二十七《王良傳》）

按："王莽不仕"，是對兩漢之際一些士人的叙事方式。

薛方（生卒不詳）

薛方嘗爲郡掾祭酒，嘗徵不至，及莽以安車迎方，方因使者辭謝曰："堯舜在上，下有巢由，今明主方隆唐虞之德，小臣欲守箕山之節也。"

使者以聞，莽說其言，不強致。方居家以經教授，喜屬文，著詩賦數十篇。(《漢書》卷七十二《王貢兩龔鮑傳》)

按：王莽、更始、光武朝，"守箕山之節"者不少，此兩漢之際文人一大現象。"著詩賦數十篇"，則東漢文人個人作品已以單篇形式存世。

牟長(生卒不詳)

長自爲博士及在河內，諸生講學者常有千餘人，著録前後萬人。著《尚書章句》，皆本之歐陽氏，俗號爲《牟氏章句》。(《後漢書》卷七十九上《儒林傳上》)

按：《後漢書·儒林傳》："牟長字君高，樂安臨濟人也。其先封牟，春秋之末，國滅，因氏焉。"古牟國在今山東萊蕪。又稱："長少習歐陽《尚書》，不仕王莽世。"則"不仕王莽世"，是當時很多儒者的選擇。

《東觀漢記》：牟長字君高。少篤學，治《歐陽尚書》，諸生著録，前後萬人。建武十四年，徵爲中散大夫。(《太平御覽》卷二百四十三《職官部四十一·中散大夫》)

按："諸生著録，前後萬人"，《後漢書》作"千餘人"，然由此亦能見當時儒生學習活動聲勢之大。

張湛(生卒不詳)

《東觀漢記》：張湛字子孝，爲光禄大夫，數正諫威儀不如法度者。湛常乘白馬，上有異政，輒言"白馬生且復諫矣"。(《北堂書鈔》卷五十六《設官部八·左右光禄大夫四十二》)

按：《後漢書》稱張湛"矜嚴好禮"，獨處亦"必自修整"，對妻、子亦是"若嚴君焉"，近似於宋明理學家。當時人"謂湛僞詐"，可知此類行爲尚未被世俗普遍接受。然而"及在鄉黨，詳言正色，三輔以爲儀表"者，説明張湛行爲亦爲當時人所景仰。張湛歷漢成、哀、王莽、建武四朝，是兩漢之際的重要見證者。《後漢書》又稱張湛爲"白馬生""中東門君"，是以其所騎乘、所居所命名，與張湛行爲方式有關，而與其學識無關。這說明：張湛的好禮、威儀，受到皇帝與同僚之認同。

逢真（生卒不詳）

嵇康《高士傳》：逢真，王莽辟，不至。嘗爲杜陵門下掾，終身不窺長安城，但閉門讀書，未嘗問政。（《太平御覽》卷六百一十一《學部五·勤學》）

按：王莽新朝代替漢朝，對儒生心理衝擊很大，很多文人"閉門讀書"，逐漸成爲一種社會風氣。《高士傳》一類的著作的出現，既是對兩漢之際這種社會、文化現象的歷史再現，也是對其影響的再現。尤其是已經被歷史沉澱之後的文化現象，往往寄寓著文人更多、更大的文化理想，因此更具有典型性。

史岑（生卒不詳）

王莽末，沛國史岑子孝亦以文章顯，莽以爲謁者，著頌、誄、《復神》、《說疾》凡四篇。（《後漢書》卷八十上《文苑傳上》）

按：史岑亦"以文章顯"，此是《後漢書》一特別記人之法。《後漢書·文苑傳上》李賢注："岑，一字孝山，著《出師頌》。"其《出師頌》亡佚。

元始元年，中謁者沛郡史岑上書，訟王宏奪董賢璽綬之功。（《隋書經籍志考証》引張華《博物志》）

任文公（生卒不詳）

其德操仁義、文學、政幹，若洛下閎、任文公、馮鴻卿、龐宣孟、玄

文和、趙温柔、龔升侯、楊文義等，播名立事、言行表世者，不勝次載者也。（《華陽國志》卷一）

按：此歷數兩漢蜀郡著名文人。《後漢書·方術傳》："任文公，巴郡閬中人也。父文孫，明曉天官風角秘要。"《華陽國志》附《士女目錄》："文學，司空掾任文公，文孫弟也。"《華陽國志》"文孫弟"，當作"文孫子"。父子二人通天官風角秘要，其時蜀人通方術者多。

成都縣内有一方折石，圍可六尺，長三丈許。去城北六十里曰毗橋，亦有一折石，亦如之。長老傳言，五丁士擔土擔也。公孫述時，武擔石折。故治中從事任文公嘆曰："噫，西方智士死，吾其應之。"歲中卒。（《華陽國志》卷三）

按：此事又見《後漢書·方術列傳》："公孫述時，蜀武擔石折。文公曰：'噫！西州智士死，我乃當之。'自是常會聚子孫，設酒食。後三月果卒。故益部爲之語曰：'任文公，智無雙。'"則《後漢書》較《華陽國志》敘事更爲繁富。

徐誦（生卒不詳）

《華陽國志》：徐誦字子產，少讀書，日不過五十字，讀千遍乃得，終成學儒。（《北堂書鈔》卷九十八《藝文部四·讀書十四》）

按：《華陽國志》附《士女目錄》："京兆尹徐誦，字子產，閬中人也。"《華陽國志》以徐誦爲"前漢人"，在任文公之後，疑爲兩漢之際人，當入東漢。

隗囂（？—33）

王莽末，天水童謠曰："出吳門，望緹群。見一蹇人，言欲上天；令天可上，地上安得民！"時隗囂初起兵於天水，後意稍廣，欲爲天子，遂破滅。囂少病蹇。吳門，冀郭門名也。緹群，山名也。（《後漢書·五行志》）

按：《後漢書·隗囂傳》李賢注引此段，作《續漢志》，其中"地上安得民"作"地上安得人"。《後漢書·隗囂傳》:"隗囂字季孟,天水成紀人也。少仕州郡。王莽國師劉歆引囂爲士。"李賢注:"王莽置國師,位上公,士其屬官也。莽置九卿,分屬三公,每一卿置大夫三人,一大夫置元士三人。"隗囂以"好經書"被推爲上將軍。

公孫述(?—36)

《東觀記》:光武與述書曰:"承赤者,黃也;姓當塗,其名高也。"(《後漢書》卷十三《公孫述傳》李賢注)

按:據本傳,公孫述死於建武十二年(36)十一月。公孫述以"白"代王莽之"黃",説明兩個問題:第一,相信"五行相生"之説,故從"土生金";第二,王莽之後,當時人是以"莽新"爲一朝,其後之王朝,即代莽而興,非接續西漢劉氏。這代表了當時的一種歷史認識。而光武帝劉秀,則信從"四七之際火爲主",以王莽爲"篡漢",故以東漢之"火",接續西漢之"火"。然王莽與光武之間,又有更始、劉盆子、公孫述等稱帝,在劉秀建立東漢之後的歷史觀念中,此四人是皆被遮蔽的。尤其是影響最大的王莽新朝,更是被冠以"篡漢"的帽子。在漢族統治的王朝,這種"王莽篡漢"意識會不斷被强化,并逐漸被其他民族的王朝所接受。由此看來,身處西漢末年、王莽新朝的揚雄、劉歆、桓譚等人,對莽新與東漢的認識,一定與光武帝朝及其以後之人有所差異。這種差異性,一定在其作品中有所反映。

景丹(?—26)

《東觀記》:上在廣阿,聞外有大兵(自)來,(上自)登城,勒兵在西門樓。上問:"何等兵?"丹等對言:"上谷、漁陽兵。"上曰:"爲誰來乎?"對曰:"爲劉公。"即請丹入,人人勞勉,恩意甚備。(《後漢書》卷二十二《景丹傳》李賢注)

按:《後漢書·景丹傳》:"景丹字孫卿,馮翊櫟陽人也。少學長安。

王莽時舉四科，丹以言語爲固德侯相，有幹事稱，遷朔調連率副貳。"景丹參與王莽四科，以"言語"爲能，可知其有騁辭之能。

《東觀記》：丹從上至懷，病瘧，見上在前，瘧發寒慄。上笑曰："聞壯士不病瘧，今漢大將軍反病瘧邪？"使小黄門扶起，賜醫藥。還歸洛陽，病遂加。（《後漢書》卷二十二《景丹傳》李賢注）

按：本傳稱卒於建武二年（26）。比較《後漢書》與《東觀記》文字，後者多傳聞異辭成分。

卓茂（？—28）

卓茂字子康，南陽宛人也。父祖皆至郡守。茂，元帝時學於長安，事博士江生，習《詩》《禮》及曆算，究極師法，稱爲通儒。性寬仁恭愛。鄉黨故舊，雖行能與茂不同，而皆愛慕欣欣焉。（《後漢書》卷二十五《卓茂傳》）

按：卓茂事博士江生，通《禮》《詩》，號稱"通儒"，曾事王莽、更始、光武帝。本傳稱卓茂建武四年（28）薨。光武帝作《以卓茂爲太傅封褒德侯詔》，嚴可均繫於建武元年九月甲申，詔書中以"武王誅紂，封比干之墓，表商容之間"之辭封卓茂，是視其甚高。

馮異（？—34）

馮異字公孫，潁川父城人也。好讀書，通《左氏春秋》《孫子兵法》。（《後漢書》卷十七《馮異傳》）

按：《後漢書·光武帝紀》稱："（建武十年夏）征西大將軍馮異薨。"李賢注："父城，縣名，故城在今許州葉縣東北。汝州郟城縣亦有父城。"彼時通《左傳》與《孫子兵法》者鮮有，馮異此學術興趣，是讀書人志趣選擇轉向的表現。西漢通經之儒者，亦有通兵法、《左傳》者，可知入東漢之後，亦出現此類人物。這是一個值得注意的社會現象，標志著儒者開始接受這種文化現象，即儒者除通經，亦可兼通諸子、兵法，而《左傳》

是指導用兵之典籍。然當時儒生通經與兵法,尚未成爲一種主流風氣。

譙玄(？—35)

譙玄字君黃,巴郡閬中人也。少好學,能説《易》《春秋》。仕於州郡。成帝永始二年,有日食之災,乃詔舉敦樸遜讓有行義者各一人。州舉玄,詣公車,對策高第,拜議郎。(《後漢書》卷八十一《獨行傳》)

按:《後漢書》稱"帝始作期門,數爲微行",譙玄上書,李賢注:"《前書》武帝微行,常與侍中、常侍、武騎及待詔北地良家子能騎射者期諸殿門,故有期門之號,自此始也。成帝微行亦然,故言始也。"《後漢書·獨行列傳》:"時兵戈累年,莫能修尚學業,玄獨訓諸子勤習經書。建武十一年卒。"兩漢之際的"獨行""隱逸"多儒生。

劉茂(生卒不詳)

劉茂字子衛,太原晉陽人也。少孤,獨侍母居。家貧,以筋力致養,孝行著於鄉里。及長,能習《禮經》,教授常數百人。哀帝時,察孝廉,再遷五原屬國候,遭母憂去官。服竟後爲沮陽令。會王莽篡位,茂棄官,避世弘農山中教授。(《後漢書》卷八十一《獨行傳》)

按:劉茂以《禮》教授,但"避世弘農山中",不知如何教授,教授何人。

崔篆(生卒不詳)

建武初,朝廷多薦言之者,幽州刺史又舉篆賢良。篆自以宗門受莽僞寵,慚愧漢朝,遂辭歸不仕。客居滎陽,閉門潛思,著《周易林》六十四篇,用決吉凶,多所占驗。臨終作賦以自悼,名曰《慰志》。(《後漢書》卷五十二《崔篆傳》)

按：崔篆"受莽僞寵，慚愧漢朝"云云，亦非當時之語，乃後世文人文飾之辭。其經學著作有《周易林》，其賦作有《慰志賦》。史書稱其"辭歸不仕。客居滎陽，閉門潛思"云云，似崔篆有隱士之風。《後漢書》記崔篆王莽時爲郡文學，後辭甄豐舉薦，其"戰陳不訪儒士"之言，與兩漢之際部分儒士如桓譚等人熟悉軍事謀略不同。《後漢書》記崔篆爲建新大尹，又見於《孔叢子・連叢子》之記載。

耿况（？—36）

（耿弇）父况，字俠游，以明經爲郎，與王莽從弟伋共學《老子》於安丘先生，後爲朔調連率。（《後漢書》卷十九《耿弇傳》）

按：耿况"明經"，而又學《老子》，此儒者學道家書之例證。耿况亦兩漢之際學者。《後漢書》本傳稱"十二年，况疾病，乘輿數自臨幸。復以國弟廣、舉并爲中郎將。弇兄弟六人皆垂青紫，省侍醫藥，當代以爲榮。及况卒，諡烈侯，少子霸襲况爵"，此時爲建武十二年（36）。《後漢書・朱馮虞鄭周列傳》："伯通與耿俠游俱起佐命，同被國恩。俠游謙讓，屢有降挹之言。"

侯霸（？—37）

侯霸字君房，河南密人也。族父淵，以宦者有才辯，任職元帝時，佐石顯等領中書，號曰大常侍。成帝時，任霸爲太子舍人。霸矜嚴有威容，家累千金，不事產業。篤志好學，師事九江太守房元，治《穀梁春秋》，爲元都講。（《後漢書》卷二十六《侯霸傳》）

按：侯霸從九江太守房元受《穀梁春秋》，從鍾寧君受《律》，故《後漢書》李賢注曰："《東觀記》曰：從鍾寧君受《律》也。"另外，侯霸應是將《穀梁春秋》《禮》由西漢傳入東漢的重要人物。侯霸曾受《禮》，故能"明習故事，收錄遺文"，而侯霸"條奏前世善政法度有益於時者"之舉，無疑是儒學千年得以不廢的主要原因。學術不能隨時而古爲今用，則會自斷生路。《後漢書·侯霸傳》稱其光武十三年薨。

高詡（？—37）

　　高詡字季回，平原般人也。曾祖父嘉，以《魯詩》授元帝，仕至上谷太守。父容，少傳嘉學，哀平間爲光禄大夫。詡以父任爲郎中，世傳《魯詩》。以信行清操知名。（《後漢書》卷七十九下《儒林傳下》）
　　按：《初學記》卷十二《職官部下·司農卿第十四》引《東觀漢記》：高詡，字季回。以儒學徵拜大司農，在朝以清白方正稱。高嘉、高容、高詡祖孫三代，"世傳《魯詩》"，此《魯詩》之高氏家學。《魯詩》在東漢之傳播，高氏有其功。

伏湛（？—37）

　　伏湛字惠公，琅邪東武人也。九世祖勝，字子賤，所謂濟南伏生者也。湛高祖父孺，武帝時，客授東武，因家焉。父理，爲當世名儒，以《詩》授成帝，爲高密太傅，別自名學。（《後漢書》卷二十六《伏湛傳》）
　　按：李賢注："爲高密王寬傳也。寬，武帝玄孫廣陵王胥後也。《前書·儒林傳》曰，伏理字君游，受《詩》於匡衡，由是《齊詩》有匡伏之學。故言'別自名學'也。"伏湛家世傳《齊詩》，實其家學。《後漢書》歷敘伏湛經成帝、哀平、更始、王莽、光武六朝，不輟經學教授。又言伏湛"造次必於文德"，以"文德"論人，此魏晉以後觀念。本傳稱"十三年夏，徵，敕尚書擇拜吏日，未及就位，因讌見中暑，病卒"，則其卒於建武十三年（37）。

陳茂（生卒不詳）

　　汝南陳茂君因，爲荊州刺史，時南陽太守灌恂，本名清能，茂不入宛城，引車到城東，爲友人衛修母拜，到州。恂先是茂客，仕蒼梧還，到修家，見修母婦，説修坐事繫獄當死，因詣府門，移辭乞恩，隨輩露首，入坊中，容止嚴恪，鬚眉甚偉。太守大驚，不覺自起，立賜巾延請，甚嘉敬之，即爲出修。南陽士大夫謂恂能救解修。茂彈繩不撓，修竟極罪，恂亦以它事去。南陽疾惡殺修，爲之語曰："衛修有事，陳茂治之，衛修無事，陳茂殺之。"（《風俗通義·過譽》）

按：此可知陳茂字君因，汝南人。謝承《後漢書》："汝南陳茂，嘗爲交址别駕。舊刺史行部，不渡漲海。刺史周敞，涉海遇風，船欲覆没。茂拔劍訶罵水神，風即止息。"（《太平御覽》卷六十《地部二十五·海》）

李業（生卒不詳）

李業字巨游，廣漢梓潼人也。少有志操，介特。習《魯詩》，師博士許晃。元始中，舉明經，除爲郎。（《後漢書》卷八十一《獨行傳》）

按：對文人"少有志操"之類的描寫，是歷史發展至一定階段之後才出現的書寫方式，體現著特定時代的文化心理。李業之習《魯詩》，則《魯詩》傳於蜀矣。李業不仕王莽，隱逸山谷，然范曄不列其入《逸民傳》，而列《獨行傳》，或以其性格有"剛烈"一面。《後漢書》本傳又稱："蜀平，光武下詔表其閭，《益部紀》載其高節，圖畫形象。"此前被"圖畫形象"者，多明王聖君、功臣名將，光武朝爲"獨行"者圖畫形象，是一文化改變，對文人心態與社會風氣的影響不小。

郅惲（生卒不詳）

長沙太守汝南郅惲君章，少時，爲郡功曹。郡俗冬饗，百里内縣，皆齎牛酒，到府宴飲。時太守司徒歐陽歙，臨饗，禮訖，教曰："西部督郵繇延，天資忠貞，禀性公方，典部折衝，摧破奸雄，不嚴而治。《書》曰：'安民則惠，黎民懷之。'蓋舉善以教，則不能者勸，今與諸儒，共論延功，顯之於朝。"主簿讀教，户吏引延受賜。惲前跪曰："司正舉觥，以君之罪，告謝於天，明府有言而誤，不可覆掩。按延資性貪邪，外方內圓，朋黨構奸，罔上害民，所在荒亂，虛而不治，怨愿并作，百姓苦之。而明府以惡爲善，股肱莫争。此既無君，又復無臣，君臣俱喪，孰與偏有。君雖傾危，臣子扶持，不至於亡。惲敢再拜奉觥。"歆甚慚。(《風俗通義·過譽》)

按：《後漢書·郅惲傳》："郅惲字君章，汝南西平人也。年十二失母，居喪過禮。及長，理《韓詩》《嚴氏春秋》，明天文曆數。"李賢注："《潛夫論》曰：'周先姞氏封於燕，河東有郅都，汝南有郅君章。'音與古姞同，而其字異。然《前書音義》郅音之日反。"郅惲通《韓詩》《嚴氏春秋》與天文，是當時通經（"學"）儒生兼通天文（"術"）之證，也是儒生學以致用思想的體現。《後漢書》本傳記郅惲以讖緯説天運，本《齊詩》之所長，而其治《韓詩》、嚴氏《公羊春秋》亦能爲之，與其通天文有關。

《北堂書鈔》卷二十四引華嶠《後漢書》："郅惲拜長沙太守，崇教化，表異行。"《風俗通義》所記汝南十月饗會，又見《後漢書》郅惲本傳，期間於饗禮後評議官員功德，郅惲以直言忤太守。此見饗會程式之餘，亦可見當時選賢，亦多有私弊，"以惡爲善"當爲數不少。從來忠直、敢言之人難入仕，歷代多有。又范曄《後漢書》本傳稱："後坐事左轉芒長，又免歸，避地教授，著書八篇。以病卒。"李賢注："芒，縣，屬沛國，故城在今亳州永城縣北，一名臨睢城。《東觀記》曰'坐前長沙太守張禁多受遺送千萬，以惲不推劾，故左遷'也。"又引《東觀記》曰："芒守丞韓龔受大盗丁仲錢，阿擁之，加笞八百，不死，入見惲，稱仲健。惲怒，以所杖鐵杖捶龔。龔出怨懟，遂殺仲，惲故坐免。"此"著書八篇"，而無書名。《後漢書》錄其上書較多，兹不錄。

索盧放（生卒不詳）

索盧放字君陽，東郡人也。以《尚書》教授千餘人。初署郡門下掾。(《後漢書》卷八十一《獨行傳》)

按：索盧放當爲兩漢之際、東漢初人，其學亦可歸入兩漢之際。

國家社科基金重大項目"漢魏六朝集部文獻集成"（13&ZD109）階段性成果。

國家社科基金重大項目"中國早期經典文本的形成、流變及其學術體系建構"（21&ZD252）前期成果。

漢魏六朝集部文獻整理與研究叢書
劉躍進　主編

秦漢文學紀事

下册

孫少華　編著

中國社會科學出版社

下册目録

卷九 ……………………………………………………（279）
 光武帝劉秀（前6—57）………………………（279）
 强華（生卒不詳）………………………………（280）
 嚴光（遵）（前39—41）…………………………（280）
 劉昆（？—57）……………………………………（281）
 丁恭（生卒不詳）………………………………（282）
 甄宇（生卒不詳）………………………………（282）
 宋弘（生卒不詳）………………………………（283）
 李忠（？—43）……………………………………（283）
 桓譚（前36—35）………………………………（283）
 周智孫（生卒不詳）……………………………（287）
 陳元（生卒不詳）………………………………（288）
 杜林（？—47）……………………………………（288）
 祭遵（？—33）……………………………………（290）
 陳臨（生卒不詳）………………………………（290）
 范升（生卒不詳）………………………………（290）
 鄭興（生卒不詳）………………………………（292）
 衛宏（生卒不詳）………………………………（292）
 李封（生卒不詳）………………………………（293）
 許晏（生卒不詳）………………………………（293）
 洼丹（前26—43）………………………………（294）

謝曼卿(生卒不詳) …………………………………………（294）
范式(生卒不詳) ……………………………………………（294）
孔嵩(生卒不詳) ……………………………………………（295）
樊曄(生卒不詳) ……………………………………………（296）
郭憲(生卒不詳) ……………………………………………（296）
郭丹(前24—62) ……………………………………………（297）
蔡茂(前24—47) ……………………………………………（297）
何湯(生卒不詳) ……………………………………………（298）
歐陽歙(生卒不詳) …………………………………………（298）
高獲(生卒不詳) ……………………………………………（299）
張玄(生卒不詳) ……………………………………………（300）
鮑永(？—42) ………………………………………………（300）
李通(？—42) ………………………………………………（301）
馬援(前14—49) ……………………………………………（301）
朱勃(生卒不詳) ……………………………………………（303）
衛颯(？—51) ………………………………………………（303）
茨充(生卒不詳) ……………………………………………（304）
王隆(生卒不詳) ……………………………………………（304）
夏恭(生卒不詳) ……………………………………………（304）
夏牙(生卒不詳) ……………………………………………（305）
杜詩(？—38) ………………………………………………（305）
向長(生卒不詳) ……………………………………………（306）
田邑(生卒不詳) ……………………………………………（306）
曹曾(生卒不詳) ……………………………………………（307）
包咸(前6—65) ……………………………………………（307）
朱浮(生卒不詳) ……………………………………………（308）
許淑(生卒不詳) ……………………………………………（308）
郭涼(？—43) ………………………………………………（309）
劉嘉(？—39) ………………………………………………（309）
朱祐(？—48) ………………………………………………（309）
鮮于冀(生卒不詳) …………………………………………（310）
伏湛(？—37) ………………………………………………（311）

伏黯(生卒不詳) ………………………………………… (311)

伏恭(前5—84) ………………………………………… (311)

李章(生卒不詳) ………………………………………… (312)

薛漢(生卒不詳) ………………………………………… (312)

戴憑(生卒不詳) ………………………………………… (313)

孔奮(生卒不詳) ………………………………………… (313)

孔奇(生卒不詳) ………………………………………… (314)

班嗣(生卒不詳) ………………………………………… (314)

班彪(3—54) ……………………………………………… (315)

桓榮(前22—60) ………………………………………… (316)

皋弘(生卒不詳) ………………………………………… (317)

賈徽(生卒不詳) ………………………………………… (317)

曹充(生卒不詳) ………………………………………… (317)

鄧禹(2—58) ……………………………………………… (318)

寇恂(？—36) …………………………………………… (318)

尹敏(生卒不詳) ………………………………………… (319)

耿弇(？—58) …………………………………………… (320)

任延(4—68) ……………………………………………… (320)

第五倫(生卒不詳) ……………………………………… (321)

謝夷吾(生卒不詳) ……………………………………… (322)

張堪(生卒不詳) ………………………………………… (322)

賈復(？—55) …………………………………………… (323)

朱暉(10—？) …………………………………………… (323)

李統(生卒不詳) ………………………………………… (324)

張純(？—56) …………………………………………… (325)

王霸(？—59) …………………………………………… (326)

樊儵(？—67) …………………………………………… (326)

鍾興(生卒不詳) ………………………………………… (327)

殷亮(生卒不詳) ………………………………………… (327)

馬第伯(生卒不詳) ……………………………………… (327)

楊統(生卒不詳) ………………………………………… (329)

周澤(生卒不詳) ………………………………………… (330)

梁松(？—61) …………………………………………(330)
孫敬(生卒不詳) …………………………………………(331)
楊由(生卒不詳) …………………………………………(331)
何英(生卒不詳) …………………………………………(332)
孫汶(生卒不詳) …………………………………………(332)
楊仁(生卒不詳) …………………………………………(333)
井丹(生卒不詳) …………………………………………(333)
梁鴻(生卒不詳) …………………………………………(334)
高恢(生卒不詳) …………………………………………(335)
廣陵思王劉荆(？—67) …………………………………(335)
郭況(9—59) ……………………………………………(335)
仲昱(生卒不詳) …………………………………………(336)
任末(生卒不詳) …………………………………………(336)

卷十 ………………………………………………………(338)
漢明帝劉莊(28—75) ……………………………………(338)
明德馬皇后(39—79) ……………………………………(339)
郭賀(？—64) ……………………………………………(340)
張興(？—71) ……………………………………………(340)
琅邪孝王劉京(？—72) …………………………………(340)
杜篤(？—78) ……………………………………………(341)
宋(宗)均(？—76) ………………………………………(342)
承宮(？—76) ……………………………………………(343)
劉軼(生卒不詳) …………………………………………(343)
淳于恭(？—80) …………………………………………(344)
梁竦(？—83) ……………………………………………(344)
梁嫕(生卒不詳) …………………………………………(345)
東平王劉蒼(？—83) ……………………………………(345)
沛獻王劉輔(？—84) ……………………………………(346)
楚王劉英(？—71) ………………………………………(346)
攝摩騰(生卒不詳) ………………………………………(347)
竺法蘭(生卒不詳) ………………………………………(348)

鄭衆（？—83） …………………………………………………… （348）

王喬（生卒不詳） …………………………………………… （349）

馮衍（生卒不詳） …………………………………………… （350）

魏滿（生卒不詳） …………………………………………… （351）

鍾離意（生卒不詳） ………………………………………… （351）

藥崧（生卒不詳） …………………………………………… （352）

王景（生平不詳） …………………………………………… （352）

哀牢王柳貌（生卒不詳） …………………………………… （353）

董鈞（生卒不詳） …………………………………………… （353）

觟陽鴻（生卒不詳） ………………………………………… （354）

楊政（生卒不詳） …………………………………………… （354）

丁鴻（生卒不詳） …………………………………………… （355）

牟融（？—79） ……………………………………………… （355）

臨邑侯劉復（生卒不詳） …………………………………… （356）

班固（32—92） ……………………………………………… （356）

傅毅（生卒不詳） …………………………………………… （359）

徐幹（生卒不詳） …………………………………………… （360）

李育（生卒不詳） …………………………………………… （360）

馮豹（？—102） ……………………………………………… （361）

馬防（？—98） ……………………………………………… （361）

朱輔（生卒不詳） …………………………………………… （362）

程曾（？—78） ……………………………………………… （363）

宋（宗）意（？—90） ………………………………………… （363）

杜度（生卒不詳） …………………………………………… （364）

張重（生卒不詳） …………………………………………… （364）

北海敬王劉睦（？—74） …………………………………… （365）

召馴（？—88） ……………………………………………… （365）

楊孚（生卒不詳） …………………………………………… （366）

張霸（生卒不詳） …………………………………………… （366）

陳敬王劉羨（？—96） ……………………………………… （367）

尹勤（生卒不詳） …………………………………………… （367）

馬鳴生（生卒不詳） ………………………………………… （368）

陰長生(生卒不詳) ………………………………………… (368)
樂恢(生卒不詳) …………………………………………… (369)
何敞(生卒不詳) …………………………………………… (370)
杜安(生卒不詳) …………………………………………… (370)
陰猛(生卒不詳) …………………………………………… (371)
公孫瞱(生卒不詳) ………………………………………… (371)
劉弘(生卒不詳) …………………………………………… (372)
郭宏(生卒不詳) …………………………………………… (372)
王忳(生卒不詳) …………………………………………… (373)
高鳳(生卒不詳) …………………………………………… (374)

卷十一 …………………………………………………… (375)

漢章帝劉炟(57—88) …………………………………… (375)
魏應(？—90) …………………………………………… (377)
孔僖(？—87) …………………………………………… (378)
竇固(？—88) …………………………………………… (378)
韋彪(？—89) …………………………………………… (378)
杜撫(？—80) …………………………………………… (379)
賈宗(？—88) …………………………………………… (380)
竇憲(？—92) …………………………………………… (380)
耿秉(？—91) …………………………………………… (381)
鄧訓(40—92) …………………………………………… (381)
崔駰(？—92) …………………………………………… (381)
袁安(？—92)(附：袁京、袁敞，孫袁彭) ……………… (382)
桓郁(？—93) …………………………………………… (384)
鄭均(？—97) …………………………………………… (385)
鄒伯奇(生卒不詳) ……………………………………… (385)
周長生(生卒不詳) ……………………………………… (386)
王充(27—？) …………………………………………… (387)
曹褒(？—102) ………………………………………… (388)
王阜(生卒不詳) ………………………………………… (389)
郅壽(生卒不詳) ………………………………………… (390)

郅伯夷(生卒不詳) …………………………………… (390)

韓稜(生卒不詳) ……………………………………… (391)

劉黨(？—96) ………………………………………… (391)

李恂(生卒不詳) ……………………………………… (392)

牟紆(生卒不詳) ……………………………………… (392)

李昺(生卒不詳) ……………………………………… (392)

王輔(生卒不詳) ……………………………………… (393)

郎宗(生卒不詳) ……………………………………… (393)

李郃(生卒不詳) ……………………………………… (394)

段恭(生卒不詳) ……………………………………… (394)

朱倉(生卒不詳) ……………………………………… (395)

折像(生卒不詳) ……………………………………… (395)

魯充(生卒不詳) ……………………………………… (396)

劉永國(生卒不詳) …………………………………… (396)

陳常(生卒不詳) ……………………………………… (396)

高君孟(生卒不詳) …………………………………… (397)

劉千秋(生卒不詳) …………………………………… (397)

葛龔(生卒不詳) ……………………………………… (397)

摯恂(生卒不詳) ……………………………………… (398)

卷十二 …………………………………………………… (399)

漢和帝劉肇(79—105) ……………………………… (399)

和熹皇后鄧綏(81—121) …………………………… (399)

張禹(？—113) ………………………………………… (400)

徐防(生卒不詳) ……………………………………… (400)

鄧弘(？—115) ………………………………………… (401)

伍賤(生卒不詳) ……………………………………… (402)

馬嚴(17—98) ………………………………………… (402)

樓望(21—100) ………………………………………… (403)

周防(生卒不詳) ……………………………………… (403)

楊終(？—100) ………………………………………… (404)

蔡倫(？—121) ………………………………………… (404)

張酺(？—104) …………………………………………………………（405）
王渙(？—105) …………………………………………………………（406）
黃香(？—106) …………………………………………………………（407）
寒朗(26—109) …………………………………………………………（408）
樊準(？—118) …………………………………………………………（408）
陳忠(？—125) …………………………………………………………（409）
劉愷(？—124) …………………………………………………………（409）
賈逵(30—101) …………………………………………………………（410）
班超(32—102) …………………………………………………………（411）
班昭(生卒不詳) ………………………………………………………（412）
戴封(？—100) …………………………………………………………（413）
魯恭(32—112) …………………………………………………………（413）
魯丕(37—111) …………………………………………………………（414）
周磐(49—121) …………………………………………………………（414）
李尤(生卒不詳) ………………………………………………………（415）
李勝(生卒不詳) ………………………………………………………（416）
馬瑤(生卒不詳) ………………………………………………………（416）
蘇順(生卒不詳) ………………………………………………………（416）
曹衆(生卒不詳) ………………………………………………………（417）
曹朔(生卒不詳) ………………………………………………………（417）
劉騊駼(生卒不詳) ……………………………………………………（417）
廉范(生卒不詳) ………………………………………………………（418）
劉矩(生卒不詳) ………………………………………………………（419）
田輝(生卒不詳) ………………………………………………………（420）
吳匡(生卒不詳) ………………………………………………………（421）
韓韶(生卒不詳) ………………………………………………………（421）
賀純(生卒不詳) ………………………………………………………（422）
任棠(生卒不詳) ………………………………………………………（422）
楊充(生卒不詳) ………………………………………………………（422）
趙閑(生卒不詳) ………………………………………………………（423）
周燮(生卒不詳) ………………………………………………………（423）
馮良(生卒不詳) ………………………………………………………（424）

景鸞(生卒不詳) ……………………………………………… (424)

路仲翁(生卒不詳) …………………………………………… (425)

吉閎(生卒不詳) ……………………………………………… (425)

王棠(生卒不詳) ……………………………………………… (425)

李蓑家(生卒不詳) …………………………………………… (426)

劉丕(生卒不詳) ……………………………………………… (426)

趙曄(生卒不詳) ……………………………………………… (426)

卷十三 …………………………………………………………… (428)

漢安帝劉祜(94—125) ……………………………………… (428)

劉毅(生卒不詳) ……………………………………………… (429)

孔喬(生卒不詳) ……………………………………………… (429)

孔長彥(76—?) ……………………………………………… (429)

孔季彥(78—124) …………………………………………… (430)

楊震(?—124) ……………………………………………… (433)

劉珍(?—126) ……………………………………………… (434)

岑熙(生卒不詳) ……………………………………………… (435)

桓焉(?—143) ……………………………………………… (435)

來歷(?—133) ……………………………………………… (436)

第五頡(生卒不詳) …………………………………………… (436)

張皓(50—132) ……………………………………………… (437)

翟酺(生卒不詳) ……………………………………………… (437)

杜真(生卒不詳) ……………………………………………… (438)

施延(生卒不詳) ……………………………………………… (438)

郎顗(生卒不詳) ……………………………………………… (439)

趙康(生卒不詳) ……………………………………………… (440)

羊弼(生卒不詳) ……………………………………………… (440)

五世公(生卒不詳) …………………………………………… (440)

趙仲讓(生卒不詳) …………………………………………… (441)

孫晨(生卒不詳) ……………………………………………… (442)

張綱(98—143) ……………………………………………… (442)

王龔(?—140) ……………………………………………… (443)

王逸(生卒不詳) ………………………………………… (443)
黄伯仁(生卒不詳) ……………………………………… (444)
董正(生卒不詳) ………………………………………… (445)
崔琦(生卒不詳) ………………………………………… (445)
應順(生卒不詳) ………………………………………… (446)
應奉(生卒不詳) ………………………………………… (446)
許慎(生卒不詳) ………………………………………… (447)
尹珍(生卒不詳) ………………………………………… (448)
張伯大(生卒不詳) ……………………………………… (449)
袁閎(生卒不詳) ………………………………………… (449)
王溥(生卒不詳) ………………………………………… (450)
廖扶(生卒不詳) ………………………………………… (450)
楊倫(生卒不詳) ………………………………………… (451)
杜根(生卒不詳) ………………………………………… (451)
樂巴(生卒不詳) ………………………………………… (452)

卷十四 ……………………………………………………… (454)
  漢順帝劉保(115—144) ………………………………… (454)
  順烈皇后梁妠(106—150) ……………………………… (454)
  梁商(？—141) ………………………………………… (455)
  竇章(？—144) ………………………………………… (455)
  崔瑗(78—143) ………………………………………… (456)
  張衡(78—139) ………………………………………… (457)
  左雄(？—138) ………………………………………… (459)
  張楷(80—149) ………………………………………… (459)
  荀淑(83—149) ………………………………………… (460)
  朱倀(生卒不詳) ………………………………………… (461)
  周舉(？—149) ………………………………………… (462)
  黄尚(生卒不詳) ………………………………………… (463)
  黄昌(？—142) ………………………………………… (463)
  李固(94—147) ………………………………………… (464)
  杜喬(？—147) ………………………………………… (466)

楊匡（生卒不詳） …………………………………………… (466)

柳宗（生卒不詳） …………………………………………… (467)

趙戒（生卒不詳） …………………………………………… (467)

馬融（79—166） ……………………………………………… (468)

蘇章（生卒不詳） …………………………………………… (469)

矯慎（生卒不詳） …………………………………………… (470)

吳祐（生卒不詳） …………………………………………… (470)

徐淑（生卒不詳） …………………………………………… (471)

董班（生卒不詳） …………………………………………… (471)

戴宏（生卒不詳） …………………………………………… (472)

唐檀（生卒不詳） …………………………………………… (472)

王延壽（生卒不詳） ………………………………………… (472)

趙寬（88—152） ……………………………………………… (473)

楊厚（序）（72—153） ……………………………………… (474)

鍾皓（生卒不詳） …………………………………………… (475)

伏無忌（生卒不詳） ………………………………………… (477)

孔昱（生卒不詳） …………………………………………… (477)

周璆（生卒不詳） …………………………………………… (478)

周乘（生卒不詳） …………………………………………… (479)

商亮（生卒不詳） …………………………………………… (480)

羊陟（生卒不詳） …………………………………………… (480)

謝廉（122—？） ……………………………………………… (481)

段翳（生卒不詳） …………………………………………… (481)

樊光（生卒不詳） …………………………………………… (482)

蔡玄（生卒不詳） …………………………………………… (482)

宋登（生卒不詳） …………………………………………… (482)

馬續（生卒不詳） …………………………………………… (483)

陳重（生卒不詳） …………………………………………… (483)

雷義（生卒不詳） …………………………………………… (483)

卷十五 …………………………………………………………… (484)

  漢桓帝劉志（132—167） …………………………………… (484)

劉梁(生卒不詳) …………………………………… (485)
桓麟(？—169) ……………………………………… (485)
崔寔(生卒不詳) …………………………………… (486)
馬芝(生卒不詳) …………………………………… (487)
黃憲(109—156) …………………………………… (487)
周鍇(110—159) …………………………………… (488)
羅暉(？—156) ……………………………………… (489)
趙襲(生卒不詳) …………………………………… (489)
張奐(104—181) …………………………………… (490)
張芝(生卒不詳) …………………………………… (490)
張昶(？—206) ……………………………………… (491)
龐清母(生卒不詳) ………………………………… (492)
王符(生卒不詳) …………………………………… (492)
樊志張(生卒不詳) ………………………………… (493)
劉渠(生卒不詳) …………………………………… (493)
趙商子(生卒不詳) ………………………………… (494)
朱穆(100—163) …………………………………… (494)
胡伊伯(生卒不詳) ………………………………… (495)
劉祖(生卒不詳) …………………………………… (495)
黃瓊(86—164) ……………………………………… (496)
祝恬(？—160) ……………………………………… (496)
楊秉(91—165) ……………………………………… (497)
延篤(？—167) ……………………………………… (498)
陳蕃(？—168) ……………………………………… (499)
周景(？—168) ……………………………………… (501)
韓演(生卒不詳) …………………………………… (501)
朱震(生卒不詳) …………………………………… (502)
徐穉(97—168) ……………………………………… (503)
胡廣(91—172) ……………………………………… (504)
魏伯陽(生卒不詳) ………………………………… (504)
姜肱(97—173) ……………………………………… (505)
韋著(生卒不詳) …………………………………… (506)

袁成(生卒不詳) …………………………………… (507)

李曇(生卒不詳) …………………………………… (507)

蔡質(生卒不詳) …………………………………… (507)

劉儒(生卒不詳) …………………………………… (508)

郭泰(128—169) …………………………………… (508)

謝甄(生卒不詳) …………………………………… (509)

王柔(生卒不詳)　　王澤(生卒不詳) ………… (510)

符融(生卒不詳) …………………………………… (510)

仇覽(香)(生卒不詳) ……………………………… (510)

茅容(生卒不詳) …………………………………… (512)

趙典(生卒不詳) …………………………………… (512)

李膺(110—169) …………………………………… (513)

杜密(？—169) …………………………………… (514)

劉勝(生卒不詳) …………………………………… (514)

魏昭(生卒不詳) …………………………………… (515)

許曼(生卒不詳) …………………………………… (516)

李仲甫(生卒不詳) ………………………………… (516)

黃浮(生卒不詳) …………………………………… (517)

秦嘉(生卒不詳) …………………………………… (518)

左伯(生卒不詳) …………………………………… (518)

梁鵠(生卒不詳) …………………………………… (518)

荀巨伯(生卒不詳) ………………………………… (519)

郭亮(133—？) …………………………………… (520)

劉德昇(生卒不詳) ………………………………… (520)

漢陰老父(生卒不詳) ……………………………… (521)

任丹(生卒不詳) …………………………………… (521)

橋玄(110—184) …………………………………… (522)

姜岐(生卒不詳) …………………………………… (523)

庾乘(生卒不詳) …………………………………… (524)

淳于翼(生卒不詳) ………………………………… (524)

魏朗(生卒不詳) …………………………………… (525)

范冉(丹)(112—185) ……………………………… (525)

王奂(生卒不詳) ……………………………………… (526)
宗資(生卒不詳) ……………………………………… (526)
蔡衍(生卒不詳) ……………………………………… (526)
成瑨(？—166) ………………………………………… (527)
岑晊(生卒不詳) ……………………………………… (527)
孟敏(生卒不詳) ……………………………………… (528)
臧旻(生卒不詳) ……………………………………… (528)
邊韶(生卒不詳) ……………………………………… (528)
侯瑾(生卒不詳) ……………………………………… (529)
劉褒(生卒不詳) ……………………………………… (530)
馬子侯(生卒不詳) …………………………………… (530)
劉淑(生卒不詳) ……………………………………… (530)
李盛(生卒不詳) ……………………………………… (531)
張漢直(生卒不詳) …………………………………… (531)
張道陵(34—156) ……………………………………… (532)
孫夫人(？—156) ……………………………………… (533)

卷十六 …………………………………………………… (535)
漢靈帝劉宏(157—189) ……………………………… (535)
吳伉(生卒不詳) ……………………………………… (538)
劉祐(？—169) ………………………………………… (539)
宗俱(？—173) ………………………………………… (539)
來艷(？—178) ………………………………………… (540)
陽球(？—179) ………………………………………… (540)
酈炎(150—177) ……………………………………… (541)
皇甫規(104—174) …………………………………… (541)
楊賜(？—185) ………………………………………… (542)
賈琮(生卒不詳) ……………………………………… (543)
童恢(董種)(生卒不詳) ……………………………… (543)
張升(121—169) ……………………………………… (544)
何休(129—182) ……………………………………… (544)
服虔(生卒不詳) ……………………………………… (545)

桓鸞(108—184) …………………………………………………… (546)
劉陶(？—185) ……………………………………………………… (547)
劉寬(120—185) …………………………………………………… (548)
法真(100—188) …………………………………………………… (548)
高彪(？—184) ……………………………………………………… (549)
李燮(134—？) ……………………………………………………… (550)
陳寔(104—187) …………………………………………………… (551)
董扶(108—189) …………………………………………………… (552)
趙壹(136—196) …………………………………………………… (553)
陳紀(129—199) …………………………………………………… (553)
張儉(115—198) …………………………………………………… (554)
陳諶(生卒不詳) …………………………………………………… (555)
景毅(生卒不詳) …………………………………………………… (555)
范滂(137—169) …………………………………………………… (556)
崔烈(？—192) ……………………………………………………… (557)
邊讓(生卒不詳) …………………………………………………… (558)
王允(137—192) …………………………………………………… (559)
袁閎(生卒不詳) …………………………………………………… (560)
荀爽(128—190) …………………………………………………… (560)
董卓(？—192) ……………………………………………………… (562)
孔伷(生卒不詳) …………………………………………………… (563)
張馴(生卒不詳) …………………………………………………… (563)
桓彬(133—178) …………………………………………………… (564)
蔡邕(132—192) …………………………………………………… (564)
李巡(生卒不詳) …………………………………………………… (567)
鄭玄(127—200) …………………………………………………… (567)
公沙穆(生卒不詳) ………………………………………………… (569)
陳囂(生卒不詳) …………………………………………………… (570)
師宜官(生卒不詳) ………………………………………………… (571)
韓説(生卒不詳) …………………………………………………… (571)
馬日磾(？—194) …………………………………………………… (571)
盧植(？—192) ……………………………………………………… (572)

何顒（？—190）……………………………………………（573）

橋瑁（？—190）……………………………………………（574）

黃琬（141—192）…………………………………………（575）

皇甫嵩（？—192）…………………………………………（575）

檀敷（生卒不詳）…………………………………………（576）

桓典（？—201）……………………………………………（577）

周昕（？—196）……………………………………………（577）

羊續（142—189）…………………………………………（578）

趙溫（137—208）…………………………………………（579）

任安（124—202）…………………………………………（579）

趙岐（？—201）……………………………………………（580）

荀曇（生卒不詳）…………………………………………（580）

劉洪（生卒不詳）…………………………………………（581）

荀悅（148—209）…………………………………………（581）

應劭（？—197）……………………………………………（582）

許劭（？—195）……………………………………………（583）

穎容（生卒不詳）…………………………………………（584）

田鳳（生卒不詳）…………………………………………（585）

謝該（生卒不詳）…………………………………………（585）

臧洪（生卒不詳）…………………………………………（586）

孫期（生卒不詳）…………………………………………（586）

楊奇（生卒不詳）…………………………………………（587）

孔昱（生卒不詳）…………………………………………（587）

趙昱（生卒不詳）…………………………………………（587）

張超（生卒不詳）…………………………………………（588）

漢少帝劉辯（173—190）…………………………………（589）

仲長統（180—220）………………………………………（589）

漢獻帝劉協（181—234）…………………………………（590）

王立（生卒不詳）…………………………………………（591）

蔡琰（生卒不詳）…………………………………………（591）

高誘（生卒不詳）…………………………………………（592）

薊子訓（生卒不詳）………………………………………（592）

陳阿登(生卒不詳) ………………………………………… (594)

蘇耽(生卒不詳) …………………………………………… (594)

介象(生卒不詳) …………………………………………… (597)

段紀配(生卒不詳) ………………………………………… (599)

孫炎(生卒不詳) …………………………………………… (599)

宋忠(生卒不詳) …………………………………………… (599)

向栩(生卒不詳) …………………………………………… (600)

牟子(生卒不詳) …………………………………………… (601)

主要參考書目 ………………………………………………… (603)

卷 九

光武帝劉秀（前6—57）

《後漢書》：光武平隴蜀，增廣郊祀，高皇帝配食，樂奏《清陽》《朱明》《西皓》《玄冥》及《雲翹》《育命》舞。北郊及祀明堂并奏樂，如南郊，迎時氣。五郊，春歌《青陽》，夏歌《朱明》，并舞《雲翹》之舞；秋歌《西皓》，冬歌《玄冥》，并舞《育命》之舞；季夏歌《朱明》，兼舞二舞。（《太平御覽》卷五百七十四《樂部十二·舞》）

按：東漢時，禮樂已經確定下來，歌、舞各依其時而奏演，體現了政治秩序、社會秩序之穩定，對禮樂文化的積極影響。

《東觀記》：受《尚書》於中大夫廬江許子威。資用乏，與同舍生韓子合錢買驢，令從者僦，以給諸公費。（《後漢書》卷一《光武帝紀》李賢注引）

按：光武從許子威受《尚書》，後學圖讖，如《東觀漢記》稱："光武避正殿，讀圖讖，坐廡下淺露中，風苦眩也。"（《北堂書鈔》卷九十六《藝文部二·讖十》）

袁弘《後漢記》：光武嘗聽朝至於日側，講經至於夜半，皇太子從容曰："陛下有禹、湯之明而失黃老養性之道，今天下乂安，願省思慮養精神、優游以自寬。"上答曰："吾以爲樂也。"（《太平御覽》卷四百六十八《人事部一百九·樂》）

按：帝王讀經以求"禹、湯之明"，學黃老以求"養性之道"。

《東觀漢記》：光武數召諸將，置酒，賜坐席之間，以要其死力。當

此之時，賊檄日以百數，憂不可勝。上猶以餘間講經藝。（《太平御覽》卷五百九十七《文部十三·檄》）

按：戰爭間隙猶講經藝，是以經藝指導戰爭，還是以經藝溝通思想？這是一個有趣的問題。經藝、文學在古代戰爭中的作用，尤其是對於戰爭的輿論宣傳作用，值得深入挖掘。范曄《後漢書》言光武帝生於建平元年（前6）十二月，卒於中元二年（57）二月。

強華（生卒不詳）

行至鄗，光武先在長安時同舍生強華自關中奉《赤伏符》，曰"劉秀發兵捕不道，四夷雲集龍斗野，四七之際火爲主"。群臣因復奏曰："受命之符，人應爲大，萬里合信，不議同情，周之白魚，曷足比焉？今上無天子，海内淆亂，符瑞之應，昭然著聞，宜答天神，以塞群望。"光武於是命有司設壇場於鄗南千秋亭五成陌。（《後漢書》卷一《光武帝紀》）

按：前劉秀屢次拒絕群臣勸進，此以"受命之符"爲藉口，接受勸進爲帝，是天命重於人事。"四七之際火爲主"，與西漢流傳的"三七之阨"皆爲當時流行的讖緯、符命思想，是接續西漢"火德"。李賢注曰："四七，二十八也。自高祖至光武初起，合二百二十八年，即四七之際也。漢火德，故火爲主也。"強華奉《赤伏符》所言"四七之際火爲主"，與西漢"三七之阨"應屬同一思想體系。對於兩漢此類讖緯、符命語言，如何從對政治的影響轉化到對社會文化心理的影響，乃至文學文本的寫作，是值得深入探討的話題。

嚴光（遵）（前39—41）

《會稽典錄》：嚴遵字子陵，與世祖俱受業長安，建武五年，下詔徵遵，設樂陽明殿，命宴會，暮留宿，遵以足荷上，其夜客星犯天子宿，明旦，太史以聞，上曰："此無異也，昨夜與嚴子陵俱卧耳。"（《藝文類聚》

卷一《天部上·星》)

皇甫謐《高士傳》：霸使西曹屬侯子道奉書，光不起，於床上箕踞抱膝發書讀訖，問子道曰："君房素癡，今爲三公，寧小差否？"子道曰："位已鼎足，不癡也。"光曰："遣卿來何言？"子道傳霸言。光曰："卿言不癡，是非癡語也？天子徵我三乃來。人主尚不見，當見人臣乎？"子道求報。光曰："我手不能書。"乃口授之。使者嫌少，可更足。光曰："買菜乎？求益也？"（《後漢書》卷八十三《逸民傳》注引）

按：《後漢書·逸民傳》："嚴光字子陵，一名遵，會稽餘姚人也。少有高名，與光武同游學。及光武即位，乃變名姓，隱身不見。"又稱："建武十七年，復特徵，不至。年八十，終於家。"

《鍾離意別傳》：嚴遵者，與光武皇帝俱爲諸生。游涉他縣同門精學。暮夜宿，二人寒不得寢卧，更相謂曰："後若豪貴，憶此之難，宜勿相忘。"（《太平御覽》卷三百九十三《人事部三十四·卧》）

按：漢代"高士"，其事在後世多有誇飾、虛構成分。

劉昆（？—57）

劉昆字桓公，陳留東昏人，梁孝王之胤也。少習容禮。平帝時，受施氏《易》於沛人戴賓。能彈雅琴，知清角之操。（《後漢書》卷七十九上《儒林傳上》）

按：劉昆通施氏《易》，此又見於《東觀記》："劉昆字桓公，少治施氏《易》，篤志好經學。"（《北堂書鈔》卷九十七《藝文部三·好學十一》）《續漢書》亦曰："劉昆少學施氏《易》。明帝爲太子，以《易》入授。"（《初學記》卷十《儲宮部·皇太子第三》）李賢注："容，儀也。《前書》魯徐生善爲容，孝文時，以容爲禮官大夫。"通《易》而又知雅琴者，是儒者不拘於經傳，開東漢大儒另種學術氣象。西漢梁孝王之後，有西遷陳留者，未知東漢時梁國舊地尚有何人。"雅琴"，見劉向《別錄》："雅琴之意，事皆出龍德《諸琴雜事》中。"（《太平御覽》卷五百七十九《樂部十七·琴下》）

丁恭（生卒不詳）

丁恭字子然，山陽東緡人也。習《公羊嚴氏春秋》。恭學義精明，教授常數百人，州郡請召不應。建武初，爲諫議大夫、博士，封關內侯。十一年，遷少府。諸生自遠方至者，著錄數千人，當世稱爲大儒。太常樓望、侍中承宮、長水校尉樊儵等皆受業於恭。二十年，拜侍中祭酒、騎都尉，與侍中劉昆俱在光武左右，每事諮訪焉。卒於官。（《後漢書》卷七十九下《儒林傳下》）

按：丁恭學《公羊嚴氏春秋》，其"教授常數百人"，乃王莽時事。其著名弟子有樓望、承宮、樊儵，與劉昆俱事光武。

甄宇（生卒不詳）

《東觀漢記》：甄宇字長文，治《嚴氏春秋》，持學精微，以白衣教授，常數百人。（《北堂書鈔》卷九十六《藝文部二·儒術七》）

按：《後漢書·儒林傳下》："甄宇字長文，北海安丘人也。清靜少欲。習《嚴氏春秋》，教授常數百人。建武中，爲州從事，徵拜博士，稍遷太子少傅，卒於官。"《東觀漢記》并無《後漢書·儒林傳》所言"清靜少欲"一語，可知《後漢書》之《儒林傳》，亦采用了與《逸民傳》《獨行傳》《列女傳》等相同的敘事方式，即在敘述士人或列女之時，皆關注對他們志行、節操、道德之評價。此可知《後漢書》書寫時代，非常重視對個人品行之品鑒。《後漢書·儒林傳下》："諸儒以承三世傳業，莫不歸服之。"甄宇傳子甄普，普傳子甄承，"三世傳業"，"子孫傳學不絕"，是知東漢甄氏世傳《嚴氏春秋》。

《東觀記》：建武中每臘，詔書賜博士一羊。羊有大小肥瘦。時博士祭酒議欲殺羊分肉，又欲投鉤，宇復恥之。宇因先自取其最瘦者，由是不復有爭訟。後召會，問"瘦羊博士"所在，京師因以號之。（《後漢書》卷七十九下《儒林傳下》李賢注）

按：甄宇號稱"瘦羊博士"。

宋弘（生卒不詳）

《東觀漢記》：上嘗問宋弘通博之士，弘薦沛國桓譚才學洽聞，幾及揚雄、劉向父子。於是召譚，拜議郎、給事中。上每讌，輒令鼓琴，好其繁聲。弘聞之，不悅，悔於薦舉。聞譚內出，遣吏召之。譚至，不舉席而讓之曰："吾所以薦子者，欲令輔國家以道。而今數進鄭聲以亂雅樂，非頌德忠正也。"後大會群臣，上使譚鼓琴，見弘，失其常度。上怪而問之，弘乃離席免冠謝曰："臣所以薦桓譚者，望能以忠正導主，而令朝廷欽悅鄭聲，臣之罪也。"（《太平御覽》卷六百三十一《治道部十二·薦舉中》）

按：此又見《後漢書·宋弘傳》。宋弘薦桓譚，并將其才等同揚雄、劉向父子，其中或有誇飾成分，然亦可見此數人皆爲兩漢之際重要學者。

李忠（？—43）

李忠字仲都，東萊黃人也。父爲高密都尉。忠元始中以父任爲郎，署中數十人，而忠獨以好禮修整稱。王莽時爲新博屬長，郡中咸敬信之。（《後漢書》卷二十一《李忠傳》）

按：李忠好禮，然非通經者。《後漢書》李忠本傳記"越俗不好學"，是東漢初年情形。而本傳記李忠"起學校，習禮容，春秋鄉飲，選用明經"，不啻大化丹陽。由此看來，東漢初年，整個北方、西南地區的教育、學術發達程度，超過南方與東南沿海。《後漢書》本傳稱其建武十九年卒。

桓譚（前36—35）

《新論》：余爲《新論》，術辨古今，亦欲興治也。何異《春秋》褒貶耶？今有疑者，所謂蚌異蛤，二五爲非十也。譚見劉向《新序》、陸賈《新語》，乃爲《新論》。莊周寓言乃云"堯問孔子"，《淮南子》云"共工争帝地維絕"，亦皆爲妄作。故世人多云短書不可用。然論天間莫明於聖人，莊周等雖虛誕，故當采其善，何云盡棄耶？（《太平御覽》卷六百二《文部十八·著書下》）

  按：《論衡·超奇》："陸賈消呂氏之謀，與《新語》同一意。桓君山易晁錯之策，與《新論》共一思。"此可知桓譚《新論》著述之旨。桓譚此處明確提出"寓言"，并引莊子、《淮南子》言印證，是當時已有此類文體（或稱語體）認識。桓譚是兩漢之際與劉向、劉歆、揚雄齊名的著名學者。《後漢書·桓譚傳》稱："桓譚字君山，沛國相人也。父成帝時爲太樂令。譚以父任爲郎，因好音律，善鼓琴。博學多通，遍習《五經》，皆詁訓大義，不爲章句。能文章，尤好古學，數從劉歆、揚雄辯析疑異。性嗜倡樂，簡易不修威儀，而憙非毀俗儒，由是多見排抵。"桓譚父子二人皆任太樂令之類的官職，使得桓譚非常熟悉當時的雅、俗之樂。當時"善鼓琴"之儒者，并不很多，桓譚"遍習《五經》"，且能"好音律，善鼓琴"，在當時是罕見的。揚雄、宋弘曾批評桓譚好鄭聲，就説明當時儒者的生活中，拒絕新聲，而樂府則主要與新聲有關。但從另一種角度看，桓譚却在當時的儒者中，開啓了另一種讀書人模式，即嚴肅的經學、枯燥的天文等知識之外，部分讀書人也開始追求個人情感的愉悦、生活的閑適與安逸。雖然，桓譚在宋弘的規誡下，表示悔改，但恐怕很難根本改變個人的生活習性與内心追求。此處所言桓譚生卒，采納了筆者《桓譚年譜》的説法。據《後漢書》，桓譚與外戚傅氏、宦官董氏皆有來往，後來出仕王莽、更始、光武數朝，説明桓譚與西漢大多數士人一樣，長期皆以讀書求利禄爲目的，該思想根深蒂固，對他們有深刻影響。兩漢之際出現的一批不仕王莽的士人，恰好與以桓譚爲代表的西漢傳統士人形成對比。這説明，兩漢之際的文人，開始在社會文化心理上出現了分流。

  桓譚著述頗見於《後漢書》，如其二疏，見《後漢書·桓譚傳》："大司空宋弘薦譚，拜議郎給事中，因上疏陳時政所宜……書奏，不省。是時帝方信讖，多以決定嫌疑。又酬賞少薄，天下不時安定。譚復上疏……"桓譚此二疏，後世題名《陳時政疏》《抑讖重賞疏》，從寫法、體式、風格上，皆有不同於以往的特色，一方面繼承了西漢固已有之的體式，另一方面又在寫法、風格上有所革新，體現了兩漢之際政論文的新動向。其他著述情況，又見《後漢書·桓譚傳》："譚著書言當世行事二十九篇，號曰《新論》，上書獻之，世祖善焉。《琴道》一篇未成，肅宗使班固續成之。所著賦、誄、書、奏，凡二十六篇。"此處既然稱"言當世行事二十九篇，號曰《新論》"，知"篇"與"書"之間的關係，是"篇"在"書"內。後又稱"所著賦、誄、書、奏，凡二十六篇"，似乎此類作品皆"單篇"行世，未被編纂成書。此知當時"篇"有二意。然既然將此類不同的各種作品，措置一處并稱"篇"數，可知當時已有將各類作品綜合起來的意識。另，《册府元龜》卷八百五十四《總錄部·立言》稱："後漢桓譚，光武時爲議郎給事中。著書言當世行事二十九篇，號曰《新論》。尚書獻之，帝善焉。《琴道》一篇未成，肅宗使班固續成之。"稱《琴道》由班固續成，未知何據。

　　余少時爲奉車郎，孝成帝出祠甘泉、河東郡，先置華陰集靈宫，武帝所造門曰望仙，殿曰存仙，欲書壁爲之賦，以頌美二仙之行。余戶此寫，竊有樂高眇之志，即書壁爲小賦。諺曰："侏儒見一節，而長短可知。"孔子曰："居一隅足以三隅反。"觀吾小時二賦，亦足以揆其能否。（《新輯本桓譚新論·道賦》）

　　按：此記桓譚《仙賦》之作。桓譚頗知神仙事："余嘗與郎冷喜出，見一老翁糞上拾食，頭面垢醜，不可忍視。喜曰：'安知此非神仙？'余曰：'道必形體，如此無以道焉。'"（《新輯本桓譚新論·辨惑》）此可見當時神仙思想之多元。

　　桓譚爲賦不多。《北堂書鈔》卷一百二《藝文部八·賦三十一》："後漢桓譚，字君山。非毁諸儒，年七十補六安郡丞，感而作賦，因思大道，遂發病。哀平時，位不過郎。"後人或將此賦稱作《大道賦》或《思道賦》。由桓譚《新論·道賦》可知其學賦情況，如桓譚曾學《離騷》（"余少時學，好《離騷》，博觀他書，輒欲反學。"），又從揚雄學賦（"余少時見揚子雲麗文高論，不自量年少新進，猥欲逮及，嘗激一事而作小賦，用精思太劇，而立感動致疾病。子雲亦言：'成帝時，趙昭儀方大幸。每上甘泉，詔使作賦，一首始成，卒暴倦臥，夢五藏出地，以手收內之，及覺，大少氣，病一年。'由此言之，盡思慮，傷精神也。"）。此記揚雄語桓譚爲賦之不易，以及桓譚學賦經歷，出其自述，當可信。

桓譚評論賦類文獻不少，可惜後世多亡佚，然由現存佚文亦可見其賦學觀，如："文家各有所慕，或好浮華而不知實核；或美衆多，而不見要約。""予見新進麗文，美而無采，又見劉、揚言辭，常輒有得。"等等。并且桓譚對當時賦學風格、文人才能皆有評價，體現了當時文人中已經形成了一種對文與人的評價風氣。

余同時佐郎官有梁子初、楊子林，好學，所寫萬卷，至於白首。常有所不曉百許寄余，余觀其事，皆略可見。（《新輯本桓譚新論・閔友》）

按：此處所"寫"，乃"鈔寫"之意，後文"常有所不曉百許寄余"可知。此可證漢代已有以"鈔寫"作爲學習經傳之風氣。今人對"寫""鈔"多有辨析，從此處看，桓譚稱"寫"，實際上即"鈔"。"萬卷"者，是以"卷"稱數目，未必如"篇"一樣，是完整的作品。

余兄弟頗好音，嘗至洛，聽音終日而心足。由是察之，夫深其旨則欲罷不能，不入其意故過已。（《新輯本桓譚新論・琴道》）

按：此與本傳記桓譚好音相合。

桓子《新論》：諸儒覩《春秋》之記錄政治之得失，以爲聖人復起，當復作《春秋》也。余謂之否。何則？前聖後聖，未必相襲。夫聖賢所陳，皆同取道德仁義以爲奇論異文，而俱善可觀者也。（《北堂書鈔》卷九十五《藝文部一・春秋五》）

按："前聖後聖"觀點，也是兩漢之際的一種觀念，是對"孔子作《春秋》"的一種反動。入漢以後，文家皆以孔子作《春秋》爲規則，故其著述皆以《春秋》爲目標。兩漢之際，此類觀念發生變化，如桓譚所論，又如揚雄模擬聖人作《太玄》《法言》，皆此類思想反映。劉歆復古，尚未有揚雄此類觀念，蓋與二人出身不同有關，代表了兩種不同的學術思想。

桓譚與劉歆一樣，對古文經頗爲重視，其《新論》中多有論述，如桓譚《新論》曰："《易》一曰《連山》，二曰《歸藏》，三曰《周易》。《連山》八萬言，《歸藏》四千三百言。古文《尚書》舊有四十五卷，爲十八篇。古帙《禮記》有五十六卷。古《論語》二十一卷。古《孝經》一卷，二十章，千八百七十二字，今異者四百餘字。蓋嘉論之林藪，文義之淵海也。"（《太平御覽》卷六百八《學部二・叙經典》）此論當時古文經篇卷情況。又桓譚《新論》曰："《左氏》傳世後百餘年，魯穀梁赤爲《春秋》，殘略多有遺失，又有齊人公羊高緣經文作傳，彌離其本事矣。

《左氏》經之與傳，猶衣之表裏，相持而成。經而無傳，使聖人閉門思之十年，不能知也。"（《太平御覽》卷六百十《學部四·春秋》）此論當時《左傳》流傳。此處所論，皆古文經，是知桓譚與劉歆、王莽一樣，對當時的古文經學的發展皆非常熟悉。

王公問於桓君山以揚子雲。君山對曰："漢興以來，未有此人。"君山差才，可謂得高下之實矣。采玉者心羨於玉，鑽龜能知神於龜。能差衆儒之才，累其高下，賢於所累。又作《新論》，論世間事，辯照然否，虛妄之言，僞飾之辭，莫不證定。彼子長、子雲論說之徒，君山爲甲。自君山以來，皆爲鴻眇之才，故有嘉令之文。筆能著文，則心能謀論，文由胸中而出，心以文爲表。觀見其文，奇偉俶儻，可謂得論也。由此言之，繁文之人，人之傑也。（《論衡·超奇》）

按：此記桓譚論揚雄，與《新論》所記相合。

孝武善《子虛》之賦，徵司馬長卿。孝成玩弄衆書之多，善楊子雲，出入游獵，子雲乘從。使長卿、桓君山、子雲作吏，書所不能盈牘，文所不能成句，則武帝何貪？成帝何欲？故曰："玩楊子雲之篇，樂於居千石之官；挾桓君山之書，富於積猗頓之財。"（《論衡·佚文》）

按：此贊揚雄、桓譚善著述，亦可知王充時代已經將揚雄、桓譚與司馬相如文學地位等同。後世因揚、桓曾仕王莽而廢其文，遂使《新論》亡佚，揚雄在歷史上也飽受詬病。

仲舒之言道德政治，可嘉美也。質定世事，論說世疑，桓君山莫上也。故仲舒之文可及，而君山之論難追也。（《論衡·案書》）

按：此王充以爲桓譚之"論"當時人莫及之，并將其《新論》之作與韓非、桓寬之書相比："兩刃相割，利鈍乃知；二論相訂，是非乃見。是故韓非之《四難》，桓寬之《鹽鐵》，君山《新論》類也。"（《論衡·案書》）

周智孫（生卒不詳）

茂陵周智孫曰："胡不爲賦頌？"余應之曰："久爲大司空掾，見使兼領衆事，典定大議，汲汲不暇，以夜繼晝，安能復作賦頌耶？"（《新輯本

桓譚新論・閔友》）

　　按：《北堂書鈔》卷六十八引桓譚《新論》作："茂陵周智孫，胡不爲賦訟酬應之文，爲大司徒掾，見使兼衆事，典定文義。"爲賦頌者，當有閑暇，公務繁忙者，似無暇爲之。

陳元（生卒不詳）

　　華嶠《後漢書》：初，欲立《左氏傳》博士，范叔以爲《左氏》淺末，不宜立。陳元聞之，乃詣闕上疏爭之，更相辯對，凡十餘上，帝卒立《左氏》學也。（《太平御覽》卷二百三十六《職官部三十四・博士》）

　　按：本傳稱："建武初，元與桓譚、杜林、鄭興俱爲學者所宗。時議欲立《左氏傳》博士，范升奏以爲《左氏》淺末，不宜立。"此處僅言范升反對立《左氏》爲博士，然唐劉知幾《史通》引《東觀漢記》，却認爲桓譚曾反對《左傳》立于博士："光武興，立《左氏》，而桓譚、衛宏并共毀訾，故中道而廢。"《册府元龜》卷六百五《學校部・注釋第一》："陳元爲司空南閣祭酒，撰《左氏同異》。"

　　關於陳元事迹見《後漢書・陳元傳》："陳元字長孫，蒼梧廣信人也。父欽，習《左氏春秋》，事黎陽賈護，與劉歆同時而別自名家。王莽從欽受《左氏》學，以欽爲猒難將軍。元少傳父業，爲之訓詁，銳精覃思，至不與鄉里通。以父任爲郎。"按《漢書・儒林傳》："常授黎陽賈護季君，哀帝時待詔爲郎，授蒼梧陳欽子佚，以左氏授王莽，至將軍。而劉歆從尹咸及翟方進受。由是言《左氏》者本之賈護、劉歆。"蒼梧廣信，李賢注："廣信故城在今梧州蒼梧縣。"欽，李賢注："元父欽，字子佚。以《左氏》授王莽，自名《陳氏春秋》，故曰別也。賈護字季君。并見《前書》也。"

杜林（？—47）

　　後漢杜林，字北山，扶風茂陵人，涼州刺史，鄴之子，位至司空，尤工古文，過於鄴也。故世言小學由杜公。嘗於西河得漆書《古文尚書》一卷，寶玩不已，每困厄，自以爲不能濟於時世，嘗抱經嘆曰："古文之學，將絕於此。"初衛宏方造林，未見，則黯然而服。及會面，林以漆書示宏曰："常以此道將絕，何意東海衛君復能傳之，是道不墜於地矣。子曰：'德不孤，必有鄰。'豈虛也哉！"光武建平中卒。靈帝時，劉陶删定古文、今文《尚書》，號《中文尚書》，以北山本爲正。陶亦工古文，是謂"就有道而正"焉。衛宏，字次仲，東海人，官至給事中。脩古學，善屬文，作《尚書訓指》。師於杜林，後之學者，古文皆祖杜林、衛宏也。（《書斷》卷中）

按："北山"，《後漢書》作"伯山"。杜林、鄭興、衛宏皆古文家，尤其是杜林《古文尚書》一出，又經衛宏、徐巡傳播，遂使東漢古文經盛行。此處稱"光武建平中卒"，本傳稱"（建武）二十二年，復爲光祿勳。頃之，代朱浮爲大司空，博雅多通，稱爲任職相。明年薨"，知杜林建武二十三年（47）薨。

按《後漢書·杜林傳》："杜林字伯山，扶風茂陵人也。父鄴，成哀間爲涼州刺史。林少好學沈深，家既多書，又外氏張竦父子喜文采，林從竦受學，博洽多聞，時稱通儒。"李賢注："案《杜鄴傳》，鄴本魏郡繁陽人也，武帝時徙茂陵。"又注："鄴字子夏，祖父皆至郡守。鄴少孤。其母，張敞女也。鄴從敞子吉學，得其家書。竦即吉之子也。博學文雅過於敞。見《前書》。"通儒，李賢注引《風俗通》曰："儒者，區也。言其區別古今，居則玩聖哲之詞，動則行典籍之道，稽先王之制，立當時之事，此通儒也。若能納而不能出，能言而不能行，講誦而已，無能往來，此俗儒也。"概言之，"通儒"即能"言行合一"者，能言不能行，只是懂得講誦，俗儒而已。

又《漢書·藝文志》："《蒼頡》多古字，俗師失其讀，宣帝時徵齊人能正讀者，張敞從受之，傳至外孫之子杜林，爲作訓故，并列焉。"《漢書》稱："凡小學十家，四十五篇。入揚雄、杜林二家二篇。"知杜林之作乃後來增補入《漢書》。然杜林兩漢之際人，與揚雄、桓譚、劉歆類似，班固以其書入《漢書》，自有其合理之處。又《漢書·藝文志》有杜林《蒼頡訓纂》一篇、杜林《蒼頡故》一篇。

祭遵（？—33）

祭遵字弟孫，潁川潁陽人也。少好經書。家富給，而遵恭儉，惡衣服。喪母，負土起墳。嘗爲部吏所侵，結客殺之。初，縣中以其柔也，既而皆憚焉。（《後漢書》卷二十《祭遵傳》）

按：本傳稱"九年春，卒於軍"，知祭遵卒於建武九年（33）。本傳稱祭遵"少好經書"而又有"結客殺之"之事，縣中人先以其"柔"而後"皆憚"之，且"取士皆用儒術"，這與西漢儒者之"柔"已大有不同。博士范升曾上疏追稱祭遵，是認同儒生"雖在軍旅，不忘俎豆""好禮悅樂，守死善道"之舉。

陳臨（生卒不詳）

謝承《後漢書》：陳臨，字子然。爲蒼梧太守。人遺腹子，報父怨，捕得繫獄。傷其無子，令其妻入獄，遂產得男。人歌曰："蒼梧陳君恩廣大，令死罪囚有後代，德參古賢天報施。"（《太平御覽》卷四百六十五《人事部·歌》）

按：此與吳祐使毋丘長有後一事類似。其中"人歌"，爲三句七言。《後漢書補逸》卷九："案范書闕。魏收《五日詩》云'因想蒼梧郡，茲日祀陳君'指此。"《後漢書補逸》將其列於祭遵後、第五倫前，疑其兩漢之際人。又《白氏六帖事類集》卷一："後漢陳臨爲蒼梧太守，推誠而理。臨徵去後，本郡以五月五日祠東門城外，令小童絜服而舞。"

范升（生卒不詳）

時尚書令韓歆上疏，欲爲《費氏易》《左氏春秋》立博士，詔下其議。四年正月，朝公卿、大夫、博士，見於雲臺。帝曰："范博士可前平説。"升起對曰:"《左氏》不祖孔子,而出於丘明,師徒相傳,又無其人,且非先帝所存,無因得立。"遂與韓歆及太中大夫許淑等互相辯難,日中乃罷。升退而奏曰:"臣聞主不稽古,無以承天;臣不述舊,無以奉君。陛下愍學微缺,勞心經藝,情存博聞,故異端競進。近有司請置《京氏易》博士,群下執事,莫能據正。《京氏》既立,《費氏》怨望,《左氏春秋》復以比類,亦希置立。《京》《費》已行,次復《高氏》,《春秋》之家,又有《騶》《夾》。如令《左氏》《費氏》得置博士,《高氏》《騶》《夾》,《五經》奇異,并復求立,各有所執,乖戾分爭。從之則失道,不從則失人,將恐陛下必有獸倦之聽。……今《費》《左》二學,無有本師,而多反異,先帝前世,有疑於此,故京氏雖立,輒復見廢。疑道不可由,疑事不可行。詩書之作,其來已久。孔子尚周流游觀,至於知命,自衛反魯,乃正《雅》《頌》。今陛下草創天下,紀綱未定,雖設學官,無有弟子,詩書不講,禮樂不修,奏立左、費,非政急務。……《易》曰:'天下之動,貞夫一也。'又曰:'正其本,萬事理。'《五經》之本自孔子始,謹奏《左氏》之失凡十四事。"時難者以《太史公》多引《左氏》,升又上《太史公》違戾《五經》,謬孔子言,及《左氏春秋》不可録三十一事。詔以下博士。後升爲出妻所告,坐繫,得出,還鄉里。永平中,爲聊城令,坐事免,卒於家。(《後漢書》卷三十六《范升傳》)

按:此争立《左傳》《費氏易》過程。范升少年即通經,然晚年亦被誣入獄,與朱博、馮衍遭遇類似,豈少時聰敏通經者,一生皆受妒忌,晚年多蹭蹬乎?中國古人的哲學,似乎更接受"大器晚成"者,而"少年得志"者則少時得意、中年之後尤多磨難。

《後漢書·范升傳》稱:"范升字辯卿,代郡人也。少孤,依外家居。九歲通《論語》《孝經》,及長,習《梁丘易》《老子》,教授後生。"范升亦生活於兩漢之際,九歲通《論語》《孝經》,亦是當時神童類人物。所習儒家《論語》《孝經》,乃孔子之學;所習《易》,或與當時讖緯有關;所習《老子》,又知其熟知道家之學。范升非醇儒,實近雜家。然此乃兩漢之際學者"博通""博雜"之表現。祭遵本傳稱"博士范升上疏追稱遵",而祭遵卒於建武九年(33),則范升卒更在此後。

鄭興(生卒不詳)

鄭興字少贛,河南開封人也。少學《公羊春秋》。晚善《左氏傳》,遂積精深思,通達其旨,同學者皆師之。天鳳中,將門人從劉歆講正大義,歆美興才,使撰條例、章句、傳詁,及校《三統曆》。(《後漢書》卷三十六《鄭興傳》)

按:《後漢書·鄭興傳》李賢注引《東觀記》:"興從博士金子嚴爲《左氏春秋》。"鄭興習《公羊春秋》《左傳》《周官》《三統曆》,其學與劉歆近之。金子嚴、陳元、李封,皆《左傳》博士。而《左傳》博士得立,其功在劉歆諸人。劉歆"美興才",杜林薦鄭興,稱其"敦悦《詩》《書》,好古博物,見疑不惑,有公孫僑、觀射父之德"。又《後漢書·鄭興傳》稱:"興好古學,尤明《左氏》《周官》,長於曆數,自杜林、桓譚、衛宏之屬,莫不斟酌焉。世言《左氏》者多祖於興,而賈逵自傳其父業,故有鄭、賈之學。"此處將鄭興比于桓譚諸人,是以其爲通人。

衛宏(生卒不詳)

衛宏字敬仲,東海人也。少與河南鄭興俱好古學。初,九江謝曼卿善《毛詩》,乃爲其訓。宏從曼卿受學,因作《毛詩序》,善得風雅之旨,於今傳於世。後從大司空杜林更受《古文尚書》,爲作《訓旨》。時濟南徐巡師事宏,後從林受學,亦以儒顯,由是古學大興。光武以爲議郎。宏作《漢舊儀》四篇,以載西京雜事;又著賦、頌、誄七首,皆傳於世。(《後漢書》卷七十九下《儒林傳下》)

按:"宏作《漢舊儀》四篇,以載西京雜事",可知《西京雜記》當出於此類《漢舊儀》著作。此言《毛詩序》出於其手,遂成後世一大公案。衛宏《毛詩序》最大的學術意義,是將《毛詩》研究從紛繁蕪雜的經説中提煉出一條把握《詩經》本事的綫索,無論其説是否符合事實,但無疑有助于《詩經》文本的理解、闡釋與傳播。本傳稱"河南鄭興、東海衛宏等，皆長於古學"，二人是東漢古文經學興起的主要推手。《册府元龜》卷五百六十四《儀注》："後漢衛宏，字敬仲。光武時爲議郎，撰《漢舊儀》四卷、《漢中興儀》一卷。"

李封（生卒不詳）

建武中，鄭興、陳元傳《春秋左氏學》。時尚書令韓歆上疏，欲爲《左氏》立博士，范升與歆爭之未決，陳元上書訟《左氏》，遂以魏郡李封爲《左氏》博士。後群儒蔽固者數廷爭之。及封卒，光武重違衆議，而因不復補。（《後漢書》卷七十九下《儒林傳下》）

按：西漢末年，即爭立《左氏春秋》博士，而至此李封得立。此又見《後漢書·陳元傳》："建武初，元與桓譚、杜林、鄭興俱爲學者所宗。時議欲立《左氏》傳博士，范升奏以爲左氏淺末，不宜立。元聞之，乃詣闕上疏。書奏，下其議，范升復與元相辯難，凡十餘上。帝卒立《左氏》學，太常選博士四人，元爲第一。帝以元新忿爭，乃用其次司隸從事李封，於是諸儒以《左氏》之立，論議讙譁，自公卿以下，數廷爭之。會封病卒，《左氏》復廢。"按此處言"選博士四人，元爲第一"，但却因爲陳元剛剛與范升辯難，故以第二名李封爲《左氏》博士，避免刺激范升也。此經學博士選拔之平衡術。然李封卒後，《左氏》復廢，陳元終未能得。

許晏（生卒不詳）

《陳留風俗傳》：許晏字偉君，授《魯詩》於琅琊。王改學曰："許氏章句，列在儒林。"故諺曰："殿上成群許偉君。"（《太平御覽》卷四百九十六《人事部一百三十七·諺下》）

按：據此處所言，許晏傳《魯詩》。濟南張生傳《尚書》，其兄子游卿傳《魯詩》，此知張家有《書》《詩》之學。另據"殿上成群許偉君"，此東漢時習語。《漢書·儒林傳》稱："張生兄子游卿爲諫大夫，以《詩》授元帝。其門人琅邪王扶爲泗水中尉，陳留許晏爲博士，由是張家有許氏學。"被稱爲"許氏學"者，因許晏爲博士也。然此處稱"張家有許氏學"，是說《詩》之"家"下，又分不同之"學"。漢代經學之家、學有別。

洼丹（前26—43）

洼丹字子玉，南陽育陽人也。世傳孟氏《易》。王莽時，常避世教授，專志不仕，徒衆數百人。建武初，爲博士，稍遷，十一年，爲大鴻臚。作《易通論》七篇，世號《洼君通》。丹學義研深，《易》家宗之，稱爲大儒。十七年，卒於官，年七十。（《後漢書》卷七十九上《儒林傳上》）

按：李賢注："《風俗通》'洼'音'圭'。"王莽時避世教授，徒衆數百人，此乃當時之風氣。

謝曼卿（生卒不詳）

九江謝曼卿善《毛詩》，乃爲其訓。宏從曼卿受學，因作《毛詩序》，善得風雅之旨，於今傳於世。（《後漢書》卷七十九下《儒林傳下》）

按：《隋書·經籍志》："後漢有九江謝曼卿，善《毛詩》，又爲之訓。東海衛敬仲，受學於曼卿。先儒相承，謂之《毛詩》。"《册府元龜》卷六百五《學校部·注釋第一》："謝曼卿善《毛詩》，乃爲其訓。平帝元始中，公車徵説《詩》。"衛宏《毛詩序》，是《詩經》學史上的重大公案，其中所言"善得風雅之旨"，是對《毛詩序》學術内涵的評價。

范式（生卒不詳）

謝承《後漢書》：范式字巨卿，山陽金鄉人。仕郡爲功曹。與汝南張邵（字元伯）爲友。後元伯寢疾，篤，同郡郅君章、殷子微省視之。元伯臨終嘆曰："恨不見吾死友。"尋乃卒。式忽夢見元伯，玄冕垂纓，履屣而呼曰："吾以某日死，某時葬，永歸黄泉。未有我忘，豈能相及。"式覺而驚，悲嘆赴之。(《太平御覽》卷三百九十七《人事部三十八·叙夢》)

按：《後漢書·獨行傳》寫范式與汝南張劭爲友故事，有魏晉風度，然范曄《後漢書·獨行傳》成於南朝，其寫法、思想有後世的影響在内，很難説還保持著東漢故事的舊貌。甚至范曄以南朝所理解的"魏晉風度"寫東漢《獨行傳》，也不無可能。

謝承《後漢書》：范式嘗至京師，受業太學。時諸生長沙陳平子同在學，與式未相見，而平被病曰："山陽范式，列士也，可托死。吾歿，但以尸埋巨卿户前。"乃裂素爲書遺巨卿。既終，妻從其言。式行適還，有書見瘞，愴然感之，向墳揖哭，爲死友。乃營護妻兒，身自送喪於臨湘。未至四五里，乃委素書於柩上，哭別而去。(《太平御覽》卷四百七《人事部四十八·交友二》)

按：范式與張邵事，流傳甚廣，後世"雞黍之交"典出於此。元官天挺雜劇《死生交范張雞黍》、明馮夢龍《喻世明言》之《范巨卿雞黍死生交》，即本於此。

孔嵩（生卒不詳）

皇甫士安《高士傳》：孔嵩，字仲山。辟公府，之京師，道宿下亭，盗共竊其馬。尋問，知是嵩也。乃相責讓曰："孔仲山善士，豈宜侵盗乎？"於是，遂以馬還之。(《太平御覽》卷四百九十九《人事部一百四十·盗竊》)

按：孔嵩，字仲山，南陽人，官至南海太守。范曄《後漢書·獨行傳》對此故事記載尤詳。《藝文類聚》《北堂書鈔》《太平御覽》等引謝承《後漢書》、華嶠《後漢書》亦記此事。《北堂書鈔》卷六十七引孔嵩，列於郭憲前，故附於此。

夏侯湛之爲南陽，又爲立廟焉。城東有大將軍何進故宅，城西有孔嵩舊居，嵩字仲山，宛人，與山陽范式有斷金契，貧無養親，賃爲阿街卒，遣迎式。式下車把臂曰："子懷道卒伍，不亦痛乎？"嵩曰："侯嬴賤役晨

門卑下之位，古人所不耻，何痛之有？"故其贊曰：仲山通達，卷舒無方。屈身厮役，挺秀含芳。(《水經注》卷三十一)

按：孔嵩與范式爲友。酈道元時代尚能見與范式同時之孔嵩舊居，則兩漢文人舊迹，至北魏仍存。

樊曄(生卒不詳)

樊曄字仲華，南陽新野人也。與光武少游舊。……隗囂滅後，隴右不安，乃拜曄爲天水太守。政嚴猛，好申韓法，善惡立斷。人有犯其禁者，率不生出獄，吏人及羌胡畏之。道不拾遺。行旅至夜，聚衣裝道傍，曰"以付樊公"。涼州爲之歌曰："游子常苦貧，力子天所富。寧見乳虎穴，不入冀府寺。大笑期必死，忿怒或見置。嗟我樊府君，安可再遭值！"視事十四年，卒官。(《後漢書》卷七十六《酷吏傳》)

按：樊曄與光武乃舊交。涼州此歌，是完整的五言、八句詩，且有《古詩十九首》風格。從涼州歌的句式與風格分析，東漢以後非常成熟的文人五言詩，與北方民歌或有某種思想淵源。"子融，有俊才，好黄老，不肯爲吏"，知其子樊融好黄老學。

郭憲(生卒不詳)

《汝南先賢傳》：郭憲字子横，體忠烈之節，游志太學，貫通秘奧。光武賦之。(《北堂書鈔》卷六十七《設官部十九·學士一百三十三》)

按：《後漢書·方術傳》："郭憲字子横，汝南宋人也。少師事東海王仲子。"東漢常以七言句評價士人，《後漢書·方術傳》稱"關東觥觥郭子横"，即當時品鑒之風的表現。《册府元龜》卷五百五十五《國史部·采撰》又稱："郭憲爲光禄勋，撰《漢武洞冥記》一卷。"此以郭憲爲《漢武洞冥記》作者。唐宋類書引《漢武洞冥記》，皆題"郭子横"。《漢武洞冥記》，又題《漢武帝别國洞冥記》，舊題後漢郭憲撰。觀此書記漢武帝事，多神仙，與漢武好神仙思想契合。《皕宋樓藏書志》卷六十四有郭憲自序云："憲家世述道書，推求先聖往賢之所撰集，不可窮盡，千室不能藏，萬乘不能載，猶有漏逸。或言浮誕，非政教所同，經文史官記事，故略而不取，蓋偏國殊方，并不在錄。愚謂古曩餘事，不可得而棄。況漢武帝，明俊特異之主，東方朔因滑稽浮誕，以匡諫洞心於道教，使冥迹之奧，昭然顯著。今籍舊史之所不載者，聊以聞見，撰《漢武洞冥記》四卷，成一家之書，庶明博君子該而異焉。武帝以欲窮神仙之事，故絕域遐方，貢其珍異奇物，及道術之人，故於漢世盛於群主也。故編次之云爾。"《漢武洞冥記》多記漢武帝時期異域傳來的珍奇異物，與漢賦所描繪相合，只是漢賦所寫多有簡略，不如《漢武洞冥記》詳細。此類筆法，與《山海經》相似，但又在故事性上較《山海經》更爲細緻、完整。

郭丹（前24—62）

《東觀漢記》：郭丹，字少卿，初之長安，買入關符，已入。封符乞人，嘆曰："不乘使者車不出關矣！"（《初學記》卷七《地部下·關第八》）

按：《後漢書·郭丹傳》："永平三年，代李訢爲司徒。在朝廉直公正，與侯霸、杜林、張湛、郭伋齊名相善。明年，坐考隴西太守鄧融事無所據，策免。五年，卒於家，時年八十七。"本傳稱"郭丹字少卿，南陽穰人也。父稚，成帝時爲廬江太守，有清名。丹七歲而孤，小心孝順，後母哀憐之，爲釐衣裝，買產業。後從師長安，買符入函谷關"。郭丹、侯霸、杜林、張湛、郭伋齊名，此數人皆當時知名士人。本傳稱"（永平）五年，卒於家，時年八十七"，則當卒於永平五年（62），生於漢平帝元始元年（前24）。另張瑩《漢南記》稱："郭丹絶迹棄軍，纏節裹傳，從武關出謁更始。"

蔡茂（前24—47）

漢蔡茂字子禮，河內懷人也。初在廣漢，夢坐大殿，極上有禾三穗，茂取之，得其中穗，輒復失之。以問主簿郭賀，賀曰："大殿者，官府之形象也；極而有禾，人臣之上禄也；取中穗，是中台之象也。於字，禾失爲秩，雖曰失之，乃所以禄也。衮職有闕，君其補之。"旬月而茂徵焉。（《搜神記》卷十）

按：此文獻又見於《後漢書》。漢代文人多以方術預測前途，此以解夢預測，是漢代文人一普遍心理。本傳稱"（建武）二十三年薨於位，時年七十二"，則當生於元始元年（前24）。因《搜神記》多取《漢書》，故後漢史傳亦是《搜神記》材料來源之一。《後漢書》多有同《搜神記》者，此未必《後漢書》取材《搜神記》，或二者有共同材料來源。

何湯（生卒不詳）

《謝承書》：何湯字仲弓，豫章南昌人也。榮門徒常四百餘人，湯爲高第，以才明知名。榮年四十無子，湯乃去榮妻爲更娶，生三子，榮甚重之。後拜郎中，守開陽門候。上微行夜還，湯閉門不納，更從中東門入。明旦，召詣太官賜食，諸門候皆奪俸。建武十八年夏旱，公卿皆暴露請雨。洛陽令著車蓋出門，湯將衛士鉤令車收案，有詔免令官，拜湯虎賁中郎將。上嘗嘆曰："赳赳武夫，公侯干城，何湯之謂也。"湯以明經嘗授太子，推薦榮，榮拜五更，封關內侯。榮常言曰："此皆何仲弓之力也。"（《後漢書》卷三十七《桓榮傳》李賢注）

按：何湯爲桓榮弟子，早拜郎中，其家世可知。而其竟然以桓榮妻無子而"去榮妻爲更娶"，後又薦桓榮拜五更、封關內侯。

歐陽歙（生卒不詳）

歐陽歙，其先和伯從伏生受《尚書》，至于歙，七世皆爲博士，敦於經學，恭儉好禮。（《太平御覽》卷二百三十六《職官部三十四·博士》）

按：《後漢書·儒林傳》稱歐陽歙"八世皆爲博士"，此言"七世"。又《後漢書》禮震所言歐陽歙"學爲儒宗，八世博士"，雖出弟子之口，然亦事實。歐陽歙之後，歐陽《尚書》不在歐陽家內傳承，"家學"遂絕。禮震，李賢注："《謝承書》曰：'震字仲威。光武嘉其仁義，拜震郎中，後以公事左遷淮陽王厩長。'"又《後漢書·儒林傳上》："歐陽歙字正思，樂安千乘人也。自歐陽生傳伏生《尚書》，至歙八世，皆爲博士。"自歐陽生傳伏生《尚書》，至歐陽歙爲八世，世代爲博士，歐陽《尚書》爲家學。自孔子家族世代傳承孔氏學説，號稱"家學"，漢代亦多形成此類"家學"。而獨傳一經者，最爲醇正。歐陽歙先後事王莽、更始、光武，與其家族世代傳承《尚書》，爲世家之故。凡當時世家大族，多歷仕數朝。

高獲（生卒不詳）

高獲字敬公，汝南新息人也。爲人尼首方面。少游學京師，與光武有舊。師事司徒歐陽歙。歙下獄當斷，獲冠鐵冠，帶鈇鑕，詣闕請歙。帝雖不赦，而引見之。謂曰："敬公，朕欲用子爲吏，宜改常性。"獲對曰："臣受性於父母，不可改之於陛下。"出便辭去。三公争辟不應。後太守鮑昱請獲，既至門，令主簿就迎，主簿但使騎吏迎之，獲聞之，即去。昱遣追請獲，獲顧曰："府君但爲主簿所欺，不足與談。"遂不留。時郡境大旱。獲素善天文，曉遁甲，能役使鬼神。昱自往問何以致雨，獲曰："急罷三部督郵，明府當自北出，到三十里亭，雨可致也。"昱從之，果得大雨。每行縣，輒軾其閭。獲遂遠遁江南，卒於石城。石城人思之，共爲立祠。（《後漢書》卷八十二上《方術傳上》）

按：高獲爲歐陽歙弟子，學歐陽《尚書》。其與光武有舊交，故能反駁光武意見。而光武拒絶"求哀者千餘人"之意見，亦拒絶禮震死諫，與舊交高獲求情，是知并非歐陽歙有必死之罪，實光武欲其死也。諸生、群弟子之力諫，或是歐陽歙致死的主要原因。歐陽歙死，其子不傳其學，歐陽家學遂絶，而此類文化現象因與世家大族的社會影響有關，或者是統治者不願看到的。另外一個值得關注的事情是，秦以來，儒生"方士化"現象嚴重，但只是學習方士之思想，尚未代替方士參與方術制作。西漢末年，劉歆開始將方術作爲學問進行討論，如《新論》引劉歆語曰："致雨具作土龍。龍見者輒有風雨，起以迎送之，故緣其象類而爲之。"可見，自劉歆治土龍求雨，方術不再是術士專門之技術，而成爲一種"學問"，受到儒生關注。至此,學歐陽《尚書》之高獲進入《方術傳》,説明兩個事實:第一,儒生介入以往只有方士才能完成的事情,從此儒生"方士化"更爲專業;第二,儒生完全的"方士化",并非説明他們像方士一樣,將其作爲一種職業,而是作爲個人經學之外的一種學問補充,甚至可以説成爲他們"業餘生活"的娛樂方式之一。這是儒者方士化帶來的副産品。因此,高獲通《尚書》,不入《儒林傳》而入《方術傳》,是一個重要信息。

張玄(生卒不詳)

《東觀漢記》:張玄字居真,專意經書。方其講論時,至不食終日,忽然如不飢渴者也。(《北堂書鈔》卷九十八《藝文部四·談講十三》)

按:張玄字,此作"居真",即"君夏"之誤,形似而已。《北堂書鈔》卷六十七引亦作"君夏"。《後漢書·儒林傳上》:"張玄字君夏,河内河陽人也。少習《顔氏春秋》,兼通數家法。建武初,舉明經,補弘農文學,遷陳倉縣丞。清浄無欲,專心經書,方其講問,乃不食終日。及有難者,輒爲張數家之説,令擇從所安。諸儒皆伏其多通,著録千餘人。"張玄少習《顔氏春秋》,"兼通數家法",即《春秋》數家之法,亦即本傳所言"兼説《嚴氏》《冥氏》"。本傳又稱:"會《顔氏》博士缺,玄試策第一,拜爲博士。居數月,諸生上言玄兼説《嚴氏》《冥氏》,不宜專爲《顔氏》博士。"張玄學《顔氏春秋》,兼説《嚴氏春秋》《冥氏春秋》,故不宜專爲《顔氏》博士,可知當時爲博士,必專門一經。而儒生之間,亦多有互相傾軋事,文人相輕,由來已久。

鮑永(?—42)

光武中興,天下未悉從化,董憲、彭豐等部衆於鄒魯之間,郡守上黨鮑府君長患之。是時闕里無故荆棘叢生,一旦自辟,廣千數百步,從舊講堂坦然至里門。府君大驚,謂子建曰:"豈卿先君欲令太守行饗禮,助太守誅惡邪？"子建對曰："其然。"府君曰："爲之奈何？"對曰："庠序之儀，廢來久矣，今誠修之，民必觀焉。且憲、豐爲盜，或聚或散，非有堅固部曲也。若行饗射之禮，内爲禽之之備，外示以簡易，憲等無何依衆觀化，可因而縛也。"府君從之，用格憲等。（《孔叢子·連叢子》）

按：此又見於《後漢書·鮑永傳》："鮑永字君長，上黨屯留人也。父宣，哀帝時任司隸校尉，爲王莽所殺。永少有志操，習歐陽《尚書》。事後母至孝，妻嘗于母前叱狗，而永即去之。"鮑永本傳又稱："後大司徒韓歆坐事，永固請之不得，以此忤帝意，出爲東海相。""視事三年，病卒。"李賢注："建武十五年歆坐直言免也。"則鮑永卒在建武十八年（42）。

李通（？—42）

李通字次元，南陽宛人也。世以貨殖著姓。父守，身長九尺，容貌絶異，爲人嚴毅，居家如官廷。初事劉歆，好星曆讖記，爲王莽宗卿師。通亦爲五威將軍從事，出補巫丞，有能名。莽末，百姓愁怨，通素聞守説讖云"劉氏復興，李氏爲輔"，私常懷之。且居家富逸，爲閭里雄，以此不樂爲吏，乃自免歸。（《後漢書》卷十五《李通傳》）

按：此處所言"劉氏復興，李氏爲輔"，顯然爲讖語。李通事劉歆學"星曆讖記""爲王莽宗卿師"，值得注意，説明李通明讖記。李通父守，李賢注引《續漢書》曰："守居家，與子孫尤謹，閨門之内如官廷也。"知李通家族世代雖以貨殖爲名，然重家庭禮義與家風，有名士風。南陽李氏，當爲東漢初年大族。李通本傳稱："（建武）十八年卒，謚曰恭侯。"《初學記》卷十一引華嶠《後漢書》："李通，字文元，以讖記説光武，爲大司空。"

馬援（前14—49）

《東觀漢記》：馬援徵尋陽山賊，上書除其竹林，譬如嬰兒頭多蟣蝨而剔之。書奏，上大悦，出尚璽書。數日，黄門取頭蝨章持入。（《太平

御覽》卷五百九十四《文部十·章表》）

按：《後漢書·馬援傳》："馬援字文淵，扶風茂陵人也。其先趙奢爲趙將，號曰馬服君，子孫因爲氏。……援三兄況、余、員，并有才能，王莽時皆爲二千石。"扶風馬氏，亦東漢大族。李賢注："馬服者，言能馭馬也。"又注："馬何羅與講充相善，充既誅，遂懼罪及己，謀反，伏誅。"又注："況，河南太守。余，中壘校尉。員，增山連率。"

馬援本傳又稱："援年十二而孤，少有大志，諸兄奇之。嘗受《齊詩》，意不能守章句，乃辭況，欲就邊郡田牧。"馬援受《齊詩》，然不守章句，李賢注稱："《東觀記》曰：'受《齊詩》，師事潁川滿昌。'"又注："《東觀記》曰：'援以況出爲河南太守，次兩兄爲吏京師，見家用不足，乃辭況欲就邊郡畜牧也。'"

《東觀漢記》：援上書："臣所假伏波將軍印，書'伏'字，'犬'外嚮。城皋令印，'皋'字爲'白'下'羊'；丞印'四'下'羊'；尉印'白'下'人'，'人'下'羊'。即一縣長吏，印文不同，恐天下不正者多。符印所以爲信也，所宜齊同。"薦曉古文字者，事下大司空正郡國印章。奏可。（《後漢書》卷二十四《馬援傳》李賢注）

按：此又見於《册府元龜》卷六百八《學校部·小學》，後世題名《上書請正印文》。由馬援此上書可知，當時印章文字多古文字，但寫法不甚規範，故稱"薦曉古文字者"以正之。

裴氏《廣州記》：俚獠鑄銅爲鼓，鼓唯高大爲貴，面闊丈餘。初成，懸於庭，剋晨置酒，招致同類，來者盈門。豪富子女以金銀爲大釵，執以叩鼓，叩竟，留遺主人也。（《後漢書》卷二十四《馬援傳》李賢注》

按：馬援善識名馬。《後漢書·馬援傳》："援好騎，善別名馬，於交址得駱越銅鼓，乃鑄爲馬式，還上之。"

馬文淵立兩銅柱于林邑岸北，有遺兵十餘家不返，居壽冷岸南面對銅柱，悉姓馬，自婚姻。今有二百户，交州以其流寓，號曰馬流，言語飲食尚與華同。山川移易，銅柱今復在海中。正賴此，民以識故處也。（《水經注》卷三十六《溫水》）

按："流"，流寓於此。今山東新泰有羊祜故里，名曰"羊流"，即此意。晁載之《續談助》卷四："傳云：伏波開篙工鑿石，猶有故迹。"

朱勃（生卒不詳）

《東觀漢記》：朱勃字叔陽，年十二，能誦《詩》《書》。常候馬援兄況，勃衣方領，能行步，辭言閑雅。援裁知書，見之自失。況知其意，酌酒慰援曰："朱勃小器速成，智盡此耳，卒當從汝稟學，勿畏也。"勃未二十，右扶風請試守渭城宰。及援爲將軍，封侯，而勃位不過縣令。援後雖貴，常待以舊恩而卑侮之。勃愈自親。及援遇讒，惟勃能終焉。（《太平御覽》卷五百一十五《宗親部五·兄弟中》）

按：此又見於《後漢書》朱勃本傳。另朱勃十二能誦《詩》《書》，與馮衍九歲能誦《詩》同，皆年少聰敏，而後却發達遲緩，是"小器速成，智盡此耳"也。《後漢書·馬援傳》李賢注引《續漢書》："勃能説《韓詩》。"又《後漢書》本傳言"肅宗即位，追賜勃子穀二千斛"，則其主要活動當在光武時。

衛颯（？—51）

衛颯字子產，河內脩武人也。家貧好學問，隨師無糧，常傭以自給。王莽時，仕郡歷州宰。建武二年，辟大司徒鄧禹府。舉能案劇，除侍御史，襄城令。政有名迹，遷桂陽太守。郡與交州接境，頗染其俗，不知禮則。颯下車，修庠序之教，設婚姻之禮。期年閑，邦俗從化。（《後漢書》卷七十六《循吏傳》）

按：衛颯"隨師無糧，常傭以自給"，知當時貧窮人家學子，自帶糧食隨師學習。本傳稱建武二十七年（51）卒。衛颯在桂陽太守任上，易風俗、制禮義，推動經濟發展，有"能吏"之才。

茨充（生卒不詳）

《東觀記》：充字子河，宛人也。初舉孝廉，之京師，同侶馬死，充到前亭，輒舍車持馬還相迎，鄉里號之曰"一馬兩車茨子河"。（《後漢書》卷七十六《循吏傳》李賢注）

按：明董斯張《廣博物志》收錄此文。《後漢書·循吏傳》："南陽茨充代颯爲桂陽。亦善其政，教民種殖桑柘麻紵之屬，勸令養蠶織履，民得利益焉。"茨充代颯爲桂陽太守，亦光武時人。茨充不僅教民種植農作物，而且還教民作履，此見《水經注》卷三十九："縣南有義帝冢，內有石虎，因呼爲白虎郡。《東觀漢記》：'茨充字子河，爲桂陽太守，民惰懶，少粗履，足多剖裂，茨教作履。'今江南知織履，皆充之教也。"此可知茨充實東漢良吏。

王隆（生卒不詳）

王隆字文山，馮翊雲陽人也。王莽時，以父任爲郎，後避難河西，爲竇融左護軍。建武中，爲新汲令。能文章，所著詩、賦、銘、書凡二十六篇。（《後漢書》卷八十上《文苑傳上》）

按：《後漢書》多"能屬文""能文章"之類記載，知東漢"能文"成爲史官關注話題，此證明"文"逐漸獨立出來，成爲一種門類。王隆著述二十六篇，是當時能撰述者。又《後漢書·百官志一》："新汲令王隆作小學《漢官篇》，諸文倜說，較略不究。"李賢注有"胡廣注隆此篇，其論之注曰"云云，見劉千秋條。《册府元龜》卷六百五《學校部·注釋第一》："王隆撰《漢官解詁》三卷。"此即《後漢書》之《漢官篇》。

夏恭（生卒不詳）

夏恭字敬公，梁國蒙人也。習《韓詩》《孟氏易》，講授門徒常千餘人。王莽末,盜賊從橫,攻没郡縣,恭以恩信爲衆所附,擁兵固守,獨安全。光武即位,嘉其忠果,召拜郎中,再遷太山都尉。和集百姓,甚得其歡心。恭善爲文,著賦、頌、詩、勵學凡二十篇。年四十九卒官,諸儒共諡曰宣明君。(《後漢書》卷八十上《文苑傳上》)

按:夏恭教授門徒千餘人,故能在王莽末"擁兵固守,獨安全",是知當時儒師教授弟子,確有某種政治影響在其中。夏恭爲文二十篇,雖未編纂爲文集,然既然將各種作品統計後,統稱爲"凡二十篇",説明漢人早有將某人作品匯總、統稱的意識。此類觀念,在劉向、劉歆之前已經産生。本傳稱"年四十九卒官",生卒年皆不詳。

夏牙(生卒不詳)

(夏恭)子牙,少習家業,著賦、頌、讚、誄凡四十篇。舉孝廉,早卒,鄉人號曰文德先生。(《後漢書》卷八十上《文苑傳上》)

按:東漢學者多家傳,夏牙"少習家業",知其通《韓詩》《孟氏易》,這也是當時教育方式的一種反映。家學教育與當時國家官學教育之關係,值得思考。夏恭有文二十篇,其子夏牙有文四十篇。此處記夏恭"善爲文",與各處"善屬文""能爲文"等類似,證明後漢"文"已獨立,"能文"是一種時尚。

杜詩(?—38)

杜詩字君公,河内汲人也。少有才能,仕郡功曹,有公平稱。……七年,遷南陽太守。性節儉而政治清平,以誅暴立威,善於計略,省愛民役。造作水排,鑄爲農器,用力少,見功多,百姓便之。又修治陂池,廣拓土田,郡内比室殷足。時人方於召信臣,故南陽爲之語曰:"前有召父,後有杜母。"(《後漢書》卷三十一《杜詩傳》)

按:《東觀漢記》:"南陽太守杜詩上疏薦伏惠公曰:'竊見故大司徒陽都侯伏惠公,自行束脩,訖無毀玷。篤信好學,守死善道。經爲人師,行爲儀表，衆賢百姓，仰望德義。微過斥退，久不復用，識者愍惜，儒士痛心。'"(《太平御覽》卷六百三十一《治道部十二·薦舉中》）此與本傳稱其"雅好推賢"相合。

此處之"召父"，即西漢九江邵信臣。李賢注引《前漢書》曰："召信臣字翁卿，九江壽春人也。遷南陽太守，爲人興利，務在富之，開通溝渠凡十數處。"水排，即水力鼓風機，此證東漢已經有水力傳動機械的知識。《漢書·循吏傳》："蜀郡以文翁，九江以召父應。"陳直《漢書新證》曰："《隸釋》卷六《北海相景君銘》云：'黃朱邵父，明府三之。'召父已成爲兩漢人之習俗語。何焯、王先謙皆指議本傳文，應作'九江以邵信臣應'，蓋未審也。又漢人稱循吏，多以西門豹、子産、黃、朱、邵父五人相比。"（第428頁）此可知兩漢對良吏多有歷代稱頌之舉。建武十四年卒，"貧困無田宅，喪無所歸"，可見東漢廉吏生活之艱難。

向長（生卒不詳）

向長字子平，河內朝歌人也。隱居不仕，性尚中和，好通《老》《易》。貧無資食，好事者更饋焉，受之，取足而反其餘。王莽大司空王邑辟之連年乃至，欲薦之於莽，固辭乃止。潛隱於家，讀《易》至《損》《益》卦，喟然嘆曰："吾已知富不如貧，貴不如賤，但未知死何如生耳！"建武中，男女嫁娶既畢，敕斷家事勿相關，當如我死也。於是遂肆意與同好北海禽慶俱游五岳名山，竟不知所終。（《高士傳》卷中）

按：此又見於《後漢書·逸民傳》。李賢注："《高士傳》'向'字作'尚'。"李賢所見《高士傳》如此。向長通《老子》《易經》，好道家之學，此隱逸者所好；且好游名山，此神仙家所好。向長所習與所好，已是魏晋六朝道教人物之習慣。

田邑（生卒不詳）

《東觀記》：邑，馮翊蓮芍人也。其先齊諸田，父豐，爲王莽著威將

軍。邑有大節，涉學藝，能善屬文。爲漁陽太守，未到官，道病，徵還爲諫議大夫，病卒。（《後漢書》卷二八上《馮衍傳》李賢注）

按：《後漢書·馮衍傳》："邑字伯玉，馮翊人也，後爲漁陽太守。"田邑"善屬文"，田豐之子，曾爲上黨太守，本傳有《報馮衍書》。

曹曾（生卒不詳）

曹曾，魯人也，本名平，慕曾參之行，改名爲曾。家財巨億，事親盡禮，日用三牲之養，一味不虧於是。不先親而食新味也。爲客於人家，得新味則含懷而歸。不畜雞犬，言喧囂驚動於親老。時亢旱，井池皆竭。母思甘清之水，曾跪而操缾，則甘泉自涌，清美於常。學徒有貧者，皆給食。天下名書，上古以來，文篆訛落者，曾皆刊正，垂萬餘卷。及國難既夷，收天下遺書於曾家，連車繼軌，輸於王府。諸弟子於門外立祠，謂曰曹師祠。及世亂，家家焚廬。曾慮先文湮沒，乃積石爲倉以藏書，故謂曹氏爲"書倉"。（《拾遺記》卷六）

按：《後漢書·儒林傳上》："濟陰曹曾字伯山，從歙受《尚書》，門徒三千人，位至諫議大夫。子祉，河南尹，傳父業教授。"歐陽歙家世傳《伏生尚書》，世代皆爲博士，至歙已歷八世。其子又傳家學，則歐陽氏爲兩漢《尚書》世家。曹曾受學，其門徒竟至三千人，可知歐陽學之興盛。

又唐馮贄撰《雲仙雜記》卷十："曹曾積石爲倉以藏書，名曹氏書倉。"此類異聞之類書籍，所記曹曾校書、藏書之舉，未必虛妄。其中所言曹曾"天下名書，上古以來文篆訛落者，曾皆刊正，垂萬餘卷"之言，值得注意，說明當時存在兩個學術情況：第一，當時仍然存在先秦古書流傳；第二，曹曾有私家校書之事。

包咸（前6—65）

包咸字子良，會稽曲阿人也。少爲諸生，受業長安，師事博士右師細君，習《魯詩》《論語》。王莽末，去歸鄉里，於東海界爲赤眉賊所得，遂見拘執。十餘日，咸晨夜誦經自若，賊異而遣之。因住東海，立精舍講授。光武即位，乃歸鄉里。(《後漢書》卷七十九下《儒林傳下》)

按：《北堂書鈔》卷一百三十五《服飾部四·笈三十四》稱包咸"王莽末，嘗負笈追師"。包咸通《魯詩》《論語》，并爲漢明帝師傅，教授《論語》。東漢《魯詩》在官内盛行。本傳稱"八年，年七十二，卒於官"，則當卒於永平八年（65），生於漢哀帝建平元年（前6）。

朱浮（生卒不詳）

朱浮字叔元，沛國蕭人也。……浮年少有才能，頗欲厲風迹，收士心，辟召州中名宿涿郡王岑之屬，以爲從事，及王莽時故吏二千石，皆引置幕府，乃多發諸郡倉穀，禀贍其妻子。漁陽太守彭寵以爲天下未定，師旅方起，不宜多置官屬，以損軍實，不從其令。浮性矜急自多，頗有不平，因以峻文詆之；寵亦很强，兼負其功，嫌怨轉積。浮密奏寵遣吏迎妻而不迎其母，又受貨賄，殺害友人，多聚兵穀，意計難量。寵既積怨，聞〔之〕，遂大怒，而舉兵攻浮。浮以書質責之。(《後漢書》卷三十三《朱浮傳》)

按：朱浮"少有才能"，後又有"峻文"，知當時對文章風格已有評論之辭。朱浮與彭寵書，被蕭統收入《文選》，題名《爲幽州牧與彭寵書》，其序即《後漢書》文字。蕭統以此文入《文選》，可知朱浮此書，有較高文采。

許淑（生卒不詳）

太中大夫許淑（字惠卿，魏郡人），九江太守服虔（字子慎，河南人），侍中孔嘉（字山甫，扶風人），魏司徒王朗（字景興，肅之父），荆州刺史王基，大司農董遇，徵士敦煌周生烈，并注解《左氏傳》。(《經典釋文》卷一)

按：許淑通《左傳》，支持爲《費氏易》《左氏春秋》立博士，此可見《後漢書·范升傳》："時尚書令韓歆上疏，欲爲《費氏易》《左氏春秋》立博士，詔下其議。……（范升）與韓歆及太中大夫許淑等互相辯難，日中乃罷。"又《後漢書》志第二《律曆中》："建武八年中，太僕朱浮、太中大夫許淑等數上書，言曆〔朔〕不正，宜當改更。"

郭涼（？—43）

涼字公文，右北平人也。身長八尺，氣力壯猛，雖武將，然通經書，多智略，尤曉邊事，有名北方。初，幽州牧朱浮辟爲兵曹掾，擊彭寵有功，封廣武侯。十三年，增茂邑，更封脩侯。十五年，坐斷兵馬稟縑，使軍吏殺人，免官，削户邑，定封參蘧鄉侯。十九年，卒。（《後漢書》卷二十二《郭涼傳》）

按：涼以武將"通經書，多智略"，有文武兼備之才。

劉嘉（？—39）

順陽懷侯嘉字孝孫，光武族兄也。父憲，舂陵侯敞同産弟。嘉少孤，性仁厚，南頓君養視如子，後與伯升俱學長安，習《尚書》《春秋》。（《後漢書》卷十四《劉嘉傳》）

按：嘉，李賢注："《續漢書》曰：'憲字翁君。'""與伯升俱學長安"，可知長安是西漢經學教育中心。《後漢書·劉嘉傳》稱："十五年，嘉卒。子參嗣，有罪，削爲南鄉侯。"

朱祐（？—48）

《東觀漢記》：朱祐，字仲先，初上學長安時，過朱祐，祐常留上講，竟乃談語，及車駕幸祐家，上謂祐曰："主人得無去我講乎。"（《藝文類聚》卷五十五《雜文部一·談講》）

按：朱祐，當作"朱祐"。《後漢書·朱祐傳》："朱祐字仲先，南陽宛人也。……祐爲人質直，尚儒學。"李賢注："《東觀記》'祐'作'福'，避安帝諱。"又李賢注："《東觀記》曰：'祐自陳功薄而國大，願受南陽五百户足矣。上不許。'"朱祐與光武關係密切，如《東觀記》記載："上在長安時，嘗與祐共買蜜合藥。上追念之，賜祐白蜜一石，問：'何如在長安時共買蜜乎？'其親厚如此。"（《後漢書·朱祐傳》李賢注）

《後漢書·朱祐傳》："十五年，朝京師，上大將軍印綬，因留奉朝請。祐奏古者人臣受封，不加王爵，可改諸王爲公。帝即施行。又奏宜令三公并去'大'名，以法經典。後遂從其議。"此知此前三公前有"大"字。三公，西漢末至東漢初期稱爲大司馬、大司徒、大司空，漢光武帝建武二十七年五月改爲太尉、司徒、司空。而在建武十五年至二十七年之間，三公當稱爲司馬、司徒、司空。這是爲了進一步鞏固皇權。然今《後漢書·光武帝紀》此時仍然稱遣大司馬、大司徒、大司空，至二十七年五月乃下詔曰："昔契作司徒，禹作司空，皆無'大'名，其令二府去'大'。又改大司馬爲太尉。驃騎大將軍行大司馬劉隆即日罷，以太僕趙憙爲太尉，大司農馮勤爲司徒。"是自光武帝十五年朱祐提出建議，至二十七年才真正實行。

鮮于冀（生卒不詳）

後漢建武二年，西河鮮于冀爲清河太守，作公廨，未就而亡。後守趙高，計功用二百萬，王官黃秉、功曹劉適言四百萬錢。冀乃鬼見，白日導從入府，與高及秉等，對共計校，定爲適、秉所割匿。冀乃書表自理，其略言："高貴尚小節，畎畝之人，而踞遺類，研密失機，婢妾其性，媚世求顯，偷竊狠鄙。有辱天官，易譏負乘，誠高之謂。臣不勝鬼言，謹因千里驛聞，付高上之。"便西北去三十里，車馬皆滅，不復見。秉等皆伏地物故，高以狀聞。詔下，還冀西河田宅妻子焉，兼爲差代，以弭幽中之訟。出《水經》。（《太平廣記》卷三百一十六《鬼一》）

按："幽中之訟"，或作"冥中之訟"。西漢末年劉歆死而有白頭公事，但尚無鬼魂報應之說。此處記光武帝時鬼魂"幽中之訟"事，有後世依托成分。

伏湛（？—37）

伏湛字惠公，琅邪東武人也。九世祖勝，字子賤，所謂濟南伏生者也。湛高祖父孺，武帝時，客授東武，因家焉。父理，爲當世名儒，以《詩》授成帝，爲高密太傅，別自名學。湛性孝友，少傳父業，教授數百人。成帝時，以父任爲博士弟子。五遷，至王莽時爲綉衣執法，使督大奸，遷後隊屬正。（《後漢書》卷二十六《伏湛傳》）

按：高密太傅，李賢注："爲高密王寬傅也。寬，武帝玄孫廣陵王胥後也。"李賢注："《前書·儒林傳》曰：伏理字君游，受《詩》於匡衡，由是《齊詩》有匡伏之學。故言'別自名學'也。"《後漢書·伏湛傳》稱："時倉卒兵起，天下驚擾，而湛獨晏然，教授不廢。"兵亂之時，依然"教授不廢"，有古儒之風。伏湛歷成帝、更始、王莽，故《後漢書》稱爲"名儒舊臣"；其熟知前朝典制，故"使典定舊制"。

伏黯（生卒不詳）

（伏）湛弟黯，字稚文，以明《齊詩》，改定章句，作《解說》九篇，位至光祿勳，無子，以恭爲後。（《後漢書》卷七十九下《儒林傳下》）

按：伏氏先祖伏生通《尚書》，而至伏湛父伏理從匡衡學《齊詩》，其家世傳《詩》學，伏理、伏湛、伏黯、伏恭四代而傳，家學已成。而伏黯改定章句，作《解說》九篇，非僅傳《詩》，而能治東漢章句之學。此證經學至東漢一大變化。

伏恭（前5—84）

初，父黯章句繁多，恭乃省減浮辭，定爲二十萬言。在位九年，以病乞骸骨罷，詔賜千石奉以終其身。十五年，行幸琅邪，引遇如三公儀。建

初二年冬，肅宗行饗禮，以恭爲三老。年九十，元和元年卒，賜葬顯節陵下。（《後漢書》卷七十九下《儒林傳下》）

　　按：《後漢書·儒林傳下》："伏恭字叔齊，琅邪東武人，司徒湛之兄子也。"伏恭對章句之"省減浮辭"，定爲二十萬言，是伏氏《詩學》又有進步。此舉其實具有重要的學術意義，體現了漢儒對經學思想的變化要求。伏恭歷光武、明、章三朝，壽九十。

李章（生卒不詳）

　　李章字第公，河內懷人也。五世二千石。章習《嚴氏春秋》，經明教授，歷州郡吏。光武爲大司馬，平定河北，召章置東曹屬，數從征伐。（《後漢書》卷七十七《酷吏傳》）

　　按：李章學《嚴氏春秋》。《後漢書》稱李章"五世二千石"，則其爲世家大族。其殺清河大姓趙綱，有鏟除地方豪右之實。"塢壁"之存在，其實有擁有地方武裝之嫌，不利於地方社會治安的管理。

薛漢（生卒不詳）

　　《東觀漢記》：薛漢字子公，才高名遠，兼通書傳。無不昭覽，推道術尤精。教授常數百，弟子自遠方至者著爲錄。（《北堂書鈔》卷六十七《設官部十九·博士一百三十二》）

　　按：薛漢通經書、善圖讖，《後漢書·儒林傳下》稱："薛漢字公子，淮陽人也。世習《韓詩》，父子以章句著名。漢少傳父業，尤善說灾異讖緯，教授常數百人。建武初，爲博士，受詔校定圖讖。當世言《詩》者，推漢爲長。永平中，爲千乘太守，政有異迹。後坐楚事辭相連，下獄死。弟子犍爲杜撫、會稽澹臺敬伯、鉅鹿韓伯高最知名。"薛漢當爲兩漢之際學者，其以通《韓詩》、善說讖緯而受詔校圖讖，"推道術尤精"，是其因道術而知名，亦因道術而死。東漢習《韓詩》者不少，他如張正，見《册府元龜》卷六百五《學校部·注釋第一》："張正習《韓詩》，作章句。"

《後漢書·光武十王傳》屢稱楚王劉英"少時好游俠，交通賓客，晚節更喜黃老，學爲浮屠齋戒祭祀""誦黃老之微言，尚浮屠之仁祠"，又"大交通方士，作金龜玉鶴，刻文字以爲符瑞""招聚奸猾，造作圖讖，擅相官秩"，則對兩漢政治而言，"賓客""黃老""浮屠""圖讖"皆具有明顯的政治敏感性，前漢淮南王劉安亦因此獲罪，其罪名即謀反，"男子燕廣告英與漁陽王平、顏忠等造作圖書，有逆謀"，其罪名、結局與劉安完全相同。則兩漢謀反事，多構陷之辭。而"楚獄遂至累年，其辭語相連，自京師親戚諸侯州郡豪傑及考案吏，阿附相陷，坐死徙者以千數"，可知此次政治行動帶來的深刻影響，薛漢之死，亦與此有關，其"坐楚事辭相連"，即因其參與劉英圖讖造作之故。後漢章帝"幸彭城，見許太后及英妻子於内殿，悲泣，感動左右"，知劉英未必有謀反之實，不過其好賓客、黃老、浮屠、圖讖等有聚衆之嫌。

戴憑（生卒不詳）

戴憑字次仲，汝南平輿人也。習《京氏易》。年十六，郡舉明經，徵試博士，拜郎中。時詔公卿大會，群臣皆就席，憑獨立。光武問其意。憑對曰："博士説經皆不如臣，而坐居臣上，是以不得就席。"帝即召上殿，令與諸儒難説，憑多所解釋。帝善之，拜爲侍中，數進見問得失。（《後漢書》卷七十九上《儒林傳上》）

按：戴憑以"與諸儒難説"而得用。戴憑習《京氏易》，而以辯難爲能，史書稱竟至"重坐五十餘席"，可知其明經之才，確能"解經不窮"。此類經學上的辯説、難詰，與漢武帝時期在朝堂辯説政事，以及"主客問答"之漢賦或策問等文體的關係，亦值得思考。先秦諸子多辯難，兩漢政事、經學采用之，可知先秦兩漢士人多有思辨之才。

孔奮（生卒不詳）

《左氏傳義詁序》：君魚，少從劉子駿受《春秋左氏傳》，於其講業最明，精究其義。子駿自以學才不若也。其或訪經傳於子駿，輒曰："幸問孔君魚，吾已還從之諮道矣。"由是大以《春秋》見稱當世。王莽之末，君魚避地至大河之西，以大將竇融爲家，常爲上賓，從容以論道爲事。是時先生年二十一矣。每與其兄議學，其兄謝服焉。及世祖即祚，君魚乃仕，官至武都太守、關内侯，以清儉聞海内。(《孔叢子·連叢子》)

按：《孔叢子·連叢子》說與范曄《後漢書》同。《後漢書·孔奮傳》："孔奮字君魚，扶風茂陵人也。曾祖霸，元帝時爲侍中。奮少從劉歆受《春秋左氏傳》，歆稱之，謂門人曰：'吾已從君魚受道矣。'"

孔奇(生卒不詳)

《左氏傳義詁序》：先生名奇，字子異，其先魯人，即褒成君次儒第二子之後也。家於茂陵，以世學之門，未嘗就遠方師也。……先生雅好儒術，淡忽榮禄，不願從政。遂删撮《左氏傳》之難者，集爲《義詁》。發伏闡幽，讚明聖祖之道，以袪後學。著書未畢，而早世不永。宗人子通，痛其不遂，惜兹大訓不行於世，乃校其篇目，各如本第，并序答問，凡三十一卷。將來君子儻肯游意，幸詳録之焉。(《孔叢子·連叢子》)

按：《後漢書·孔奮傳》："(孔奮)弟奇，游學洛陽。奮以奇經明當仕，上病去官，守約鄉閭，卒于家。奇博通經典，作《春秋左氏删》。奮晚有子嘉，官至城門校尉，作《左氏說》云。"《孔叢子》此處本叙孔奇事，插入孔奮事，與《後漢書》大致相同。《後漢書》所言孔奇《春秋左氏删》，在《連叢子》爲《左氏傳義詁》；而《連叢子》所言"遂删撮《左氏傳》之難者，集爲《義詁》"，與《後漢書》所言"《春秋左氏删》"意同。史書記古書書名，與私家著録有異。

班嗣(生卒不詳)

(班)穉生彪。彪字叔皮，幼與從兄嗣共游學，家有賜書，内足於財，好古之士自遠方至，父党揚子雲以下莫不造門。嗣雖修儒學，然貴老嚴之術。桓生欲借其書，嗣報曰："若夫嚴子者，絕聖棄智，修生保真，清虛澹泊，歸之自然，獨師友造化，而不爲世俗所役者也。漁釣於一壑，則萬物不奸其志；栖遲於一丘，則天下不易其樂。不絓聖人之罔，不嗅驕君之餌，蕩然肆志，談者不得而名焉，故可貴也。今吾子已貫仁誼之羈絆，繫名聲之繮鎖，伏周、孔之軌躅，馳顏、閔之極摯，既繫攣於世教矣，何用大道爲自眩曜？昔有學步於邯鄲者，曾未得其仿佛，又復失其故步，遂匍匐而歸耳！恐似此類，故不進。"嗣之行己持論如此。（《漢書》卷一百《叙傳》）

按：此"桓生"，顏師古注："桓譚。"嚴可均《全漢文》收錄此文，即稱《報桓譚書》。按照時代，此"桓生"有桓譚之可能。另，班彪、班嗣、揚雄、桓譚等人似皆有交往，這說明西漢末年至東漢初年，班氏家族因其"家有賜書，内足於財"，出現了"好古之士自遠方至"的局面。

班彪（3—54）

揚子雲作《法言》，蜀富人齎錢千萬，願載於書。子雲不聽，"夫富無仁義之行，〔猶〕圈中之鹿，欄中之牛也，安得妄載？班叔皮續《太史公書》，載鄉里人以爲惡戒。邪人柱道，繩墨所彈，安得避諱？是故子雲不爲財勸，叔皮不爲恩撓。文人之筆，獨已公矣！"（《論衡·佚文》）

按：《後漢書》本傳亦記班彪續作《史記》事："彪既才高而好述作，遂專心史籍之間。武帝時，司馬遷著《史記》，自太初以後，闕而不錄，後好事者頗或綴集時事，然多鄙俗，不足以踵繼其書。彪乃繼采前史遺事，傍貫異聞，作《後傳》數十篇，因斟酌前史而譏正得失。"《論衡·超奇》："班叔皮續《太史公書》百篇以上，記事詳悉，義淺（浹）理備，觀讀之者以爲甲，而太史公乙。""《後傳》數十篇"，姚振宗《後漢藝文志》作"《續史記後傳》六十五篇"，《史通·古今正史》作《後傳》六十五篇。班彪又有《別錄》，姚振宗《後漢藝文志》引韋昭《漢書·藝文志》注曰："馮商受詔續太史公十餘篇，在班彪《別錄》。"

另《後漢書·班彪傳》稱："班彪字叔皮，扶風安陵人也。祖況，成帝時爲越騎校尉。父稚，哀帝時爲廣平太守。彪性沈重好古。"班彪"好古"

之心，實西漢末年劉歆之學。本傳又叙班彪著《王命論》之緣由："彪既疾嚻言，又傷時方艱，乃著《王命論》，以爲漢德承堯，有靈命之符，王者興祚，非許力所致，欲以感之，而嚻終不寤，遂避河西。"《後漢書》稱"建武三十年，年五十二，卒官。所著賦、論、書、記、奏事合九篇"。

東漢儒家多豪族，班彪號稱"通儒上才"，又有班嗣、班固、班昭等著名文人，可知班氏亦東漢有名儒家大族。然東漢儒家大族多藉政治地位延攬人才，班氏政治地位不高，故未似其他儒家大族如揚氏、袁氏、桓氏等培植更多門人弟子。

桓榮（前 22—60）

《東觀漢記》：顯宗即位，尊桓榮以師禮。常幸太常府，令榮坐東面，設几杖，會百官，驃騎將軍東平王蒼以下榮門生數百人，天子親自執業，每言"太師在是"。既罷，悉乙太官供具賜太常家，其恩禮如此。永平二年，壁雍初成，拜榮爲五更，每大射、養老禮畢，上輒引榮及弟子升堂執經，自爲下説。（《太平御覽》卷四百四《人事部四十五·師》）

按：桓榮因何湯而拜五更，明帝甚重之，如《北堂書鈔》卷六十七引《東觀漢記》曰："明帝永平二年詔曰：'五更沛國桓榮，以《尚書》教朕十有餘年，其賜爵關内侯，食邑五千户。'"《初學記》卷十二引華嶠《後漢書》亦曰："桓榮，字春卿，以少傅遷太常，明帝即位，尊以師禮，甚見親重，拜之。"桓榮善論難，《白孔六帖》卷八十九《講論二》："桓榮論難，常以禮讓相厭，不能長勝之。"此亦可見東漢"論難"方式。

《後漢書·桓榮傳》："桓榮字春卿，沛郡龍亢人也。少學長安，習《歐陽尚書》，事博士九江朱普。貧窶無資，常客傭以自給，精力不倦，十五年不窺家園。至王莽篡位乃歸。會朱普卒，榮奔喪九江，負土成墳，因留教授，徒衆數百人。莽敗，天下亂。榮抱其經書與弟子逃匿山谷，雖常飢困而講論不輟，後復客授江淮間。"《後漢書·桓榮傳》李賢注引《續漢書》："榮本齊人，遷于龍亢，至榮六葉。"李賢注引《東觀記》："榮本齊桓公後也。桓公作伯，支庶用其謚立族命氏焉。"桓榮先祖本齊人，後遷徙至沛郡。桓榮師事朱普，習歐陽《尚書》。幼時"客傭以自給",説明其家貧,然能"少學長安"者,當有其從學途徑。本傳稱建武十九年(43),桓榮六十餘歲,則其生年當在漢成帝陽朔三年(前22)前後。桓榮因其弟子何湯推薦而被召見,又謙讓《尚書》博士予同門生郎中彭閎、揚州從事皋弘,或因此前桓榮自身。

又《後漢書·桓郁傳》記載:"初,榮受朱普學章句四十萬言,浮辭繁長,多過其實。及榮入授顯宗,減爲二十三萬言。郁復删省定成十二萬言。由是有《桓君大小太常章句》。"此見桓榮删朱普《尚書》章句,有删繁就簡之功。

皋弘(生卒不詳)

《謝承書》:皋弘字奉卿,吴郡人也。家代爲冠族。少有英才,與桓榮相善。子徽,至司徒長史。(《後漢書》卷三十七《桓榮傳》李賢注引)

按:皋弘與桓榮爲友。

賈徽(生卒不詳)

(賈逵)父徽,從劉歆受《左氏春秋》,兼習《國語》《周官》,又受《古文尚書》于塗惲,學《毛詩》于謝曼卿,作《左氏條例》二十一篇。(《後漢書》卷三十六《賈逵傳》)

按:賈徽學《左傳》《國語》《周官》《毛詩》,轉益多師,即當時所言之"通儒"。又宋綦崇禮《北海集》卷四十五:"賈徽謂賈逵曰:'汝大必爲將帥。'口授兵法數萬言。"

曹充(生卒不詳)

(曹褒)父充,持《慶氏禮》,建武中爲博士,從巡狩岱宗,定封禪禮,還,受詔議立七郊、三雍、大射、養老禮儀。顯宗即位,充上言:"漢再受命,仍有封禪之事,而禮樂崩闕,不可爲後嗣法。五帝不相沿樂，三王不相襲禮，大漢〔當〕自制禮，以示百世。"帝問："制禮樂云何？"充對曰："《河圖括地象》曰：'有漢世禮樂文雅出。'《尚書琁機鈐》曰：'有帝漢出，德洽作樂，名予。'"帝善之，下詔曰："今且改太樂官曰太予樂，歌詩曲操，以俟君子。"拜充侍中。作《章句》《辯難》，於是遂有慶氏學。（《後漢書》卷三十五《曹褒傳》）

　　按：《後漢書·儒林傳》："建武中，曹充習慶氏學，傳其子褒，遂撰《漢禮》，事在《褒傳》。"父子二人皆通禮，又有嘗試改革禮樂制度之舉。姚振宗《後漢藝文志》輯録其《慶氏禮章句》四十九篇、《慶氏禮辨難》，并云："慶普有《禮記》，與大、小《戴記》并行。《經義考》嘗詳言之。此云'充作章句辨難'（編者注：此作'辨'，與《後漢書》不同），《章句》者，即爲慶氏《記》而作，自爲一書。《辨難》者，所以辨問者之難，又別爲一書。史文簡略類此者頗多，下同此例。曹褒所傳《禮記》四十九篇，即傳其父慶氏《記》章句也。"

鄧禹（2—58）

　　鄧禹字仲華，南陽新野人也。年十三，能誦《詩》，受業長安。時光武亦游學京師，禹年雖幼，而見光武知非常人，遂相親附。數年歸家。（《後漢書》卷十六《鄧禹傳》）

　　按：鄧禹少時游學長安，與光武親近。十三能誦《詩》，可謂"明經"。本傳稱"永平元年，年五十七薨，謚曰元侯"。《後漢書》稱鄧禹有子十三人，"各使守一藝"，且"修整閨門，教養子孫"，鄧禹實治家有方，而鄧氏家學傳承有序。《北堂書鈔》卷九十七《藝文部三·好學十一》引《東觀記》："鄧禹篤于經書，教學子孫。"

寇恂（？—36）

　　恂素好學，乃修鄉校，教生徒，聘能爲《左氏春秋》者，親受學焉。（《後漢書》卷十六《寇恂傳》）

按：《後漢書·寇恂傳》："寇恂字子翼，上谷昌平人也，世爲著姓。恂初爲郡功曹，太守耿況甚重之。"上谷郡，今河北懷來；昌平，今北京昌平。寇恂"世爲著姓"，可知家族的社會地位在東漢越來越突出。本傳稱"十二年卒，謚曰威侯"。又據《後漢書》，寇恂修鄉校，聘人教授《左傳》，是鄉校亦承擔教授經學職能。《後漢書》稱寇恂"經明行修，名重朝廷"，是對寇恂的高度肯定。此類評論在史書正文，非在"贊曰"中。而《後漢書》稱寇恂"子翼守溫，蕭公是埒，係兵轉食，以集鴻烈。誅文屈賈，有剛有折"，二者評價之側重點不同。又《後漢書·寇恂傳》稱："恂女孫爲大將軍鄧騭夫人，由是寇氏得志於永初間。"李賢注："安帝永初元年，鄧太后臨朝，故得志也。"鄧騭，鄧禹孫。

尹敏（生卒不詳）

《東觀漢記》：尹敏與班彪相厚，每相與談，常晏莫不食，晝即至冥，夜徹旦。彪曰："相與久語，爲俗人所怪，然鍾子期死，伯牙破琴，曷爲陶陶哉！"（《文選》卷五十五劉峻《廣絶交論》李善注）

按：尹敏與班彪親善，故《後漢書·儒林傳上》："與班彪親善，每相遇，輒日旰忘食，夜分不寢，自以爲鍾期伯牙、莊周惠施之相得也。"按尹敏是東漢有名學者，其所學兼通《書》《詩》《穀梁傳》《左傳》，如《後漢書·儒林傳上》記載："尹敏字幼季，南陽堵陽人也。少爲諸生。初習《歐陽尚書》，後受古文，兼善《毛詩》《穀梁》《左氏春秋》。"另《後漢書》稱尹敏通"《洪範》消灾之術"，熟悉讖緯，故其曾校圖讖。據尹敏之見，當時圖讖之書，多有增損之事，故"使鐍去崔發所爲王莽著録次比"，此爲"損"；"因其闕文增之"，此爲"增"。尹敏以爲"讖書非聖人所作"，實際上與桓譚一樣，皆爲"非讖"之舉，然桓譚因非讖被貶，尹敏雖未見罪，然"亦以此沈滯"。

尹敏曾論及孔氏藏書事，與孔氏後人所言不同，如《漢書·藝文志》顏師古注："《家語》云：'孔騰字子襄，畏秦法峻急，藏《尚書》《孝經》《論語》于夫子舊堂壁中。'而《漢記·尹敏傳》云孔鮒所藏，二説不同，未知孰是。"藏書之舉，《孔子家語後序》以爲孔騰藏，尹敏以爲孔鮒，隋唐人以爲孔惠藏，如《經典釋文》卷一："《古文尚書》者，孔惠之所藏也。"《史通》卷十二："《古文尚書》者，即孔惠之所藏科斗之文字也。"

耿弇（？—58）

耿弇字伯昭，扶風茂陵人也。其先武帝時，以吏二千石自鉅鹿徙焉。父況，字俠游，以明經爲郎，與王莽從弟伋共學《老子》於安丘先生，後爲朔調連率。弇少好學，習父業。常見郡尉試騎士，建旗鼓，肄馳射，由是好將帥之事。（《後漢書》卷十九《耿弇傳》）

按：耿弇從父學《老子》。《漢書》記公孫賀"少爲騎士"，陳直《漢書新證》云："《漢書》所記騎士有兩種資歷，一爲邊郡充戍卒之騎士，趙充國，公孫賀，趙第是也。一爲軍中普通之騎士，酈食其，灌嬰二傳所記是也。"（第358頁）安丘先生，當爲安丘望之，則耿弇父耿況學《老子》於安丘先生，耿弇學《老子》於耿況。此又見於《太平御覽》卷三百八十九引《東觀漢記》。

任延（4—68）

任延字長孫，南陽宛人也。年十二，爲諸生，學於長安，明《詩》《易》《春秋》，顯名太學，學中號爲"任聖童"。值倉卒，避兵之隴西。時隗囂已據四郡，遣使請延，延不應。（《後漢書》卷七十六《循吏傳》）

按："聖童"者，猶"神童"也。《太平御覽》卷三百八十五引《會稽先賢傳》有淳于長通年十七説《宓氏易經》，貫洞内事萬言，兼《春秋》，鄉黨稱曰"聖童"；又《後漢書》卷三十一《張堪傳》載堪年十六，受業長安，志美行厲，諸儒號曰"聖童"；《舊唐書》卷一百九十一《方伎傳》載孫思邈七歲就學，日誦千餘言，洛州總管獨孤信見而稱其爲"聖童"；《元史》卷二百二《釋老傳》載八思巴生七歲，誦經數十萬言，能約通其大義，國人號之"聖童"；《明史》卷二百八十六《文苑傳》稱劉溥八歲賦《溝水詩》，時目爲"聖童"。

會稽多士，任延亦重士。又《後漢書》稱其："造立校官，自掾史子孫，皆令詣學受業，復其徭役。章句既通，悉顯拔榮進之。郡遂有儒雅之士。"任延重學。儒家士人爲吏，對推動地方教化具有重要作用，而"儒雅之士"的造就，反過來又有利於地方淳正風俗之建設。

另據《後漢書》本傳，任延更始元年十九（23），則其生當在漢平帝元始四年（4）。任延歷經王莽、更始、光武三朝。"永平二年，徵會辟雍，因以爲河內太守。視事九年，病卒"，則其卒在永平十一年（68）。

第五倫（生卒不詳）

《謝承書》：倫甚崇其道德，轉署主簿，使子從受《春秋》，夷吾待之如師弟子之禮。時或游戲，不肯讀書，便白倫行罰，遂成其業也。（《後漢書》卷八十二上《方術傳上》李賢注）

按：《後漢書·第五倫傳》："第五倫字伯魚，京兆長陵人也。其先齊諸田，諸田徙園陵者多，故以次第爲氏。倫少介然有義行。"李賢注引《史記》曰："陳公子完奔齊，以陳字爲田氏。"引應劭注云："始食采於田，改姓田氏。""少介然有義行"，此對其品行評價。此處言第五倫子從謝夷吾學《春秋》。其實，第五倫的學術思想較爲複雜：據《後漢書》，第五倫禁絕淫祀，又有法家之才，而最後"身自耕種，不交通人物"，兼具儒、道人物品格；第五倫對"公心"與"私心"之解說，非常符合人之本性，又近乎名辯之討論；而其出於"吏"，又近似雜家。

華嶠《後漢書》：第五倫雖峭直，然常以中興已來，二主好更化，俗尚苛刻。政化之本，宜先以寬和。及爲三公，值章帝長者多恕，屢有善政。倫上疏褒稱盛美，因以勸成德風也。（《初學記》卷十一《職官部上·太尉司徒司空第二》）

按：第五倫性格"峭直"，然能認同"寬和"與"多恕"之"善政"，故能上疏"勸成德風"。

謝夷吾(生卒不詳)

　　《謝承書》：縣人女子張雨，早喪父母，年五十，不肯嫁，留養孤弟二人，教其學問，各得通經。雨皆爲娉娶，皆成善士。夷吾薦於州府，使各選舉，表復雨門户。永平十五年，蝗發泰山，流徙郡國，薦食五穀，過壽張界，飛逝不集。(《後漢書》卷八十二上《方術傳上》李賢注)

　　按：此言謝夷吾表彰賢女張雨。《後漢書·方術傳上》："謝夷吾字堯卿，會稽山陰人也。少爲郡吏，學風角占候。太守第五倫擢爲督郵。"謝夷吾學風角占候，又善《春秋》，故《後漢書·方術傳上》李賢注引《謝承書》稱："倫甚崇其道德，轉署主簿，使子從受《春秋》，夷吾待之如師弟子之禮。"謝夷吾風角占候之學，或有《春秋》學淵源。

　　《後漢書》記其所預言烏程長死事，多類後世傳奇故事，恐有後世誇飾成分。《册府元龜》卷七百三《令長部·感化》稱："謝夷吾爲壽張令。明帝永平十五年，蝗發泰山，流徙郡國，薦食五穀，過壽張界，飛逝不集。"此可與《後漢書》互爲補充。

張堪(生卒不詳)

　　《東觀漢記》：張堪字君游，年六歲受業長安，治《梁丘易》，才美而高，京師號曰"聖童"。(《太平御覽》卷三百八十四《人事部二十五·幼知上》)

　　按：《後漢書·張堪傳》："張堪字君游，南陽宛人也，爲郡族姓。堪早孤，讓先父餘財數百萬與兄子。年十六，受業長安，志美行厲，諸儒號曰'聖童'。"《後漢書》"十六歲"，《東觀漢記》作"六歲"，古人多以十五歲以下爲"童"，疑"六歲"是。《後漢書》未記張堪治《梁丘易》。張堪一介儒生，通一經而能武事，是兩漢之際的特殊歷史環境對儒家士人的特殊塑造。《後漢書》稱其"志美行厲"，較《東觀漢記》"才美而高"之語更加文雅，具有南朝"史臣追書"之痕迹。另《後漢書·張堪傳》：

"匈奴嘗以萬騎入漁陽，堪率數千騎奔擊，大破之，郡界以静。乃於狐奴開稻田八千餘頃，勸民耕種，以致殷富。百姓歌曰：'桑無附枝，麥穗兩岐。張君爲政，樂不可支。'"此以兒歌贊張堪。

賈復（？—55）

《東觀漢記》：賈復字君文。治《尚書》，事舞陰李生，李生奇之，謂門人曰："賈生容貌志意如是，而勤於學，此將相之器。"徵詣洛陽，拜左將軍。南擊赤眉、新城，轉西入關，擊盆子於澠池，破之。（《太平御覽》卷二百三十八《職官部三十六·左將軍》）

按：賈復能文能武，亦是兩漢之際特殊環境中的儒生本色。《後漢書·賈復傳》："賈復字君文，南陽冠軍人也。少好學，習《尚書》。事舞陰李生，李生奇之，謂門人曰：'賈君之容貌志氣如此，而勤於學，將相之器也。'"李生斷賈復相貌有"將相之器"之類的記載，與《史記》《漢書》《後漢書》《三國志》中記載明君聖主早年不同凡俗之語，應多屬"史臣追書"性質的材料，當時未必實有此事。賈復《尚書》不詳宗派。本傳稱"（建武）三十一年卒，謚曰剛侯"。賈復與鄧禹"剽甲兵，敦儒學"，以合光武帝"偃干戈，修文德"之政策。

朱暉（10—？）

光武與暉父岑俱學長安，有舊故。及即位，求問岑，時已卒，乃召暉拜爲郎。暉尋以病去，卒業於太學。性矜嚴，進止必以禮，諸儒稱其高。（《後漢書》卷四十三《朱暉傳》）

按：朱暉因父而爲郎，後學於太學，進止以禮，有醇儒之風，故在儒者中有名聲。《後漢書·朱暉傳》稱："朱暉字文季，南陽宛人也。家世衣冠。暉早孤，有氣決。年十三，王莽敗，天下亂，與外氏家屬從田間奔入宛城。"李賢注："《東觀記》曰'其先宋微子之後也，以國氏姓。周衰，諸侯滅宋，犇碭，易姓爲朱，後徙于宛'也。"又注："《東觀記》曰

'暉外祖父孔休，以德行稱於代'也。""年十三，王莽敗"，王莽敗在地皇三年（22），可知其生年當在王莽始建國二年（10）。《後漢書》記朱暉事，近魏晉士人風度，有《世說新語》風格，似史臣有意選擇材料而爲之。又《後漢書·朱暉傳》："吏人畏愛，爲之歌曰：'強直自遂，南陽朱季。吏畏其威，人懷其惠。'數年，坐法免。"此以歌謠頌人品德之美，有古風。"坐法免"，李賢注："《東觀記》曰：'坐考長吏囚死獄中，州奏免官。'"《後漢書》記朱暉與張堪同縣，與陳揖同郡，厚待二人之妻子，有重"義烈"一面；而鄉党"屏居野澤，布衣蔬食，不與邑里通，鄉黨譏其介"，又有"狷介""清高"一面。朱暉因光武而爲郎，其閱歷、識見自不同於一般鄉賢，故《後漢書·朱暉傳》李賢注引《華嶠書》稱："暉年五十失妻，昆弟欲爲繼室，暉嘆曰：'時俗希不以後妻敗家者！'遂不復娶也。"

李統（生卒不詳）

趙相汝南李統，少幼，爲冀州刺史阮況所奏"耳目不聰明"；股肱掾史，咸用忿憤，欲詣闕自理。統聞知之，歷收其家，遣吏追還，曰："相久忝重任，負於素餐，年漸七十，禮在懸車，頃被疾病，念存首丘，比自乞歸，未見聽許，州家幸能爲，相得去，實上願也。"居無幾，果徵。時冀州有疑獄，章帝見問統。統處當詳平，克厭上心，曰："君大聰明，刺史侵君。"統曰："臣受國厚恩，官尊祿重，不能自竭，有以報稱，久抱重疾，氣力羸露，耳聾目眩，守虛隕越，自分奄忽填壑，猥得承望闕廷，親見御座，不勝其喜，權時有瘳，辭出之後，必復故也，刺史不侵臣也。"上悅其遜，即日免況，拜統侍中。（《風俗通義·十反》）

按：阮況，王利器注："'阮'字原脫，《拾補》據《御覽》六四〇補，今從之。《後漢書·任光傳》：'更始至洛陽，以光爲信都太守。及王郎起，郡國皆降之，光獨不肯，遂與都尉李忠、令萬修、功曹阮況、五官掾郭唐等同心固守。'又《朱暉傳》：'後爲郡吏，太守阮況，嘗欲市暉婢，暉不從。及況卒，暉乃厚贈送其家，人或譏焉，暉曰："前阮府君有求於我，所以不敢聞命，誠恐以財貨污君，今而相送，明吾非有愛也。"'當即此人。朱筠以爲'大德本況上闕一字，當是"爲"字'，非是。"

張純（？—56）

《漢武內傳》：武帝崩，遺詔以《雜道書》四十卷置棺中。到延康二年，河東工曹李及入上黨抱犢山采藥，於嚴室中得此書，盛以金箱，其書後題臣姓名，記日月，是武帝時物也。河東太守張純以箱及書奏獻宣帝，宣帝示武帝時左右侍臣，有典書中郎見書流涕，曰："此是帝崩時殯殮物也。"（《太平御覽》卷九百八十四《藥部一》）

按："延康二年"，《太平廣記》作"建康二年"，《北堂書鈔》考證以爲作"元康二年"是。"河東太守張純以箱及書奏獻宣帝"，《太平御覽》卷七百一十一作"是武帝時河東太守張純以箱及書奏上之"，是各本不知張純爲何時人。《後漢書·張純傳》稱："張純字伯仁，京兆杜陵人也。高祖父安世，宣帝時爲大司馬衛將軍，封富平侯。父放，爲成帝侍中。純少襲爵土，哀平間爲侍中，王莽時至列卿。遭值篡僞，多亡爵土，純以敦謹守約，保全前封。建武初，先來詣闕，故得復國。"李賢注："張安世昭帝元鳳六年以右將軍宿衛忠謹封富平侯，今此言宣帝封，誤也。宣帝即位，但益封萬戶耳。"據此，張純不得在宣帝時爲河東太守，此是《武帝內傳》附會張純。張純歷西漢哀平、王莽、光武，故《後漢書》稱："純在朝歷世，明習故事。建武初，舊章多闕，每有疑議，輒以訪純，自郊廟婚冠喪紀禮儀，多所正定。""自郊廟婚冠喪紀禮儀，多所正定"，是東漢初年禮儀事，多出張純。此類"故事"，也是當時解決政治疑難問題的一個重要方式。

然此所言張純以經箱奏進藏書，是證張純博通經籍，而《後漢書·張純傳》記其據武帝制度制禮："時南單于及烏桓來降，邊境無事，百姓新去兵革，歲仍有年，家給人足。純以聖王之建辟雍，所以崇尊禮義，既富而教者也。乃案七經讖、明堂圖、河間《古辟雍記》、孝武太山明堂制度及平帝時議，欲具奏之。未及上，會博士桓榮上言宜立辟雍、明堂，章下三公、太常，而純議同榮，帝乃許之。"李賢注："《七經》謂《詩》《書》《禮》《樂》《易》《春秋》及《論語》也。"今本《漢武帝內傳》稱："所葬書目：《老子經》二卷。《太上紫文》十三卷。《靈蹻經》六卷。《太素中胎經》六卷。《天柱經》九卷。《六龍步元文》七卷。《馬皇受真術》四卷。"

王霸（？—59）

王霸字元伯，潁川潁陽人也。世好文法，父爲郡決曹掾，霸亦少爲獄吏。常慷慨不樂吏職，其父奇之，遣西學長安。漢兵起，光武過潁陽，霸率賓客上謁，曰："將軍興義兵，竊不自知量，貪慕威德，願充行伍。"光武曰："夢想賢士，共成功業，豈有二哉！"遂從擊破王尋、王邑于昆陽，還休鄉里。（《後漢書》卷二十《王霸傳》）

按：《後漢書》李賢注引《東觀記》曰："祖父爲詔獄丞。"又引《漢舊儀》："決曹，主罪法事。"本傳稱"永平二年，以病免，後數月卒"，則其卒年大致在永平二年（59）。《後漢書·王霸傳》記光武謂霸曰："潁川從我者皆逝，而子獨留。努力！疾風知勁草。""疾風知勁草"，其典在此。唐李世民《賜蕭瑀詩》"疾風知勁草，板蕩識誠臣"，即全用此句。

樊儵（？—67）

儵字長魚，謹約有父風。事後母至孝，及母卒，哀思過禮，毀病不自支，世祖常遣中黃門朝暮送饘粥。服闋，就侍中丁恭受《公羊嚴氏春秋》。……初，儵删定《公羊嚴氏春秋》章句，世號"樊侯學"，教授門徒前後三千餘人。弟子潁川李脩、九江夏勤，皆爲三公。（《後漢書》卷三十二《樊儵傳》）

按：樊儵從丁恭受《公羊嚴氏春秋》，此嚴彭祖之學。樊儵對《嚴氏春秋》有推進之功，并自成"樊侯學"，其弟子皆著名當時。樊儵"教授門徒前後三千餘人"，此樊儵以及弟子中有"三公"之說，又見伊佩霞所言"舉主長官"與"門生故吏"之網絡關係。又本傳稱："永平元年，拜長水校尉，與公卿雜定郊祀禮儀，以讖記正《五經》異說。北海周澤、琅邪承宮并海內大儒，儵皆以爲師友而致之於朝。""以讖記正《五經》

異説"，此樊儵所爲，并致海内大儒入朝爲師友。《後漢書》本傳又稱其"一宗五侯"，李賢注："謂宏封長羅侯，弟丹射陽侯，兄子尋玄鄉侯，族兄忠更公侯，宏又封壽張侯也。"

鍾興（生卒不詳）

鍾興字次文，汝南汝陽人也。少從少府丁恭受《嚴氏春秋》。恭薦興學行高明，光武召見，問以經義，應對甚明。帝善之，拜郎中，稍遷左中郎將。詔令定《春秋》章句，去其複重，以授皇太子。又使宗室諸侯從興受章句。（《後漢書》卷七十九下《儒林傳下》）

按：鍾興與樊儵皆從丁恭受《嚴氏春秋》，而鍾興定《春秋》章句，并以之授宗室諸侯；樊儵刪定《公羊嚴氏春秋》章句。

殷亮（生卒不詳）

《殷氏世傳》：殷亮，建武中徵拜博士，遷講學大夫。諸儒講論，勝者賜席，亮重席至八九。帝嘉之曰："學不當如是邪？"（《藝文類聚》卷四十六《職官部二》）

按：此又見於《太平御覽》卷七百九引謝承《後漢書》。

馬第伯（生卒不詳）

應劭《漢官》：馬第伯《封禪儀記》曰：車駕正月二十八日發洛陽宮，二月九日到魯，遣守謁者郭堅伯將徒五百人治泰山道。十日，魯遣宗室諸劉及孔氏、瑕丘丁氏上壽受賜，皆詣孔氏宅，賜酒肉。十一日發，十二日宿奉高。是日遣虎賁郎將先上山，三案行。還，益治道徒千人。十五日，始齋。國家居太守府舍，諸王居府中，諸侯在縣庭中齋。諸卿、校尉、將軍、大夫、黃門郎、百官及宋公、衛公、褒成侯、東方諸侯、洛中小侯齋城外汶水上。太尉、太常齋山虞。馬第伯自云，某等七十人先之山虞，觀祭山壇及故明堂宮郎官等郊肆處。入其幕府，觀治石。石二枚，狀博平，圓九尺，此壇上石也。其一石，武帝時石也。時用五車不能上也，因置山下爲屋，號五車石。四維距石長丈二尺，廣二尺，厚尺半所，四枚。檢石長三尺，廣六寸，狀如封篋。長檢十枚。一紀號石，高丈二尺，廣三尺，厚尺二寸，名曰立石。一枚，刻文字，紀功德。是朝上山騎行，往往道峻峭，下騎，步牽馬，乍步乍騎，且相半，至中觀留馬。去平地二十里，南向極望無不覩。仰望天關，如從谷底仰觀抗峰。其爲高也，如視浮雲。其峻也，石壁窅窱，如無道徑。遙望其人，端如行朽兀，或爲白石或雪，久之白者移過樹，乃知是人也。殊不可上，四布僵臥石上，有頃復蘇。亦賴齎酒脯，處處有泉水，目輒爲之明。復勉強相將行，到天關，自以已至也，問道中人，言尚十餘里。其道旁山脅，大者廣八九尺，狹者五六尺。仰視巖石松樹，鬱鬱蒼蒼，若在雲中。俯視溪谷，碌碌不可見丈尺。遂至天門之下。仰視天門，窔遼如從穴中視天。直上七里，賴其羊腸逶迤，名曰環道，往往有絙索，可得而登也。兩從者扶挾，前人相牽，後人見前人履底，前人見後人頂，如畫重累人矣，所謂磨胸捫石，捫天之難也。初上此道，行十餘步一休，稍疲，咽脣燋，五六步一休。牒牒據頓，地不避濕暗，前有燥地，目視而兩腳不隨。早食上，晡後到天門。郭使者得銅物。銅物形狀如鍾，又方柄有孔，莫能識也，疑封禪具也。得之者汝南召陵人，姓陽名通。東上一里餘，得木甲。木甲者，武帝時神也。東北百餘步，得封所，始皇立石及闕在南方，漢武在其北。二十餘步得北垂圓臺，高九尺，方圓三丈所，有兩陛。人不得從，上從東陛上。臺上有壇，方一丈二尺所，上有方石，四維有距石，四面有闕。鄉壇再拜謁，人多置錢物壇上，亦不掃除。國家上見之，則詔書所謂酢梨酸棗狼藉，散錢處數百，幣帛具，道是武帝封禪至泰山下，未及上，百官爲先上跪拜，置梨棗錢于道以求福，即此也。東山名曰日觀，日觀者，雞一鳴時，見日始欲出，長三丈所，秦觀者望見長安，吳觀者望見會稽，周觀者望見嵩山。北有石室。壇以南有玉盤，中有玉龜。山南脅神泉，飲之極清美利人。日入下去，行數環。日暮時頗雨，不見其道，一人居其前，先知蹈有人，乃舉足隨之。比至天門下，夜人定矣。（《後漢書·祭祀志上》李賢注引）

　　按：此文近似游記，不啻一篇《登泰山記》，描述如畫。《水經注》卷二十四有引。其中所言武帝所立石，見《風俗通義》卷二："封者，立石高一丈二尺，剋之曰：'事天以禮，立身以義，事父以孝，成民以仁，四守之內，莫不爲郡縣，四夷八蠻，咸來貢職，與天無極，人民蕃息，天禄永得。'"

楊統（生卒不詳）

《益部耆舊傳》：統字仲通。曾祖父仲續舉河東方正，拜祁令，甚有德惠，人爲立祠。樂益部風俗，因留家新都，代修儒學，以《夏侯尚書》相傳。（《後漢書》卷三十《楊厚傳》李賢注）

按：此可知楊統家族譜系：（曾祖）仲續—（父）春卿—楊統—（子）楊厚。按《華陽國志》附《士女目録》："道德，三老楊統，字仲通。新都人也。曾祖仲續，祁令；父春卿，爲公孫述將。"《後漢書》記楊統、楊厚（序）事，多與《華陽國志》不同，任乃強以爲："蓋《范史》直間接取材於《東觀記》，《常志》取材於《益部耆舊》，地方與中央史志詳略處互異也。"（任乃強《華陽國志校補圖注》，上海古籍出版社1987年版，第569頁）又《袁山松書》稱："統在縣，休徵時序，風雨得節，嘉禾生於寺舍，人庶稱神。"（《後漢書·楊厚傳》李賢注）知楊統亦良吏，爲人所重。

楊統長子楊博，見《華陽國志》附《士女目録》："光禄大夫楊博，字伯達。統長子。"《後漢書》未言楊統有二子，《華陽國志》以楊博爲楊統長子，楊序（厚）爲其次子。

三老泱泱，實作父師。楊統，字仲通，新都人也。事華里先生炎高，高戒統曰："漢九世王出圖書，與卿適應之。"建武初，天下求通《内讖》二卷者，不得。永平中，刺史張志舉統方正。司徒魯恭辟掾。與恭共定音律，上《家法章句》及二卷《解説》。遷侍中，光禄大夫。以年老道深，養於辟雍，授几杖爲三老，卒。《内讖》二卷竟未詳。（《華陽國志》卷十中）

按："竟未詳"，任乃強以爲作"竟未傳"。《後漢書·楊厚傳》稱楊統"辭家從犍爲周循學習先法，又就同郡鄭伯山受《河洛書》及天文推步之術"，又稱"統作《家法章句》及《内讖》二卷解説，位至光禄大夫，爲國三老。年九十卒"。楊統作《家法章句》，姚振宗《後漢藝文志》稱"猶言別自名家也"；《內讖》二卷解説，姚振宗《後漢藝文志》標點者作"《內讖二卷解説》"，《益部耆舊傳》稱："以《夏侯尚書》相傳，作《內讖二卷解説》。"此類圖讖學，其父楊春卿稱爲其家族内部"所傳秘記"，而皇家重之，故稱"爲漢家用"。此類家族内部所傳之學，多不見於官方史書著録，由此亦可知圖讖之學，多爲家族内部傳授之學。

周澤（生卒不詳）

《東觀漢記》：周澤少脩高節，耿介特立，好學問，治《嚴氏春秋》，門徒數百人，隱居山野，不汲汲於時俗。拜太常，果敢，數有直言，朝廷嘉其清廉。（《太平御覽》卷二百二十八《職官部二十六·太常卿》）

按：周澤亦習《嚴氏春秋》，《後漢書·儒林傳下》稱："周澤字穉都，北海安丘人也。少習《公羊嚴氏春秋》，隱居教授，門徒常數百人。建武末，辟大司馬府，署議曹祭酒。數月，徵試博士。"周澤少習《公羊嚴氏春秋》，疑亦學於丁恭，如《後漢書·樊儵傳》稱："北海周澤、琅邪承宫并海内大儒，（樊）儵皆以爲師友而致之於朝。"《東觀漢記》記周澤，較范曄《後漢書》多人物品鑒之語。

應劭《漢官儀》：周澤爲太常，齋有疾，其妻憐其年老被病，窺内問之。澤大怒，以爲干齋。掾吏争之不聽，遂收送詔獄，并自劾謝，論者譏其激發不實。又諺曰："居世不諧，爲太常妻，一歲三百六十日，三百五十九日齋，一日不齋醉如泥。"（《藝文類聚》卷四十九《職官部五·太常》）

按：周澤待妻嚴苛，此事類書多有引用。《北堂書鈔》卷三十七稱"澤敬宗廟，常病在齋舍"，《藝文類聚》卷八十引《東觀漢記》則稱"周澤爲澠池令，克身儉約，妻子自親釜竈"。

梁松（？—61）

松字伯孫，少爲郎，尚光武女舞陰長公主，再遷虎賁中郎將。松博通經書，明習故事，與諸儒脩明堂、辟雍、郊祀、封禪禮儀，常與論議，寵幸莫比。光武崩，受遺詔輔政。永平元年，遷太僕。松數爲私書請托郡縣，二年，發覺免官，遂懷怨望。四年冬，乃縣飛書誹謗，下獄死，國除。（《後漢書》卷三十四《梁松傳》）

按：松，梁統之子，"博通經書，明習故事"。飛書，李賢注："飛書者，無根而至，若飛來也，即今匿名書也。"古代"飛書""匿名書""謗書"所引起的社會問題值得關注。

孫敬（生卒不詳）

《楚國先賢傳》：孫敬好學，時欲寤寐，懸頭至屋梁以自課。常閉戶，號爲"閉戶先生"。（《太平御覽》卷六百一十一《學部五·勤學》）

按：《藝文類聚》卷五十五引《後漢書》："孫敬，字文質，好學，閉戶讀書，不堪其睡，乃以繩懸之屋梁，人曰'閉戶先生'。"以上敘"頭懸梁""閉戶先生"之來歷。《太平御覽》卷七百四十七引《後漢書》："孫敬，字文寶。少時畫地學書，日進焉。"《太平御覽》卷三百六十三引作《漢書》又有"後爲當世大儒"之說。

孫敬讀書勤奮，又見《楚國先賢傳》："孫敬編柳簡以寫經本，晨夕誦習之。"（《北堂書鈔》卷九十七《藝文部三·好學十一》）孫敬以"柳簡"爲寫本，是漢代下層士人書寫載體。疑各類書所言《漢書》《後漢書》當爲《楚國先賢傳》之誤。

楊由（生卒不詳）

《益都耆舊傳》：楊由有《兵雲圖》，時竇憲將兵在外，太守高安遣工從由寫圖以進憲，由口授以成圖。（《北堂書鈔》卷九十六《藝文部二》）

按：《益都耆舊傳》屬於雜傳類作品，其性質近小說。此處稱楊由有《兵雲圖》，不見於《後漢書》記載，或即《華陽國志》之《雲氣圖》。

楊由爲太守廉范文學，范稱能治。由言："當有賊發。"頃之，廣柔羌反，寇殺長姚超。鄉人冷豐賷酒候之，值客未内，由爲知其多少。又言："人當致果，其色赤黃。"果有送甘橘者。大將軍竇憲從太守索《雲氣圖》，由諫莫與，尋憲受誅。其明如此。著書十篇而卒。（《華陽國志》卷十上）

按：此處所記，可與《後漢書》本傳參看。《後漢書·方術傳上》："楊由字哀侯，蜀郡成都人也。少習《易》，并七政、元氣、風雲占候。爲郡文學掾。時有大雀夜集於庫樓上，太守廉范以問由。由對曰：'此占郡内當有小兵，然不爲害。'後二十餘日，廣柔縣蠻夷反，殺傷長吏，郡發庫兵擊之。又有風吹削哺，太守以問由。由對曰：'方當有薦木實者，其色黃赤。'頃之，五官掾獻橘數包。"兩漢蜀郡成都多方士。楊由所習《易》，已有方術化傾向。風吹削哺，李賢注："'哺'當作'柿'，音孚廢反。《顔氏家訓》曰：'削則劄也。《左傳》曰"削而投之"是也。史家假借爲"肝肺"字，今俗或作"脯"，或作爲"反哺"之"哺"，學士因云"是屏障之名"，非也。《風角書》曰"庶人之風揚塵轉削"，若是屏障，何由可轉。'""太守問由風吹"事，又見《益都耆舊傳》（《藝文類聚》卷八十六），該書據信成于晋初，則《後漢書》據此前此類雜史、雜傳不少。

《後漢書·方術傳上》稱其"著書十餘篇，名曰《其平》"，似乎是楊由自定書名爲《其平》，然其書亦當屬自編定。即如兩漢之際桓譚《新論》，亦屬自定書名，且親手編定而成。此事入《太平廣記》卷七十六。

何英（生卒不詳）

何、楊研神，貫奧入微。何英，字叔俊，郫人也。楊由，字哀侯，成都人也。二子學通經緯。英著《漢德春秋》十五卷。（《華陽國志》卷十上）

按：楊由事見前。此處記何英、楊由事。

孫汶（生卒不詳）

孫汶，字景由，亦深學。初徵，上日食盗賊起，有效，爲謁者；京師

旱，請雨，即澍。遷犍爲屬國。著《世務論》三十篇，卒。(《華陽國志》卷十上)

按：孫汶與楊由、何英爲友。

楊仁（生卒不詳）

楊仁字文義，巴郡閬中人也。建武中，詣師學習《韓詩》，數年歸，靜居教授。仕郡爲功曹，舉孝廉，除郎。太常上仁經中博士，仁自以年未五十，不應舊科，上府讓選。(《後漢書》卷七十九下《儒林傳下》)

按：《華陽國志》附《士女目録》："思防：治中從事楊仁，字文義。閬中人也。"楊仁學《韓詩》，其"靜居教授"，亦是東漢私學影響所致。漢代選博士限年五十歲以上。李賢注引《漢官儀》曰："博士限年五十以上。"《後漢書·儒林傳下》稱楊仁"上便宜十二事，皆當世急務"，楊仁當有《上便宜》。

井丹（生卒不詳）

嵇康《高士傳》：井丹，字大春，扶風人也。博學，故京師爲之語曰"《五經》紛綸井大春"。未嘗書刺候謁人。梁松請友，丹不肯見。後遂隱遁。(《太平御覽》卷四百一十《人事部五十一·交友五》)

按：《後漢書》本傳："井丹字大春，扶風郿人也。少受業太學，通《五經》，善談論，故京師爲之語曰：'《五經》紛綸井大春。'性清高，未嘗脩刺候人。"此類"《五經》紛綸井大春"，是東漢評價儒者之語，一般以七言句式評論之。梁松乃梁統之子，井丹以隱居不見。《逸民傳》提及了六種隱居情況："或隱居以求其志，或迴避以全其道，或靜己以鎮其躁，或去危以圖其安，或垢俗以動其概，或疵物以激其清。"井丹通《五經》隱居，然能引起諸王、外戚注意，其"善談論"或是其中原因之一。東漢經學辯難，創造了一種"談論"之風，無疑是魏晉時期"清談"風氣之先導。

梁鴻（生卒不詳）

《東觀漢記》：梁鴻少孤，以童幼，詣太學受業，治《禮》《詩》《春秋》。常獨坐止，不與人同食。（《藝文類聚》卷七十二《食物部·食》）

按：《後漢書·隱逸傳》："梁鴻字伯鸞，扶風平陵人也。父讓，王莽時爲城門校尉，封脩遠伯，使奉少昊後，寓於北地而卒。鴻時尚幼，以遭亂世，因卷席而葬。後受業太學，家貧而尚節介，博覽無不通，而不爲章句。學畢，乃牧豕于上林苑中。"梁鴻"受業太學"，非從私學，而太學有人員限制。《後漢書·隱逸傳》録其歌與詩。一曰《五噫之歌》："因東出關，過京師，作《五噫之歌》曰：'陟彼北芒兮，噫！顧覽帝京兮，噫！宮室崔嵬兮，噫！人之劬勞兮，噫！遼遼未央兮，噫！'"《太平御覽》卷五百七十二引《三輔决録》曰："梁鴻東出關，過京師，作《五噫之歌》曰：'陟彼北邙兮，噫！顧瞻帝京兮，噫！宮闕崔嵬兮，噫！民之劬勞兮，噫！遼遼未央兮，噫！'肅宗聞而悲之，求鴻不得。"此"顧瞻"，《後漢書》作"顧覽"，餘同。"五噫之歌"，以嘆詞爲篇名。一曰《適吳詩》："將行，作詩曰：'逝舊邦兮遐征，將遙集兮東南。心愊怛兮傷悴，志菲菲兮升降。欲乘策兮縱邁，疾吾俗兮作讒。競舉枉兮措直，咸先佞兮唾啞。（聊）固靡慚兮獨建，冀異州兮尚賢。聊逍摇兮遨嬉，纘仲尼兮周流。儻云覩兮我悦，遂舍車兮即浮。過季札兮延陵，求魯連兮海隅。雖不察兮光貌，幸神靈兮與休。惟季春兮華阜，麥含含兮方秀。哀茂時兮逾邁，閔芳香兮日臭。悼吾心兮不獲，長委結兮焉究！口嚻嚻兮餘訕，嗟恓恓兮誰留？'"梁鴻所作"兮"字六言詩，《古詩紀》題名《適吳詩》。《後漢書·隱逸傳》又有梁鴻《思友詩》，見"高恢條"。

《東觀漢記》：梁鴻少孤，詣太學受業。同房先炊已，呼鴻及熱釜炊。鴻曰："童子不因人熱者也！"滅竈，更燃火。（《太平御覽》卷七百五十七《器物部二·釜》）

按：《藝文類聚》引《東觀漢記》稱梁鴻"不與人同食"，《太平御覽》引該書又稱其"更燃火"，前後事迹相關。另梁鴻讀書刻苦，如《藝文類聚》卷十九引《東觀漢記》稱："梁鴻常閉户吟詠書記。"

高恢（生卒不詳）

皇甫士安《高士傳》：高恢字伯遠，少治《老子經》，恬虛不營世務。與梁鴻善，隱於華陰山。（《太平御覽》卷五百八《逸民部八·逸民八》）

按：高恢與梁鴻爲友，且梁鴻曾爲其作詩，《後漢書·隱逸傳》："初，鴻友人京兆高恢，少好《老子》，隱於華陰山中。及鴻東游思恢，作詩曰：'鳥嚶嚶兮友之期，念高子兮僕懷思，想念恢兮爰集茲。'二人遂不復相見。恢亦高抗，終身不仕。"此梁鴻《思友詩》，當與梁鴻事迹互相參看。

廣陵思王劉荆（？—67）

劉荆，光武崩，飛書與東海王强，恐說之，勸令興兵爲逆亂。乃封荆廣陵，遣就國。後復呼相工謂曰："我貌最類先帝，先帝三十得天下，我今年亦三十，可起兵未？"相者詣吏告之，後竟使巫祝詛。自殺。（《金樓子·說蕃》）

按：此說同《後漢書》。《太平御覽》卷一百五十引《東觀漢記》："廣陵思王荆，性刻急隱害，善文法，有才能。中元二年，世祖崩，不悲哀，而作飛書與東海王强說之，令舉兵爲逆亂。强得荆書，即臣其行書者，封上之。以親親隱其事，遣荆止河南宫。"此"飛書"指的是緊急文書。本傳稱"建武十五年封山陽公，十七年進爵爲王""立二十九年死"，則十五年（39）爲山陽公，建武十七年（41）爲王，立二十九年死，則其卒當在永平十年（67）。

郭况（9—59）

郭况，光武皇后之弟也。累金數億，家僮四百餘人，以黃金爲器，工冶之聲，震於都鄙。時人謂："郭氏之室，不雨而雷。"言其鑄鍛之聲盛也。庭中起高閣長廡，置衡石於其上，以稱量珠玉也。閣下有藏金窟，列武士以衛之。錯雜寶以飾臺榭，懸明珠於四垂，晝視之如星，夜望之如月。里語曰："洛陽多錢郭氏室，夜日晝星富無匹。"其寵者皆以玉器盛食，故東京謂郭家爲"瓊厨金穴"。況小心畏慎，雖居富勢，閉門優游，未曾干世事，爲一時之智也。（《拾遺記》卷六）

　　按：《後漢書》稱"建武元年，生皇子彊。帝善況小心謹慎，年始十六，拜黄門侍郎"，"永平二年，況卒，贈賜甚厚，帝親自臨喪，諡曰節侯"，可知生於王莽始建國元年（9），卒於永平二年（59）。《後漢書》稱"京師號況家爲'金穴'"，《拾遺記》稱"東京謂郭家爲'瓊厨金穴'"，由此類細節看，《後漢書》很可能采録了當時的很多雜史雜傳的傳聞材料。這也涉及史書與小説類文本的可信度問題。如果將史家作爲後世記録者看待，他們采用的史料，未必皆是當時真實發生的史實，而是有後世傳聞材料；如果從小説類材料進入史書的角度看，魏晉六朝志怪小説與雜史雜傳類文獻，皆有不同程度的可信性。

仲昱（生卒不詳）

　　仲昱免師。仲昱，成都人也，少受學於嚴季后。季后爲汶江尉，書呼仲昱，仲昱許十月往。會夷反，斷道，仲昱期於往。經度六七，幾死。數年，卒得至汶江，爲季后陳策，俱得免難。遠近嘆之。（《華陽國志》卷十上）

任末（生卒不詳）

　　叔本慕仁。任末字叔本，新繁人也。與董奉德俱學京師。奉德病死，推鹿車送其喪。師亡，身病，賷棺赴之。道死。遺令敕子載喪至師門，叙平生之志也。（《華陽國志》卷十上）

　　按："新繁"之"新"乃衍文。《後漢書·儒林傳下》："任末字叔本，蜀郡繁人也。少習《齊詩》，游京師，教授十餘年。友人董奉德於洛陽病亡，末乃躬推鹿車，載奉德喪致其墓所，由是知名。"《華陽國志》附《士女目録》："仁義志士任末，字叔本，繁人也。"任末被评爲"仁義"，與其"推鹿車送喪"有關。任末習《齊詩》。《後漢書》謂"敕兄子造"，《華陽國志》則謂"敕子"。任末未知何時人，《後漢書》列其在伏恭後、景鸞前，《華陽國志》列其於仲昱後，姑將二人附光武時期。

  任末年十四時，學無常師，負笈不遠險阻。每言："人而不學，則何以成？"或依林木之下，編茅爲庵，削荆爲筆，剋樹汁爲墨。夜則映星望月，暗則縛麻蒿自照。觀書有合意者，題其衣裳，以記其事。門徒悦其勤學，更以净衣易之。非聖人之言不視。臨終誡曰："夫人好學，雖死若存；不學者，雖存，謂之行尸走肉耳！"河洛秘奥，非正典籍所載，皆注記柱壁及園林樹木，慕好學者，來輒寫之。時人謂任氏爲"經苑"。(《拾遺記》卷六)

  按：《拾遺記》所言"年十四時，學無常師"，與《後漢書》"少習《齊詩》，游京師"合。按照《拾遺記》的記載，任末少時家境貧寒。

卷 十

漢明帝劉莊(28—75)

崔豹《古今注》：漢明帝爲太子，樂人作歌詩四章以贊太子之德，一曰《日重光》，二曰《月重輪》，三曰《星重輝》，四曰《海重潤》。(《太平御覽》卷一百四十八《皇親部十四·太子三》)

按：漢明帝頗好禮樂之事，故《後漢書》稱"冬十月，蒸祭光武廟，初奏《文始》《五行》《武德》之舞"；明帝善樂，故《後漢書》稱"召校官弟子作雅樂，奏《鹿鳴》，帝自御塤箎和之，以娛嘉賓"。《古今注》所言明帝爲太子時，"樂人作歌詩四章以贊太子之德"，當有所據。

漢明帝與佛教傳入中國具有直接關係，《後漢書·西域傳》記載："世傳明帝夢見金人，長大，頂有光明，以問群臣。或曰：'西方有神，名曰佛，其形長丈六尺而黃金色。'帝於是遣使天竺問佛道法，遂於中國圖畫形像焉。楚王英始信其術，中國因此頗有奉其道者。後桓帝好神，數祀浮圖、老子，百姓稍有奉者，後遂轉盛。"東漢明帝時將老子、浮屠一并祭祀。"漢明感夢"而佛教傳入中土，此又見《魏書·釋老志》："後孝明帝夜夢金人，項有日光，飛行殿庭，乃訪群臣，傅毅始以佛對。帝遣郎中蔡愔、博士弟子秦景等使於天竺，寫浮屠遺範。愔仍與沙門攝摩騰、竺法蘭東還洛陽。中國有沙門及跪拜之法，自此始也。愔又得佛經四十二章及釋迦立像。明帝令畫工圖佛像，置清凉臺及顯節陵上，經緘於蘭臺石室。愔之還也，以白馬負經而至，漢因立白馬寺於洛城雍門西。摩騰、法蘭咸卒於此寺。"

明帝陰貴人夢食瓜甚美。帝使求諸方國。時敦煌獻異瓜種，恒山獻巨桃核。瓜名"穹隆"，長三尺，而形屈曲，味美如飴。父老云："昔道士從蓬萊山得此瓜，云是崆峒靈瓜，四劫一實，西王母遺于此地，世代遐絶，其實頗在。"又説："巨桃霜下結花，隆暑方熟，亦云仙人所食。"帝使植於霜林園。園皆植寒果，積冰之節，百果方盛，俗謂之"相陵"，與霜林之聲訛也。后曰："王母之桃，王公之瓜，可得而食，吾萬歲矣，安可植乎？"后崩，内侍者見鏡奩中有瓜、桃之核，視之涕零，疑非其類耳。（《拾遺記》卷六）

（明帝）永平十七年詔曰：司馬遷著書，成一家之言，揚名後世，至以身陷刑之故，反微文刺譏，貶損當世，非誼士也。司馬相如洿行無節，但有浮華之詞，不周于用，至于疾病而遺忠，主上求取其書，竟得頌述功德，言封禪事，忠臣效也，至是賢遷遠矣。（《文選·典引序》）

按：此漢明帝論司馬遷、司馬相如賢愚，貶遷而襃相如，是東漢明帝時尚對司馬遷著書頗有非議，亦可見當時官方以"頌述功德"爲"忠臣"，以"微文刺譏，貶損當世"爲"非誼士"。明帝時儒學大興，故《後漢書·儒林傳上》："後復爲功臣子孫、四姓末屬別立校舍，搜選高能以受其業，自期門羽林之士，悉令通《孝經》章句，匈奴亦遺子入學。"而此與明帝通經有關，《後漢書》稱明帝"十歲能通《春秋》"。

明德馬皇后（39—79）

謝承《後漢書》：馬后履行節儉，事從簡約。馬廖慮以美業難終，上疏長樂宫，以勸成德政，長安語曰："城中好高髻，四方且一尺；城中好廣眉，四方畫半額；城中好大袖，四方全匹帛。"斯言如戲，有切事實。（《太平御覽》卷四百九十五《人事部一百三十六·諺上》）

按：《後漢書·皇后紀》："明德馬皇后諱某，伏波將軍援之小女也。"馬皇后多通經藝，故《後漢書》稱馬皇后"能誦《易》，好讀《春秋》《楚辭》，尤善《周官》《董仲舒書》"，是知其對經、子、集部之書皆有瀏覽。又馬皇后"自撰《顯宗起居注》"，知其有史才。

郭賀（？—64）

（郭）賀字喬卿，洛陽人。祖父堅伯，父游君，并修清節，不仕王莽。賀能明法，累官，建武中爲尚書令，在職六年，曉習故事，多所匡益。拜荊州刺史，引見賞賜，恩寵隆異。及到官，有殊政。百姓便之，歌曰："厥德仁明郭喬卿，忠正朝廷上下平。"（《後漢書》卷二十六《郭賀傳》）

按：東漢品鑒人語，多一句七言，此二句七言且稱"民歌"。由此知古代五言、七言詩歌句式，未必完全出自文人詩歌，當有民間來源。《後漢書》稱其永平四年（61）任河南尹，"在官三年卒"，則其卒年當在永平七年（64）。《東觀漢記》卷十三則稱："明帝到南陽巡守，賜三公之服，去幨帷，使百姓見之，以彰有德。"

張興（？—71）

張興字君上，潁川鄢陵人也。習《梁丘易》以教授。建武中，舉孝廉爲郎，謝病去，復歸聚徒。後辟司徒馮勤府，勤舉爲孝廉，稍遷博士。永平初，遷侍中祭酒。十年，拜太子少傅。顯宗數訪問經術。既而聲稱著聞，弟子自遠至者，著錄且萬人，爲梁丘家宗。十四年，卒於官。（《後漢書》卷七十九上《儒林傳上》）

按：著錄，李賢注："著於籍錄。"此言從張興學《梁丘易》，著錄者萬人。漢代除及門弟子，著錄亦是一種從師方式。張興傳《梁丘易》，"爲梁丘家宗"，永平十四年（71）卒。

琅邪孝王劉京（？—72）

劉京性恭孝，好經學。京都莒，好宮室，窮極伎巧，殿館壁帶，皆飾以金銀。數上詩賦頌德，帝嘉美之。京國中有城陽景王祀，吏民奉祠，神

數下言，宮中多不便，乃復徙宮開陽。(《金樓子·説蕃》)

按：此處《金樓子》文字同《後漢書》。葛洪《神仙傳》有漢文帝時學神仙之劉京，葛洪《神仙傳》："劉京從邯鄲張君受餌雲丸。"(《太平御覽》卷六百六十九)王莽時有廣饒侯劉京。本傳稱"建武十五年封琅邪公，十七年進爵爲王"，"立三十一年薨"。此言劉京"數上詩賦頌德"，是東漢人已經完全接受了詩賦的"頌德"功能。

杜篤(？—78)

杜篤之誄，有譽前代。《吳誄》雖工，而他篇頗疏。豈以見稱光武，而改眄千金哉！(《文心雕龍·誄碑》)

按：杜篤博學善誄，《後漢書·文苑傳上》："杜篤字季雅，京兆杜陵人也。高祖延年，宣帝時爲御史大夫。篤少博學，不修小節，不爲鄉人所禮。居美陽，與美陽令游，數從請托，不諧，頗相恨。令怒，收篤送京師。會大司馬吳漢薨，光武詔諸儒誄之，篤於獄中爲誄，辭最高，帝美之，賜帛免刑。"《文心雕龍·程器》"杜篤之請求無厭"，《顏氏家訓·文章》"杜篤乞假無厭"之説，頗與"數從請托"相合。《文心雕龍·時序》"杜篤獻誄以免刑"，亦與史書相合。劉勰、范曄時代相同。本傳稱"建初三年，車騎將軍馬防擊西羌，請篤爲從事中郎，戰没於射姑山"。杜篤《大司馬吳漢誄》全文，可參見《藝文類聚》卷四十七《職官部三·大司馬》。

本傳録杜篤《論都賦》，又稱："所著賦、誄、弔、書、讚、《七言》、《女誡》及雜文，凡十八篇。又著《明世論》十五篇。"《論都賦》非獨文學佳作，亦政治宏論。杜篤京兆人，故力主重新遷都長安。然其意見引起多人反對，《後漢書·王景傳》云："先是杜陵杜篤奏上《論都賦》，欲令車駕遷還長安。耆老聞者，皆動懷土之心，莫不眷然佇立西望。景以官廟已立，恐人情疑惑，會時有神雀諸瑞，乃作《金人論》，頌洛邑之美，天人之符，文有可采。"《班固傳》亦云："時京師脩起宮室，濬繕城隍，而關中耆老猶望朝廷西顧。固感前世相如、壽王、東方之徒，造構文辭，終以諷勸，乃上《兩都賦》，盛稱洛邑制度之美，以折西賓淫侈之論。"其他如傅毅《洛都賦》《反都賦》，崔駰《反都賦》《武都賦》，亦皆產生於此背景之下。

宋（宗）均（？—76）

《東觀漢記》：宋均爲九江太守，有唐山神祠，嫁娶皆取民間男女，百姓患之，長吏莫敢改焉。均乃移書曰："自今已去，當爲唐山娶巫家女。"其後乃絕。（《北堂書鈔》卷三十九《政術部·方略三十二》）

按：此事有神異色彩，又見《後漢書》。《後漢書·宋均傳》："宋均字叔庠，南陽安衆人也。父伯，建武初爲五官中郎將。均以父任爲郎，時年十五，好經書，每休沐日，輒受業博士，通《詩》《禮》，善論難。至二十餘，調補辰陽長。其俗少學者而信巫鬼，均爲立學校，禁絕淫祀，人皆安之。"宋均"善論難"，與"善談論"類似。《後漢書考證》以爲"宋均"當作"宗均"，詳見"宗資""宗俱"條。宋均通經，然"不喜文法"。"建初元年卒於家"，則其卒在公元76年。宋均著述頗豐，《冊府元龜》卷六百五《學校部·注釋第一》："宋均撰《孝經皇義》一卷，注《詩緯》十八卷，注《禮記默房》二卷，注《樂緯》二卷，注《孝經鉤命決》六卷，注《孝經援神契》七卷，注《論讖》八卷。後爲河內太守。"《冊府元龜》所記宋均著作不見於《後漢書》，而見於《隋書·經籍志》。

九江多虎，百姓苦之。前將募民捕取，武吏以除賦課，郡境界皆設陷阱。後太守宋均到，乃移記屬縣曰："夫虎豹在山，黿鼉在淵，物性之所托。故江、淮之間有猛獸，猶江北之有雞豚。今數爲民害者，咎在貪殘居職使然，而反逐捕，非政之本也。壞檻阱，勿復課錄，退貪殘，進忠良。"後虎悉東渡江，不爲民害。（《風俗通義·正失》）

按：此事又見范曄《後漢書》，其記晚于應劭《風俗通義》，雖應劭對此事有所辯正，然范曄仍然輯入史書，是南朝風氣，以俗語、傳言爲信史，此或佛教思想影響所致。應劭"謹按"曰："天之所生，備物致用，非以傷人也；然時爲害者，乃其政使然也。今均思求其政，舉清黜濁，神明報應，宜不爲災。江渡七里，上下隨流，近有二十餘虎，山棲穴處，毛鬣婆娑，豈能犯陽侯，凌濤瀨而橫厲哉？俚語：'狐欲渡河，無奈尾何。'舟人楫棹，猶尚畏怖，不敢迎上，與之周旋。云悉東渡，誰指見者？堯、舜欽明在上，稷、契允懿於下，當此時也，寧復有虎耶？若均登據三事，德被四海，虎豈可抱負相隨，乃至鬼方絕域之地乎？"

承宮(？—76)

《續漢書》：宮過徐子盛，好之，因棄其猪而留聽經。主怪其不還，求索，得宮，欲笞之。門下生共禁止，因留之，爲諸生拾薪執苦數年，勤學不倦。(《太平御覽》卷六百十一《學部五·勤學》)

按：《後漢書·承宮傳》："承宮字少子，琅邪姑幕人也。少孤，年八歲爲人牧豕。鄉里徐子盛者，以《春秋經》授諸生數百人，宮過息廬下，樂其業，因就聽經，遂請留門下，爲諸生拾薪。執苦數年，勤學不倦。經典既明，乃歸家教授。"《後漢書》李賢注："《世本》承姓，衛大夫成叔承之後也。"承宮窘困，然而"爲諸生拾薪執苦數年，勤學不倦"，知其以勞動代替學資。此處亦有兩個問題值得思考：第一，國家、地方如何管理不同層面的私門教學？是否有官方資金投入？第二，私門如何管理衆多門徒？食宿、交通、安全等問題如何解決？由承宮曾爲私門儒生拾薪看，其背後應有一個龐大的服務群體，然此類人員的生活費用如何解決？由此推測，私門教授的經費，除了學生的學費，應該也有地方上的經濟支持，否則，如承宮之輩，就不可能獲得學習的機會。另據《後漢書》，承宮"建初元年(76)卒"。

承宮之用，可見東漢自上而下教育體系之發達，而東漢儒生隱居或鄉下之教授，對普及儒學教育意義重大。一方面，這種非常完善的教育普及制度，值得深究。另一方面，作爲本來在鄉間私學中拾薪之童子，最後爲朝廷所用，亦可見鄉里推薦人才制度之發達。東漢的儒學教育與用人方式、人才選拔渠道，亦值得研究。

劉軼(生卒不詳)

(劉昆)子軼，字君文，傳昆業，門徒亦盛。永平中，爲太子中庶

子。建初中，稍遷宗正，卒官，遂世掌宗正焉。(《後漢書》卷七十九上《儒林傳上》)

按：《册府元龜》卷五百九十七《學校部·世業》："劉軼字君文，父昆，受《施氏易》於沛人戴賓，教授弟子嘗五百餘人。軼傳父業，門徒亦盛，位至宗正。"是知劉軼傳《施氏易》。劉軼乃劉昆之子，梁孝王後，入東漢爲宗正。劉氏宗室亦參與教授弟子，可見私門教授影響之大。

淳于恭(？—80)

淳于恭字孟孫，北海淳于人也。善説《老子》，清静不慕榮名。家有山田果樹，人或侵盜，輒助爲收采。又見偷刈禾者，恭念其愧，因伏草中，盜去乃起，里落化之。(《後漢書》卷三十九《淳于恭傳》)

按：李賢注曰："淳于，縣，故城在今密州安丘縣東北，故淳于國也。"善説《老子》而"清静不慕榮名"，是真逸民，并能以德教化鄉民。《後漢書》本傳稱"(建初)五年，病篤，使者數存問，卒於官"，故將其卒年係於建初五年(80)。其有子淳于孝，爲太子舍人。淳于恭"所薦名賢，無不徵用"，知其以鄉賢薦人才，亦屬東漢選拔人才之一途。

梁竦(？—83)

竦字叔敬，少習《孟氏易》，弱冠能教授。後坐兄松事，與弟恭俱徙九真。既徂南土，歷江、湖、濟沅、湘，感悼子胥、屈原以非辜沈身，乃作《悼騷賦》，繫玄石而沉之。(《後漢書》卷三十四《梁竦傳》)

按：梁統之子。西漢賈誼有《吊屈原賦》，乃悼人之作；後來揚雄又仿屈原作《反離騷》《畔牢愁》；此梁竦之《悼騷賦》，乃悼文之作。《後漢書》卷三十四李賢注引《東觀記》有梁竦《悼騷賦》。由悼歷史人物，到擬其文，再到悼其文，屈原及其文在兩漢文人中的形象變化，由此可見。此類著作，皆屬兩漢擬作。此類文本寫作方式，反映了兩漢一以貫之的文學傳統。

梁竦著述見《後漢書·梁竦傳》："竦閉門自養，以經籍爲娛，著書數篇，名曰《七序》。班固見而稱曰："孔子著《春秋》而亂臣賊子懼，梁竦作《七序》而竊位素餐者慚。""此《七序》因梁竦"以經籍爲娛"而著，班固見之比作孔子《春秋》，則其非西漢"七"體之文，應近劉向《新序》。該書不傳。《後漢書》稱梁竦"閑居可以養志，《詩》《書》足以自娛"之談，恐非其本意，不過是在無法實現"生當封侯，死當廟食"退而求其次之舉。又梁氏因貴人生子而"私相慶"，最終導致竇氏陷害，漢代外戚之間的斗争是非常殘酷的。建初八年（83）卒。

梁嫕（生卒不詳）

梁夫人嫕者，梁竦之女，樊調之妻，漢孝和皇帝之姨，恭懷皇后之同産姊也。初，恭懷后以選入掖庭，進御于孝章皇帝，有寵，生和帝，立爲太子，竇后母養焉。和帝之生，梁氏喜相慶賀，聞竇后。竇后驕恣，欲專恣，害外家，乃誣陷梁氏。時竦在本郡安定，詔書收殺之，家屬移九真。後和帝立，竇后崩，諸竇以罪惡誅放，嫕從民間上書自訟。（《古列女傳》卷八《續古列女傳》）

按：《後漢書·梁竦傳》有梁嫕《自訟書》，無疑是一篇自證清白、替父申冤之作，情真意切，實爲梁竦平反而撰。

東平王劉蒼（？—83）

劉蒼好經史，博學多識，恭肅畏敬。明帝重其器能，特愛異之。入爲相，薦郁悝、桓榮等。其後，蒼數上疏，陳藩職至重，不宜久留京師。蒼爲人體貌長大，美鬚髯，腰八尺二寸，故帝言副是腰腹也。帝以所自作《光武本紀》示蒼，蒼因上《世祖受命中興頌》，咸言類相如、揚雄，前世史岑也。章帝時，王入朝，以王觸寒涉道，使中謁者逢迎，賜王乘輿貂裘。（《金樓子·説蕃》）

按：《後漢書·光武十王傳》："蒼少好經書，雅有智思，爲人美鬚髦,要帶八圍,顯宗甚愛重之。"《金樓子》文字多與《後漢書》同。《後漢書》記明帝賜劉蒼"秘書、列仙圖、道術秘方",則知識緯、神仙、道術等文獻,在東漢爲"秘書"。"列仙圖"亦屬秘方,是從其知識、人才的有限性上而言的。

沛獻王劉輔(? —84)

《東觀漢記》:沛獻王輔,永平五年秋,京師少雨,上御雲台,召尚席取卦具自卦,以《周易卦林》占之,其繇曰:"蟻封穴户,大雨將集。"明日大雨。上即以詔書問輔曰:"道豈有是耶?"輔上書曰:"案《易》卦《震》之《蹇》,蟻封穴户,大雨將集。《蹇》,《艮》下《坎》上,《艮》爲山,《坎》爲水。出雲爲雨,蟻穴居而知雨,將雲雨,蟻封穴,故以蟻爲興文。"詔報曰:"善哉!王次序之。"(《文選》卷六十任昉《齊竟陵文宣王行狀》李善注)

按:《後漢書·光武十王傳》:"輔矜嚴有法度,好經書,善説《京氏易》《孝經》《論語傳》及圖讖,作《〈五經〉論》,時號之曰《沛王通論》。"光武之子多好經書,可見其對皇子儒學教育之重視。本傳稱"建武十五年(39)封右(馮)翊公。十七年,郭后廢爲中山太后,故徙輔爲中山王,并食常山郡。二十年,復徙封沛王","立四十六年薨"。

楚王劉英(? —71)

劉英,交通賓客,晚節學黄老、浮屠。永平八年詔令天下死罪皆入縑贖。英遣郎中令詣國相曰:"過惡累積,惶懼,歡喜大恩。奉送黄縑白紈三十匹入贖。"楚相以聞,詔書示諸國中傅,曰:"楚王誦黄老之微言,尚浮屠之仁祠,潔齋三月,與神爲誓,何嫌?當有悔吝。還贖縑紈,以助伊蒲塞桑門之盛饌。"是後,英遂交通方士。十三年中,男子燕廣告英作金龜玉鵠,謀反。坐死,徙者以千數。(《金樓子·説蕃》)

按:《後漢書·光武十王傳》:"英少時好游俠,交通賓客,晚節更喜黄老，學爲浮屠齋戒祭祀。……英後遂大交通方士，作金龜玉鶴，刻文字以爲符瑞。"楚王信黄老、浮屠，而與漢代符命結合。李賢注引袁宏《漢紀》："浮屠，佛也，西域天竺國有佛道焉。佛者，漢言覺也，將以覺悟群生也。其教以脩善慈心爲主，不殺生，專務清靜。其精者爲沙門。沙門，漢言息也，蓋息意去欲而歸於無爲。又以爲人死精神不滅，隨復受形，生時善惡皆有報應，故貴行善修道，以煉精神，以至無生而得爲佛也。佛長丈六尺，黄金色，項中佩日月光，變化無方，無所不入，而大濟群生。初，明帝夢見金人長大，項有日月光，以問群臣。或曰：'西方有神，其名曰佛。陛下所夢，得無是乎？'於是遣使天竺，問其道術而圖其形像焉。"又注曰："伊蒲塞即優婆塞也，中華翻爲近住，言受戒行堪近僧住也。桑門即沙門。"本傳稱"明年，英至丹陽，自殺"，此乃永平十四年（71）。

攝摩騰（生卒不詳）

攝摩騰，本中天竺人。美風儀，解大、小乘經，常游化爲任。昔經往天竺附庸小國，講《金光明經》。會敵國侵境，騰惟曰："經云：'能説此法，爲地神所護，使所居安樂。'今鋒鏑方始，曾是爲益乎？"乃誓以忘身，躬往和勸，遂二國交歡，由是顯達。

漢永平中，明皇帝夜夢金人飛空而至。乃大集群臣以占所夢，通人傅毅奉答："臣聞西域有神，其名曰'佛'，陛下所夢，將必是乎。"帝以爲然，即遣郎中蔡愔、博士弟子秦景等，使往天竺，尋訪佛法。愔等於彼遇見摩騰，乃要還漢地。騰誓志弘通，不憚疲苦，冒涉流沙，至乎洛邑。明帝甚加賞接，於城西門外立精舍以處之，漢地有沙門之始也。但大法初傳，未有歸信，故蘊其深解，無所宣述，後少時卒於洛陽。有記云：騰譯《四十二章經》一卷，初緘在蘭臺石室第十四間中。騰所住處，今洛陽城西雍門外白馬寺是也。相傳云：外夷國王嘗毀破諸寺，唯招提寺未及毀壞。夜有一白馬繞塔悲鳴，即以啓王，王即停壞諸寺。因改"招提"以爲"白馬"，故諸寺立名多取則焉。（《高僧傳》卷一）

按：中國佛教的傳入，正式的史書記載見於"漢明感夢"，但相信早期傳入應該更早。

竺法蘭（生卒不詳）

　　竺法蘭，亦中天竺人也，自言誦經論數萬章，爲天竺學者之師。時蔡愔既至彼國，蘭與摩騰共契游化，遂相隨而來。會彼學徒留礙，蘭乃間行而至。既達洛陽，與騰同止。少時便善漢言。

　　愔於西域獲經，即爲翻譯《十地斷結》《佛本生》《法海藏》《佛本行》《四十二章》等五部。移都寇亂，四部失本，不傳江左。唯《四十二章經》今見在，可二千餘言。漢地見存諸經，唯此爲始也。愔又於西域得畫釋迦倚像，是優田王旃檀像師第四作也。既至洛陽，明帝即令畫工圖寫，置清涼臺中，及顯節陵上。舊像今不復存焉。又昔漢武穿昆明池底得黑灰，以問東方朔，朔云：「不委，可問西域人。」後法蘭既至，衆人追問之，蘭云：「世界終盡，劫火洞燒，此灰是也。」朔言有徵，信者甚衆。蘭後卒於洛陽，春秋六十餘矣。（《高僧傳》卷一）

　　按：「漢明感夢」事，因與佛教傳入有關，而在後世流傳甚廣。

鄭衆（？—83）

　　（鄭）衆字仲師。年十二，從父受《左氏春秋》，精力於學，明《三統歷》，作《春秋難記條例》，兼通《易》《詩》，知名於世。……建初六年，代鄧彪爲大司農。是時肅宗議復鹽鐵官，衆諫以爲不可。詔數切責，至被奏劾，衆執之不移。帝不從。在位以清正稱。其後受詔作《春秋删》十九篇。八年，卒官。（《後漢書》卷三十六《鄭衆傳》）

　　按：鄭興子，通《易》《詩》《左傳》，明《三統歷》，著有《春秋難記條例》《春秋删》。鄭衆傳《費氏易》《毛詩》。《後漢書·儒林傳》：「陳元、鄭衆皆傳《費氏易》，其後，馬融亦爲其傳。」王應麟《漢藝文志考證》卷一：「費直本皆古字，號《古文易》，以授王璜，未得立。陳元、鄭衆皆傳費氏學。」《後漢書·儒林傳》：「中興後，鄭衆、賈逵傳《毛詩》，後馬融作《毛詩傳》，鄭玄作《毛詩箋》。"《漢藝文志考證》卷二："鄭衆、賈逵傳《毛詩》。"《隋書·經籍志》："梁有《春秋左氏傳條例》九卷，漢大司農鄭衆撰。"《册府元龜》卷六百五《學校部·注釋第一》："後漢鄭衆爲大司農，傳《毛詩》及《左氏條例章句》，又傳《周官》《禮記》《論語》《孝經》。"傳《毛詩》，《隋書·經籍志》："鄭衆、賈逵、馬融，并作《毛詩傳》，鄭玄作《毛詩箋》。"傳《周官》，王應麟《漢藝文志考證》卷二："馬融云：'成帝命劉歆考理秘書，始得列序，著於《録》《略》，知其周公致太平之迹。永平初，杜子春年且九十，能通其讀，鄭衆、賈逵往受業焉。'"傳《孝經》，《隋書·經籍志》："梁有馬融、鄭衆注《孝經》二卷，亡。"

王喬（生卒不詳）

俗説孝明帝時，尚書郎河東王喬，遷爲葉令。喬有神術，每月朔常詣臺朝。帝怪其來數而無車騎，密令太史候望，言其臨至時，常有雙鳧從東南飛來。因伏伺，見鳧舉羅，但得一雙舄耳。使尚方識視，四年中所賜尚書官屬履也。每當朝時，葉門鼓不擊自鳴，聞於京師。後天下一玉棺於廳事前，令臣吏試入，終不動摇。喬："天帝獨欲召我。"沐浴服飾寝其中，蓋便立覆，宿夜葬於城東，土自成墳，縣中牛皆流汗吐舌，而人無知者，百姓爲立祠，號葉君祠。牧守班禄，皆先謁拜，吏民祈禱，無不如意，若有違犯，立得禍。明帝迎取其鼓，置都亭下，略無音聲。但云葉太史候望，在上西門上，遂以占星辰，省察氣祥，言此令即僊人王喬者也。（《風俗通義·正失》）

按：范曄《後漢書》所記，與《風俗通義》文字相近，或范曄《後漢書》與《風俗通義》有相同文字來源。二書皆將王喬比王子喬，或受佛教影響，以王喬爲王子喬轉世。李賢注："王喬墓在今葉縣東。"王子喬，《後漢書》李賢注引劉向《列仙傳》曰："王子喬，周靈王太子晉也。好吹笙，作鳳鳴。游伊洛間，道士浮丘公接上嵩山。三十餘年後，來於山上，告桓良曰：'告我家，七月七日待我緱氏山頭。'果乘白鶴駐山巔，望之不得到，舉手謝時人而去。"

漢明帝時，尚書郎河東王喬，爲鄴令。喬有神術，每月朔，嘗自縣詣臺。帝怪其來數而不見車騎，密令太史候望之。言其臨至時，輒有雙鳧從東南飛來。因伏伺，見鳧，舉羅張之，但得一雙舄。使尚書識視，四年中所賜尚書官屬履也。（《搜神記》卷一）

按：《搜神記》文字與應劭《風俗通義》、范曄《後漢書》皆有不同，然情節類似，故知《搜神記》與《風俗通義》一樣，皆有史書成分。

馮衍（生卒不詳）

鄭大夫有馮簡子。後韓有馮亭，爲上黨守，嫁禍于趙，以致長平之變。秦有將軍馮劫，與李斯俱誅。漢興，有馮唐，與文帝論將帥。後有馮奉世，上黨人也，位至將軍，女爲元帝昭儀，因家于京師。其孫衍，字敬通，篤學重義，諸儒號之曰"德行雍雍馮敬通"，著書數十篇，孝章皇帝愛重其文。（《潛夫論·氏姓解》）

按：敘馮氏家族譜系，又見於《漢書·馮奉世傳》。《後漢書·馮衍傳》李賢注引《東觀記》："其先上黨潞人，曾祖父奉世徙杜陵。"引《東觀記》："野王生座，襲父爵爲關內侯，座生衍。"引華嶠《後漢書》："衍祖父立，生滿，年十七喪父，早卒，滿生衍。"馮氏自西漢以來即爲大族，至馮衍開始中落。馮衍年九歲即能誦《詩》，可見馮氏家學之傳承有序。馮衍二十歲而能"博通群書"，是知"博通"已成爲當時文人追求之目標。

馮衍事迹、著述見《後漢書·馮衍傳》："馮衍字敬通，京兆杜陵人也。祖野王，元帝時爲大鴻臚。衍幼有奇才，年九歲，能誦《詩》，至二十而博通群書。王莽時，諸公多薦舉之者，衍辭不肯仕。……衍不得志，退而作賦，又自論曰……乃作賦自厲，命其篇曰《顯志》。顯志者，言光明風化之情，昭章玄妙之思也。"馮衍少而能誦《詩》，可謂奇才。其《顯志賦》較爲著名。馮衍著述，見本傳："顯宗即位，又多短衍以文過其實，遂廢於家。……居貧年老，卒於家。所著賦、誄、銘、説、《問交》、《德誥》、《慎情》、書記説、自序、官録説、策五十篇，肅宗甚重其文。"顯宗責馮衍"文過其實"，而肅宗"甚重其文"，此可知顯宗稱馮衍

"文過其實"非事實。李賢注:"《衍集》有《問交》一篇、《慎行》一篇。"又注:"《衍集》見有二十八篇。"《隋書·經籍志》有《馮衍集》五卷,唐李賢稱有二十八篇;後亡佚,明張溥輯《馮曲陽集》,收入《漢魏六朝百三家集》。

魏滿(生卒不詳)

時南陽魏滿字叔牙,亦習《京氏易》,教授。永平中,至弘農太守。(《後漢書》卷七十九上《儒林傳上》)

按:《經典釋文》卷一:"前漢多京氏學,後漢戴馮、孫期、魏滿,并傳之。"

鍾離意(生卒不詳)

《意別傳》:意爲魯相,到官,出私錢萬三千文,付户曹孔訢修夫子車,身入廟,拭几席劍履。男子張伯除堂下草,土中得玉璧七枚,伯懷其一,以六枚白意。意令主簿安置几前。孔子教授堂下床首有懸甕,意召孔訢問:"此何甕也?"對曰:"夫子甕也,背有丹書,人莫敢發也。"意曰:"夫子聖人,所以遺甕,欲以懸示後賢。"因發之,中得素書,文曰:"後世修吾書,董仲舒。護吾車,拭吾履,發吾笥,會稽鍾離意。璧有七,張伯藏其一。"意即召問伯,果服焉。(《後漢書》卷四十一《鍾離意傳》李賢注)

按:《後漢書·鍾離意傳》:"鍾離意字子阿,會稽山陰人也。"此處之故事,已非史實,而具有神異色彩。事又見《搜神記》卷三,二者或有因襲關係。又《後漢書·鍾離意傳》記檀建本不死而竟死、防廣死罪而不死,以此類故事襯托鍾離意之爲能吏,具有明顯的後世搜集材料以成文的傳奇性。又《北堂書鈔》卷七十九引《鍾離意別傳》:"意舉孝廉,有詔試離意,爲天下第一。""爲天下第一"事,不見《後漢書》記載。

藥崧(生卒不詳)

　　藥崧者，河內人，天性樸忠。家貧爲郎，常獨直臺上，無被，枕枇，食糟糠。帝每夜入臺，輒見崧，問其故，甚嘉之，自此詔太官賜尚書以下朝夕餐，給帷被皁袍，及侍史二人。崧官至南陽太守。(《後漢書》卷四十一《第五鍾離宋寒列傳》)

　　按：藥崧之前，尚書郎值臺，需自帶被褥、食物，自藥崧後，官方提供早晚二餐并被褥。李賢注引蔡質《漢官儀》曰："尚書郎入直臺中，官供新青縑白綾被，或錦被，晝夜更宿，帷帳畫，通中枕，卧旃蓐，冬夏隨時改易。太官供食，五日一美食，下天子一等。尚書郎伯使一人，女侍史二人，皆選端正者。伯使從至止車門還，女侍吏絜被服，執香爐燒燻，從入臺中，給使護衣服。"另東漢皇帝夜巡尚書臺事，亦值得關注。

王景(生平不詳)

　　王景字仲通，樂浪詽邯人也。八世祖仲，本琅邪不其人。好道術，明天文。……父閎，爲郡三老。……建武六年，光武遣太守王遵將兵擊之。至遼東，閎與郡決曹史楊邑等共殺調迎遵，皆封爲列侯，閎獨讓爵。帝奇而徵之，道病卒。景少學《易》，遂廣窺衆書，又好天文術數之事，沈深多伎藝。(《後漢書》卷七十六《循吏傳》)

　　按：王景《易》學未知何派，其辟伏恭府。王景自有《易》學著作《大衍玄基》，故本傳稱："初，景以爲《六經》所載，皆有卜筮，作事舉止，質於蓍龜，而衆書錯糅，吉凶相反，乃參紀衆家數術文書，冢宅禁忌，堪輿日相之屬，適於事用者，集爲《大衍玄基》云。"王景當識《山海經》，故《後漢書·循吏傳》稱其："又以嘗修浚儀，功業有成，乃賜景《山海經》《河渠書》《禹貢圖》，及錢帛衣物。"王景治河後，被賜以《山海經》《河渠書》《禹貢圖》，是《山海經》在東漢爲治河之書。

　　王景又有《金人論》，見《後漢書·循吏傳》："先是杜陵杜篤奏上

《論都賦》，欲令車駕遷還長安。耆老聞者，皆動懷土之心，莫不眷然佇立西望。景以宫廟已立，恐人情疑惑，會時有神雀諸瑞，乃作《金人論》，頌洛邑之美，天人之符，文有可采。"王景著《金人論》"頌洛邑之美"，作於建初七年（82），本爲反對杜篤《論都賦》"遷還長安"而作。班固《東都賦》亦有同樣目的，并頌贊東都洛邑。據"會時有神雀諸瑞"看，班固《東都賦》亦有此類祥瑞描寫，則其作年亦應在建初七年之後爲宜。

哀牢王柳貌（生卒不詳）

永平十二年，哀牢王柳貌遣子率種人内屬，其稱邑王者七十七人，户五萬一千八百九十，口五十五萬三千七百一十一。西南去洛陽七千里，顯宗以其地置哀牢、博南二縣，割益州郡西部都尉所領六縣，合爲永昌郡。始通博南山，度蘭倉水，行者苦之。歌曰："漢德廣，開不賓。度博南，越蘭津。度蘭倉，爲它人。"（《後漢書》卷八十六《南蠻西南夷列傳》）

按："漢德"之廣，至於西南夷。漢賦多"頌漢德"之作，而西南夷民歌中亦"頌漢德"，可知漢代"頌漢德"觀念深入人心。

董鈞（生卒不詳）

文伯習禮，繼武孫通。董鈞，字文伯，資中人也。少受業于鴻臚王臨。永平初，議天地宗廟郊祀儀禮，鈞與太常定其制；又定諸侯王喪禮。歷城門校尉、五官中郎將，以儒學貴，稱繼叔孫通。（《華陽國志》卷十中）

按：《後漢書·儒林傳下》："董鈞字文伯，犍爲資中人也。習《慶氏禮》。事大鴻臚王臨。元始中，舉明經，遷廩犧令，病去官。……鈞博通古今，數言政事。永平初，爲博士。時草創五郊祭祀，及宗廟禮樂，威儀章服，輒令鈞參議，多見從用，當世稱爲通儒。累遷五官中郎將，常教授門生百餘人。後坐事左轉騎都尉。年七十餘，卒於家。"《華陽國志》卷十云"繼武孫通",孫通者,前漢叔孫通也。《漢書》稱叔孫通"爲漢儒宗",《後漢書》稱董鈞爲"通儒";叔孫通制定西漢一朝禮樂規模,董鈞則參議後漢五郊祭祀,及宗廟禮樂,威儀章服之制。二人事業相同,故常璩有此言。又《華陽國志》稱其爲"文學、城門校尉"。

觟陽鴻(生卒不詳)

時中山觟陽鴻,字孟孫,亦以《孟氏易》教授,有名稱,永平中爲少府。(《後漢書》卷七十九上《儒林傳上》)

按:東漢《孟氏易》盛行,與袁氏家族的推動有關。《東觀漢記》卷十八:"觟陽鴻,字孟孫,爲世名儒,永平拜少府。"觟字從"角",或作"鮭",《後漢書·牟融傳》云融永平十一年"代觟陽鴻爲大司農","觟"即作"鮭"。永平爲明帝年號,共十八年,故觟陽鴻拜少府約在永平九或十年,其永平十一年又曾爲大司農,則拜少府之後旋拜大司農。牟融代觟陽鴻爲大司農,或觟陽鴻卒於此年。

楊政(生卒不詳)

楊政字子行,京兆人也。少好學,從代郡范升受《梁丘易》,善説經書。京師爲之語曰:"説經鏗鏗楊子行。"教授數百人。(《後漢書》卷七十九上《儒林傳上》)

按:楊政從范升學《易》。《北堂書鈔》卷九十六引《東觀漢記·楊政傳》:"政字子行,治《梁邱易》。與京兆祁聖元同好,俱名善談説。京師號曰:'説經硜硜楊子行,論難幡幡祁聖元。'"東漢時人物品鑒之風大盛,往往作七言韵語互相標榜。吴騫《拜經樓詩話》云:"昔人多爲口語,凡七字,中兩協韵。此體殆始于漢,盛于東京,沿及兩晋六朝,至隋唐以後不多見。"桂馥《札樸》以爲互相譽揚之風一開,而黨禍遂不可救。其説雖不免聳聽,然亦有幾分道理。

丁鴻（生卒不詳）

肅宗詔鴻與廣平王羨及諸儒樓望、成封、桓郁、賈逵等，論定《五經》同異於北宮白虎觀，使五官中郎將魏應主承制問難，侍中淳于恭奏上，帝親稱制臨決。鴻以才高，論難最明，諸儒稱之，帝數嗟美焉。時人嘆曰："殿中無雙丁孝公。"數受賞賜，擢徙校書，遂代成封爲少府。門下由是益盛，遠方至者數千人。（《後漢書》卷三十七《丁鴻傳》）

按：《後漢書·丁鴻傳》："丁鴻字孝公，潁川定陵人也。父綝，字幼春，王莽末守潁陽尉。……鴻年十三，從桓榮受《歐陽尚書》，三年而明章句，善論難，爲都講，遂篤志精銳，布衣荷擔，不遠千里。"丁鴻從桓榮學《歐陽尚書》。《後漢書·桓榮傳》李賢注引《華嶠書》："榮弟子丁鴻學最高。"丁鴻與樓望、成封、桓郁、賈逵論《五經》同異，而丁鴻"論難最明"，可知丁鴻問難論對最高。庾信《周大將軍義興公蕭公墓誌銘》稱有"無雙對問，實踵武於丁鴻；多識舊章，足齊衡於王粲"之語，可知丁鴻在南朝以論對聞名。

牟融（？—79）

牟融字子優，北海安丘人也。少博學，以《大夏侯尚書》教授，門徒數百人，名稱州里。以司徒茂才爲豐令，視事三年，縣無獄訟，爲州郡最。……中興，北海牟融習《大夏侯尚書》，東海王良習《小夏侯尚書》，沛國桓榮習《歐陽尚書》。（《後漢書》卷二十六《牟融傳》；《後漢書》卷七十九上《儒林傳上》）

按：牟融傳大夏侯《尚書》。《後漢書》本傳稱其"忠正公方""經行純備"。又稱其建初四年（79）薨，子牟麟以父爲郎。

臨邑侯劉復(生卒不詳)

　　初，臨邑侯復好學，能文章。永平中，每有講學事，輒令復典掌焉。與班固、賈逵共述漢史，傅毅等皆宗事之。復子騊駼及從兄平望侯毅，并有才學。永寧中，鄧太后召毅及騊駼入東觀，與謁者僕射劉珍著中興以下名臣列士傳。騊駼又自造賦、頌、書、論凡四篇。(《後漢書》卷十四《宗室四王三侯列傳》)

　　按：劉復曾與班固、賈逵論漢史；《後漢書·馬嚴傳》："(馬嚴)常與宗室近親臨邑侯劉復等論議政事，甚見寵幸。"知劉復曾與馬嚴論政事。又《後漢書·王扶傳》："永平中，臨邑侯劉復著《漢德頌》，盛稱扶爲名臣云。"知劉復曾作《漢德頌》，稱頌王扶爲"名臣"。該賦不傳，然由記王扶看，則《漢德頌》必亦頌漢其他"名臣"。

班固(32—92)

　　光武中興，篤好文雅，明、章繼軌，尤重經術。四方鴻生巨儒，負襃自遠而至者，不可勝算。石室、蘭臺，彌以充積。又于東觀及仁壽閣集新書，校書郎班固、傅毅等典掌焉。并依《七略》而爲書部，固又編之，以爲《漢書·藝文志》。董卓之亂，獻帝西遷，圖書縑帛，軍人皆取爲帷囊。所收而西，猶七十餘載。兩京大亂，掃地皆盡。(《隋書》卷三十二《經籍志》)

　　按：《後漢書·班固傳》："固字孟堅。年九歲，能屬文誦詩賦，及長，遂博貫載籍，九流百家之言，無不窮究。所學無常師，不爲章句，舉大義而已。性寬和容衆，不以才能高人，諸儒以此慕之。……顯宗甚奇之，召詣校書部，除蘭臺令史，與前睢陽令陳宗、長陵令尹敏、司隸從事孟異共成《世祖本紀》。遷爲郎，典校秘書。固又撰功臣、平林、新市、公孫述事，作列傳、載記二十八篇，奏之。"班固有劉向、劉歆父子之才。《漢書·叙傳》稱："固以爲唐虞三代，《詩》《書》所及，世有典籍，故雖堯舜之盛，必有典謨之篇，然後揚名於後世，冠德於百王，故曰：'巍巍乎其有成功，煥乎其有文章也！'漢紹堯運，以建帝業，至於六世，史臣乃追述功德，私作《本紀》，編於百王之末，厠於秦、項之列。太初以後，闕而不錄，故探撰前記，綴輯所聞，以述《漢書》，起元高祖，終於孝平王莽之誅，十有二世，二百三十年，綜其行事，旁貫《五經》，上下洽通，爲《春秋》考紀、表、志、傳，凡百篇。"班固通《易》、《書》、《春秋》（未詳何派）、《齊詩》。

此處《隋書·經籍志》乃叙班固《漢書·藝文志》之作。《漢書》本傳多記班固之作，如："時京師修起宮室，濬繕城隍，而關中耆老猶望朝廷西顧。固感前世相如、壽王、東方之徒，造構文辭，終以諷勸，乃上《兩都賦》，盛稱洛邑制度之美，以折西賓淫侈之論。"班固《兩都賦》作年，當與王景《金人論》同時或稍後。《太平御覽》卷五百九十六有班固《馬仲都哀辭》全文。又："固自以二世才術，位不過郎，感東方朔、揚雄自論，以不遭蘇、張、范、蔡之時，作《賓戲》以自通焉。後遷玄武司馬。天子會諸儒講論《五經》，作《白虎通德論》，令固撰集其事。"《白虎通德論》，又稱《白虎通義》，是東漢一部繼承性、總結性著作。李賢注："章帝建初四年，詔諸王諸儒會白虎觀講議《五經》同異。""位不過郎"是兩漢多數文人的命運。

又："固又作《典引》篇，述叙漢德。以爲相如《封禪》，靡而不典，揚雄《美新》，典而不實，蓋自謂得其致焉。……固所著典引、賓戲、應譏、詩、賦、銘、誄、頌、書、文、記、論、議、六言，在者凡四十一篇。"班固自謂其《典引》超過司馬相如《封禪文》、揚雄《劇秦美新》。此三文《文選》入"符命"，《文心雕龍》入"封禪"。《文心雕龍·封禪》："及揚雄《劇秦》，班固《典引》，事非鐫石，而體因紀禪。觀《劇秦》爲文，影寫長卿，詭言遁辭，故兼包神怪；然骨制靡密，辭貫圓通，自稱極思，無遺力矣。《典引》所叙，雅有懿采，歷鑒前作，能執厥中，其致義會文，斐然餘巧。故稱'《封禪》靡而不典，《劇秦》典而不實'，豈非追觀易爲明，循勢易爲力歟？"陳直《史記新證》："《文選》卷四八引班固《典引》云'永平十七年，臣與賈逵、傅毅、杜矩、展隆、郗萌等，召詣雲龍門。小黄門趙宣持《秦始皇帝本紀》問臣等曰：太史遷下贊語中，寧有非耶？臣對：此贊賈誼《過秦篇》云：向使子嬰有庸主之才，僅得中佐，秦之社稷，未宜絕也'云云。班固《典引》，即是辨論太史公引證賈誼《過秦論》之是否正確，非論太史公之述作也。"（第 25 頁）此言班固《典引》之著述目的。《隋書·經籍志》有"後漢大將軍護軍司馬《班固集》十七卷"。

廣陵陳子迴、顏方，今尚書郎班固、蘭臺令楊終、傅毅之徒，雖無篇章，賦頌記奏，文辭斐炳，賦象屈原、賈生，奏象唐林、谷永，并比以觀好，其美一也。（《論衡·案書》）

按：班固文學才能，王充《論衡·超奇》多有讚譽："（班彪）子男孟堅，爲尚書郎，文比叔皮，非徒五百里也，乃夫周、召、魯、衛之謂也。"《論衡·佚文》稱："永平中，神雀群集，孝明詔上《〔神〕爵頌》，百官頌上，文皆比瓦石，唯班固、賈逵、傅毅、楊終、侯諷五頌金玉，孝明覽焉。夫以百官之衆，郎吏非一，唯五人文善，非奇而何？"《初學記》卷二十一引傅玄《叙連珠》贊曰："班固喻美詞壯，文章弘麗，最得其體也。"此可知班固在當時文名甚盛。

後漢班固，字孟堅，扶風安陵人，官至中郎將。工篆，李斯、曹喜之法，悉能究之。昔李斯作《蒼頡篇》，趙高作《爰歷篇》，胡毋敬作《博學篇》，漢興，閭里書私合之，總謂《蒼頡篇》，斷六十字爲一章，凡五十五章。至平帝元始中，徵天下通小學者以百數，各令記字於未央庭中。揚雄取其有用者作《訓纂篇》二十四章，以纂續《蒼頡》也。孟堅乃復續十三章。和帝永初中，賈魴又撰《異字》，取固所續章而廣之爲三十四章，用《訓纂》之末字以爲篇目，故曰《滂熹篇》，言滂沱大盛。凡百二十三章，文字備矣。明帝使孟堅成父彪所述《漢書》。永平初受詔，至章帝建初二十五年而成，以竇憲賓客，繫於洛陽獄，卒。年六十三。大小篆入能。（《書斷》卷下）

按：此言班固"年六十三"卒，與《後漢書》班固本傳所言"年六十一"不同，當從《後漢書》。《後漢書·班固傳》稱："及竇氏賓客皆逮考，兢因此捕繫固，遂死獄中。時年六十一。"班固生卒詳考，參見劉躍進《秦漢文學編年史》（第 352 頁）。章帝建初僅八年，此言"至章帝建初二十五年而成"誤，《漢書》當成於章帝建初七年，詳考參見劉躍進《秦漢文學編年史》（第 423 頁）。

傅毅（生卒不詳）

永平中，神雀群集，孝明詔上《神爵頌》。百官頌上，文皆比瓦石，唯班固、賈逵、傅毅、楊終、侯諷五頌金玉，孝明覽焉。（《論衡·佚文》）

按：傅毅著述，多見《後漢書·文苑傳上》："傅毅字武仲，扶風茂陵人也。少博學。永平中，於平陵習章句，因作《迪志詩》……毅早卒，著詩、賦、誄、頌、祝文、《七激》、連珠凡二十八篇。"《文苑傳》又曰："毅以顯宗求賢不篤，士多隱處，故作《七激》以爲諷。""七"之爲體，始於前漢枚乘《七發》，其後作者紛紜，馬融有《七厲》，張衡有《七辨》，崔瑗亦有《七厲》，崔駰有《七依》，曹植有《七啓》，王粲有《七釋》等。後世有《傅毅集》，故《隋書·經籍志》稱："後漢車騎司馬《傅毅集》二卷。梁五卷。"

《後漢書·文苑傳上》："建初中，肅宗博召文學之士，以毅爲蘭臺令史，拜郎中，與班固、賈逵共典校書。毅追美孝明皇帝功德最盛，而廟頌未立，乃依《清廟》作《顯宗頌》十篇奏之，由是文雅顯於朝廷。"傅毅與班固、賈逵共同校書；又與崔駰、竇憲交往。《後漢書·竇融傳》："（竇）憲既平匈奴，威名大盛，以耿夔、任尚等爲爪牙，鄧迭、郭璜爲心腹。班固、傅毅之徒，皆置幕府，以典文章。"傅毅先爲竇憲主記室，後爲司馬；而《册府元龜》稱建初中其曾爲馬防軍司馬，傅毅任馬防軍司馬在任竇憲主記室、司馬前。傅毅、崔駰、班固皆在竇憲幕府。傅毅又與馬防友善，如《册府元龜·外戚部·禮士》稱："馬防，廖弟也。章帝建初中，爲車騎將軍。時傅毅以文雅顯於朝廷，防請毅爲軍司馬，待以師友之禮。"

蓋才有淺深，無有古今；文有僞真，無有故新。廣陵陳子迴、顏方，今尚書郎班固，蘭臺令楊終、傅毅之徒，雖無篇章，賦頌記奏，文辭斐炳，賦象屈原、賈生，奏象唐林、谷永，并比以觀好，其美一也。當今未顯，使在百世之後，則子政、子雲之黨也。（《論衡·案書》）

按：傅毅文學才能，荀悅、王充、班固多有評論，如《北堂書鈔》

卷六十引班固《與弟超書》亦曰："傅武仲以能文爲蘭臺令史，下筆不休。"可知傅毅文名甚盛。

或問黃白之儔。曰："傅毅論之當也。燔埴爲瓦則可，爍瓦爲銅則不可。以自然驗於不然，詭哉。歆犬羊之肉以造馬牛，不幾矣。不其然歟？"（荀悦《申鑒·俗嫌》）

徐幹（生卒不詳）

徐幹，字伯張，扶風平陵人，官至班超軍司馬。善章草書，班固與超書稱之曰："得伯張書，藁勢殊工，知識讀之，莫不嘆息。實亦藝由己立，名自人成。"後有蘇班，亦平陵人也。五歲能書，甚爲張伯英所稱嘆。（《書斷》卷下）

按：徐幹與班超友善，故《後漢書·班超傳》稱："平陵人徐幹素與超同志，上疏願奮身佐超。"班固曾與班超書論及傅毅，此又論及徐幹，不知同在一信之中否？又據班固所言，似班超寫予班固之書乃由徐幹代筆。

李育（生卒不詳）

李育字元春，扶風漆人也。少習《公羊春秋》。沈思專精，博覽書傳，知名太學，深爲同郡班固所重。固奏記薦育於驃騎將軍東平王蒼，由是京師貴戚爭往交之。（《後漢書》卷七十九下《儒林傳下》）

按：李育少習《公羊》而晚讀《左傳》，被班固薦於東平王劉蒼。"京師貴戚爭往交之"，也有漢章帝見重的原因，如《北堂書鈔》卷五十八引《東觀漢記》："李育字元春，爲侍中。時章帝西謁園陵，育陪乘，問舊事，育輒對。由是見重。"

李育頗涉獵古文，并有《左氏》著作，以《公羊》號稱通儒。《後漢書·儒林傳下》："常避地教授，門徒數百。頗涉獵古學。嘗讀《左氏傳》，雖樂文采，然謂不得聖人深意，以爲前世陳元、范升之徒更相非折，而多引圖讖，不據理體，於是作《難左氏義》四十一事。建初元年，衛尉馬廖舉育方正，爲議郎。後拜博士。四年，詔與諸儒論《五經》於白虎觀，育以《公羊》義難賈逵，往返皆有理證，最爲通儒。"建武二年，尚書令韓歆上書欲立《左傳》爲博士。四年，范升奏《左傳》之失十四事，不可錄者三十一事，反對立《左傳》爲博士。陳元聞之，復上疏請求建立《左氏》。二人辯難，凡十餘上，帝卒立《左氏》學。當時於《左氏》，双方多有此事，如：賈逵推崇《左氏》，曾摘出《左氏》三十事尤著明者，李育則作《難左氏義》不足者四十一事。不獨辨理，亦欲數量上有所取勝也。

馮豹（？—102）

豹字仲文，年十二，母爲父所出。後母惡之，嘗因豹夜寐，欲行毒害，豹逃走得免。敬事愈謹，而母疾之益深，時人稱其孝。長好儒學，以《詩》《春秋》教麗山下。鄉里爲之語曰："道德彬彬馮仲文。"（《後漢書》卷二十八《馮豹傳》）

按：其《詩》《春秋》不詳宗派。《後漢書》本傳稱："永元十四年，卒於官。"《東觀漢記》卷十四所記與《後漢書》相近："馮豹，字仲文，後母惡之，嘗因豹夜卧，引刀斫之，正值其起，中被獲免。""後母虐子"這一母題，往前可追溯到舜帝之母，其後類似之故事情節，屢見於典籍。如《東觀漢紀》載蔣詡之後母伺詡寢，操斧砍之，值詡如廁而免。《東觀漢記》卷十四又稱："馮豹每奏事未報，常服省閣下，或從昏至明。天子默使小黃門持被覆之，曰：'勿驚之。'"

馬防（？—98）

《東觀漢記》：馬防征西羌，上喜防功，令史官作頌，頌其功伐。（《北堂書鈔》卷一百二《藝文部八·頌三十二》）

按：《後漢書》馬防本傳："（馬）防字江平，永平十二年，與弟光俱爲黃門侍郎。"馬防乃馬援次子。《隋書·音樂志》引《東觀書·馬防傳》有云:"大予丞鮑鄴等上作樂事,下防。防奏言:'建初二年七月鄴上言,天子食飲,必順於四時五味,而有食舉之樂。所以順天地,養神明,求福應也。今官雅樂獨有黃鐘,而食舉樂但有太簇,皆不應月律,恐傷氣類。可作十二月均,各應其月氣。公卿朝會,得聞月律,乃能感天,和氣宜應。詔下太常評焉。太常上言,作樂器直錢百四十六萬,奏寢。今明詔復下,臣防以爲可須上天之明時,因歲首之嘉月,發太簇之律,奏雅頌之音,以迎和氣。'其條貫甚具,遂獨施行。"本傳稱和帝永元十三年(101)卒。傅毅永元元年之後曾爲竇憲主記室、司馬;建初中,任馬防軍司馬,則此任職在竇憲主記室之前。西漢武將多不喜文士,東漢武將如竇憲、馬防等則多交文人,此兩漢之一大不同也。胡應麟有云:"西漢將才,東漢將德。高以才勝,故將亡非才者;光以德勝,故將亡非德者。聲氣之感捷桴鼓哉!夫西漢諸將,多群盜,高之起,亦三尺也;東漢諸將多儒生,光之起,亦一經也。德也,才也。"(《少室山房筆叢》卷四八)

朱輔(生卒不詳)

永平中,益州刺史梁國朱輔,好立功名,慷慨有大略。在州數歲,宣示漢德,威懷遠夷。自汶山以西,前世所不至,正朔所未加。白狼、槃木、唐菆等百餘國,户百三十餘萬,口六百萬以上,舉種奉貢,稱爲臣僕。輔上疏曰:"臣聞《詩》云:'彼徂者岐,有夷之行。'傳曰:'岐道雖僻,而人不遠。'詩人誦詠,以爲符驗。今白狼王唐菆等慕化歸義,作詩三章。路經邛崍大山零高阪,峭危峻險,百倍岐道。繩負老幼,若歸慈母。遠夷之語,辭意難正。草木異種,鳥獸殊類。有犍爲郡掾田恭與之習狎,頗曉其言,臣輒令訊其風俗,譯其辭語。今遣從事史李陵與恭護送詣闕,并上其樂詩。昔在聖帝,舞四夷之樂;今之所上,庶備其一。"帝嘉之,事下史官,録其歌焉。(《後漢書》卷八十六《南蠻西南夷列傳》)

按:此歌即白狼王唐菆之《遠夷樂德歌詩》《遠夷慕德歌詩》《遠夷懷德歌》,《後漢書》録三歌全文,是研究東漢西南民族文學的重要史料。李賢注:"《東觀記》載其歌,并載夷人本語,并重譯訓詁爲華言,今范史所載者是也。今錄《東觀》夷言，以爲此注也。"《太平御覽》卷五百七十引《東觀漢記》："朱酺，明帝時爲益州刺史。移書屬郡，喻以聖德。白狼王等百餘國重譯來庭，歌詩三章，酺獻之。"李賢注："《東觀記》'輔'作'酺'。梁國寧陵人也。""宣示漢德"，是漢賦主要功能，而此以社會治理"宣示漢德"，則"宣示漢德"在漢代是政治、文化、教育各個層面共同的任務。三首歌詩皆題名"樂德""慕德""懷德"，可知"漢德"在兩漢是非常重要的思想。

程曾（？—78）

《桂陽先賢畫讚》：程曾字孝孫，少孤，七歲亡母，哀慕毀悴。鄰人嚼哺之，知有肉，遂吐不食。（《北堂書鈔》卷一百四十五《酒食部四·肉篇》）

按：《後漢書·儒林傳下》："程曾字秀升，豫章南昌人也。受業長安，習《嚴氏春秋》，積十餘年，還家講授。會稽顧奉等數百人常居門下。著書百餘篇，皆《五經》通難，又作《孟子章句》。"程曾習《嚴氏春秋》，作《孟子章句》，是東漢人已開始研治《孟子》。《儒林傳》謂程曾字秀升，此謂字孝孫，且一曰其桂陽人，一曰其豫章人，未知孰是。又《藝文類聚》卷二十《人部四·孝》："師覺授《孝子傳》曰：程曾年七歲喪母，哀號哭泣，不異成人。祖母憐之，嚼肉食之，覺有味，便吐去。"《孝子傳》謂祖母嚼肉食之，此謂鄰人嚼哺之。《太平御覽》卷四百一十三亦引《桂陽先賢畫讚》，與《孝子傳》同。或有二程曾乎？

宋（宗）意（？—90）

（宋均）族子意。意字伯志。父京，以《大夏侯尚書》教授，至遼東太守。意少傳父業，顯宗時舉孝廉，以召對合旨，擢拜阿陽侯相。建初中，徵爲尚書。（《後漢書》卷四十一《宋意傳》）

按：宋意傳《大夏侯尚書》，乃宗俱祖父，當作"宗意"，見"宗資""宗俱"條。《後漢書》本傳稱永元二年（90）卒。

杜度（生卒不詳）

　　崔子玉擅名北中，迹罕南度。世有得其摹者，王子敬見之稱美，以爲功類伯英。杜度濫觴於草書，取奇於漢帝，詔使奏事，皆作草書。師宜官鴻都爲最，能大能小。文舒聲劣於兄，時云"亞聖"。子敬泥帚，早驗天骨，兼以掣筆，復識人工。一字不遺，兩葉傳妙。此五人，允爲上之中。（庾肩吾《書品》）

　　按：唐張懷瓘《書斷》卷上："杜度，漢章帝時人，元帝朝史游已作草。"崔子玉，崔瑗；王子敬，王獻之；張伯英，張芝；張文舒，張昶。《太平廣記》卷二百六引《書斷》以爲崔瑗草書師法於杜度。

　　後漢杜度，字伯度，京兆杜陵人，御史大夫延年曾孫。章帝時爲齊相，善章草。雖史游始草，書傳不紀其能，又絕其迹，創其神妙，其唯杜公？韋誕云："杜氏傑有骨力，而字畫微瘦。崔氏法之，書體甚濃，結字工巧，時有不及。張芝喜而學焉，轉精其巧，可謂'草聖'，超前絕後，獨步無雙。"張芝自謂："上比崔杜不足，下方羅趙有餘。"誠是尊師之辭，亦其心肺間語。伯英損益伯度章草，亦猶逸少增減元常真書，雖潤色精於斷割，意則美矣。至若高深之意，質素之風，俱不及其師也。然各爲古今之獨步。蕭子良云："本名操，爲魏武帝諱改爲度。"非也。案蔡邕《勸學篇》云："齊相杜度，美守名篇。"漢中郎不應預爲武帝諱也。（《書斷》卷中）

　　按：《書斷》記杜度名諱、爵里、事迹最詳。杜度草書，上承史游，下傳崔瑗。

張重（生卒不詳）

　　范泰《古今善言》：日南張重，舉計入洛。正旦大會，明帝問："日南郡北向視日也？"重曰："今郡有雲中、金城者，不必皆有其實，日亦

俱出於東耳。至於風氣暄暖，日影仰當，官民居止隨情，面向東西南北，回背無定。"（《水經注》卷三十六）

按：《東觀漢記》卷十："張重，日南計吏，形容短小，明帝問云：'何郡小吏？'答曰：'臣日南計吏，非小吏也。'"計吏爲官，小吏爲吏。漢時官、吏有別，故張重有此言。范泰，南朝宋人，范寧之子，范曄之父。《太平御覽》卷四引《後漢書》："張重字仲篤，明帝時舉孝廉。帝曰：'何郡小吏？'答曰：'臣日南吏。'帝曰：'日南郡人應向北看日。'答曰：'臣聞雁門不見壘雁爲門，金城郡不見積金爲郡。臣雖居日南，未嘗向北看日。'"今本《後漢書》無，疑《太平御覽》引當作《東觀漢記》。《天中記》卷二十六引此故事即作《東觀漢記》。

《交州名士傳》：張重字仲篤，舉計。漢明帝易重，問："何短小？"重曰："陛下欲得其才，將稱骨度肉也？"（《太平御覽》卷三百七十五《人事部一十六·肉》）

北海敬王劉睦（？—74）

睦能屬文，作《春秋旨義終始論》及賦頌數十篇。又善《史書》，當世以爲楷則。及寢病，帝驛馬令作草書尺牘十首。立十年薨，子哀王基嗣。（《後漢書》卷十四《宗室四王三侯列傳》）

按：劉睦作《春秋旨義終始論》及賦頌數十篇。善《史書》，即善書體，《漢書·鄧后紀》以爲即太史籀所作大篆十五篇。劉睦之父靖王劉興，建武二年（26）爲魯王，立三十九年薨，劉睦立于本年，十年薨，則其卒于漢明帝永平十七年（74）。

召馴（？—88）

召馴字伯春，九江壽春人也。曾祖信臣，元帝時爲少府。父建武中爲卷令，俶儻不拘小節。馴少習《韓詩》，博通書傳，以志義聞，鄉里號之曰"德行恂恂召伯春"。（《後漢書》卷七十九下《儒林傳下》）

按：《東觀漢記》卷十八："召馴，字伯春，以志行稱，鄉里號之曰'德行恂恂召伯春'。以明經有智讓，能講論，拜議郎。"召馴習《韓詩》。

楊孚（生卒不詳）

鶌鴣。似雌雉，飛但南，不向北。楊孚《交州異物志》云："鳥像雌雉，名鶌鴣。其志懷南，不向北徂。"（段成式《酉陽雜俎》續集卷八）

按：《太平廣記》卷四百六十一引作"出《曠志》"。

子歸母。楊孚《交州異物志》云："鮫之為魚，其子既育，驚必歸母，還其腹。小則如之，大則不復。"出《感應經》（《太平廣記》卷四百六十四《水族一》）

按：《隋書·經籍志》："《異物志》一卷，後漢議郎楊孚撰。""《交州異物志》一卷，楊孚撰。"

張霸（生卒不詳）

《益部耆舊傳》：張霸字伯饒，蜀郡成都人也。年數歲，知禮義，鄉人號為張僧子。七歲通《春秋》，復欲進餘經。父母曰："汝小，未能也。"霸曰："我饒為之。"故字伯饒。（《太平御覽》卷三百八十五《人事部二十六·幼智下》）

按："僧子"當作"曾子"。司馬彪《續漢書》："張霸為會稽太守，越賊束手歸附。童謠曰：'棄我戟，捐我矛；盜賊盡，吏皆休。'"（《太平御覽》卷四百六十五《人事部·謠》）

猗歟文父，叡發幼童。德澹會稽，道崇辟雍。張霸，字伯饒，諡曰文父，成都人也。年數歲，以知禮義。啟母，求就師學。母憐其稚，對曰："饒能。"故字伯饒也。治《嚴氏春秋》，諸生孫林、劉固、段著等宗之，移家其宇下。為會稽太守，撥亂興治，立文學，學徒以千數，風教大行，道路但聞誦聲，百姓歌詠之。致達名士顧奉、公孫松、畢海、胡母官、萬虞先、王演、李根，皆至大位。在郡十年，以有道徵，拜議郎，遷侍中。

遂授霸五更，尊禮於太學。年老卒，葬河南。（《華陽國志》卷十上）

按：《華陽國志》附《士女目録》："文學，侍中五更張霸，字伯饒，諡曰'文父'，成都人也。"《後漢書·張霸傳》："張霸字伯饒，蜀郡成都人也。年數歲而知孝讓，雖出入飲食，自然合禮，鄉人號爲'張曾子'。七歲通《春秋》，復欲進餘經，父母曰'汝小未能也'，霸曰'我饒爲之'，故字曰'饒'焉。後就長水校尉樊儵受《嚴氏公羊春秋》，遂博覽《五經》。諸生孫林、劉固、段著等慕之，各市宅其傍，以就學焉。……郡中争厲志節，習經者以千數，道路但聞誦聲。初，霸以樊儵删《嚴氏春秋》猶多繁辭，乃減定爲二十萬言，更名《張氏學》。"張霸以好學而使"郡中争厲志節，習經者以千數，道路但聞誦聲"。張霸"就長水校尉樊儵受《嚴氏公羊春秋》"，"博覽《五經》"。樊儵删《嚴氏春秋》，張霸定爲二十萬言，遂爲"張氏學"。

陳敬王劉羨（？—96）

劉羨少好學，博通經傳，有威嚴，與諸儒講論於白虎殿。帝以廣平在北，多有邊費，乃徙羨爲西平王。又徙封陳王。（《金樓子·説蕃》）

按：《金楼子》與《後漢書》文字全同。據《後漢書·孝明八王列傳》，劉羨于明帝永平三年（60）封廣平王，立三十七年薨，則其卒當在和帝永元八年（96）。本傳曾稱其"羨博涉經書，有威嚴，與諸儒講論於白虎殿"，不知是以何身份與諸儒講論。

尹勤（生卒不詳）

《東觀漢記》：尹勤治《韓詩》，事薛漢。身牧豕，事親至孝，無有交游，門生荆棘。（《藝文類聚》卷八十九《木部中·荆》）

按：尹勤傳《韓詩》，師從薛漢。《後漢書·郭陳列傳》："（尹）勤字叔梁，篤性好學，屏居人外，荆棘生門，時人重其節。""身牧豕"而不輟讀經，東漢多此類底層文人。

馬鳴生（生卒不詳）

　　馬鳴生者，齊國臨淄人也，本姓和，字君賢。少爲縣吏，因逐捕而爲賊所傷，當時暫死，得道士神藥救之，遂活，便棄職隨師。初但欲求受治瘡病耳，知其有長生之道，遂久事之，隨師負笈。西之女几山，北到玄丘山，南湊瀘江，周游天下，勤苦備嘗。乃受《太清神丹經》三卷，歸，入山合藥，服之，不樂昇天，但服半劑，爲地仙矣。常居所在，不過三年，輒便易處，人或不知其是仙人也。架屋舍，畜僕從，乘車馬，與俗人無異。如此展轉，游九州，五百餘年，人多識之，怪其不老。後乃修大丹，白日昇天而去也。（《葛洪《神仙傳》卷五》）

　　按：後漢和、安帝時人，參見"陰長生"條。

陰長生（生卒不詳）

　　陰長生者，新野人也，漢皇后之親屬。少生富貴之門，而不好榮貴，唯專務道術。聞馬鳴生得度世之道，乃尋求之，遂得相見，便執奴僕之役，親運履之勞。鳴生不教其度世之法，但日夕別與之高談，論當世之事，治農田之業，如此十餘年，長生不懈。同時共事鳴生者十二人，皆悉歸去，唯長生執禮彌肅。鳴生告之曰："子真能得道矣。"乃將入青城山中，煮黃土爲金以示之。立壇西面，乃以《太清神丹經》授之，鳴生別去。長生乃歸，合之丹成，服半劑，不盡，即昇天。乃大作黃金十數萬斤，以布惠天下貧乏，不問識與不識者。周行天下，與妻子相隨，一門皆壽而不老。在民間三百餘年，後於平都山東，白日昇天而去。著書九篇，云："上古仙者多矣，不可盡論，但漢興以來，得仙者四十五人，連余爲六矣。二十人尸解，餘并白日昇天。"出《神仙傳》。（《太平廣記》卷八《神仙八》）

　　按：此段材料，又見《太平御覽》卷六百六十四引《老君傳》。西漢以經學、方術爲主，東漢在經學、方術之外，神仙逐漸獨立出來，是東漢思想發展一大變化。

《抱朴子》曰：洪聞諺書有之曰："子不夜行，則安知道上有夜行人？"今不得仙者，亦安知天下山林間不有學道得仙者？陰君已服神藥，未盡昇天，然方以類聚，同聲相應，便自與仙人相集。尋索聞見，故知此近世諸仙人數耳。而俗民謂爲不然，以己所不聞，則謂無有，不亦悲哉。夫草澤間士，以隱逸得志，以經籍自娛，不耀文采，不揚聲名，不修求進，不營聞達，人猶不能識之，況仙人亦何急急，令聞達朝闕之徒。知其所云爲哉。

陰君自叙云："漢延光元年，新野山北子，受仙君神丹要訣。道成去世，付之名山，如有得者，列爲眞人，行乎去來。何爲俗聞？不死之要，道在神丹。行氣導引，俯仰屈伸，服食草木，可得延年，不能度世，以至乎仙。子欲聞道，此是要言。積學所致，無爲合神，上士爲之，勉力加勤，下愚大笑，以爲不然，能知神丹。久視長安。"於是陰君裂黄素寫《丹經》一通，封一文石之函，置嵩高山。一通黄櫨之簡，漆書之，封以青玉之函，置太華山。一通黄金之簡，刻而書之，封以白銀之函，置蜀綏山。一封縑書，合爲十篇，付弟子，使世世當有所傳付。又著詩三篇，以示將來。出《神仙傳》。(《太平廣記》卷八《神仙八》)

按：據此説，陰長生乃陰皇后之"親屬"，從馬鳴生學道。此陰皇后當爲漢和帝皇后。則馬鳴生、陰長生爲漢和帝、安帝時期人。《後漢書·皇后紀上》："和帝陰皇后諱某，光烈皇后兄執金吾識之曾孫也。后少聰慧，善書藝。永元四年，選入掖庭，以先后近屬，故得爲貴人。有殊寵。八年，遂立爲皇后。"延光元年爲漢安帝年號。

樂恢(生卒不詳)

樂恢字伯奇，京兆長陵人也。父親，爲縣吏，得罪於令，收將殺之。恢年十一，常俯伏寺門，晝夜號泣。令聞而矜之，即解出親。恢長好經學，事博士焦永。永爲河東太守，恢隨之官，閉廬精誦，不交人物。後永以事被考，諸弟子皆以通關被繫，恢獨敻然不污於法，遂篤志爲名儒。性廉直介立，行不合己者，雖貴不與交。信陽侯陰就數致禮請恢，恢絕不

答。(《後漢書》卷四十三《樂恢傳》)

　　按：父親，謂其父名樂親，非今日所說之"父親"。本傳稱："歸，復爲功曹，選舉不阿，請托無所容。同郡楊政數衆毀恢，後舉政子爲孝廉，由是鄉里歸之。辟司空牟融府。會蜀郡太守第五倫代融爲司空，恢以與倫同郡，不肯留，薦潁川杜安而退。""後仕本郡吏"，李賢注："《東觀記》京兆尹張恂召恢，署戶曹史。"楊政訛毀樂恢，而樂恢薦楊政之子孝廉。樂恢與牟融、第五倫、杜安皆有交往。另"請托"之風，東漢已盛。

何敞(生卒不詳)

　　何敞字文高，扶風平陵人也。其先家於汝陰。六世祖比干，學《尚書》於朝錯。(《後漢書》卷四十三《何敞傳》)

　　按：何氏家有《尚書》學，六世祖何比干學《尚書》於晁錯。李賢注："《東觀記》：何脩生成，爲漢膠東相；成生果，爲太中大夫；果生比干，爲丹陽都尉；比干生壽，蜀郡太守；壽生顯，京輔都尉；顯生鄢，光祿大夫；鄢生寵，濟南都尉；寵生敞：八世也。"何敞通經傳，善言災異，本傳稱："敞論議高，常引大體，多所匡正。司徒袁安亦深敬重之。是時京師及四方累有奇異鳥獸草木，言事者以爲祥瑞。敞通經傳，能爲天官，意甚惡之。乃言於二公曰：'夫瑞應依德而至，災異緣政而生。故鸜鵒來巢，昭公有乾侯之厄；西狩獲麟，孔子有兩楹之殯。海鳥避風，臧文祀之，君子譏焉。今異鳥翔於殿屋，怪草生於庭際，不可不察。'由、安懼然不敢答。居無何而肅宗崩。"此處言災異引用三典，分別來自《左傳》《公羊傳》與《禮記》《國語》。據此而言，此處所稱"言於二公"，實上書於二公。此時，奏議文的一大特徵，就是非常工整地引用經傳與史書。

杜安(生卒不詳)

　　《先賢行狀》：安年十歲，名稱鄉黨。至十三，入太學，號曰神童。既名知人，清高絶俗。洛陽令周紆數候安，安常逃避不見。時貴戚慕安高行，多有與書者，輒不發，以慮後患，常鑿壁藏書。後諸與書者果有大罪，推捕所與交通者，吏至門，安乃發壁出書，印封如故，當時皆嘉其慮遠。（《三國志》卷二十三《杜襲傳》裴松之注）

按：《藝文類聚》卷三十一《人部十五·贈答》有簡引。范曄與華嶠《後漢書》皆記此事，如《後漢書·杜根傳》稱："（杜根）父安，字伯夷，少有志節，年十三入太學，號奇童。京師貴戚慕其名，或遺之書，安不發，悉壁藏之。及後捕案貴戚賓客，安開壁出書，印封如故，竟不離其患，時人貴之。位至巴郡太守，政甚有聲。"李賢注引《華嶠書》亦稱："安擢爲宛令，以病去。章帝行過潁川，安上書，召拜御史，遷至巴郡太守。而恢在家，安與恢書通問，恢告吏口謝，且讓之曰：'爲宛令不合志，病去可也。干人主以窺覦，非也。違平生操，故不報。'安亦節士也，年十三入太學，號奇童。洛陽令周紆自往候安，安謝不見。京師貴戚慕其行，或遺之書，安不發，悉壁藏之。及後捕案貴戚賓客，安開壁出書，印封如故。"

陰猛（生卒不詳）

《東觀漢記》：陰猛好學溫良，稱於儒林，以郎遷爲太祝令。（《太平御覽》卷二百二十九《職官部二十七·太祝》）

按：《太平御覽》卷二百三十五引《東觀漢記》："陰猛以博通古今，爲太史令。"

公孫曄（生卒不詳）

謝承《後漢書·公孫曄傳》：曄字春光，到大學受《尚書》，寫書自給。（《北堂書鈔》卷一百一《藝文部七·寫書二十三》）

按：清姚之駰《後漢書補遺》卷九作"公孫煜"。清唐晏《兩漢三國學案》未録其人，則不知其《尚書》爲何宗派。《北堂書鈔》卷六十一引謝承《後漢書》："公孫曄字春光，爲司隸校尉，下車減損隨車，坐席不遷，豪傑貴戚賓客，絕其書疏。"清姚之駰《後漢書補遺》卷九、《御定淵鑒類函》卷一百七作"孫華"。

劉弘（生卒不詳）

《東觀漢記》：劉弘字禹孫，年十五，治《歐陽尚書》。布衣徒行，講誦孜孜。（《北堂書鈔》卷九十八《藝文部四·誦書十五》）

按：《後漢書·宗室四王三侯列傳》李賢注引《東觀記》："弘字孺孫，先起義兵，卒。"清光緒十四年萬卷堂刻本《北堂書鈔》引《東觀漢記》作："劉弘字叔紀，天資喜學，師事劉述，常在師門，布衣徒行，講誦孜孜。"可知唐人對劉弘事所知不詳。劉弘治《歐陽尚書》，清唐晏《兩漢三國學案》作"劉弘字子高，年十五，治《歐陽尚書》，常在師門，布衣徒行，講誦孜孜"。《東觀漢記》錄"鄧弘"，作"鄧弘字叔紀，和熹后兄也。天資善學，年十五，治《歐陽尚書》。師事劉述，常在師門，布衣徒行，講誦孜孜不輟"。可知萬卷堂刻《北堂書鈔》引《東觀漢記》，誤將鄧弘作劉弘。劉弘字，當從李賢注引《東觀漢記》作"孺孫"。劉弘有二子，《後漢書·宗室四王三侯列傳》："順叔父弘娶于樊氏，皇妣之從妹也。生二子：敏，國。與母隨更始在長安。建武二年，詣洛陽，光武封敏為甘里侯，國為弋陽侯。敏通經有行，永平初，官至越騎校尉。"

郭宏（生卒不詳）

謝承《後漢書》：郭宏為郡上計吏。正月朝覲，宏進殿下謝祖宗受恩，言辭辯麗，專對移時。天子曰："潁川乃有此辯士邪！子貢、晏嬰何以加之？"群公屬目，卿士嘆伏。

又曰：郭宏為郡上計吏，朝廷問宏潁川風俗所尚、土地所出、先賢將相儒林文學之士，宏援經以對，陳事答問，出言如浮，引義如流。（《太平御覽》卷四百六十三《人事部一百四·辯上》）

按：郭宏知潁川人物風土，亦當為潁川人士。因其見於謝承《後漢書》，則當爲東漢人。《太平御覽》引郭宏事，在《東觀漢記》班超前，則其與班超同時或稍後。

王忳（生卒不詳）

《益部耆舊傳》：王忳，字少林。詣京師於客舍，見諸生病甚困，生謂忳曰："腰下有金十斤，願以相與，乞收藏尸骸。"未問姓名，呼吸因絕。忳賣金一斤，以給棺絮，九斤置生腰下。後署大度亭長。到亭日，有馬一匹到亭中。其日大風，有一繡被隨風以來。後忳騎馬突入，金彥父見曰："真得盜矣。"忳說馬狀，又取被示之，彥父悵然曰："被馬俱止，卿有何陰德？"忳具說葬諸生事，彥父曰："此吾子也。"遣迎彥喪，金具存。民謠之曰："信哉少林世爲遇，飛被走馬與鬼語。"（《太平御覽》卷四百六十五《人事部·謠》）

按：此言王忳"葬書生"事，似後世志怪小說。《後漢書·獨行傳》："王忳字少林，廣漢新都人也。"據本傳，王忳事似在光武時，然其又有"陰德"事，宜在漢明感夢之時，姑附於此。

少林陰德，陽報是甄。王忳，字少林，新都人也。游學京師，見客舍有一書生困病，忳隱視，奄忽便絕。有金十斤。忳以一斤買棺木，九斤還要下，葬埋之。後爲大度亭長，大馬一匹來入亭中，又有綉被一領飛墮其前，人莫識者，郡縣以畀忳。後乘馬到雒縣，馬牽忳入他舍。主人問忳所由得馬，忳具說其狀，并及綉被。主人悵然曰："卿何陰德而致此？"忳說昔埋書生事。主人驚曰："是我子也，姓金名彥，卿乃葬之。不報，天彰卿德。"辟舉茂才，除郿令。宿繁亭，中數有人爲鬼所煞。忳上樓，夜半有女子稱冤，曰："妾，涪令妻也，當之官，宿此，枉爲亭長所煞，大小二十口，埋在樓下，奪取財物。"忳曰："汝何故以恒殺人？"女子曰："妾不得白日，惟依夜訴，人眠不肯應，恚，故殺之。"初來時，言無衣，忳以衣衣之。言訖，投衣而去。旦，召游徼詰問，具服。即收同謀十餘人煞之，送涪令喪還鄉里。當世稱之。（《華陽國志》卷十中）

按：王忳報冤鬼事，不似後漢故事，頗疑范曄據《益部耆舊傳》或其他傳聞材料又有增飾。而范曄在《後漢書》正史中記載此事，反映的其實是魏晉以來的南朝史學觀。《華陽國志》附《士女目錄》："陰德，鄩令王忳，字少林，新都人也。"此以"陰德"評論王忳，是知關於此類鬼故事至少在晉代已經產生了。

高鳳（生卒不詳）

　　高鳳字文通，南陽葉人也。少爲書生，家以農畝爲業，而專精誦讀，晝夜不息。妻嘗之田，曝麥於庭，令鳳護雞。時天暴雨，而鳳持竿誦經，不覺潦水流麥。妻還怪問，鳳方悟之。其後遂爲名儒，乃教授業於西唐山中。（《後漢書》卷八十三《逸民傳》）

　　按：一邊"護雞"，一邊"持竿誦經"，是底層文人早年艱辛之生活。本傳稱其隱居不仕，棄財以漁釣爲樂，是真隱士。漢章帝建初中卒。《後漢書·逸民傳》："論曰：先大夫宣侯嘗以講道餘隙，寓乎逸士之篇。至《高文通傳》，輟而有感，以爲隱者也，因著其行事而論之。""先大夫宣侯"者，范曄之父范泰也。李賢注引沈約《宋書》曰："范泰字伯倫。祖汪。父寧，宋高祖受命，拜金紫光祿大夫，加散騎常侍，領國子祭酒，多所陳諫。泰博覽篇籍，好爲文章，愛獎後生，孜孜無倦。薨謚宣侯。"據范曄所說，可知范泰《高文通傳》乃《後漢書·高鳳傳》之早期文本。

卷十一

漢章帝劉炟(57—88)

《東觀漢記》：章帝賜尚書劍各一，手署姓名。韓棱楚龍泉，郅壽蜀漢文，陳寵濟南鍛成。一室兩刃，其餘皆平劍。其時論者，以爲棱淵深有謀，故得龍泉；壽明達有文章，故得文劍；寵敦朴有善於内，不見於外，故得鍛成劍。皆因名而表意。（《初學記》卷十一《職官部上·諸曹尚書第五》）

按：漢章帝曾下詔推動《左氏》《穀梁春秋》《古文尚書》《毛詩》"四經"發展，如《後漢書·章帝紀》："詔曰：'《五經》剖判，去聖彌遠，章句遺辭，乖疑難正，恐先師微言將遂廢絶，非所以重稽古，求道真也。其令群儒選高才生，受學《左氏》《穀梁春秋》《古文尚書》《毛詩》，以扶微學，廣異義焉。'"漢章帝時四經尚爲"微學"。而漢章帝采取的"扶微學，廣異義"，無疑是非常正確的文化政策，對漢章帝之後儒學的進一步發展，乃至形成了不同於西漢儒學的學術格局，奠定了思想基礎。

《後漢書·章帝紀》稱其詔有"扶進微學，尊廣道藝"之言，此乃漢章帝時期的基本國策。此前立大、小夏侯《尚書》《京氏易》，顔氏、嚴氏《春秋》，大、小戴《禮》博士；此後令儒生受學《左氏》《穀梁春秋》《古文尚書》《毛詩》，皆如此。其目的是"扶微學，廣異義"。由此看來，漢章帝時期儒學的發達，有兩個原因：第一，"扶微學，廣異義"，即采取較爲開放、開明的儒學政策，以起到百家争鳴的效果；第二，"講議《五經》同異"，即在各家對經學内容衆説紛紜之時，通過各群體如

"下太常,將、大夫、博士、議郎、郎官及諸生、諸儒"參與的論難、辯論,統一諸說,爲官學提供一個《五經》定本。"孝宣甘露石渠故事",李賢注:"《前書》:'甘露二年,詔諸儒講《五經》異同,蕭望之等平奏其議,上親制臨決焉。'又曰:'施讎,甘露中論《五經》於石渠閣。'《三輔故事》曰:'石渠閣在未央殿北,藏秘書之所。'"《白虎通》書名,後世凡三見:第一,《白虎議奏》,見《後漢書》卷三《章帝紀》:"於是下太常,將、大夫、博士、議郎、郎官及諸生、諸儒會白虎觀,講議《五經》同異,使五官中郎將魏應承制問,侍中淳于恭奏,帝親稱制臨決,如孝宣甘露石渠故事,作《白虎議奏》。"李賢注:"今《白虎通》。"元大德本《白虎通》,東平嚴度序認爲"淳于恭作《白虎奏議》,又《班固傳》作《白虎通德論》",此將《白虎議奏》與《白虎通德論》視作二書。據此而言,此《議奏》,即淳于恭與其他諸生、諸儒所上奏議與章帝"臨決"之書。第二,《白虎通德論》,見《後漢書》卷四〇下《班固傳》曰:"天子會諸儒講論《五經》,作《白虎通德論》,令固撰集其事。"李賢注:"章帝建初四年,詔諸王諸儒會白虎觀講議《五經》同異。"則此"德論",當即"天子會諸儒講論《五經》"之"講論"内容。至於班固所"撰集其事",似與《德論》非同書。四庫館臣以爲"其議奏統名《白虎通德論》",是以《白虎議奏》《白虎通德論》爲同一書。據《後漢書·班固傳》所記,此説恐非。第三,《白虎通義》,見《後漢書·儒林傳上》:"建初中,大會諸儒于白虎觀,考詳同異,連月乃罷。肅宗親臨稱制,如石渠故事,顧命史臣,著爲通義。""通義",李賢注曰:"即《白武通(議)〔義〕》是。"據李賢注,班固纂集該書之時,題名即《白虎通義》,其内容當爲諸儒對《五經》"考詳同異"之後,由漢章帝"親臨稱制"之後統一的内容(《元本白虎通德論》"前言",國家圖書館出版社 2019 年版)。

漢章帝時期儒學興盛,與其個性及治理方法不無關係。《後漢書·章帝紀》:"論曰:魏文帝稱'明帝察察,章帝長者'。"魏文帝此論,可謂道出國家文化政策的差異性與變化性是必然的。國家初建,儒學思想無法統一之時,事須"苛切";政事穩定之後,國家對各方面已有絕對的控制力之時,須"事從寬厚",此時"體之以忠恕,文之以禮樂",則儒學可以彬彬而盛。

章帝永寧元年，條支國來貢異瑞。有鳥名鳲鶄，形高七尺，解人語。其國太平，則鳲鶄群翔。昔漢武帝時，四夷賓服，有獻馴鵲，若有喜樂事，則鼓翼翔鳴。按莊周云"雕陵之鵲"，蓋其類也。《淮南子》云："鵲知人喜。"今之所記，大小雖殊，遠近爲異，故略舉焉。（《拾遺記》卷六）

　　按：漢晉以來，異域珍奇之物多傳入中原，成爲當時著述關注對象，既打開了中原文人對異域的文學想象，也開拓了中原文學的書寫領域。

魏應（？—90）

　　張瑩《漢南記》：魏應，字尹伯，任城人。明《魯詩》，章帝重之，數進見論難於前，特受賞賜劍玦衣服也。（《初學記》卷二十二《武部·劍第二》）

　　按："尹伯"當作"君伯"。魏應習《魯詩》，《後漢書·儒林傳下》："魏應字君伯，任城人也。少好學。建武初，詣博士受業，習《魯詩》。閉門誦習，不交僚黨，京師稱之。後歸爲郡吏，舉明經，除濟陰王文學。以疾免官，教授山澤中，徒衆常數百人。"兩漢之際，儒者多"教授山澤中"，其時儒生多逃難於山澤。白虎觀討論《五經》同異，魏應"專掌難問"，知經學問難有專門司職者。魏應先在山中教授，後拜五官中郎將，"弟子自遠方至，著錄數千人"，此可見魏應與弟子之間存在一種"舉主長官"與"門生故吏"的特殊上下層關係。此問題，美國學者伊佩霞（Patricia Ebrey）的《東漢的二重君主關係》有詳細論述，可參見范兆飛編譯的《西方學者中國中古貴族制論集》（生活·讀書·新知三聯書店2018年版）。這種師生關係，反映在學術層面，就是在很多學術場合中可以占據有利位置。例如，魏應在論難中"專掌難問"，一方面與其"經明行修"有關，另一方面衆多弟子的有力支持也是其在論難中游刃有餘的重要因素。就此而言，東漢儒師與弟子構成的特殊關係，在東漢經學活動中的作用，值得研究。

孔僖（？—87）

孔僖字仲和，魯國魯人也。自安國以下，世傳《古文尚書》《毛詩》。曾祖父子建，少游長安，與崔篆友善。及篆仕王莽爲建新大尹，嘗勸子建仕。對曰："吾有布衣之心，子有袞冕之志，各從所好，不亦善乎！道既乖矣，請從此辭。"遂歸，終於家。（《後漢書》卷七十九上《儒林傳上》）

按：《後漢書》孔僖事皆見《孔叢子·連叢子》，但文字多有差異。"仲和"，《連叢子》作"子和"。《後漢書·儒林傳上》稱孔僖元和二年（85）冬拜臨晋令"在縣三年卒官"，則其卒在元和四年（87）（《秦漢文學編年史》，第434頁）。《連叢子》稱其卒於元和三年（86）九月。今從《後漢書》說。又《後漢書·儒林傳上》："二子長彦、季彦，并十餘歲。蒲阪令許君然勸令反魯。對曰：'今載柩而歸，則違父令；捨墓而去，心所不忍。'遂留華陰。"《連叢子》稱孔僖卒，長彦年十二，季彦年十歲，此言"十餘歲"，亦不同。

竇固（？—88）

（竇）固字孟孫，少以尚公主爲黄門侍郎。好覽書傳，喜兵法，貴顯用事。中元元年，襲父友封顯親侯。（《後漢書》卷二十三《竇固傳》）

按：竇固喜兵法。《後漢書·竇固傳》："章和二年卒，謚曰文侯。"《史記索隱》卷一百十《匈奴列傳》引班固《與竇固箋》："賜犀比金頭帶。"犀比，或作犀毗，黄金帶鈎。

韋彪（？—89）

韋彪字孟達，扶風平陵人也。高祖賢，宣帝時爲丞相。祖賞，哀帝時爲大司馬。彪孝行純至，父母卒，哀毁三年，不出廬寢。服竟，羸瘠骨立異形，醫療數年乃起。好學洽聞，雅稱儒宗。建武末，舉孝廉，除郎中，以病免，復歸教授。安貧樂道，恬於進趣，三輔諸儒莫不慕仰之。……彪清儉好施，祿賜分與宗族，家無餘財。著書十二篇，號曰《韋卿子》。（《後漢書》卷二十六《韋彪傳》）

按：韋彪，乃西漢韋賢之後，其"安貧樂道，恬於進趣"，實有古儒者之風，故"雅稱儒宗"。本傳稱其"永元元年卒"。韋彪所著，以"子"名書，當非其自定書名。然即使其卒後子孫弟子所爲，豈當時已有編書之舉？如果確實如此，則東漢雖無"集"之名，而實有"集"之實，否則其"十二篇"如何被編纂爲《韋卿子》？

杜撫（？—80）

杜撫字叔和，資中人也。少師事薛漢，治《五經》，教授門生千人。太守王卿召爲功曹，司徒辟，不詣，及聞公免，必往承問。東平憲王爲驃騎將軍，辟西曹掾，後罷爲王師，往時在驃騎府者遣之。數年乃去。數應三公徵，撫侍送故公，作《詩通議説》，弟子南陽馮良，亦以道學徵聘。（《華陽國志》卷十中）

按：《後漢書·儒林傳下》所記與《華陽國志》略同，又云："建初中，爲公車令，數月卒官。其所作《詩題約義通》，學者傳之，曰《杜君法》云。"《後漢書》謂杜撫犍爲武陽人，《華陽國志》謂資中人。清人張森楷據《後漢書·趙曄傳》有"到犍爲資中詣杜撫受《韓詩》"語，疑"資中"是而"武陽"非，其説可從。《華陽國志》所言《詩通議説》，疑即《後漢書·詩題約義通》別稱。"建初中"數月而卒，則其卒年或在漢章帝建初五年（80）。又，三國時蜀地有杜瓊，亦治《韓詩》，《三國志》謂其著《韓詩章句》十餘萬言。《後漢書》等未曾言及杜撫後人，《三國志》亦未曾言杜瓊先輩，然二人同爲蜀地杜氏，且皆精《韓詩》。

賈宗(？—88)

《東觀漢記》：賈宗字武孺。爲長水校尉，數言便宜，賞賜殊特，上美宗既有武節，又兼經術，每燕會，令與當世大儒司徒丁鴻問難經傳。（《太平御覽》卷二百四十二《職官部四十·諸校尉·長水校尉》）

按：《後漢書·賈宗傳》："字武孺，少有操行，多智略。……宗兼通儒術，每讌見，常使與少府丁鴻等論議於前。章和二年卒，朝廷愍惜焉。"賈宗父賈復從李生習《尚書》，丁鴻從桓榮受《歐陽尚書》，二人曾"問難經傳"，其學或不同。另賈宗"既有武節，又兼經術"，如同乃父賈復。

竇憲(？—92)

憲字伯度。父勛被誅，憲少孤。建初二年，女弟立爲皇后，拜憲爲郎，稍遷侍中、虎賁中郎將；弟篤，爲黃門侍郎。兄弟親幸，並侍宮省，賞賜累積，寵貴日盛，自王、主及陰、馬諸家，莫不畏憚。……憲懼誅，自求擊匈奴以贖死。……遂登燕然山，去塞三千餘里，刻石勒功，紀漢威德，令班固作銘曰："惟永元元年秋七月，有漢元舅曰車騎將軍竇憲，寅亮聖明，登翼王室，納于大麓，惟清緝熙。乃與執金吾耿秉，述職巡御，理兵於朔方。鷹揚之校，螭虎之士，爰該六師，暨南單于、東烏桓、西戎氐羌侯王君長之群，驍騎三萬。元戎輕武，長轂四分，雲輜蔽路，萬有三千餘乘。勒以八陣，莅以威神，玄甲耀日，朱旗絳天。遂陵高闕，下雞鹿，經磧鹵，絕大漠，斬溫禺以釁鼓，血尸逐以染鍔。然後四校橫徂，星流彗埽，蕭條萬里，野無遺寇。於是域滅區單，反斾而旋，考傳驗圖，窮覽其山川。遂逾涿邪，跨安侯，乘燕然，躡冒頓之區落，焚老上之龍庭。上以擴高、文之宿憤，光祖宗之玄靈；下以安固後嗣，恢拓境宇，振大漢之天聲。茲所謂一勞而久逸，暫費而永寧者也。乃遂封山刊石，昭銘上德。其辭曰：鑠王師兮征荒裔，勦凶虐兮截海外，敻其邈兮亘地界，封神丘兮建隆嵑，熙帝載兮振萬世。"（《後漢書》卷二十三《竇憲傳》）

按：此銘作年，銘中云"永元元年秋七月"，今人或以爲應在永元三年（李炳海《班固封〈燕然山銘〉所涉故實及寫作年代考辨》，《文學遺產》2013 年第 2 期），或以爲非（辛德勇《辛德勇漫談〈燕然山銘〉一字衍生出三年之疑》，《澎湃新聞》2018 年 2 月 2 日"私家歷史"）。2017 年中蒙考古隊在蒙古國境內杭愛山南麓發現一塊摩崖石刻，據信即班固《封燕然山銘》。竇憲卒於永元四年（92），班固、崔駰皆卒於是年。

耿秉（？—91）

（耿）秉字伯初，有偉體，腰帶八圍。博通書記，能說《司馬兵法》，尤好將帥之略。以父任爲郎，數上言兵事。（《後漢書》卷十九《耿秉傳》）

按：耿秉，父耿國、祖耿況，通書記、《司馬兵法》。

鄧訓（40—92）

《東都記》：鄧訓好用黎陽青泥封書，後遷烏桓校尉，故吏載青泥至上谷遺訓，其得人心如此。（《北堂書鈔》卷一百四《藝文部十·封泥五十六》）

按：《後漢書·鄧訓傳》："（鄧）訓字平叔，禹第六子也。少有大志，不好文學，禹常非之。顯宗即位，初以爲郎中。訓樂施下士，士大夫多歸之。"史載鄧禹十三能誦《詩》，則其好文學可知矣。鄧訓不好文學，自然引起乃父不滿。鄧訓卒於永元四年（92），年五十三，則其生年在建武十六年（40）。崔駰、班固皆卒於永元四年。

崔駰（？—92）

《世說》：崔駰有文才，不其縣令往造之，駰子瑗年九歲，書門曰："雖無干木，君非文侯，何爲入我里閭？"令見之，問駰，曰："必兒所

書。"召瑗使書,乃書曰:"君使臣以禮,臣事君以忠。"(《太平御覽》卷三百八十五《人事部二十六·幼智下》)

《後漢書·崔駰傳》:"崔駰字亭伯,涿郡安平人也。高祖父朝,昭帝時爲幽州從事,諫刺史無與燕刺王通。及刺王敗,擢爲侍御史。生子舒,歷四郡太守,所在有能名。舒小子篆,王莽時爲郡文學,以明經徵詣公車。……篆生毅,以疾隱身不仕。毅生駰,年十三能通《詩》《易》《春秋》,博學有偉才,盡通古今訓詁百家之言,善屬文。少游太學,與班固、傅毅同時齊名。常以典籍爲業,未遑仕進之事。時人或譏其太玄静,將以後名失實。駰擬揚雄《解嘲》,作《達旨》以答焉。"此叙崔駰家世。崔駰祖篆、父毅、子瑗、孫寔,皆東漢著名文人。崔駰通三經,未知何派。又《後漢書·崔駰傳》:"永元四年,卒於家。所著詩、賦、銘、頌、書、記、表、《七依》、《婚禮結言》、《達旨》、《酒警》合二十一篇。""駰上《四巡頌》以稱漢德,辭甚典美,文多故不載。帝雅好文章,自見駰頌後,常嗟嘆之。""駰上《四巡頌》以稱漢德",其時賦頌多頌德。崔駰少與班固、傅毅齊名,而肅宗謂竇憲愛班固而忽崔駰乃葉公好龍,則肅宗以爲崔駰乃"真龍",班固則"似龍而非龍",即崔駰之文章在班固之上也。《隋書·經籍志》:"後漢長岑長《崔駰集》十卷。"此稱"永元四年卒於家",與竇憲、班固、鄧訓、袁安等卒於同年。

袁安(?—92)(附:袁京、袁敞,孫袁彭)

俗説:元服父字伯楚,爲光禄卿,於服中生此子,時年長矣,不孝莫大於無後,故收舉之,君子不隱其過,因以服爲字。謹按:元服名賀,汝南人也。祖父名原爲侍中,安帝始加元服,百官會賀,臨嚴,垂出,而孫適生,喜其加會,因名曰賀,字元服。原父安爲司徒,忠蹇匪躬,盡誠事國,啓發和帝,誅討竇氏,中興以來,最爲名宰。原有堂構之稱,矜於法度。伯楚名彭,清擬夷、叔,政則冉、季,歷典三郡,致位上列。賀早失母,不復繼室,云:"曾子失妻而不娶,曰:'吾不及尹吉甫,子不如伯奇,以吉甫之賢,伯奇之孝,尚有放逐之敗,我何人哉?'"及臨病困,敕使:"留葬,侍衛先公。慎無迎取汝母喪柩,如亡者有知,往來不難;

如其無知，祇爲煩耳。虞舜葬於蒼梧，二妃不從，經典明文，勿違吾志。"清高舉動，皆此類也。何其在服中生子而名之賀者乎？雖至愚人，猶不云耳。予爲蕭令，周旋謁辭故司空宣伯應，賢相把臂，言："《易》稱：'天地大德曰生。'今俗間多有禁忌生三子者，五月生者，以爲妨害父母，服中子犯禮傷孝，莫肯收舉。袁元服功德爵位，子孫巍巍，仁君所見。越王勾踐民生三子與乳母。孟嘗君對其父：'若不受命於天，何不高户，誰能及者。'夫學問貴能行，君體博雅，政宜有異乎？"答曰："齊、越之事，敬聞命矣。至於元服，其事如此。明公既爲鄉里，超然遠覽，何爲過聆晋語，簡在心事乎？"於是欣然悦服，續以大言："苟有過，人必知之，我能勝仲尼哉！"元服子夏甫，前後徵命，終不降志，亞作者之遺風矣。正甫亦有重名，今見沛相。載德五世，而被斯言之玷；恐多有宣公之論，故備記其終始。（《風俗通義·正失》）

按：《後漢書·袁安傳》："袁安字邵公，汝南汝陽人也。祖父良，習《孟氏易》，平帝時舉明經，爲太子舍人；建武初，至成武令。"自袁良、袁安以下，袁氏家族世有經學之士，遂成東漢有名之"四世三公"。本傳稱："安少傳良學。"袁安傳袁良之學，此袁氏家學形成之關鍵。《後漢書》卷四十五《袁安傳》李賢注引《汝南先賢傳》："時大雪積地丈餘，洛陽令身出案行，見人家皆除雪出，有乞食者。至袁安門，無有行路。謂安已死，令人除雪入户，見安僵卧。問何以不出，安曰：'大雪人皆餓，不宜干人。'令以爲賢，舉爲孝廉。"

《後漢書·袁安傳》："（袁）京字仲譽，習《孟氏易》，作《難記》三十萬言。初拜郎中，稍遷侍中，出爲蜀郡太守。子彭，字伯楚。少傳父業，歷廣漢、南陽太守。"袁京承其祖袁良學，習《孟氏易》，知此乃其家學。袁京子彭字伯楚，伯楚子賀字元服，其事見《風俗通義·正失》。又《後漢書·袁安傳》："（袁）敞字叔平，少傳《易經》教授，以父任爲太子舍人。"袁安二子，京習《孟氏易》，即袁良、袁安以來所傳。袁敞、袁彭、袁湯所習皆《孟氏易》。

漢袁安父亡，母使安以雞酒詣卜工問葬地。道逢三書生，問安何之，具以告。書生曰："吾知好葬地。"安以雞酒禮之，畢，告安地處云"當葬此地，四世爲貴公。"便與别。行數步，顧視皆不見。安疑是神人，因葬其地，後果位至司徒，子孫昌盛，四世三公焉。（《殷芸小説》卷三）

按：袁安子京、敞最爲知名。范曄《後漢書》與殷芸《小説》有相同史料，知史書多搜集傳聞材料。

袁安爲陰平長，有惠化。縣先有雹淵，冬夏未嘗消釋，歲中輒出，飛布十數里，大爲民害。安乃推誠潔齋，引愆貶己，至誠感神，雹遂爲之沉淪，伏而不起，乃無苦雨凄風焉。（《殷芸小説》卷三）

按：汝南袁氏多傳聞入《後漢書》與殷芸《小説》，故知神異事多出富貴家。

桓郁（？—93）

《東觀記》：上謂郁曰："卿經及先師，致復文雅。"其冬，上親於辟雍，自講所制《五行章句》已，復令郁説一篇。上謂郁曰："我爲孔子，卿爲子夏，起予者商也。"又問郁曰："子幾人能傳學？"郁曰："臣子皆未能傳學，孤兄子一人學方起。"上曰："努力教之，有起者即白之。"（《後漢書》卷三十七《桓郁傳》李賢注）

按：顯宗以帝王而欲爲孔子，是欲政統與道統兼備也。清人張篤慶《班范肪截》云："明帝者，好學則有矣，尊聖則未也。"又按《後漢書·桓郁傳》："（桓）郁字仲恩，少以父任爲郎。敦厚篤學，傳父業，以《尚書》教授，門徒常數百人。榮卒，郁當襲爵，上書讓於兄子汎，顯宗不許，不得已受封，悉以租入與之。帝以郁先師子，有禮讓，甚見親厚，常居中論經書，問以政事，稍遷侍中。帝自制《五家要説章句》，令郁校定于宣明殿，以侍中監虎賁中郎將。"桓榮、桓郁、桓焉皆傳《歐陽尚書》。桓氏家族是東漢有名經學世家。東漢自桓榮、桓郁、桓焉以來，教授者衆，遂成東漢有名經學世家。李賢注引《華嶠書》："帝自制《五行章句》，此言'五家'，即謂五行之家也。宣明殿在德陽殿後。"引《華嶠書》曰："榮長子雍早卒，少子郁嗣。"又引《華嶠書》："郁六子，普、延、焉、俊、鄷、良。普嗣侯，傳國至曾孫，絶。鄷、良子孫皆博學有才能。"

《東觀記》：皇太子賜郁鞍馬、刀劍，郁乃上疏皇太子曰："伏見太子體性自然，包含今古，謙謙允恭，天下共見。郁父子受恩，無以明益，夙夜慚懼，誠思自竭。愚以爲太子上當合聖心，下當卓絶於衆，宜思遠慮，

以光朝廷。"(《後漢書》卷三十七《桓郁傳》李賢注）

按：李賢注引《華嶠書》："郁上書乞身，天子憂之，有詔公卿議。議者皆以郁身爲名儒，學者之宗，可許之，於是詔郁以侍中行服。"桓郁卒於永元五年（93）。竇憲上書奏詔桓郁"復入侍講"和帝，故有"郁經授二帝"之言。桓郁著述見《後漢書·桓郁傳》："榮受朱普學章句四十萬言，浮辭繁長，多過其實。及榮入授顯宗，減爲二十三萬言。郁復刪省定成十二萬言。由是有《桓君大小太常章句》。"桓榮刪朱普所傳四十萬言《歐陽尚書》至二十三萬言，桓郁又刪至十二萬言，此一方面反映前代所傳《歐陽尚書》"浮辭繁長，多過其實"，另一方面又可反映後代學《尚書》者務求實用，故多強調"其實"。桓榮、桓郁父子皆有《歐陽尚書章句》之學。

鄭均（？—97）

鄭均字仲虞，東平任城人也。少好黃老書。……元和元年，詔告廬江太守、東平相曰："議郎鄭均，束脩安貧，恭儉節整，前在機密，以病致仕，守善貞固，黃髮不怠。又前安邑令毛義，躬履遜讓，比徵辭病，淳絜之風，東州稱仁。《書》不云乎：'章厥有常，吉哉！'其賜均、義穀各千斛，常以八月長吏存問，賜羊酒，顯茲異行。"明年，帝東巡過任城，乃幸均舍，敕賜尚書禄以終其身，故時人號爲"白衣尚書"。永元中，卒於家。（《後漢書》卷二十七《鄭均傳》）

按：梁何胤隱於若耶山，有敕給白衣尚書禄。李賢注："《東觀記》曰：'賜羊一頭，酒二斗，終其身。'問遺賢良，必以八月，諸物老成，故順其時氣助養育之也。故《月令》'仲秋之月養衰老，授几杖，行糜粥飲食'，鄭玄注云'助老氣也'。"永元中卒，永元乃漢和帝年號，凡十七年，姑記其卒年在永元九年（97）。

鄒伯奇（生卒不詳）

案東番鄒伯奇、臨淮袁太伯、袁文術、會稽吳君高、周長生之輩，位雖不至公卿，誠能知之囊橐，文雅之英雄也。觀伯奇之《元思》，太伯之《易章句》，文術之《咸銘》，君高之《越紐錄》，長生之《洞歷》，劉子政、揚子雲不能過也。蓋才有淺深，無有古今；文有僞眞，無有故新。（《論衡·案書》）

按：此數人如鄒伯奇、袁太伯、袁文術、吳君高、周長生等，王充《論衡》以爲皆才過劉向、揚雄，然史書無聞。錢大昕《十駕齋養新錄》以其爲"漢人不見於史者"也。鄒伯奇，又見《論衡》之《感類》《恢國》《案書》《對作》篇，著作除此《元思》外，另其《檢論》與桓譚《新論》齊名（《論衡·對作》）。黄暉《論衡校釋》卷十八："錢大昕《十駕齋養新錄》十二云：'《太平御覽》引鄒子曰："朱買臣孜孜脩學，不知雨之流麥。"（按：見《御覽》十。）伯奇豈即鄒子之字耶？'王應麟亦謂漢時別有鄒子。"袁文術，黄暉《論衡校釋》卷二十九引《江南通志》曰："康臨淮人，字文術，或曰字文伯。"則即以袁文術爲作《越絶書外傳記》之袁康，黄暉以爲"袁文術名康，未知何據"。另若《江南通志》說有據，則袁文術與袁太伯當爲同族。《咸銘》，《論衡校釋》引劉盼遂曰："'咸銘'者，'函銘'也。枕函、杖函、劍函皆可謂之咸矣。"吳君高事又見《論衡》之《書虛》《超奇》等篇。據黄暉《論衡校釋》，《越紐錄》即《越絶書》，則君高即《越絶書内傳》作者吳平之字。周長生事見後"周長生"條。

周長生（生卒不詳）

夫鴻儒希有，而文人比然，將相長吏，安可不貴？豈徒用其才力，游文於牒牘哉？州郡有憂，能治章上奏，解理結煩，使州郡連事。有如唐子高、谷子雲之吏，出身盡思，竭筆牘之力，煩憂適有不解者哉？古昔之遠，四方辟匿，文墨之士，難得記錄，且近自以會稽言之。周長生者，文士之雄也，在州，爲刺史任安舉奏；在郡，爲太守孟觀上書，事解憂除，州郡無事，二將以全。長生之身不尊顯，非其才知少、功力薄也，二將懷俗人之節，不能貴也。使遭前世燕昭，則長生已蒙鄒衍之寵矣。長生死後，州郡遭憂，無舉奏之吏，以故事結不解，徵詣相屬，文軌不尊，筆疏不續也。豈無憂上之吏哉？乃其中文筆不足類也。長生之才，非徒銳於牒牘也，作《洞歷》十篇，上自黃帝，下至漢朝，鋒芒毛髮之事，莫不紀載，與太史公《表》《紀》相似類也。上通下達，故曰《洞歷》。然則長生非徒文人，所謂鴻儒者也。（《論衡·超奇》）

按：此記周長生其人、其書甚詳。周長生，黃暉《論衡校釋》注："先孫曰：長生名樹，《北堂書鈔》七十三引謝承《後漢書》有《周樹傳》。（《范書》無。）""爲太守孟觀上書"，事見《北堂書鈔》卷七十三："謝承《後漢書·周樹傳》云：辟爲從事，刺史孟有罪，俾樹作章，陳事序要，得無罪也。"《洞歷》，《論衡校釋》注："先孫曰：《洞歷》，《隋》《唐志》不著錄，惟范成大《吳郡志人物門》甪里先生，引《史記正義》：'周樹《洞歷》云："姓周，名術，字元遂，太伯之後。漢高帝時，與東園公、綺里季、夏黃公俱出，定太子，號四皓。"'（今宋本《史記》附《正義》，爲宋人所刪削，無此文。）則其書唐時尚存也。暉按：《通志·藝文略三》：《洞歷記》九卷，周樹撰。"鄒伯奇、周長生事，見王充《論衡》，其生卒不詳，姑附於此。

王充（27—?）

《會稽典錄》：王充字仲任，爲兒童游戲，不好狎侮，父誦奇之，七歲教書數。（《太平御覽》卷三百八十五《人事部二十六·幼智下》）

按：《後漢書·王充傳》："王充字仲任，會稽上虞人也，其先自魏郡元城徙焉。充少孤，鄉里稱孝。後到京師，受業太學，師事扶風班彪。好博覽而不守章句。家貧無書，常游洛陽市肆，閱所賣書，一見輒能誦憶，遂博通衆流百家之言。後歸鄉里，屏居教授。"王充之學，得於書肆，傳言其博通衆流百家之言，則彼時書肆所賣之書品類衆多，故具百家之説也。書市生，則流通廣；流通廣，則創作多。書吏抄書、文士著書等文化活動，皆可漸漸由此而獲得經濟來源，遂使文化生產發生質變。

《袁山松書》：充所作《論衡》，中土未有傳者，蔡邕入吳始得之，恆秘玩以爲談助。其後王朗爲會稽太守，又得其書，及還許下，時人稱其才進。或曰，不見異人，當得異書。問之，果以《論衡》之益，由是遂見

傳焉。(《後漢書》卷四十九《王充傳》李賢注)

按：李賢注引《抱朴子》："時人嫌蔡邕得異書，或搜求其帳中隱處，果得《論衡》，抱數卷持去。邕丁寧之曰：'唯我與爾共之，勿廣也。'"王充著述理念與著《論衡》初衷及其他情況，參見本傳："充好論説，始若詭異，終有理實。以爲俗儒守文，多失其真，乃閉門潛思，絶慶吊之禮，户牖墻壁各置刀筆。著《論衡》八十五篇，二十餘萬言，釋物類同異，正時俗嫌疑。……年漸七十，志力衰耗，乃造《養性書》十六篇，裁節嗜欲，頤神自守。永元中，病卒於家。"年老"志力衰耗"而關注"養性"之道，此中國古代文人學術思想或興趣轉向之重要特點。漢章帝詔其公車，當在七十歲前。王充生年考證，參見劉躍進《秦漢文學編年史》(第337頁)。

另，王充《論衡·須頌》亦多論及其篇章撰述目的或主旨，如稱："漢家著書，多上及殷、周，諸子并作，皆論他事，無褒頌之言，《論衡》有之。"此揭示《論衡》"貴今""頌漢"之特點。王充《論衡》之《須頌》《宣漢》《恢國》等篇，多總結此前班固等人頌漢之作，甚至上溯至司馬相如時代，并以爲漢宣帝、明帝時瑞應最多，最能反映大漢"致太平"之事。又稱："高祖以來，著書非不講論漢。司馬長卿爲《封禪書》，文約不具。司馬子長紀黄帝以至孝武，揚子雲録宣帝以至哀、平。陳平仲紀光武。班孟堅頌孝明。漢家功德，頗可觀見。今上即命，未有褒載，《論衡》之人，爲此畢精，故有《齊世》《宣漢》《恢國》《驗符》。"此論漢代著書中頌"漢家功德"之傳統。

《謝承書》：夷吾薦充曰："充之天才，非學所加，雖前世孟軻、孫卿，近漢楊雄、劉向、司馬遷，不能過也。"(《後漢書》卷八二上《方術列傳上》李賢注)

按：此乃謝夷吾薦王充文。謝夷吾將王充比作孟軻、荀卿、司馬遷、劉向、揚雄，是將王充納入一條清晰的儒家人物路綫圖中，亦可見漢人清晰的孔、孟、荀、揚之儒家人物路綫認識。

曹褒(？—102)

曹褒字叔通，魯國薛人也。父充，持《慶氏禮》，建武中爲博士，從巡狩岱宗，定封禪禮，還，受詔議立七郊、三雍、大射、養老禮儀。顯宗即位，充上言："漢再受命，仍有封禪之事，而禮樂崩闕，不可爲後嗣法。五帝不相沿樂，三王不相襲禮，大漢〔當〕自制禮，以示百世。"帝問："制禮樂云何？"充對曰："《河圖括地象》曰：'有漢世禮樂文雅出。'《尚書琁機鈐》曰：'有帝漢出，德洽作樂，名予。'"帝善之，下詔曰："今且改太樂官曰太予樂，歌詩曲操，以俟君子。"拜充侍中。作章句辯難，於是遂有慶氏學。……褒博物識古，爲儒者宗。十四年，卒官。作《通義》十二篇，演經雜論百二十篇，又傳《禮記》四十九篇，教授諸生千餘人，慶氏學遂行於世。（《後漢書》卷三十五《曹褒傳》）

按："慶氏學"得立，與曹充關係甚大。曹充、曹褒父子乃東漢《禮》學改革重要人物。曹褒推動"慶氏學遂行於世"，此與曹褒制禮有關。曹褒歷經漢明帝、章帝、和帝，永元（102）十四年卒。姚振宗《後漢藝文志》以爲，曹褒"傳《禮記》四十九篇"，即傳其父曹褒慶氏《記》章句。

王阜（生卒不詳）

《東觀漢記》：王阜，字世公，蜀郡人。少好經學，年十一，辭母，欲出精廬。以尚少，不見聽。後阜竊書誦盡，日辭，欲之犍爲定生學經，取錢二千、布二端去。母追求到武陽北男謁舍家得阜，將還。後歲餘，白父升曰："令我出學仕宦，儻至到今，毋乘跛馬車。"升憐其言，聽之定所受《韓詩》，年七十爲食侍謀，童子傳授業，聲聞鄉里。（《北堂書鈔》卷一百三十九《車部·惣載篇一》）

按："以尚少"，原作"尚以少"。"七十"，謝承《後漢書》作"十七"，"十七"是。此叙王阜少年學經。

世公賦政，祥瑞來同。王阜，字世公，成都人也。太守第五倫察舉孝廉，爲重泉令，有鸞鳥集于文學十餘日。遷益州太守，神馬出滇池河，甘露降，白烏見，民懷之如父母。（《華陽國志》卷十上）

按：《東觀漢記》亦記此事，較《華陽國志》爲詳。《華陽國志》

（附《士女目録》）："德政，益州太守王阜，字世公。成都人也。"另《華陽國志》卷四稱其章帝時人，與此所記類似："章帝時，蜀郡王阜爲益州太守，治化尤異，神馬四匹出滇池河中，甘露降，白烏見；始興文學，漸遷其俗。"王阜章帝時爲益州太守，推動蜀郡文學興起，變革其俗。

郅壽（生卒不詳）

（郅）壽字伯考，善文章，以廉能稱，舉孝廉，稍遷冀州刺史。時冀部屬郡多封諸王，賓客放縱，類不檢節，壽案察之，無所容貸。乃使部從事專住王國，又徙督郵舍王宮外，動静失得，即時騎驛言上奏王罪及劾傅相，於是藩國畏懼，并爲遵節。視事三年，冀土肅清。三遷尚書令。（《後漢書》卷二十九《郅壽傳》）

按：郅壽乃郅惲之子。"善文章"，是《後漢書》常見記載法，然亦可見東漢重"文章"之事實。此處之文章，當指政論文而言，與後來曹丕"文章"之"文學"意，尚有差異。

郅伯夷（生卒不詳）

北部督郵西平郅伯夷，年三十所，大有才决，長沙太守郅君章孫也，日晡時到亭，敕前導人，録事掾白："今尚早，可至前亭。"曰："欲作文書，便留。"吏卒惶怖，言當解去，傳云："督郵欲於樓上觀望，亟掃除。"須臾便上，未冥樓鐙，階下復有火，敕："我思道，不可見火，滅去。"吏知必有變，當用赴照，但藏置壺中耳。既冥，整服坐誦《六甲》《孝經》《易本》訖，卧有頃，更轉東首，絮巾結兩足幘冠之，密拔劍解帶，夜時，有正黑者四五尺，稍高，走至柱屋，因覆伯夷，伯夷持被掩足，跌脱幾失，再三，徐以劍帶繫魅脚，呼下火上，照視老狸正赤，略無衣毛，持下燒殺，明旦發樓屋，得所髠人結百餘，因從此絶。伯夷舉孝廉，益陽長。（《風俗通義·怪神》）

按：又見《搜神記》卷十八。郅君章，即郅惲，伯夷當爲郅惲孫，或爲郅壽之子。《風俗通義》與《搜神記》原俱作"到若章"。

韓棱（生卒不詳）

司空潁川韓棱，少時爲郡主簿，太守興被風病，恍忽誤亂，棱陰扶輔其政，出入二年，署置教令無愆失。興子嘗出教，欲轉徙吏，棱執不聽，由是發露被考，興免官，棱坐禁固。章帝即位，一切原除也。（《風俗通義·過譽》）

按：本傳記肅宗賜劍事。《後漢書·韓棱傳》："韓棱字伯師，潁川舞陽人，弓高侯頽當之後也。世爲鄉里著姓。父尋，建武中爲隴西太守。棱四歲而孤，養母弟以孝友稱。……子輔，安帝時至趙相。棱孫演，順帝時爲丹陽太守，政有能名。桓帝時爲司徒。"李賢注："趙王良孫商之相也。"又："演字伯南。"又《東觀漢記》："韓棱字伯師，除爲下邳令，親事未期，吏民愛慕。時鄰縣皆雹傷稼，棱縣界獨不雹。"（《太平御覽》卷十四《天部十四·雹》）據《東觀漢記》所記多神異事分析，該書或據各地奏疏而成。

劉黨（？—96）

樂成靖王黨，永平九年賜號重熹王，十五年封樂成王。黨聰惠，善《史書》，喜正文字。與肅宗同年，尤相親愛。（《後漢書》卷五十《孝明八王列傳》）

按：永平九年（66）賜號重熹王，十五年（72）封樂成王，立二十五年薨，則其卒年當在永元八年（96）。"善《史書》，喜正文字"，又見《東觀漢記》。史傳多言某人"善史書"，如《漢書·元帝紀》謂元帝"善史書"，應劭注云："周宣王太史史籀所作大篆。"又《漢書·兒寬傳》謂張湯爲廷尉，"盡用文史法律之吏"，顏注云"史謂善史書者"。《漢書·酷吏傳》又言嚴延年"巧爲獄文，善史書"，則所謂"善史書"

者，或多近於善書之士。"《史書》",《漢書》或作"史書"，今皆依原書文字。

李恂（生卒不詳）

李恂字叔英，安定臨涇人也。少習《韓詩》，教授諸生常數百人。太守潁川李鴻請署功曹，未及到，而州辟爲從事。會鴻卒，恂不應州命，而送鴻喪還鄉里。既葬，留起冢墳，持喪三年。辟司徒桓虞府。後拜侍御史，持節使幽州，宣布恩澤，慰撫北狄，所過皆圖寫山川、屯田、聚落百餘卷，悉封奏上，肅宗嘉之。（《後漢書》卷五十一《李恂傳》）

按：李恂少習《韓詩》。其使幽州，皆圖畫山川村落等，是搜集地志類文獻。本傳載李恂爲太守潁川李鴻服喪三年，而《東觀漢記》言六年："李恂遭父母喪，六年躬自負土樹柏，常住冢下。"（《藝文類聚》卷八十八《木部上·柏》）

牟紆（生卒不詳）

牟紆以隱居，教授門生千人。章帝聞而徵之，欲以爲博士，於道物故。（《册府元龜》卷八百九十五《總錄部·運命》）

按：《儒林宗派》以其爲牟長之子。牟長樂安臨濟人，"少習歐陽《尚書》"，疑牟紆所習亦是。東漢儒生隱居而教授，是當時一種特殊的文化現象，在此構成了儒生本人與弟子們的一種特殊"關係網"：第一，儒師：隱居—教授—出仕或爲博士—推舉弟子入仕；弟子：選擇本師—積極擴大本師聲名—服從已經入仕或爲博士的本師舉薦—繼續支持本師。

李昺（生卒不詳）

《謝承書》：昺字子然，鄭人也，篤行好學，不羨榮祿。習《魯詩》

《京氏易》。室家相待如賓。州郡前後禮請不應。舉茂才，除召陵令，不到官。公車徵不行，卒。(《後漢書》卷八十二上《方術傳上》李賢注)

按：李晷習《魯詩》《京氏易》。東漢方術家多儒生。

王輔(生卒不詳)

《謝承書》：輔字公助，平陸人也。學《公羊傳》《援神契》。常隱居野廬，以道自娛。辟公府，舉有道，對策拜郎中。陳災異，甄吉凶有驗，拜議郎，以病遜。安帝公車徵，不行，卒於家。(《後漢書》卷八十二上《方術傳上》李賢注)

按：王輔習《公羊傳》，不詳《公羊》何派；又習《援神契》。安帝時卒。

郎宗(生卒不詳)

《謝承書》：宗字仲綏，安丘人也，善《京氏易》、風角、星算，推步吉凶。常負笈荷擔賣卜給食，瘠服間行，人莫得知。安帝詔公車徵，策文曰："郎宗、李晷、孔喬等前比徵命，未肯降意。恐主者玩弄，禮意不備，使難進易退之人龍潛不屈其身。各致嘉禮，遣詣公車，將以補察國政，輔朕之不逮。"青州被詔書，遣宗詣公車，對策陳災異，而為諸儒之表。拜議郎，除吳令。到官一月，時卒暴風，宗占以為京師有大火，定火發時，果如宗言。諸公聞之，表上，博士徵。宗恥以占事就徵，文書未到，夜懸印綬置廳上遁去，終於家。子顗，自有傳。(《後漢書》卷八十二上《方術傳上》李賢注)

按：郎宗蓋亦儒生而精通術數者也，其"恥以占事就徵"，蓋自認為儒生而非術士。《後漢書·方術傳》載："漢自武帝頗好方術，天下懷協道藝之士，莫不負策抵掌，順風而屆焉。後王莽矯用符命，及光武尤信讖言，士之赴趣時宜者，皆馳騁穿鑿，爭談之也。故王梁、孫咸名應圖籙，越登槐鼎之任，鄭興、賈逵以附同稱顯，桓譚、尹敏以乖忤淪敗，自是習爲内學，尚奇文，貴異數，不乏于時矣。是以通儒碩生，忿其奸妄不經，奏議慷慨，以爲宜見藏擯。"郎宗，蓋亦所謂"通儒碩生"。

李郃（生卒不詳）

《李郃別傳》：（李）郃上書太后，數陳忠言，其辭不能盡施用，輒有策詔褒贊焉。博士著兩梁冠，朝會隨將大夫例。時賤經學，博士乃在市長下，公奏以爲非所以敬儒，明國體也。上善公言，正月大朝，引博士公府長史前。（《藝文類聚》卷四十六《職官部二·博士》）

按：《後漢書·方術傳上》："李郃字孟節，漢中南鄭人也。父頡，以儒學稱，官至博士。郃襲父業，游太學，通《五經》。善《河洛》風星，外質樸，人莫之識。"李固父。李郃通《五經》，善《河洛》風星。李郃游太學期間窮困，《李郃別傳》稱："至京師學，常以賃書自給。"（《北堂書鈔》卷一百一《藝文部七·寫書二十三》）《後漢書·儒林傳》敘東漢後期儒學形勢云："自安帝覽政，薄於藝文，博士倚席不講，朋徒相視怠散，學舍頹敝，鞠爲園蔬，牧兒蕘豎，至於薪刈其下。順帝感翟酺之言，乃更修黌宇，凡所造構二百四十房，千八百五十室。試明經下第補弟子，增甲乙之科員各十人，除郡國耆儒皆補郎、舍人。本初元年，梁太后詔曰：'大將軍下至六百石，悉遣子就學，每歲輒於鄉射月一饗會之，以此爲常。'自是游學增盛，至三萬餘生。然章句漸疏，而多以浮華相尚，儒者之風蓋衰矣。"《李郃別傳》言"時賤經學"，此實情也。

段恭（生卒不詳）

節英亢烈，仰訴鼎臣。段恭，字節英，雒人也。少周流七十餘郡，求師受學，經三十年。凡事馮翊駱異孫、泰山彥之章、渤海紀叔陽，遂明《天文》二卷。東平虞叔雅，學絕高當世，遂游於蜀，恭以朋友禮待之。後爲上計掾，會有司劾太尉龐參兼舉茂才、孝廉。參性忠正亮直，爲貴戚所擯，以恚發病，遠近稱冤。恭不能耐其枉，亢疏表參忠直，不當以讒佞傷毀忠正。帝悟，即日召西曹掾問疾，尋羊酒慰勞參忠。(《華陽國志》卷十中)

按："凡事"，或作"兄事"。《後漢書》卷五十一稱其廣漢人。段恭"少周流七十餘郡，求師受學，經三十年"，其好學求知精神令人震撼，亦可知當時游學之盛況。

朱倉(生卒不詳)

朱倉，字雲卿，什邡人也。受學於蜀郡張寧，餐豆飲水以諷誦。同業憐其貧，資給米肉，終不受。著《河洛解》。家貧，恒以步行。爲郡功曹。每察孝廉，羞碌碌詣公府試，不就。州辟治中從事，以諷詠自終。(《華陽國志》卷十中)

按：《太平御覽》卷二百六十四引《華陽國志》，文字與此稍異。《華陽國志》附《士女目錄》："治中祭酒朱倉，字雲卿。什邡人。"

《益部耆舊記》：朱倉字雲卿，廣漢人。畜錢八百文，之蜀，從處士張寧受《春秋》。籴小豆十斛，屑之爲糧，閉户精誦。寧矜之，歛得米二十石，倉不受。(《太平御覽》卷六百一十一《學部五·勤學》)

按：《太平御覽》卷四百二十六引作"倉不受一粒"。朱倉通《春秋》，不詳何派；又著《河洛解》。

折像(生卒不詳)

伯式玄照。折像，字伯式，雒人也。其先張江，爲武威太守，封南陽折侯，因氏焉。父國爲鬱林太守。家資二億，故奴婢八百人，盡散以施宗族，恤贍親舊，葬死吊喪。事東平虞叔雅，以道教授門人，朋友自遠而至。時人爲諺曰："折氏客誰？朱雲卿，段節英。中有佃子趙仲平。但説天文論《五經》。"(《華陽國志》卷十中)

按：朱雲卿、段節英、趙仲平，即什邡人朱倉、廣漢人段恭、巴郡安漢人趙晏（據《後漢書補註》卷十九），可知折像曾與此三人爲友；《華陽國志》列其在朱倉後、杜真前，姑附於此。《後漢書·方術傳》稱："像幼有仁心，不殺昆蟲，不折萌牙。能通《京氏易》，好黄老言。"可知折像通《京氏易》、黄老之言。據李賢注，本傳記其語曾引《國語》《老子》言。年八十四卒，生卒年不詳。

魯充（生卒不詳）

《續漢書》：魯充爲博士，受詔議立七部三雍大射養老。（《北堂書鈔》卷六十七《設官部十九·博士一百三十二》）

按：《後漢書補遺》："案范《書》闕，七部不知何解。范《張純傳》有七經讖，注云：'七經，《詩》《書》《禮》《樂》《易》《春秋》及《論語》也。'疑即指此。"

劉永國（生卒不詳）

華嶠《後漢書》：劉永國，字叔儒，爲東城令。民聞其名，枉者更直，濁者強清，肅然無事，惟以著作爲務。（《太平御覽》卷二百六十七《職官部六十五·良令長上》）

按：此化用孟子語。《孟子·萬章》："伯夷目不視惡色，耳不聽惡聲，非其君不事，非其民不使。治則進，亂則退。横政之所出，横民之所止，不忍居也。思與鄉人處，如以朝衣朝冠坐於塗炭也。當紂之時，居北海之濱，以待天下之清也。故聞伯夷之風者，頑夫廉，懦夫有立志。"

陳常（生卒不詳）

謝承《後漢書》：陳常字君淵，晝則躬耕，夜則賃書以養母。（《北堂書鈔》卷一百一《藝文部七·寫書二十三》）

按：漢時以賃書爲生計者頗多，如班超、李邰等皆曾爲人抄書。

高君孟（生卒不詳）

高君孟頗知律令，嘗自伏寫書，著作郎署哀其老，欲代之，不肯，云："我躬自寫，乃當十遍讀。"（《新輯本桓譚新論·閔友》）

按：寫書者，抄書也。陳鵠《西塘集耆舊續聞》言蘇軾曾手抄《漢書》三遍，以致背誦如流。

劉千秋（生卒不詳）

前安帝時，越騎校尉劉千秋校書東觀，好事者樊長孫與書曰："漢家禮儀，叔孫通等所草創，皆隨律令在理官，藏於几閣，無記錄者，久令二代之業，闇而不彰。誠宜撰次，依擬《周禮》，定位分職，各有條序，令人無愚智，入朝不惑。君以公族元老，正丁其任，焉可以已！"劉君甚然其言，與邑子通人郎中張平子參議未定，而劉君遷爲宗正、衛尉，平子爲尚書郎、太史令，各務其職，未暇恤也。（《後漢書·百官志》李賢注）

按：劉千秋安帝時與張衡校書東觀。

葛龔（生卒不詳）

昔漢代有修奏記於其府者，遂盜葛龔所作而進之，既具錄他文，不知改易名姓，時人謂之曰："作奏雖工，宜去葛龔。"及邯鄲氏撰《笑林》，載之以爲口實。嗟乎！歷觀自古，此類尤多，其有宜去而不去者，豈直葛龔而已！何事於斯，獨致解頤之誚也。（《史通·因習》）

按：《後漢書·文苑傳》："葛龔字元甫，梁國寧陵人也。和帝時，以善文記知名。性慷慨壯烈，勇力過人。安帝永初中，舉孝廉，爲太官丞，上便宜四事，拜蕩陰令。辟太尉府，病不就。州舉茂才，爲臨汾令。居二縣，皆有稱績。著文、賦、碑、誄、書記凡十二篇。"《隋書·經籍志》著錄"後漢黃門郎《葛龔集》六卷。梁五卷，一本七卷"。和、安帝時知名。葛龔其他作品還有：後漢崔瑗遺葛龔《珮銘》(《藝文類聚》卷六十七《衣冠部·玦珮》)、葛龔《與梁相書》(《初學記》卷二十一《文部》)、葛龔《薦戴昱》(《太平御覽》卷九百四十一《鱗介部十三·螺》)、葛龔《與張季景書》(《太平御覽》卷九百四十三《鱗介部十五·蝦》)等。以上未必是篇名，今據其《葛龔集》擬定，疑該書唐末宋初仍存。

邯鄲氏《笑林》：桓帝時有人辟公府掾者，倩人作奏記文，人不能爲作，因語曰："梁國葛龔者，先善爲記文，自可寫用，不煩更作。"遂從人言，寫記文，不去龔名姓。府公大驚，不答而罷歸。故時人語曰："作奏雖工，宜去葛龔。"(《太平御覽》卷四百九十六《人事部一百三十七·諺下》)

按：李賢注《後漢書》："龔善爲文奏。或有請龔奏以干人者，龔爲作之，其人寫之，忘自載其名，因并寫龔名以進之。故時人爲之語曰：'作奏雖工，宜去葛龔。'事見《笑林》。"

摯恂(生卒不詳)

皇甫士安《高士傳》：摯恂字季直，伯陵之十二世孫也。明《禮》《易》，遂治《五經》，博通百家之言。又善屬文，詞論清美。渭濱弟子、扶風馬融、沛國桓驎等自遠方至者十餘人。既通古今，而性溫敏，不恥下問，故學者宗之。常慕其先人之高，遂隱于南山之陰。初，馬融始從恂受業，恂愛其才，因以女妻之。融後果爲大儒，文冠當世，以是服恂之知人。永和中，和帝博求名儒，公卿薦恂行侔曾、閔，學擬仲舒，文參長卿，才同賈誼，實瑚璉器也，宜在宗廟，爲國真輔。由是公車徵，不詣。大將軍竇憲舉賢良，不就。清名顯於世，以壽終。三輔稱焉。(《太平御覽》卷五百八《逸民部八·逸民八》)

按：《後漢書·馬融傳上》："初，京兆摯恂以儒術教授，隱於南山，不應徵聘，名重關西，融從其游學，博通經籍。恂奇融才，以女妻之。"摯恂《易》爲費氏派。《禮》不知何派。扶風馬融、沛國桓驎從其學。

卷十二

漢和帝劉肇肇（79—105）

《東觀漢記》：孝和皇帝，章帝中子也。上自歧嶷，至於總角，孝順聰明，寬和仁孝，帝由是深珍之，以爲宜承天位。年四歲，立爲太子。初治《尚書》，遂兼覽書傳，好古樂道，無所不照。上以《五經》義異，書傳意殊，親幸東觀，覽書林，閱篇藉。朝無寵族，惠澤沾濡，外憂庶績，內勤經藝，自左右近臣，皆誦詩書。德教在寬，仁恕并洽，是以黎元寧康，萬國協和，符瑞八十餘品，帝讓而不宣，故靡得而紀。（《藝文類聚》卷十二《帝王部二·漢和帝》）

按：此記和帝少治《尚書》，親赴東觀閱讀古書，且其左右近臣"皆誦詩書"。

和熹皇后鄧綏（81—121）

和熹鄧皇后諱綏，太傅禹之孫也。父訓，護羌校尉；母陰氏，光烈皇后從弟女也。……六歲能《史書》，十二通《詩》《論語》。諸兄每讀經傳，輒下意難問。志在典籍，不問居家之事。母常非之，曰："汝不習女工以供衣服，乃更務學，寧當舉博士邪？"后重違母言，晝修婦業，暮誦經典，家人號曰"諸生"。父訓異之，事無大小，輒與詳議。（《後漢書》卷十上《皇后紀上》）

按：歷代皇后，博學能文者，當以鄧后爲冠。鄧后在家時好學，故"六歲能《史書》，十二通《詩》《論語》"，此可見東漢貴族少年接受教育情況。其入宮掖之後，"從曹大家受經書，兼天文、算數。晝省王政，夜則誦讀，而患其謬誤，懼乖典章，乃博選諸儒劉珍等及博士、議郎、四府掾史五十餘人，詣東觀讎校傳記。事畢奏御，賜葛布各有差。又詔中官近臣於東觀受讀經傳，以教授宮人，左右習誦，朝夕濟濟"（《後漢書·皇后紀》），可見鄧后好學程度。鄧后不僅重經學，亦重文章，故曾命史官作誄，如《東觀漢記》："平原王葬，鄧太后悲傷，命史官述其行迹，爲作傳誄，藏於王府。"（《北堂書鈔》卷一百二《藝文部·誄三十》）

張禹（？—113）

《東觀記》：（張）禹好學，習《歐陽尚書》，事太常桓榮，惡衣食。（《後漢書》卷四十四《張禹傳》李賢注）

按：《後漢書·張禹傳》："張禹字伯達，趙國襄國人也。"西漢又有一張禹。此張禹從桓榮習《歐陽尚書》，本傳稱張禹永初七年（113）卒。

徐防（生卒不詳）

防以《五經》久遠，聖意難明，宜爲章句，以悟後學。上疏曰："臣聞《詩》《書》《禮》《樂》，定自孔子；發明章句，始於子夏。其後諸家分析，各有異説。漢承亂秦，經典廢絶，本文略存，或無章句。收拾缺遺，建立明經，博徵儒術，開置太學。孔聖既遠，微旨將絶，故立博士十有四家，設甲乙之科，以勉勸學者，所以示人好惡，改敝就善者也。伏見太學試博士弟子，皆以意説，不修家法，私相容隱，開生奸路。每有策試，輒興諍訟，論議紛錯，互相是非。孔子稱'述而不作'，又曰'吾猶及史之闕文'，疾史有所不知而不肯闕也。今不依章句，妄生穿鑿，以遵師爲非義，意説爲得理，輕侮道術，浸以成俗，誠非詔書實選本意。改薄從忠，三代常道，專精務本，儒學所先。臣以爲博士及甲乙策試，宜從其家章句，開五十難以試之。解釋多者爲上第，引文明者爲高説；若不依先師，義有相伐，皆正以爲非。《五經》各取上第六人，《論語》不宜射策。雖所失或久，差可矯革。"詔書下公卿，皆從防言。(《後漢書》卷四十四《徐防傳》)

　　按：徐防此疏論當時經學流弊，深切著名，劉子駿《讓太常博士書》之亞也。徐防提倡爲《五經》作章句。《後漢書》本傳稱："徐防字謁卿，沛國銍人也。祖父宣，爲講學大夫，以《易》教授王莽。父憲，亦傳宣業。防少習父祖學，永平中，舉孝廉，除爲郎。"徐防《易》未詳何派，其學傳自父祖徐宣、徐憲。《東觀漢記》卷十六則稱其："舉孝廉，周密畏慎，臺閣典職十年，奉事三世，未嘗有過者也。"

鄧弘（？—115）

　　《東觀漢記》：鄧弘，字叔紀。和熹后兄也。天資喜學，師事劉述，常在師門，布衣徒行，講誦孜孜。(《北堂書鈔》卷九十八《藝文部四》)

　　按：《後漢書·鄧弘傳》："弘少治《歐陽尚書》，授帝禁中，諸儒多歸附之。"鄧弘卒於元初二年（115），少治歐陽《尚書》。《東觀漢記》卷九："鄧弘薨，有司復請加謚曰昭成君，發五校輕車騎士爲陳，至葬所，所施皆如霍光故事，皇太后但令門生輓送。"又《後漢書·鄧禹傳》"論曰"："漢世外戚，自東、西京十有餘族，非徒豪橫盈極，自取災故，必於貽釁後主，以至顛敗者，其數有可言焉。何則？恩非己結，而權已先之；情疏禮重，而枉性圖之；來寵方授，地既害之；隙開執謝，讒亦勝之。悲哉！騭、悝兄弟，委遠時柄，忠勞王室，而終莫之免，斯樂生所以泣而辭燕也！"李賢注："高帝呂后、昭帝上官后、宣帝霍后、成帝趙后、平帝王后、章帝竇后、和帝鄧后、安帝閻后、桓帝竇后、順帝梁后、靈帝何后等家，或以貴盛驕奢，或以攝位權重，皆以盈極被誅也。"兩漢帝后，多擅權用事，其生時富貴至極，死後往往有滅族之禍。然后黨形成的權力集團，給兩漢社會帶來深刻影響。權力的集中與分配，政策的制定與實施，社會活力的保持與正常運轉，是兩漢社會非常重要的話題，值得深入研究。

伍賤（生卒不詳）

《會稽典錄》：餘姚伍賤，字士微。父爲倉監，失去官穀簿，領罪至於死。賤爲執筆，檢校相當，由是見異，號爲神童。（《太平御覽》卷三百八十五《人事部二十六·幼智下》）

按：伍賤執筆救父，號稱"神童"。其他書籍未再見關於伍賤之記載，亦曇花一現之人物，故《太平御覽》錄其在"幼智"。

馬嚴（17—98）

《東觀漢記》：馬嚴爲陳留太守。建初中，嚴病，遣功曹史李龔奉章詣闕。上召見龔，問疾病形狀，以黃金十斤、葛縛佩刀、書刀、革帶付龔，賜嚴。（《藝文類聚》卷六十《軍器部·刀》）

按：《後漢書·馬嚴傳》："嚴字威卿。父余，王莽時爲楊州牧。嚴少孤，而好擊劍，習騎射。後乃白援，從平原楊太伯講學，專心墳典，能通《春秋左氏》，因覽百家群言，遂交結英賢，京師大人咸器異之。仕郡督郵，援常與計議，委以家事。弟敦，字孺卿，亦知名。援卒後，嚴乃與敦俱歸安陵，居鉅下，三輔稱其義行，號曰'鉅下二卿'。"馬嚴，馬援兄余之子，通《春秋左氏傳》。此類"號曰"，是東漢士人中互相品鑒風尚。馬嚴善擊劍、騎射，《後漢書·馬嚴傳》李賢注引《東觀記》："嚴從其故門生肆都學擊劍，習騎射。"本傳稱"永元十年，卒於家，時年八十二"，則卒於永元十年（98），生於新莽天鳳四年（17）。

昔傳玄有云："觀孟堅《漢書》，實命代奇作。及與陳宗、尹敏、杜撫、馬嚴撰中興紀傳，其文曾不足觀。豈拘於時乎？不然，何不類之甚者也。是後劉珍、朱穆、盧植、楊彪之徒，又繼而成之。豈亦各拘於時，而不得自盡乎？何其益陋也？"嗟乎！拘時之患，其來尚矣。斯則自古所嘆，豈獨當今者哉！（《史通·核才》）

按：馬嚴參與校定《建武注記》，本傳稱："顯宗召見，嚴進對閑雅，意甚異之，有詔留仁壽闥，與校書郎杜撫、班固等雜定《建武注記》。"

樓望（21—100）

樓望字次子，陳留雍丘人也。少習《嚴氏春秋》。操節清白，有稱鄉間。建武中，趙節王栩聞其高名，遣使賫玉帛請以爲師，望不受。後仕郡功曹。永平初，爲侍中、越騎校尉，入講省內。十六年，遷大司農。十八年，代周澤爲太常。建初五年，坐事左轉太中大夫，後爲左中郎將。教授不倦，世稱儒宗，諸生著錄九千餘人。年八十，永元十二年，卒于官，門生會葬者數千人，儒家以爲榮。（《後漢書》卷七十九下《儒林傳下》）

按：樊儵、周澤、樓望、鍾興等，皆修《嚴氏春秋》。永元十二年（100）卒，年八十，則其生年當在新莽地皇二年（21）。"世稱儒宗"，而樓望曾與桓郁、賈逵、丁鴻等共論《五經》同異，《後漢書·丁鴻傳》："肅宗詔鴻與廣平王羨及諸儒樓望、成封、桓郁、賈逵等，論定《五經》同異於北宮白虎觀。"

周防（生卒不詳）

周防字偉公，汝南汝陽人也。父揚，少孤微，常修逆旅，以供過客，而不受其報。防年十六，仕郡小吏。世祖巡狩汝南，召掾史試經，防尤能誦讀，拜爲守丞。防以未冠，謁去。師事徐州刺史蓋豫，受《古文尚書》。經明，舉孝廉，拜郎中。撰《尚書雜記》三十二篇，四十萬言。太尉張禹薦補博士，稍遷陳留太守，坐法免。年七十八，卒於家。（《後漢書》卷七十九上《儒林傳上》）

按：周防，周舉之父。《古文尚書》盛行於民間，故周防習之。《後漢書·儒林傳》載肅宗時，詔高才生受《古文尚書》《毛詩》《穀梁》《左氏春秋》，皆擢高第爲講郎，給事近署，所以網羅遺逸，博存衆家。周防以經明而舉孝廉拜郎中，則官方重視《古文尚書》，實在肅宗之前已肇其端矣。

楊終（？—100）

子山翰藻，遺篇有序。楊終，字子山，成都人也。年十三，已能作《雷賦》，通屈原《七諫》章。後坐太守徙邊，作《孤憤詩》。明帝時，與班固、賈逵并爲校書郎，刪《太史公書》爲十餘萬言，作《生民詩》，又上《符瑞詩》十五章，制《封禪書》，著《春秋外傳》十二卷，《章句》十五萬言，皆傳於世者。（《華陽國志》卷十上）

按：《後漢書・楊終傳》："楊終字子山，蜀郡成都人也。年十三，爲郡小吏，太守奇其才，遣詣京師受業，習《春秋》。顯宗時，徵詣蘭臺，拜校書郎。"楊終《春秋》不詳宗派。漢明帝時徵蘭臺。此處所言楊終作《雷賦》、通屈原《七諫》事，以及作《孤憤詩》《生民詩》與"制《封禪書》"，不見《後漢書》。賦雷電見《後漢書》注引《袁山松書》："時蜀郡有雷震決曹，終上白記，以爲斷獄煩苛所致，太守乃令終賦雷電之意，而奇之也。"此言"明帝時，與班固、賈逵并爲校書郎"，《後漢書》本傳稱："於是詔諸儒於白虎觀論考同異焉。會終坐事繫獄，博士趙博、校書郎班固、賈逵等，以終深曉《春秋》，學多異聞，表請之，終又上書自訟，即日貰出，乃得與於白虎觀焉。"其中趙博、班固、賈逵三人皆精《左氏春秋》。此言"刪《太史公書》爲十餘萬言"，《後漢書》本傳亦稱："後受詔刪《太史公書》爲十餘萬言。"楊終參與白虎觀校書，負責刪《太史公書》，而《史記》凡百三十篇，五十二萬六千五百字，刪爲十餘萬言，則五去其四矣。此言"又上《符瑞詩》十五章"，本傳稱："帝東巡狩，鳳皇黃龍并集，終贊頌嘉瑞，上述祖宗鴻業，凡十五章，奏上，詔貰還故郡。"此言"著《春秋外傳》十二卷，《章句》十五萬言"，本傳稱其："著《春秋外傳》十二篇，改定章句十五萬言。"本傳又稱其永元十二年（100）卒。

蔡倫（？—121）

盛弘之《荊州記》：棗陽縣百許步蔡倫宅，其中具存，其傍有池，即

名"蔡子池"。倫，漢順帝時人，始以魚網造紙。縣人今猶多能作紙，蓋倫之遺業也。(《初學記》卷二十一《文部·紙第七》)

按：《後漢書·宦者列傳》："蔡倫字敬仲，桂陽人也。"據本傳，蔡倫不僅能造紙，還能製造"秘劍及諸器械"。另據《後漢書·宦者傳》："自古書契多編以竹簡，其用縑帛者謂之爲紙。縑貴而簡重，并不便於人。倫乃造意，用樹膚、麻頭及敝布、魚網以爲紙。元興元年奏上之，帝善其能，自是莫不從用焉，故天下咸稱'蔡侯紙'。"李賢注："《湘州記》曰：'耒陽縣北有漢黃門蔡倫宅，宅西有一石臼，云是倫舂紙臼也。'""蔡侯紙"，具體指"樹膚、麻頭及敝布、魚網"所造之紙，其前已有"用縑帛者謂之爲紙"。如此，簡單以爲"紙"自蔡倫方有，或是誤會。《漢書·外戚傳下》"武發篋中有裹藥二枚，赫蹏書曰"，應劭曰："赫蹏，薄小紙也。"陳直《漢書新證》據《居延漢簡釋文》"官寫氏""二氏自取"等，以爲"氏即紙字省文，此紙之記錄最早者，居延木簡爲西漢中晚期物，與本傳所記赫蹏書之紙時代正相合"(第468頁)。此可知"紙"之名出現較晚，但作爲實物之"紙"出現應很早，起碼西漢中晚期已經出現，則此前又當有與西漢中晚期之"氏"相近之書寫載體。又按《後漢書·宦者傳》："及太后崩，安帝始親萬機，敕使自致廷尉。倫恥受辱，乃沐浴整衣冠，飲藥而死。"鄧太后崩於安帝永寧二年(121)，則蔡倫亦卒於是年。

張酺(？—104)

張酺字孟侯，汝南細陽人，趙王張敖之後也。敖子壽，封細陽之池陽鄉，後廢，因家焉。酺少從祖父充受《尚書》，能傳其業。又事太常桓榮。勤力不息，聚徒以百數。永平九年，顯宗爲四姓小侯開學於南宮，置《五經》師。酺以《尚書》教授，數講於御前。以論難當意，除爲郎，賜車馬衣裳，遂令入授皇太子。(《後漢書》卷四十五《張酺傳》)

按：張酺學《尚書》於祖父張充，後事桓榮。《後漢書》李賢注："《東觀記》曰：'充與光武同門學，光武即位，求問充，充已死。'"張充、桓榮皆傳《歐陽尚書》，則張酺亦學《歐陽尚書》。"酺以《尚書》

教授，數講於御前"，《東觀漢記》卷十六所記更爲詳細："帝先備弟子之儀，使酺講《尚書》一篇，時使尚書令王鮪與酺相難，上甚欣悦，然後修君臣之禮，賞賜殊特。"另《後漢書·和帝紀》："（永元十六年）八月己酉，司徒張酺薨。"

王渙（？—105）

《東觀漢記》：王渙除河內溫令，商賈露宿，人開門卧，人爲作謡曰："王稚子，代未有；平徭役，百姓喜。"（《太平御覽》卷四百六十五《人事部一百六·謡》）

按：《後漢書·循吏傳》："王渙字稚子，廣漢郪人也。父順，安定太守。渙少好俠，尚氣力，數通剽輕少年。晚而改節，敦儒學，習《尚書》，讀律令，略舉大義。"王渙《尚書》不詳何派。

稚子奕奕，古之愛畏。王渙，字稚子，郪人也。初爲河內溫令，路不拾遺，卧不閉門。民歌之曰："王稚子，丗未有，平徭役，百姓喜。"遷兗州刺史，部中肅清。徵拜侍御史、洛陽令。聰明惠斷，公平廉正，抑强扶弱，化行不犯；發奸擿伏，忽若有神；京華密静，權豪畏敬。元興元年卒，百姓痛哭，二縣吊喪，行人商旅，莫不祭之。賈胡左威，遭其清理，制服三年。洛陽爲立祠弦歌之，天子悼惜，每下詔書德令，必賜後嗣，與卓茂等爲伍。（《華陽國志》卷十中）

按：《華陽國志》所記與《後漢書》同。《隸釋》卷二十四有《王稚子闕銘》："右王稚子闕銘二。其一云：漢故先靈侍御史、河內縣令王君稚子闕。其一云：漢故兗州刺史、洛陽令王君稚子之闕。按范曄《後漢書·循吏傳》，王渙字稚子，嘗爲溫令。而刻石爲河內令者，蓋史之誤。渙以元興元年卒，然則闕銘蓋和帝時所立也。"二碑皆王渙碑。此亦以王渙卒於元興元年。

《海內先賢行狀》：仇覽字季智。……時令河內王渙，政尚清嚴，聞覽得元不治，心獨望之，乃問覽："在亭不治不孝，得無失鷹鸇之志乎？"對曰："竊以鷹鸇不如鳳皇，故不爲也。"渙感覽言，用損威刑。（《太平御覽》卷四百三《人事部四十四·道德》）

《古樂府歌》：孝和帝在時，洛陽令王君，本自益州廣漢蜀人，少行宦學，通《五經》論。明知法令，歷代衣冠，從溫補洛陽令，化行致賢。外行猛政，內懷慈仁，移惡子姓名五，篇著里端。無妄發賦，念在理冤。清身苦體，宿夜勞勤，化有能名，遠近所聞。天年不遂，早就奄昏，爲君作祠安陽亭西，欲令後代莫不稱傳。（《後漢書》卷七十六《循吏傳》李賢注）

按：《後漢書·循吏傳》："元興元年，病卒。百姓市道莫不咨嗟。男女老壯皆相與賦斂，致奠酹以千數。渙喪西歸，道經弘農，民庶皆設盤案於路。吏問其故，咸言平常持米到洛，爲卒司所鈔，恒亡其半。自王君在事，不見侵枉，故來報恩。其政化懷物如此。民思其德，爲立祠安陽亭西，每食輒弦歌而薦之。"元興元年（105）王渙病卒之後，民間爲王渙立祠，"每食輒弦歌而薦之"，民愛戴如此。《華陽國志》附《士女目錄》以"明廉"稱之："明廉，侍御史、洛陽令王渙，字稚子。鄭人。"

黃香（？—106）

《東觀漢記》：黃香字文強，江夏安陸人。年九歲失母，思慕憔悴，殆不免喪，鄉人稱其至孝。年十二，博覽傳記。京師號曰："日下無雙，江夏黃香。"（《太平御覽》卷三百八十四《人事部二十五·幼智上》）

按：《後漢書·文苑傳上》："年十二，太守劉護聞而召之，署門下孝子，甚見愛敬。香家貧，內無僕妾，躬執苦勤，盡心奉養。遂博學經典，究精道術，能文章，京師號曰'天下無雙，江夏黃童'。"《後漢書·文苑傳上》："帝會中山邸，乃詔香殿下，顧謂諸王曰：'此"天下無雙，江夏黃童"者也。'"《後漢書》《東觀漢記》多作"江夏黃童"；"日下"，多作"天下"。"署"者，長官命下屬之謂也。"署門下孝子"，則"門下孝子"乃具有官屬性質之稱號。《初學記》引稱出自《說苑》，內容與《太平御覽》類似，疑《初學記》誤《東觀漢記》爲《說苑》。

《東觀漢記》：黃香知古今記，群書無不涉獵，兼好圖讖、天官、星氣、鐘律、曆算，窮極道術。京師號曰："天下無雙，江夏黃童。"京師貴戚慕其聲名，更饋衣物，拜尚書郎。（《太平御覽》卷二百一十五《職

官部十三·總叙尚書郎》）

　　按：《後漢書·文苑傳上》："後坐水潦事免，數月，卒於家。所著賦、箋、奏、書、令凡五篇。"延平元年（106）卒。《隋書·經籍志》著錄"梁有魏郡太守《黃香集》二卷，亡"。《三輔決錄》錄其《屏風銘》："何敞爲汝南太守，章帝南巡過郡，有雕鏤屏風，爲帝設之，命侍中黃香銘之曰：'古典務農，雕鏤傷民。忠在竭節，義在修身。'"（《藝文類聚》卷六十九《服飾部·屏風》）此"知古今記，群書無不涉獵"，亦見《東觀漢記》："黃香詣東觀，賜《淮南》《孟子》。詔賜黃香几杖。"（《北堂書鈔》卷十九《帝王部·賞賜六十三》）《後漢書》所謂"詣東觀讀所未嘗見書"，蓋指《淮南子》《孟子》。

寒朗（26—109）

　　寒朗字伯奇，魯國薛人也。生三日，遭天下亂，棄之荆棘；數日兵解，母往視，猶尚氣息，遂收養之。及長，好經學，博通書傳，以《尚書》教授。舉孝廉。（《後漢書》卷四十一《寒朗傳》）

　　按：本傳稱："永初三年，太尉張禹薦朗爲博士，徵詣公車，會卒，時年八十四。"寒朗于安帝永初三年（109）卒，時年八十四，則其生於光武建武二年（26），恰值天下大亂之時。

樊準（？—118）

　　《東觀漢記》：樊准見當世學者少，懼先王道術陵遲，乃上疏曰："光武受命中興之初，群雄擾於冀州，旌旗亂於大澤，然猶投戈講學，息馬論道。孝明皇帝尤垂意於經學，即位删定乖疑，稽合圖讖，封師太常桓榮爲關内侯，親自製作《五行章句》；每享射禮，正坐自講，諸儒并聽，四方欣欣。是時，學者尤盛，冠帶縉紳游辟雍，觀化者以億計。"（《太平御覽》卷六百一十三《學部七·教學》）

　　按："准"，《後漢書》作"準"。"當世學者少"，是此時不重學術。

《漢紀》所引疏文與《後漢書》本傳所言略有差異，如謂明帝親自製作《五行章句》一事，本傳未言。然《後漢書·桓郁傳》謂"帝自製五家要説章句，令郁校定於宣明殿"，則《漢紀》并非虚言。

樊準乃樊宏之後，《後漢書·樊準傳》曰："準字幼陵，宏之族曾孫也。父瑞，好黄老言，清静少欲。準少勵志行，修儒術，以先父産業數百萬讓孤兄子。"《初學記》卷十一引《東觀漢記》曰："樊淮字幼清，爲尚書令，明漢家故事。""清"蓋"陵"之誤。又《北堂書鈔》卷一百一《藝文部七·廢學二十九》引《典略》則云："樊淮字幼子，爲郎中令。""子"亦"陵"之誤。"淮"當作"准"。李賢注："準，或作准。"樊準父樊瑞好黄老，而準好儒學。又《東觀漢記》稱："樊準爲尚書令，明習漢家舊事，周密畏慎。"(《藝文類聚》卷四十八《職官部四·尚書令》)本傳稱樊準元初五年(118)卒。

陳忠(？—125)

《東觀漢記》：陳忠爲尚書令，數進忠言，辭旨弘麗，前後所奏，悉條於宫上閣以爲故事。(《太平御覽》卷二百一十《職官部八·尚書令》)

按：陳忠奏議"辭旨弘麗"，是其文甚美，其言甚合上意，故能"悉條於宫上閣以爲故事"。《後漢書·陳忠傳》："常侍江京、李閏等皆爲列侯，共秉權任。帝又愛信阿母王聖，封爲野王君。忠内懷懼懣而未敢陳諫，乃作《搢紳先生論》以諷，文多故不載。"又稱："父寵在廷尉，上除漢法溢於《甫刑》者，未施行，及寵免後遂寢。而苛法稍繁，人不堪之。忠略依寵意，奏上二十三條，爲《決事比》，以省請讞之敝。"是陳忠有《決事比》《搢紳先生論》等作。本傳稱其延光四年(125)卒。

劉愷(？—124)

永初元年，代周章爲太常。愷性篤古，貴處士，每有徵舉，必先巖穴。論議引正，辭氣高雅。(永初)六年，代張敏爲司空。元初二年，代

夏勤爲司徒。(《後漢書》卷三十九《劉愷傳》)

按:《後漢書》本傳稱:"愷字伯豫,以當襲般爵,讓與弟憲,遁逃避封。"劉愷代周章爲太常。"辭氣高雅",亦可用以評價其文。《白孔六帖》卷七十四《太常卿十一》:"後漢劉愷爲太常,議論常有正大義,諸儒語曰:'難經伉伉劉太常。'"本傳稱劉愷"永寧元年(120),稱病上書致仕","視事三年,以疾乞骸骨","歲餘,卒於家",則當在延光三年(124)卒。

賈逵(30—101)

賈逵年五歲,明惠過人。其姊韓瑶之婦,嫁瑶無嗣而歸居焉,亦以貞明見稱。聞鄰中讀書,旦夕抱逵隔籬而聽之。逵静聽不言,姊以爲喜。至年十歲,乃暗誦六經。姊謂逵曰:"吾家貧困,未嘗有教者入門,汝安知天下有《三墳》《五典》而誦無遺句耶?"逵曰:"憶昔姊抱逵於籬間聽鄰家讀書,今萬不遺一。"乃剥庭中桑皮以爲牒,或題於扉屏,且誦且記。期年,經文通遍。於間里每有觀者,稱云振古無倫。門徒來學,不遠萬里,或襁負子孫,舍於門側,皆口授經文,贈獻者積粟盈倉。或云:"賈逵非力耕所得,誦經舌倦,世所謂舌耕也。"(《拾遺記》卷六)

按:此記賈逵五歲隔籬聽書。《後漢書·賈逵傳》:"賈逵字景伯,扶風平陵人也。九世祖誼,文帝時爲梁王太傅。曾祖父光,爲常山太守,宣帝時以吏二千石自洛陽徙焉。父徽,從劉歆受《左氏春秋》,兼習《國語》《周官》,又受《古文尚書》於塗惲,學《毛詩》於謝曼卿,作《左氏條例》二十一篇。"賈逵,賈誼之後。"父徽從劉歆受《左氏春秋》",通《周官》《古文尚書》《毛詩》,是通四經。後《左氏》《穀梁春秋》《古文尚書》《毛詩》四經盛行,賈逵有力焉,故《後漢書·賈逵傳》稱:"逵數爲帝言古文《尚書》與經傳《爾雅》詁訓相應,詔令撰《歐陽》、《大》《小夏侯尚書》古文同異。逵集爲三卷,帝善之。復令撰《齊》《魯》《韓詩》與毛氏異同。并作《周官解故》。遷逵爲衛士令。八年,乃詔諸儒各選高才生,受《左氏》《穀梁春秋》《古文尚書》《毛詩》,由是四經遂行於世。"

賈逵傳父業之《左傳》《周官》《古文尚書》《毛詩》，另通《大夏侯尚書》《穀梁傳》，《後漢書·賈逵傳》曰："逵悉傳父業，弱冠能誦《左氏傳》及《五經》本文，以《大》《小夏侯尚書》教授，雖爲古學，兼通五家《穀梁》之説。自爲兒童，常在太學，不通人間事。身長八尺二寸，諸儒爲之語曰：'問事不休賈長頭。'性愷悌，多智思，俶儻有大節。尤明《左氏傳》《國語》，爲之《解詁》五十一篇，永平中，上疏獻之。顯宗重其書，寫藏秘館。"

賈逵著述頗豐，《後漢書·賈逵傳》："逵所著經傳義詁及論難百餘萬言，又作詩、頌、誄、書、連珠、酒令凡九篇，學者宗之，後世稱爲通儒。然不修小節，當世以此頗譏焉，故不至大官。永元十三年卒，時年七十二。朝廷愍惜，除兩子爲太子舍人。"可見兩漢諸儒，多有兼善經學與文學者，前漢董仲舒、揚子雲等，後漢則班固、賈逵等。《隋書·經籍志》："後漢侍中《賈逵集》一卷。梁二卷。"和帝永元十三年（101）卒，時年七十二，則其生年在光武帝建武六年（30）。

班超（32—102）

謝承《後漢書》：永平五年，班超兄固被召詣校書。超與母隨至洛陽，家貧常爲傭書以供養，久傭，嘗苦輟業，投筆嘆曰："大丈夫無它志略，獨當效傅介子、張騫立功異域，以封取侯，安能久事筆硯乎！"（《太平御覽》卷四百八十四《人事部一百二十五·貧上》）

按：《後漢書·班超傳》："班超字仲升，扶風平陵人，徐令彪之少子也。爲人有大志，不修細節。然内孝謹，居家常執勤苦，不恥勞辱。有口辯，而涉獵書傳。永平五年，兄固被召詣校書郎，超與母隨至洛陽。家貧，常爲官傭書以供養。"《東觀漢記》則稱："班超，字仲叔，扶風平陵人，徐令彪之子也。爲人大志，不修細節。然内孝謹，居家常執勤苦，不恥勞辱。有口辯，而涉獵書傳。"（《太平御覽》卷四百六十三《人事部一百四·辯上》）班超少時家貧，"常爲官傭書以供養"，此可見底層文人生活狀況。另《册府元龜》卷三百八十八《將帥部·儒學》稱："班超持《公羊春秋》，多窺覽，後爲西域都護。"賈逵以爲"《公羊》多任於權變",班超持《公羊春秋》而建功西域。其學不詳《公羊》何派。

《東觀漢記》:時人有上言班固私改作《史記》,詔下京兆收繫。固弟超詣闕上書,具陳固不敢妄作,但續父所記述漢事。(《初學記》卷二十一《文部·史傳第二》)

按:《漢書》非班固不成,班固非班超不生。以此言之,班超亦《漢書》之功臣。謝承《後漢書》:"曹壽妻,班超之妹也。超字仲叔,扶風人,爲都護,在絶域。年老思入關,妹乃上書曰:'妾兄超延命沙漠三十餘年,骨肉生離,不復相識。'書奏,帝乃徵還。"(《太平御覽》卷五百一十七《宗親部七·姊妹》)漢代開疆拓土之臣,莫若班超,既能開之,又能守之,且使安之。千載之下,讀書人聞其故事,莫不感佩。李長吉云:"男兒何不帶吳鉤,收取關山五十州?請君暫上凌煙閣,若個書生萬户侯。"本傳稱永元十四年(102)卒,時年七十一,則當生於建武八年(32)。據《後漢書·班彪傳》,班固生年亦在建武八年(《秦漢文學編年史》,第352頁)。六朝人對班超稱讚有加,如《劉子·通塞》:"買臣忍譏而行歌,王章苦寒而坐泣,蘇秦握錐而憤懣,班超執筆而慷慨。"《劉子·激通》:"班超憤而習武,終建西域之績。"

班昭(生卒不詳)

扶風曹世叔妻者,同郡班彪之女也,名昭,字惠班,一名姬。博學高才。世叔早卒,有節行法度。兄固著《漢書》,其八表及《天文志》未及竟而卒,和帝詔昭就東觀藏書閣踵而成之。帝數召入宮,令皇后諸貴人師事焉,號曰大家。每有貢獻異物,輒詔大家作賦頌。及鄧太后臨朝,與聞政事。以出入之勤,特封子成關内侯,官至齊相。時《漢書》始出,多未能通者,同郡馬融伏於閣下,從昭受讀,後又詔融兄續繼昭成之。(《後漢書》卷八十四《列女傳》)

按:據此説,班昭續《漢書》"八表及《天文志》",并曾授馬融《漢書》,是續作、傳承《漢書》的關鍵人物。班昭著述見《後漢書·列女傳》:"作《女誡》七篇,有助内訓。……馬融善之,令妻女習焉。昭女妹曹豐生,亦有才惠,爲書以難之,辭有可觀。昭年七十餘卒,皇太后素服舉哀，使者監護喪事。所著賦、頌、銘、誄、問、注、哀辭、書、論、上疏、遺令，凡十六篇。子婦丁氏爲撰集之，又作《大家讚》焉。"班昭《女誡》是東漢重要的女性作品，其作品由"子婦丁氏爲撰集之"，如此説不誤，則其時已有以"集"整理别集之實。

戴封（？—100）

戴封字平仲，濟北剛人也。年十五，詣太學，師事鄜令東海申君。申君卒，送喪到東海，道當經其家。父母以封當還，豫爲娶妻。封暫過拜親，不宿而去。還京師卒業。時同學石敬平温病卒，封養視殯斂，以所齎糧市小棺，送喪到家。家更斂，見敬平行時書物皆在棺中，乃大異之。封後遇賊，財物悉被略奪，唯餘縑七匹，賊不知處，封乃追以與之，曰："知諸君乏，故送相遺。"賊驚曰："此賢人也。"盡還其器物。（《後漢書》卷八十一《獨行傳》）

按：戴封年十五入太學，師事東海申君。本傳稱"永元十二年，徵拜太常，卒官"，則其卒大致在永元十二年（100）。《後漢書》多記盗賊敬賢人事。

魯恭（32—112）

魯恭字仲康，扶風平陵人也。其先出於魯（傾）〔頃〕公，爲楚所滅，遷於下邑，因氏焉。世吏二千石，哀平間，自魯而徙。祖父匡，王莽時，爲羲和，有權數，號曰"智囊"。父某，建武初，爲武陵太守，卒官。時恭年十二，弟丕七歲，晝夜號踴不絕聲，郡中賻贈無所受，乃歸服喪，禮過成人，鄉里奇之。十五，與母及丕俱居太學，習《魯詩》，閉户講誦，絕人間事，兄弟俱爲諸儒所稱，學士争歸之。……其後拜爲《魯詩》博士，由是家法學者日盛。（《後漢書》卷二十五《魯恭傳》）

按：傳載魯恭祖父之名，又記其父何年任何職，然于其父之名則僅云父某，頗爲奇怪。其父建武既爲武陵太守，則官方檔案應有其名。或者，史官所據乃魯氏所獻家記，魯氏爲避諱而未書其名，史官因而未補乎？不然，何以闕之？魯恭永初六年（112）卒，年八十一，則其生年當在光武帝建武八年（32）。魯恭建武初年十二，其時當在建武十九年（43）。魯恭與其弟魯丕，皆入太學習《魯詩》。《後漢書·魯恭傳》稱："肅宗集諸儒於白虎觀，恭特以經明得召，與其議。"

宋洪适《隸釋》卷十一有《魯恭碑》："戴延之《西征記》曰：焦氏山北數山，有漢司隸校尉魯恭。穿山得白蛇、白兔，不葬，更葬山南。鑿而得金，故曰金鄉山。山形峻峭，冢前有石祠、石廟，四壁皆青石隱起。自書契以來，忠臣孝子、貞婦、孔子及弟子七十二人形像。像邊皆刻石記之，文字分明。"本傳稱永初六年（112）卒，年八十一，則其生年當在建武八年（32）。

魯丕（37—111）

丕字叔陵，性沈深好學，孳孳不倦，遂杜絕交游，不答候問之禮。士友常以此短之，而丕欣然自得。遂兼通《五經》，以《魯詩》《尚書》教授，爲當世名儒。後歸郡，爲督郵、功曹，所事之將，無不師友待之。……元和元年徵，再遷，拜趙相。門生就學者常百餘人，關東號之曰"《五經》復興魯叔陵"。（《後漢書》卷二十五《魯丕傳》）

按：魯丕，《東觀漢記》作"魯平"，兼通《五經》，與兄魯恭共習《魯詩》，而《尚書》不詳宗派。本傳稱魯丕"時對策者百有餘人，唯丕在高第"，是其擅長對策，此西漢賈誼、董仲舒、晁錯之才。本傳稱魯丕永初五年（111）卒，年七十五，則其生在建武十三年（37）。另據《後漢書·魯恭傳》，魯恭建武十九年（43）十二，時魯丕七歲，則可證魯丕當生於建武十三年（37）。

周磐（49—121）

謝承《後漢書》：周磐字堅伯，居貧養母，儉薄不充，誦《詩》至

《汝墳》之卒章，慨然而嘆，乃解韋帶，就孝廉之舉。(《太平御覽》卷四百一十四《人事部五十五·孝下》)

按："誦《詩》至《汝墳》之卒章"云云，是用孔子論《詩》語。《後漢書·周盤傳》："周盤字堅伯，汝南安成人，徵士爕之宗也。祖父業，建武初爲天水太守。磐少游京師，學《古文尚書》《洪範五行》《左氏傳》，好禮有行，非典謨不言，諸儒宗之。居貧養母，儉薄不充。嘗誦詩至《汝墳》之卒章，慨然而嘆，乃解韋帶，就孝廉之舉。……教授門徒常千人。"周磐好古。《毛詩序》云："道化行也。文王之化行乎汝墳之國，婦人能閔其君子，猶勉之以正也。"此與孝順父母無涉。周磐讀《汝墳》之卒章之所以有嘆，乃因其所習乃《韓詩》而非《毛詩》。李賢注云："《韓詩》曰：'《汝墳》，辭家也。'其卒章曰：'魴魚赬尾，王室如燬，雖則如燬，父母孔邇。'薛君《章句》：'赬，赤也。燬，烈火也。孔，甚也。邇，近也。言魴魚勞則尾赤，君子勞苦則顏色變。以王室政教如烈火矣，猶觸冒而仕者，以父母甚迫近饑寒之憂，爲此祿仕。'"另：周磐卒前提出"編二尺四寸簡，寫《堯典》一篇，并刀筆各一，以置棺前，示不忘聖道"云云，此東漢文人陪葬情況。此以"二尺四寸簡寫《堯典》"，是經書竹簡體制。建光元年(121)卒，年七十三，則其生當在光武帝建武二十五年(49)。

李尤(生卒不詳)

李尤，字伯仁，李勝字茂通，雒人也。侍中賈逵薦尤有相如、楊雄之才，明帝召詣東觀，《辟雍》《德陽》諸觀賦《懷戎頌》，百二十銘，著《政事論》七篇，帝善之。拜諫大夫、樂安相。後與劉珍共撰《漢紀》。(《華陽國志》卷十中)

按：《後漢書·文苑傳上》："李尤字伯仁，廣漢雒人也。少以文章顯。和帝時，侍中賈逵薦尤有相如、楊雄之風，召詣東觀，受詔作賦，拜蘭臺令史。稍遷，安帝時爲諫議大夫，受詔與謁者僕射劉珍等俱撰《漢記》。後帝廢太子爲濟陰王，尤上書諫爭。順帝立，遷樂安相。年八十三卒。所著詩、賦、銘、誄、頌、《七嘆》、《哀典》凡二十八篇。"李尤銘、賦俱佳，有司馬相如、揚雄之才。《文心雕龍·才略》："李尤賦銘，志慕鴻裁，而才力沈膇，垂翼不飛。"李尤年八十三而卒，當歷明、章、和、安、順五帝。另魏文《典論》曰："李尤字伯宗，年少有文章。賈逵薦尤有相如、楊雄之風，拜蘭臺令史，與劉珍等共撰《漢記》。"（《北堂書鈔》卷六十二《設官部十四》）

《益部耆舊傳》：李尤字伯仁，爲議郎。安帝寢疾，使尤祠陵廟，肅愼齊潔，辭祝俱美，上疾乃瘳。（《北堂書鈔》卷五十六《設官部八·議郎四十五》）

按：《北堂書鈔》卷一百四《藝文部十·筆四十五》錄李尤《筆銘》："筆之強志，庶事分別。七術雖衆，猶可解說。口無擇言，駟不及舌。筆之遇誤，愆尤不滅。"

李勝（生卒不詳）

李尤字伯仁，李勝字茂通，雒人也。……勝爲東觀郎，著賦、誄、論、頌數十篇。（《華陽國志》卷十中）

按：《後漢書·文苑傳上》稱："尤同郡李勝，亦有文才，爲東觀郎，著賦、誄、頌、論數十篇。"與此所記同。

馬瑤（生卒不詳）

（矯）愼同郡馬瑤，隱於汧山，以兔罝爲事。所居俗化，百姓美之，號馬牧先生焉。（《後漢書》卷八十三《逸民傳》）

按：矯愼、馬瑤事，又見晉皇甫謐《高士傳》"矯愼"條。

蘇順（生卒不詳）

《文章流別傳》：哀辭者，誄之流也。崔瑗、蘇順、馬融、張叔等爲之，率以施於童殤夭折不以壽終者也。(《北堂書鈔》卷一百二《藝文部·哀辭三十七》；《太平御覽》卷五百九十六《文部十二·哀辭》)

按：此處文字綜合《北堂書鈔》《太平御覽》而成。《後漢書·文苑傳上》："蘇順，字孝山，京兆霸陵人也。和、安間以才學見稱。好養生術，隱處求道。晚乃仕，拜郎中，卒於官。所著賦、論、誄、哀辭、雜文凡十六篇。"范曄《後漢書》文體分類，與《文心雕龍》同。蘇順"好養生術"，此西漢以來傳統。

曹衆（生卒不詳）

《三輔決錄注》：(曹)衆與鄉里蘇孺文、竇伯向、馬季長并游宦，唯衆不遇，以壽終于家。(《後漢書》卷八十上《文苑傳上》李賢注)

按：曹衆著述情況見《後漢書·文苑傳上》："時三輔多士，扶風曹衆伯師亦有才學，著誄、書、論四篇。"

曹朔（生卒不詳）

曹朔作後漢《敬隱后頌》，述宋氏之先云："實先契而佐唐，湯受命而創基。二宗儼以久饗，盤庚儉而弗怠。"(顏師古《匡謬正俗》卷七)

按：曹朔賦作見《後漢書·文苑傳上》："曹朔，不知何許人，作《漢頌》四篇。"又據《後漢書·安帝紀》："追尊皇考清河孝王曰孝德皇，皇妣左氏曰孝德皇后，祖妣宋貴人曰敬隱皇后。"是知《後漢書》所言曹朔作《漢頌》，當爲《敬隱后頌》之類頌讚東漢皇室人物作品。

劉騊駼（生卒不詳）

謝承《後漢書》：劉騊駼除樅陽長，以病免，吏民思而歌之曰："悒

然不樂,思我劉君。何時復來,安此下民?"(《藝文類聚》卷十九《人部三·謳謠》)

按:范曄《後漢書》、司馬彪《續漢書》(《藝文類聚》卷五十《職官部六·令長》)繫此歌于劉陶。然《太平御覽》引《續漢書》(卷二百六十七《職官部六十五·良令長上》)、引《後漢書》(卷四百六十五《人事部·歌》,其中作"劉陶騊")、姚之駰《後漢書補逸》卷十一皆繫于劉騊駼。

《後漢書·宗室四王三侯列傳》:"(劉)復子騊駼及從兄平望侯毅,并有才學。永寧中,鄧太后召毅及騊駼入東觀,與謁者僕射劉珍著中興以下名臣列士傳。騊駼又自造賦、頌、書、論凡四篇。"《後漢書·胡廣傳》:"初,揚雄依《虞箴》作《十二州二十五官箴》,其九箴亡闕,後涿郡崔駰及子瑗又臨邑侯劉騊駼增補十六篇,廣復繼作四篇,文甚典美。"劉騊駼曾與崔駰、崔瑗、胡廣增補揚雄箴,是知今揚雄箴未必皆出其手。《後漢書·張衡傳》:"永初中,謁者僕射劉珍、校書郎劉騊駼等著作東觀,撰集《漢記》,因定漢家禮儀。"劉騊駼與劉珍等撰集《東觀漢記》。《後漢書·文苑傳上》:"永初中,爲謁者僕射。鄧太后詔使與校書劉騊駼、馬融及《五經》博士,校定東觀《五經》、諸子傳記、百家藝術,整齊脫誤,是正文字。"劉騊駼與馬融等校定《五經》、諸子傳記、百家藝術。

廉范(生卒不詳)

范乃毀削先令,但嚴使儲水而已。百姓爲便,乃歌之曰:"廉叔度,來何暮?不禁火,民安作。平生無襦今五絝。"在蜀數年,坐法免歸鄉里。(《後漢書》卷三十一《廉范傳》)

按:蜀郡"俗尚文辯",亦是東漢地域文化之特色,而蜀郡好文,自古而皆然。民歌歌頌句式,三言爲主,七言作結,是東漢民間流行之體式。《後漢書·廉范傳》:"廉范字叔度,京兆杜陵人,趙將廉頗之後也。年十五,辭母西迎父喪。蜀郡太守張穆,丹之故吏,乃重資送范,范無所受,與客步負喪歸葭萌。載船觸石破沒,范抱持棺柩,遂俱沈溺。衆傷其義，鉤求得之，療救僅免於死。穆聞，復馳遣使持前資物追范，范又固辭。歸葬服竟，詣京師受業，事博士薛漢。"廉范，廉頗之後，以薛漢爲師。薛漢世習《韓詩》，則廉范當通《韓詩》。本傳稱"會薛漢坐楚王事誅，故人門生莫敢視，范獨往收斂之"，據伊佩霞《東漢的二重君主關係》之說，此廉范往救薛漢，體現了門生與師長的特殊關係，"他們像子女孝經雙親一樣，效忠師長；他們在座師蒙罪抑冤之際，申理訴狀，或集會聲援"（范兆飛編譯《西方學者中國中古貴族制論集》，生活·讀書·新知三聯書店2018年版，第5頁）。

劉矩（生卒不詳）

太尉沛國劉矩叔方，父字叔遼，累祖卿尹，好學敦整，土名不休揚，又無力援，仕進陵遲。而叔方雅有高問，遠近偉之，州郡辟請，未嘗答命，往來京師，委質通門。太尉徐防、太傅桓焉二公，嘉其孝敬，慰愍契闊，爲之先後，叔遼由此辟公府博士，徵議郎。叔方爾乃翻然改志，以禮進退，三登台袞，號爲名宰。（《風俗通義·十反》）

按：《後漢書·循吏傳》："劉矩字叔方，沛國蕭人也。"《後漢書》"太尉朱寵、太傅桓焉嘉其志義"，《風俗通義》稱作"太尉徐防、太傅桓焉二公，嘉其孝敬"云云，《後漢書·桓焉傳》稱其與朱寵參録尚書事，則《風俗通義》所言"徐防"當爲"朱寵"之誤。據《後漢書·徐防傳》，其"與太傅張禹參録尚書事"。土名，王利器注："土名，即當時所謂鄉曲之譽。《後漢書·和紀》：'永元五年三月戊子詔曰："選舉良才，爲政之本，科別行能，必由鄉曲。"'蓋當時進身之階，率由鄉舉里選，故土名對於仕宦前途，關係綦重。《三國志·魏志·王粲傳》注引《魏略》：'始吳質爲單家，少游遨貴戚間，蓋不與鄉里相沈浮，故雖已出官，本國猶不與之土名。'又引《吳質別傳》：'土名不揚，謚爲醜侯。'則土名之説，曹魏時猶然。《魏志·傅嘏傳》注、《世説·文學篇》注引《傅子》：'鄧颺好變通，合徒黨，驁聲名於閭閻。'《晉書·孫楚傳》：'才藻卓絶，爽邁不群，多所陵傲，缺鄉曲之譽，年四十餘，始參鎮東軍事。'《抱朴子·自叙》：'持鄉論者，則賣選舉以取謝。'由上所引吳質、鄧颺、孫楚、葛洪諸事觀之，皆可說明士名對於仕宦之關係也。"然《四庫全書》本《風俗通義》《三國志》皆作"士名"，疑是。

《後漢書·皇甫規傳》注引應劭《漢官儀》："劉矩字叔方。"《後漢書·順帝紀》："永建二年，秋七月庚子，太常劉光爲太尉，錄尚書事。"李賢注："劉光字仲遼，即太尉劉矩之弟。"王利器據此稱："案仲遼即叔遼，是矩叔父，非弟也。《劉矩傳》稱'叔父光，順帝時爲司徒。'案《順紀》：'永建四年秋八月丁巳，太尉劉光免。'則光卒官太尉，云司徒，亦誤。"《後漢書》《風俗通義》稱其叔父字叔遼（叔父亦可稱"父"），叔姪字皆有"叔"字。劉矩得胡廣推薦，後代黃瓊，其事入應劭《風俗通義》。

太尉沛國劉矩叔方，爲尚書令，失將軍梁冀意，遷常山相，去官。冀妻兄孫禮爲沛相，矩不敢還鄉里，訪友人彭城環玉都；玉都素敬重矩，欲得其意，喜於見歸，爲除處所，意氣周密。人有請玉都者："禍至無日，何宜爲其主乎？"玉都因事遠出，家人不復占問，暑則鬱蒸，寒則凜凍，且飢且渴，如此一年。矩素直亮，衆談同愁。冀亦舉廢，轉薄爲厚，上補從事中郎，復爲尚書令，五卿三公，爲國光鎮。玉都慚悔自絶。（《風俗通義·窮通》）

按：王利器云："'禮'，本傳作'祀'，一本作'社'。"《後漢書》記此事，不如《風俗通義》詳細。

田輝（生卒不詳）

陽翟令左馮翊田輝叔都，兄字威都，俱合純懿，不隕洪祚。叔都最爲知名，郡常欲爲察授之，輝恥越賢兄，懼不得免，因緣他疾，遂托病痞。家人妻子，莫知其情，人數恐灼，持之有度。後在田舍，天連陰雨，友人張子平、吉仲考等，密共穿逾，奪取衣衾，窮夜獨處，迫切至矣，然無聲響，徒唶唶而已。子平因前抱持曰："我某公也，謂汝避兄耳，何意真然耶？天喪斯人，吾儕將何效乎！"相對歔欷，哀動左右。間積四歲，威都果舉，遷安定長史，據轄乘綏，還歷鄉里，薦祀祖考。叔都沃酹神坐，頫仰因語。是月，司隸、太尉、大將軍同時并辟，爲侍御史，舉茂才，不幸

早隕。威都官至武都太守。(《風俗通義·十反》)

按：上文"恐灼"，王利器疑當作"恐獨"。茂才，《後漢書·黃琬傳》："舊制，光禄舉三署郎，以高功久次才德尤異者爲茂才四行。時權富子弟多以人事得舉，而貧約守志者，以窮退見遺，京師爲之謡曰：'欲得不能，光禄茂才。'"此處弟"耻越賢兄"之事，確實有趣。

吴匡(生卒不詳)

弘農太守河内吴匡伯康，少服職事，號爲敏達，爲侍御史，與長樂少府黄瓊，共佐清河王事，文書印成，甚嘉異之。後匡去濟南相，瓊爲司空，比比援舉，起家，拜尚書，遷弘農，班詔勸耕，道於澠池，間瓊薨，即發喪制服，上病，載輂車還府。(《風俗通義·愆禮》)

按：王利器注《風俗通義》："清河王，見《後漢書·章帝八王傳》，吴、黄共佐清河王事，蓋在劉蒜嗣位時。"又曰："濟南王，見《後漢書·光武十王傳》，匡爲濟南相，蓋在劉廣嗣位時。"

韓韶(生卒不詳)

韓韶字仲黄，潁川舞陽人也。少仕郡，辟司徒府。時太山賊公孫舉僞號歷年，守令不能破散，多爲坐法。尚書選三府掾能理劇者，乃以韶爲嬴長。賊聞其賢，相戒不入嬴境。餘縣多被寇盜，廢耕桑，其流入縣界求索衣糧者甚衆。韶愍其飢困，乃開倉賑之，所稟贍萬餘户。主者争謂不可。韶曰："長活溝壑之人，而以此伏罪，含笑入地矣。"太守素知韶名德，竟無所坐。以病卒官。同郡李膺、陳寔、杜密、荀淑等爲立碑頌焉。子融，字元長。少能辯理而不爲章句學。聲名甚盛，五府并辟。獻帝初，至太僕。年七十卒。(《後漢書》卷六十二《韓韶傳》)

按：韓韶與李膺、陳寔、杜密、荀淑同郡。潁川秀士始於此。此材料又見於謝承《後漢書》(《太平御覽》卷四百一十九)

賀純（生卒不詳）

（李固）入爲將作大匠。多致海内名士。南陽樊英、江夏黄瓊、廣漢楊厚、會稽賀純、光禄周舉、侍中杜喬、陳留楊倫、河南尹存、東平王惲、陳國何臨、清河房植等，皆蒙徵聘。（《華陽國志》卷十下）

按：《後漢書·黄瓊傳》："永建中，公卿多薦瓊者，於是與會稽賀純、廣漢楊厚俱公車徵。"賀純與黄瓊、楊厚俱徵。《謝承書》："純字仲真，會稽山陰人。少爲諸生，博極群藝。十辟公府，三舉賢良方正，五徵博士，四公車徵，皆不就。後徵拜議郎，數陳災異，上便宜數百事，多見省納。遷江夏太守。"（《後漢書》卷六十三《李固傳》李賢注）

任棠（生卒不詳）

皇甫士安《高士傳》：任棠字季卿。以《春秋》教授，隱身不仕。龐參爲漢陽太守，就家候棠，以薤一本、水一盆置户屏前，自抱孫兒伏户下。參曰："棠是欲諭太守也；水欲太守清也；拔一本薤，欲太守擊强宗也；抱孫兒當户者，欲太守開門恤孤也。"終參去，不言。詔徵不至。及卒，鄉人圖畫其形，至今稱任徵君也。（《太平御覽》卷五百八《逸民部八》）

按：《後漢書》與《高士傳》所載爲同一事，而前者多"參思其微意，良久曰"一句。

楊充（生卒不詳）

盛國好學，研頤聖真。楊充，字盛國，梓潼人也。少好學，求師遂業。受古學於扶風馬季長、吕叔公，南陽朱明叔，潁川白仲職，精究《七經》。其朋友，則潁川荀慈明、李元禮，京兆羅叔景，漢陽孫子夏，山陽王叔茂，皆海內名士。還以教授州里，常言："《圖緯》空說，去事希略，疑非聖。"不以爲教。察孝廉。爲郎，卒。（《華陽國志》卷十下）

按：《華陽國志》附《士女目錄》又稱："文學，孝廉楊充，字盛國，梓潼人也。"

趙閑（生卒不詳）

《華陽國志》：趙閑讀書，一見便誦。聞人讀書，自識其章句。（《北堂書鈔》卷九十八《藝文部四·誦書十五》）

按：今《華陽國志》無此文，若收趙閑，應爲蜀郡人。"一見便誦"，謂能記憶誦讀也。謝承《後漢書》謂王充"一見輒能誦憶"，即此類。

周燮（生卒不詳）

周斐《汝南先賢傳》：周燮字彥祖，欽頤折頟，貌甚醜，母欲不舉。其父曰："吾聞諸聖賢人，狀皆有異於人，興我宗者，必此兒。"遂舉之。（《初學記》卷十九《人部下·醜人第三》）

按：本傳稱延光二年安帝聘周燮與馮良。《藝文類聚》卷九十七引《汝南先賢傳》："周燮好潛養靖志，唯典籍是樂。有先人草廬，廬于東坑，其下有陂魚蚌生焉，非身所耕漁，則不食也。"按《後漢書·周燮傳》："周燮字彥祖，汝南安城人，決曹掾燕之後也。燮生而欽頤折頞，醜狀駭人。其母欲棄之，其父不聽，曰：'吾聞賢聖多有異貌。興我宗者，乃此兒也。'於是養之。始在髫髻，而知廉讓；十歲就學，能通《詩》《論》；及長，專精《禮》《易》。不讀非聖之書，不脩賀問之好。"周燮"醜狀駭人"，史書如此記載亦"駭人"。少時即通四經，可謂奇才。《太平御覽》卷八百二十一引華嶠《後漢書》："周燮專精《禮》《易》，不讀非聖之書，不脩賀問之好。有先人草廬結于岡畔，下有陂田，常肆力自勤以給。非身所耕漁則不食。"

馮良(生卒不詳)

馮良，南陽冠軍人，少作縣吏，年三十，爲尉從佐，迎督郵。自恥無志，因毀車煞牛，裂敗衣幘，遂去，從師受《詩》，傳《禮》《易》，復學道術占候。家中謂已死。十五年乃還。整修志節，抗操嚴恪。州郡禮辟，不就。詔特徵賢良高第，半道委之。還家，時三公爭讓位於良，遂不降就。年六十七，乃棄世，東渡入山，今在鹿迹洞中。(陶弘景《真誥》卷十四，明正統《道藏》本)

按：章、安帝時人。據此所言，馮良通《詩》《禮》《易》，同周爕。《無上秘要》卷八十三："馮良，南陽冠軍人，年六十，乃學道。"按《後漢書·周爕傳》："良字君郎。出於孤微，少作縣吏。年三十，爲尉從佐。奉檄迎督郵，即路慨然，恥在厮役，因壞車殺馬，毀裂衣冠，乃逬至犍爲，從杜撫學。"馮良從杜撫學，杜治《韓詩》。

景鸞(生卒不詳)

《益部耆舊傳》：景鸞字漢伯，少隨師學經，涉七州之地。能理《齊詩》《施氏易》，兼受《河》《洛》圖緯，作《易說》及《詩解》，文句兼取《河》《洛》，以類相從，名爲《奧集》。又撰《禮略》。(《北堂書鈔》卷九十六《藝文部二·儒術七》)

按：《後漢書·儒林傳下》："景鸞字漢伯，廣漢梓潼人也。少隨師學經，涉七州之地。能理《齊詩》《施氏易》，兼受《河》《洛》圖緯，作《易說》及《詩解》，文句兼取《河》《洛》，以類相從，名爲《交集》。又撰《禮内外記》，號曰《禮略》。又抄風角雜書，列其占驗，作《興道》一篇。及作《月令章句》。凡所著述五十餘萬言。數上書陳救災變之術。"文字與《益部耆舊傳》有異，而《後漢書》尤詳。

漢伯肄業，諸生之純。景鸞，字漢伯，梓潼人也。少與廣漢郝伯宗、蜀郡任叔本、穎川李仲□、渤海孟元叔游學七州，遂明經術。還，乃撰

《禮略》《河洛交集》《風角雜書》《月令章句》，凡五十萬言。太守□脱命爲功曹，察孝廉，舉有道，博士徵，不詣。然上陳時政，言經得失。又戒子孫人紀之禮；及遺令：期死葬，不設衣衿，務在節儉，甚有法度。卒終布衣。（《華陽國志》卷十下）

按：《華陽國志》附《士女目錄》："有道，景鸞，字漢伯，梓潼人也。"《河洛交集》，《益部耆舊傳》作《奧集》，《後漢書》作《交集》，則作《交集》是。

路仲翁（生卒不詳）

《謝漢書》：路仲翁好學，家居授，學者自遠方而至，徵博士。（《北堂書鈔》卷六十七《設官部十九·博士一百三十二》）

吉閎（生卒不詳）

《三輔決錄》：吉閎幼有美名，九歲明《尚書》。舅何遯死，家貧子幼，閎自造墳塋，殯葬之。（《太平御覽》卷五百二十一《宗親部十一·外甥》）

王棠（生卒不詳）

《益部耆舊傳》：廣漢王棠妻文拯，其前妻子博學好寫書，拯嘗爲手自作袠，常過其意。（《太平御覽》卷六百六《文部二十二·袠》）

按：袠，即"帙"，書衣也。《後漢書·楊厚傳》："吾綈袠中，有先祖所傳秘記，爲漢家用，爾其修之。"《太平御覽》將其列於楊統事後，暫附於此。

王棠敬伯爲汝南守，下教曰：古人勞於求賢，逸於任使。其憲章朝右，簡核才職，委任功曹。（《白氏六帖事類集》卷十二）

按：《華陽國志》不錄其人。

李葰家（生卒不詳）

謝承《後漢書》：李葰家晝則躬耕，夜則讀書，日爲母市斤肉粱米作食。（《太平御覽》卷八百六十三《飲食部二十一·肉》）

按：由此可見底層文人，晝耕夜讀，自做飯食，可謂安貧樂道。謝承《後漢書》多錄底層文人讀書、生活狀況。

劉丕（生卒不詳）

（劉寵）父丕，博學，號爲通儒。寵少受父業，以明經舉孝廉，除東平陵令，以仁惠爲吏民所愛。母疾，弃官去。百姓將送塞道，車不得進，乃輕服遁歸。（《後漢書》卷七十六《循吏傳》）

按：劉丕號爲"通儒"，而史書不錄其人。《續漢書》："繇祖父本，師受經傳，博學群書，號爲通儒。舉賢良方正，爲般長，卒官。"（《三國志》卷四十九《劉繇傳》裴松之注引）劉丕，《三國志》裴松之注引作"劉本"。其子劉寵，見《後漢書·循吏傳》："劉寵字祖榮，東萊牟平人，齊悼惠王之後也。悼惠王子孝王將間，將間少子封牟平侯，子孫家焉。"劉寵漢桓帝延熹四年代黃瓊爲司空，劉丕或爲此時人。劉寵因吏能受到山陰老叟稱讚，本傳稱其"選一大錢受之"，"一錢太守"之名始於此。元郝經《郝氏後漢書》卷五："寵謝之，選受一大錢，故號'一錢太守'。"元于欽《齊乘》卷六："劉寵，東萊人，號'一錢太守'。姪劉繇，漢末揚州刺史。"三國又有一劉寵，綿竹人。

趙曄（生卒不詳）

《會稽典錄》：趙曄字長君，山陰人也。少爲縣吏，奉檄迎督郵。曄甚耻之。由是委吏到犍爲，詣博士杜撫，受《韓詩》。撫嘉其精力，盡以其道授之。積二十年不還，家人爲之發喪制服。至撫卒，曄經營葬之，然後歸家。（《太平御覽》卷五百五十六《禮儀部三十五·葬送四》）

按：《後漢書》諸傳記中文字，多與《會稽典録》《益部耆舊傳》等文獻重合。若此類者，蓋范氏采摭前書，稍加潤色而已。然二書多傳聞故事，則范曄《後漢書》所記，未必皆史實。

《會稽典録》此處所記，與《後漢書》略同，但不如後者詳細。《後漢書·儒林傳下》曾詳細記録趙曄學習經歷及其與蔡邕的交往，以及蔡邕對他的推崇與傳揚："趙曄字長君，會稽山陰人也。少嘗爲縣吏，奉檄迎督郵，曄耻於廝役，遂弃車馬去。到犍爲資中，詣杜撫受《韓詩》，究竟其術。積二十年，絶問不還，家爲發喪制服。撫卒乃歸。州召補從事，不就。舉有道。卒於家。曄著《吴越春秋》《詩細歷神淵》。蔡邕至會稽，讀《詩細》而嘆息，以爲長於《論衡》。邕還京師，傳之，學者咸誦習焉。"趙曄從杜撫受《韓詩》，所著《詩細歷神淵》，蔡邕以爲長於《論衡》，而後世不傳。《隋書·經籍志》卷三十二："《韓詩外傳》十卷。梁有《韓詩譜》二卷，《詩神泉》一卷，漢有道徵士趙曄撰，亡。"《詩神泉》，"泉"當作"淵"，即《後漢書》所謂《詩細歷神淵》，可知此書梁時尚有，隋唐時已亡佚。杜撫章帝時人，暫附於此。

姚振宗《後漢藝文志》將《詩細》《歷神淵》分別録之，前者云："《册府元龜》學校部注釋類：趙曄撰《詩道微》十一篇。按《詩道微》似即《詩細》之異名，其書凡十一篇，惟見《册府元龜》。其所據必有本，今莫得而詳矣。"後者云："惠棟《後漢書補注》：'《經籍志》曰梁有《詩神泉》一卷，以歷言《詩》，猶《詩緯》之《汎歷樞》也。'"《韓詩譜》，朱彝尊《經義考》："趙氏曄《詩細》，《七録》作《詩譜》二卷，佚。"姚振宗云："朱氏謂《詩譜》即《詩細》，恐不然。"

卷十三

漢安帝劉祜(94—125)

安帝延光三年二月戊子,有五色大鳥集濟南台,十月,又集新豐,時以爲鳳皇。或以爲鳳皇陽明之應,故非明主,則隱不見。凡五色大鳥似鳳者,多羽蟲之孽。是時安帝信中常侍樊豐、江京、阿母王聖及外屬耿寶等讒言,免太尉楊震,廢太子爲濟陰王,不愁之異也。(《後漢書·五行志》)

按:《後漢書》稱:"年十歲,好學《史書》。"李賢注:"《史書》者,周宣王太史籀所作之書也。凡五十五篇,可以教童幼。"可知安帝少即好書法。此處所記災異,又見《後漢書·五行志》:"安帝元初三年,有瓜異本共生,八瓜同蒂,時以爲嘉瓜。或以爲瓜者外延,離本而實,女子外屬之象也。是時閻皇后初立,後閻后與外親耿寶等共譖太子,廢爲濟陰王,更外迎濟北王子犢立之,草妖也。"可見安帝時災異多被記於史書。《東觀漢記》稱和帝時期:"德教在寬,仁恕并洽,是以黎元寧康,萬國協和,符瑞八十餘品,帝讓而不宣,故靡得而紀。"(《藝文類聚》卷十二《帝王部二·漢和帝》)和帝時期符瑞頗多,然和帝"讓而不宣,故靡得而紀";而安帝時期的災異却多被記録下來。這是和帝至安帝時期的一個變化。或者在後世史家看來,安帝時期是東漢由盛轉衰的開始。

劉毅（生卒不詳）

劉毅，北海敬王子也。初封平望侯，永元中，坐事奪爵。毅少有文辯稱，元初元年，上《漢德論》并《憲論》十二篇。時劉珍、鄧耽、尹兌、馬融共上書稱其美，安帝嘉之，賜錢三萬，拜議郎。（《後漢書》卷八十上《文苑傳上》）

按：《漢德論》《憲論》皆"論"體，是東漢初年桓譚、王充"論"體之發展。兩漢"頌漢德"，舊爲賦體，今徑變爲"論"。古代文學、文章之體，多有實用功能，而其歌功頌德之功用，亦是在後來的逐漸變化中形成，未必自其產生即如此。由此出發，可重新思考文學在古代社會中的作用，亦可重新考慮文學的現實作用問題。《後漢書·皇后紀》曾記元初五年劉毅上書安帝事。

孔喬（生卒不詳）

《謝承書》：喬字子松，宛人也，學《古文尚書》《春秋左氏傳》。常幽居修志，銳意典籍，至乃歷年身不出門，鄉里莫得瞻見。公車徵不行，卒於家。（《後漢書》卷八十二上《方術傳上》李賢注）

按：孔喬習《古文尚書》《左傳》。"公車徵不行"，見《後漢書·方術傳上》："安帝初，徵爲博士。至建光元年，復詔公車賜策書，徵英及同郡孔喬、李昺、北海郎宗、陳留楊倫、東平王輔六人，唯郎宗、楊倫到洛陽，英等四人并不至。"

孔長彥（76—？）

（元和）三年秋八月，天子巡后土，登龍門。子和自請從，行在所。天子識其狀貌，燕見移時，賜帛十端。還。而九月既望，寢疾，浸而不瘵，乃命其二子留葬焉。二子：長曰長彥，年十有二；次曰季彥，年十歲。父之友西洛人姚進先有道，徵不就，養志於家，長彥、季彥常受教焉。既除喪，則苦身勞力，以自衣食。家有先人遺書，兄弟相勉，諷誦不倦。於時蒲阪令汝南許君然造其宅，勸使歸魯，奉車二乘。辭曰："載柩而返，則違父遺命；捨墓而去，則心所不忍。"君然曰："以孫就祖，於禮爲得，願子無疑。"答曰："若以死有知也，祖猶鄰宗族。父獨留此，不以劇乎？吾其定矣。"遂還其車。於是甘貧味道，研精墳典，十餘年間，會徒數百。故時人爲之語曰："魯國孔氏好讀經，兄弟講誦皆可聽。學士來者有聲名，不過孔氏那得成。"長彥頗隨時，爲今學。季彥壹其家業，兼修《史》《漢》，不好諸家之書。（《孔叢子·連叢子下》）

按：《後漢書·儒林傳上》："長彥好章句學，季彥守其家業，門徒數百人。"孔僖卒（87），長彥"年十有二"，則其生年在漢章帝建初元年（76）。

孔季彥（78—124）

季彥爲人謙退愛厚，簡而不華，終不以榮利變其恬然之志。見不義而富貴者，視之如僕隸，其筆則典誥成章，吐言必正名務理，故每所交游，莫不推先以爲楷則也。年四十有九，延光三年十一月丁丑卒。（《孔叢子·連叢子下》）

按：《後漢書·儒林傳上》："延光元年，河西大雨雹，大者如斗。安帝詔有道術之士極陳變告，乃召季彥見於德陽殿，帝親問其故。對曰：'此皆陰乘陽之徵也。今貴臣擅權，母后黨盛，陛下宜脩聖德，慮此二者。'帝默然，左右皆惡之。舉孝廉，不就。三年，年四十七，終於家。"據此，季彥于漢安帝延光三年（124）卒，年四十七，則其生在漢章帝建初三年（78）；《連叢子》稱其卒時年四十九，則其生年當在建初元年（76）。又《連叢子》稱孔僖卒時（87），季彥"年十歲"，則其生年當從《後漢書》所説。

華陰張太常問："如何斯可謂備德君子？"季彥答曰："性能沈邃，則不可測。志不在小，則不可度。砥厲廉隅，則不可越。行高體卑，則不可階。興事教業，與言俱立。捨己從善，不恥服人。交友以義，不慕勢利。

并立相下，不倡游言。若此，可謂備德矣。"張生曰："不有孝悌忠信乎？"答曰："別而論之，則應此條。總而目之，則曰孝悌忠信。"張生聞是言，喜而書之。（《孔叢子·連叢子下》）

按：張太常，未詳何人。

魯人有同歲上計而死者，欲爲之服，問於季彥。季彥曰："有恩好者，其緦乎？昔諸侯大夫共會事於王，及以君命同盟霸主，其死則有哭臨之禮。今之上計，并覲天子，有交燕之歡，同名綈素，上紀先君，下錄子弟，相敦以好，相厲以義。又數相往來，特有私親，雖比之朋友，不亦可乎？"（《孔叢子·連叢子下》）

崔駰學於太學而糧乏，鄧衛尉欲餽焉而未果。季彥年九歲，以其父命往見衛尉，曰："夫言不在多，在於當理；施不在豐，期於救乏。崔生，臣父之執也，不幸而貧。公許賑之，言既當理矣。從來有曰：'嘉貺未至，或欲豐之。'然後乃致乎？"答曰："家物少，須租入，當猥送。"季彥曰："公顧眄崔生，欲分禄以周其無，君之惠也。必欲待君租入，然後猥致，則於崔生爲贏。非義，崔生所不爲也。且今已乏矣，而方須租入，是猶古人欲決江海以救牛蹄之魚之類也。"鄧公曰："諾。"（《孔叢子·連叢子下》）

按：此記季彥九歲而解崔駰之難，説其年少聰慧。

梁人取後妻，後妻殺夫，其子又殺之。季彥返魯，過梁，梁相曰："此子當以大逆論。禮，繼母如母，是殺母也。"季彥曰："言如母，則與親母不等，欲以義督之也。昔文姜與殺魯桓，《春秋》去其姜氏。《傳》曰：'不稱姜氏，絶不爲親，禮也。'絶不爲親，即凡人爾。且夫手殺重於知情，知情猶不得爲親。則此下手之時，母名絶矣。方之古義，是子宜以非司寇而擅殺當之，不得爲殺母而論以逆也。"梁相從之。（《孔叢子·連叢子下》）

按：梁相未詳何人。

長孫尚書問季彥曰："處士，聖人之後也，豈知聖人之德惡乎齊？"答曰："德行邈於世，智達秀於人，幾於如此矣。"曰："聖人者，必能聞於無聲，見於無形，然後稱聖爾。如處士所言，大賢則能爲之。"季彥曰："君之論，宜若未之近也。夫有聲，故可得而聽；有形，故可得而見。若乃無聲，雖師曠側耳，將何聞乎？無形，雖離婁并照，將何覿乎？

《書》曰：'惟狂克念作聖。'狂人念思道德，猶爲聖人。聖人，大賢之清者也。賢人，中人之清者也。"（《孔叢子·連叢子下》）

按：宋咸注："長孫尚書，本無其名。"

孔大夫謂季彥曰："今朝廷以下，四海之內，皆爲章句内學，而君獨治古義。治古義則不能不非章句内學。非章句内學，則危身之道也。獨善固不容於世，今古義雖善，時世所廢也，而獨爲之，必將有患，盍固己乎？"答曰："君之此言，殆非所望也。君以爲學，學知乎？學愚乎？"大夫曰："學所以求知也。"季彥曰："君頻日聞吾説古義，一言輒再稱善，善其使人知也。以爲章句内學，迂誕不通，即使人愚也。今欲使吾釋善善之知業，習迂誕不通之愚學，爲人謀如此，於義何居？且君子立論，必折是非。以是易非，何傷之如？主上聰明，庸知不欲兩聞其義，博覽古今，擇善從之，以廣其聖乎？吾學不要祿，貴得其義爾，復以此受患，猶甘心焉。先聖遺訓，壁出古文，臨淮傳義，可謂妙矣，而不在科策之例，世人固莫識其奇矣。斯業之所以不泯，賴吾家世世獨修之也。今君猥爲祿利之故，欲廢先君之道，此殆非所望也。若從君言，是爲先君之義滅於今日，將使來世達人見今文俗説，因嗤笑前聖。吾之力此，蓋爲先人也。物極則變，比百年之外，必當有明真君子，恨不與吾同世者。"於是大夫悵然曰："吾意實不及此也，敢謝不敏。"（《孔叢子·連叢子下》）

按：宋咸注："孔大夫，乃孔昱，字元世，霸七世孫。少習家學，太尉舉方正，對策不合，乃辭病去。後徵拜議郎，補洛陽令，以師喪棄官，卒於家。云大夫，蓋時以邑稱然。"又注曰："西漢士論，以經術爲内學，以諸子雜説爲外學，故褚季孫曰：'臣幸得以經術爲郎，而好讀外家傳語。'又東方朔以好傳書，愛經術，多所博觀外家之語。當季彥時，方尚辭文，乃以章句爲内學，以經術爲外學焉。"

楊太尉問季彥曰："吾聞臨晉君異才博聞，周洽群籍，而世不歸大儒何？"答曰："不爲祿學故也。惡直醜正，實繁有徒。辯經説義，輒見憎疾。但以所據者正，故衆人不能用爾。免害爲幸，何大儒之見歸乎？"（《孔叢子·連叢子下》）

按：宋咸注："楊震，字伯起，明經博覽，無不窮究。漢安帝永寧初爲司徒，後爲中常侍。樊豐及侍中周廣、謝惲等譖策收太尉印綬，詔遣歸本郡，因飲鴆而卒，時年七十矣。"此記楊震問季彥。

季彥見劉公，客適有獻魚者，公孰視魚，嘆曰："厚哉！天之於人也！生五穀以爲食，育鳥獸以爲之肴。"衆座僉曰："誠如明公之教。"季彥曰："賤子愚意，竊與衆君子不同，以爲不如明公之教也。何者？萬物之生，各稟天地，未必爲人。人徒以知，得而食焉。《孝經》曰：'天地之性，人爲貴。'貴有知也。伏羲始嘗草木可食者，一日而遇七十二毒，然後五穀乃形，非天本爲人之生也。蚊蚋食人，蚓蟲食土，非天故爲蚊蚋生人，爲蚓蟲生地也。知此不然，則五穀鳥獸之生，本不爲人，可以爲無疑矣。"公良久曰："辨哉！"衆坐默然。（《孔叢子·連叢子下》）

按：宋咸注："劉公，本無其名。"

永初二年，季彥如京師，省宗人仲淵。是年夏，河南四縣雨雹如桮杯，大者如斗，殺禽畜雉兔，折樹木，秋苗盡。天子責躬省過，并令幽隱有道術之士，各得假變事，亟陳厥故。季彥與仲淵説，道其意狀，曰："此陰乘陽也。貴臣擅權，母后黨盛，多致此異，然乃漢家大忌。"時下邳長孫子逸止仲淵第，聞是言也，心善之。因見上説焉。上召季彥，季彥見於德陽殿，陳其事，如與仲淵言也。曰："陛下增修聖德，慮此二者而已矣。夫物之相感，各以類推，其甚者必有山崩地震，白氣相因，其事不可盡論。往者，延平之中，鄧后稱制，而東垣巨屋山大崩，聲動安邑，即前事之驗者。"帝默然。左右皆不善其言。季彥聞之曰："吾豈容媚勢臣而欺天子乎？"後子逸相魯，舉季彥孝廉，固辭不就。會遭兄長彥憂，遂止乎家。（《孔叢子·連叢子下》）

按：此記季彥京師經歷。

楊震（？—124）

華嶠《後漢書》：楊震爲太尉，中常侍樊豐等驕恣，震常切諫，由是共構譖震。策罷遣歸本郡，遂仰鴆薨。薨日，有大鳥來止樹上，須臾下地，安行到柩前，正立伫頭，旁人共更撫抱，終不驚駭。鳥蒼色，頸去地五六尺，舒翅廣一丈三尺，莫有能名者。葬畢飛去。（《太平御覽》卷五百五十四《禮儀部三十三·葬送二》）當時人，立石鳥象於震前。（《藝文類聚》卷九十《鳥部上》）

按：此處之"大鳥"，皆與《後漢書·五行志》"大鳥似鳳"呼應。尤其是所言"五色鳥"，即鳳凰也。"大鳥鳴喪"，未必是事實，或是其弟子門人傳聞故事，然范曄采入史書，可見當時對此類史料的態度。《後漢書·五行志》記載此段材料，前以大鳥似鳳有"羽蟲之孽"，後以黃龍有"龍孽"，則當時楊震案背後，或隱藏著外戚與太子之間政治鬥爭。《謝承書》亦記其卒事："震臨沒，謂諸子以牛車薄殯，載柩還歸。"（《後漢書·楊震傳》李賢注）而楊震卒時多神異記載，如謝承《後漢書》："楊震卒，未葬，有大鳥五色，高丈餘，從天飛下，到震棺前，舉頭悲鳴，淚出霑地，至葬日，冲升天上。"（《藝文類聚》卷九十《鳥部上》）

《後漢書·楊震傳》稱："楊震字伯起，弘農華陰人也。八世祖喜，高祖時有功，封赤泉侯。高祖敞，昭帝時爲丞相，封安平侯。父寶，習歐陽《尚書》。……震少好學，受歐陽《尚書》於太常桓郁，明經博覽，無不窮究。諸儒爲之語曰：'關西孔子楊伯起。'常客居於湖，不答州郡禮命數十年，眾人謂之晚暮，而震志愈篤。"楊震父楊寶習《尚書》，亦學歐陽。楊震從桓郁學《歐陽尚書》，是東漢經學世家楊氏家族形成的關鍵人物。李賢注："《續漢（志）〔書〕》曰'教授二十餘年，州請召，數稱病不就。少孤貧，獨與母居，假地種殖，以給供養，諸生嘗有助種藍者，震輒拔，更以距其後，鄉里稱孝'也。"

楊震生活瑣事與傳聞，見他書記載，如《藝文類聚》卷八十一《草部上·藍》引《續漢書》："楊震種植藍以供養母，諸生嘗有助種藍者，輒拔更種，以拒其後。"《太平御覽》卷一百八十引《郡國志》："虢州楊震宅，西有龍望原，南崖有太尉公藏書窟。太元初，人逐獸入穴，見古書二千餘卷。"此叙楊震藏書窟，見古書兩千餘卷，恐非事實。《太平御覽》卷五十四引《郡國志》作"二十餘卷"。

劉珍（？—126）

劉珍字秋孫，一名寶，南陽蔡陽人也。少好學。永初中，爲謁者僕射。鄧太后詔使與校書劉騊駼、馬融及《五經》博士，校定東觀《五經》、諸子傳記、百家藝術，整齊脱誤，是正文字。永寧元年，太后又詔珍與駒騄作建武已來名臣傳，遷侍中、越騎校尉。延光四年，拜宗正。明年，轉衛尉，卒官。著誄、頌、連珠凡七篇。又撰《釋名》三十篇，以辯萬物之稱號云。（《後漢書》卷八十上《文苑傳上》）

按：《後漢書·安帝紀》記永初四年："詔謁者劉珍及五經博士，校定東觀五經、諸子、傳記、百家藝術，整齊脫誤，是正文字。"文字與《劉珍傳》一致。劉珍與劉騄駼作"建武已來名臣傳"，又作《釋名》。劉珍《釋名》與劉熙書名同，然非同書。"延光四年，拜宗正。明年，轉衛尉，卒官"，則劉珍卒於漢順帝永建元年（126）。

《隋書·經籍志》稱："《東觀漢記》一百四十三卷，起光武記注至靈帝，長水校尉劉珍等撰。"此又見《三國志》卷六十五《吳志·韋曜傳》："昔班固作《漢書》，文辭典雅，後劉珍、劉毅等作《漢記》，遠不及固，叙傳尤劣。"《漢記》即《東觀漢記》，此叙該書乃擬班固《漢書》而作。

岑熙（生卒不詳）

（岑）杞卒，子熙嗣，尚安帝妹涅陽長公主。少爲侍中、虎賁中郎將，朝廷多稱其能。遷魏郡太守，招聘隱逸，與參政事，無爲而化。視事二年，輿人歌之曰："我有枳棘，岑君伐之。我有蟊賊，岑君遏之。狗吠不驚，足下生氂。含哺鼓腹，焉知凶災？我喜我生，獨丁斯時。美矣岑君，於戲休茲！"（《後漢書》卷十七《岑彭傳》）

按：此又見於《北堂書鈔》卷三十五、《太平御覽》卷二百六十引華嶠《後漢書》等。此歌《古詩紀》《古樂苑》作《魏郡輿人歌》。《藝文類聚》卷十九引謝承《後漢書》將歌繫於"岑胵"，《文選補遺》卷三十五、《古謠諺》卷六將此歌皆繫於岑熙。岑熙曾任魏郡太守，應是。

桓焉（？—143）

華嶠《後漢書》：桓焉明經篤行，有名稱，以《尚書》入授安帝，拜太傅，錄尚書事，復入授順帝於禁中，因宴見，建言宜引三公尚書入省

事，天子從之。(《北堂書鈔》卷五十九《設官部十一·錄尚書》)

按：桓氏數代皆爲帝師，桓榮授明帝，桓郁授章、和二帝，桓焉授安、順二帝，桓麟授順帝，三代四人，教導六帝。《後漢書·桓焉傳》："（桓）郁中子焉，能世傳其家學……焉字叔元，少以父任爲郎。明經篤行，有名稱。……漢安元年，以日食免。明年，卒於家。弟子傳業者數百人，黃瓊、楊賜最爲顯貴。焉孫典。"桓焉傳《歐陽尚書》。東漢桓氏，自桓榮以來，世傳家學，漸成顯赫經學世家。桓焉弟子黃瓊、楊賜。"漢安元年，以日食免。明年，卒於家"，則其卒於漢安二年（143）。桓焉子嗣情況見《華嶠書》："焉長子衡，早卒。中子順，順子典。"（《後漢書·桓焉傳》李賢注）

來歷（？—133）

司空南陽來季德停喪在殯，忽然坐祭床上，顏色服飾，聲氣熟是也，孫兒婦女，以次教誡，事有條貫，鞭撻奴婢，皆得其過，飲食飽滿，辭訣而去，家人大哀剝斷絶，如是三四，家益厭苦。其後飲醉形壞，但得老狗，便朴殺之，推問里頭沽酒家狗。（《風俗通義·怪神》）

按：《後漢書·來歷傳》："歷字伯珍，少襲爵，以公主子，永元中，爲侍中，監羽林右騎。"來歷涉及太子案較深，與楊震事多有關聯，故附錄其事於此，可與楊震條參看。來歷弟來艷亦好學，故《後漢書》又稱："弟艷，字季德，少好學下士，開館養徒，少歷顯位，靈帝時，再遷司空。"本傳稱陽嘉二年（133）卒。

第五頡（生卒不詳）

《三輔決錄》：第五頡，字子陵，倫小子。以清正爲郡功曹，至州從事。公府辟舉高第，侍御史、南頓令，皆稱病免。洛陽無主人，鄉里無田宅，寄止靈臺中，或十日不炊。（《太平御覽》卷四百八十五《人事部一百二十六·貧下》）

按："寄止"，《藝文類聚》卷三十五引作"寄上"。

張皓（50—132）

張公執憲，克智克聰。極位青紫，實作司空。張皓字叔明，武陽人也。以文法聰明，辟大將軍掾，遷尚書僕射，彭城相，進隱士閭丘遷等，徵拜廷尉。延光三年，安帝將廢太子爲濟陰王。皓與太常桓焉、太僕來歷爭之，不許。及安帝崩，濟陰得立，是爲順帝，以皓爲司空。久之，免，復徵爲廷尉。清河趙騰，坐謗訕，當誅，所引八十餘人。皓以聖賢明義爭之。咸稱平當。（《華陽國志》卷十中）

按：《華陽國志》附《士女目錄》："清秀，大司空張皓，字叔明，武陽人也。"《後漢書》稱"張皓字叔明，犍爲武陽人也。六世祖良，高帝時爲太子少傅，封留侯。皓少游學京師"，張皓乃留侯張良之後，曾與桓焉、來歷廷爭。本傳稱"陽嘉元年，復爲廷尉。其年卒官，時年八十三"，則卒於陽嘉元年（132），年八十三，生於建武二十七年（51）。

翟酺（生卒不詳）

翟酺，字子超，雒人也。少事段翳，以明天官爲侍中、尚書。常見太史令孫懿，歔欷涕泣曰："圖書有賊臣孫登，將以才智爲黃門所害，君表相應之，是以悽愴。"後爲京兆尹、光祿大夫、將作大匠，上言："漢四百年，當有弱主，閉門聽政，數在三百年之間。"薦故太尉龐參、故司徒李郃明通三才，忠正可以輔世。所言每指利疾，權貴誣酺及尚書令高堂芝交搆，免死。著《援神契經説》，卒家。（《華陽國志》卷十中）

按：李賢注引《春秋保乾圖》曰："漢賊臣，名孫登，大形小口，長七尺九寸，巧用法，多技方，《詩》《書》不用，賢人杜口。"《後漢書》記翟酺以圖讖退孫懿，然在《華陽國志》中則無"恐其先用"之事。二書説法差異較大。另對策内容中，政事、天文、道術，分別屬於儒術、方術。

翟酺傳《詩》，好《老子》，善圖緯，見《後漢書·翟酺傳》："翟酺字子超,廣漢雒人也。四世傳《詩》。酺好《老子》,尤善圖緯、天文、曆算。以報舅讎,當徙日南,亡於長安,爲卜相工,後牧羊涼州。遇赦還。"翟酺"四世傳《詩》",然不詳何派。《華陽國志》附《士女目錄》:"公亮,將作大匠翟酺,字子超。雒人。"《華陽國志》以道德、文學、文才、明廉等分類論人,此西晉常璩所爲,開後世《世說新語》《詩品》等評人、論文先風。

《益部耆舊傳》:時詔問酺陰陽失序,水旱隔并,其設銷復興濟之本。酺上奏陳圖書之意曰:"漢四百年將有弱主閉門聽難之禍,數在三百年之間。斗歷改憲,宜行先王至德要道,奉率時禁,抑損奢侈,宣明質樸,以延四百年之難。"帝從之。(《後漢書》卷四十八《翟酺傳》李賢注)

按:《益部耆舊傳》又曰:"翟酺上事云:'漢文帝連上書囊以爲帳,惡聞紈素之聲。'"(《藝文類聚》卷六十九《服飾部·帳》)

杜真(生卒不詳)

杜真,字孟宗,綿竹人。誦書百萬言。兄事翟酺。酺免後,尚書令與司隸校尉枉劾之,復徵詣獄。真上章救之。受掠笞六百,獄中明酺無事。京師壯之。以漢道微,散財施宗族,不應公府辟命。及辟長吏,候迎每交於門,乃斷髮以自絶。(《華陽國志》卷十中)

按:杜真救翟酺事,《後漢書·翟酺傳》有簡略記載,二書可互參。

《益部耆舊傳》:杜真字孟宗,廣漢綿竹人也。少有孝行,習《春秋》,誦百萬言。兄事同郡翟酺。酺後被繫獄。真上檄章救酺,繫獄笞六百,竟免酺難,京師莫不壯之。(《太平御覽》卷六百四十九《刑法部十五·笞》)

按:杜真習《春秋》,不詳何派。

施延(生卒不詳)

蕭廣濟《孝子傳》:施延,字君子,少盡色養之道。赤眉之際,將母到吳郡海鹽，賃爲半路亭，每取卒月直以供養。督郵馮敷知其賢，與飲食論道，餉錢并不受。（《太平御覽》卷四百一十四《人事部五十五·孝下》）

按：《謝承書》："延字君子，蘄縣人也。少爲諸生，明於《五經》，星官風角，靡有不綜。家貧母老，周流傭賃。常避地於廬江臨湖縣種瓜，後到吳郡海鹽，取卒月直，賃作半路亭父以養其母。是時吳會未分，山陰馮敷爲督郵，到縣，延持篲往，敷知其賢者，下車謝，使入亭，請與飲食，脫衣與之，餉錢不受。順帝徵拜太尉，年七十六薨。"（《後漢書·陳忠傳》李賢注）施延安帝時爲侍中，順帝時爲太尉。自"赤眉之際"至安帝時，施延當爲耄耋之人矣。然《後漢書》注稱其"年七十六薨"，則《孝子傳》所言"赤眉之際"非史實，故《後漢書》不取。

郎顗（生卒不詳）

郎顗字雅光，北海安丘人也。父宗，字仲綏，學《京氏易》，善風角、星算、六日七分，能望氣占候吉凶，常賣卜自奉。安帝徵之，對策爲諸儒表，後拜吳令。時卒有暴風，宗占知京師當有大火，記識時日，遣人參候，果如其言。諸公聞而表上，以博士徵之。宗恥以占驗見知，聞徵書到，夜縣印綬於縣廷而遁去，遂終身不仕。顗少傳父業，兼明經典，隱居海畔，延致學徒常數百人。晝研精義，夜占象度，勤心銳思，朝夕無倦。州郡辟召，舉有道、方正，不就。（《後漢書》卷三十下《郎顗傳》）

按：郎顗通《京氏易》，善方術。《後漢紀·順帝紀上》："華嶠曰：漢之十葉，王莽篡位，聞道術之士西門君惠、李守等多稱讖云'劉秀爲天子'。自光武爲布衣時，數言此，及後終爲天子，故甚信其書。鄭興以忤意見疏，桓譚以遠斥憂死。及明、章二帝祖述此意，故後世爭爲圖緯之學，以矯世取資。是以通儒賈逵、馬融、張衡、朱穆、崔寔、荀爽之徒，怒其若此，奏皆以爲虛妄不經，宜悉收藏之。惟斯事深奧，善言古者必有驗於今，善言天者必有驗於人，而托云天之曆數、陰陽、占候，今所宜急也。占候、術數，能仰瞻俯察，參諸人事，禍福吉凶既應，引之教義，亦有著明。此蓋道術之有益於後世，爲後人所尚也。"此總叙東漢圖緯流傳及其政治意義。

趙康(生卒不詳)

時同郡趙康叔盛者,隱于武當山,清静不仕,以經傳教授。(朱)穆時年五十,乃奉書稱弟子。及康殁,喪之如師。其尊德重道,爲當時所服。(《後漢書》卷四十三《朱穆傳》)

按:東漢儒者趙康已隱居武當山教授經學,朱穆師事之。此道教隱居武當之先導。朱穆順帝末上書説梁冀,則趙康爲安、順時人。

羊弼(生卒不詳)

(何)休善曆算,與其師博士羊弼,追述李育意以難二傳,作《公羊墨守》《左氏膏肓》《穀梁廢疾》。(《後漢書》卷七十九下《儒林傳下》)

按:王應麟《姓氏急就章》卷上:"羊氏,晋羊舌大夫之後。《吕氏春秋》桀有羊辛,《左傳》宋有羊斟,邾有羊羅。《漢藝文志》羊子著書,故秦博士。漢羊仲、羊勝、羊弼、羊陟、羊續。"羊弼爲何休師,大致爲安、順時人。

何休與羊弼作書事,《册府元龜》卷六百記載尤詳:"羊弼爲博士,何休師之。先是博士李育作難《左氏》四十事,又以《公羊義》難賈逵,往返皆有理證。育卒,休與弼追述育意以難二傳,作《公羊墨守》《左氏膏肓》《穀梁廢疾》。"何休注《公羊》而稱"辭受於師""義不出於己",故其注是"述"而非"作"也。以此觀之,古書古注,若《公羊》《穀梁》等,縱寫定於某人之手,其實不可遽謂某人乃"作者"。《公羊墨守》《左氏膏肓》《穀梁廢疾》當何休與其師羊弼之作。

五世公(生卒不詳)

南陽五世公,爲廣漢太守,與司徒長史段遼叔同歲,遼叔太子名舊,才操鹵鈍，小子髡既見齒鄉黨，到見股肱曰："太守與遼叔同歲，恩結締素，薄命早亡，幸來臨郡，今年且以此相饒，舉其子，如無罪，得至後歲貫魚之次，敬不有違。"有主簿柳對曰："明府謹終追遠，興微繼絕；然舊實不如髡，宜可授之。"世公於是厲聲曰："丈夫相臨，兒女尚欲舉之，何謂高下之間耶？釋兄用弟，此爲故殃段氏之家，豈稱相遭遇之意乎？"竟舉舊也。世公轉換南陽，與東萊太守蔡伯起同歲，欲舉其子，伯起自乞子瓚尚弱，而弟琰幸以成人，是歲舉琰，明年復舉瓚。瓚十四未可見衆，常稱病，遣詣生，交到十八，乃始出治劇平春長，上書："臣甫弱冠，未任宰御，乞留宿衛。"尚書劾奏："增年受選，減年避劇，請免瓚官。"詔書："左遷武當左尉。"會車騎將軍馮緄南征武陵蠻、夷，緄與伯起同時公府辟，瓚爲軍曲侯。瓚歸臥家，軍功除新陽長，官至下邳相。（《風俗通義·過譽》）

按：王利器稱："案《華陽國志·蜀郡士女》王阜字世公，以世公爲字，正與此同，《事類賦》二三、《御覽》九〇六引蕭廣濟《孝子傳》，伍襲字世公，疑即此人。"《日知錄》卷十七："今人以同舉爲同年。"知漢時已有此俗。

趙仲讓（生卒不詳）

江夏太守河內趙仲讓，舉司隸茂材，爲高唐令，密乘犂車，徑至高唐，變易名姓，止都亭中十餘日，默入市里，觀省風俗，已，呼亭長問："新令爲誰？從何官來？何時到也？"曰："縣已遣吏迎，垂有起居。"曰："正我是也。"亭長怖，遽拜謁，竟，便具吏。其日入舍，乃謁府，數十日無故便去。爲郡功曹所選，頗有不用，因稱狂，亂首走出府門。太守以其宿有重名，忍而不罪。後爲大將軍梁冀從事中郎，冬月坐庭中，向日解衣裘捕虱，已，因傾臥，厥形悉表露。將軍夫人襄城君云："不潔清，當亟推問。"將軍嘆曰："是趙從事，絕高士也。"他事若此非一也。（《風俗通義·過譽》）

按：王利器引俞樾《茶香室叢鈔》曰："此事已開魏、晉竹林諸賢風氣矣。然襄城君即孫壽也，趙君玩之，薄其人耳，應仲遠但執禮法以議之，似未識其雅意。"其爲梁冀郎中，大致爲安、順時人。

孫晨（生卒不詳）

　　《三輔決録》：孫晨字元公，家貧不仕。生居城中，織箕爲業。明《詩》《書》，爲郡功曹。冬月無被，有藁一束，暮卧中，旦收之。（《藝文類聚》卷三十五《人部十九·貧》）

　　按：《京兆舊事》："長安縣孫晨家貧，爲郡功曹。十月無被，夜卧藁一束，晝收之。"（《北堂書鈔》卷一百三十四《服飾部三·被二十七》）《太平御覽》卷二十七引作"孫辰"，卷四百八十五引作"孫晟"；而《太平御覽》卷二百六十四、七百七、九百九十七引皆作"孫晨"。今從《藝文類聚》《北堂書鈔》作"孫晨"。此類底層貧窮文人如何獲得經學學習機會，并且精通經書，是值得關注的學術現象。

張綱（98—143）

　　皇漢弛綱，官人失紀。文紀謇諤，表明臧否。張綱，字文紀，司空皓子也。在朝，公平廉正，權、宦側目憚之。漢安元年，以光禄大夫持節，與侍中杜喬，循行州郡，考察風俗。出宮垣埋車，先奏太尉桓焉、司徒劉壽尸禄素餐，不堪其職。出城，又奏司隸校尉趙峻、河南尹梁不疑、汝南太守梁乾等贓污濁亂，檻車送廷尉治罪。天子以乾梁冀叔父，貶秩，免峻等。又奏魯相寇儀，儀自殺。威風大行，郡縣莫不肅懼。還，冀恨之，出爲廣陵太守。承叛亂後，懷集撫恤，甚有治化。在官一年卒。子續，尚書。續弟方，爲豫州牧。子孫數世至大官。（《華陽國志》卷十中）

　　按：《後漢書·張綱傳》："綱字文紀。少明經學。雖爲公子，而厲布衣之節。"《華陽國志》附《士女目録》："正直，光禄大夫廣陵太守張綱，字文紀，皓子也。郎中張植，綱子也。尚書張續，植弟也。豫州牧張方字公始，續弟也。"另據《後漢書》本傳，張綱卒而百姓老幼赴哀，降賊張嬰等五百餘人制服行喪，此可知張綱以節義服人。漢安元年（142），梁冀"以綱爲廣陵太守"，"綱在郡一年，年四十六卒"，則卒於漢安三年

(144)，生於和帝永元十年（98）。

王龔（？—140）

王龔字伯宗，山陽高平人也。世爲豪族。初舉孝廉，稍遷青州刺史，劾奏貪濁二千石數人，安帝嘉之，徵拜尚書。建光元年，擢爲司隸校尉，明年遷汝南太守。政崇溫和，好才愛士，引進郡人黄憲、陳蕃等。憲雖不屈，蕃遂就吏。蕃性氣高明，初到，龔不即召見之，乃留記謝病去。龔怒，使除其録。功曹袁閬請見，言曰："聞之傳曰'人臣不見察於君，不敢立於朝'。蕃既以賢見引，不宜退以非禮。"龔改容謝曰："是吾過也。"乃復厚遇待之。由是後進知名之士莫不歸心焉。（《後漢書》卷五十六《王龔傳》）

按：王龔"世爲豪族"，其"政崇溫和，好才愛士"，故能引進黄憲、陳蕃等人，且能虛懷納諫，使"後進知名之士莫不歸心"。東漢豪族與士人關係，是一個值得關注的問題。本傳稱其"永和元年（136），拜太尉"，"在位五年，以老病乞骸骨，卒於家"，則卒於永和五年（140）。安帝建光二年（122），王龔薦陳蕃、黄憲等。

王逸（生卒不詳）

觀夫周、秦已往，史官之取人，其詳不可得而聞也。至於漢、魏已降，則可得而言。然多竊虛號，有聲無實。按劉、曹二史，皆當代所撰，能成其事者，蓋唯劉珍、蔡邕、王沈、魚豢之徒耳。而舊史載其同作，非止一家，如王逸、阮籍亦預其列。且叔師研尋章句，儒生之腐者也。（《史通·史官建置》）

按：《後漢書·文苑傳上》："王逸字叔師，南郡宜城人也。元初中，舉上計吏，爲校書郎。順帝時，爲侍中。著《楚辭章句》行於世。其賦、誄、書、論及雜文凡二十一篇。又作《漢詩》百二十三篇。"《藝文類聚》有王逸《機婦賦》《荔枝賦》等作品。"漢詩"之名獨立，始于范曄之時,未知如何定義,與班固《漢書·藝文志》"歌詩"當有不同。《文選》《文心雕龍》未單獨爲"漢詩"標目。"元初"爲漢安帝年號。《隸釋》卷二十七:"漢侍中王逸碑,在宜城縣南三里。"

王逸又有《正部論》,其云:"或問玉符曰:'赤如鷄冠,黃如蒸栗,白如豬肪,黑如純漆,玉之符也?'"(《藝文類聚》卷八十三《寶玉部上·玉》)題名又稱《正部》,其云:"《易》與《春秋》同經綜一機之織,經營天道以成人事。"(《太平御覽》卷六百九《學部三·易》)據其內容,與桓譚《新論》、王充《論衡》頗同,皆屬儒家子書"論"體。《隋書·經籍志》稱:"梁有王逸《正部論》八卷,後漢侍中王逸撰。亡。"姚振宗《後漢藝文志》以爲:"按范書《儒林傳》(編者注:當作'文苑傳'):'其賦、誄、書、論及雜文凡二十一篇。'蓋合并著于篇,此論當在二十一篇中。《子鈔》著録十卷,《七録》八卷,阮、庾同時,所見不致互異,似仲容并其他文字二卷爲十卷。文貞處士分析編類,以後二卷入之别集歟?《書鈔》引王逸《折武論》,當即此書之一篇。

黄伯仁(生卒不詳)

《魯國先賢傳》:黄伯仁不知何縣人,安、順之世爲《龍馬頌》,其文甚麗。(《北堂書鈔》卷一百二《藝文部·頌三十二》)

按:《魯國先賢志》引黄伯仁《龍馬頌》又有:"揚鸞鑣兮揮紅沫之播飄。"(《太平御覽》卷三百五十八《兵部八十九·鑣》)黄伯仁當爲魯人,安、順時人。黄伯仁《龍馬頌》:"夫龍馬之所出,丁太蒙之荒域,稟神祇之純化,乃大宛而再育,資玄螭之表像,似靈虯之注則,逾騕褭之體勢,逸飛兔之高蹤,兼驥騄之美質。豈驊騮之足雙,耳如剡簡,目象明星。雙璧似月,蘭筋參情。"(《藝文類聚》卷九十三《獸部上·馬》)《文選》卷十四顔延年《赭白馬賦》注引作黄伯仁《龍馬賦》:"或有奇貌絶足,蓋爲聖德而生。"《藝文類聚》所引,或亦出《魯國先賢志》。《文選》注引,多稱其名爲《龍馬賦》。《玉海》亦引此賦,知宋時尚存。

董正（生卒不詳）

《廣州先賢傳》：董正字伯和，南海人。少有令姿，貧寒不戚，耽意術籍，志在規俗。年十五，通《毛詩》、三《禮》、《春秋》。（《太平御覽》卷三百八十五《人事部二十六・幼智下》）

按：不詳何時人，姑附於此。

崔琦（生卒不詳）

《續漢書》：崔琦字子瑋，濟北相瑗之宗也。引古今成敗以誡梁冀，冀不能受，乃作《外戚箴》，又作《鵠賦》以爲諷。後除臨濟令，不敢之職，解印而去。冀令刺客求之，見琦耕於陌上，懷書一卷，息輒偃而詠之。刺客賢之，以實告琦，因得脫走。（《太平御覽》卷六百一十一《學部五・勤學》）

按：《後漢書・文苑傳上》稱"琦以言不從，失意，復作《白鵠賦》以爲風"，此言志之作。《白鵠賦》，或作《白鶴賦》。此言"作《白鵠賦》以爲風"，漢賦至此尚有"諷諫"。《藝文類聚》卷九十稱："華嶠《漢書》曰：崔琦作《白鶴賦》以諷梁冀，冀幽殺之。"若華嶠《後漢書》所言不虛，則此處之"風"，非"諷諫"，而實爲"諷刺"之意。《續漢書》對此事記載較爲連貫，可信。

崔琦著述，多見《後漢書・文苑傳上》："崔琦字子瑋，涿郡安平人，濟北相瑗之宗也。少游學京師，以文章博通稱。初舉孝廉，爲郎。河南尹梁冀聞其才，請與交。冀行多不軌，琦數引古今成敗以戒之，冀不能受。乃作《外戚箴》。"崔琦有《外戚箴》，其旨在"引古今成敗"。又稱："所著賦、頌、銘、誄、箴、吊、論、《九咨》、《七言》，凡十五篇。"《九咨》《七言》之作，皆擬"九""七"之體，至魏晉南北朝此類文體尚存。《藝文類聚》卷五十七《雜文部三・七》録崔琦《七蠲》全文，亦"七"體，知崔琦善"九""七"體雜文。對東漢至魏晉時期此類文體之創作，當引起注意。

應順（生卒不詳）

《汝南記》：華仲妻本是汝南鄧元義前妻也。元義父伯考爲尚書僕射，元義還鄉里，妻留事姑甚謹，姑憎之，幽閉空室，節其食飲，羸露日困，妻終無怨言。後伯考怪而問之。時義子朗年數歲，言母不病，但苦飢耳。伯考流涕曰："何意親姑反爲此禍！"因遣歸家。更嫁爲華仲妻。仲爲將作大匠，妻乘朝車出，元義於路傍觀之，謂人曰："此我故婦，非有它過，家夫人遇之實酷，本自相貴。"其子朗時爲郎，母與書皆不答，與衣裳輒燒之。母不以介意，意欲見之，乃至親家李氏堂上，令人以它詞請朗。朗至，見母，再拜涕泣，因起出。母追謂之曰："我幾死，自爲汝家所棄，我何罪過，乃如此邪？"因此遂絕。（《後漢書》卷四十八《應奉傳》李賢注）

按：應順字華仲，此記其妻事。《後漢書·應奉傳》："應奉字世叔，汝南南頓人也。曾祖父順，字華仲，和帝時爲河南尹、將作大匠，公廉約己，明達政事。生十子，皆有才學。中子疊，江夏太守。疊生郴，武陵太守。郴生奉。"《後漢書》李賢注引《汝南記》此文，與《搜神記》卷十一所記全同。相同材料，屢見於魏晉、南朝人不同著作，與先秦古書一事多見於各書相似。由此可知，中古人著書，頗學戰國諸子著述習慣，轉相祖述，編纂成書。

應奉（生卒不詳）

《袁山松書》：奉又删《史記》《漢書》及《漢記》三百六十餘年，自漢興至其時，凡十七卷，名曰《漢事》。（《後漢書》卷四十八《應奉傳》李賢注）

按：應奉删節兩漢史書爲《漢事》。《後漢書·應奉傳》記應奉又有擬屈原之作："及黨事起，奉乃慨然以疾自退。追愍屈原，因以自傷，著

《感騷》三十篇,數萬言。"東漢人政治上遭遇挫折而思屈原,感騷、擬屈之作不少。另,本傳稱應奉有興學校、矯風正俗之舉,并稱"永興元年,拜武陵太守",此乃和帝時事;而本傳又稱"延熹中……拜從事中郎"與"及黨事起"事,則應奉歷和、安、順、桓四世。

應奉事詳見《後漢書·應奉傳》:"應奉字世叔,汝南南頓人也。曾祖父順,字華仲,和帝時爲河南尹、將作大匠,公廉約己,明達政事。生十子,皆有才學。中子疊,江夏太守。疊生郴,武陵太守。郴生奉。奉少聰明,自爲童兒及長,凡所經履,莫不暗記。讀書五行并下。爲郡決曹史,行部四十二縣,錄囚徒數百千人。及還,太守備問之,奉口説罪繫姓名,坐狀輕重,無所遺脱,時人奇之。著《漢書後序》,多所述載。大將軍梁冀舉茂才。"叙應奉事,自其祖父輩起,可知應奉家族譜係較爲清楚。應奉博聞强記,竟至"讀書五行并下",可謂神童。《後漢書·應奉傳》李賢注引《謝承書》記載:"奉少爲上計吏,許訓爲計掾,俱到京師。訓自發鄉里,在路晝頓暮宿,所見長吏、賓客、亭長、吏卒、奴僕,訓皆密疏姓名,欲試奉。還郡,出疏示奉。奉云:'前食潁川綸氏都亭,亭長胡奴名禄,以飲漿來,何不在疏?'坐中皆驚。"此可見其聰明過人之處。李賢注又引《謝承書》曰:"奉年二十時,嘗詣彭城相袁賀,賀時出行閉門,造車匠於内開扇出半面視奉,奉即委去。後數十年於路見車匠,識而呼之。"此言應奉不僅讀書過目不忘,而且見人亦過目不忘。車匠"開扇出半面視奉",情景如畫。

許慎(生卒不詳)

客有難主人曰:"今之經典,子皆謂非,《説文》所言,子皆云是,然則許慎勝孔子乎?"主人拊掌大笑,應之曰:"今之經典,皆孔子手迹耶?"客曰:"今之《説文》,皆許慎手迹乎?"答曰:"許慎檢以六文,貫以部分,使不得誤,誤則覺之。孔子存其義而不論其文也。先儒尚得改文從意,何況書寫流傳耶?必如《左傳》止戈爲武,反正爲乏,皿蟲爲蠱,亥有二首六身之類,後人自不得輒改也,安敢以《説文》校其是非哉?且余亦不專以《説文》爲是也,其有援引經傳,與今乖者,未之敢從。又相如《封禪書》曰：'導一莖六穗於庖，犧雙觡共抵之獸，此導訓擇，光武詔云：'非徒有豫養導擇之勞'是也。而《説文》云：'藁是禾名。'引《封禪書》爲證；無妨自當有禾名藁，非相如所用也。'禾一莖六穗於庖，'豈成文乎？縱使相如天才鄙拙，強爲此語，則下句當云'麟雙觡共抵之獸，'不得云犧也。吾嘗笑許純儒，不達文章之體，如此之流，不足憑信，大抵服其爲書，隱括有條例，剖析窮根源，鄭玄注書，往往引以爲證；若不信其説，則冥冥不知一點一畫，有何意焉。"（《顔氏家訓·書證》）

按：《後漢書·儒林傳下》："許慎字叔重，汝南召陵人也。性淳篤，少博學經籍，馬融常推敬之，時人爲之語曰："《五經》無雙許叔重。"爲郡功曹，舉孝廉，再遷除洨長。卒于家。初，慎以《五經》傳説臧否不同，於是撰爲《五經異義》，又作《説文解字》十四篇，皆傳于世。"《書斷》卷下："許慎，字叔重，汝南召陵人，官至太尉、南閣祭酒。少好古學，喜正文字，尤善小篆，師模李斯，甚得其妙。作《説文解字》十四篇，萬五百餘字。疾篤，令子冲詣闕上之。安帝末年卒。"許慎善小篆。此言許慎"安帝末年卒"。

早期文獻流傳情況甚爲複雜，如顔氏所説，早期重義而不論其文。後世所謂"定本"，多謂定文字。然就先秦文獻而言，或多有"定義"而無"定本"。顔氏博學通達之士，其説應爲學者所重視。對於《説文》之價值，顔之推以爲"安敢以《説文》校其是非哉"，則有其道理。今動輒以《説文》以證漢代乃至先秦文獻，此需謹慎。

尹珍（生卒不詳）

明、章之世，毋斂人尹珍，字道真，以生遐裔，未漸庠序，乃遠從汝南許叔重受五經。又師事應世叔學圖緯，通三材，還以教授。於是南域始有學焉。珍以經術選用，歷尚書丞、郎，荊州刺史。而世叔爲司隸校尉，師生并顯。（《華陽國志》卷四）

按：此記尹珍從許慎學五經，從應奉學圖緯，則其生當在二人之後。"而世叔爲司隸校尉，師生并顯"此十二字，任乃強以爲"當是後人批註語，傳寫者誤入正文。非牂牁事也。"（《華陽國志校補圖注》，第260頁）

據"應奉"條，應奉曾祖父仕于和帝時，似應奉不當在明、章世，此言"明、章之世"云云，似誤。

張伯大（生卒不詳）

南陽張伯大，鄧子敬小伯大三年，以兄禮事之。伯卧床上，敬寢下小榻，言："常恐清旦朝拜。"俱去鄉里，居緱氏城中，亦教授，坐養聲價，伯大爲議郎、益州太守，子敬辟司徒，公車徵。（《風俗通義·愆禮》）

按："坐養聲價"，《文選·赭白馬賦》注引有"張伯坐養聲價"之說。《論語·子罕》："'子貢曰：有美玉於斯，韞匵而藏諸，求善賈而沽諸？'子曰：'沽之哉，沽之哉，我待賈者也。'""坐養聲價"者，即孔子之待賈而沽之類也。

袁閎（生卒不詳）

公車徵士汝南袁夏甫，少舉孝廉，爲司徒掾，人間之事，無所關也。其後，閉户塞牖，不見賓客。清旦，東向再拜朝其母，念時時往就之，子亦不得見，復逾拜耳。頭不著巾，身無單衣，足常木蹻，食止壝菜，云我無益家事，莫之能强。及母終亡，不列服位。（《風俗通義·愆禮》）

按：王利器校注《風俗通義》，從《風俗通義校補》之說，以爲"夏甫"前脱"袁"字。《風俗通義》與《後漢書》所記合。《後漢書·袁閎傳》："閎字夏甫，彭之孫也。少勵操行，苦身脩節。父賀，爲彭城相。……居處仄陋，以耕學爲業。從父逢、隗并貴盛，數餽之，無所受。"袁閎家族亦東漢世家大族，袁逢、袁隗皆名士。

袁閎學習情況見謝承《後漢書》："袁宏字夏甫，汝南人也。博覽群書文藝。嘗負笈尋師，變易姓名往來。"（《北堂書鈔》卷一百三十五《服飾部四·笈三十四》）其卒事，見《後漢書·袁閎傳》李賢注引《汝南先賢傳》："閎臨卒，敕其子曰：'勿設殯棺，但著襌衫疏布單衣幅巾，親尸於板床之上，以五百墼爲藏。'"

王溥(生卒不詳)

安帝好微行,於郊坰或露宿,起帷宮,皆用錦罽文綉。至永初三年,國用不足,令吏民入錢者得爲官。有琅琊王溥,即王吉之後。吉先爲昌邑中尉。溥奕世衰凌,及安帝時,家貧不得仕,乃挾竹簡插筆,於洛陽市傭書。美於形貌,又多文辭,來儌其書者,丈夫贈其衣冠,婦人遺其珠玉,一日之中,衣寶盈車而歸。積粟于廩,九族宗親,莫不仰其衣食,洛陽稱爲善筆而得富。溥先時家貧,穿井得鐵印,銘曰:"傭力得富,錢至億庾。一土三田,軍門主簿。"後以一億錢輸官,得中壘校尉。三田一土,"壘"字也;中壘校尉掌北軍壘門,故曰軍門主簿。積善降福,神明報焉。(《拾遺記》卷六)

按:"傭力得富至億庾,一土三田軍門主。"此亦讖語也。

廖扶(生卒不詳)

廖扶字文起,汝南平輿人也。習《韓詩》《歐陽尚書》,教授常數百人。父爲北地太守,永初中,坐羌沒郡下獄死。扶感父以法喪身,憚爲吏。及服終而嘆曰:"老子有言:'名與身孰親?'吾豈爲名乎!"遂絕志世外。專精經典,尤明天文、讖緯,風角、推步之術。州郡公府辟召皆不應。就問災異,亦無所對。(《後漢書》卷八十二上《方術傳上》)

按:謝承《後漢書》:"汝南廖扶,畢志衡門,死葬北郭,號曰北郭先生。"(《太平御覽》卷一百九十三《居處部二十一·城下》)東漢習《韓詩》者衆。此處謂廖扶"專精經典",而其所精者,有天文、讖緯,風角、推步之術,則當時所謂"經典",已包含讖緯、術數等書。其父永初中卒,姑附於此。

楊倫（生卒不詳）

楊倫字仲理，陳留東昏人也。少爲諸生，師事司徒丁鴻，習《古文尚書》。爲郡文學掾。更歷數將，志乖於時，以不能人間事，遂去職，不復應州郡命。講授於大澤中，弟子至千餘人。元初中，郡禮請，三府并辟，公車徵，皆辭疾不就。（《後漢書》卷七十九上《儒林傳上》）

按："不能人間事"，言楊倫性情孤狷，難於世故，是以乖於時。楊倫歷安、順之世。《後漢書·楊震傳》："元初四年，徵入爲太僕，遷太常。先是博士選舉多不以實，震舉薦明經名士陳留楊倫等，顯傳學業，諸儒稱之。"李賢注："倫字仲桓。《謝承書》云：'薦楊仲桓等五人，各從家拜博士。'"楊倫本傳稱即一徵博士，後又有二徵拜侍中，因其奏疏"言切直，辭不遜順"而免；三徵太中大夫，因"諫諍不合"而免。楊倫"前後三徵，皆以直諫不合"，則與其"志乖於時，以不能人間事"相合。

杜根（生卒不詳）

杜根字伯堅，潁川定陵人也。……根性方實，好絞直。永初元年，舉孝廉，爲郎中。時和熹鄧后臨朝，權在外戚。根以安帝年長，宜親政事，乃與同時郎上書直諫。太后大怒，收執根等，令盛以縑囊，於殿上撲殺之。執法者以根知名，私語行事人使不加力，既而載出城外，根得蘇。太后使人檢視，根遂詐死，三日，目中生蛆，因得逃竄，爲宜城山中酒家保。積十五年，酒家知其賢，厚敬待之。（《後漢書》卷五十七《杜根傳》）

按：《東觀漢記》亦記此事。東漢儒生有因太后干政而直諫者。杜根"詐死"，"三日，目中生蛆，因得逃竄"，頗近西漢末年流行之"幻術"。《新輯本桓譚新論》稱："近哀、平間方士臨淮（一作睢陵。）董仲君，嘗犯事坐重罪繫獄，佯病死。數日目陷生蟲，吏捐棄之，出而復活，然後竟死。"本傳稱其"順帝時，稍遷濟陰太守。去官還家，年七十八卒"。

欒巴（生卒不詳）

　　欒巴，蜀人也。太守請爲功曹，以師事之，請試術，乃平生入壁中去，壁外人叫虎狼，還乃巴也。遷豫章太守，有廟神，能與人言語，巴到，推社稷，問其蹤由，乃老往齊爲書生，太守以女妻之，生一男。巴往齊，敕一道符，乃化爲狸。巴爲尚書，正旦，會群臣，飲酒，巴乃含酒起望西南噀之，奏云："臣本鄉成都市失火，故爲救之。"帝馳驛往問之，云："正旦失火時，有雨自東北來，滅火，雨皆作酒氣也。"故終日不違如愚，若無所得而愚，是乃物之塊然者也。士大夫學道者多矣，然所謂八段錦六字氣，特導引吐納而已，不知氣血寓於身而不可擾，貴於自然流通，世豈復知此哉？雖曰宴坐，而心鶩於外，營營然如飛蛾之赴霄燭，蒼蠅之觸曉窗，知往而不知返，知就利而不知避害。海魚有以蝦爲目者，人皆笑之，而不知其故。畫非日，不能馳，夕非火，不能鑒。故學道者，須令物不能遷其性，冶容曼色，吾視之與嫫母同，大厦華屋，吾視之與茅茨同。澄心清净，湛然而無思時，導其氣即百骸皆通。抱純白養太玄，然後不入其機，則知神之所爲，氣之所生，精之所復，何行而不至哉？所著百章發明道秘，要眇深切，迷途之指南也。（葛洪《神仙傳》）

　　按：《藝文類聚》《北堂書鈔》皆有引《神仙傳》。欒巴乃當時有名神仙家，故葛洪《抱朴子内篇·極言》稱："朱邑、欒巴、于公，有功惠於民，百姓皆生爲之立廟祠。"《漢書·循吏傳》："朱邑字仲卿，廬江舒人也，少時爲舒桐鄉嗇夫，廉平不苛……以治行第一入爲大司農。爲人淳厚，篤於故舊。……及死，其子葬之桐鄉西郭外，民果共爲邑起冢立祠。"于公，于吉。《三國志·孫策傳》注引《江表傳》："時有道士琅邪于吉……往來吳會……讀道書，制作符水以治病，吳會人多事之。策嘗於郡城門樓上，集會諸將賓客……（吉）趨度門下，諸將賓客三分之二下樓迎拜之，掌賓者禁呵不能止。策即令收之。……諸事之者，尚不謂其死而云尸解焉，復祭祀求福。"

　　其事《後漢書·欒巴傳》記載頗詳："欒巴字叔元，魏郡内黄人也。好道。順帝世，以宦者給事掖庭，補黄門令，非其好也。性質直，學覽經典,雖在中官,不與諸常侍交接。後陽氣通暢,白上乞退,擢拜郎中,四遷桂楊太守。以郡處南垂,不閑典訓,爲吏人定婚姻喪紀之禮,興立學校,以獎進之。雖幹吏卑末,皆課令習讀,程試殿最,隨能升授。政事明察。"李賢注:"《神仙傳》云:'巴,蜀郡人也。少而學道,不脩俗事。'"本傳又稱欒巴"素有道術,能役鬼神",據桓譚《新論》:"天下神人五:一曰神仙,二曰隱淪,三曰使鬼物,四曰先知,五曰鑄凝。"此可知欒巴善桓譚所言"使鬼物"。西漢末年以來,幻術、方士、神仙、長生不死觀念盛行。桓譚《新論》以爲"劉子駿信方士虛言,謂神仙可學",知東漢神仙之學或與劉歆關係甚大。東漢以後,好道者逐漸增多,此東漢以來重要學術思想轉折。

卷十四

漢順帝劉保（115—144）

《東觀漢記》：竇章女，順帝初，入掖庭爲貴人，早卒。帝追思之，詔史官樹碑頌德，章自爲之辭。（《太平御覽》卷五百八十九《文部五·碑》）

按："章自爲之辭"，清武英殿聚珍本《東觀漢記》作"帝自爲之辭"，《後漢書》同《太平御覽》。由"帝追之"分析，漢順帝有爲竇貴人自作碑銘之可能。

阮籍《樂論》：漢順帝上恭陵，過樊濯，聞鳴鳥而悲，泣下橫流。曰："善哉！鳥鳴。"使左右吟之。使聲若是，豈不佳乎！此謂以悲爲樂也。（《太平御覽》卷三百九十二《人事部三十三·吟》）

按：漢順帝曉音。儒家一般以悲音爲"亡國之音"，而阮籍以爲"以悲爲樂"，此後世如阮籍之輩總結之觀點，未必是當時之事實。另外，阮籍此處不僅以爲此能"以悲爲樂"，亦有"以悲爲美"之實。

順烈皇后梁妠（106—150）

順烈梁皇后諱妠，大將軍商之女，恭懷皇后弟之孫也。后生，有光景之祥。少善女工，好《史書》，九歲能誦《論語》，治《韓詩》，大義略舉。常以列女圖畫置於左右，以自監戒。父商深異之，竊謂諸弟曰："我先人全濟河西，所活者不可勝數。雖大位不究，而積德必報。若慶流子孫

者，儻興此女乎？"（《後漢書》卷十下《皇后紀下》）

　　按：李賢注："劉向撰《列女傳》八篇，圖畫其象。"梁妠九歲誦《論語》，知當時《論語》或爲蒙學書籍；又通《韓詩》，《東觀漢記》稱"商少持《韓詩》"，則《韓詩》是其家學。"好《史書》"，好小學也。本傳稱"永建三年（128），與姑俱選入掖庭，時年十三"，《梁商傳》"（永建）三年，順帝選商女及妹入掖庭"，則生年當在漢安帝元初三年（116）；然據"和平元年春，歸政於帝，太后寢疾遂篤"，"在位十九年，年四十五"，其卒年在桓帝和平元年（150），生年當在漢殤帝延平元年（106）。又《後漢書·順帝紀》"陽嘉元年（132）春正月乙巳，立皇后梁氏"，在位十九年，則卒年在和平元年無疑，其生年當在延平元年。如此，梁皇后入宫之"永建三年"，或爲"元初五年"之誤。

梁商（？—141）

　　司馬彪《續漢書》：大將軍梁商三月上巳日會洛水，倡樂畢極，終於《薤露》之歌，坐中流淚。（《初學記》卷十四《禮部下·挽歌第十》）

　　按：西漢無名氏《薤露歌》云："薤上露，何易晞。露晞明朝更復落，人死一去何時歸。"其中有生命短暫之嘆，故有"坐中流淚"。梁商通《韓詩》，《後漢書·梁商傳》李賢注引《東觀漢記》即稱："商少持《韓詩》，兼讀衆書傳記，天資聰敏，昭達萬情。"

竇章（？—144）

　　永初中，三輔遭羌寇，章避難東國，家於外黃。居貧，蓬户蔬食，躬勤孝養，然講讀不輟。太僕鄧康聞其名，請欲與交，章不肯往，康以此益重焉。是時學者稱東觀爲老氏藏室，道家蓬萊山，康遂薦章入東觀爲校書郎。（《後漢書》卷二十三《竇章傳》）

　　按：鄧康薦竇章入東觀校書。李賢注："老子爲守藏史，復爲柱下史，四方所記文書皆歸柱下，事見《史記》。言東觀經籍多也。蓬萊，海中神山,爲仙府,幽經秘録并皆在焉。"《後漢書》本傳稱竇章爲女"樹碑頌德"而"自爲之辭",又有章帝"爲之辭"之說;又稱建康元年(144)卒。竇章交際廣泛,不僅與鄧康有交,而且與馬融、崔瑗、王符皆有交往,《後漢書·王符傳》:"王符字節信,安定臨涇人也。少好學,有志操,與馬融、竇章、張衡、崔瑗等友善。"而《後漢書·竇章傳》記載:"章字伯向。少好學,有文章,與馬融、崔瑗同好,更相推薦。"馬融有《與竇伯向書》,在《馬融集》,參見《後漢書·竇章傳》李賢注引《融集·與竇伯向書》:"孟陵奴來,賜書,見手迹,歡喜何量,見於面也。書雖兩紙,紙八行,行七字。"《隋書·經籍志》有"大鴻臚《竇章集》二卷",今亡。

崔瑗(78—143)

崔瑗字子玉,安平人。曾祖蒙,父駰。子玉官至濟北相,文章蓋世,善章草書。師於杜度,媚趣過之,點畫精微,神變無礙,利金百鍊,美玉天姿,可謂冰寒於水也。袁昂云:"如危峰阻日,孤松一枝。"王隱謂之"草賢",章草入神,小篆入妙。出《書斷》。(《太平廣記》卷二百六《書一》)

按:《書斷》言崔瑗書法,"師於杜度,媚趣過之。點畫精微,神變無礙。利金百鍊,美玉天姿,可謂冰寒於水也"。王隱謂崔瑗爲"草賢",稱其"章草入神,小篆入妙"。崔瑗事迹詳見《後漢書·崔瑗傳》:"(崔)瑗字子玉,早孤,鋭志好學,盡能傳其父業。年十八,至京師,從侍中賈逵質正大義,逵善待之,瑗因留游學,遂明天官、曆數、《京房易傳》、六日七分。諸儒宗之。與扶風馬融、南陽張衡特相友好。初,瑗兄章爲州人所殺,瑗手刃報仇,因亡命。會赦,歸家。家貧,兄弟同居數十年,鄉邑化之。"崔瑗明天官、曆數、《京房易傳》等,且曾學《禮》,故本傳稱:"年四十餘,始爲郡吏。以事繫東郡發干獄。獄掾善爲《禮》,瑗間考訊時,輒問以《禮》說。其專心好學,雖顛沛必於是。"崔瑗與其兄崔章同居鄉里,竟然有"鄉邑化之"之效果,可見鄉賢在東漢鄉里之文化作用。崔瑗與馬融、張衡交往,後亦好士,《後漢書·崔瑗傳》李賢注引《華嶠書》:"瑗愛士,好賓客,盛脩肴膳。或言其太奢。瑗聞之怒,敕妻子曰:'吾并日而食,以供賓客,而反以獲譏,士大夫不足養如此。後勿過菜具,無爲諸子所蚩也。'終不能改,奉祿盡於賓饗。"本傳則稱:"瑗愛士,好賓客,盛脩肴膳,單極滋味,不問餘産。居常疏食菜羹而已。家無擔石儲,當世清之。"由此可知崔瑗好士之風。

《後漢書·崔瑗傳》記崔瑗著述頗多:"瑗高於文辭,尤善爲書、記、箴、銘,所著賦、碑、銘、箴、頌、《七蘇》、《南陽文學官志》、《嘆辭》、《移社文》、《悔祈》、《草書勢》、七言,凡五十七篇。其《南陽文學官志》稱於後世,諸能爲文者皆自以弗及。"本傳稱:"歲中舉茂才,遷汲令。在事數言便宜,爲人開稻田數百頃。視事七年,百姓歌之。"崔瑗亦能吏,故"百姓歌之"。漢安元年(142)遷濟北相,"歲餘","會病卒",則卒於漢安二年(143),與《書斷》所言卒於漢安二年同;年六十六,則生於章帝建初三年(78)。

張衡(78—139)

桓譚《新論》:揚雄作《玄書》,以爲玄者,天也,道也。言聖賢制法作事,皆引天道以爲本統,而因附續萬類、王政、人事、法度,故宓羲氏謂之《易》,老子謂之《道》,孔子謂之《元》,而揚雄謂之《玄》。《玄經》三篇,以紀天地人之道,立三體有上中下,如《禹貢》之陳三品。三三而九,因以九九八十一,故爲八十一卦。以四爲數,數從一至四,重累變易,竟八十一而遍,不可損益。以三十(五)〔六〕蓍揲之。《玄經》五千餘言,而傳十二篇也。(《後漢書》卷五十九《張衡傳》李賢注)

按:揚雄《太玄》,因張衡而得以在東漢傳播。而揚雄學術地位的確認,亦與東漢張衡、崔瑗等人有關。張衡不僅擅長文學,而且對當時的天文、陰陽、曆算皆有研究,尤其喜歡揚雄《太玄》,故《後漢書·張衡傳》稱"衡善機巧,尤致思於天文、陰陽、曆算。常耽好《玄經》",又"著《靈憲》《算罔論》,言甚詳明"。張衡好數術,然亦有非讖之舉,故本傳稱:"初,光武善讖,及顯宗、肅宗因祖述焉。自中興之後,儒者爭學圖緯，兼復附以妖言。衡以圖緯虛妄，非聖人之法，乃上疏曰……"

《語林》：張衡之初死，蔡邕母始孕。此二人才貌相類，時人云邕是衡之後身。（《太平御覽》卷三百六十《人事部一·孕》）

按：此言蔡邕乃張衡轉世。蔡邕事迹詳見《後漢書·張衡傳》："張衡字平子，南陽西鄂人也。世爲著姓。祖父堪，蜀郡太守。衡少善屬文，游於三輔，因入京師，觀太學，遂通《五經》，貫六藝。雖才高於世，而無驕尚之情。常從容淡静，不好交接俗人。永元中，舉孝廉不行，連辟公府不就。時天下承平日久，自王侯以下，莫不逾侈。衡乃擬班固《兩都》，作《二京賦》，因以諷諫。精思傅會，十年乃成。文多故不載。"李賢注："西鄂，縣，故城在今鄧州向城縣南，有平子墓及碑在焉，崔瑗之文也。"又《後漢書》本傳稱張衡："自去史職，五載復還，乃設客問，作《應間》以見其志。"張衡好賦，擬《兩都》而作《二京賦》；好天文、陰陽、曆算，好揚雄《太玄》，著《靈憲》《算罔論》；"所居之官，輒積年不徙"，而作《應間》。《後漢書·張衡傳》李賢注引《衡集》有《應間序》曰："觀者，觀余去史官五載而復還，非進取之勢也。唯衡内識利鈍，操心不改。或不我知者，以爲失志矣。用爲間余。余應之以時有遇否，性命難求，因兹以露余誠焉，名之《應間》云。"張衡又有《思玄賦》："衡常思圖身之事，以爲吉凶倚伏，幽微難明，乃作《思玄賦》，以宣寄情志。"（《後漢書·張衡傳》）此乃張衡《思玄賦》序，其中"松、喬高跱孰能離？結精遠游使心攜"，是言神仙長生。張衡其他著作，《後漢書》本傳又有記載："著《周官訓詁》，崔瑗以爲不能有異於諸儒也。又欲繼孔子《易》説《彖》《象》殘缺者，竟不能就。所著詩、賦、銘、七言、《靈憲》、《應間》、《七辯》、《巡誥》、《懸圖》凡三十二篇。"張衡不僅文學、經學皆通，且有史才，故本傳稱："又以爲王莽本傳但應載篡事而已，至於編年月，紀災祥，宜爲《元后本紀》。"其史學觀念，由其《表求合正三史》可窺一二："臣伏見陛下思光先緒，以典籍爲本；而史書枝別條異，不同一貫。建武以來，新載未就。"（《初學記》卷二十一《文部·史傳第二》）另本傳稱張衡"年六十二，永和四年卒"，則其生於章帝建初三年（78）。

左雄（？—138）

雄又奏徵海内名儒爲博士，使公卿子弟爲諸生。有志操者，加其俸祿。及汝南謝廉，河南趙建，年始十二，各能通經，雄并奏拜童子郎。於是負書來學，雲集京師。（《後漢書》卷六十一《左雄傳》）

按：《後漢書·左雄傳》："左雄字伯豪，南陽涅陽人也。"《胡廣傳》："時尚書令左雄議改察舉之制，限年四十以上，儒者試經學，文吏試章奏。"左雄提出的"孝廉年不滿四十，不得察舉"之説，無疑阻礙了年輕人的仕進之路。徐淑因不滿四十而被退回本郡，且牽連胡廣等十餘人，實太過。左雄又拜十二歲汝南謝廉、河南趙建爲"童子郎"，而對舉孝廉年齡限制在四十，未知何意。本傳稱"永和三年（138）卒"。《隸釋》卷二十有左雄碑："左伯豪碑。涅陽縣南有二碑，碑字紊滅，不可復識，云是左伯豪碑。"

張楷（80—149）

聘士，張楷，字公超，文父子也。聘士：張光超，公超弟也。尚書張陵，字處冲，公超子。自陵之後，世有大官。（《華陽國志》附《士女目録》）

按：張楷與其弟皆爲"聘士"，自其子張陵之後，世代皆有大官。《後漢書·張楷傳》："（張）楷字公超，通《嚴氏春秋》《古文尚書》，門徒常百人。賓客慕之，自父黨夙儒，偕造門焉。車馬填街，徒從無所止，黃門及貴戚之家，皆起舍巷次，以候過客往來之利。楷疾其如此，輒徙避之。家貧無以爲業，常乘驢車至縣賣藥，足給食者，輒還鄉里。司隸舉茂才，除長陵令，不至官。隱居弘農山中，學者隨之，所居成市，後華陰山南遂有公超市。五府連辟，舉賢良方正，不就。"張楷，張霸子，通《嚴氏春秋》《古文尚書》。"隱居弘農山中，學者隨之，所居成市，後華陰山南遂有公超市"云云，可見當時儒者道德學問影響之大，因隨之者衆而成市場（"公超市"），可謂當時一大社會景觀。

《孝德傳》：張楷字公超，河南人也。至孝自然，喪親哀毀，每讀《詩》見《素冠》《棘人》，未嘗不掩泗焉。（《太平御覽》卷六百一十六《學部十·讀誦》）

按：張霸卒，葬河南，故稱張楷"河南人也"。《後漢書·張楷傳》："（張楷）性好道術，能作五里霧。時關西人裴優亦能爲三里霧，自以不如楷，從學之，楷避不肯見。桓帝即位，優遂行霧作賊，事覺被考，引楷言從學術，楷坐繫廷尉詔獄，積二年，恆諷誦經籍，作《尚書注》。後以事無驗，見原還家。建和三年，下詔安車備禮聘之，辭以篤疾不行。年七十，終於家。"《藝文類聚》卷二引謝承《後漢書》同。本傳先言楷建和三年以疾篤不行，其下便言卒於家，則卒在桓帝建和三年（149）；其年七十，則其生於章帝建初五年（80）。

荀淑（83—149）

張璠《漢紀》：淑有八子：儉、緄、靖、燾、汪、爽、肅、敷。淑居西豪里，縣令苑康曰："昔高陽氏有才子八人。"遂署其里爲高陽里。時人號曰"八龍"。（《世說新語·德行》劉孝標注）

按：《後漢書·荀淑傳》："年六十七，建和三年卒。李膺時爲尚書，自表師喪。二縣皆爲立祠。有子八人：儉，緄，靖，燾，汪，爽，肅，專，并有名稱，時人謂之'八龍'。"又曰："初，荀氏舊里名西豪，潁陰令勃海苑康以爲昔高陽氏有才子八人，今荀氏亦有八子，故改其里曰高陽里。"時雖有"八龍"之稱，然《後漢書》只記荀靖、荀爽二人之事，其餘六子，事迹無考，故所謂"并有名稱"，恐非其實。本傳稱其"年六十七，建和三年卒"，則卒於桓帝建和三年（149），年六十七，則生於章帝建初八年（83）。

《先賢行狀》：荀淑字季和，潁川潁陰人也。所拔韋褐芻牧之中，執案刀筆之吏，皆爲英彥。舉方正，補朗陵侯相，所在流化。（《世說新語·德行》劉孝標注）

按：裴松之《三國志》注曾多引《先賢行狀》。《後漢書·荀淑傳》："荀淑字季和，潁川潁陰人也，荀卿十一世孫也。少有高行，博學而不好章句，多爲俗儒所非，而州里稱其知人。"李賢注："卿名況，趙人也。爲楚蘭陵令。著書二十二篇，號《荀卿子》。避宣帝諱，故改曰'孫'也。"李賢避諱説未必成立，或荀、孫音近所致。

《海内先賢傳》：潁川先輩，爲海内所師者：定陵陳穉叔、潁陰荀淑、長社鍾皓。少府李膺宗此三君，常言："荀君清識難尚，陳、鍾至德可師。"（《世説新語·德行》劉孝標注）

按：《世説新語·德行》："李元禮嘗嘆荀淑、鍾皓曰：'荀君清識難尚，鍾君至德可師。'"《隋書·經籍志》："《海内先賢傳》四卷，魏明帝時撰。"據此可知《世説新語》引李膺語當出自《海内先賢傳》，亦證《世説新語》當由魏晉南朝方志類文獻中擇取了不少資料，此可見《世説新語》成書之迹。"清識難尚"，乃李膺品鑒荀淑之辭。

陳太丘詣荀朗陵，貧儉無僕役。乃使元方將車，季方持杖後從。長文尚小，載著車中。既至，荀使叔慈應門，慈明行酒，餘六龍下食。文若亦小，坐著膝前。于時太史奏："真人東行。"（《世説新語·德行》）

按：陳太丘，即陳寔。姚舜牧《來恩堂草》卷九論陳、荀二人云："寔、淑二老人，當日號稱長者，其言語舉動，見於往來家庭間尚如此，況其他乎。無怪友朋知識，互相標榜于一時，而卒取黨錮之僇辱也。"程炎震云："案范書荀淑年六十七，建和三年卒。荀彧以建安十七年卒，年五十，則當生於延熹六年。距荀淑之卒已十四年矣。若非范史紀年有誤，則其事必虛。考袁山松《後漢書》亦載此事，而云荀數詣陳，蓋荀陳州里故舊，過從時有，而必以文若實之，則反形其矯誣矣。"（余嘉錫《世説新語箋疏》上冊，中華書局2015年版，第10頁）

朱伥（生卒不詳）

司徒九江朱伥，以年老，爲司隸虞詡所奏，耳目不聰明，見掾屬大怒曰："顛而不扶，焉用彼相？君勞臣辱，何用爲？"於是東閣祭酒周舉曰："昔聖帝明王，莫不成曆象日月星辰，以爲鏡戒；熒惑比有變異，豈能手書，密以上聞？"伥曰："可自力也。"舉爲創草："臣聞《易》曰：'天垂象，見吉凶。''觀乎天文，以察時變。'臣竊見九月庚辰，今月丙辰，过荧惑於東井辟，金光輝合，并移時乃出。臣經術淺末，不曉天官，見其非常，昭昭再見，誠切怪之。臣誠懔慎。夫月者太陰，荧惑火星，不宜相干。臣聞盛德之主，不能無異，但當變改，有以供御。孔子曰：'雖明天子，荧惑必謀。'禍福之徵，慎察用之。孝宣皇帝地節元年，月蝕荧惑，明年有霍氏亂。孔子曰：'火上不可握，荧惑班變，不可息志，帝應其修無極。'此言荧惑火精，尤史家所宜察也。楚莊曰：'災異不見，寡人其亡。'今變異屢臻，此天以佑助漢室，覺悟國家也。臣誠懼史官畏忌，不敢極言，惟陛下深留聖思，按圖書之文，鑒古今之戒，召見方正，極言而靡諱，親賢納忠，推誠應人，猶影響也。宋景公有善言，荧惑徙舍，延年益壽。況乎至尊，感不旋日。《書》曰：'天威棐諶。'言天德輔誠也。周公將沒，戒成王以左右常伯、常任、準人、綴衣、虎賁。言此五官，存亡之機，不可不謹也。臣願陛下思周旦之言，詳左右清禁之内，謹供養之官，嚴宿衛之身，申敕屢省，務知戒慎，以退未萌，以此無疆。謹匍匐自力，手書密上。"上覽侲表，嘉其忠謹，侲目數病，手能細書。詔案大臣，苟肆私意。詔坐上謝，侲蒙慰勞。（《風俗通義·十反》）

按：周舉代爲創草，言"經術淺末，不曉天官"，當自謙之辭。據《後漢書·丁鴻傳》，朱侲曾從丁鴻學。據《劉愷傳》陳忠之言朱侲德才不若劉愷。又《後漢書》本傳稱："門下由是益盛，遠方至者數千人。彭城劉愷、北海巴茂、九江朱侲皆至公卿。"

周舉（？—149）

《續漢書》：周舉字宣光，梁商表爲從事中郎。商疾甚，帝問遺言，對曰："臣從事中郎周舉，清慎高亮，可任諫議大夫。"（《太平御覽》卷二百二十三《職官部二十一·諫議大夫》）

按：梁商贊周舉"清慎高亮"。《後漢書》周舉本傳稱："六年三月上巳日，商大會賓客，讌于洛水，舉時稱疾不往。"是證周舉未參加梁商此次"讌于洛水"之文人雅會。《後漢書·周舉傳》："周舉字宣光，汝南汝陽人，陳留太守防之子。防在《儒林傳》。舉姿貌短陋，而博學洽聞，爲儒者所宗，故京師爲之語曰：'《五經》從橫周宣光。'"周舉乃周防之子，通《五經》。周舉善奏議，故張璠《漢記》稱："周舉上書言得失。尚書郭虔見之嘆息，上疏，願退位避舉。常置其章於坐。"（《太平御覽》卷五百九十四《文部十·章表》）

《汝南先賢傳》：周舉爲并州刺史，太原舊俗以介子推焚骨，冬至其時民爲絕食。（《北堂書鈔》卷一百四十三《酒食部二》）

按：李賢注《後漢書》以爲此事又見桓譚《新論》，實誤。又《後漢書·周舉傳》："時詔遣八使巡行風俗，皆選素有威名者，乃拜舉爲侍中，與侍中杜喬、守光祿大夫周栩、前青州刺史馮羨、尚書欒巴、侍御史張綱、兗州刺史郭遵、太尉長史劉班并守光祿大夫，分行天下。……於是八使同時俱拜，天下號曰'八俊'。"《後漢書·黨錮列傳》："李膺、荀翌、杜密、王暢、劉祐、魏朗、趙典、朱寓爲'八俊'。俊者，言人之英也。"《後漢書集解》引惠棟說，謂"八俊"，《續漢書》作"八彦"。本傳稱建和三年（149）卒。

黄尚（生卒不詳）

《楚國先賢傳》：諺曰："黃尚爲司隸，奸慝自弭；左雄爲尚書令，天下慎選舉。"（《太平御覽》卷四百九十六《人事部一百三十七·諺下》）

按：黃尚與周舉、左雄同時。《後漢書·順帝紀》李賢注："黃尚字伯河，河南郡邵人也。"

黃尚爲司徒，與李元禮俱娶太尉桓溫女，時人謂桓叔元兩女俱乘龍，言得婿之如龍。（《初學記》卷三十《鳥部·鱗介部》）

按：李元禮，即李膺。按"桓溫"當爲"桓焉"之誤。另此處所言"黃尚"，《北堂書鈔》卷八十四《禮儀部·婚姻十一》引《楚國先賢傳》、《白孔六帖》卷九十五《龍三十四》分別作"黃憲""孫儁"，黃、孫二人未嘗爲司徒，故作黃尚是。

黄昌（？—142）

《會稽典錄》：黃昌爲蜀郡太守。初，昌爲州書佐，婦寧於家，遇賊，遂流轉入蜀，爲民妻。其子犯法，乃詣昌，昌疑不類蜀人，因問所由。對曰："妾本會稽餘姚戴次公女，州書佐黃昌妻，嘗歸家，爲賊所略，遂至於此。"昌驚呼，前謂曰："何以識黃昌？""左足心有黑子，常言當爲二千石。"乃出足示之，相持悲泣，還爲夫妻。(《太平御覽》卷三百七十二《人事部十三・足》)

按：《北堂書鈔》卷七十六引作《謝漢書》。黃昌夫妻再合事，近似後人僞造之傳奇。謝承《後漢書》："黃昌爲蜀郡太守，未至郡時，民有謠曰：兩日出天兮。"(《北堂書鈔》卷七十六《設官部二十八・太守下一百六十六》) 結合其任前"蜀謠兩日"，以及本傳稱黃昌爲蜀郡太守而"宿惡大奸，皆奔走它境"分析，黃昌夫妻再合，當爲蜀郡"宿惡大奸"之輩僞造之謠言醜化黃昌。然范曄采此故事入黃昌本傳，是未審其真僞。

黃昌事詳見《後漢書・酷吏傳》："黃昌字聖真，會稽餘姚人也。本出孤微。居近學官，數見諸生修庠序之禮，因好之，遂就經學。又曉習文法，仕郡爲決曹。"黃昌"本出孤微"，故謝承《後漢書》稱："黃昌夏多蚊，貧無幬，傭債爲作幬。"(《太平御覽》卷六百九十九《服用部一・幬》) 本傳稱"漢安元年 (142)，進補大司農，左轉太中大夫，卒於官"。凡酷吏皆以殺戮、嚴苛著名。兩漢酷吏，多出貧賤之家，黃昌"本出孤微"，後爲酷吏，是其無上層盤根錯節之複雜關係，處理政事亦無太多利益考慮或人事顧慮，故每逢外戚干政過深，皇帝無法掌握政局之時，往往推出酷吏平衡局面。將相公卿子孫，則很難做到這一點。不過在政治平衡被打破，新的利益集團再次形成之時，酷吏往往成爲被報復、打擊的首選對象。此兩漢酷吏共同命運。

李固 (94—147)

《謝承書》：固改易姓名，杖策驅驢，負笈追師三輔，學《五經》，積十餘年。博覽古今，明於風角、星算、《河圖》、讖緯，仰察俯占，窮神知變。每到太學，密入公府，定省父母，不令同業諸生知是郃子。(《後漢書》卷六十三《李固傳》李賢注)

按：《後漢書・李固傳》："李固字子堅，漢中南鄭人，司徒郃之子也。郃在《方術傳》。固貌狀有奇表，鼎角匿犀，足履龜文。少好學，常步行尋師，不遠千里。遂究覽墳籍，結交英賢。四方有志之士，多慕其風而來學。京師咸嘆曰：'是復爲李公矣。'"復爲李公，李賢注："言復繼其父爲公也。"司馬彪《續漢書》亦稱："李固少有俊才，雅志好學，爲三公子，常躬步驅驢，負書隨師。"（《太平御覽》卷六百一十一《學部五·勤學》）據《方術傳》："郃歲中舉孝廉，五遷尚書令，又拜太常。元初四年，代袁敞爲司空。"《李固傳》載："及冲帝即位，以固爲太尉，與梁冀參録尚書事。"此即復爲李公之驗也。《後漢書》："固所著章、表、奏、議、教令、對策、記、銘凡十一篇。弟子趙承等悲觀不已，乃共論固言迹，以爲《德行》一篇。"

炎精下頹，朱明不揚。太尉謇諤，任國救荒。濯日暘谷，將升扶桑。惡直醜正，漢道遂喪。李固，字子堅，郃子也。陽嘉三年，以對策忠亢拜議郎。大將軍梁商，后父也，表爲從事中郎，授荆州刺史。直州部有亂。至州，先友其賢者南陽鄭叔躬、宋孝節，零陵支宜雅，表薦長沙、桂陽太守趙歷、辛巳，奏免江夏、南陽、南郡太守孔疇、高賜、爲昆等。州土自然安静。徙太山太守，克寧盗賊。入爲將作大匠。多致海内名士。南陽樊英、江夏黄瓊、廣漢楊厚、會稽賀純、光禄周舉、侍中杜喬、陳留楊倫、河南尹存、東平王惲、陳國何臨、清河房植等，皆蒙徵聘。轉大司農。順帝崩，太后臨朝，拜太尉，與后兄大將軍梁冀、太傅趙峻并録尚書。冲帝崩時，徐、揚有盗賊，太后欲不發喪，須召諸王至，固爭不可。又言："國家多難，宜立長君。"太后欲專權，乃立樂安王爲帝。質帝崩，太后復與梁冀謀所立。固與司徒南郡胡廣、司空蜀郡趙戒書與冀，引周勃、霍光立文、宣以安漢之榮，閻、鄧廢立之禍，言："國統三絶，期運厄會，興崩之漸，在斯一舉。宜求賢王親近，不可寢嘿也。"冀得書，召公卿、列侯議所立。三公及鴻臚杜喬僉舉清河王蒜，冀然之，奏御太后。中常侍曹騰私恨蒜，説冀。明日更議，廣、戒從冀。固與喬必争，"蒜宜立，中興才也。且年長，識義，必有厚將軍。"冀不聽，策免固、喬。歲餘，收下獄。以無事，出之，京師市邑皆稱千萬歲。冀惡其爲人所善，更奏繋之。固書與二公曰："吾欲扶持漢室，使之比隆文、宣，何圖梁將軍迷謬，諸子曲從，以吉物爲凶，成事爲敗。漢家衰微，從是始矣。將軍亦有不利。吾雖死，上不慚於天，下不愧於人，求義得義，死復何恨？"遂自殺。二公得書，惟自流涕，士民咸哀哭之。桓帝無道，冀尋受誅，漢家遂微，政在閹宦，無不思固也。（《華陽國志》卷十下）

　　按：本傳稱梁冀誅李固，此言李固自殺而死。此處所錄李固與胡廣、趙戒書，又見《後漢書》李固本傳，文字有異。李固在位徵聘南陽樊英、江夏黃瓊、廣漢楊厚、會稽賀純、光禄周舉、侍中杜喬、陳留楊倫、河南尹存、東平王惲、陳國何臨、清河房植等。楊厚，任乃強以爲當作"楊序"。

杜喬（？—147）

　　杜喬字叔榮，河內林慮人也。少爲諸生，舉孝廉，辟司徒楊震府。稍遷爲南郡太守，轉東海相，入拜侍中。漢安元年，以喬守光禄大夫，使徇察兗州。表奏太山太守李固政爲天下第一；陳留太守梁讓、濟陰太守汜宮、濟北相崔瑗等臧罪千萬以上。讓即大將軍梁冀季父，宮、瑗皆冀所善。（《後漢書》卷六十三《杜喬傳》）

　　按：李賢注引《續漢書》亦稱："累祖吏二千石。喬少好學，治《韓詩》《京氏易》《歐陽尚書》，以孝稱。雖二千石子，常步擔求師。"表奏頌揚李固，而斥梁冀之黨，此致禍之由。本傳稱建和元年（147）卒。

楊匡（生卒不詳）

　　（杜喬）與李固俱暴尸於城北，家屬故人莫敢視者。喬故掾陳留楊匡聞之，號泣星行到洛陽，乃著故赤幘，托爲夏門亭吏，守衛尸喪，驅護蠅蟲，積十二日，都官從事執之以聞。梁太后義而不罪。匡於是帶鈇鑕詣闕上書，并乞李、杜二公骸骨。太后許之。成禮殯殮，送喬喪還家，葬送行服，隱匿不仕。匡初好學，常在外黃大澤教授門徒。補蘄長，政有異績，遷平原令。時國相徐曾，中常侍璜之兄也，匡恥與接事，托疾牧豕云。（《後漢書》卷六十三《杜喬傳》）

按：《袁山松書》："匡，一名章，字叔康也。"（《後漢書·杜喬傳》李賢注）又《後漢書·李固傳》有"固弟子汝南郭亮，年始成童，游學洛陽，乃左提章鉞，右秉鈇鑕，詣闕上書，乞收固尸。不許，因往臨哭，陳辭於前，遂守喪不去。夏門亭長呵之曰"云云，《後漢書考證》："按《杜喬傳》'喬故掾陳留楊匡，托爲夏門亭吏，守衛尸喪'，即此夏門亭長也。章懷失注。"楊匡好學且在大澤教授門徒，爲李、杜收骸骨，"托疾牧豕"等，可謂有節義。

柳宗（生卒不詳）

伯騫推賢，求善如飢。柳宗，字伯騫，成都人也。初結九友共學，號"九子"。及爲州郡右職，務在進賢。拔致求次方、張叔遼、王仲曾、殷智孫等，終至牧守。州里爲諺曰："得黃金一笥，不如爲伯騫所識。"舉茂才，爲美陽令。（《華陽國志》卷十上）

按：《華陽國志》録柳宗在趙戒前，或亦順、桓時人。東漢已有以"子"名學術集團者，此"九子"可證。東漢蜀郡成都文人多好學，知文化教育措施較爲得力，經濟亦應有較好的發展。三國劉備在此建都，當有發達的文化、經濟基礎。《華陽國志》卷十上記成都人士又有："休休衆彦，殊塗同臻。金聲玉振，蜀之球琳。休休，美也。衆彦，言此四十三人也。《易》曰："殊塗同歸。"百行齊致，貴於流光顯稱，揚名垂世。此四十三人者，雖立行不同，俱以垂美，如金玉之音器，爲世名寶。"此亦證東漢蜀郡成都文化之發達。

趙戒（生卒不詳）

文侯顯印，極位台衡。文侯趙戒，字志伯，少府典父也。父定，以游俠稱。戒，順、桓帝之世歷司徒、太尉，登特進。屢居公輔，免憂患於無妄之世。告歸於蜀，薨家。（《華陽國志》卷十上）

按：《後漢書·李固傳》李賢注引《謝承書》："戒字志伯，蜀郡成都人也。戒博學明經講授，舉孝廉，累遷荆州刺史。"

　　義士，趙定。成都人，以延仁赴義、濟窮恤乏爲業。

　　保貴，太尉、司徒、司空、特進、厨亭文侯趙戒，字志伯。定子。

　　文學，國師、太常襲厨亭侯趙典，字仲經。戒第二子也。

　　忠亮，太尉、司徒、郫忠侯趙謙，字彥信。戒孫也。其子孫襲厨亭侯，不顯。

　　道德，司徒、司空江南亭侯趙溫，字子柔。謙弟。自是後，世有二千石。(《華陽國志》附《士女目録》)

　　按：此處叙趙戒父、子、孫譜系完整。

馬融(79—166)

　　《馬融別傳》：馬融爲儒，教養諸生，常有千數，善鼓琴，好吹笛，達生任性，不拘儒者之節，居宇器服，多存侈飾，常坐高堂，施絳紗帳，前授生徒，後列女樂，弟子以次相傳，鮮有入其室者。(《藝文類聚》卷六十九《服飾部·帳》)

　　按：此言馬融好音，與《後漢書》記載合。《後漢書·馬融傳》："融才高博洽，爲世通儒，教養諸生，常有千數。涿郡盧植，北海鄭玄，皆其徒也。善鼓琴，好吹笛，達生任性，不拘儒者之節。居宇器服，多存侈飾。常坐高堂，施絳紗帳，前授生徒，後列女樂，弟子以次相傳，鮮有入其室者。"馬融著述，本傳記載頗詳："嘗欲訓《左氏春秋》，及見賈逵、鄭衆注，乃曰：'賈君精而不博，鄭君博而不精。既精既博，吾何加焉！'但著《三傳異同説》。注《孝經》《論語》《詩》《易》《三禮》《尚書》《列女傳》《老子》《淮南子》《離騷》，所著賦、頌、碑、誄、書、記、表、奏、七言、琴歌、對策、遺令，凡二十一篇。"今之學者，多以融爲經學之士，而輕其文章。據本傳所載觀之，融經學爲後漢通儒，文章爲東京俊才。馬融曾從摯恂學儒術，并妻其女，故《後漢書·馬融傳》稱："馬融字季長，扶風茂陵人也，將作大匠嚴之子。爲人美辭貌，有俊才。初，京兆摯恂以儒術教授，隱于南山，不應徵聘，名重關西，融從其游學，博通經籍。恂奇融才，以女妻之。"《後漢書》稱"年八十八，延熹九年卒于家"。延熹九年（166）卒，年八十八，生於章帝建初四年（79）。

《後漢書》將馬融賦、頌二體分別著録，可知南朝時尚以二體有別。馬融有《笛賦》："馬融《自叙》：融性好音，能鼓琴吹笛。爲督郵，獨卧郿平陽塢中，有洛客舍逆旅，吹笛相和。融去京師逾年，暫聞甚悲而樂之。逆慕簫琴皆有頌，而笛獨無，乃作《笛賦》。"（《太平御覽》卷五百八十《樂部十八·笛》）馬融又多"頌"之作，如《廣成頌》："元初二年，上《廣成頌》以諷諫。……頌奏，忤鄧氏，滯於東觀，十年不得調。"《廣成頌》雖名爲"頌"，其實諫言也，故忤鄧氏。古人文章，多有不能"顧名思義"者，《廣成頌》即其類也。再如《西第頌》："融懲於鄧氏，不敢復忤執家，遂爲梁冀草奏李固，又作大將軍《西第頌》，以此頗爲正直所羞。"另有《上林頌》："《典論》：議郎馬融，以永興中，帝獵廣城，融從。是時北州遭水潦蝗蟲，融撰《上林頌》以諷。"（《藝文類聚》卷一百《災異部·蝗》）

馬融曾爲梁冀撰《大將軍西第頌》，爲人恥笑，故《後漢書·李固傳》有誣李固文，李賢注："據《吴祐傳》，此章馬融之詞。"

蘇章（生卒不詳）

《三輔决録》：蘇章爲冀州刺史，召安平崔瑗爲别駕。（《太平御覽》卷二百六十三《職官部六十一·别駕》）

按：此可見蘇章與崔瑗有交往。《後漢書·蘇章傳》："章少博學，能屬文。安帝時，舉賢良方正，對策高第，爲議郎。數陳得失，其言甚直。"蘇章"對策高第"，是擅長對策。蘇章乃蘇建之後。本傳又稱："蘇章字孺文，扶風平陵人也。八世祖建，武帝時爲右將軍。祖父純，字桓公，有高名，性强切而持毁譽，士友咸憚之，至乃相謂曰：'見蘇桓公，患其教責人，不見，又思之。'三輔號爲'大人'。"李賢注："《前書》曰，建以校尉從大將軍青擊匈奴，封平陵侯。中子武最知名也。"是兩漢家族有傳承。東漢另有蘇章名士成者，如謝承《後漢書》："蘇章字士成，北海人，負笈追師，不遠萬里。"（《北堂書鈔》卷一百三十五《儀飾部六·笈三十四》；又見《太平御覽》卷七百十一《服用部十三·笈》）

矯慎（生卒不詳）

矯慎字仲彦，扶風茂陵人也。少慕松、喬導引之術，隱遁山谷，與南郡太守馬融、并州刺史蘇章鄉里并時，然二人純遠不及慎也。汝南吳蒼甚重之，因遺書以觀其志，曰："蓋聞黃老之言，乘虛入冥，藏身遠遁，亦有理國養人，施於爲政。至如登山絕迹，神不著其證，人不睹其驗。吾從先生欲其可者，於意何如？昔伊尹不懷道以待堯舜之君，方今明明，四海開闢，巢許無爲箕山，夷齊悔入首陽，足下審能騎龍弄鳳，翔嬉雲間者，亦非狐兔燕雀所敢謀也。"慎不答。年七十餘，竟不肯娶。後忽歸家，自言死日。及期，果卒。後人有見慎於敦煌者，故前世異之，或云神仙焉。慎同郡馬瑤隱於汧山，以兔置爲事，所居俗化，百姓美之，號馬牧先生焉。（皇甫謐《高士傳》）

按：《後漢書·逸民傳》："矯慎字仲彦，扶風茂陵人也。少好黃老，隱遁山谷，因穴爲室，仰慕松、喬導引之術。與馬融、蘇章鄉里并時，融以才博顯名，章以廉直稱，然皆推先於慎。"李賢注："《風俗通》曰：'晋大夫矯父之後也。'"矯慎與馬融、蘇章同里。此段所寫矯慎事，與范曄《後漢書》全同。《後漢書·矯慎傳》文字有後世《神仙傳》風格。李賢注："《列仙傳》曰：'簫史，秦繆公時。善吹簫，公女弄玉好之，以妻之，遂教弄玉作鳳鳴。居數十年，吹鳳皇聲，鳳來止其屋。爲作鳳臺，夫婦止（在）〔其〕上。一旦皆隨鳳皇飛去。'又曰'陶安公，六安冶師。數行火，火一旦散上，紫色衝天。須臾赤雀止冶上，曰："安公，安公，冶與天通。七月七日，迎汝以赤龍。"至時，安公騎之而去'。"

吳祐（生卒不詳）

《陳留耆舊傳》：吳祐爲恒農令，勸善懲奸，貪濁出境，甘露降，年穀豐。童謠曰："君不我憂，人何以休；不行界署，焉知人處。"（《太平御覽》卷四百六十五《人事部·謠》）

按：《後漢書·吳祐傳》："吳祐字季英，陳留長垣人也。父恢，爲南海太守。祐年十二，隨從到官。恢欲殺青簡以寫經書，祐諫曰：'今大人逾越五領，遠在海濱，其俗誠陋，然舊多珍怪，上爲國家所疑，下爲權戚所望。此書若成，則載之兼兩。昔馬援以薏苡興謗，王陽以衣囊徼名。嫌疑之間，誠先賢所慎也。'恢乃止，撫其首曰：'吳氏世不乏季子矣。'及年二十，喪父，居無檐石，而不受贍遺。常牧豕於長垣澤中，行吟經書。"祐，或作"佑"。年二十喪父而牧豕事，又見《藝文類聚》卷九十四引《東觀漢記》。《後漢書》本傳又稱："冀遂出祐爲河間相，因自免歸家，不復仕，躬灌園蔬，以經書教授。年九十八卒。"

徐淑（生卒不詳）

《謝承書》：淑字伯進，廣陵海西人也。寬裕博雅，好學樂道。隨父慎在京師，鑽《孟氏易》《春秋》《公羊》《禮記》《周官》。善誦《太公六韜》，交接英雄，常有壯志。舉茂才，除勃海脩令，遷琅邪都尉。（《後漢書》卷六十一《左雄傳》注引）

按：徐淑通《五經》，可謂俊才，但因年不滿四十而被左雄退回本郡，此見《後漢書·左雄傳》："有廣陵孝廉徐淑，年未及舉，臺郎疑而詰之。對曰：'詔書曰"有如顏回、子奇，不拘年齒"，是故本郡以臣充選。'""郎不能屈。雄詰之曰：'昔顏回聞一知十，孝廉聞一知幾邪？'淑無以對，乃譴却郡。"

董班（生卒不詳）

《楚國先賢傳》：班字季，宛人也。少游太學，宗事李固，才高行美，不交非類。嘗耦耕澤畔，惡衣蔬食。聞固死，乃星行奔赴，哭泣盡哀。司隸案狀奏聞，天子釋而不罪。班遂守尸積十日不去。桓帝嘉其義烈，聽許送喪到漢中，赴葬畢而還也。（《後漢書》卷六十三《李固傳》李賢注）

按：哭李固、杜喬者有楊匡、郭亮、董班等人，可知當時重節義士人不少。

戴宏（生卒不詳）

《濟北先賢傳》：宏字元襄，剛縣人也。年二十二，爲郡督郵，曾以職事見詰，府君欲撻之。宏曰："今鄙郡遭明府，咸以爲仲尼之君，國小人少，以宏爲顏回，豈聞仲尼有撻顏回之義？"府君異其對，即日教署主簿。（《後漢書》卷六十四《吴祐傳》李賢注）

按：戴宏事亦詳見謝承《後漢書》："吴祐遷膠東侯相，時濟北戴宏父爲縣丞。宏年十六，從在丞舍。祐每行園，常聞諷讀之音，甚奇之，與爲友。宏卒成儒宗，知名東夏。爲河間相，因自免歸家，不復仕。灌園蔬，以經書教授，年九十八卒。"（《藝文類聚》卷六十五《產業部·園》；又見《太平御覽》卷八百二十四《資産部四·園》）戴宏十六歲，吴祐爲膠東侯相，當在李固時，此事又見《後漢書·吴祐傳》。

唐檀（生卒不詳）

唐檀字子産，豫章南昌人也。少游太學，習《京氏易》《韓詩》《顏氏春秋》，尤好灾異星占。後還鄉里，教授常百餘人。……永建五年，舉孝廉，除郎中。是時白虹貫日，檀因上便宜三事，陳其咎徵。書奏，棄官去。著書二十八篇，名爲《唐子》。卒於家。（《後漢書》卷八十二下《方術傳下》）

按：東漢方術之士多學《京氏易》，唐檀亦不例外，同時學《韓詩》《顏氏春秋》。既云"唐子"，當後人掇拾彙編而成。《隋書·經籍志》不録此書，則其亡佚也久。該書可入子部儒家。

王延壽（生卒不詳）

（王逸）子延壽，字文考，有俊才。少游魯國，作《靈光殿賦》。後蔡邕亦造此賦，未成，及見延壽所爲，甚奇之，遂輟翰而已。曾有異夢，意惡之，乃作《夢賦》以自厲。後溺水死，時年二十餘。（《後漢書》卷八十上《文苑傳上》）

按：李賢："文考一字子山也。"王延壽《魯靈光殿賦》今存，對靈光殿描寫細緻入微，被劉勰《文心雕龍》譽爲"延壽《靈光》，含飛動之勢"。張華《博物志》稱："王子山與父叔師到泰山從鮑子真學算，到魯賦靈光殿，歸度湘水溺死。"（《後漢書》卷八十上《文苑傳上》李賢注）唐代作《滕王閣序》之王勃，《新唐書》本傳載其省父時，"度海溺水，瘁而卒，年二十九"。

趙寬（88—152）

三老諱寬，字伯然，金城浩亹人也。其先蓋出自少皓，唐炎之隆，伯翳作虞，胤自夏商，造父馭周。爰暨霸世，夙爲晉謀。佐國十嗣，趙靈建號，因氏焉，迄漢文景，有仲況者，官至少府。厥子聖，爲諫議大夫。孫字翁仲，新城長，討暴有功，拜關內侯。弟君真，密靖內侍，報怨禁中，徙隴西上邽。育生充國，字翁孫，該于威謀，爲漢名將。外定強夷，即序西戎；內建籌策，協霍立宣。圖形觀□。封邑營平。元子印，爲右曹中郎將，與充國并征，電震要荒，國或滅狂狡，讓不受封，印弟傳爵，至孫欽，尚敬武主，無子國除。元始二年復封曾孫纂爲侯。宗族條分，裔布諸華。充國弟，字子聲，爲侍中。子君游，爲雲中太守，子字游都，朔農都尉；弟次卿，高平令；次子游，護苑使者；次游卿，幽州刺史。印陪葬杜陵，孫豐，字叔奇，監度遼營謁者。子字孟元、次子仁。子仁爲敦煌太守。孟元子名寬，字伯然，即充國之孫也；自上邽別徙破羌，爲護羌校尉假司馬，戰鬥第五，大軍敗績。于時，四子孟長、仲寶、叔寶皆并震没，唯寬存焉。冒突鋒刃，收葬尸死。郡縣殘破，吏民流散，乃徙家馮翊。脩習典藝，即敦《詩》《書》，悅志《禮》《樂》，由復研機篇籍，博貫史略，雕篆六體，稽呈前人，吟咏成章，彈翰爲法，雖揚、賈、班、杜，弗或過也。是以休聲播于遠近。永建六年，西歸鄉里，太守陰嵩，貪嘉功懿，召署督郵，辭疾遜退。徙占浩亹，時長蘭芳，以寬宿德，謁請端首，優號"三老",師而不臣。於是乃聽訟理怨,教誨後生,百有餘人,皆成俊艾,仕入州府,常膺福報。克述前緒。遭時凝滯,不永爵壽,年六十五。以元嘉二年徂疾,二月己酉卒。長子字子恭,爲郡行事;次子子惠,護羌假司馬,含器早亡;叔子諱璜,字文博,纘脩乃祖,多才多藝,能恢家祚業,興微繼絶,仁信明敏,壯勇果毅,匡陪州郡,流化二城,今長陵令。深惟皇考,懿德未伸,蓋以爲垂聲罔極,音流管弦,非篇訓金石,孰能傳焉!乃刊碑勒銘,召示來今,其辭曰:猗余烈考,秉夷塞淵。遭家不造,艱難之運,自東徂西,再離隘勤。窮逼不憫,淑慎其身,游居放言,在約思純。研機填素,在國必聞。辭榮抗介,追迹前勛。立德流范,作式後昆。光和三年十一月丁未造。(《三老趙寬碑》)

按:此處文字參考沈年潤《釋東漢三老趙掾碑》(《文物》1964年第5期),據原碑拓片又有修訂。此碑1940年出土於青海,陳直以爲出土於1942年。陳直《漢書新證》以爲,此碑叙趙充國子孫事,與趙充國本傳、《景武昭宣功臣表》多有不同,當從碑文所記(第367頁)。此碑稱趙寬"吟咏成章,彈翰爲法,揚、賈、班、杜弗或過",因史書不載寬事,或言過其實。據碑文,趙寬卒於漢桓帝元嘉二年(152),"年六十五",則當生於漢章帝章和二年(88)。此碑乃研究漢代"三老"的重要史料。

楊厚(序)(72—153)

文父明洞,探賾索微。楊序,字仲桓,統仲子也。道業侔父,三司及公車連徵,辭,拜侍中。上言四方及荆、揚、交州當兵起,人民疫蝗,洛陽大水,宮殿當災,三府當免,近戚謀變,皆效驗。大將軍梁冀秉權,自退。授門徒三千人。本初元年及建和中,特徵聘,不行。年八十三卒。天子痛惜,詔謚曰"文父"。弟子雒昭約節宰、綿竹寇歡文儀、蜀郡何苌幼正、侯祈升伯、巴郡周舒叔布及任安、董扶等,皆徵聘辟舉,馳名當世。(《華陽國志》卷十中)

按:《後漢書·楊厚傳》:"楊厚字仲桓,廣漢新都人也。祖父春卿,善圖讖學,爲公孫述將。漢兵平蜀,春卿自殺,臨命戒子統……統生厚。"楊厚亦説圖讖:"厚少學統業,精力思述。初,安帝永初三年,太白入北斗，洛陽大水。時統爲侍中，厚隨在京師。朝廷以問統，統對年老耳目不明，子厚曉讀圖書，粗識其意。"此楊厚即《華陽國志》楊序。

本傳記載，楊厚歸家"修黃老"，弟子"上名錄者三千餘人"，是東漢黃老之學仍然流傳。本傳稱"建和三年，太后復詔徵之，經四年不至。年八十二，卒於家"，此稱"年八十三卒"，茲從本傳。建和三年（149）後推四年，可知當卒於桓帝永興元年（153），生於明帝永平十五年（72）。

《華陽國志》附《士女目錄》："文學，侍中楊序，字仲桓，諡曰'文父'。博弟。"此言楊序爲楊統次子，楊博爲楊統長子。楊序後修黃老，并教授門生，任安、董扶即曾從楊厚學圖讖。楊序之"諡"，《後漢書》以爲"鄉人諡曰"，《華陽國志》謂"天子痛惜，詔諡曰"，據《後漢書》所言"策書弔祭"推測，《華陽國志》所說是。"授門徒三千人"，與《後漢書》"上名錄者三千餘人"說合。

高士，寇懽，字文儀，綿竹人，序弟子也。高士，昭約，字節宰，雒人也，序弟子。二人見《序傳》。（《華陽國志》卷附《士女目錄》）

按：此二人皆楊序弟子。任乃強稱："二人見《序傳》，謂《益部耆舊‧楊序傳》，或當時別有《楊序家傳》單行。"此事多與《後漢書》合，則"序""厚"實爲一人。任乃強《華陽國志校補圖注》認爲作"序"名與字"子桓""義相切"，"桓與厚字無聯義"，范曄《後漢書》作"厚"當爲形似之訛，"當依《常志》作楊序"（任乃強《華陽國志校補圖注》，上海古籍出版社1987年版，第570頁）。

鍾皓（生卒不詳）

《先賢行狀》：鍾皓字季明，溫良篤慎，博學詩律，教授門生千有餘人，爲郡功曹。時太丘長陳寔爲西門亭長，皓深獨敬異。寔少皓十七歲，常禮待與同分義。會辟公府，臨辭，太守問："誰可代君？"皓曰："明府欲必得其人，西門亭長可用。"寔曰："鍾君似不察人爲意，不知何獨識我？"皓爲司徒掾，公出，道路泥濘，導從惡其相灑，去公車絕遠。公椎軾言："司徒今日爲獨行耳！"還府向閤，鈴下不扶，令揖掾屬，公奮手不顧。時舉府掾屬皆投劾出，皓爲西曹掾，即開府門分布曉語已出者，曰：“臣下不能得自直於君，若司隸舉繩墨，以公失宰相之禮，又不勝任，諸君終身何所任邪？”掾屬以故皆止。都官果移西曹掾，問空府去意，皓召都官吏，以見掾屬名示之，乃止。前後九辟三府，遷南鄉、林慮長，不之官。時郡中先輩爲海內所歸者，蒼梧太守定陵陳稚叔、故黎陽令潁陰荀淑及皓。少府李膺常宗此三人，曰：“荀君清識難尚，陳、鍾至德可師。”膺之姑爲皓兄之妻，生子觀，與膺年齊，并有令名。觀又好學慕古，有退讓之行。爲童幼時，膺祖太尉脩言：“觀似我家性，國有道不廢，國無道免于刑戮者也。”復以膺妹妻之。觀辟州宰，未嘗屈就。膺謂觀曰：“孟軻以爲人無好惡是非之心，非人也。弟於人何太無皁白邪！”觀嘗以膺之言白皓，皓曰：“元禮，祖公在位，諸父并盛，韓公之甥，故得然耳。國武子好招人過，以爲怨本，今豈其時！保身全家，汝道是也。”觀早亡，膺雖荷功名，位至卿佐，而卒隕身世禍。皓年六十九，終於家。皓二子迪、敷，并以黨錮不仕。繇則迪之孫。（《三國志》卷十三《鍾繇傳》裴松之注）

按：鍾皓善刑律、詩律，《後漢書·鍾皓傳》：“鍾皓字季明，潁川長社人也。爲郡著姓，世善刑律。皓少以篤行稱，公府連辟，爲二兄未仕，避隱密山，以詩律教授門徒千餘人。同郡陳寔，年不及皓，皓引與爲友。……前後九辟公府，徵爲廷尉正、博士、林慮長，皆不就。時皓及荀淑并爲士大夫所歸慕。李膺常歎曰：'荀君清識難尚，鍾君至德可師。'”

《先賢行狀》：鍾皓字季明，潁川長社人。父、祖至德著名。皓高風承世，除林慮長，不之官。人位不足，天爵有餘。（《世說新語·德行》劉孝標注）

按：鍾皓乃三國鍾繇之祖，通《詩》《書》，未詳何派，《後漢書·鍾皓傳》：“年六十九，終於家。諸儒頌之曰：'林慮懿德，非禮不處。悅此《詩》《書》，弦琴樂古。五就州招，九應台輔。逡巡王命，卒歲容與。'皓孫繇，建安中爲司隸校尉。”李賢注：“《海內先賢傳》曰：'繇字元常，郡主簿迪之子也。'《魏志》曰：'舉孝廉爲尚書郎，辟三府爲廷尉正、黃門侍郎。'”其他與之相關材料，見“荀淑”條。

伏無忌（生卒不詳）

翕嗣爵，卒，子光嗣。光卒，子晨嗣。晨謙敬博愛，好學尤篤，以女孫爲順帝貴人，奉朝請，位特進。卒，子無忌嗣，亦傳家學，博物多識，順帝時，爲侍中屯騎校尉。永和元年，詔無忌與議郎黃景校定中書《五經》、諸子百家、藝術。元嘉中，桓帝復詔無忌與黃景、崔寔等共撰《漢記》。又自采集古今，删著事要，號曰《伏侯注》。無忌卒，子質嗣，官至大司農。質卒，子完嗣，尚桓帝女陽安長公主。女爲孝獻皇后。曹操殺后，誅伏氏，國除。初，自伏生已後，世傳經學，清靜無競，故東州號爲"伏不鬥"云。（《後漢書》卷二十六《伏湛傳》）

按：伏氏世傳經學，而其又參與撰《漢記》，是又通史學。《史通·古今正史》記載："在漢中興，明帝始詔班固與睢陽令陳宗、長陵令尹敏、司隸從事孟異作《世祖本紀》，并撰功臣及新市、平林、公孫述事，作列傳、載記二十八篇。自是以來，春秋考紀亦以焕炳，而忠臣義士莫之撰勒。於是又詔史官謁者僕射劉珍及諫議大夫李尤雜作記，表，名臣、節士、儒林、外戚諸傳，起自建武，訖乎永初。事業垂竟而珍、尤繼卒。復命侍中伏無忌與諫議大夫黃景作《諸王》《王子》《功臣》《恩澤侯表》《南單于》《西羌傳》《地理志》。"伏湛二子：隆、翕。伏氏世傳家學，爲西漢末以來直至東漢末年有名家族。其雖號稱"伏不鬥"，然因近政治而被誅。

孔昱（生卒不詳）

《魯國先賢志》：孔翊爲洛陽令，置器水於前庭，得私書，皆投其中，一無所發。彈治貴戚，無所迴避。（《藝文類聚》卷五十八《雜文部四·書》；又見《太平御覽》卷二百六十八《職官部六十六·良令長下》、卷五百九十五《文部十一·書記》）

按：《後漢書·黨錮傳》："孔昱字元世，魯國魯人也。七世祖霸，成帝時歷九卿，封褒成侯。自霸至昱，爵位相系，其卿相牧守五十三人，列侯七人。昱少習家學，大將軍梁冀辟，不應。"《皇甫規傳》"昱"作"翊"。《集解》引惠棟説，謂《黨錮傳》有孔昱，昱字元世，韓敕碑有御史孔翊元世，則翊即昱也。

周璆（生卒不詳）

袁山松《後漢書》：周璆字孟玉，爲樂城令，逍遥無事，縣中大治，去官，徵聘不至。陳蕃爲太守，璆來置榻，去懸之。（《太平御覽》卷四百七十四《人事部一百一十五·禮賢》）

按：范曄《後漢書》與《太平御覽》卷七百六引謝承《後漢書》亦記此事。范曄《後漢書·陳蕃傳》曰："郡人周璆，高絜之士。前後郡守招命莫肯至，唯蕃能致焉。字而不名，特爲置一榻，去則縣之。璆字孟玉，臨濟人，有美名。"

《青州先賢傳》：京師號曰："陳仲舉，昂昂如千里驥。周孟玉，瀏瀏如松下風。"（《藝文類聚》卷二十二《人部六·品藻》）

按：《世説新語·言語》劉孝標注引伏滔《論青楚人物》亦曰："後漢時周孟玉，此青士有才德者也。"《青州先賢傳》此類品鑒之語，多見於《世説新語》，一方面説明當時地志類文獻多有品評人物之辭，另一方面也説明此類表現人物"風度"的表達方式因被《世説新語》繼承而得以擴大化。這説明：《世説新語》的"魏晋風度"并非該書所創造，而是有其較早的思想、材料來源，該書的"魏晋風度"既是此前歷史上逐漸層累的結果，也是後世歷史上不斷塑造的結果。《群輔録》引《魏文帝令》與《魏明帝甄表狀》亦有此類文獻，如稱："徵士樂安周璆字孟玉，體清純之性，蹈高潔之行，前後十五辟皆不就，除高唐令，色斯而舉。時陳仲舉、李元禮、陳仲弓皆難其高風。"可知《世説新語》文獻來源非常複雜。

高唐令樂安周玨孟玉，爲大將軍掾，弟子使客殺人，捕得，太守盛亮，陰爲宿留。玨亦自劾去，詣府，亮與相見，不乞請，又不辭謝。亮告賓客："周孟玉欲作抗直，不恤其親，我何能枉憲乎？"遂斃于獄。弟婦不哭死子而哭孟玉。世人誤之，猶以爲高。（《風俗通義·十反》）

按："周玒"，原作"周糾"，據孫詒讓説校改。范曄《後漢書》作"周璆"。孫詒讓《札逸》曰："案'糾'疑'玒'之誤，古從翏聲、丩聲字多通用。《集韵》五十一幼有玒字，云：'玉器。'"袁山松《後漢書》："周璆爲高唐令。"

周乘（生卒不詳）

豫章太守汝南封祈武興、泰山太守周乘子居，爲太守李張所舉，函封未發，張病物故，夫人於柩側下帷見六孝廉，曰："李氏蒙國厚恩，據重任，咨嘉休懿，相授歲貢，上欲報稱聖朝，下欲流惠氓隸；今李氏獲保首領以天年終，而諸君各懷進退，未肯發引。妾幸有三孤，足統喪紀；正相追隨，蓬顆墳柏，何若曜德王室，昭顯亡者？亡者有靈，實寵賴之。歿而不朽，此其然乎！"於是周乘顧謂左右："諸君欲行，周乘當止者，莫逮郎君，盡其哀惻。"乘與鄭伯堅即日辭行，祈與黃叔度、郅伯嚮、盛孔叔留隨輶柩。乘拜郎，遷陵長，治無異稱，意亦薄之。某官與祈相反，俱爲侍御史，公車令，享相位焉。（《風俗通義·十反》）

按：周乘與黃憲（叔度）同時。據王利器注：宋吴坰《五總志》引《汝南傳》："太守李倀選周子居、黃叔度、艾伯堅、郅伯向、封武興、盛孔叔爲六孝廉，以應歲舉，未行，倀死，子居等遂駐行喪。倀妻於柩側下帳見六孝廉，屬以宜行。子居嘆曰：'不有行者莫宣公，不有止者莫恤居。'於是與伯堅即日辭行，留封、黃四人隨柩。時人以爲知禮。"陶宗儀《説郛》卷五十七上引《群輔録》亦曰："周子居、黃叔度、艾伯堅、郅伯向、封武興、盛孔叔。右汝南六孝廉。太守李倀選此六人，以應歲舉，受版未行，倀死，子居等遂駐行喪。倀妻於柩側下帷見之，屬以宜行。子居嘆曰：'不有行者莫宣公，不有止者莫恤居。'於是與伯堅即日辭行；封、黃四人留隨柩。事見杜元凱《女戒》。"王利器："《焦氏類林》二引《女戒》同，又見《小學紺珠》六。"又按：李倀，《風俗通義》作"李張"。此二資料可與《風俗通義》互相参看。另由此可知，《汝南先賢傳》與《群輔録》一類書籍，或曾從《風俗通義》襲取資料。

《汝南先賢傳》：周乘字子居，汝南安城人，天資聰明，高崎岳立，非陳仲舉、黃叔度之儔，則不交也。仲舉嘗嘆曰："周子居者，真治國之器也。"爲太山太守，甚有惠政。(《世説新語·賞譽》劉孝標注)

按：周乘與陳蕃、黃憲交往，可知其亦爲當時名士。

商亮（生卒不詳）

《商氏世傳》：商亮字子華，舉孝廉，到陽城，遇兩虎爭一羊，亮按劍直前斬羊，虎乃各以其半去。時人爲之謠曰："石里之勇商子華，暴虎見之藏爪牙。"(《太平御覽》卷四百六十五《人事部·謠》)

按：《古樂苑》作《石里》。明彭大翼《山堂肆考》作《商氏世説》。此處之謠，爲兩句七言。《太平御覽》記此事在吳祐後。

羊陟（生卒不詳）

河南尹太山羊翩祖，在家；平原相封子衡葬母，子衡故臨太山數十日，時翩祖去河南矣，子衡四從子曼慈復爲太山，士大夫用此行者數百人，皆齊衰絰帶，時與太尉府自劾歸家，故侍御史胡毋季皮獨過相候，求欲作衰，謂："君不爲子衡作吏，何制服？"曰："衆人若此，不可獨否。"又謂："足下徑行自可，今反相歷，令子失禮，僕豫愆。古有吊服，可依其制。"因爲裁縞冠幘袍單衣，定，大爲同作所非。然潁川有識陳元方、韓元長、綦毋廣明咸嘉是焉。(《風俗通義·愆禮》)

按：《後漢書·黨錮傳》"羊陟字嗣祖，太山梁父人也。家世冠族。"梁父，李賢注："梁父故城在今兗州泗水縣北。"即今山東新泰羊流鎮，在泗水縣東北。太山羊氏，乃漢魏大族。翩祖，當作"嗣祖"，羊陟字。陳元方名紀。《後漢書·袁紹傳》注引《海内先賢傳》："韓融，字元長，潁川人。"王利器注《風俗通義》："《後漢書·劉表傳》《三國志·魏書·劉表傳》注引《英雄記》有綦毋闓，疑即其人，名闓字廣明，義固相應也。"

謝廉（122—?）

《東觀漢記》：陽嘉二年，汝南童子謝廉、河南童子趙遠，年十二，通一經，以太學初繕，應化而至，皆除郎中。（《北堂書鈔》卷六十三《設官部十五·郎中九十六》；《太平御覽》卷二百一十五《職官部十三·總叙尚書郎》）

按：又見《太平御覽》卷三百八十五引《海内先賢傳》。《後漢書·左雄傳》："雄又奏徵海内名儒爲博士，使公卿子弟爲諸生。有志操者，加其俸禄。及汝南謝廉、河南趙建，年始十二，各能通經，雄并奏拜童子郎。於是負書來學，雲集京師。"東漢徵"童子郎"赴京師來學，據《東觀漢記》，童子即拜郎中，有俸禄。陽嘉二年（133），謝廉"年十二"，《後漢書》本傳亦稱"年始十二"拜童子郎，則當生於延光元年（122）。另此"趙遠"，聚珍本《東觀漢記》作"趙建"。

段翳（生卒不詳）

《華陽國志》：元章玄泊，韜光匿輝。段翳，字元章，新都人也。明經術，妙占未來。嘗告大渡津吏曰："某日，當有諸生二人，荷擔，問翳舍處者，幸爲告之。"後竟如其言。又有人從冀州來學，積年，自以精究翳術，辭去。翳爲筒，作膏，封頭與之，告曰："有急，發之。"至葭萌，争津，吏搯從者頭，諸生發筒，筒中有書曰："到葭萌，争津，破頭，以膏裹之。"生乃喟然知不及翳，還更精學。翳常隱匿不使人知。門人皆號夫子。（《華陽國志》卷十中）

按：段翳明《易經》，并以《易經》占人事，如《後漢書·方術傳》："段翳字元章，廣漢新都人也。習《易經》，明風角。時有就其學者，雖未至，必豫知其姓名。"《華陽國志》附《士女目録》以段翳爲"隱士"："隱士，夫子段翳，字元章，新都人也。"

樊光（生卒不詳）

張湘州纘經餉書，如樊光注《爾雅》之例是也。（《金樓子·聚書》）

按：《隋書·經籍志》："《爾雅》三卷。漢中散大夫樊光注。亡。"《藝文類聚》引《詩義疏》多有其說。

蔡玄（生卒不詳）

蔡玄字叔陵，汝南南頓人也。學通《五經》，門徒常千人，其著錄者萬六千人。徵辟并不就。順帝特詔徵拜議郎，講論《五經》異同，甚合帝意。遷侍中，出爲弘農太守，卒官。（《後漢書》卷七十九下《儒林傳下》）

按：蔡玄通《五經》，"門徒常千人，其著錄者萬六千人"，是當時私家教授一大景觀。

宋登（生卒不詳）

宋登字叔陽，京兆長安人也。父由，爲太尉。登少傳《歐陽尚書》，教授數千人。爲汝陰令，政爲明能，號稱"神父"。遷趙相，入爲尚書僕射。順帝以登明識禮樂，使持節臨太學，奏定典律，轉拜侍中。數上封事，抑退權臣，由是出爲潁川太守，市無二價，道不拾遺。病免，卒于家，汝陰人配社祠之。（《後漢書》卷七十九上《儒林傳上》）

按：又見《藝文類聚》卷五十引張璠《漢書》、《藝文類聚》卷六十五引華嶠《後漢書》、《北堂書鈔》卷七十五引謝承《後漢書》。宋登"教授數千人"，可與蔡玄比肩。

馬續(生卒不詳)

嚴七子，唯續、融知名。續字季則，七歲能通《論語》，十三明《尚書》，十六治《詩》，博觀群籍，善《九章算術》。順帝時，爲護羌校尉，遷度遼將軍，所在有威恩稱。(《後漢書》卷二十四《馬援傳》)

按：馬續知史書，如《後漢書·天文志》："孝明帝使班固叙《漢書》，而馬續述《天文志》。"另馬續通《論語》《尚書》《詩經》，并知《九章算術》。

陳重(生卒不詳)

陳重字景公，豫章宜春人也。少與同郡雷義爲友，俱學《魯詩》《顏氏春秋》。太守張雲舉重孝廉，重以讓義，前後十餘通記，雲不聽。義明年舉孝廉，重與俱在郎署。(《後漢書》卷八十一《獨行傳》)

按：陳重與雷義同學《魯詩》《顏氏春秋》。

雷義(生卒不詳)

雷義字仲公，豫章鄱陽人也。初爲郡功曹，嘗擢舉善人，不伐其功。……義歸，舉茂才，讓於陳重，刺史不聽，義遂陽狂被髮走，不應命。鄉里爲之語曰："膠漆自謂堅，不如雷與陳。"三府同時俱辟二人。義遂爲守灌謁者。使持節督郡國行風俗，太守令長坐者凡七十人。旋拜侍御史，除南頓令，卒官。子授，官至蒼梧太守。(《後漢書》卷八十一《獨行傳》)

按：雷義與陳重共學《魯詩》《顏氏春秋》，皆漢順帝時人，以儒生在《獨行傳》。

卷十五

漢桓帝劉志(132—167)

　　桓帝之初,京都童謡曰:"城上烏,尾畢逋。公爲吏,子爲徒。一徒死,百乘車。車班班,入河間。河間姹女工數錢,以錢爲室金爲堂。石上慊慊舂黄粱。粱下有懸鼓,我欲擊之丞卿怒。"案此皆謂爲政貪也。城上烏,尾畢逋者,處高利獨食,不與下共,謂人主多聚斂也。公爲吏,子爲徒者,言蠻夷將畔逆,父既爲軍吏,其子又爲卒徒往擊之也。一徒死,百乘車者,言前一人往討胡既死矣,後又遣百乘車往。車班班,入河間者,言上將崩,乘輿班班入河間迎靈帝也。河間姹女工數錢,以錢爲室金爲堂者,靈帝既立,其母永樂太后好聚金以爲堂也。石上慊慊舂黄粱者,言永樂雖積金錢,慊慊常苦不足,使人舂黄粱而食之也。粱下有懸鼓,我欲擊之丞卿怒者,言永樂主教靈帝,使賣官受錢,所禄非其人,天下忠篤之士怨望,欲擊懸鼓以求見,丞卿主鼓者,亦復諂順,怒而止我也。(《後漢書·五行志一》)

　　按:此童謡雜以三言、五言、七言,是三言爲主的童謡中雜以七言、五言,是以童謡説朝廷史事。另可注意者,是《五行志》對童謡的逐句解釋,與經學訓詁方式相似。《五行志》記此類童謡頗多,如:"桓帝之初,天下童謡曰:'小麥青青大麥枯,誰當獲者婦與姑。丈人何在西擊胡,吏買馬,君具車,請爲諸君鼓嚨胡。'"此童謡爲七言四句、雜以三言一句。這是七言二句、七言三句至七言四句的轉變。其後解釋之詞,類似疏通經義之注釋,當後來人所爲。此以童謡説地方史事。又如:"桓帝之初,京都童謡曰:'游平賣印自有平,不辟豪賢及大姓。'"此童謡爲七言二句,以童謡説外戚史事。再如:

"桓帝之末，京都童謡曰：'茅田一頃中有井，四方纖纖不可整。嚼復嚼，今年尚可後年鐃。'"此童謡爲七言三句雜以一句三言。虞世南曰："桓帝赫然奮怒，誅滅梁冀，有剛斷之節焉。然閹人擅命，黨錮事起，非乎亂階，始於桓帝。"此類解釋之辭，類似後世人以史實附會先前之童謡。此以童謡說黨錮史事。再如："桓帝之末，京都童謡曰：'白蓋小車何延延。河間來合諧，河間來合諧！'"末世多謡言，由桓帝世可知。此童謡爲五言二句雜以七言一句。其"延延，衆貌也"之解釋，類似小學之方法。另，《後漢書》記符瑞、灾異，和帝"讓而不宣，故靡得而紀"，安帝、順帝之末始記録灾異，至桓帝之末灾異更多。由此知史家記符瑞、灾異，多有故意爲之之嫌。

阮籍《樂論》：漢桓帝聞楚琴宸而悲，慷慨長息曰："善哉，爲聲如此而足矣。"昔季流子向風而鼓琴，聽之者淚下。(《藝文類聚》卷四十四《樂部四·琴》)

按：阮籍《樂論》曾記順帝曉音，此記桓帝曉音，且二者皆"悲音"。

劉梁(生卒不詳)

《文士傳》：劉梁字曼山，一名岑，漢宗室子孫。少有清才，以文學見貴。梁貧，恒賣書以供衣食。(《太平御覽》卷四百八十五《人事部一百二十六·貧下》)

按：《後漢書·文苑傳下》："劉梁字曼山，一名岑，東平寧陽人也。梁宗室子孫，而少孤貧，賣書於市以自資。常疾世多利交，以邪曲相黨，乃著《破群論》。時之覽者，以爲'仲尼作《春秋》，亂臣知懼，今此論之作，俗士豈不愧心'。其文不存。又著《辯和同之論》。其辭曰……"《辯和同之論》辭見《後漢書》。《藝文類聚》卷五十七録其《七舉》。宗室子孫貧者，以賣書爲業，東漢底層文人生活狀况，於此可見。

桓驎(？—169)

張騭《文士傳》：桓驎字元鳳。伯父焉知名，官至太尉。精察好學，年十三四，在焉坐，有宿年客，焉告之曰："吾此弟子，頗有異才，今已涉獵書傳，殊能作詩賦，君試爲口賦試與之。"客乃爲詩曰："甘羅十二，楊烏九齡。昔有二子，今則桓生。參差等蹤，異世齊名。"驎即答曰："邈矣甘羅，超等絕倫。卓彼楊烏，命世稱賢。嗟予蠢弱，殊才倖年。仰慚二子，俯愧過言。"（《太平御覽》卷五百一十二《宗親部二·伯叔》）

按：《藝文類聚》卷三十一又引，然不如《太平御覽》詳贍，且將客人之詩與桓驎詩混同爲桓驎一人所作。《御覽》說更準確。《太平御覽》卷三百八十五有"沛國龍元人"一語。《後漢書·桓彬傳》李賢注引《華嶠書》稱："鄧生驎也。"桓驎生平事迹與著述見《後漢書·桓彬傳》："（彬）父驎，字元鳳，早有才惠。桓帝初，爲議郎，入侍講禁中，以直道忤左右，出爲許令，病免。會母終，驎不勝喪，未祥而卒，年四十一。所著碑、誄、讚、說、書凡二十一篇。"其著述唐代所存者見《後漢書·桓彬傳》李賢注："按摯虞《文章志》，驎文見在者十八篇，有碑九首，誄七首，《七說》一首，《沛相郭府君書》一首。"桓驎卒年，參見劉躍進《秦漢文學編年史》（第553頁）。

自桓驎《七說》以下，左思《七諷》以上，枝附影從，十有餘家。或文麗而義暌，或理粹而辭駁。觀其大抵所歸，莫不高談宮館，壯語畋獵；窮瑰奇之服饌，極蠱媚之聲色；甘意搖骨體，艷詞動魂識，雖始之以淫侈，而終之以居正；然諷一勸百，勢不自反。（《文心雕龍·雜文》）

按：此劉勰評桓驎《七說》之辭。桓彬爲桓焉之兄孫，則桓彬之父即桓焉之兄，其卒約在桓帝建和、和平之際，應晚于其弟桓焉。桓焉于順帝漢安二年已卒，故桓帝初，驎得以入侍講禁中。《後漢書》作"桓驎"，或作"桓驎"。

崔寔（生卒不詳）

崔寔《四民月令》：正月硯凍釋，命童幼入小學學篇章。十一月硯凍，讀《孝經》《論語》。（《藝文類聚》卷五十八《雜文部四》）

按：崔寔，或作"崔湜""崔實"。其《四民月令》專記農事活動，此記幼童讀書事。《後漢書·崔寔傳》："（崔）寔字子真，一名台，字元始。少沈靜，好典籍。父卒，隱居墓側。服竟，三公并辟，皆不就。桓帝初，詔公卿郡國舉至孝獨行之士。寔以郡舉，徵詣公車，病不對策，除爲郎。明於政體，吏才有餘，論當世便事數十條，名曰《政論》。指切時要，言辯而确，當世稱之。仲長統曰：'凡爲人主，宜寫一通，置之坐側。'"桓帝初崔寔上《政論》。據本傳，崔寔與袁湯、梁冀、羊傅、何豹有交往，"與邊韶、延篤等著作東觀"，"與諸儒博士共雜定《五經》"，"所著碑、論、箴、銘、答、七言、祠、文、表、記、書凡十五篇"，又有《四民月令》。

崔寔，字子真，瑗之子也。博學有俊才，爲五原太守。章草雅有父風，良冶良弓，斯焉不墜。張茂先甚稱之。（《書斷》卷下）

按：崔瑗善草書，崔寔亦工草。"寔"，《四庫全書》本《書斷》作"湜"，今據《後漢書》改。

馬芝（生卒不詳）

倫妹芝，亦有才義。少喪親長而追感，乃作《申情賦》。（《後漢書》卷八十四《列女傳》）

按：馬倫，袁隗妻，在《後漢書·列女傳》："汝南袁隗妻者，扶風馬融之女也。字倫。隗已見前傳。倫少有才辯。……隗既寵貴當時，倫亦有名於世。年六十餘卒。"馬芝，馬倫妹，皆馬融之女，有賦作。由二人可見當時女性文人之社會影響。

黄憲（109—156）

黄憲字叔度，汝南慎陽人也。世貧賤，父爲牛醫。潁川荀淑至慎陽，遇憲於逆旅，時年十四，淑竦然異之，揖與語，移日不能去。謂憲曰："子，吾之師表也。"既而前至袁閬所，未及勞問，逆曰："子國有顏子，寧識之乎？"閬曰："見吾叔度邪？"是時，同郡戴良才高倨傲，而見憲未嘗不正容，及歸，罔然若有失也。其母問曰："汝復從牛醫兒來邪？"對曰："良不見叔度，不自以爲不及；既覩其人，則瞻之在前，忽焉在後，固難得而測矣。"同郡陳蕃、周舉常相謂曰："時月之間不見黃生，則鄙吝之萌復存乎心。"及蕃爲三公，臨朝嘆曰："叔度若在，吾不敢先佩印綬矣。"太守王龔在郡，禮進賢達，多所降致，卒不能屈憲。郭林宗少游汝南，先過袁閬，不宿而退；進往從憲，累日方還。或以問林宗。林宗曰："奉高之器，譬諸氿濫，雖清而易挹。叔度汪汪若千頃陂，澄之不清，淆之不濁，不可量也。"（《後漢書》卷五十三《黃憲傳》）

按：上述諸事，亦多見於《世說新語》，然有小異。如郭林宗語"汪汪若千頃陂"，《世說新語·德行》作"汪汪若萬頃之陂"。又陳蕃、周舉相謂之語亦見《德行》，然僅言"周子居常云"，未言陳蕃。此可見范曄《後漢書》有取傳聞類材料。據《王龔傳》，王龔進陳蕃、黃憲，在建光二年（122），時黃憲十四歲，則其生在安帝永初三年（109）。本傳稱"年四十八終，天下號曰'徵君'"，則其當生於永初三年，卒年在漢桓帝永壽二年（156）。

周斐《汝南先賢傳》：黃憲潔靜通理，齊聖廣淵，不矜名以詭時，不抗行以矯俗。論者咸曰："顏子復生乎漢之代矣。"（《太平御覽》卷四百二《人事部四十三·敘賢》）

按：《海內先賢傳》則曰："黃憲動則蹈規矩，言則發德音。"（《藝文類聚》卷二十一《人部五·德》）

周勰（110—159）

勰字巨勝，少尚玄虛，以父任爲郎，自免歸家。父故吏河南召夔爲郡將，卑身降禮，致敬於勰。勰恥交報之，因杜門自絕。後太守舉孝廉，復以疾去。時梁冀貴盛，被其徵命者，莫敢不應，唯勰前後三辟，竟不能屈。後舉賢良方正，不應。又公車徵，玄纁備禮，固辭廢疾。常隱處竄身，慕老聃清静，杜絕人事，巷生荊棘，十有餘歲。至延熹二年，乃開門延賓，游談宴樂，及秋而梁冀誅，年終而勰卒，時年五十。蔡邕以爲知

命。自甒曾祖父揚至甒孫恂，六世一身，皆知名云。（《後漢書》卷六十一《周甒傳》）

按：周舉之子，尚玄虛，慕老聃，被蔡邕評爲"知命"之人。且自周甒曾祖周揚至其孫周恂六世，皆知名當世。如此，則周氏家族或與魏晋玄學的產生具有某種聯繫。另據本傳與蔡邕《周甒碑》，周甒卒於延熹二年（159）十二月，年五十，則生於安帝永初四年（110）。

羅暉（？—156）

羅暉，字叔景，京兆杜陵人，官至羽林監。桓帝永壽年卒。善草，著聞三輔。張伯英自謂方之有餘，與太僕朱賜書云："上比崔、杜不足，下方羅、趙有餘。"朱賜，亦杜陵人，時稱工書也。（《書斷》卷下）

按：羅暉善草書。"永壽年卒"，姑定于永壽二年（156），則主要活動在安、順時。

趙襲（生卒不詳）

《決錄注》：襲字元嗣。先是杜伯度、崔子玉以工草書稱于前代，襲與羅暉拙書，見蚩于張伯英。英頗自矜高，與朱賜書云："上比崔、杜不足，下方羅、趙有餘。"（《後漢書》卷六十四《趙岐傳》李賢注）

按：《後漢書·趙岐傳》："（趙）岐及從兄襲又數爲貶議，玹深毒恨。"《藝文類聚》卷七十四《巧藝部·書》引《三輔決錄》曰："趙襲，敦煌太守。先是，杜伯度、崔子玉以工草書稱於前世，襲與羅暉亦以能草，頗自矜夸，故張伯英書與襲同郡太僕朱賜書曰：'上比崔杜不足，下方羅趙有餘。'"

趙襲字元嗣，京兆長安人，爲敦煌太守。與羅暉并以能草見重關西，而矜巧自與，衆頗惑之。與張芝素相親善，靈帝時卒。敦煌有張越，仕至梁州刺史，亦善草書。（《書斷》卷下）

按：羅暉、趙襲在張芝前，而趙襲靈帝時卒。敦煌張越亦善草書。

張奐(104—181)

　　張奐字然明，敦煌淵泉人也。父惇，爲漢陽太守。奐少游三輔，師事太尉朱寵，學《歐陽尚書》。初，《牟氏章句》浮辭繁多，有四十五萬餘言，奐減爲九萬言。後辟大將軍梁冀府，乃上書桓帝，奏其《章句》，詔下東觀。以疾去官，復舉賢良，對策第一，擢拜議郎。(《後漢書》卷六十五《張奐傳》)

　　按：張奐從朱寵學《歐陽尚書》，并減省《牟氏章句》。李賢注："時牟卿受書於張堪，爲博士，故有《牟氏章句》。""對策第一"，是張奐善對策。本傳稱"光和四年卒，年七十八"，則生於和帝永元十六年（104）。其卒后，"武威多爲立祠，世世不絕。所著銘、頌、書、教、誡述、志、對策、章表二十四篇"。另《藝文類聚》卷三十《人部十四·別下》、《北堂書鈔》卷一百五十六《歲時部四·寒二十五》、《太平御覽》卷三十四《時序部十九·寒》錄其《與延篤書》，而延篤亦有《答張奐書》。

　　張奐有名將之風，《東觀漢記》記載："張奐使匈奴，休屠及朔方烏桓并同反叛，遂燒度遼將軍門，引屯赤坑，煙火相望。兵衆大恐，各欲亡去。奐安坐帷中，與弟子誦書自若。軍士稍安。"(《初學記》卷十八《人部中·師第一》)

張芝(生卒不詳)

　　王愔《文志》：芝少持高操，以名臣子勤學，文爲儒宗，武爲將表。太尉辟，公車有道徵，皆不至，號"張有道"。尤好草書，學崔、杜之法，家之衣帛，必書而後練。臨池學書，水爲之黑。下筆則爲楷則，號忽忽不暇草書，爲世所寶，寸紙不遺，韋仲將謂之"草聖"也。(《後漢書》卷六十五《張奐傳》李賢注)

　　按：《後漢書·張奐傳》："（張奐）長子芝，字伯英，最知名。"張芝（伯英）、張昶（文舒）以擅長草書聞名。

後漢北海敬王劉穆善草書，光武器之。明帝爲太子，尤見親幸，甚愛其法。及穆臨病，明帝令爲草書尺牘十餘首，此其創開草書之善也。至建初中，杜度善草，見稱於章帝，上貴其迹，詔使草書上事。魏文帝亦令劉廣通草書上事，蓋因章奏，後世謂之章草，惟張伯英造其極焉。韋誕云："杜氏傑有骨力，而字畫微瘦。惟劉氏之法，書體甚濃，結字工巧，時有不及。張芝喜而學焉，轉精其巧，可謂'草聖'，超前絶後，獨步無雙。"懷瓘案：章草之書，字字區别，張芝變爲今草，如其流速，拔茅其茹，上下牽連。(《書斷》卷上)

　　按："劉氏"，《書斷》卷中作"崔氏"，當爲崔瑗是。張芝從崔瑗學草書。鴻都門學設置之前，已有此類藝術的長期發展與傳播，這是鴻都門學最終成立的文化背景。

　　張芝字伯英，敦煌人。父焕爲太常，徙居弘農華陰。伯英名臣之子，幼而高操，勤學好古，經明行修。朝廷以有道徵，不就，故時稱張有道，實避世潔白之士也。好書，凡家之衣帛，皆書而後練，尤善章草，書出諸杜度，崔瑗云："龍驤豹變，青出於藍。"又創爲今草，天縱尤異，率意超曠，無惜是非，若清澗長源，流而無限，縈回崖谷，任於造化。至於蛟龍駭獸，奔騰挐攫之勢，心手隨變，窈冥而不知其所如，是謂達節也已。精熟神妙，冠絶古今，則百世不易之法式。不可以智識，不可以勤求，若達士游乎沉默之鄉，鸞鳳翔乎大荒之野。韋仲將謂之"草聖"，豈徒言哉？遺迹絶少，故褚遂良云："鍾繇、張芝之迹，不盈片素。"韋誕云："崔氏之肉，張氏之骨，其章草《金人銘》，可謂精熟至極。其草書《急就章》，字皆一筆而成，合於自然，可謂變化至極。"羊欣云："張芝、皇象、鍾繇、索靖，時并號書聖，然張勁骨豐肌，德冠諸賢之首。"斯爲當矣。其行書，則二王之亞也。又善隸書，以獻帝初平中卒。伯英章草，草行入神，隸書入妙。(《書斷》卷中)

　　按：此言張芝善草書，然行書、隸書亦妙。

張昶(？—206)

　　張昶，字文舒，伯英季弟，爲黄門侍郎。尤善章草，家風不墜，奕葉清華，書類伯英，時人謂之"亞聖"。至如筋骨天姿，實所未逮。若華實兼美，可以繼之。衛恒云："姜孟穎、梁孔達、田彦和及韋仲將之徒，皆張之弟子，各有名於世，并不及文舒。"又工極八分，況之蔡公，長幼差耳。華岳廟前一碑，建安十年刊也。《祠堂碑》昶造并書。後鍾繇鎮關中，題此碑後云："漢故給事黃門侍郎、華陰張府君諱昶，字文舒，造此文。"又題碑頭云："時司隸校尉、侍中、東武亭侯、潁川鍾繇字元常書。"又善隸，以建安十一年卒。文舒章草入妙，隸入能。（《書斷》卷中）

按：《後漢書·張奐傳》："（張）芝及弟昶字文舒，并善草書，至今稱傳之。"張昶建安十一年（206）卒，爲閱讀方便，姑與羅暉、趙襲、張芝等并附於此。

龐淯母（生卒不詳）

酒泉龐淯母者，趙氏之女也，字娥。父爲同縣人所殺，而娥兄弟三人，時俱病物故，讎乃喜而自賀，以爲莫己報也。娥陰懷感憤，乃潛備刀兵，常帷車以候讎家。十餘年不能得。後遇於都亭，刺殺之。因詣縣自首。曰："父仇已報，請就刑戮。"禄福長尹嘉義之，解印綬欲與俱亡。娥不肯去。曰："怨塞身死，妾之明分；結罪理獄，君之常理。何敢苟生，以枉公法！"後遇赦得免。州郡表其閭。太常張奐嘉嘆，以束帛禮之。（《後漢書》卷八十四《列女傳》）

按：爲父報仇事，後世流傳頗廣。李白有《秦女休行》，故事情節與此類似。此處言"太常張奐"，張奐建寧元年後爲太常，則此事在靈帝時。龐淯母亦生活於桓、靈之世。

王符（生卒不詳）

觀荀卿、不韋、淮南、崔寔、王符、仲長，其制書旨，本自不同，俱非厚葬，屢若一也。（《金樓子·終制》）

按：《後漢書·王符傳》："王符字節信，安定臨涇人也。少好學，有志操，與馬融、竇章、張衡、崔瑗等友善。安定俗鄙庶孽，而符無外家，爲鄉人所賤。自和、安之後，世務游宦，當塗者更相薦引，而符獨耿介不同於俗，以此遂不得升進。志意蘊憤，乃隱居著書三十餘篇，以譏當時失得，不欲章顯其名，故號曰《潛夫論》。其指訐時短，討謫物情，足以觀見當時風政，著其五篇云爾。"王符與馬融、竇章、張衡、崔瑗爲友，此皆當時著名文人。其《潛夫論》，與桓譚《新論》、王充《論衡》等皆以"論"名書，體現了子書至東漢以後的發展變化。王符對詩賦、賦頌皆有深刻認識，如《潛夫論·務本》稱："詩賦者，所以頌善醜之德，泄哀樂之情也，故溫雅以廣文，興喻以盡意。今賦頌之徒，苟爲饒辯屈蹇之辭，競陳誣罔無然之事，以索見怪於世，愚夫戇士，從而奇之，此悖孩童之思，而長不誠之言者也。"

樊志張（生卒不詳）

隱士，樊志張，南鄭人也，見《徵西將軍段熲傳》。(《華陽國志》附《士女目錄》)

按：《華陽國志》以其爲"隱士"，然《後漢書·方術傳下》稱："樊志張者，漢中南鄭人也。博學多通，隱身不仕。嘗游隴西，時破羌將軍段熲出徵西羌，請見志張。"又稱"其人既有梓慎、焦、董之識"，此言樊志張有漢焦延壽、董仲舒之才識，是以《後漢書》將其列入"方術"。

劉渠（生卒不詳）

劉渠字曼生，除新成長。告縣曰：昔文翁化蜀，乃更大造學舍，聚生徒也。(《白孔六帖》卷八十八《勸學二》)

按：東漢依然以文翁化蜀事教育地方。

趙商子（生卒不詳）

鄭玄《自序》：趙商子，字子聲，河内溫人。博學有秀才，能講難，而吃不能劇談。（《太平御覽》卷七百四十《疾病部三·吃》）

按：《華陽國志》卷十一："（李宓）釋河内趙子聲誄、詩、賦之屬二十餘篇。"李宓，三國、晉時人。

朱穆（100—163）

張璠《漢記》：朱穆字公叔，好學，專精。每一思至，中食失餐，行墜坑坎，亡失冠履。其父常言："穆大專，幾不知馬之幾足。"（《太平御覽》卷六百一十四《學部八·好學》）

按：穆，朱暉孫，南陽宛人。李賢注："《前書》曰：'石慶爲太僕，上問車中幾馬？慶以策數馬畢，舉手曰"六馬。"'言穆用心專愚更甚也。"本傳稱"穆字公叔。年五歲，便有孝稱。父母有病，輒不飲食，差乃復常。及壯耽學，銳意講誦"。

《謝承書》：穆少有英才，學明《五經》。性矜嚴疾惡，不交非類。年二十爲郡督郵，迎新太守，見穆曰："君年少爲督郵，因族埶？爲有令德？"穆答曰："郡中瞻望明府謂如仲尼，非顔回不敢以迎孔子。"更問風俗人物。太守甚奇之，曰："僕非仲尼，督郵可謂顔回也。"遂歷職股肱，舉孝廉。（《後漢書》卷四十三《朱穆傳》李賢注）

按：《後漢書·朱穆傳》："延熹六年，卒，時年六十四。禄仕數十年，蔬食布衣，家無餘財。公卿共表穆立節忠清，虔恭機密，守死善道，宜蒙旌寵。策詔襃述，追贈益州太守。所著論、策、奏、教、書、詩、記、嘲，凡二十篇。"《後漢書》本傳多録朱穆著述，如稱"常感時澆薄，慕尚敦篤，乃作《崇厚論》"，《崇厚論》文辭見《後漢書》，今不録；"穆又著《絕交論》，亦矯時之作"，文見《後漢書》，首稱"穆《集》載《論》，其略曰"云云，中華書局標點本《後漢書》李賢注"《穆集》載論",當作"穆《集》載《論》"爲是。《隋書·經籍志》有"益州刺史《朱穆集》二卷,録一卷,亡。"新、舊《唐書》有"《朱穆集》二卷"。又李賢注:"《袁山松書》曰:'穆著論甚美,蔡邕嘗至其家自寫之。'"此處蔡邕"自寫"朱穆之文,是"抄寫"而已。"延熹六年,卒,時年六十四",則卒於桓帝延熹六年(163),生於和帝永元十二年(100)。又袁山松《後漢書》稱:"桓帝時,南陽語曰:'朱公叔肅肅如松柏下風。'"(《太平御覽》卷四百九十五《人事部一百三十六·諺上》)魏晋風度,多近此類品鑒之辭。

胡伊伯(生卒不詳)

安定太守汝南胡伊伯、建平長樊紹孟建,俱爲司空虞放掾屬,放遜位自劾還家,郡以伊爲主簿,迎新太守,曰:"我是宰士,何可委質於二朝乎?"因出門名户,占繫陳國。紹曰:"柳下惠不去父母之國,君子不辭下位。"獨行服事。後公黄瓊,大以爲恨,移書汝南,論正主者吏,絶紹文書,而更辟伊。(《風俗通義·十反》)

按:虞放,王利器注:"《范書·虞延傳》:'延從孫放字子仲,少爲太尉楊震門徒。'又《桓紀》:'延熹三年,太常虞放爲司空。'注:'放字子仲,陳留人也。'"占繫,王利器注:"占繫,即占度户口,繫著名籍。《漢書·宣紀》:'流民自占八萬餘口。'注:'謂自隱度其户口,而著名籍也。'""後公黄瓊",《四庫全書》本作"後三公黄瓊"。

劉祖(生卒不詳)

宗正南陽劉祖奉爲郡屬曹吏,左騎校尉薛丞君卓爲户曹史,太守公孫慶當祠章陵,舊俗常以衣冠子孫,容止端嚴,學問通覽,任顧問者,以爲御史,時功曹白用劉祖,祖曰:"既托帝王肺腑,過聞前訓,不能備光輝胥附之任,而身當側身陪乘,執策握革,有死而已,無能爲役。"

薛丞因前自白："今明公垂出，未有御者，雖云不敏，敢充人乏。"周旋進退，補察時闕，言出成謨，大見敬重；亦以祖爲高，歲盡，俱舉孝廉。(《風俗通義・十反》)

按：王利器注："祖爲名，上文'奉'字之上或下當有脱文耳。"胡伊伯、劉祖未知何時人，黃瓊徵胡伊伯，《風俗通義》將胡伊伯、劉祖二人先後臚列，姑附於此。

黃瓊（86—164）

瓊以前左雄所上孝廉之選，專用儒學文吏，於取士之義，猶有所遺，乃奏增孝悌及能從政者爲四科，事竟施行。又雄前議舉吏先試之於公府，又覆之於端門，後尚書張盛奏除此科。瓊復上言："覆試之作，將以澄洗清濁，覆實虛濫，不宜改革。"帝乃止。(《後漢書》卷六十一《黃瓊傳》)

按：此處黃瓊修正左雄察舉制度之不足。《後漢書・黃瓊傳》："黃瓊字世英，江夏安陸人，魏郡太守香之子也。香在《文苑傳》。"王利器注《風俗通義》："按本傳及《後漢紀》，瓊卒在延熹七年，時年七十九。"則卒於延熹七年（164），生於章帝元和三年（86）。另《金樓子・立言下》稱："黃瓊言光武創基於冰泮之中，用兵於枳棘之地，有奇功也。"

祝恬（？—160）

司徒中山祝恬字伯休，公車徵，道得溫病，過友人鄴令謝著，著距不通，因載病去。至汲，積六七日，止客舍中，諸生曰："今君所苦沈結，困無醫師，聞汲令好事，欲往語之。"恬曰："謝著，我舊友也，尚不相見視，汲令初不相知，語之何益？死生命也，醫藥曷爲？"諸生事急，坐相守吉凶，莫見收舉，便至寺門口白。時令汝南應融義高，聞之驚愕，即嚴便出，徑詣床蓐，手扶摸，對之垂涕，曰："伯休不世英才，當爲國家幹輔。人何有生相知者，默止客舍，不爲人所知，邂逅不自貞哉？家上有尊老，下有弱小，願相隨俱入解傳。"伯休辭讓，融遂不聽，歸取衣車，厚其薦蓐，躬自御之，手爲丸藥，口嘗饘粥，身自分熱，三四日間，加甚劣極，便制衣棺器送終之具。後稍加損，又謂伯休："吉凶不諱，憂怖交心，間粗作備具。"相對悲喜，宿止傳中。數十日，伯休強健，入舍後，室家酺宴，乃別。伯休到拜侍中尚書僕射令、豫章太守、大將軍從事中郎。義高爲廬江太守。八年，遭母喪，停柩官舍，章百餘上，得聽行服，未闋，而恬拜司隸，薦融自代，歷典五郡，名冠遠近。著去鄴，淺薄流聞，不爲公府所取。(《風俗通義·窮通》)

按：李賢注："恬字伯休，盧奴人。"舊友不如新知，此祝恬所以傷舊友"不相見視"而拒絕就醫之原因。而新知應融，躬身服侍，終能有所善報。人在窮時，方見人心；而通達之時，善人亦有善報。此可知友不在新舊，在交心而已。"手爲丸藥"，丸藥之名，最早見於《史記·扁鵲倉公列傳》。居延漢簡、流沙墜簡亦有丸藥記載，陳直《史記新證》："兩簡時代，比倉公稍遲，而倉公首創丸方之紀載，比張仲景《金匱要略》中各丸方要早二百餘年。"(第160頁)《後漢書·桓帝紀》："(延熹三年) 六月辛丑，司徒祝恬薨。"知其薨於延熹三年 (160)。

楊秉 (91—165)

蔡邕《太尉楊秉碑》：公諱秉，字叔節，弘農華陰人也。其先蓋周武王之穆，晉唐叔之後也，末葉以支子食邑于楊，因氏焉。周家既微，裔胄無緒。暨漢興，烈祖楊熹，佐命征伐，封赤泉侯。嗣子業，紱冕相繼。公之丕考，以忠蹇亮弼輔孝安，登司徒太尉。公承丕緒，世篤儒教，以《歐陽尚書》《京氏易》誨授，四方學者，自遠而至，蓋逾三千。初辟司空，舉高第，拜侍御史，遷豫州、兗州刺史任城相，徵入勸講，拜太中大夫、左中郎將、尚書，出補右扶風，留拜光禄大夫。遭權嬖貴盛，六年守静，外戚火燔，乃遷太僕卿。公事絀位，浹辰之間，俾位河南。憤疾豪强，見邁奸黨，用嬰疾廢，起家復拜太常。遂涉三司，沙汰虛冗，料簡貞實，抽援表達，與之同蘭芳，任鼎重。從駕南巡，爲朝碩德。然知權過于寵，私富侔國，太臣苟察，望變復還。條表以聞，啓導上怒，其時所免州牧郡守五十餘人。饕戾是絀，英才是列。善否有章，京夏清肅。在位七載，年

七十有四，延熹八年五月丙戌薨。(嚴可均《全後漢文》卷七十五)

按：《後漢書·楊秉傳》："秉字叔節，少傳父業，兼明《京氏易》，博通書傳，常隱居教授。"本傳稱楊秉通《京氏易》，蔡邕《楊秉碑》稱"以《歐陽尚書》《京氏易》誨授"，其能不惑酒色財，誠不易。本傳又稱："八年薨，時年七十四，賜塋陪陵。"本傳與碑皆稱延熹八年(165)卒，年七十四，則生於和帝永元三年(91)。碑稱薨於"延熹八年五月丙戌"，《風俗通義》《搜神記》則稱暴薨於"六月九日"。

延篤(？—167)

《先賢行狀》：篤欲寫《左氏傳》，無紙，唐溪典以廢箋記與之。篤以箋記紙不可寫《傳》，乃借本諷之，糧盡辭歸。典曰："卿欲寫傳，何故辭歸？"篤曰："已諷之矣。"典聞之嘆曰："嗟乎延生！雖復端木聞一知二，未足爲喻。若使尼父更起于洙、泗，君當編名七十，與游、夏爭匹也。"(《後漢書》卷六十四《延篤傳》李賢注；《太平御覽》卷四百三十二《人事部七十三·强記》引作《典略》)

按：延篤曾從唐溪典、馬融受業，通《左傳》等經傳及百家言。《後漢書·延篤傳》："延篤字叔堅，南陽犨人也。少從穎川唐溪典受《左氏傳》，旬日能諷之，典深敬焉。又從馬融受業，博通經傳及百家之言，能著文章，有名京師。""唐溪典"，《蔡邕傳》《宦者傳》寫作"堂溪典"。李賢注："《風俗通》曰：'吳夫概王奔楚，封堂溪，因以爲氏。'典爲五官中郎將。'唐'與'堂'同也。"《後漢書》一名而兩書，蓋由所據史料不同所致。

《文士傳》：延篤爲京兆尹。桓帝時，梁冀專政。時皇太子疾，詔書發京兆出牛黃。冀遣諸生齎書持牛黃詣篤賣，篤以爲詐，論殺之。(《太平御覽》卷九百八十八《藥部五·牛黃》引作《文士傳》)

按：此又見范曄《後漢書》，知該書實掇拾當時史書、雜史、雜傳等書而成。延篤有《與李文德書》(《太平御覽》卷四百三十一《人事部七十二·儉約》)、《延篤答張奐書》(《北堂書鈔》卷一百四《藝文部·紙四十》)與延篤《與高義方書》(《太平御覽》卷九百四十一《鱗介部十三・蚌》），《藝文類聚》卷三十有張奐《與延篤書》，其中有"唯別三年，無一日之忘。京師禁急，不敢相聞。豈不懷歸？畏此簡書。年老氣衰，智盡謀索，每有所處，違宜失便"之語。延篤與人多有書信往來，而唐宋類書多有引。其著述情況見《後漢書・延篤傳》："後遭黨事禁錮。永康元年，卒于家。鄉里圖其形于屈原之廟。篤論解經傳，多所駁正，後儒服虔等以爲折中。所著詩、論、銘、書、應訊、表、教令，凡二十篇云。"東漢南陽鄉里有屈原廟，并以鄉賢陪祀，由此可見當時屈原在地方之文化影響。《隋書・經籍志》有"漢京兆尹《延篤集》一卷"，《顏氏家訓・書證》有延篤《戰國策音義》，《太平御覽》卷四百一十九引作《仁孝論》。《隋書・經籍志》録其《戰國策論》一卷。"永康元年，卒于家"，則卒于桓帝永康元年（167）。

陳蕃（？—168）

謝承《後漢書》：桓帝徵徐穉等不至，因問陳蕃曰："徐穉、袁閎、韋著，誰爲先後？"蕃對曰："閎生公族，聞道漸訓，長於三輔，仁義之俗，所謂不扶自直，不鏤自雕。至於穉者，爰自江南卑薄之域，而角立傑出，宜當爲先。"（《太平御覽》卷四百四十五《人事部八十六・品藻上》）

按：桓帝與陳蕃論徐穉等三人，以地域、風俗論人，是人物品鑒方式一種。當時品鑒方式不一，如謝承《後漢書》又云："陳蕃拜太尉，臨朝嘆曰：'黃憲若在，不敢先佩印綬。'"（《初學記》卷十一《職官部五・太尉》）此亦可視爲陳蕃品評黃憲之辭。

《汝南先賢傳》：陳蕃字仲舉，汝南平輿人。有室荒蕪不掃除，曰："大丈夫當爲國家掃天下。"值漢桓之末，閹竪用事，外戚豪橫。及拜太傅，與大將軍竇武謀誅宦官，反爲所害。（《世說新語・德行》劉孝標注）

按：此又見《後漢書・陳蕃傳》。《後漢書・陳蕃傳》："陳蕃字仲舉，汝南平輿人也。祖河東太守。蕃年十五，嘗閑處一室，而庭宇蕪穢。父友同郡薛勤來候之，謂蕃曰：'孺子何不灑掃以待賓客？'蕃曰：'大丈夫處世，當掃除天下，安事一室乎！'勤知其有清世志，甚奇之。"陳蕃建寧元年（168）九月被曹節陷害致死，詳考見劉躍進《秦漢文學編年史》

（第551頁）。

《青州先賢傳》：京師號曰："陳仲舉，昂昂如千里驥；周孟玉，瀏瀏如松下風。"（《藝文類聚》卷二十二《人部六·品藻》）

按：此又見袁山松《後漢書》："桓帝時，京師稱曰：'李元禮巖巖如玉山，陳仲舉軒軒如千里驥。'"（《太平御覽》卷四百九十五《人事部一百三十六·諺上》）

太傅汝南陳蕃仲舉，去光祿勛，還到臨潁巨陵亭，從者擊亭卒數下，亭長閉門收其諸生人客，皆厭毒痛，欲復收蕃，蕃曰："我故大臣，有罪，州郡尚當先請，今約敕兒客無素，幸皆坐之，何謂乃欲相及？"相守數時，會行亭掾至，困乃得免。時令范伯弟亦即殺其亭長。蕃本召陵，父梁父令，別仕平輿，其祖河東太守，冢在召陵，歲時往祠，以先人所出，重難解亭，止諸冢舍。時令劉子興，亦本凡庸，不肯出候，股肱爭之，爾乃會其冢上。蕃持板迎之，長跪；令徐乃下車，即坐，不命去板，辭意又不謙恪，蕃深忿之。令去，顧謂賓客："平輿老夫何欲召陵令哉？不但為諸家故耶！而為小豎子所慢。孔子曰：'假我數年乎！'"其明年，桓帝赫然誅五侯鄧氏，海內望風草偃，子興以臟疾見彈，埋於當世矣。蕃起於家，爲尚書僕射、太中大夫、太尉。（《風俗通義·窮通》）

按：人在窮時多被勢利小人所欺，陳蕃亦然。

陳仲舉言為士則，行為世範，登車攬轡，有澄清天下之志。為豫章太守，至，便問徐孺子所在，欲先看之。主簿白："群情欲府君先入廨。"陳曰："武王式商容之閭，席不暇暖。吾之禮賢，有何不可！"（《世說新語·德行》）

按：此為《世說新語》所記第一人，可見劉義慶時代的歷史觀。袁山松《後漢書》："陳蕃遷豫章，在郡不接賓客。獨坐一室。惟徐孺子來，為置對榻，去則懸之。及徵為尚書令，送之者亦不出郭門。"（《太平御覽》卷四百五《人事部四十六·賓客》）《後漢書·徐穉傳》云"蕃在郡不接賓客，唯穉來特設一榻，去則縣之"，此又云陳蕃為周璆特置一榻。此事又見《北堂書鈔》卷七十四引謝承《後漢書》，周璆作"周瑜"，誤。此有一種可能，即范曄《後漢書·徐穉傳》取自袁山松《後漢書》，而《陳蕃傳》另有來源。

周景（？—168）

謝承《後漢書》：周景爲豫州刺史，辟汝南陳蕃爲別駕，蕃不肯就，見景題別駕輿曰"陳仲舉座也"，不復更辟，蕃懼起視職。（《北堂書鈔》卷七十三《設官部二十五·別駕一百六十一》）

按：此記周景辟陳蕃事，其將別駕輿上專門題曰"陳仲舉座也"而逼迫陳蕃"懼起視職"，亦爲文人趣事。

蔡質《漢儀》：延熹中，京師游俠有盜發順帝陵，賣御物于市，市長追捕不得。周景以尺一詔召司隸校尉左雄詣台對詰，雄伏於廷答對，景使虎賁左駿頓頭，血出覆面，與三日期，賊便擒也。（《後漢書》卷四十五《周景傳》李賢注）

按：周景字仲饗，本傳稱建寧元年（168）薨。此記周景召左雄，疑有誤，因《後漢書》稱左雄永和三年（138）卒，不得入"延熹中"。

河内太守府廬江周景仲嚮，每舉孝廉，請之上堂，家人宴飲，皆令平仰，言笑晏晏，如是三四；臨發，贈以衣齊，皆出自中。子弟中外，過歷職署，逾於所望，曰："移臣作子，于之何有。"（《風俗通義·十反》）

按：二書一作"仲饗"、一作"仲嚮"，王利器考證："'嚮'，《拾補》云：'《范書》本傳作饗。'器案：《三國志·吳志·周瑜傳》注、《書鈔》七二、《御覽》二六三引謝承《後漢書》亦作'周景字仲嚮'，嚮、饗古多互誤，如《漢書·宣紀》：'上帝嘉嚮。'注：'嚮讀饗。'《漢紀三》正作'饗'，此誤'饗'爲'嚮'也。《漢書·敘傳》：'故能爲鬼神所福饗，天下所歸往。'《後漢紀五》作'嚮'，此誤'嚮'爲'饗'也。《范書·黨錮列傳》有蕃嚮字嘉景，（《群輔錄》、馬永《易實實錄》五引《三君八俊錄》《小學紺珠》六并同），與此名字正復相應，《范書》誤。"

韓演（生卒不詳）

河内太守司徒潁川韓演伯南，舉孝廉，唯臨辭，一與相見，無

所寵拔，曰："我已舉若，豈可令恩遍積於一門乎？"（《風俗通義·十反》）

按：《風俗通義》此説又見《後漢書》。

司徒潁川韓演伯南，爲丹陽太守，坐從兄季朝爲南陽太守刺探尚書，演法車徵，以非身中贓豐，道路聽其從容。至蕭，蕭令吳斌，演同歲也，未至，謂其賓從："到蕭乃一相勞。"而斌内之狴犴，堅其鐶挺，躬將兵馬，送之出境。從事汝南閻符迎之於杼秋，相得，令止傳舍，解其桎梏，入與相見，爲致肴異，曰："明府所在流稱，今以公徵，往便原除，不宜深入以介意。"意氣過於所望。到亦遇赦。其間無幾，演爲沛相，斌去官，乃臨中台，首辟符焉。（《風俗通義·窮通》）

按：爲官者多勢利小人，爲個人利益考慮，總是將所能顧慮到的弊端降低到最小限度，然往往適得其反。

朱震（生卒不詳）

謝承《後漢書》：朱震字伯厚，性剛烈，初爲從事，奏濟陰太守單匡贓罪，并連匡兄中常侍車騎將軍超，三府諺曰："車如雞栖馬如狗，疾惡如風朱伯厚。"（《藝文類聚》卷九十三《獸部上·馬》）

按：此處之諺亦爲七言二句，且爲"三府"之諺。朱震曾參與哭收陳蕃尸，《後漢書·陳王列傳》："（陳）蕃友人陳留朱震，時爲銍令，聞而棄官哭之，收葬蕃尸，匿其子逸於甘陵界中。"《後漢書》記此類哭收陳蕃、李固等人者不少，如前楊匡、郭亮、董班等皆是。

謝承《後漢書》：震仕郡爲主簿。時户曹史袁叔穉以微愆，太守郭宗怒，閉閣罰之，衆皆悚懼。震排閣直入，乃前諫曰："袁史則故御史珍之孫，何爲苛罰？脱有奄忽，如何入閣？"遂釋之。（《北堂書鈔》卷七十三《設官部二十五·主簿一百六十三》）

按：謝承《後漢書》有《朱震傳》，范書不爲其單獨列傳。《八家後漢書輯注》引謝承《後漢書》作："獨何爲苛罰？脱有奄忽，如何入閣？"

徐穉（97—168）

《謝承書》：穉少爲諸生，學《嚴氏春秋》《京氏易》《歐陽尚書》，兼綜風角、星官、算曆、《河圖》、《七緯》、推步、變易，異行矯時俗，閭里服其德化。有失物者，縣以相還，道無拾遺。四察孝廉，五辟宰府，三舉茂才。（《後漢書》卷五十三《徐穉傳》李賢注）

按：《後漢書·徐穉傳》："徐穉字孺子，豫章南昌人也。家貧，常自耕稼，非其力不食。恭儉義讓，所居服其德。"徐穉此處原作"稚"。本傳稱"靈帝初，欲蒲輪聘稚，會卒，時年七十二"，姑將其卒年繫於靈帝建寧元年（168），其生年繫於和帝永元九年（97）。

謝承《後漢書》：徐穉字孺子，豫章南昌人。清妙高跱，超世絕俗。前後爲諸公所辟，雖不就，及其死，萬里赴吊。常豫炙鷄一隻，以綿漬酒中，暴乾以裹鷄，徑到所赴冢隧外，以水漬綿，斗米飯，白茅爲藉，以鷄置前。酹酒畢，留謁即去，不見喪主。（《世說新語·德行》劉孝標注）

公車徵士豫章徐孺子，比爲太尉黃瓊所辟，禮文有加；孺子隱者，初不答命。瓊薨，既葬，負笈迸涉，齎一盤，酹哭於墳前。孫子琰故五官郎將，以長孫制杖，聞有哭者，不知其誰，亦於倚廬哀泣而已。孺子無有謁刺，事訖便去，子琰大怪其故，遣瓊門生茅季瑋追請辭謝，終不肯還。（《風俗通義·愆禮》）

皇甫士安《高士傳》：徐穉字孺子，惟豫章南昌人也。少以經行高於南州。桓帝時，汝南陳蕃爲豫章太守，因薦穉於朝廷。由是三舉孝廉賢良，皆不就；連辟公府，不詣，未嘗答命。公薨，輒身自赴吊。太守黃瓊亦嘗辟穉，至瓊薨，歸葬江夏，穉既聞，即負笈徒步豫章三十餘里，到江夏瓊墓前，致酹而哭之。後公車三徵，不就，以壽終。（《太平御覽》卷五百八《逸民部八·逸民八》）

陳仲舉雅重徐孺子。爲豫章太守，至，便欲先詣之。主簿曰："群情欲令府君先入拜。"陳曰："武王軾商容之閭，席不暇暖，吾之禮賢，有何不可？"出《商芸小說》。（《太平廣記》卷一百六十四《名賢》）

徐孺子年九歲，嘗月下戲。人語之："若令月無物，極當明邪？"徐曰："不爾，譬如人眼中有童子，無此如何不暗。"出《世說》。(《太平廣記》卷一百六十四《名賢》)

按：又見《太平御覽》卷四、卷三百八十五。徐穉出身寒門，多不拘禮節，與當時士人儒家之節多有違和之處。然《世說新語》《商芸小說》等皆對其事迹有記載，說明南朝人的生活觀念已有所變化。

胡廣（91—172）

《語林》：胡廣本姓黃，五月生，父母置甕中，投之于江。(胡翁見甕)流下，聞有小兒啼聲，往取，因以爲子。遂登三司。廣後不治本親服，世以爲譏。(《太平御覽》卷三百八十八《人事部二十九》)

按：又《太平御覽》卷二十一、卷三百六十一引作《世說》。《後漢書·胡廣傳》："胡廣字伯始，南郡華容人也。六世祖剛，清高有志節。""本姓黃"說，出自謝承《後漢書》"曰胡曰黃""我胡我黃"。本傳稱"年八十二，熹平元年薨"，則薨於靈帝熹平元年（172），生於和帝永元三年（91）。《後漢書·胡廣傳》："初，揚雄依《虞箴》作《十二州二十五官箴》，其九箴亡闕，後涿郡崔駰及子瑗又臨邑侯劉騊駼增補十六篇，廣復繼作四篇，文甚典美。乃悉撰次首目，爲之解釋，名曰《百官箴》，凡四十八篇。其餘所著詩、賦、銘、頌、箴、吊及諸解詁，凡二十二篇。熹平六年，靈帝思感舊德，乃圖畫廣及太尉黃瓊于省內，詔議郎蔡邕爲其頌云。"胡廣著述頗豐，此處亦將賦、頌分別介紹，知二體有別。李賢注引《謝承書》有蔡邕頌胡廣之辭。

魏伯陽（生卒不詳）

魏伯陽者，吳人也，本高門之子，而性好道術。後與弟子三人，入山作神丹。丹成，知弟子心懷未盡，乃試之曰："丹雖成，然先宜與犬試之，若犬飛，然後人可服耳；若犬死，即不可服。"乃與犬食，犬即死。

伯陽謂諸弟子曰："作丹唯恐不成，既今成而犬食之死，恐是未合神明之意，服之恐復如犬，爲之奈何？"弟子曰："先生當服之否？"伯陽曰："吾背違世路，委家入山，不得道亦耻復還，死之與生，吾當服之。"乃服丹，入口即死。弟子顧視相謂曰："作丹以求長生，服之即死，當奈此何？"獨一弟子曰："吾師非常人也，服此而死，得無意也？"因乃取丹服之，亦死。餘二弟子相謂曰："所以得丹者，欲求長生耳，今服之既死，焉用此爲？不服此藥，自可更得數十歲在世間也。"遂不服，乃共出山，欲爲伯陽及死弟子求棺木。二子去後，伯陽即起，將所服丹内死弟子及白犬口中，皆起。弟子姓虞，遂皆仙去。道逢入山伐木人，乃作手書與鄉里人，寄謝二弟子，乃始懊恨。伯陽作《參同契》《五行相類》，凡三卷，其説是《周易》，其實假借爻象，以論作丹之意。而世之儒者，不知神丹之事，多作陰陽注之，殊失其旨矣。出《神仙傳》。(《太平廣記》卷二《神仙二》)

按：魏伯陽事，又見宋張伯端撰、翁葆光注、元戴起宗疏《悟真篇注疏》。

姜肱（97—173）

《謝承書》：肱與季江俱乘車行適野廬，爲賊所劫，取其衣物，欲殺其兄弟。肱謂盜曰："弟年幼，父母所憐愍，又未聘娶，願自殺身濟弟。"季江言："兄年德在前，家之珍寶，國之英俊，乞自受戮，以代兄命。"盜戢刃曰："二君所謂賢人，吾等不良，妄相侵犯。"棄物而去。肱車中尚有數千錢，盜不見也，使從者追以與之，亦復不受。肱以物經歷盜手，因以付亭吏而去。(《後漢書》卷五十三《姜肱傳》李賢注)

按：此事又見《後漢紀》。同一故事，范曄《後漢書》概括文字而成，取班固《漢書》寫法；《後漢紀》、謝承《後漢書》則曲折似小説，取司馬遷《史記》寫法。本傳稱"年七十七，熹平二年終于家。弟子陳留劉操追慕肱德，共刊石頌之"，則卒於熹平二年（173），生於和帝永元九年（97）。《文選》李善注引蔡邕《姜肱碑》："至德勛俗，邑中化之。"

聘士彭城姜肱伯淮，京兆韋著休明，靈帝踐阼，太后臨朝，陳、竇以忠見害，中常侍曹節秉國之權，大作威福，冀寵名賢，以弭己謗，於是起姜肱爲犍爲太守，著東海相。肱告其人："吾以虛獲實，蘊藉聲價，盛明之際，尚不委質，況今政在家哉！"遂乘桴浮海，莫知所極。而著驪以承命，駕言宵征，民不見德，唯戮是聞，論輸左校。(《風俗通義·十反》)

按：《後漢書·姜肱傳》李賢注引《謝承書》："祖父豫章太守，父任城相。"又稱："肱性篤孝，事繼母恪勤。母既年少，又嚴厲。肱感《凱風》之孝，兄弟同被而寢，不入房室，以慰母心。"

皇甫士安《高士傳》：姜肱字伯淮，彭城廣戚人也。家世名族，肱兄弟三人皆孝行著。肱年最長，與二弟仲海、季江同被臥，甚相親友。及長各娶，兄弟相愛不能相離。習學《五經》，兼明星緯，弟子自遠方至者三千餘人，聲重于時。凡一舉孝廉，十辟公府，九舉有道，至孝賢良，公車三徵皆不就。仲季亦不應徵辟。建寧三年，靈帝詔徵爲犍爲太守。肱得詔，乃告其友曰："吾以爲虛獲實遂籍聲價，盛明之世尚不委質，況今政在私門哉！"乃隱遁命，乘船浮海，使者迫之不及。再以玄纁聘，不就；即拜太中大夫，又逃不受詔。名振天下，年七十卒於家。(《太平御覽》卷五百八《逸民部八·逸民八》)

按：《後漢書·姜肱傳》："姜肱字伯淮，彭城廣戚人也。家世名族。肱與二弟仲海、季江，俱以孝行著聞。"二書記載相似。姜肱隱身海濱、賣卜給食之事，亦不似史實，傳聞較多。然此說《風俗通義》已有記載，知當時人即有此說。

韋著(生卒不詳)

《謝承書》：爲三輔冠族，著少修節操，持《京氏易》《韓詩》，博通術藝。(《後漢書》卷二十六《徐穉傳》李賢注)

按：《後漢書·韋彪傳》："(韋)豹子著，字休明。少以經行知名，不應州郡之命。"《後漢紀·孝桓皇帝紀》："韋著字休明，京兆杜陵人。隱居講授，不修世務。"韋著通《京氏易》《韓詩》。

袁成（生卒不詳）

《英雄記》：成字文開，與梁冀結好，言無不從。京師諺曰："事不諧，問文開。"（《後漢書》卷七十四上《袁紹傳》李賢注）

按：袁成乃袁湯子，袁紹父。又見《三國志》卷六《袁紹傳》裴松之注引《英雄記》。《文選》李善注曾引蔡邕《袁成碑》："呱呱孤嗣，含哀長慟。"

李曇（生卒不詳）

《謝承書》：曇少喪父，躬事繼母。〔繼母〕酷烈，曇性純孝，定省恪勤，妻子恭奉，寒苦執勞，不以爲怨。得四時珍玩，先以進母。與徐孺子等海内列名五處士焉。（《後漢書》卷五十三《李曇傳》李賢注）

按：《後漢書·李曇傳》："李曇字雲，少孤，繼母嚴酷，曇事之愈謹，爲鄉里所稱法。養親行道，終身不仕。"《後漢紀·孝桓皇帝紀》亦記此事，稱其"潁川陽翟人"，又稱："鄉里有父母者，宗其孝行，以爲法度。徵聘不應，唯以奉親爲歡。"

蔡質（生卒不詳）

蔡豹字士宣，陳留圉城人。高祖質，漢衛尉，左中郎將邕之叔父也。（《晋書》卷八十一《蔡豹傳》）

按：蔡質爲蔡邕之叔父。《册府元龜》卷五百五十五稱："蔡質爲衛尉，撰《典職式》。"《隋書·經籍志》："《漢官典職儀式選用》二卷，漢衛尉蔡質撰。"《後漢書》注、唐宋類書多引此書，或稱《漢儀》《漢官儀》《漢典職儀》。

劉儒（生卒不詳）

劉儒字叔林，東郡陽平人也。郭林宗常謂儒口訥心辯，有珪璋之質。察孝廉，舉高第，三遷侍中。桓帝時，數有灾異，下策博求直言，儒上封事十條，極言得失，辭甚忠切。帝不能納，出爲任城相。頃之，徵拜議郎。會竇武事，下獄自殺。（《後漢書》卷六十七《黨錮傳》）

按：《後漢書·黨錮傳》李賢注引《謝承書》："林宗嘆儒有珪璋之質，終必爲令德之士。"又引《詩》曰："如珪如璋，令聞令望。"范曄《後漢書》論劉儒"口訥心辯"，與李賢注説不同。

郭泰（128—169）

《郭泰別傳》：泰字林宗，少游汝南，先過袁閬，不宿而退。遂往從黃憲，累日方還。或問林宗，林宗曰："奉高之器，譬諸泛濫，雖清而易挹。叔度汪汪君子，若千萬頃陂，澄之不清，混之不濁，不可量也。"（《藝文類聚》卷二十二《人部六·品藻》）

按：此事又見《後漢書·郭太傳》李賢注引《謝承書》。《後漢書·黃憲傳》李賢注引《郭泰別傳》亦曰："時林宗過薛恭祖，恭祖問曰：'聞足不見袁奉高，車不停軌，鸞不輟軛，從叔度乃彌信宿也？'"可知郭泰過袁閬、黃憲事不虛。郭泰聞名天下之後，《郭林宗別傳》記載："林宗名顯，士爭歸之，載刺常盈車。"（《北堂書鈔》卷九十二《禮儀部·葬三十二》、卷一百四《藝文部·刺四十七》）

《郭林宗別傳》：林宗每行宿逆旅，輒躬灑掃。及明去，後人至，見之曰："此必郭有道昨宿處也。"（《太平御覽》卷一百九十五《居處部二十三·逆旅》）

按：世傳郭泰家藏書頗豐，《郭林宗傳》稱："家有書五千餘卷。"（《北堂書鈔》卷一百一《藝文部·藏書十八》）

郭林宗來游京師，當還鄉里，送車千許乘，李膺亦在焉。衆人皆詣大槐客舍而別，獨膺與林宗共載，乘薄笨車，上大槐阪。觀者數百人，引領望之，眇若松喬之在霄漢。出《商芸小說》。(《太平廣記》卷一百六十四《名賢》)

按：《後漢書·郭太傳》："郭太字林宗，太原界休人也。家世貧賤。早孤，母欲使給事縣廷。林宗曰：'大丈夫焉能處斗筲之役乎？'遂辭。就成皋屈伯彥學，三年業畢，博通墳籍。善談論，美音制。乃游於洛陽。始見河南尹李膺，膺大奇之，遂相友善，於是名震京師。"李賢注："范曄父名泰，故改爲此'太'。鄭公業之名亦同焉。"蔡邕《郭泰碑》作"泰"。本傳稱"明年春，卒于家，時年四十二"，李賢注引《謝承書》稱："泰以建寧二年正月卒，自弘農函谷關以西，河內湯陰以北，二千里負笈荷擔彌路，柴車葦裝塞塗，蓋有萬數來赴。"知其卒於桓帝建寧二年（169），年四十二，則生於順帝永建三年（128）。

謝甄（生卒不詳）

謝子微見許子將兄弟曰："平輿之淵，有二龍焉。"見許子政弱冠之時，歎曰："若許子政者，有幹國之器。正色忠謇，則陳仲舉之匹；伐惡退不肖，范孟博之風。"（《世說新語·賞譽上》）

按：謝甄事又見《後漢書》本傳："謝甄字子微，汝南召陵人也。與陳留邊讓并善談論，俱有盛名。每共候林宗，未嘗不連日達夜。林宗謂門人曰：'二子英才有餘，而并不入道，惜乎！'甄後不拘細行，爲時所毀。讓以輕侮曹操，操殺之。"

《汝南先賢傳》：謝甄字子微，汝南邵陵人。明識人倫，雖郭林宗不及甄之鑒也。見許子將兄弟弱冠時，則曰："平輿之淵有二龍。"仕爲豫章從事。許虔字子政，平輿人。體尚高潔，雅正寬亮，謝子微見虔兄弟歎曰："若許子政者，幹國之器也。"虔弟劭，聲未發時，時人以謂不如虔。虔恒撫劭稱劭，自以爲不及也。釋褐爲郡功曹，黜奸廢惡，一郡肅然。年三十五卒。（《世說新語·賞譽上》劉孝標注）

按：比較《世說新語》與《汝南先賢傳》之辭，非常接近，此處亦可見《世說》材料之來源。

王柔(生卒不詳)　　王澤(生卒不詳)

《郭林宗傳》：叔優、季道幼少之時，聞林宗有知人之鑒，共往候之，請問才行所宜，以自處業。林宗笑曰："卿二人皆二千石才也，雖然，叔優當以仕宦顯，季道宜以經術進，若違才易務，亦不至也。"叔優等從其言。叔優至北中郎將，季道代郡太守。(《三國志》卷二十七《王昶傳》裴松之注)

按：范曄《後漢書》本傳："王柔字叔優，弟澤，字季道，林宗同郡晉陽縣人也。兄弟總角共候林宗，以訪才行所宜。"餘同上文。裴松之注文字，與今范曄《後漢書》略異。

符融(生卒不詳)

《廣奮傳》：仇香在太學，符融與郭泰賚刺就房與談。日暮，二人因宿。至旦，泰乃嘆曰："君非郭泰友耶？"下床爲拜。(《北堂書鈔》卷六十七《設官部十九·學士一百三十三》)

按：仇香、符融、郭泰三人與談。《四庫全書》本《北堂書鈔》無此材料。《後漢書·符融傳》："符融字偉明，陳留浚儀人也。少爲都官吏，恥之，委去。後游太學，師事少府李膺。膺風性高簡，每見融，輒絕它賓客，聽其言論。融幅巾奮褎，談辭如雲，膺每捧手嘆息。郭林宗始入京師，時人莫識，融一見嗟服，因以介於李膺，由是知名。"此段文字，有《世說新語》叙述風格。符融師事李膺，薦郭泰于李膺。符曾薦范冉、韓卓、孔伷："太守馮岱有名稱，到官，請融相見。融一往，薦達郡士范冉、韓卓、孔伷等三人，因辭病自絕。"(《後漢書》卷六十八《符融傳》)

仇覽(香)(生卒不詳)

《謝承書》：覽爲縣陽遂亭長，好行教化。人羊元凶惡不孝，其母詣覽言元。覽呼元，誚責元以子道，與一卷《孝經》，使誦讀之。元深改悔，到母床下，謝罪曰："元少孤，爲母所驕。諺曰：'孤犢觸乳，驕子罵母。'乞今自改。"母子更相向泣，於是元遂修孝道，後成佳士。（《後漢書》卷七十六《循吏傳》李賢注）

按：此事又見《後漢書》仇覽本傳："元卒成孝子。鄉邑爲之諺曰：'父母何在在我庭，化我鳲梟哺所生。'"范曄、謝承書之差異，於此可見。范曄書文學色彩更濃、故事性更強。

《海內先賢行狀》：仇覽字季智，學通《五經》，選爲亭長。民有孫元，少孤，與母居，詣覽告元不孝。覽謝遣之，屬母歸，勿言，方爲教之。後覽賫禮詣元，爲陳孝子供養之意。元遂感激，卒爲孝子。時令河內王渙，政尚清嚴，聞覽得元不治，心獨望之，乃問覽："在亭不治不孝，得無失鷹鸇之志乎？"對曰："竊以鷹鸇不如鳳皇，故不爲也。"渙感覽言，用損威刑。（《太平御覽》卷四百三《人事部四十四·道德》）

按：《後漢書》與《海內先賢行狀》記載有異。

蘇林《廣舊傳》：仇香字季知，爲書生，性謙恭勤恪，威矜莊，貌不爲晝夜易容，言不爲喜怒變聲。雖同儕群居，必正色後言，終身無泄狎之交，以是見憚。學通三經，然無知名之援、鄉里之舉。年四十，召爲縣主簿。（《太平御覽》卷二百六十九《職官部六十七·主簿》）

按：仇覽一名仇香。《後漢書·循吏傳》："仇覽字季智，一名香，陳留考城人也。少爲書生淳默，鄉里無知者。年四十，縣召補吏，選爲蒲亭長。勸人生業，爲制科令，至於果菜爲限，雞豕有數，農事既畢，乃令子弟群居，還就黌學。"圈稱有《陳留耆舊傳》，侯康《補三國藝文志》卷三以爲，《御覽》卷二百六十九引蘇林《廣舊傳》，即"蓋廣圈稱之書而作，故以'廣舊'名"。《北堂書鈔》兩引《廣奮傳》："仇香在太學，符融與郭泰賚刺就房與談，日暮，二人因宿至旦。泰乃嘆曰：'君非郭泰友耶？'下床爲拜。"（《北堂書鈔》卷六十七《設官部十九·學士一百三十三》）"仇香在太學，符融與香比字，有高名，賓客如雲。香終年不與賓客言，融奇之，乃要與之語。香高揖正色曰：'天子設太學，豈但使人游談？'"（《北堂書鈔》卷六十七《設官部十九·學士一百三十三》）以上二事又見《後漢書·循吏傳》，《北堂書鈔》注以爲范書無《廣奮傳》，唯《仇覽傳》與此文略同。此《廣奮傳》，實即《太平御覽》引蘇林

《廣舊傳》。

茅容（生卒不詳）

　　後漢茅容字季偉，郭林宗曾寓宿焉。及明旦，容殺雞爲饌，林宗初以爲己設。既而容獨以供母，自以草蔬與客同飯。林宗因起拜之曰："卿賢乎哉。"勸之就學，竟以成德。出《陳留耆舊傳》。（《太平廣記》卷二百三十四《食（能食、菲食附）》）

　　按：《後漢書》記載此事尤詳。《北堂書鈔》卷一百四十三引謝承《後漢書》云："茅容避雨樹下，危坐逾恭，郭林宗見而奇之，因請宿。"據《隋書·經籍志》，《陳留耆舊傳》漢圈稱二卷、魏蘇林二卷。侯康《補三國藝文志》則以爲魏蘇林之作當稱《廣陳留耆舊傳》。茅容"能言語"，《後漢書·徐穉傳》記其"輕騎追徐穉"事："時會者四方名士郭林宗等數十人，聞之，疑其穉也，乃選能言語生茅容輕騎追之。及于塗，容爲設飯，共言稼穡之事。"

趙典（生卒不詳）

　　《謝承書》：典學孔子《七經》《河圖》《洛書》，內外藝術，靡不貫綜，受業者百有餘人。（《後漢書》卷二十七《趙典傳》李賢注）

　　按：《後漢書·趙典傳》："趙典字仲經，蜀郡成都人也。父戒，爲太尉，桓帝立，以定策封廚亭侯。"《後漢書·趙典傳》李賢注引《謝承書》："典，太尉戒之叔子也。"范曄《後漢書》本傳又曰："典少篤行隱約，博學經書，弟子自遠方至。"

　　《謝承書》：典性明達，志節清亮。益州舉茂才，以病辭，太尉黃瓊、胡廣舉有道、方正，皆不應。桓帝公車徵，對策爲諸儒之表。（《後漢書》卷二十七《趙典傳》李賢注）

　　按：謝承《後漢書》"性明達，志節清亮"之辭，亦爲《世說新語》之思想源頭。《華陽國志》附《士女目錄》："文學、國師，太常趙典，字仲經，戒第二子也。"《藝文類聚》卷四十九引《益部耆舊傳》曾曰："趙典爲太常，雖身處上卿，而布被瓦器。"《後漢書·趙典傳》李賢注引《謝承書》稱："天子宗典道懿，尊爲國師，位特進。七爲列卿，寢布被，食用瓦器。"此處所記，皆見趙典之品格、風度。

少府委遲，作卿作師。趙典，字仲經，成都人。太尉戒〔孫〕子也。與潁川李膺等并號"八俊"。三爲侍中，自樂禄俸施貧。方授國師，未拜，病卒。(《華陽國志》卷十上)

按：《世說新語·品藻》劉孝標注引薛瑩《漢書》："李膺、王暢、荀緄、朱㝢、魏朗、劉祐、杜楷、趙典，爲八俊。"《後漢書》本傳稱"公卿復表典篤學博聞，宜備國師。會病卒"，李賢注："《謝承書》曰：'靈帝即位，典與竇武、王暢、陳蕃等謀共誅中常侍曹節、侯覽、趙忠等，皆下獄自殺。'不言病卒。"《華陽國志》所言同范曄書。"公卿復表典篤學博聞，宜備國師"，實《續漢書·百官志》語(可見《北堂書鈔》卷五十二《設官部四·太師》、《初學記》卷十一《職官部上》)。

李膺(110—169)

司馬彪《續漢書》：李膺性簡亮，無所交接，唯以同郡荀淑、陳寔爲時友。(《初學記》卷十八《人部中》)

按：《後漢書·黨錮傳》："李膺字元禮，潁川襄城人也。祖父脩，安帝時爲太尉。父益，趙國相。膺性簡亢，無所交接，唯以同郡荀淑、陳寔爲師友。"《後漢書·荀淑傳》："當世名賢李固、李膺等皆師宗之。"李膺與荀淑、陳寔、李固等有交往。李膺之敗，實因"名高致禍"。李膺卒於陳蕃之後，而陳蕃卒於建寧元年(168)九月，姑將李膺卒年繫於建寧二年(169)，生年繫於安帝永初四年(110)。

《郭林宗別傳》：林宗游洛陽，始見河南尹李膺。膺大奇之，遂相友善，於是名震京師。後歸鄉曲，衣冠諸儒，送至河上，車數千兩，林宗唯與李膺同舟而濟。衆賓望之，以爲神仙焉。(《藝文類聚》卷七十一《舟車部·舟》)

李元禮謖謖如勁松下風。膺居陽城時，門生在門下者，恒有四五百人。膺每作一文出手，門下共爭之，不得墮地。陳仲弓初令大兒元方來見，膺與言語訖，遣厨中食。元方喜，以爲合意，當復得見焉。出《商芸小説》。

膺同縣聶季寶，小家子，不敢見膺。杜周甫知季寶，不能定名，以語膺。呼見，坐置砌下牛衣上。一與言，即決曰："此人當作國士。"卒如其言。出《商芸小説》。

膺坐党事，與杜密、荀翊同繫新汲縣獄。時歲日，翊引杯曰："正朝從小起。"膺謂曰："死者人情所惡，今子無吝色者何？"翊曰："求仁得仁，又誰恨也？"膺乃嘆曰："漢其亡矣！漢其亡矣！夫善人天地之紀，而多害之，何以存國？"出李膺《家録》。（以上見《太平廣記》卷一百六十四《名賢（諷諫附）》）

按：袁山松《後漢書》又曰："桓帝時，京師稱曰：'李玄禮巖巖如玉山，陳仲舉軒軒如千里驥。'"（《太平御覽》卷四百九十五《人事部一百三十六·諺上》）

杜密（？—169）

後桓帝徵拜尚書令，遷河南尹，轉太僕。黨事既起，免歸本郡，與李膺俱坐，而名行相次，故時人亦稱"李杜"焉。後太傅陳蕃輔政，復爲太僕。明年，坐黨事被徵，自殺。（《後漢書》卷六十七《黨錮傳》）

按：《後漢書·黨錮傳》："杜密字周甫，潁川陽城人也。爲人沉質，少有厲俗志。"以文人姓氏作爲評價其品行、事迹的一個標準或稱謂，其源當在司馬遷《史記》人物列傳。陳蕃由太尉改任太傅在靈帝建寧元年（168），"明年自殺"，姑將其卒年繫於建寧二年（169）。

劉勝（生卒不詳）

蜀郡太守潁川劉勝季陵，去官在家，閉門却掃，歲致敬郡縣，答問而已，無所褒貶，雖自枝葉，莫力。太僕杜密周甫，亦去北海相，在家，每至郡縣，多所陳說，箋記栝屬；太守王昱，頗厭苦之，語次："聞得京師書，公卿舉故大臣劉季陵，高士也，當急見徵。"密知以見激，因曰："明府在九重之內，臣吏惶畏天威，莫敢盡情。劉勝位故大夫，見禮上賓，俯伏甚於鼈獮，冷澀比如寒蜓，無能往來，此罪人也。清儁就義，隱居篤學，時所不綜，而密達之，冤疑勛賢，成陳之罪，所折而密啓之，明府賞刑得中，令問休揚，雖自天然之姿，猶有萬分之一。《詩》不云乎：'雨我公田，遂及我私。'人情所有，庶不爲闕，既不善是，多見譏論，夫何爲哉？"於是昱甚悅服，待之彌厚。（《風俗通義·十反》）

按：此又見《後漢書·黨錮傳》杜密本傳。據《韓韶傳》，劉勝與之同郡者，當還有荀淑、李膺、陳寔、韓韶。東漢末年潁川文人，著名者衆。王利器引《困學紀聞》十二曰："爲杜密之居鄉，猶效陳孟公、杜季良也；爲劉勝之居鄉，猶效張伯松、龔季高也；制行者宜知所擇。"引胡氏《讀史管見》四："或問：'劉勝、杜密，所處誰賢？'曰：'勝賢。如密之論，軒揚激發，固非常士所及；然勝之行，深潛靜退，可爲鄉里之式。如密之論，非惟犯出位之譏，亦取禍辱之道也；遇王昱賢者，故能容之耳。'"引陸樹聲《長水日鈔》曰："余以爲爲劉勝易，爲杜密難。使密所陳托，一出於公，而足以取信則可；不然，則寧爲劉季陵者之不至失己也。此魯男子所謂：'以我之不可，學柳下惠之可。'"

魏昭（生卒不詳）

《郭林宗傳》：林宗嘗止陳國文學，見童子魏德公，知其有異。德公求近其房止，供給洒掃。林宗嘗不佳，夜中命作粥，德公爲之進焉。林宗一啜，怒而呵之曰："高明爲長者作粥，不如意，使沙不可食！"以杯擿地。德公更爲粥，三進三呵。德公姿無變容，顔色殊悅。林宗乃曰："始見子之面，今乃知卿心。"遂友善之，卒爲妙士。（《太平御覽》卷八百五十九《飲食部十七·糜粥》）

按：沙，蓋謂米硬如沙。《北堂書鈔》卷一百四十四《酒食部·粥篇十》、《初學記》卷二十六《飲食部十七·糜粥》皆引作《郭林宗別傳》，文字較《太平御覽》簡略，故錄《太平御覽》。《文選·王文憲集序》李善注引任昉《雜傳》："魏德公謂郭林宗曰：'經師易獲，人師難遭。'"

許曼（生卒不詳）

魯相右扶風臧仲英爲侍御史，家人作食，設案，欻有不清塵土投污之；炊臨熟，不知釜處；兵弩自行；火從篋籠中起，衣物燒盡，而籠故完；婦女婢使悉亡其鏡，數日堂下擲庭中，有人聲言："汝鏡。"女孫年三四歲，亡之，求不能得，二三日乃於清中糞下啼：若此非一。汝南有許季山者，素善卜卦，言："家當有老青狗物，內中婉御者益喜與爲之。誠欲絕，殺此狗，遣益喜歸鄉里。"皆如其言，因斷無纖介，仲英遷太尉長史。（《風俗通義·怪神》）

按：《搜神記》卷三亦記此事，文字稍有不同。許季山名峻，許曼祖父。《後漢書·方術傳下》："許曼者，汝南平輿人也。祖父峻，字季山，善卜占之術，多有顯驗，時人方之前世京房。自云少嘗篤病，三年不愈，乃謁太山請命，行遇道士張巨君，授以方術。所著《易林》，至今行於世。""曼少傳峻學。"《隋書·經籍志》有《易林》十六卷，焦贛撰，即今所傳《焦氏易林》。又有《易林》二卷，題費直撰。《易林》三卷，題魯洪度撰。然未見許曼《易林》，蓋隋時此書已亡。

李仲甫（生卒不詳）

《神仙傳》：李仲甫者，豐邑中益里人也。少學道于王君，服水丹有效。兼行遁甲，能步訣隱形。年百餘歲，轉少。初隱百日，一年復見形，後遂長隱。但聞其聲，與人對語，飲食如常，但不可見。有書生姓張，從學隱形術，仲甫言卿性褊急，未中教。然守之不止，費用數十萬，以供酒食，殊無所得。張患之，乃懷匕首往。先與仲甫語，畢，因依其聲所在，騰足而上，拔匕首，左右刺斫。仲甫已在床上，笑曰："天下乃有汝輩愚人，道學未得，而欲殺之，我寧得殺耶？我真能死汝，但恕其頑愚，不足間耳。"使人取一犬來，置書生前曰："視我能殺犬否。"犬適至，頭已墮地，腹已破。乃叱書生曰："我能使卿如犬行矣。"書生下地叩頭乃止，遂赦之。仲甫有相識人，居相去五百餘里，常以張羅自業。一旦張羅，得一鳥，視之，乃仲甫也，語畢別去。是日，仲甫已復至家。在民間三百餘年，後入西岳山去，不復還也。出《神仙傳》。(《太平廣記》卷十《神仙十》)

按：《列仙傳》："李仲甫，穎川人，漢桓帝時，賣筆遼東市上，一筆三錢，有錢亦與筆，無錢亦與筆。"(《藝文類聚》卷五十八《雜文部四·筆》) 李仲甫漢桓帝時人，此亦記底層文人售筆爲業。秦漢有神仙家故事，《史記》亦偶有記載，西漢逐漸史料豐富，後來衍化出此類完整的神仙著述如《列仙傳》《神仙傳》等，其叙事觀念與當時的經史子部迥然不同，對文人書寫思維與文學書寫風格有積極意義。

黃浮（生卒不詳）

《汝南先賢傳》：黃浮字隱公，陽安人。年二十，在於民伍，曾爲墟里所差，次當給亭。於是感激學書，慨然長嘆曰："黃浮非鄉里所知。"因隨人到京師求學，歲餘除昌慮長、濮陽令。同歲子爲都市掾，犯罪當死，一郡盡爲之請。浮曰："周公誅二弟，石碏討其子，今雖同歲子，浮所不能赦也。"治政清明，號爲神君。(《太平御覽》卷二百六十八《職官部六十六·良令長下》)

按：《北堂書鈔》卷六十有引，文字較此簡略。據《後漢書·陳蕃傳》，黃浮曾與單超同陷"黨錮之禍""超没侯覽財物，浮誅徐宣之罪，并蒙刑坐，不逢赦恕"。可見"黨錮之禍"涉及文人甚衆，黃浮、單超皆牽連在内。《後漢書·宦官傳》："單超，河南人；徐璜，下邳良城人；具瑗，魏郡元城人；左悺，河南平陰人；唐衡，穎川郾人也。桓帝初，超、璜、瑗爲中常侍，悺、衡爲小黃門史。"黨錮之禍，給東漢文人造成了深刻的心理衝擊，自此以後，文人更加認真考慮個人命運與政治生活的關係。

秦嘉（生卒不詳）

觀東漢一代，賢明婦人，如秦嘉妻徐氏，動合禮儀，言成規矩，毀形不嫁，哀慟傷生，此則才德兼美者也。（《史通·人物第三十》）

按：東漢"賢明婦人"不少，如班昭、馬倫、馬芝等，皆是。

秦嘉，字士會，隴西人，爲郡上掾，其妻徐淑，寢疾還家，不獲面別，贈詩云爾。（《玉臺新詠》卷一《秦嘉贈婦詩序》）

按：《隋書·經籍志》："梁又有婦人後漢黃門郎秦嘉妻《徐淑集》一卷。"《藝文類聚》載徐淑《與秦嘉書》。

左伯（生卒不詳）

左伯字子邑，東萊人，特工八分，名與毛弘等列，小異於邯鄲淳。亦擅名漢末，又甚能作紙。漢興，有紙代簡。至和帝時，蔡倫工爲之，而子邑尤得其妙。故蕭子良《答王僧虔書》云："子邑之紙，妍妙輝光；仲將之墨，一點如漆；伯英之筆，窮聲盡思。"妙物遠矣，邈不可追。出《書斷》。（《太平廣記》卷二百六《書一》）

按：《晉書·衛瓘傳》："漢末有左子邑，小與淳、鵠不同，然亦有名。"左伯"能造紙"，說明漢末書家已能自造紙張。仲將，韋誕；伯英，張芝。左伯之紙，與韋誕之墨、張芝之筆齊名，大致爲漢桓帝時人。

梁鵠（生卒不詳）

衛恒《四體書勢序》：上谷王次仲善隸書，始爲楷法。至靈帝好書，世多能者。而師宜官爲最，甚矜其能，每書，輒削焚其札。梁鵠乃益爲版而飲之酒，候其醉而竊其札，鵠卒以攻書至選部尚書。於是公欲爲洛陽令，鵠以爲北部尉。鵠後依劉表。及荆州平，公募求鵠，鵠懼，自縛詣門，署軍假司馬，使在秘書，以（勤）[勒]書自效。公嘗懸著帳中，及以釘壁玩之，謂勝宜官。鵠字孟黃，安定人。魏宮殿題署，皆鵠書也。（《三國志》卷一《魏志·武帝紀》裴松之注）

按：梁鵠曾任選部尚書，如《後漢書·百官志三》李賢注引蔡質《漢儀》稱："典天下歲盡集課事。三公尚書二人，典三公文書。吏曹尚書典選舉齋祀，屬三公曹。靈帝末，梁鵠爲選部尚書。"

梁鵠字孟皇，安定烏氏人。少好書，受法於師宜官。以善八分書知名，舉孝廉爲郎，亦在鴻都門下，遷選部郎。靈帝重之。魏武甚愛其書，常懸帳中，又以釘壁，以爲勝宜官也。于時邯鄲淳亦得次仲法，淳宜爲小字，鵠宜爲大字，不如鵠之用筆盡勢也。出《書斷》。（《太平廣記》卷二百六《書一》）

荀巨伯（生卒不詳）

荀巨伯遠看友人疾，值胡賊攻郡。友人語巨伯曰："吾今死矣，子可去！"巨伯曰："遠來相視，子令吾去，敗義以求生，豈荀巨伯所行邪？"賊既至，謂巨伯曰："大軍至，一郡盡空。汝何男子，而敢獨止？"巨伯曰："友人有疾，不忍委之。寧以我身代友人命。"賊相謂曰："我輩無義之人，而入有義之國！"遂班軍而還，一郡并獲全。（《世說新語·德行》）

按：《世說新語·德行》劉孝標注引《荀氏家傳》："巨伯，漢桓帝時人也。亦出穎川，未詳其始末。"《世說新語》《太平廣記》卷二百三十五引《殷芸小說》皆記此事，可見魏晉風流尚此。余嘉錫云："《後漢書·桓帝紀》：永壽元年秋七月，南匈奴左薁鞬臺耆、且渠伯德等叛，寇美稷，安定屬國都尉張奐討除之。二年秋七月，鮮卑寇雲中。延熹元年十二月，鮮卑寇邊，使匈奴中郎將張奐率南單于擊破之。二年春二月，鮮卑寇雁門。六月鮮卑寇遼東。六年五月鮮卑寇遼東屬國。九年六月南匈奴及烏桓、鮮卑寇緣邊九郡。秋七月遣使匈奴中郎將張奐擊南匈奴、烏桓、鮮卑。永康元年正月，夫餘王寇玄菟，太守公孫域與戰破之。嘉錫案：桓帝時，羌胡并叛，其胡賊之難如此。然他胡輒爲漢所擊敗，惟鮮卑常自來自去。此條末云'賊班師而還',則巨伯所值者,其鮮卑乎?其事既無可考,不知究在何年、何郡也。嘉錫又案:原本《說郛》卷四引《襄陽記》載此事,較《世說》爲略,蓋有刪節。第不知果出《襄陽記》原書否?當更考之。"

郭亮(133—?)

《汝南先賢傳》:郭亮童幼之年則有尚義之心。年十四始欲出學,聞潁川杜周甫精贍,多長杜,亮造門而師學焉。朝受其業,夕已精講,動聲則宮商清暢,推義則尋理釋結。周甫奇而偉之。(《太平御覽》卷三百八十五《人事部二十六·幼智下》)

按:《後漢書·李固傳》李賢注引《謝承書》:"亮字恆直,朗陵人也。"成童,李賢注:"成童,年十五也。"李固卒於漢桓帝建和元年(147),則郭亮生於漢順帝陽嘉二年(133)。《後漢書·李固傳》記郭亮哭葬李固事,其中有與"夏門亭長"即楊匡事,詳說見前。東漢士人哭收李固、陳蕃、杜喬者不少,已見前。清人金埴云:"古人篤于亡友,義勇之爲,莫如爲友歸櫬一事……又如云敞之葬吳章,孔車之葬主父偃;胡典之葬王吉,朱伯厚之葬陳蕃,胡騰之葬竇武,郭亮之葬李固……是皆青史表彰,爲千秋譚美。"

劉德昇(生卒不詳)

劉德昇字君嗣,潁川人。桓、靈世以造行書擅名。既以草創,亦甚妍美。風流婉約,獨步當時。胡昭、鍾繇,并師其法。世謂鍾繇善行狎書是也。而胡書體肥,鍾書體瘦,亦各有君嗣之美也。出《書斷》。(《太平廣記》卷二百六《書一》)

按:劉德昇桓靈時人,善行書,授胡昭、鍾繇。《晉書·衛恆傳》亦稱:"魏初有鍾胡二家爲行書法,俱學之於劉德升,而鍾氏小異,然亦各有巧,今大行於世云。"

《書斷》：後漢潁川劉德昇，字君嗣，造行書，即正書之小僞。務從簡易，相間流行，故謂之行書。王愔云："晋世以來，工書者多以行書著名，昔鍾元常善行狎書是也。爾後王羲之、獻之并造其極焉。"（《太平御覽》卷七百四十九《工藝部六·行書》）

按：此叙行書之由來及發展情況。

漢陰老父（生卒不詳）

《漢晋春秋》：桓帝幸樊城，百姓莫不觀，有一老父獨耕不輟，議郎張温使問焉，父笑而不答，温因與之言，問其姓名，不告而去。（《水經注》卷二十八）

按：《後漢書·逸民傳》："漢陰老父者，不知何許人也。桓帝延熹中，幸竟陵，過雲夢，臨沔水，百姓莫不觀者，有老父獨耕不輟。"《後漢書》將無名之農夫入《逸民傳》，此可見史家之史識。此又見《藝文類聚》卷十九引《漢晋春秋》。《後漢書》與《水經注》引《漢晋春秋》"笑而不答"，至《藝文類聚》作"嘯而不答"，《白孔六帖》、《太平御覽》引《漢晋春秋》同《類聚》，一字之變，意趣迥然不同。

任丹（生卒不詳）

《東觀漢記》：任丹傳《孟氏易》，作《通論》七卷，世傳之，號曰《任君通論》。（《太平御覽》卷六百九《學部三·易》）

按：東漢人多習孟喜《易》學，如梁竦、袁良、袁京、洼丹、任安、范升、夏恭等，皆是。而傳《孟氏易》能有撰述者不多，任丹《通論》乃傳《孟氏易》之作。此稱"論"，與儒家對經學之傳、注、箋、疏之體不同，而與東漢子學之"論"題名同。

橋玄（110—184）

　　太尉梁國橋玄公祖，爲司徒長史，五月末所，於中門外臥，夜半後，見東壁正白，如開門明，呼問左右，左右莫見，因起自往手捫摸之，壁自如故，還床復見之，心大悸動。其旦，予適往候之，語次相告；因爲説："鄉人有董彥興者，即許季山外孫也，其探賾索隱，窮神知化，雖眭孟京房，無以過也。然天性褊狹，羞於卜術。間來候師王叔茂，請起往迎。"須臾，便與俱還。公祖虛禮盛饌，下席行觴。彥興自陳："下土諸生，無他異分，幣重言甘，誠有踧踖，頗能别者，願得從事。"公祖辭讓再三，爾乃聽之。曰："府君當有怪，白光如門明者，然不爲害也。六月上旬雞鳴時，南方哭聲，吉也。到秋節，遷北，行郡以金爲名，位至將軍三公。"公祖曰："怪異如此，救族不暇，何能致望於所不圖？此相饒耳。"到六月九日未明，太尉楊秉暴薨。七月二日，拜鉅鹿太守，鉅邊有金。後爲度遼將軍，歷登三事。今妖見此，而應在彼，猶趙軮夢童子裸歌而吴入郢也。（《風俗通義·怪神》）

　　按：此處言楊秉薨時間（六月九日），與蔡邕《楊秉碑》言"延熹八年五月丙戌薨"不同。《搜神記》卷三亦記此事，惟言楊秉薨日不同："至六月九日，未明，太尉楊秉暴薨。"

　　《三國志·魏志》卷一《武帝本紀》裴松之注引《魏志》："太尉橋玄，世名知人，覩太祖而異之，曰：'吾見天下名士多矣，未有若君者也！君善自持。吾老矣！願以妻子爲托。'由是聲名益重。"裴松之注又引《續漢書》曰："玄字公祖，嚴明有才略，長於人物。"引張璠《漢紀》曰："玄歷位中外，以剛斷稱，謙儉下士，不以王爵私親。光和中爲太尉，以久病策罷，拜太中大夫，卒，家貧乏產業，柩無所殯。當世以此稱爲名臣。"此大致可見橋玄事迹、生平經歷。《後漢書·橋玄傳》則稱："橋玄字公祖，梁國睢陽人也。七世祖仁，從同郡戴德學，著《禮記章句》四十九篇，號曰'橋君學'。成帝時爲大鴻臚。祖父基，廣陵太守。父肅，東萊太守。玄少爲縣功曹。""橋君學"與橋仁"著《禮記章句》四十九篇"，疑東漢時事。本傳稱其"玄以光和六年卒，時年七十五"，而《蔡中郎集》卷五蔡邕《太尉橋公碑頌》稱"春秋七十五，光和七年五月甲寅薨"，則當從蔡邕碑，生於安帝永初四年（110），薨於靈帝光和七年（184）。劉躍進《秦漢文學編年史》有詳考（第594頁）。另，《漢魏六朝百三家集》題名曹操《祀橋太尉文》，即收錄在《後漢書·橋玄傳》。

《橋玄三碑》。《三鼎文》。《征鉞文》。睢陽有漢太尉橋玄墓，列數碑。一是漢朝群儒、英才哲士，感橋氏德行之美，乃共刊石立碑，以示後世。一碑是故吏司徒博陵崔烈、廷尉河南吳整等，以爲至德在已，揚之由人，苟不稱述，夫何考焉，乃共勒嘉石，昭明芳烈。一碑是隴西枹罕北次陌磶守長隨、爲左尉漢陽獂道趙馮孝高，以橋公嘗牧涼州，感三綱之義，慕將順之節，以爲公之勛美，宜宣舊邦，乃樹碑頌，以昭令德。光和元年，主記掾李友字仲遼作碑文。碑陰有《右鼎文》，建寧三年拜司空；又有《中鼎文》，建寧四年拜司徒；又有《左鼎文》，光和元年拜太尉。鼎銘文曰："故臣門人，相與述公之行。咨度體則，文德銘於三鼎，武功勒於征鉞，書於碑陰，以昭光懿。"又有鉞文稱："是用鏤石假像，作茲征鉞軍鼓，陳之於東階，亦以昭公之文武之勛焉。"（《隸釋》卷二十）

按：洪适《隸釋》卷二十七："《漢橋玄碑》二。在宋城縣，漢朝群儒感橋氏德行之美，乃共立碑。一故吏司徒博陵崔烈立，一令隴西抱罕等立。"

姜岐（生卒不詳）

皇甫士安《高士傳》：姜岐字子平，漢陽上郡人也。少失父，獨與母兄居，治《書》《易》《春秋》，恬居守道，名重西州。延熹中，沛國橋玄爲漢陽太守，召岐，欲以爲功曹。岐稱疾不就。玄怒，敕督郵尹益收岐，若實不起者，欲嫁其母，而後殺岐。益爭之。玄怒益，搗之。益得杖且諫曰："岐少修學孝義，栖遲衡廬，鄉里歸仁，名宣州里，實無罪杖。益敢以死守之。"玄心乃止。岐於是高名逾廣。及母死，喪禮畢盡，讓平水田與兄岑，遂隱。以畜蜂豕爲事，教授者滿於天下，營業者三百餘人。辟州從事，不詣。民從而居之者數千家。後舉賢良，公府辟以爲茂才，爲蒲坂令，皆不就。以壽終於家。(《太平御覽》卷五百八《逸民部八》)

按：《後漢書·橋玄傳》："郡人上邽姜岐，守道隱居，名聞西州。玄召以爲吏，稱疾不就。"漢桓帝延熹時橋玄召姜岐，則其生在此時。

庾乘（生卒不詳）

庾乘字世游，潁川鄢陵人也。少給事縣廷爲門士。林宗見而拔之，勸游學官，遂爲諸生傭。後能講論，自以卑第，每處下坐，諸生博士皆就儲問，由是學中以下坐爲貴。後徵辟并不起，號曰"徵君"。(《後漢書》卷六十八《庾乘傳》)

按：郭林宗見下僚，往往勸其游學。如《後漢書·孟敏傳》，林宗見孟敏而異之，因勸令游學。"庾乘下坐"乃一典故。

淳于翼（生卒不詳）

《會稽典錄》：淳于翼，字叔通，除洛陽市長。桓帝即位，有大蛇見德陽殿上，翼占曰："以蛇有鱗，甲兵之應也。"(瞿曇悉達《唐開元占經》卷一百二十《龍魚蟲蛇占》)

按：《會稽典錄》據稱乃東晉虞預所撰，與干寶同時，二人皆記此事，可知必有所據。

漢桓帝即位，有大蛇見德陽殿上。洛陽市令淳于翼曰："蛇有鱗，甲兵之象也；見于省中，將有椒房大臣受甲兵之象也。"乃棄官遁去。到延熹二年，誅大將軍梁冀，捕治家屬，揚兵京師也。(《搜神記》卷六)

按：《後漢書·五行志》注引《搜神記》此材料。《搜神記》一般被視作志怪小說，而李賢注《後漢書》引此書，是以其爲實事。《後漢紀·孝桓皇帝紀》："縣民故洛陽市長淳于翼學問淵深，大儒舊名，常隱於田里，希見長吏。"

魏朗（生卒不詳）

《會稽典錄》：魏朗，字少英，上虞人。少爲縣吏，兄爲鄉人所殺，朗白日操刀報讎於縣中。遂亡命到陳國，從博士郄仲信學《春秋圖緯》，又詣太學受《五經》，京師長者李膺之徒爭從之。（《太平御覽》卷四百八十二《人事部一百二十三·仇讎下》）

按：《後漢書·黨錮傳》亦記此事。《後漢書·魏朗傳》與《會稽典錄》多相似，二者之間應有傳承關係。魏朗學《春秋圖緯》與《五經》，李膺師事魏朗。魏朗有書《魏子》，《後漢書·黨錮傳》稱："（魏）朗性矜嚴，閉門整法度，家人不見墮容。後竇武等誅，朗以黨被急徵，行至牛渚，自殺。著書數篇，號《魏子》云。"既然號稱《魏子》，當屬子部儒家作品。

范冉（丹）（112—185）

遭黨人禁錮，遂推鹿車，載妻子，捃拾自資，或寓息客廬，或依宿樹蔭。如此十餘年，乃結草室而居焉。所止單陋，有時粮粒盡，窮居自若，言貌無改，閭里歌之曰："甑中生塵范史雲，釜中生魚范萊蕪。"（《後漢書》卷八十一《獨行傳》）

按：《樂府詩集》卷八十五作《范史雲歌》。《後漢書·獨行傳》："范冉字史雲，陳留外黄人也。少爲縣小吏，年十八，奉檄迎督郵，冉恥之，乃遁去。到南陽，受業于樊英。又游三輔，就馬融通經，歷年乃還。"李賢注："冉，或作丹。"又稱："冉好違時絶俗，爲激詭之行。常慕梁伯鸞、閔仲叔之爲人。與漢中李固、河内王奂親善，而鄙賈偉節、郭林宗焉。"可知范冉有狂狷之氣。本傳又稱："中平二年，年七十四，卒於家。"何焯曰："至於李公，名輩已高，不得與史雲爲友。李公被難，在桓帝建和元年，疑史雲之友別有一李子堅，史家因氏與字偶同，遂舉李公以實之，大書於前爾。"本傳稱中平二年（185）卒，年七十四，當生於安帝永初五年（112）。蔡邕《范丹碑》稱"年七十有四，中平二年四月卒"。

王奐（生卒不詳）

《謝承書》：奐字子昌，河內武德人。明《五經》，負笈追業，常賃灌園，恥交勢利。爲考城令，遷漢陽太守，徵拜議郎，卒。（《後漢書》卷八十一《獨行傳》李賢注）

按：王奐與范冉（丹）親近，見范冉（丹）條。何焯曰："下文王子炳，即奐字也，與謝書互異。"

宗資（生卒不詳）

《謝承書》：宗資字叔都，南陽安衆人也。家代爲漢將相名臣。祖父均，自有傳。資少在京師，學《孟氏易》《歐陽尚書》。舉孝廉，拜議郎，補御史中丞、汝南太守。署范滂爲功曹，委任政事，推功於滂，不伐其美。任善之名，聞於海內。（《後漢書》卷六十七《黨錮傳》李賢注）

按：宗資，即《後漢書》宋均孫，學《孟氏易》《歐陽尚書》。《後漢書考證》："《宋均傳》：'宋均字叔庠，南陽安衆人也。'何焯曰：'按《黨錮列傳》注引《謝承書》云："宗資字叔都，南陽安衆人也，家代爲漢將相名臣，祖父均，自有傳。"則宋字傳寫誤也。'《南蠻傳》中叙受降事，正作謁者宗均，此即見於本書可參校者。"

蔡衍（生卒不詳）

蔡衍字孟喜，汝南項人也。少明經講授，以禮讓化鄉里。鄉里有爭訟者，輒詣衍決之，其所平處，皆曰無怨。（《後漢書》卷六十七《黨錮傳》）

按：蔡衍明經，以禮化俗，是經學在鄉里有教化與治理之實用效果。

成瑨（？—166）

《謝承書》：成瑨少脩仁義，篤學，以清名見。舉孝廉，拜郎中，遷南陽太守。郡舊多豪强，中官黃門盤（牙）〔互〕境界。瑨下車，振威嚴以擒攝之。是時桓帝乳母、中官貴人外親張子禁，怙恃貴埶，不畏法網，功曹岑晊勸使捕子禁付宛獄，笞殺之。桓帝徵瑨，下獄死。（《後漢書》卷六十七《黨錮傳》李賢注）

按："以清名見"，是謝承《後漢書》對東漢人物多品鑒之辭，則該書對六朝人物品鑒之影響，值得注意。謝承《後漢書》："成瑨字幼平，弘農人。"（《後漢書》卷三十《襄楷傳》李賢注）《白孔六帖》卷七十七《刺史一》："成瑨爲南陽守，任功曹岑晊。人語曰：'南陽太守岑公孝，弘農成瑨但坐嘯。'"《桓帝紀》稱"（延熹九年九月）南陽太守成瑨、太原太守劉瓆，并以譖棄市"，則其卒於延熹九年（166）。

岑晊（生卒不詳）

岑晊字公孝，南陽棘陽人也。父（像）〔豫〕，爲南郡太守，以貪叨誅死。晊年少未知名，往候同郡宗慈，慈方以有道見徵，賓客滿門，以晊非良家子，不肯見。晊留門下數日，晚乃引入。慈與語，大奇之，遂將俱至洛陽，因詣太學受業。（《後漢書》卷六十七《黨錮傳》）

按：岑晊與郭泰、朱穆等爲友，"李膺、王暢稱其有幹國器"。《論語》子謂仲弓曰："犁牛之子騂且角，雖欲勿用，山川其舍諸。"岑晊之父貪叨，而晊至賢，亦"騂且角"之類也。《藝文類聚》卷十九《人部三·謳謠》引謝承《後漢書》："岑胵遷魏郡太守，人歌之曰：'我有枳棘，岑君伐之。我有蟊賊，岑君遏之。狗犬不驚，足下生氂。含哺鼓腹，焉知凶災。我嘉我生，獨丁斯時。美哉岑君，於戲在兹。'""胵"或當作"熙"，范曄《後漢書·岑熙傳》、《北堂書鈔》卷三十五引華嶠《後漢書》皆繫此歌于"岑熙"，作"岑熙"是。

孟敏（生卒不詳）

《郭林宗別傳》：鉅鹿孟敏，字叔達。敦樸質直。客居太原，雜處凡俗，未有所名。嘗至市買甑，荷擔墮地，壞之，徑去不顧。適遇林宗，見而異之。因問曰："壞甑可惜，何以不顧？"客曰："甑既已破，視之何益？"林宗賞其介決，因以知其德性，謂必爲美士，勸令讀書。游學十年，遂知名。三府并辟，不就，東夏以爲美賢。（《世說新語·黜免》劉孝標注）

按：《後漢書·孟敏傳》："孟敏字叔達，鉅鹿楊氏人也。"李賢注："《十三州志》曰：'楊氏縣在魏郡北地。'"此又見於《太平御覽》卷七百五十七所引《郭林宗別傳》。

臧旻（生卒不詳）

《謝承書》：旻達於從政，爲漢良吏，遷匈奴中郎將。還京師，太尉袁逢問其西域諸國土地風俗人物種數，旻具答言西域本三十六國，後分爲五十五，稍散至百餘國。大小，道里近遠，人數多少，風俗燥濕，山川草木鳥獸異物名種不與中國同者，口陳其狀，手畫地形。逢奇其才，嘆息言："雖班固作《西域傳》，何以加此乎？"（《後漢書》卷五十八《臧洪傳》李賢注）

按：《後漢書·臧洪傳》："（臧洪）父旻，有幹事才。"臧旻有識地理之才，曾任揚州刺史、徐州從事、使匈奴中郎將。

邊韶（生卒不詳）

邊韶字孝先，陳留浚儀人也。以文章知名，教授數百人。韶口辯，曾晝日假臥，弟子私嘲之曰："邊孝先，腹便便。懶讀書，但欲眠。"韶潛聞之，應時對曰："邊爲姓，孝爲字。腹便便，《五經》笥。但欲眠，思經事。寐與周公通夢，静與孔子同意。師而可嘲，出何典記？"嘲者大慚。韶之才捷皆此類也。桓帝時，爲臨潁侯相，徵拜太中大夫，著作東觀。再遷北地太守，入拜尚書令。後爲陳相，卒官。著詩、頌、碑、銘、書、策凡十五篇。(《後漢書》卷八十上《文苑傳上》)

按：《藝文類聚》卷二十五引《續漢書》亦有此事。邊韶曾與崔寔、延篤著作東觀，其所著文十五篇今多不傳，嚴可均《全後漢文》有題名《塞賦》《河激頌》《老子銘》等文。所謂"《河激頌》"，全文見《水經注》卷七，其中有云："門南際河，有故碑云……陳留浚儀邊韶字孝先頌。石銘歲遠，字多淪缺，其所滅，蓋厥如也。"可知邊韶此碑頌文至南北朝時仍存。

侯瑾（生卒不詳）

侯瑾字子瑜，敦煌人也。少孤貧，依宗人居。性篤學，恒傭作爲資，暮還輒燃柴以讀書。常以禮自牧，獨處一房，如對嚴賓焉。州郡累召，公車有道徵，并稱疾不到。作《矯世論》以譏切當時。而徙入山中，覃思著述。以莫知於世，故作《應賓難》以自寄。又案《漢記》撰中興以後行事，爲《皇德傳》三十篇，行於世。餘所作雜文數十篇，多亡失。(西)河[西]人敬其才而不敢名之，皆稱爲侯君云。(《後漢書》卷八十下《文苑傳下》)

按：《太平御覽》卷六百十六引謝承《後漢書》、《藝文類聚》卷八十引《汝南先賢傳》、《太平御覽》卷八百二十九引《漢皇德頌》，皆錄其燃火讀書事。燃柴以讀書，窮鄉僻壤之農家子弟，至今尚有之。侯瑾燃柴讀書故事，又見《北堂書鈔》卷九十七引《文士傳》。另據《漢皇德頌》引侯瑾事，知當時"頌漢德"之文，非惟記朝廷、外戚、名臣，亦多記兩漢賢人事。《皇德傳》三十篇，即《隋書·經籍志》所云："《漢皇德紀》三十卷。漢有道徵士侯瑾撰。起光武至沖帝。"《隋書·經籍志》有《侯瑾集》二卷，《藝文類聚》卷四十四有"侯瑾《箏賦》"，《初學記》卷十有《述志詩》，當皆出其集。

《敦煌實錄》：侯瑾字子瑜，解鳥語。嘗出門，見白雀與群雀同行，

慨然嘆曰:"今天下大亂,君子小人相與雜。"(《太平御覽》卷九百二十二《羽族部九·赤雀》)

按:王隱《晋書》:"漢末,博士敦煌侯瑾,善內學,語弟子曰:'涼州城西有泉水當竭,當有雙闕起其上。'魏嘉平中,武威太守起學舍,築闕於此。"(《藝文類聚》卷六十二《居處部二·闕》)東漢"内學",即讖緯之學。此"解鳥語",有民間傳聞色彩,當與其"内學"有關。《太平御覽》引謝承《後漢書》《汝南先賢傳》《敦煌實錄》多記侯瑾事,知侯瑾在當時有較大社會影響。

劉褒(生卒不詳)

後漢劉褒,桓帝時人。曾畫雲台閣,人見之覺熱;又畫北風圖,人見之覺凉。官至蜀郡太守。出張華《博物志》。(《太平廣記》卷二百一十《畫一》)

按:張彥遠《歷代名畫記》卷四亦載此條,小注云見孫暢之《述畫記》及張華《博物志》。

馬子侯(生卒不詳)

應璩《新詩》:漢末桓帝時,郎有馬子侯。自謂識音律,請客鳴笙竽。爲作《陌上桑》,反言《鳳將雛》。左右僞稱善,亦復自搖頭。(《北堂書鈔》卷一百十《樂部·竽十七》;《太平御覽》卷四百九十《人事部一百三十一·痴》)

按:此出應璩《百一詩》。

劉淑(生卒不詳)

《謝後書》:劉淑字仲承,舉賢良方正,對策十二科,爲天下諸儒之

表，擢爲議郎。（《北堂書鈔》卷五十六《設官部八·議郎四十五》）

按：《後漢書·黨錮傳》："劉淑字仲承，河間樂成人也。祖父稱，司隸校尉。淑少學明《五經》，遂隱居，立精舍講授，諸生常數百人。州郡禮請，五府連辟，并不就。"劉淑明《五經》，對策天下第一。《四庫全書》本《北堂書鈔》文字與此稍異。

李盛（生卒不詳）

孝桓帝時，河南李盛仲和爲郡守，貪財重賦。國人刺之曰："狗吠何諠諠，有吏來在門。披衣出門應，府記欲得錢。語窮乞請期，吏怒反見尤。旋步顧家中，家中無可與。思往從鄰貸，鄰人已言匱。錢錢何難得，令我獨憔悴！"（《華陽國志》卷一）

按：此歌爲完整的五言句式，《太平御覽》卷四百九十二有引。

張漢直（生卒不詳）

陳國張漢直，到南陽從京兆尹延叔堅讀《左氏傳》，行後數月，鬼物持其女弟言："我病死喪在陌上，常苦飢寒，操一量不借，掛屋後楮上，傅子方送我五百錢，在北墉中，皆亡取之。又買李幼一頭牛，本券在書篋中。"往求索之，悉如其言。婦尚不知有此妹，新從聟家來，非其所及。家人哀傷，益以爲審。父母諸弟，衰絰到來迎喪，去精舍數里，遇漢直與諸生十餘人相隨，漢直顧見其家，怪其如此。家見漢直，謂其鬼也，惝惘良久。漢直乃前爲父拜，説其本末，且悲且喜。凡所聞見，若此非一。夫死者、澌也，鬼者、歸也，精氣消越，骨肉歸於土也。夏后氏用明器，殷人用祭器，周人兼用之，視民疑也。子貢問孔子："死者其有知乎？"曰："賜，爾死自知之，由未晚也。"董無心云："杜伯死，親射宣王於鎬京，子以爲桀、紂所殺，足以成軍，可不須湯、武之衆。"古事既察，且復以今驗之。人相啖食，甚於畜生。凡菜肝鱉瘕，尚能病人。人用物精多，有生之最靈者也，何不芥蒂於其胸腹，而割裂之哉？猶死者無知審矣。而時

有漢直爲狗鼠之所爲。(《風俗通義·怪神》)

按：從延篤學《左傳》，亦底層文人。

張道陵(34—156)

天師張道陵，字輔漢，沛國豐縣人也。本太學書生，博采《五經》，晚乃嘆曰："此無益於年命。"遂學長生之道，得《黃帝九鼎丹經》，修鍊於繁陽山。丹成服之，能坐在立亡，漸漸復少。後於萬山石室中，得隱書秘文及制命山岳衆神之術，行之有驗。

初，天師値中國紛亂，在位者多危，退耕于餘杭，又漢政陵遲，賦斂無度，難以自安，雖聚徒教授，而文道凋喪，不足以拯危佐世。陵年五十，方退身修道，十年之間，已成道矣。聞蜀民樸素可教化，且多名山，乃將弟子入蜀於鶴鳴山隱居。既遇老君，遂於隱居之所，備藥物，依法修鍊，三年丹成，未敢服餌，謂弟子曰："神丹已成，若服之，當衝天爲真人，然未有大功於世，須爲國家除害興利以濟民庶，然後服丹即輕舉，臣事三境，庶無愧焉。"老君尋遣清和玉女，教以吐納清和之法，修行千日，能内見五藏，外集外神，乃行三步九迹，交乾履斗，隨罡所指，以攝精邪，戰六天魔鬼，奪二十四治，改爲福庭，名之化宇，降其帥爲陰官。先時蜀中魔鬼數萬，白晝爲市，擅行疫癘，生民久罹其害，自六天大魔推伏之後，陵斥其鬼衆，散處西北不毛之地，與之爲誓曰："人主於晝，鬼行於夜，陰陽分別，各有司存，違者正一有法，必加誅戮。"於是幽冥異域，人鬼殊途，今西蜀青城山有鬼市，并天師誓鬼碑，石天地、石日月存焉。(葛洪《神仙傳》卷五)

按：《後漢書·張魯傳》："(張)魯字公旗。初，祖父陵，順帝時客於蜀，學道鶴鳴山中，造作符書，以惑百姓。受其道者輒出米五斗，故謂之'米賊'。陵傳子衡，衡傳於魯，魯遂自號'師君'。其來學者，初名爲'鬼卒'，後號'祭酒'。祭酒各領部衆，衆多者名曰'理頭'。皆校以誠信，不聽欺妄，有病但令首過而已。"此言張道陵"順帝時客於蜀"，《太平廣記》卷六十引《女仙傳》則稱其"年五十方修道。及丹成，又二十餘年。既術用精妙，遂入蜀"，則入蜀時已逾七十，與此正合。以張道陵通《五經》，或後世附會。秦皇漢武以來，帝王多求長生不死之道，至東漢張道陵而生成道教，其學博采儒家、黃老、神仙甚至佛教思想，當不無可能。大致生活在漢章、順帝時期，然《女仙傳》言其桓帝永壽二年（156）飛升。

《真誥》：張陵字輔漢，沛國豐人也。本大儒，晚學長生之道，得九鼎丹經。聞蜀中多名山，乃入鳴鵠山，著道書二十餘篇。仙去。（《太平御覽》卷六百六十二《道部四·天仙》）

按：以張道陵爲"大儒"，是調和儒、道矛盾。

昔茅盈字叔申，王褒字子登，張道陵字輔漢，泊九聖七真，凡得道授書者，皆朝王母於昆陵之闕焉。時叔申、道陵侍太上道君，乘九蓋之車，控飛虬之軌，越積石之峰，濟弱流之津，浮白水，凌黑波，顧盼倏忽，詣王母于闕下。出《集仙錄》。（《太平廣記》卷五十六）

按：《太平廣記》卷三百九十九："陵州鹽井，後漢仙者沛國張道陵之所開鑿。周迴四丈，深五百（'五百'二字原缺，據明抄本補）四十尺。置竈煮鹽，一分入官，二分入百姓家。因利所以聚人，因人所以成邑。（出《陵州圖經》）"《太平廣記》卷四百二十四："義興縣山水秀絕，張公洞尤奇麗。里人云，張道陵修行之所也。（出《逸史》）"

孫夫人（？—156）

孫夫人，三天法師張道陵之妻也。同隱龍虎山，修三元默朝之道積年，累有感應。時天師得黃帝龍虎中丹之術，丹成服之，能分形散影，坐在立亡。天師自鄱（鄱原作潘。據《墉城集仙錄》改）陽入嵩高山，得隱書《制命之術》，能策召鬼神。時海內紛擾，在位多危。又大道凋喪，不足以拯危佐世。年五十方修道。及丹成，又二十餘年。既術用精妙，遂入蜀，游諸名山，率身行教。夫人棲真江表，道化甚行。以漢桓帝（按：桓帝疑當作衝帝）永嘉元年乙酉到蜀，居陽平化，煉金液還丹。依太乙元君所授黃帝之法，積年丹成，變形飛化，無所不能。以桓帝永壽二年丙申，九月九日，與天師于閬中雲臺化，白日升天，位至上真東岳夫人。子衡，字靈真，繼志修煉，世號嗣師，以靈帝光和二年，歲在己未，正月二十三日，于陽平化，白日升天。孫魯，字公期，世號嗣師，當漢祚陵夷，中土紛亂，爲梁益二州牧，鎮南將軍，理于漢中。魏祖行靈帝之命，就加爵秩。旋以劉璋失蜀，蜀先主舉兵，公期托化歸真，隱影而去。初，夫人居化中，遠近欽奉，禮謁如市。遂於山趾化一泉，使禮奉之人，以其水盥沐，然後方詣道靜。號曰解穢水，至今在焉。山有三重，以象三境。其前有白陽池，即太上老君游宴之所，後有登真洞，與青城、峨眉、青衣山、西玄山洞府相通，故爲二十四化之首也。出《女仙傳》。(《太平廣記》卷六十)

按：據此處所言，孫夫人與張道陵俱於桓帝永壽二年（156）飛升。

卷十六

漢靈帝劉宏（157—189）

初，帝好學，自造《皇羲篇》五十章，因引諸生能爲文賦者。本頗以經學相招，後諸爲尺牘及工書鳥篆者，皆加引召，遂至數十人。侍中祭酒樂松、賈護，多引無行趣埶之徒，并待制鴻都門下，憙陳方俗閭里小事，帝甚悦之，待以不次之位。（《後漢書》卷六十下《蔡邕傳》）

按：惠棟《後漢書補注》："按《典略》，熹平四年五月造。"《文心雕龍·時序》："降及靈帝，時好辭製，造（義）皇［羲］之書，開鴻都之賦，而樂松之徒，招集淺陋，故楊賜號爲驩兜，蔡邕比之俳優，其餘風遺文，蓋蔑如也。"漢靈帝造《皇羲》，實爲賦頌之需要，楊賜、蔡邕雖有批評，然亦是漢末文學之一新變。

孝靈帝建寧中，京師長者，皆以葦辟方笥爲妝，其時有識者竊言：葦方笥，郡國讞篋也，今珍用之，天下皆當有罪，讞於理官也。後黨錮皆讞廷尉，人名悉葦方笥中，斯爲驗矣。

靈帝好胡服、胡帳、胡床，京師皆競爲之；後董卓擁胡兵掠宮掖。

漢靈帝好胡舞。

靈帝於西園宮中駕四白驢，躬自操轡，馳驅周旋，以爲大樂；於是公卿貴戚轉相仿，至乘軒以爲騎從，價與馬齊。凡人相罵曰死驢，醜惡之稱也。董卓陵虐王室執政皆如死驢。

靈帝數以車騎將軍過拜孼臣內孼，又贈亡人，顯號加於頑凶，印綬污於腐尸；昔辛有覩被髮之祥，知其爲戎，今假號雲集，不亦宜乎！

靈帝時，京師賓婚嘉會，皆作魁㰝，酒酣之後，續以挽歌。魁㰝，喪家之樂；挽歌，執紼相偶和之者。天戒若曰國家當急殄悴，諸貴樂皆死亡也。自靈帝崩後，京師壞滅，户有兼尸，蟲而相食，魁㰝挽歌，斯之效乎！（以上出《風俗通義》佚文，王利器《風俗通義校注》）

按：以上又見於《後漢書》李賢注、《北堂書鈔》、《搜神記》等。《後漢書·靈帝紀》："（光和元年）始置鴻都門學生。"《後漢書·靈帝紀》李賢注："鴻都，門名也，於內置學。時其中諸生，皆敕州、郡、三公舉召能爲尺牘辭賦及工書鳥篆者相課試，至千人焉。"

靈帝初平三年，游於西園。起裸游館千間，采綠苔而被階，引渠水以繞砌，周流澄澈。乘船以游漾，使宫人乘之，選玉色輕體者，以執篙楫，搖漾於渠中。其水清澄，以盛暑之時，使舟覆没，視宫人玉色。又奏《招商》之歌，以來涼氣也。歌曰："涼風起兮日照渠，青荷晝偃葉夜舒，惟日不足樂有餘。清絲流管歌玉鳧，千年萬歲喜難逾。"渠中植蓮，大如蓋，長一丈，南國所獻。其葉夜舒晝卷，一莖有四蓮叢生，名曰"夜舒荷"。亦云月出則舒也，故曰"望舒荷"。帝盛夏避暑于裸游館，長夜飲宴。帝嗟曰："使萬歲如此，則上仙也。"宫人年二七已上，三六以下，皆靚妝，解其上衣，惟著內服，或共裸浴。西域所獻茵墀香，煮以爲湯，宫人以之浴浣畢，使以餘汁入渠，名曰"流香渠"。又使内竪爲驢鳴。於館北又作雞鳴堂，多畜雞，每醉迷於天曉，內侍競作雞鳴，以亂真聲也。乃以炬燭投於殿前，帝乃驚悟。及董卓破京師，散其美人，焚其宫館。至魏咸熙中，先所投燭處，夕夕有光如星。後人以爲神光，於此地立小屋，名曰"餘光祠"，以祈福。至魏明末，稍掃除矣。（《拾遺記》卷六）

按：《太平御覽》卷五百八十《樂部十八·笛》引《樂纂》："橫笛，小篪也。漢靈帝好胡笛，有胡笛篪出於胡吹，即此也。梁胡歌云：'快馬不須鞭，拗折楊柳枝，下馬吹橫笛，愁殺路傍兒。'此歌辭元出北國，知橫笛是北國名。今橫笛皆去觜觜，其有觜者，謂之義觜笛。"

漢靈帝數游戲於西園中，令後宫采女爲客舍主人，身爲估服，行至舍，問采女下酒食，因共飲食，以爲戲樂。是天子將欲失位，降在皂隸之謠也。其後天下大亂。古志有曰："赤厄三七。"三七者經二百一十載，當有外戚之篡，丹眉之妖。篡盜短祚，極於三六，當有飛龍之秀，興復祖宗。又歷三七，當復有黃首之妖，天下大亂矣。自高祖建業，至於平帝之末，二百一十年，而王莽篡，蓋因母后之親。十八年而山東賊樊子都等起，實丹其眉，故天下號曰"赤眉"。於是光武以興祚，其名曰秀。至於靈帝中平元年，而張角起，置三十六方，徒衆數十萬，皆是黃巾，故天下號曰"黃巾賊"，至今道服，由此而興。初起於鄴，會於眞定，誑感百姓曰："蒼天已死，黃天立。歲名甲子年，天下大吉。"起於鄴者，天下始業也，會於眞定也。小民相向跪拜趨信。荊、揚尤甚。乃棄財産，流沉道路，死者無數。角等初以二月起兵，其冬十二月悉破。自光武中興至黃巾之起，未盈二百一十年，而天下大亂。漢祚廢絶，方應三七之運。(《搜神記》卷六)

按：本事見《後漢書・五行志一》。"三七之厄"，在《漢書》中有三次記載，分見於《路溫舒傳》《谷永傳》與《王莽傳》，主要說西漢國運有二百一十年。此處將"三七之厄"推廣至整個東西漢，顯然是後人的一種認識。

靈帝建寧中，男子之衣好爲長服，而下甚短；女子好爲長裾，而上甚短。是陽無下而陰無上，天下未欲平也。後遂大亂。

靈帝建寧三年春，河內有婦食夫，河南有夫食婦。夫婦陰陽，二儀有情之深者也。今反相食，陰陽相侵，豈特日月之眚哉。靈帝既没，天下大亂，君有妄誅之暴，臣有劫弒之逆，兵革相殘，骨肉爲讎，生民之禍極矣。故人妖爲之先作。恨而不遭辛有、屠乘之論，以測其情也。

靈帝熹平二年六月，洛陽民訛言：虎賁寺東壁中，有黃人，形容鬚眉良是。觀者數萬。省內悉出，道路斷絶。到中平元年二月，張角兄弟起兵冀州，自號"黃天"。三十六方，四面出和。將帥星布，吏士外屬。因其疲餒，牽而勝之。

靈帝熹平三年，右校別作中，有兩梓樹，皆高四尺許，其一枝宿昔暴長，長一丈餘，粗大一圍，作胡人狀，頭目鬢鬢髮俱具。其五年，十月壬午，正殿側有槐樹，皆六七圍，自拔倒竪，根上枝下。又中平中，長安城西北六七里，空樹中，有人面，生鬢。其於《洪範》，皆爲木不曲直。

靈帝光和元年，南宮侍中寺，雌鷄欲化爲雄，一身毛皆似雄，但頭冠尚未變。

靈帝光和二年，洛陽上西門外女子生兒，兩頭，異肩共胸，俱前向。以爲不祥，墮地棄之。自是之後，朝廷霿亂，政在私門，上下無別，二頭之象。後董卓戮太后,被以不孝之名,放廢天子,後復害之,漢元以來,禍莫逾此。

光和四年,南宫中黄門寺,有一男子,長九尺,服白衣。中黄門解步呵問:"汝何等人!白衣妄入宫掖!"曰:"我梁伯夏後。天使我爲天子。"步欲前收之,因忽不見。

光和七年,陳留、濟陽、長垣、濟陰、東郡、冤句、離狐界中,路邊生草,悉作人狀,操持兵弩,牛馬龍蛇鳥獸之形,白黑各如其色,羽毛、頭目、足翅皆備,非但仿佛,像之尤純。舊説曰:"近草妖也。"是歲有黃巾賊起,漢遂微弱。

靈帝中平元年,六月壬申,洛陽男子劉倉,居上西門外,妻生男,兩頭共身。至建安中,女子生男,亦兩頭共身。

中平三年八月中,懷陵上有萬餘雀,先極悲鳴,已因亂鬥相殺,皆斷頭,懸著樹枝枳棘。到六年,靈帝崩。夫陵者,高大之象也。雀者,爵也。天戒若曰:"諸懷爵禄而尊厚者,還自相害,至滅亡也。"

漢時,京師賓婚嘉會,皆作"魁檑",酒酣之後,續以"挽歌"。"魁檑",喪家之樂;"挽歌",執紼相偶和之者。天戒若曰:"國家當急殄悴,諸貴樂皆死亡也。"自靈帝崩後,京師壞滅,戶有兼尸,蟲而相食者,"魁檑""挽歌",斯之效乎?

靈帝之末,京師謠言曰:"侯非侯,王非王,千乘萬騎上北邙。"到中平六年,史侯登躡至尊,獻帝未有爵號,爲中常侍段珪等所執,公卿百僚,皆隨其後,到河上,乃得還。(以上俱見《搜神記》卷六)

按:史傳中有關末世帝王之記載,多神怪陸離之説,以上即多災異、妖怪之事,雖出《搜神記》,然亦多出於史書。

吴伉(生卒不詳)

小黄門甘陵吴伉,善爲風角,博達有奉公稱。知不得用,常托病還寺舍,從容養志云。(《後漢書》卷七十八《宦者傳》)

按:東漢宦者亦有方術之學。

劉祐（？—169）

《謝承書》：祐，宗室胤緒，代有名位。少脩操行，學《嚴氏春秋》《小戴禮》《古文尚書》，仕郡爲主簿。郡將小子嘗出錢付之，令市買果實，祐悉以買筆書具與之，因白郡將，言"郎君年可入小學，而但傲很，遠近謂明府無過庭之教，請出授書"。郡將爲使子就祐受經，五日一試，不滿呈限，白決罰，遂成學業也。（《後漢書》卷六十七《黨錮傳》李賢注）

按：劉祐爲郡將小子買筆墨書具之事，有類戰國時馮諼爲孟嘗君焚券市義，皆購主家所缺之物也。《後漢書·黨錮傳》："劉祐字伯祖，中山安國人也。安國後別屬博陵。祐初察孝廉，補尚書侍郎，閑練故事，文札強辨，每有奏議，應對無滯，爲僚類所歸。"

博陵劉伯祖爲河東太守，所止承塵上有神，能語，常呼伯祖與語，及京師詔書詔下消息，輒預告伯祖。伯祖問其所食啖，欲得羊肝。乃買羊肝，於前切之，臠，隨刀不見，盡兩羊肝。忽有一老狸，眇眇在案前，持刀者欲舉刀斫之，伯祖呵止。自著承塵上。須臾大笑曰："向者啖羊肝，醉忽失形，與府君相見，大慚愧。"後伯祖當爲司隸，神復先語伯祖曰："某月某日，詔書當到。"至期如言。及入司隸府，神隨逐在承塵上，輒言省內事。伯祖大恐怖，謂神曰："今職在刺舉。若左右貴人，聞神在此，因以相害。"神答曰："誠如府君所慮。當相捨去。"遂即無聲。（《搜神記》卷十八）

按：魏晉狐妖事，繫於東漢劉祐，此是六朝志怪題材之一。

宗俱（？—173）

《司空宗俱碑》。右司空宗俱碑，云："公諱俱，字伯儷，南陽安衆人也。"而其額題"漢故司空宗公之碑"。按《後漢書·宋均傳》，均族子意，意孫俱，靈帝時爲司空。余嘗得宗資墓前石獸髆上刻字，因以後漢《帝紀》及《姓苑》《姓纂》等諸書參考，以謂自均而下，其姓皆當作

"宗"，而列傳轉寫爲"宋"，誤也。後得此碑，益知前言之不謬。碑以殘缺，不成文理，而官秩、姓名、鄉里特完可考，故詳著之。（《隸釋》卷二十六）

按：據此碑，知宋均當作宗均。《後漢書·靈帝紀》："（熹平）二年春正月，大疫，使使者巡行致醫藥。丁丑，司空宗俱薨。"李賢注："俱字伯儷，南陽安衆人。"可知宗俱熹平二年（173）卒。

來艷（？—178）

世間亡者，多有見神，語言飲食，其家信以爲是，益用悲傷。謹按：司空南陽來季德停喪在殯，忽然坐祭床上，顏色服飾，聲氣熟是也，孫兒婦女，以次教誡，事有條貫，鞭撻奴婢，皆得其過，飲食飽滿，辭訣而去，家人大哀剝斷絕，如是三四，家益厭苦。其後飲醉形壞，但得老狗，便撲殺之，推問里頭沽酒家狗。（《風俗通義·怪神》）

按：《後漢書·來歷傳》："（來定）弟艷，字季德，少好學下士，開館養徒，少歷顯位，靈帝時，再遷司空。"《後漢書》卷八《靈帝紀》李賢注："艷字季德，南陽新野人。"《靈帝紀》記來艷於建寧四年夏四月、光和元年夏四月爲司空，光和元年（178）九月，"司空來艷薨"。此事當在光和元年。

陽球（？—179）

陽球字方正，漁陽泉州人也。家世大姓冠蓋。球能擊劍，習弓馬。性嚴厲，好申韓之學。郡吏有辱其母者，球結少年數十人，殺吏，滅其家，由是知名。（《後漢書》卷七十七《酷吏傳》）

按：又見於《太平御覽》卷二百五十引《續漢書》。陽球好擊劍，好法家之學。《靈帝紀》稱"（光和二年）冬十月甲申，司徒劉郃、永樂少府陳球、衛尉陽球、步兵校尉劉納謀誅宦者，事泄，皆下獄死"。本傳稱："拜尚書令。奏罷鴻都文學，曰：'伏承有詔敕中尚方爲鴻都文學樂松、江覽等三十二人圖像立贊，以勸學者。臣聞傳曰："君舉必書。書而不法，後嗣何觀！"案松、覽等皆出於微蔑，斗筲小人，依憑世戚，附托權豪，俯眉承睫，微進明時。或獻賦一篇，或鳥篆盈簡，而位升郎中，形圖丹青。亦有筆不點牘，辭不辯心，假手請字，妖偽百品，莫不被蒙殊恩，蟬蛻滓濁。是以有識掩口，天下嗟嘆。臣聞圖象之設，以昭勸戒，欲令人君動鑒得失。未聞豎子小人，詐作文頌，而可妄竊天官，垂象圖素者也。今太學、東觀足以宣明聖化。願罷鴻都之選，以消天下之謗。'書奏不省。"陽球本好申韓之學，而法家視文學之士爲蠹，由來已久。故樂松、江覽是否真爲斗筲小人，尚需考慮，不可偏信陽球一人之言。陽球"書奏不省"，蓋帝亦以爲其言過其實也。而從陽球奏疏中所言鄙視"獻賦一篇"而爲郎看，此時"以賦爲郎"已經成爲被人非議之事。而從"今太學、東觀足以宣明聖化"分析，鴻都門學承擔了與太學、東觀相同的文化功能。

酈炎（150—177）

酈炎字文勝，范陽人，酈食其之後也。炎有文才，解音律，言論給捷，多服其能理。靈帝時，州郡辟命，皆不就。有志氣，作詩二篇。（《後漢書》卷八十下《文苑傳下》）

按：鍾嶸《詩品》曰："文勝托詠靈芝，懷寄不淺。"本傳稱"熹平六年，遂死獄中，時年二十八"，則卒於靈帝熹平六年（177），生於桓帝和平元年（150）。盧植《酈文勝誄》："自龀未成童，著書十餘箱，文體思奧，爛有文章，箴縷百家，藉粹百家狀也。"（《北堂書鈔》卷九十九《藝文部·著述》）

皇甫規（104—174）

度遼將軍安定皇甫規威明，連在大位，欲退避弟，數上病，不見聽，會友人上郡太守王旻物故，規素縞到下亭迎喪，發服送之，因令客密告并州刺史胡芳,言規擅遠軍營,赴私違公,當及舉奏。答曰:"威明欲得避弟,故作激發,我爲朝廷惜其功用,何能爲此私家計耶?"規後爲中郎將,督并、涼、益三州,時有黨事,懼見及,因先自上言:"臣前薦故太常張奂,才任將帥,是附黨也。又臣論輸左校,時太學生張鳳等上書訟臣,是爲黨人所附也。昔有畏舟之危,而自投水者,蓋憂難與處樂其亟決。"(《風俗通義·過譽》)

按:陳直《漢書新證》:"物故二字,爲兩漢人之習俗語。屢見於楚元王、夏侯勝、司馬相如等傳。"(第318頁)《後漢書·皇甫規傳》:"皇甫規字威明,安定朝那人也。……梁冀忿其刺己,以規爲下第,拜郎中。托疾免歸,州郡承冀旨,幾陷死者再三。遂以《詩》《易》教授,門徒三百餘人,積十四年。"皇甫規《詩》《易》不詳何派。其著述見《後漢書》本傳:"熹平三年,以疾召還,未至,卒于穀城,年七十一。所著賦、銘、碑、讚、禱文、弔、章表、教令、書、檄、箋記,凡二十七篇。"《後漢書》"論曰"稱其"功成於戎狄,身全於邦家"。熹平三年(174)卒,年七十一,則當生於和帝永元十六年(104)。

《續漢書》:皇甫規歸安定,鄉人有以貨買雁門太守者,亦還家,書刺謁規,規臥不迎。有頃曰:"王符在門。"規驚遽而起,屣履出迎。時人爲之語曰:"徒見二千石,不如一縫掖。"(《太平御覽》卷四百七十四《人事部一百一十五·禮賢》;《太平御覽》卷四百九十五《人事部一百三十六·諺上》)

按:此事又見"王符"條。《藝文類聚》卷五十三有蔡邕《薦皇甫規表》,《太平御覽》卷六百九十七有皇甫規《與馬融書》,則皇甫規與馬融、蔡邕有交往。又《後漢書·列女傳》有皇甫規妻事,稱"安定皇甫規妻者,不知何氏女也。規初喪室家,後更娶之。妻善屬文,能草書,時爲規答書記,衆人怪其工"。

楊賜(?—185)

謝承《後漢書》:楊賜字伯欽,拜光祿勛,位特進。又,嘉德殿前有青赤氣,詔特進遣中使問賜祥異禍福吉凶所在。以賜博學碩儒,故密諮問，宜極陳其意，嘗上疏陳請。按：《春秋讖》："天投蜺，海内亂，今妾孽閹尹共專國朝之所致也。"（《初學記》卷十二《職官部下》）

　　按：范曄《後漢書》未言楊賜上書内容，惟稱"甚忤曹節等"，而謝承《後漢書》引《春秋緯》批評"妾孽閹尹"，此即其上書大概。《後漢書·楊賜傳》："賜字伯獻。少傳家學，篤志博聞。常退居隱約，教授門徒，不答州郡禮命。後辟大將軍梁冀府，非其好也。出除陳倉令，因病不行。公車徵不至，連辭三公之命。後以司空高第，再遷侍中、越騎校尉。建寧初，靈帝當受學，詔太傅、三公選通《尚書桓君章句》宿有重名者，三公舉賜，乃侍講于華光殿中。遷少府、光禄勳。"楊賜少傳家學，通《尚書桓君章句》。"賜字伯獻"，楊賜碑作"伯猷"。《後漢書》本傳稱卒於中平二年（185）九月，蔡邕曾爲之撰四碑，見於嚴可均《全後漢文》。

賈琮（生卒不詳）

　　司馬彪《續漢書》：賈琮爲交州刺史，歲間清平，百姓安土，爲之歌曰："賈父來晚，使我先反；今見清平，吏不敢飯。"（《太平御覽》卷四百六十五《人事部·歌》）

　　按：此四言詩體歌見于南方交趾。《後漢書·賈琮傳》："賈琮字孟堅，東郡聊城人也。舉孝廉，再遷爲京（兆）令，有政理迹。舊交阯土多珍產，明璣、翠羽、犀、象、瑇瑁、異香、美木之屬，莫不自出。"

童恢（董種）（生卒不詳）

　　謝承《後漢書》：琅邪董種，爲不其令，赤雀乳廳前桑上，民爲作歌頌。（《藝文類聚》卷九十九《祥瑞部下·雀》）

　　按：《後漢書·循吏傳》："童恢字漢宗，琅邪姑幕人也。父仲玉，遭世凶荒，傾家賑恤，九族鄉里賴全者以百數。"李賢注："《謝承書》'童'作'僮'，'恢'作'種'也。"曾辟楊賜府。《後漢書補遺》卷十一："案范書董作童，種作恢。注云：'謝書作僮種。'又作董仲，今所傳本乃作董種,未知孰是。種又有咒虎一事,與乳雀并傳,當由信及豚魚,非關仙術。種字漢宗。"又《隸釋》卷十三:"漢故不其令董君闕。右不其令董君闕碑,録云:濟州任城有童恢墓,雙石闕字。一云童恢琅邪人,一云漢故不其令童君。東漢循吏有《童恢傳》,注云《謝承書》作僮種。兩姓異同,史氏固有所疑矣。"

種僮爲畿令,常有虎害人。僮令設檻,得二虎。僮曰:"害人者低頭。"一虎低頭,僮取一虎放之,自是猛獸皆出境。吏目之爲神君。出《獨異志》。(《太平廣記》卷四百二十六《虎一》)

按:《獨異志》所記,已有神話色彩。此"種僮"疑與"董種""僮種"皆一人。

張升(121—169)

張升《白鳩頌序》:陳留郡有白鳩,出於郡界。太守命門下賦,曹吏張升作《白鳩頌》,曰:"厥名梟鳩,貌甚雍容,丹青緑目,耳像重重。"(《太平御覽》卷九百二十一《羽族部八・鳩》)

按:《後漢書・文苑傳下》:"張升字彥真,陳留尉氏人,富平侯放之孫也。升少好學,多關覽,而任情不羈。……遇黨錮去官,後竟見誅,年四十九。著賦、誄、頌、碑、書,凡六十篇。"《隋書・經籍志》稱梁有《張升集》二卷,録一卷。《文選注》有張升《反論》或《反論語》"噓枯則冬榮,吹生則夏落"之語,嚴可均《全後漢文》題作《友論》,王利器以爲其説有誤(《論嚴輯全文之失誤》,《成都大學學報》1995年第1期)。張升"遇黨錮去官,後竟見誅,年四十九",姑將其卒年繫於靈帝建寧二年(169),生年在安帝永寧二年(121)。

何休(129—182)

何休木訥多智,《三墳》《五典》,陰陽算術,河洛讖緯,及遠年古諺,歷代圖籍,莫不咸誦也。門徒有問者,則爲注記,而口不能説。作

《左氏膏肓》《公羊廢疾》《穀梁墨守》，謂之"三闕"。言理幽微，非知機藏往，不可通焉。及鄭康成鋒起而攻之，求學者不遠千里，贏糧而至，如細流之赴巨海。京師謂康成爲"經神"，何休爲"學海"。（《拾遺記》卷六）

按：鄭玄、何休"經神""學海"之謂，未見史書記載，知此説或後世傳聞之辭。《後漢書·儒林傳下》："何休字邵公，任城樊人也。父豹，少府。休爲人質樸訥口，而雅有心思，精研六經，世儒無及者。以列卿子詔拜郎中，非其好也，辭疾而去。不仕州郡。進退必以禮。太傅陳蕃辟之，與參政事。蕃敗，休坐廢錮，乃作《春秋公羊解詁》，覃思不窺門，十有七年。又注訓《孝經》、《論語》、風角七分，皆經緯典謨，不與守文同説。又以《春秋》駁漢事六百餘條，妙得《公羊》本意。休善曆算，與其師博士羊弼，追述李育意以難二傳，作《公羊墨守》《左氏膏肓》《穀梁廢疾》。"本傳稱"年五十四，光和五年卒"，則生於順帝永建四年（129）。《秦漢文學編年史》以爲當卒於靈帝中平元年（184），生於順帝永建六年（131）。姚振宗《後漢藝文志》録其《春秋》類著述頗多，計有《春秋公羊解詁》十一卷、《春秋公羊傳條例》一卷、《春秋公羊文謚例》一卷、《春秋漢議》十三卷、《春秋議》十卷，又有《公羊墨守》《左氏膏肓》《穀梁廢疾》《孝經注》《論語注》等。

何休注《公羊傳》云"何氏學"，有不能解者，或答云："休謙詞受學於師，乃宣此義不出於己。"此言爲允。（《博物志》卷六）

按：稱"學"，乃謙辭，以示其學之師承。

服虔（生卒不詳）

服虔既善《春秋》，將爲注，欲參考同異，聞崔烈集門生講《傳》，遂匿姓名爲烈門人賃作食。每當至講時，輒竊聽户壁間。既知不能逾己，稍共諸生叙其短長。烈聞，不測何人。然素聞虔名，意疑之。明蚤往，及未寤，便呼"子慎，子慎"，虔不覺驚應，遂相與友善。（《世説新語·文學》）

按：此證服虔《春秋》注，多有他人觀點。

鄭玄欲注《春秋傳》，尚未成時，行與服子慎遇宿客舍，先未相識，服在外車上，與人說己注《傳》意。玄聽之良久，多與己同。玄就車與語曰："吾久欲注，尚未了。聽君向言，多與吾同。今當盡以所注與君。"遂爲服氏《注》。(《世説新語·文學》)

按：若此説屬實，則世所謂服虔注，其中亦有鄭玄注。服虔事迹、著述，詳見《後漢書·儒林傳下》："服虔字子慎，初名重，又名祇，後改爲虔，河南滎陽人也。少以清苦建志，入太學受業。有雅才，善著文論，作《春秋左氏傳解》，行之至今。又以《左傳》駁何休之所駁漢事六十條。舉孝廉，稍遷，中平末，拜九江太守。免，遭亂行客，病卒。所著賦、碑、誄、書記、《連珠》、《九憤》，凡十餘篇。"《隋志》有《春秋左氏膏肓釋疴》十卷、《春秋漢議駁》二卷。

《通俗文》，世間題云"河南服虔字子慎造"。虔既是漢人，其《叙》乃引蘇林、張揖；蘇、張皆是魏人。且鄭玄以前，全不解反語，《通俗》反音，甚會近俗。阮孝緒又云"李虔所造"。河北此書，家藏一本，遂無作李虔者。《晉中經簿》及《七志》，并無其目，竟不得知誰制。然其文義允愜，實是高才。殷仲堪《常用字訓》，亦引服虔《俗説》，今復無此書，未知即是《通俗文》，爲當有異？或更有服虔乎？不能明也。(《顔氏家訓·書證》)

按：據姚振宗《後漢藝文志》，《隋書·經籍志》有《通俗文》一卷；《唐日本國人見在書目》有服虔《通俗章》一卷，兩《唐志》有李虔《續通俗文》二卷。馬國翰以爲，武郡太守李翕《西狹頌》有下辨李虔字子行，與服虔同時；晉初又有漢中太守李虔，即犍爲李密改名。姚振宗曰："《日本書目》服虔《通俗章》之後，又有《通俗文》一卷，不著撰人，當是李虔所續。佐世著錄皆目見其書，是可證服、李兩家之先後不同。服書似本名《通俗章》，然顔黄門所見題《通俗文》，與《隋志》同，則稱《通俗章》者，變文也。洪氏書又曰：'有變文言《通俗章》者，言服虔俗説者也。'"

桓鸞(108—184)

鸞字始春，焉弟子也。少立操行，縕袍糟食，不求盈餘。以世濁，州郡多非其人，耻不肯仕。年四十餘，時太守向苗有名迹，乃舉鸞孝廉，遷爲膠東令。始到官而苗卒，鸞即去職奔喪，終三年然後歸，淮汝之間高其義。後爲已吾、汲二縣令，甚有名迹。諸公并薦，復徵（辟）拜議郎。上陳五事：舉賢才，審授用，黜佞幸，省苑囿，息役賦。書奏御，忤內竪，故不省。以病免。中平元年，年七十七，卒於家。子曄。（《後漢書》卷三十七《桓鸞傳》）

按：《後漢書·黨錮傳》云："逮桓靈之間，主荒政繆，國命委於閹寺，士子羞與爲伍，故匹夫抗憤，處士橫議，遂乃激揚名聲，互相題拂，品覈公卿，裁量執政，婞直之風，於斯行矣。"此稱桓靈之世而"激揚名聲，互相題拂，品覈公卿，裁量執政，婞直之風，於斯行矣"，乃後來著述者總結之辭，然其説未必無據。桓鸞中平元年（184）卒，年七十七，則生於安帝永初二年（108）。

劉陶（？—185）

《典略》：劉陶，字子奇，（潁）川人。世祖十八年，徙六郡大族，陶曾祖自齊來。世以儒學安貧樂道，故仕不過孝廉。（《太平御覽》卷四百八十四《人事部一百二十五·貧上》）

按：《北堂書鈔》卷七十九引《典略》作"所居不過孝廉府第"。《後漢書·劉陶傳》："劉陶字子奇，一名偉，潁川潁陰人，濟北貞王勃之後。"又稱："陶明《尚書》《春秋》，爲之訓詁。推三家《尚書》及古文，是正文字七百餘事，名曰《中文尚書》。……陶著書數十萬言，又作《七曜論》《匡老子》《反韓非》《復孟軻》，及上書言當世便事、條教、賦、奏、書、記、辯疑，凡百餘篇。"李賢注："三家謂夏侯建、夏侯勝、歐陽和伯也。"劉陶"正文字七百餘事"，是證後漢《尚書》流傳中又有修訂，而不知此類變化有多少進入今本。劉陶著述頗多，《隋書·經籍志》："後漢諫議大夫《劉陶集》三卷。梁二卷，錄一卷。"劉陶《匡老子》《反韓非》《復孟軻》之作，實屬子書。又本傳稱："病免，吏民思而歌之曰：'邑然不樂，思我劉君。何時復來，安此下民。'"此歌又見於司馬彪《續漢書》（《藝文類聚》卷五十），後《水經注》又有引用。《太平御覽》引《續漢書》《後漢書》則將此歌繫於劉駒騟。

劉寬（120—185）

　　《謝承書》：寬少學《歐陽尚書》《京氏易》，尤明《韓詩外傳》。星官、風角、算曆，皆究極師法，稱爲通儒。未嘗與人爭埶利之事。（《後漢書》卷二十五《劉寬傳》李賢注）

　　按：此處所言"未嘗與人爭埶利之事"，體現在其施政方面則被稱爲"温仁多恕"，如《東觀漢記》言："劉寬遷南陽太守，温仁多恕，吏民有過，但用蒲鞭罰之，示辱而已。"（《藝文類聚》卷八十二《草部下·蒲》）又李賢注："（隅）角，〔隅〕也。觀四隅之風占之也。"《後漢書·劉寬傳》："劉寬字文饒，弘農華陰人也。父崎，順帝時爲司徒。"《隸釋》卷二十五："太尉劉寬碑。右太尉劉寬碑，寬有兩碑，皆在洛陽上東門外官道傍。此碑據《藝文類聚》，乃桓麟撰。後碑不知何人所爲，然字體則同也。劉寬碑陰。右劉寬碑陰。寬兩碑，皆有陰，此後碑陰也。唐咸亨中，碑僕於野，其裔孫周王記室參軍爽字元爽，重爲建立。寬以中平二年卒。據《靈帝紀》，以光和七年十二月改元中平，以曆推之，是歲甲子至明年，當爲乙丑，而爽書爲甲子，誤矣。"《藝文類聚》卷四十六有桓麟碑。另據本傳，劉寬"中平二年卒（185），時年六十六"，則生於安帝永寧元年（120）。

法真（100—188）

　　謝承《後漢書》：法真隱居大澤，講論術藝，歷年不問園圃。（《藝文類聚》卷六十五《産業部·園》；《太平御覽》卷六百十一《學部五·勤學》）

　　按：法真本傳，全記其隱士形象，而《後漢書》其他人物傳記中，則有更豐富、全面的記載。此處記其以儒者身份"隱居大澤，講論術藝"。

　　《三輔決録注》：真字高卿，少明《五經》，兼通讖緯，學無常師，名有高才。常幅巾見扶風守，守曰："哀公雖不肖，猶臣仲尼，柳下惠不去父母之邦，欲相屈爲功曹何如？"真曰："以明府見待有禮，故四時朝覲，若欲吏使之，真將在北山之北南山之南矣。"扶風守遂不敢以爲吏。初，真年未弱冠，父在南郡，步往候父，已欲去，父留之待正旦，使觀朝吏會。會者數百人，真於窗中窺其與父語。畢，問真"孰賢"？真曰："曹掾胡廣有公卿之量。"其後廣果歷九卿三公之位，世以服真之知人。前後徵辟，皆不就，友人郭正等美之，號曰玄德先生。年八十九，中平五年卒。正父衍，字季謀，司徒掾、廷尉左監。(《三國志》卷三十七《蜀志·法正傳》裴松之注引)

按：《後漢書·逸民傳》："法真字高卿，扶風郿人，南郡太守雄之子也。好學而無常家，博通內外圖典，爲關西大儒。弟子自遠方至者，陳留范冉等數百人。性恬靜寡欲，不交人間事。"此以"關西大儒"稱之，可知法真以儒者隱居教授。晉皇甫謐《高士傳》亦有載。

法真本大儒，隱居教授，而田弱稱其"將蹈老氏之高蹤"，是言其有老氏之行，非學老氏之志。"體兼四業"，李賢注以《詩》《書》《禮》《樂》爲"四業"。然《周禮·地官司徒下》"凡宅不毛者有里布，凡田不耕者出屋粟，凡民無職事者出夫家之征"，鄭衆注有"欲令宅樹桑麻，民就四業，則無稅賦以勸之也"，孔穎達疏云："四業，畜也，耕也，樹也，蠶也。或說以四時之業也。"又舊多以士農工商爲四業，如《晉書·江統撰》載江統上書言"是以士農工商四業不雜"。本傳稱中平五年(188)卒，年八十五，當生於和帝永元十二年(100)。

高彪(？—184)

謝承《後漢書》：第五永爲督軍御史督使幽州，蔡邕等天下名才士人皆會。祖餞於平樂館，高彪送永在坐，因援筆書牘。(《初學記》卷二十一《文部·筆第六》)

按：祖餞長樂觀，蔡邕等賦詩，而高彪獨作箴。高彪亦善賦、頌，曾與馬融有交往，此見《後漢書·文苑傳下》："高彪字義方，吳郡無錫人也。家本單寒，至彪爲諸生，游太學。有雅才而訥於言。嘗從馬融欲訪大義，融疾不獲見，乃覆刺遺融書曰……融省書慚，追謝還之，彪逝而不顧。後郡舉孝廉，試經第一，除郎中，校書東觀，數奏賦、頌、奇文，因事諷諫，靈帝異之。"又《後漢書·文苑傳下》："後遷（内）[外]黄令，帝敕同僚臨送，祖於上東門，詔東觀畫彪像以勸學者。彪到官，有德政，上書薦縣人申徒蟠等。病卒於官，文章多亡。"高彪被圖畫於東觀以勸學者，此學者之榮；又薦申屠蟠。《後漢書集解》惠棟引《外黄令高君碑》稱其"光和七年六月丙申卒"（《秦漢文學編年史》，第590頁）。

李燮（134—？）

德公在林，懸象垂晷。既衝雲清，苟張儀準。李燮，字德公，太尉固子也。父死時，二兄亦死。燮爲姊所遣，隨父門生王成，亡命徐州。傭酒家。酒家知非常人，以女妻之。延熹二年，梁冀誅，後，月經陽道，暈五車。史官上書："昔有大星升漢，而西，捲舌揚芒迫月，熒惑犯帝座，則有大臣枉誅。星在西方，[大]太尉固應之。今暈如之，宜有赦命，録其遺嗣，以除此異。"於是下赦，燮得返舊。四府并辟，公車徵議郎。與趙元珪、潁川賈偉節、荀慈明、南陽張伯慎爲友。伯慎爲潁川太守，與慈明交相論言，偉節與焉。京師以爲臧否。伯慎問趙元珪曰："德公所言何？"元珪曰："無言也。"伯慎追嘆曰："當如德公，兒輩徒靡沸耳！"慈明亦瘖而心變。拜[東]安平相。国王爲黄巾所没，得出，天子復封之。燮以爲不可。果敗。遷京兆尹。時人爲之語曰："李德公，父不欲立帝，子不欲立王。"（《華陽國志》卷十下）

按：李燮生年參見陸侃如《中古文學繫年》（上册，第170頁）。《華陽國志》附《士女目録》："雅望，京兆尹李燮，字德公，固少子。"

《李燮別傳》：燮字德公，京兆人。拜京兆尹，吏民愛敬，乃作歌曰："我府君，道教舉。恩如春，威如虎。愛如母，訓如父。"（《太平御覽》卷二百五十二《職官部五十·尹》）

按：此歌爲三言。東漢正史、雜傳常以歌謠稱頌人物，此類書寫或表達方式與人物事迹、品德之關係，值得探究。

陳寔（104—187）

《漢雜事》：陳寔字仲弓。漢末，太史家瞻星，有德星見，當有英才賢德。同游者書下諸郡縣，問潁川郡上事。其日有陳太丘父子四人，俱共會社，小兒季方御，大兒元方從，抱孫子長文此是也。（《太平御覽》卷三百八十四《人事部二十五·幼智上》）

按：仲弓，或以爲當作"仲躬"。《後漢書·陳寔傳》："陳寔字仲弓，潁川許人也。出於單微。自爲兒童，雖在戲弄，爲等類所歸。少作縣吏，常給事廝役，後爲都亭（刺）佐。而有志好學，坐立誦讀。"《三國志》《世說新語》《續晉陽秋》《異苑》《漢雜事》等書，多記其事，亦可證明其此類影響。本傳稱"中平四年，年八十四，卒於家"，則卒於靈帝中平四年（187），生於和帝永元十六年（104）。

《先賢行狀》：大將軍何進遣屬吊祠，諡曰文範先生。于時，寔、紀高名并著，而諶又配之，世號曰"三君"。每宰府辟命，率皆同時，羔雁成群，丞掾交至。豫州百姓皆圖畫寔、紀、諶之形象。（《三國志》卷二十二《陳群傳》裴松之注）

按：《後漢書》《三國志》《世說新語》等多記陳寔家事。《傅子》："寔亡，天下致吊，會其葬者三萬人，制縗麻者以百數。"（《三國志》卷二十二《陳群傳》裴松之注）

陳太丘詣荀朗陵，貧儉無僕役。乃使元方將車，季方持杖後從。長文尚小，載著車中。既至，荀使叔慈應門，慈明行酒，餘六龍下食。文若亦小，坐著膝前。于時太史奏："真人東行。"（《世說新語·德行》）

陳仲弓爲太丘長，時吏有詐稱母病求假。事覺收之，令吏殺焉。主簿請付獄，考衆奸。仲弓曰："欺君不忠，病母不孝。不忠不孝，其罪莫大。考求衆奸，豈復過此？"（《世說新語·政事》）

陳太丘與友期行，期日中。過中不至，太丘捨去，去後乃至。元方時年七歲，門外戲。客問元方："尊君在不？"答曰："待君久不至，已去。"友人便怒曰："非人哉！與人期行，相委而去。"元方曰："君與家君期日中。日中不至，則是無信；對子罵父，則是無禮。"友人慚，下車引之。

元方入門不顧。(《世説新語・方正》)

　　陳仲弓從諸子侄造荀季和父子,于時德星聚,太史奏:"五百里内有賢人聚。"(《異苑》卷四)

　　按:《世説新語》《續晉陽秋》《漢雜事》《異苑》四書同記此事,又見《世説新語・德行》劉孝標注引檀道鸞《續晉陽秋》。

董扶(108—189)

　　陳壽《益部耆舊傳》:董扶字茂安。少從師學,兼通數經,善《歐陽尚書》,又事聘士楊厚,究極圖讖。遂至京師,游覽太學,還家講授,弟子自遠而至。永康元年,日有蝕之,詔舉賢良方正之士,策問得失。左馮翊趙謙等舉扶,扶以病不詣,遥於長安上封事,遂稱疾篤歸家。前後宰府十辟,公車三徵,再舉賢良方正、博士、有道皆不就,名稱尤重。大將軍何進表薦扶曰:"資游、夏之德,述孔氏之風,内懷焦、董消復之術。方今并、凉騷擾,西戎蠢叛,宜敕公車特召,待以異禮,諮謀奇策。"於是靈帝徵扶,即拜侍中。在朝稱爲"儒宗",甚見器重。求爲蜀郡屬國都尉。扶出一歲而靈帝崩,天下大亂。後去官,年八十二卒于家。始扶發辭抗論,益部少雙,故號曰(致止)[至止],言人莫能當,所至而談止也。後丞相諸葛亮問秦宓以扶所長,宓曰:"董扶褒秋毫之善,貶纖芥之惡。"(《三國志》卷三十一《蜀志・劉二牧傳》裴松之注)

　　按:董扶善《歐陽尚書》,不見於范曄《後漢書》或常璩《華陽國志》。《後漢書・方術傳下》:"董扶字茂安,廣漢綿竹人也。少游太學,與鄉人任安齊名,俱事同郡楊厚,學圖讖。還家講授,弟子自遠而至。"董扶從楊厚學,楊厚"善圖讖學"。另《後漢書》所言董扶預言"益州分野有天子氣"云云,又見《三國志・蜀志・劉焉傳》。靈帝崩於中平六年(189),董扶亦卒於本年;年八十二,當生於安帝永初二年(108)。《華陽國志》卷十中稱"董、任循志,束帛戔戔。董扶字茂安",其下多叙任安事。《華陽國志》附《士女目錄》:"文學,侍中董扶,字茂安,綿竹人,楊厚弟子也。"楊厚即楊序。

趙壹（136—196）

《文士傳》：趙壹郡舉計吏，至京輦。是時袁陽爲司徒，宿間其名，時延請之。壹入閣，揖而不拜。陽問曰："嘗聞下郡計吏見漢三公不爲禮者乎？"壹曰："昔酈食其，高陽白衣也，而揖高祖。今壹，關西男子，其揖漢三公，不亦可乎？"陽壯其言，接之甚厚。（《太平御覽》卷五百四十三《禮儀部二十二·揖》）

按：袁逢字周陽，疑《文士傳》"袁陽"當作"袁周陽"。趙壹事多近魏晉風度，然《世說新語》不見記錄，可知該書重門第。《後漢書·文苑傳下》："趙壹字元叔，漢陽西縣人也。體貌魁梧，身長九尺，美鬚豪眉，望之甚偉。而恃才倨傲，爲鄉黨所擯，乃作《解擯》。……又作《刺世疾邪賦》，以舒其怨憤。"又有《窮鳥賦》一篇。趙壹著述，《後漢書·文苑傳下》："著賦、頌、箴、誄、書、論及雜文十六篇。"《隋書·經籍志》"《趙壹集》二卷，録一卷，亡"；《藝文類聚》卷七十有"後漢趙壹《客秦詩》"，《太平御覽》卷六百五有《非草書》。《文心雕龍·才略》云："趙壹之辭賦意繁而體疏。"據陸侃如《中古文學繫年》與趙逵夫《趙壹生平著作考》（《文學遺產》2003年第1期）、《趙壹生平補論》（《中山大學學報》2013年第4期）等考證，暫將趙壹生卒年定於順帝永和元年（136）與獻帝建安元年（196）。

陳紀（129—199）

陳元方子長文，有英才，與季方子孝先，各論其父功德，爭之不能決。諮於太丘，太丘曰："元方難爲兄，季方難爲弟。"（《世說新語·德行》）

陳太丘與友期行，期日中，過中不至，太丘捨去，去後乃至。元方時年七歲，門外戲。客問元方："尊君在不？"答曰："待君久不至，已去。"友人便怒，曰："非人哉！與人期行，相委而去。"元方曰："君與家君期日中。日中不至，則是無信；對子罵父，則是無禮。"友人慚，下車引

之，元方入門不顧。(《世說新語‧方正》)

按：《後漢書‧陳紀傳》："(陳)紀字元方，亦以至德稱。兄弟孝養，閨門雍和，後進之士皆推慕其風。及遭黨錮，發憤著書數萬言，號曰《陳子》。……年七十一，卒於官。子群，爲魏司空。""號曰《陳子》"，當屬子書，然不傳。陳群，李賢注："群字長文。"《古文苑》卷十九邯鄲淳《後漢鴻臚陳君碑》稱"年七十有一，建安四年六月卒"，則卒於建安四年 (199)，生於順帝永建四年 (129)。

張儉 (115—198)

張璠《漢記》：山陽督郵張儉，奏中常侍侯覽，起第十六區，皆高樓，四周連閣洞門，文井蓮華，璧柱彩畫，魚池臺苑，擬諸宮闕。(《藝文類聚》卷六十一《居處部一‧總載居處》)

按：黨錮之禍，實起于宦官與士人利益之爭。《後漢書‧黨錮傳》："凡党事始自甘陵、汝南，成於李膺、張儉，海内塗炭，二十餘年，諸所蔓衍，皆天下善士。"此言黨錮之禍，起於甘陵、汝南，成於李膺、張儉，二十餘年内，牽連者多"善士"。古代文人多重"氣節"，然在殘酷的政治風浪中，個人命運幾如一葉扁舟，往往無聲無息沉入水底，毫無痕迹。

《漢末名士録》：表與汝南陳翔字仲麟、范滂字孟博、魯國孔昱字世元、勃海苑康字仲真、山陽檀敷字文友、張儉字元節、南陽岑晊字公孝爲"八友"。(《三國志》卷六《魏志‧劉表傳》裴松之注)

按：據《漢末名士録》與《後漢書》，張儉字元節（《三國志》注作"字元節"），山陽高平人。"八友"之"友"，似"及"之訛。《後漢書‧黨錮傳》："張儉、岑晊、劉表、陳翔、孔昱、苑康、檀（敷）〔敷〕、翟超爲'八及'。及者，言其能導人追宗者也。"《後漢書‧黨錮傳》又稱："張儉鄉人朱並，承望中常侍侯覽意旨，上書告儉與同鄉二十四人別相署號，共爲部黨，圖危社稷。以儉及檀彬、褚鳳、張肅、薛蘭、馮禧、魏玄、徐乾爲'八俊'，田林、張隱、劉表、薛郁、王訪、劉祇、宣靖、公緒恭爲'八顧'，朱楷、田盤、疎耽、薛敦、宋布、唐龍、嬴咨、宣褒爲'八及'，刻石立墠，共爲部黨，而儉爲之魁。靈帝詔刊章捕儉等。""八及"所指對象不一。孔融有《衛尉張儉碑銘》。本傳稱"建安初，徵爲衛尉，不得已而起。儉見曹氏世德已萌，乃闔門懸車，不豫政事。歲餘卒于許下。年八十四"，將其卒年繫於建安三年（198），生年繫於安帝元初二年（115）。

陳諶（生卒不詳）

《海内先賢傳》：陳諶字季方，寔少子也。才識博達，司空掾公車徵，不就。（《世説新語·德行》劉孝標注）

客有問陳季方："足下家君太丘有何功德而荷天下重名？"季方曰："吾家君譬如桂樹生泰山之阿，上有萬仞之高，下有不測之深；上爲甘露所霑，下爲淵泉所潤。當斯之時，桂樹焉知泰山之高，淵泉之深？不知有功德與無也。"（《世説新語·德行》）

按：陳諶父子三人皆有名，《後漢書·陳紀傳》："（陳紀）弟諶，字季方。與紀齊德同行，父子并著高名，時號三君。"以"三君"稱呼父子三人，東漢鮮有，且百姓曾圖畫父子三人形象，如《後漢書·陳紀傳》李賢注引《先賢行狀》記載："豫州百城，皆圖畫寔、紀、諶形像焉。"

景毅（生卒不詳）

文堅嘔哉，南面懷民。景毅，字文堅，梓潼人也。太守丁羽察舉孝廉，司徒舉治劇，爲沇陽侯相、高陵令。立文學，以禮讓化民。遷［太守发，上計］吏守闕請之，三年不絶。以子顧師事少府李膺，膺誅，自免。久之，拜武都令，遷益州太守。上事吏民涕泣送之。至沮者七百人，白水縣者三百人。值益州亂後，米斗千錢。毅至，恩化暢洽。比去，米斗八錢。鳩鳥巢其聽事，孕育而去。三府表薦，徵拜議郎，自免歸。州牧劉焉表拜都尉。爲人廉正，疾淫祠，敕子孫："惟脩善爲禱，仁義爲福。"年八十一而卒。（《華陽國志》卷十下）

按：《華陽國志》附《士女目録》："政事，益州太守景毅，字文堅，梓潼人也。"景毅後遷益州太守。范曄《後漢書》不爲其列傳。《後漢書·黨錮傳》記其子景顧事："時侍御史蜀郡景毅子顧爲膺門徒，而未有錄牒，故不及於譴。"錄牒者，蓋即今日之學籍。漢時重師法、家法，錄牒蓋所以辨別之憑證也。及黨錮事起，法吏亦可據此而索驥。又《益部耆舊傳》："廣漢景毅爲益州太守，鳩巢於廳事，雛卵孕育。"（《太平御覽》卷九百二十一《羽族部八·鳩》）

范滂（137—169）

張璠《漢紀》：范滂字孟博，汝南伊陽人。爲功曹，辟公府掾。升車攬轡，有澄清天下之志。百城聞滂高名，皆解印綬去。爲黨事見誅。（《世說新語·賞譽》劉孝標注）

按：范滂與袁忠爲友。《後漢書·袁安傳》："（袁）忠字正甫，與同郡范滂爲友，俱證黨事得釋，語在《滂傳》。"《漢末名士錄》記其與陳翔、孔昱、張儉、岑晊等爲"八友"之一。"爲黨事見誅"，皆因構陷之罪，據《後漢書》王甫之言，構陷范滂之罪名有"共造部黨，自相褒舉，評論朝廷，虛構無端"，而《汝南先賢傳》又增"贓賕"事："范滂被詰授幾許贓賕，滂曰：'曾爲北部督郵、汝陽令，有記囊表裏六尺。若以此爲贓，贓直六十耳。'"（《太平御覽》卷七百四《服用部六·囊》）范滂卒事，亦見《汝南先賢傳》所記："范滂被收，曰：'願得一幡一薄，埋于首陽山，上不負皇天，下不愧夷齊。'"（《太平御覽》卷七百《服用部二·簾》）據《後漢書·黨錮傳》，范滂卒於建寧二年（169），時年三十三，當生於順帝永和二年（137）。

司馬彪《續漢書》：桓帝時，汝南太守宗資任用功曹范滂，中人以下共嫉之，作七言謠曰："汝南太守范孟博，南陽宗資主畫諾。"（《太平御覽》卷四百六十五《人事部·謠》）

按：東漢"七言謠"，或是魏晉南北朝完整七言詩之濫觴。

皇甫謐《逸士傳》：汝南王俊，字子文，少爲范滂、許章所識，與南陽岑晊善。（《三國志》卷一《魏志·武帝紀》裴松之注）

按：范滂能識人。

太尉掾汝南范滂孟博，天資聰睿，辯於持論，舉孝廉光祿主事，京師歸德，四方影附。父字叔矩，遭母憂，既葬之後，饘粥不贍，叔矩謂其兄弟："禮不言事，辯杖而起；今俱匍匐號咷，上闕奠酹，下困饘口，非孝道也。"因將人客於九江，田種畜牧，多所收穫，以解債，負土成冢，立祀。三年服闋，二兄仕進。叔矩以自替于喪紀，獨寢墳側，服制如初，哀猶未歇。郡舉至孝，拜中司勾章長，病去官，博士徵，兄憂不行。司徒梁國盛允字子嗣，為議郎，慕孟博之德，貪樹於有禮，謂孟博："家公區區，欲辟大臣，宜令邑人廉薦之。"孟博厲聲曰："老夫年尊，絕意世事；又海內清高，當路非一。"退而告人："子嗣欲德我，我不受也。"子嗣亦以恨，遂不得辟。孟博病去受事，而常幹宰相之職。（《風俗通義‧十反》）

按：兄憂不行，王利器引朱彝尊曰："東漢風俗之厚，期功之喪，咸得棄官持服，如賈逵以祖父，戴封以伯父，西鄂長楊弼以伯母，繁陽令楊君以叔父，上虞長度尚以從父，韋義、楊仁、劉衡以兄，思善侯相楊著以從兄，太常丞譙玄、槐里令曹全以弟，廣平令仲定以姊，王純以妹，馬融以兄子，陳寔以期喪，皆去官；范滂父字叔矩，以博士徵，因兄喪不行；圍令趙君，司徒楊公辟，以兄憂不至；陳重當遷會稽太守，遭姊憂去官；至晉而嵇紹拜徐州刺史，以長子喪去職；陶潛以程氏妹喪自免：見於史傳及碑版，如此之多。蓋古人尚孝義，薄祿位，故能行其心之所安也。"

崔烈（？—192）

《九州春秋》：靈帝賣官，崔烈入錢五百萬，以買司徒。烈子均，亦有世名，烈問曰："吾作三公，天下論何如？"均曰："大人少有高名，不謂不當為公，但海內嫌銅臭爾。"（《藝文類聚》卷四十七《職官部三‧司徒》）

按：《太平御覽》卷八百二十八引《傅子》："靈帝榜門賣官，崔烈入錢五百萬取司徒。"明人陳繼儒曰："自古有盛名之士，一為宰相，遂失令聞者，此何以故？曰，或以廉穢判若兩人，或以恩怨橫遭兩舌故也。"若崔烈者，可謂以廉穢判若兩人。崔烈子崔均，與乃父境界不同。

《笑林》：漢司徒崔烈辟上黨鮑堅爲掾，將謁見，自慮不過問先到者。儀適有答曰："隨典儀口唱。"既謁，贊曰"可拜"，堅亦曰"可拜"。贊者曰"就位"，堅亦曰"就位"。因復著履上座，將離席，不知履所在。贊者曰："履著腳。"堅亦曰"履著腳"也。（《太平御覽》卷四百九十九《人事部一百四十·真愚》）

　　摯虞《文章志》：烈字威考，高陽安平人，駰之孫，瑗之兄子也。靈帝時，官至司徒、太尉，封陽平亭侯。（《世說新語·文學》劉孝標注）

　　按：《後漢書·崔烈傳》："烈有文才，所著詩、書、教、頌等凡四篇。"崔烈著述四篇，亦爲之著録，或因其爲名士之故。本傳稱"及李傕入長安，爲亂兵所殺"，故將其卒年繫於獻帝初平三年（192）。

　　服虔既善《春秋》，將爲注，欲參考同異，聞崔烈集門生講《傳》，遂匿姓名爲烈門人賃作食。每當至講時，輒竊聽户壁間。既知不能逾己，稍共諸生叙其短長。烈聞，不測何人。然素聞虔名，意疑之。明蚤往，及未寤，便呼"子慎，子慎"，虔不覺驚應，遂相與友善。（《世說新語·文學》）

　　按：此條已見於"服虔"條。余嘉錫考證："崔烈見《後漢書·崔駰傳》。史但言其有重名於北州，入錢五百萬爲司徒，致有銅臭之譏，而不言其經學。然《崔駰傳》言駰年十三，能通《詩》《易》《春秋》，博學有偉才。《孔僖傳》亦稱僖與崔駰同游太學，習《春秋》。《崔瑗傳》言其好學，盡能傳父之業。年十八，從侍中賈逵質正大義，逵善待之。逵固以《左氏傳》名家者，然則崔氏蓋世傳《左氏》者也。烈承其家學，故亦以《左傳》講授，與服子慎共術同方，則其於《春秋》爲不淺，得此可補史闕。知冀州名士，固非浪得虚聲者矣。其後烈卒死李傕之難。烈子鈞身討董卓，旋欲因報父讎不得而卒。鈞弟州平，從諸葛孔明游。奕世忠貞，無負於經學，所宜表而出之者也。"

邊讓（生卒不詳）

　　《典略》：邊讓字文禮，何進聞其名，詭以軍事召之，到署令史。進以禮見之，讓占對閑敞，養氣如流，賓客百數，皆高慕之。（《北堂書鈔》

卷六十《没官部十二·尚書令史八十》）

按：《後漢書》稱邊讓"文多遺失"，其讓賦學司馬相如，如《後漢書·文苑傳下》記載："邊讓字文禮，陳留浚儀人也。少辯博，能屬文。作《章華賦》，雖多淫麗之辭，而終之以正，亦如相如之諷也。"

《曹瞞傳》：初，袁忠爲沛相，嘗欲以法治太祖，沛國桓邵亦輕之，及在兗州，陳留邊讓言議頗侵太祖，太祖殺讓，族其家，忠、邵俱避難交州，太祖遣使就太守士燮盡族之。桓邵得出首，拜謝於庭中，太祖謂曰："跪可解死邪！"遂殺之。（《三國志》卷一《魏志·武帝紀》）

按：此又見於《太平御覽》卷六百四十七引《曹操別傳》，文字稍異。邊讓恃才傲物，與楊修、孔融皆類似，三人皆被曹操所殺。另據《曹操別傳》之言，邊讓被殺，亦因曹操早年爲袁忠、桓劭、邊讓所辱之故。

《邊讓別傳》：讓字元禮，才辯俊逸。孔融薦于魏武曰："邊讓爲九州之被則不足，爲單衣襜則有餘。"（《太平御覽》卷七百七《服用部九·枕》）

按：《邊讓別傳》材料與范曄《後漢書》相仿。

邊文禮見袁奉高，失次序。奉高曰："昔堯聘許由，面無怍色；先生何爲顛倒衣裳？"文禮答曰："明府初臨，堯德未彰，是以賤民顛倒衣裳耳！"（《世説新語·言語》）

王允（137—192）

王允字子師，太原祁人也。世仕州郡爲冠蓋。同郡郭林宗嘗見允而奇之，曰："王生一日千里，王佐才也。"遂與定交。……允少好大節，有志於立功，常習誦經傳，朝夕試馳射。（《後漢書》卷六十六《王允傳》）

按：王允與郭泰有交往，而被視作有王佐之才。《獻帝紀》稱，初平三年（192）"李傕殺司隸校尉黃琬，甲子，殺司徒王允，皆滅其族"，本傳稱"傕乃收允及翼、宏，并殺之。允時年五十六"，則生年在順帝永和二年（137）。

袁閎（生卒不詳）

《汝南先賢傳》：袁閎字奉高，爲功曹，辟太尉掾。太守唐珍曰：“今君當應宰府，宜選功曹以自代。”因薦陳仲舉，珍即請蕃爲功曹。（《太平御覽》卷二百六十四《職官部六十二·功曹糸軍》）

按：《續漢書》：“郭泰入汝南，交黃叔度，至南州，先過袁奉高，不宿而去。從叔度，累日，或以問泰，泰曰：‘袁奉高之器，譬諸軌濫，雖清而易挹也。叔度之器，汪汪若萬頃之陂，澄之而不清，混之而不濁，不可量也。’”（《藝文類聚》卷九《水部下·陂》）又見“郭泰”條。《藝文類聚》卷二十二、《太平御覽》卷四百四十六引作《郭泰別傳》。

荀慈明與汝南袁閎相見，問潁川人士，慈明先及諸兄。閎笑曰：“士但可因親舊而已乎？”慈明曰：“足下相難，依據者何經？”閎曰：“方問國士，而及諸兄，是以尤之耳。”慈明曰：“昔者祁奚内舉不失其子，外舉不失其讎，以爲至公。公旦文王之詩，不論堯舜之德，而頌文武者，親親之義也。《春秋》之義，内其國而外諸夏。且不愛其親而愛他人者，不爲悖德乎？”（《世說新語·言語》）

按：《後漢書·王龔傳》稱：“閎字奉高。數辭公府之命，不修異操，而致名當時。”

荀爽（128—190）

張璠《漢紀》：爽字慈明，幼好學，年十二，通《春秋》《論語》，耽思經典，不應徵命，積十數年。董卓秉政，復徵爽，爽欲遁去，吏持之急。詔下郡，即拜平原相。行至苑陵，又追拜光禄勳。視事三日，策拜司空。爽起自布衣，九十五日而至三公。淑舊居西豪里，縣令苑康曰：“昔高陽氏有才子八人。”署其里爲高陽里。（《三國志》卷十《荀彧傳》裴松之注）

按：荀爽爲荀淑之子，年少聰慧多才，兄弟八人號稱“八龍”，《後漢紀·孝獻皇帝紀》:"爽字慈明,朗陵令淑之子也。年十二,太尉杜喬師焉。……爽兄弟八人,號曰'八龍',爽最有儒雅稱,兄子或名重於世。"《後漢書·荀爽傳》所記尤詳:"爽字慈明,一名諝。幼而好學,年十二,能通《春秋》《論語》。太尉杜喬見而稱之,曰:'可爲人師。'爽遂耽思經書,慶吊不行,徵命不應。潁川爲之語曰:'荀氏八龍,慈明無雙。'"此處范曄《後漢書》文字全同《荀氏家傳》(《太平御覽》卷三百八十五《人事部二十六·幼智下》引)。《太平御覽》卷一百五十七《州郡部三·里》引張璠《漢記》:"荀爽兄弟八人,時人謂之八龍。舊居西豪里。縣令苑康曰:'昔高陽氏有才子八人。'署其里曰高陽里。"《後漢紀》"太尉杜喬師焉",《後漢書》《荀氏家傳》作"太尉杜喬見而稱之曰可爲人師",後二書説是。《獻帝紀》稱其初平元年(190)"夏五月,司空荀爽薨",本傳稱"會病薨,年六十三",則生年在順帝永建三年(128)。

《荀氏家傳》:荀爽字德明,董卓徵公,公到府三日,策拜司空。起巖穴,九十五日而爲臺司,世人號曰:"白衣登三公。"(《藝文類聚》卷四十七《職官部三·司空》)

按:"字德明",《後漢書》《太平御覽》引《荀氏家傳》作"字慈明","德"字誤。

皇甫謐《逸士傳》:或問許子將,靖與爽孰賢?子將曰:"二人皆玉也,慈明外朗,叔慈内潤。"(《三國志》卷十《荀彧傳》裴松之注)

按:此又見於《太平御覽》卷三百八十《人事部二十一·美丈夫下》。

荀爽,一名諝。《漢南紀》曰:"諝文章典籍無不涉,時人諺曰:'荀氏八龍,慈明無雙。'潛處篤志,徵聘無所就。"張璠《漢紀》曰:"董卓秉政,復徵爽,爽欲遁去,吏持之急。起布衣,九十五日而至三公。"(《世説新語·言語》劉孝標注)

按:《後漢書·荀爽傳》:"著《禮》《易傳》《詩傳》《尚書正經》《春秋條例》,又集漢事成敗可爲鑒戒者,謂之《漢語》。又作《公羊問》及《辯讖》,并它所論叙,題爲《新書》。凡百餘篇,今多所亡缺。"《禮》,姚振宗認爲《風俗通》《通典》《文選注》《路史注》所引荀爽《禮傳》,即《禮記傳》,又云:"諸家《禮記》咸於此二百十四篇中取去增損,互有不同。荀氏是書,必又與大、小戴、馬、盧諸本不同,是爲荀氏重定本。"

荀爽《易傳》，姚振宗《後漢藝文志》又録其《周易傳》十一卷，并引王應麟《漢志考證》曰：“秦漢之際，《易》亡《説卦》。宣帝時，河内女子發老屋得之。後漢荀爽《集解》，又得八卦逸象三十有一。”其《尚書正經》不知卷數。

荀爽《詩傳》，又見荀悦《漢紀》：“臣悦叔父故司空爽，著《詩傳》，皆附正義，無他説。通人學者多好尚之，然希得立於學官也。”

荀爽《春秋條例》，姚振宗《後漢藝文志》以爲即《左氏》學，并考證曰：“按荀氏《春秋》，史不言其主何家，然其爲荀卿之後，則《左氏》其家學。觀所治《易傳》用古文，所上奏疏引《左氏》《公羊》，而著書别有《公羊問》，蓋兼通二家，此條例則《左氏》學也。”

賈誼之書亦名《新書》。又據《隋書·經籍志》，梁有《新書》五卷，王基撰。其他書名中含有"新書"二字者亦不少。蓋古人亦頗重標新立異，志在以文辭勝人。

荀慈明與汝南袁少朗相見，問潁川士，慈明先及諸兄。少朗嘆之曰："但可私親而已。"慈明答曰："足下相難，依據何經？"少朗曰："方問國士，始及諸兄，是以尤之。"慈明曰："昔祁奚内舉不失其子，外舉不失其讎，以爲至公；公旦周文王之子，《詩》不論堯、舜之德，而頌文、武者何？先親之義也。《春秋》之義，内中國而外諸夏，且不能愛其親而愛他人者，不當以是勃德乎？"出《世説》。（《太平廣記》卷一百七十三《俊辯一》）

按：荀爽與袁閬相見事，亦見袁閬條。荀爽與李膺有交，此見《續漢書》："荀爽嘗謁李膺，因爲其御。既還，喜曰：'今日乃得御李君矣。'見慕如此。"（《太平御覽》卷四百六十七《人事部·喜》）

董卓（？—192）

《獻帝春秋》：先是童謡曰："侯非侯，王非王，千乘萬騎走北芒。"卓時適至，屯顯陽苑。聞帝當還，率衆迎帝。（《三國志》卷六《董卓傳》裴松之注）

《英雄記》：時有謡言曰："千里草，何青青，十日卜，猶不生。"又作董逃之歌。又有道士書布爲"吕"字以示卓，卓不知其爲吕布也。

(《三國志》卷六《董卓傳》裴松之注）

按：《後漢書·董卓傳》："董卓字仲穎，隴西臨洮人也。性粗猛有謀。少嘗游羌中，盡與豪帥相結。"

靈帝中平中，京都歌曰："承樂世董逃，游四郭董逃，蒙天恩董逃，帶金紫董逃，行謝恩董逃，整車騎董逃，垂欲發董逃，與中辭董逃，出西門董逃，瞻宮殿董逃，望京城董逃，日夜絕董逃，心摧傷董逃。"案"董"謂董卓也，言雖跋扈，縱其殘暴，終歸逃竄，至於滅族也。（《後漢書·五行志》）

按：此爲五言歌。

《風俗通》：董卓蕩覆王室，天子西移，所載書七十車，遇雨道難，分半投棄，即於處燒燔，糜爲灰穢。（《太平御覽》卷六百一十九《學部十三·焚書》）

按：此言董卓有焚書之舉。

孔伷（生卒不詳）

《英雄記》：孔伷字公緒，陳留人也。（《後漢書》卷七十四《袁紹傳》李賢注）

按：李賢注："《英雄記》伷字公緒。《九州春秋》'伷'爲'胄'。"《後漢書·鄭太傳》："袁本初公卿子弟，生處京師。張孟卓東平長者，坐不窺堂。孔公緒清談高論，噓枯吹生。并無軍旅之才，執銳之幹，臨鋒決敵，非公之儔。"李賢注："枯者噓之使生，生者吹之使枯。言談論有所抑揚也。"張璠《漢紀》："鄭太說董卓曰：'孔公緒能清談高論，噓枯吹生。'"（《三國志》卷一《魏志·武帝紀》裴松之注；《北堂書鈔》卷九十八《藝文部四》、《藝文類聚》卷五十五《雜文部一》）

張馴（生卒不詳）

張馴字子俊，濟陰定陶人也。少游太學，能誦《春秋左氏傳》。以

《大夏侯尚書》教授。辟公府，舉高第，拜議郎。與蔡邕共奏定《六經》文字。擢拜侍中，典領秘書近署，甚見納異。多因便宜陳政得失，朝廷嘉之。遷丹陽太守，化有惠政。光和七年，徵拜尚書，遷大司農。初平中，卒於官。(《後漢書》卷七十九上《儒林傳上》)

　　按：張馴通《春秋左氏傳》《大夏侯尚書》，與蔡邕共定《六經》文字，初平中卒。又《後漢書·蔡邕傳》："熹平四年，乃與五官中郎將堂谿典、光祿大夫楊賜，諫議大夫馬日磾、議郎張馴、韓説、太史令單颺等，奏求正定《六經》文字。靈帝許之。"《北堂書鈔》卷五十八引《謝後漢》："張馴字子儁與蔡邕共定《六經》，拜侍中，典領秘書。馴儒雅敏達，有智慧。"

桓彬（133—178）

　　彬字彥林，焉之兄孫也。……彬少與蔡邕齊名。初舉孝廉，拜尚書郎。時中常侍曹節女婿馮方亦爲郎，彬厲志操，與左丞劉歆、右丞杜希同好交善，未嘗與方共酒食之會，方深怨之，遂章言彬等爲酒黨。事下尚書令劉猛，〔猛〕雅善彬等，不舉正其事，節大怒，劾奏猛，以爲阿黨，請收下詔獄，在朝者爲之寒心，猛意氣自若，旬日得出，免官禁錮。彬遂以廢。光和元年，卒於家，年四十六。諸儒莫不傷之。所著《七說》及書凡三篇，蔡邕等共論序其志，僉以爲彬有過人者四：夙智早成，岐嶷也；學優文麗，至通也；仕不苟祿，絕高也；辭隆從窊，絜操也。乃共樹碑而頌焉。(《後漢書》卷三十七《桓彬傳》)

　　按：馮方以"酒黨"劾奏桓彬等人，可謂無中生有之罪。"莫須有"之罪自古有之。桓彬"光和元年，卒於家，年四十六"，則卒於靈帝光和元年（178），生於順帝陽嘉二年（133）。其所著《七說》，亦屬"七"體。而其"過人者四"之評論，亦屬人物品鑒之辭。

蔡邕（132—192）

　　東國宗敬邕，不言名，咸稱蔡君。兗州陳留，并圖畫蔡邕形象而頌之

曰："文同三閒，孝齊參、騫。"出《邕別傳》。(《太平廣記》卷一百六十四)

《江表傳》：顧雍從蔡伯喈學，專一清静，敏而易教。伯喈貴異之，謂曰："卿必成致，今以吾名與卿。"故雍與伯喈同名，由此也。《吳録》曰："雍字玄嘆，言爲蔡邕之所嘆也。"(《太平御覽》卷三百六十二《人事部三·名》)

按：《後漢書·蔡邕傳》："蔡邕字伯喈，陳留圉人也。六世祖勋，好黄老，平帝時爲郿令。……桓帝時，中常侍徐璜、左悺等五侯擅恣，聞邕善鼓琴，遂白天子，敕陳留太守督促發遣。邕不得已，行到偃師，稱疾而歸。閒居玩古，不交當世。感東方[朔]《客難》及揚雄、班固、崔駰之徒設疑以自通，乃斟酌群言，韙其是而矯其非，作《釋誨》以戒厲云爾。"蔡邕《釋誨》，模擬自東方朔、揚雄、班固、崔駰，然屬於"釋"體，後世模擬之作較多。蔡邕著述，本傳記載頗詳："其撰集漢事，未見録以繼後史。適作《靈紀》及《十意》，又補諸列傳四十二篇，因李傕之亂，湮没多不存。所著詩、賦、碑、誄、銘、贊、連珠、箴、吊、論議、《獨斷》、《勸學》、《釋誨》、《叙樂》、《女訓》、《篆執》、祝文、章表、書記，凡百四篇，傳於世。"又《後漢書·蔡邕傳》："邕前在東觀，與盧植、韓説等撰補《後漢記》，會遭事流離，不及得成，因上書自陳，奏其所著《十意》，分别首目，連置章左。"此言蔡邕參與補《後漢紀》，撰《十意》。《初學記》卷二十一引《東觀漢記》："蔡邕徙逆方，上書求還，續成《十志》。"王夫之《讀通鑑論》曰："蔡邕意氣之士也，始而以危言召禍，終而以黨賊逢誅，皆意氣之爲也。"蔡邕生卒年，詳考參見劉躍進《秦漢文學編年史》(第613—616頁)。

《文士傳》：蔡邕經會稽高遷亭，見椽竹可以爲籥，取用，果有異聲。(《藝文類聚》卷八十九《木部下》)

按：此處所言蔡邕"見椽竹可以爲籥"，與伏滔《長笛賦序》言蔡邕制長笛事頗同："余同僚桓子野有故長笛，傳之耆老，云蔡邕所製也。初，邕避難江南，宿於柯亭之館，以竹爲椽。邕仰而盼之曰：'良竹也！'取以爲笛，奇聲獨絶，歷代傳之，以至於今。"此序所言，甚有雅意。

《抱朴子》：王充作《論衡》，北方郡未有得之者。蔡伯喈當到江東，得之，嘆其文高，度越諸子。及還中國，諸儒覺其談論更遠，嫌得異書。或搜求至隱處，果得《論衡》，捉取數卷，將去，伯喈曰："惟我與爾共之，勿廣也。"（《太平御覽》卷六百二《文部十八·著書下》）

按：王充《論衡》傳播，蔡邕與有功焉。

《語林》：張衡死，蔡邕母始孕，二子才貌相似，時人云邕是張衡後身。（《白孔六帖》卷二十一《形貌八》）

按：《裴子語林》："嵇中散夜彈琴，忽有一鬼著械來，嘆其手快，曰：'君一弦不調。'中散與琴，調之，聲更清婉。問其名，不對，疑是蔡邕伯喈。伯喈將亡，亦被桎梏。"《北堂書鈔》卷一百一《藝文部七·載書負書二十七》引《博物志》："蔡邕末年載書三十乘與王粲。"後世流傳蔡邕乃張衡後身，此近佛教轉世觀念。劉歆死，化為白頭翁，尚未有後身說。

蔡邕字伯喈，陳留圉人。父稜，徐州刺史，有清行，謚直定。伯喈官至左中郎將，封高陽侯。儀容奇偉，篤孝博學，能畫，善音律，明天文、數術、災變。卒見問，無不對。工書絕世，尤得八分之精微。體法百變，窮靈盡妙，獨步今古。又創造飛白，妙有絕倫，動合神功，真異能之士也。董卓用天下名士，而邕一日七遷，光照榮顯，顧寵彰著。王允誅卓，收伯喈，付廷尉，以獻帝初平三年死於獄中，年六十一。搢紳諸儒，莫不流涕。伯喈八分、飛白入神，大篆、小篆、隸書入妙。女琰，甚賢明，亦工書。（《書斷》卷中）

按：蔡邕頗通書法，或與當時鴻都門學風尚不無關係。蔡邕最重要的學術貢獻之一，是其曾"校書東觀"，并參加正定《六經》文字事，《後漢書》本傳記載："邕以經籍去聖久遠，文字多謬，俗儒穿鑿，疑誤後學，熹平四年，乃與五官中郎將堂谿典、光禄大夫楊賜、諫議大夫馬日磾、議郎張馴、韓説、太史令單颺等，奏求正定《六經》文字。靈帝許之，邕乃自書（册）［丹］於碑，使工鐫刻立於太學門外。於是後儒晚學，咸取正焉。及碑始立，其觀視及摹寫者，車乘日千餘兩，填塞街陌。"此言蔡邕"初平三年死於獄中，年六十一"，范曄《後漢書》亦説其卒時"時年六十一"，則當卒於初平三年（192），生於順帝永建七年（132）。

李巡（生卒不詳）

時宦者濟陰丁肅、下邳徐衍、南陽郭耽、汝陽李巡、北海趙祐等五人稱爲清忠，皆在里巷，不爭威權。巡以爲諸博士試甲乙科，爭弟高下，更相告言，至有行賂定蘭臺漆書經字，以合其私文者，乃白帝，與諸儒共刻《五經》文於石，於是詔蔡邕等正其文字。自後《五經》一定，爭者用息。趙祐博學多覽，著作校書，諸儒稱之。（《後漢書》卷七十八《宦者傳》）

按：當時博士竟然"行賂定蘭臺漆書經字，以合其私文"。而"蔡邕等正其文字"之舉，具有"爭者用息"之效果，此亦有李巡之功。李巡與其他四人號稱"清忠"，亦屬當時人物品鑒之辭。

鄭玄（127—200）

皇甫士安《高士傳》：鄭玄字康成，北海高密人也。學《孝經》《論語》，兼通《京氏易》《公羊春秋》《三正歷》《九章算術》《周官》《禮記》《左氏春秋》。大將軍何進辟玄，州郡迫脅，不得已而詣，進設機杖之禮以待玄。玄以幅巾見進，一宿而逃去。公府前後十餘辟，并不就。（《太平御覽》卷五百九《逸民部九·逸民九》）

按：《後漢書·鄭玄傳》亦曰："鄭玄字康成，北海高密人也。八世祖崇，哀帝時尚書僕射。玄少爲鄉嗇夫，得休歸，常詣學官，不樂爲吏，父數怒之，不能禁。遂造太學受業，師事京兆第五元先，始通《京氏易》《公羊春秋》《三統歷》《九章算術》。又從東郡張恭祖受《周官》《禮記》《左氏春秋》《韓詩》《古文尚書》。以山東無足問者，乃西入關，因涿郡盧植，事扶風馬融。"鄭玄通《京氏易》《公羊春秋》《三統歷》《九章算術》《周官》《禮記》《左氏春秋》《韓詩》《古文尚書》，可謂博通。本傳稱建安五年（200）"其年六月卒，年七十四"，則生年在順帝永建二年（127）。

《鄭玄別傳》：玄年十六，號曰神童。民有獻嘉禾者，欲表府，文辭

鄙略。玄爲改作，又著頌一篇。侯相高其才，爲修寇禮。（《太平御覽》卷八百三十九《百穀部三·禾》）

　　按：《太平御覽》卷五百八十八、卷九百七十八亦引此段文字，然似不如此處文字通順。又《太平廣記》卷二百一十五《算術一》："鄭康成以永建二年七月戊寅生。玄八九歲能下算乘除。年十一二隨母還家。臘日宴會。同時十許人皆美服盛飾，語言通了。玄獨漠然，狀如不及。母私督數之，乃曰：'此非玄之所志也。'出《玄列傳》。""玄列傳"，或當作"玄別傳"。

　　《三齊記略》：鄭玄刊注《詩》，善棲黌。今山有古井不竭，猶生細草，葉形似韭，俗稱鄭公書帶。（《太平御覽》卷四十二《地部七·河南宋鄭齊魯諸山》）

　　按：《太平廣記》卷四百八引《三齊記》記此事尤詳："鄭司農，常居不其城南山中教授。黃巾亂，乃避。遣生徒崔琰、王經諸賢於此，揮涕而散。所居山下草如薤，葉長尺餘許，堅韌異常。時人名作康成書帶。"《太平廣記》引各種小說皆有鄭玄故事，是東漢著名文人事迹入小說。此類經學家之事入民俗，可知經學在古代社會影響之深。又鄭玄注《詩》，是當時經學大事，故後世頗多傳聞，如《博物志》云："鄭玄注《毛詩》曰'箋'，不解此意。或云毛公嘗爲北海，玄是此郡人，故以爲敬。"（《太平御覽》卷五百九十五《文部十一·箋》）此是傳聞故事釋"箋"意。

　　鄭玄在馬融門下，三年不得相見，高足弟子傳授而已。嘗算渾天不合，諸弟子莫能解。或言玄能者，融召令算，一轉便決，衆咸駭服。及玄業成辭歸，既而融有"禮樂皆東"之嘆。恐玄擅名而心忌焉。玄亦疑有追，乃坐橋下，在水上據屐。融果轉式逐之，告左右曰："玄在土下水上而據木，此必死矣。"遂罷追，玄竟以得免。（《世說新語·文學》）

　　按：劉孝標注："馬融海內大儒，被服仁義。鄭玄名列門人，親傳其業，何猜忌而行鴆毒乎？委巷之言，賊夫人之子。"又見於《太平御覽》卷六百九十八《服章部十五·屐》引《語林》："鄭玄在馬融門下，業成，辭歸，融心忌之。鄭玄亦疑有追，乃坐橋下，據屐。融果轉式逐之，告左右曰：'玄在上，下水上而據木，此必死矣。'遂罷追矣，竟以免。"《太平廣記》卷二百七十六《夢一》："鄭玄師馬融，三載無聞，融還之。玄過樹陰下假寐，夢一人，以刀開其心，謂曰：'子可學矣。'於是寤而即返，遂洞精典籍。後東歸，融曰：'《詩》《書》《禮》《樂》皆東矣。'出

《異苑》。"此後世傳聞故事，屢見於《世説新語》《語林》《異苑》，可知此類具有傳聞性故事，流傳頗廣。

鄭玄欲注《春秋傳》，尚未成時，行與服子慎遇宿客舍，先未相識，服在外車上與人説己注《傳》意。玄聽之良久，多與己同。玄就車與語曰："吾久欲注，尚未了。聽君向言，多與吾同。今當盡以所注與君。"遂爲服氏《注》。(《世説新語·文學》)

按：後世文學故事頗多鄭玄注經傳聞。鄭玄著述頗豐，如《後漢書·鄭玄傳》記載："門人相與撰玄答諸弟子問《五經》，依《論語》作《鄭志》八篇。凡玄所注《周易》《尚書》《毛詩》《儀禮》《禮記》《論語》《孝經》《尚書大傳》《中候》《乾象曆》，又著《天文七政論》《魯禮禘祫義》《六藝論》《毛詩譜》《駁許慎〈五經異義〉》《答臨孝存〈周禮難〉》，凡百余萬言。"

鄭玄家奴婢皆讀書。嘗使一婢，不稱旨，將撻之。方自陳説，玄怒，使人曳著泥中。須臾，復有一婢來，問曰："胡爲乎泥中？"答曰："薄言往愬，逢彼之怒。"(《世説新語·文學》)

鄭玄在徐州，孔文舉時爲北海相，欲其返郡，敦清懇惻，使人繼踵。又教曰："鄭公久游南夏，今艱難稍平，儻有歸來之思，無寓人於室。毁傷其藩垣林木，必繕治墻宇以俟還。"及歸，融告僚屬，昔周人尊師，謂之尚父，今可咸曰鄭君，不得稱名也。袁紹一見玄，嘆曰："吾本謂鄭君東州名儒，今乃是天下長者。夫以布衣雄世，斯豈徒然哉？"及去，紹餞之城東，必欲玄醉。會者三百人，皆使離席行觴。自旦及暮，計玄可飲三百餘杯，而温克之容，終日無怠。出《商芸小説》。(《太平廣記》卷一百六十四《名賢》)

按：此類袁紹見鄭玄事，已有誇飾、傳聞成分，由此可知當時所謂"小説"，實有後世虛構、誇張手法。

公沙穆（生卒不詳）

公沙穆字文義，北海膠東人也。家貧賤。自爲兒童不好戲弄，長習《韓詩》《公羊春秋》，尤鋭思《河》《洛》推步之術。居建成山中，依林阻爲室，獨宿無侶。時暴風震雷，有聲于外呼穆者三，穆不與語。有頃，呼者自牖而入，音狀甚怪，穆誦經自若，終亦無它妖異，時人奇之。後遂隱居東萊山，學者自遠而至。（《後漢書》卷八十二下《方術傳下》）

　　按：公沙穆習《韓詩》《公羊春秋》。此處記公沙穆故事，無史實成分，却有六朝志怪色彩，亦是唐代傳奇故事之先驅。袁山松《後漢書》稱："公沙穆有六子，時人號曰：'公沙六龍，天下無雙。'"（《太平御覽》卷四百九十五《人事部一百三十六·諺上》）《後漢書》稱"六子皆知名"，而袁山松《後漢書》則有"六龍"之譽，范書未取此説。

陳囂（生卒不詳）

　　初，囂與紀伯爲鄰，伯竊囂藩地以自益，囂見之不言，益徙地與之。伯慚懼，亦歸所侵地，其中乃爲大路。鴻嘉二年，太守周君刻石旌表，號曰"義里長簪路"。至今鄉人猶號長簪街。（《會稽志》卷十三）

　　按：《東觀漢記》卷十九："陳囂，字君期，明《韓詩》，時語曰：'關東説《詩》陳君期。'"此言東漢陳囂。清姚之駰《後漢書補逸》卷九："陳囂，字子公，拜大中大夫。年七十，每朝賀，帝待以師傅禮。賜几杖，入朝不趨，贊事不名，以病乞骸骨，以大夫位終。"此處所言，其實乃西漢陳囂字子公事，故不取。《經義考》卷二百八十四將其列於鄭玄、公沙穆之後，姑附於此。又《太平御覽》卷四百二十四引謝承《後漢書》："陳囂與鄉人紀伯爲鄰，伯夜竊囂藩地自益。囂見之，伺伯去，密移其藩一丈地以益伯。伯慚懼，還所侵，又却一丈二尺相避，凡廣三丈。太守高其義，名其閭爲'義里'。"《東觀漢記》、謝承《後漢書》所記陳囂，當爲東漢人，西漢元、成時又有一陳囂。據《會稽志》卷十三，知太守爲"周君"，其中"鴻嘉二年"云云，似將西、東漢兩陳囂事誤合一處。

師宜官（生卒不詳）

衛恒《四體書勢序》：上谷王次仲善隸書，始爲楷法。至靈帝好書，世多能者。而師宜官爲最，甚矜其能，每書，輒削焚其札。梁鵠乃益爲版而飲之酒，候其醉而竊其札，鵠卒以攻書至選部尚書。（《三國志》卷一《魏志·武帝紀》裴松之注）

按：此言梁鵠學書師宜官。此材料詳見"梁鵠"條。

師宜官，南陽人。靈帝好書，徵天下工書於鴻都門者數百人。八分稱宜官爲最，大則一字徑丈，小則方寸千言。甚矜能而性嗜酒，或時空至酒家，因書其壁以售之，觀者雲集。酤酒多售，則鏟滅之。後爲袁術將鉅鹿《耿球碑》，術所立，宜官書也。出《書斷》。（《太平廣記》卷二百六《書一》）

按：此言師宜官善書而好酒，其乃鴻都門學中人，此類人物史書記載不多，故師宜官當是研究鴻都門學文人很好的個案。

韓説（生卒不詳）

韓説字叔儒，會稽山陰人也。博通《五經》，尤善圖緯之學。舉孝廉。與議郎蔡邕友善。數陳災眚，及奏賦、頌、連珠。（《後漢書》卷八十二下《方術列傳下》）

按：韓説通《五經》而善圖緯之學，與蔡邕爲友，曾與蔡邕、盧植參與正定《六經》文字，此皆見《後漢書·蔡邕傳》與《盧植傳》。

馬日磾（？—194）

《獻帝春秋》：術從日磾借節觀之，因奪不還，條軍中十餘人使促辟之。日磾謂術曰："卿先代諸公辟士云何？而言促之，謂公府掾可劫得

乎？"從術求去，而術不遣，既以失節屈辱憂恚。(《後漢書》卷七十《孔融傳》李賢注)

按：《後漢書·袁紹劉表列傳》李賢注引《獻帝春秋》文字與此稍異："日磾假節東徵，循撫州郡。術在壽春，不肅王命，侮慢日磾，借節觀之，因奪不還，從術求去，而術不遣，既以失節屈辱，憂恚而死。"此可知李賢注引古書，多有間接引用情況。

《三輔決錄注》：馬日磾字翁叔，馬融之族子。少傳融業，以才學進，歷位九卿，遂登臺輔。(《後漢書》卷七十四《袁紹劉表列傳》李賢注)

按：《後漢書·孔融傳》李賢注引《三輔決錄》與此文字有異，此亦證李賢注《後漢書》引古書，并非照錄原文，而是根據史書正文選擇使用引書文字。

《洛陽記》：太學在洛城南開陽門外，講堂長十丈，廣二丈。堂前《石經》四部。本碑凡四十六枚，西行，《尚書》《周易》《公羊傳》十六碑存，十二碑毀。南行，《禮記》十五碑悉崩壞。東行，《論語》三碑，二碑毀。《禮記》碑上有諫議大夫馬日磾、議郎蔡邕名。(《後漢書》卷六十下《蔡邕傳》注引)

按：《後漢書·馬融傳》："(馬融)族孫日磾，獻帝時位至太傅。"馬日磾曾與蔡邕、韓說、楊彪、盧植等校書東觀，正定文字，見《後漢書·盧植傳》。

盧植(？—192)

《續漢書》：植字子幹。少事馬融，與鄭玄同門相友。植剛毅有大節，常嘐然有濟世之志，不苟合取容，不應州郡命召。建寧中，徵博士，出補九江太守，以病去官。作《尚書章句》《禮記解詁》。稍遷侍中、尚書。張角起，以植爲北中郎將征角，失利抵罪。頃之，復以爲尚書。張讓劫少帝奔小平津，植手劍責數讓等，讓等皆放兵，垂泣謝罪，遂自殺。董卓議欲廢帝，衆莫敢對，植獨正言，語在《卓傳》。植以老病去位，隱居上谷軍都山，初平三年卒。太祖北征柳城，過涿郡，令告太守曰："故北中郎將盧植，名著海內，學爲儒宗，士之楷模，乃國之楨幹也。昔武王入殷，封商容之閭，鄭喪子產而仲尼隕涕。孤到此州，嘉其餘風。《春秋》之義，賢者之後，有異於人。敬遣丞掾脩墳墓，并致薄醊，以彰厥德。"植有四子，毓最小。(《三國志》卷二十二《盧毓傳》裴松之注)

按：《後漢書》本傳稱："盧植字子幹，涿郡涿人也。身長八尺二寸，音聲如鐘。少與鄭玄俱事馬融，能通古今學，好研精而不守章句。融外戚豪家，多列女倡歌舞於前。植侍講積年，未嘗轉眄，融以是敬之。學終辭歸，闔門教授。"盧植爲馬融弟子，與鄭玄同門，本傳又以爲盧植："性剛毅有大節，常懷濟世志，不好辭賦，能飲酒一石。"後世則以爲其賢於馬融，如明人張重華曰："盧植游馬融之門，女妓紛列而積年未嘗轉盼，則弟賢于師。"

其著述情況，亦見本傳："(盧植) 作《尚書章句》《三禮解詁》。時始立太學《石經》，以正《五經》文字，植乃上書曰：'臣少從通儒故南郡太守馬融受古學，頗知今之《禮記》特多回冗。臣前以《周禮》諸經，發起秕謬，敢率愚淺，爲之解詁，而家乏，無力供繕〔寫〕上。願得將能書生二人，共詣東觀，就官財糧，專心研精，合《尚書》章句，考《禮記》失得，庶裁定聖典，刊正碑文。古文科斗，近於爲實，而厭抑流俗，降在小學。中興以來，通儒達士班固、賈逵、鄭興父子，并敦悅之。今《毛詩》《左氏》《周禮》各有傳記，其與《春秋》共相表裏，宜置博士，爲立學官，以助後來，以廣聖意。'"此即盧植作《尚書章句》《三禮解詁》之由來，其奏請"願得將能書生二人，共詣東觀，就官財糧，專心研精"，由此可見當時官方支持研治、整理經書情況。盧植曾參與校書東觀，由其中所言"帝以非急務，轉爲侍中，遷尚書"分析，似盧植雖列校書行列，然并未真正參與其事。初平三年（192）卒。

何顒（？—190）

《漢末名士錄》：術常於衆坐數顒三罪，曰："王德彌先覺儁老，名德高亮，而伯求疎之，是一罪也。許子遠凶淫之人，性行不純，而伯求親之，是二罪也。郭、賈寒寠，無他資業，而伯求肥馬輕裘，光耀道路，是三罪也。"陶丘洪曰:"王德彌大賢而短於濟時,許子遠雖不純而赴難不憚濡足。伯求舉善則以德彌爲首,濟難則以子遠爲宗。且伯求嘗爲虞偉高手刃復仇,義名奮發。其怨家積財巨萬,文馬百駟,而欲使伯求贏牛疲馬,頓伏道路,此爲披其胸而假仇敵之刃也。"術意猶不平。後與南陽宗承會於闕下,術發怒曰:"何伯求,凶德也,吾當殺之。"承曰:"何生英俊之士,足下善遇之,使延令名於天下。"術乃止。後黨禁除解,辟司空府。每三府掾屬會議,顒策謀有餘,議者皆自以爲不及。遷北軍中候,董卓以爲長史。後荀彧爲尚書令,遣人迎叔父司空爽喪,使并置顒尸,而葬之於爽冢傍。(《三國志》卷十《荀攸傳》裴松之注)

按:張璠《漢紀》:"顒字伯求,少與郭泰、賈彪等游學洛陽,泰等與同風好。顒顯名太學,於是中朝名臣太傅陳蕃、司隸李膺等皆深接之。及黨事起,顒亦名在其中,乃變名姓亡匿汝南間,所至皆交結其豪桀。顒既奇太祖而知荀彧,袁紹慕之,與爲奔走之友。是時天下士大夫多遇黨難,顒常歲再三私入洛陽,從紹計議,爲諸窮窘之士解釋患禍。而袁術亦豪俠,與紹爭名。顒未常造術,術深恨之。"(《三國志》卷十《荀攸傳》裴松之注引)何顒與郭泰、賈彪、陳蕃、李膺等有交往。《後漢書·黨錮傳》:"何顒字伯求,南陽襄鄉人也。少游學洛陽。顒雖後進,而郭林宗、賈偉節等與之相好,顯名太學。"據《後漢書》本傳,何顒與荀爽、王允交往,識曹操、荀彧之才。《隋書·經籍志》有"何顒《使君家傳》一卷"。何顒與荀爽皆卒於初平元年(190)。另此處所叙袁術罪何顒事,與張璠《漢紀》"顒未常造術,術深恨之"相合。

橋瑁(?—190)

《英雄記》:瑁字元偉,玄族子,先爲兗州刺史,甚有威惠。(《三國志》卷一《魏志·武帝紀》裴松之注)

按:《後漢書·袁紹傳》李賢注:"橋瑁字元瑋,橋玄族子,先爲兗州刺史,甚有威惠。《魏氏春秋》云劉岱惡而殺之。"《三國志》注引《英雄記》"字元偉",《後漢書》李賢注引作"字元瑋"。劉岱殺橋瑁,在初平元年(190)。

黄琬(141—192)

《英雄記》：（劉）虞讓太尉，因薦衛尉趙謨、益州牧劉焉、豫州牧黄琬、南陽太守羊續，并任爲公。（《三國志》卷八《魏志·公孫瓚傳》裴松之注）

按：《後漢書·黄琬傳》：“琬字子琰。少失父。早而辯慧。祖父瓊，初爲魏郡太守……後瓊爲司徒，琬以公孫拜童子郎，辭病不就，知名京師。”《太平御覽》卷三百八十四《人事部二十五·幼智上》引《續漢書》亦記此事。黄琬爲童子郎，此左雄時政策；黄琬妻爲來氏，見“來敏”條。又《後漢書·黄琬傳》：“時權富子弟多以人事得舉，而貧約守志者以窮退見遺，京師爲之謠曰：‘欲得不能，光禄茂才。’於是琬、蕃同心，顯用志士，平原劉醇、河東朱山、蜀郡殷參等并以才行蒙舉。”此處之“京師爲之謠”，《古詩紀》卷十八作《京都謠》，《古樂苑》卷四十五作《京師謠》。黨錮之禍的背後，有貧富差距帶來的“權富子弟”階層與“貧約守志者”的矛盾。陳蕃、黄琬因用“窮退見遺”者而見中傷，終遭禁錮。東漢貧苦子弟、底層文人如何進入上層社會，在東漢末年成爲一大社會矛盾。另據本傳，黄琬與陳蕃、楊賜有交往。而黄琬被重新徵用，多因楊賜之力，此楊賜爲禁錮者平反。黄琬被廢棄幾二十年，可嘆！本傳稱“及卓將李傕、郭汜攻破長安，遂收琬下獄死，時年五十二”，《獻帝紀》稱初平三年（192）“李傕殺司隸校尉黄琬”。史書對黄琬評價頗高，如《續漢書》：“黄琬字子琰，方毅廉直，爲侍中尚書。”（《北堂書鈔》卷六十《設官部十二·諸曹尚書》）謝承《後漢書》：“黄琬拜豫州，威邁百城。”（《文選》卷二十四曹植《義贈丁儀王粲一首》、卷二十五陸雲《答張士然》李善注）

皇甫嵩(？—192)

《獻帝春秋》：董卓自號太師，御史中丞以下皆拜。初，皇甫嵩與卓争雄，後嵩爲中丞，見卓，拜車下。卓曰："可以服未？"嵩曰："安知明公乃至於是。"卓曰："鴻鵠固有遠志，但燕雀不知耳。"嵩曰："昔與明公俱鴻鵠，獨明公今爲鳳凰。"卓笑曰："卿早服，可得不拜也。"（《太平御覽》卷五百四十二《禮儀部二十一·拜》）

　　按：此類記載并不可信，亦可證《獻帝春秋》或有虛飾董卓處。《後漢書·皇甫嵩傳》："皇甫嵩字義真，安定朝那人，度遼將軍規之兄子也。父節，雁門太守。嵩少有文武志介，好《詩》《書》，習弓馬。"李賢注："《續漢書》曰：'舉孝廉爲郎中，遷霸陵、臨汾令，以父喪遂去官。'"又《後漢書·皇甫嵩傳》："嵩奏請冀州一年田租，以贍飢民，帝從之。百姓歌曰：'天下大亂兮市爲墟，母不保子兮妻失夫，賴得皇甫兮復安居。'"漢代以來，多流行帶"兮"字三句七字歌，此東漢末帶"兮"字三句八字歌。《太平御覽》卷二百五十引《續漢書》亦載此歌。《古詩紀》卷十八、《古樂苑》卷四十四皆作"皇甫嵩歌"。

　　楚人畏荀卿之出境，漢氏追匡衡之界，是知儒道實有可尊。故皇甫嵩手握百萬之衆而不反，豈非儒者之貴乎？（《金樓子·立言下》）

　　按：此言皇甫嵩乃"儒者之貴"者，此與他書記載頗合，如《後漢書·皇甫嵩傳》："嵩爲人愛慎盡勤，前後上表陳諫有補益者五百餘事，皆手書毀草，不宣於外。又折節下士，門無留客。時人皆稱而附之。"再如謝承《後漢書》："皇甫嵩爲三公，以身起於汗馬，常折節下士也。"（《太平御覽》卷四百七十五《人事部一百十六·待士》）漢人陳表，皆有草稿，皇甫嵩"手書毀草，不宣於外"，反證其他文人有不毀其操者，則或"宣於外"。本傳稱"尋李傕作亂，嵩亦病卒"，而其初平三年"車騎將軍皇甫嵩爲太尉"，十二月被免，疑卒於本年。

檀敷（生卒不詳）

　　張儉、岑晊、劉表、陳翔、孔昱、苑康、檀敷、翟超爲"八及"。（《後漢書》卷六十七《黨錮傳》）

　　按：《三國志》卷六《魏志·劉表傳》裴松之注引《漢末名士錄》："表與汝南陳翔字仲麟、范滂字孟博、魯國孔昱字世元、勃海苑康字仲真、山陽檀敷字文友、張儉字元節、南陽岑晊字公孝爲'八友'。"《後漢書》"八及"與裴松之"八友"人名不同。《後漢書·黨錮傳》:"檀敷字文有,山陽瑕丘人也。少爲諸生,家貧而志清,不受鄉里施惠。舉孝廉,連辟公府,皆不就。立精舍教授,遠方至者常數百人。桓帝時,博士徵,不就。"葛立方《韵語陽秋》卷十三:"晋孝武初,奉佛法,立精舍於殿内,引沙門居之,故今人皆以佛寺爲精舍,殊不知精舍者,乃儒者教授生徒之處。後漢包成、檀敷、劉淑傳,皆有立精舍教授生徒之文。"又《謝承書》:"敷〔與〕子孫同衣而行,并日而食。"(《後漢書》卷六十七《黨錮列傳》李賢注)

桓典(? —201)

(桓)典字公雅,復傳其家業,以《尚書》教授潁川,門徒數百人。舉孝廉爲郎。居無幾,會國相王吉以罪被誅,故人親戚莫敢至者。典獨棄官收斂歸葬,服喪三年,負土成墳,爲立祠堂,盡禮而去。(《後漢書》卷三十七《桓典傳》)

按:《華嶠書》:"典十二喪父母,事叔母如事親。立廉操,不取於人,門生故吏問遺,一無所受。"(《後漢書》卷三十七《桓典傳》李賢注)桓典,桓焉孫,桓順子,《華嶠書》:"焉長子衡,早卒。中子順,順子典。"(《後漢書》卷三十七《桓典傳》李賢注)桓典傳桓氏《歐陽尚書》。范曄《後漢書》所記,較謝承、華嶠諸書更爲簡要。本傳稱"建安六年(201),卒官"。又《後漢書·桓典傳》:"是時宦官秉權,典執政無所回避。常乘驄馬,京師畏憚,爲之語曰:'行行且止,避驄馬御史。'"此歌《古詩紀》卷十九、《古樂苑》卷四十六題名作"避驄"。

周昕(? —196)

《會稽典錄》:昕字大明。少游京師,師事太傅陳蕃,博覽群書,明於風角,善推灾異。辟太尉府,舉高第,稍遷丹楊太守。曹公起義兵,昕

前後遣兵萬餘人助公征伐。袁術之在淮南也，昕惡其淫虐，絶不與通。（《三國志》卷五十一《吳志·宗室傳》注引）

按：後世有"周昕廟"之記載，如《太平寰宇記》卷一百五十九《嶺南道三》："目嶺盧水，此水合武水處甚險，名曰新瀧。有太守周昕廟，即始開此瀧者。行者放鷄散米以祈福，而忌著濕衣入廟。"其與袁術戰事見《獻帝春秋》記載："袁術遣吳景攻昕，未拔，景乃募百姓敢從周昕者死不赦。昕曰：'我則不德，百姓何罪？'遂散兵，還本郡。"（《三國志》卷五十一《吳志·宗室傳》注引）據《三國志》，孫策遣孫静斬周昕、擒王朗在建安元年（196）。

羊續（142—189）

《英雄記》（劉）：虞讓太尉，因薦衛尉趙謨、益州牧劉焉、豫州牧黄琬、南陽太守羊續，并任爲公。（《三國志》卷八《魏志·公孫瓚》裴松之注）

按：袁山松《漢書》："太尉劉虞讓位於羊續。靈帝時，爲三公者皆輸禮錢千萬。續舉緼袍以示之，曰：'臣之有唯此而已。'遂不代虞。"（《藝文類聚》卷四十六《職官部二·太尉》）《後漢書·羊續傳》："羊續字興祖，太山平陽人也。其先七世二千石卿校。祖父侵，安帝時司隸校尉。父儒，桓帝時爲太常。"父羊儒，祖羊侵，知羊氏此時在東漢已爲顯赫大族。本傳稱中平六年（189）卒，時年四十八。

《古今善言》：靈帝用南陽太守羊續爲三司而中官求其賂，續出黄紙補葛袍以示使者。（《北堂書鈔》卷一百二十九《衣冠部三·袍二十二》）

按：《古今善言》爲南朝宋范泰之作。此處所言羊續之廉與儉，見謝承《後漢書》之記載："羊續爲南陽太守，續好啖生魚。府丞焦儉以三月望餉鯉魚一尾，續不違意，受而懸之於庭，少有皮骨。明年三月，儉復饋一魚。續出昔枯魚以示儉，遂不復食。"（《北堂書鈔》卷三十八《政術部·廉潔三十二》）其儉則見謝承《後漢書》之記載："羊續爲廬江太守，瓦器盛漿。"（《北堂書鈔》卷一百四十四《酒食部·漿篇七》）

趙温（137—208）

《東觀漢記》：趙典兄子温，初爲京兆郡丞，嘆曰："大丈夫生當雄飛，安能雌伏？"遂棄官而去，後官至三公。（《太平御覽》卷二百五十三《職官部五十一·内史》）

按：《後漢書·趙温傳》"温字子柔"，《太平御覽》卷四百七十六引《後漢書》作"字子恭"。謝承《後漢書》："趙典兄子温，遭歲大饑，散家糧以賑窮餓，所活萬餘人。"（《太平御覽》卷三十五《時序部二十·凶荒》）

司徒繼踵，俛俯權橫。趙温，字子柔，謙弟。以侍中與帝同輦西遷，封江南亭侯。兄亡。初平四年拜司空。未期，進司徒，當世榮之。時車騎將軍李傕與董承、張濟等争權，數遷移天子。温以書切責於傕。天子聞，爲寒心。尋曹公入，徙天子都許，政出諸侯，禮待温。居公位十五年。建安十三年薨。（《華陽國志》卷十上）

按：《華陽國志》卷十一："五公：司空何武、司空趙戒、太尉趙謙、司徒趙温、司空張皓。"《華陽國志》附《士女目録》："道德，司徒、司空趙温，字子柔，謙弟。自是後世有二千石。"《後漢書》本傳稱其建安十三年（208）卒，年七十二。《華陽國志》説同《後漢書》。

任安（124—202）

（楊序）弟子雒昭約節宰，綿竹寇歡文儀，蜀郡何菱幼正，侯祈升伯，巴郡周舒叔布，及任安、董扶等，皆徵聘辟舉，馳名當世。……任安，字定祖，綿竹人也。家居教授，弟子自遠而至。……安察孝及茂才，公府辟，公車徵，皆不詣，卒布衣。弟子杜微、何宗、杜瓊皆名士，至卿佐。……任母治内，子成名賢。任安母，姚氏也。雍穆閨門，早寡，立義資安，遂［事］成大儒。安教授，每爲賑恤其弟子，以慰勉其志，於是安之門生益盈門。（《華陽國志》卷十中）

按：任安從楊厚學，楊序即楊厚。任安弟子有杜瓊、何宗、杜微。《後漢書·儒林傳上》："任安字定祖，廣漢綿竹人也。少游太學，受《孟氏易》，兼通數經。又從同郡楊厚學圖讖，究極其術。時人稱曰：'欲知仲桓問任安。'又曰：'居今行古任定祖。'學終，還家教授，諸生自遠而至。初仕州郡。後太尉再辟，除博士，公車徵，皆稱疾不就。州牧劉焉表薦之，時王塗隔塞，詔命竟不至。年七十九，建安七年，卒於家。"任安與同郡董扶俱事楊厚，學圖讖。建安七年（202）卒，年七十九。

趙岐（？—201）

《三輔決録注》：岐娶馬敦女宗姜爲妻。敦兄子融嘗至岐家，多從賓與從妹宴飲作樂，日夕乃出。過問趙處士所在。岐亦厲節，不以妹聟之故屈志於融也。與其友書曰："馬季長雖有名當世，而不持士節，三輔高士未曾以衣裾襵其門也。"岐曾讀《周官》二義不通，一往造之，賤融如此也。（《後漢書》卷六十四《趙岐傳》李賢注）

按：《後漢書·趙岐傳》："趙岐字邠卿，京兆長陵人也。初名嘉，生於御史臺，因字臺卿，後避難，故自改名字，示不忘本土也。岐少明經，有才藝，娶扶風馬融兄女。融外戚豪家，岐常鄙之，不與融相見。"本傳稱："曹操時爲司空，舉以自代。光祿勛桓典、少府孔融上書薦之，於是就拜岐爲太常。年九十餘，建安六年卒。先自爲壽藏，圖季札、子產、晏嬰、叔向四像居賓位，又自畫其像居主位，皆爲讚頌。敕其子曰：'我死之日，墓中聚沙爲床，布簟白衣，散髮其上，覆以單被，即日便下，下訖便掩。'岐多所述作，著《孟子章句》《三輔決録》傳于時。"建安六年（201）卒。

荀曇（生卒不詳）

《荀氏家傳》：曇字元智。兄昱，字伯脩。張璠《漢紀》稱昱、曇并傑俊有殊才。昱與李膺、王暢、杜密等號爲"八俊"，位至沛相。攸父

彝，州從事。彝於或爲從祖兄弟。(《三國志》卷十《魏志·荀攸傳》裴松之注)

按：《後漢書·荀淑傳》："淑兄子昱字伯條，曇字元智。昱爲沛相，曇爲廣陵太守。兄弟皆正身疾惡，志除閹宦。"黨錮之禍，荀氏子弟受牽連者衆。

劉洪（生卒不詳）

《袁山松書》：劉洪字元卓，泰山蒙陰人也。魯王之宗室也。延熹中，以校尉應太史徵，拜郎中，遷常山長史，以父憂去官。後爲上計掾，拜郎中，檢東觀著作《律曆記》，遷謁者、穀城門候、會稽東部都尉。徵還，未至，領山陽太守，卒官。洪善算，當世無偶，作《七曜術》。及在東觀，與蔡邕共述《律曆記》，考驗天官。及造《乾象術》，十餘年，考驗日月，與象相應，皆傳於世。(《後漢書·律曆志》注)

按：劉洪頗通天文曆算，并"與蔡邕共述《律曆記》，考驗天官"，著有《乾象術》。

《博物記》：洪篤信好學，觀乎六藝群書意，以爲天文數術，探賾索隱，鉤深致遠，遂專心銳思。爲曲城侯相，政教清均，吏民畏而愛之，爲州郡之所禮異。(《後漢書·律曆志》注)

按：此處所言劉洪"篤信好學，觀乎六藝群書意"，與史書記載相合，而此類善天文數術之人多入魏晉六朝雜史、雜傳，是可知魏晉六朝雜史、雜傳甚至小説亦不無史料價值。

荀悦（148—209）

張璠《漢紀》：悦清虛沈静，善於著述。建安初爲秘書監侍中，被詔删《漢書》作《漢紀》三十篇，因事以明臧否，致有典要；其書大行於世。(《三國志》卷十《荀彧傳》裴松之注)

按：荀悦著述頗豐，如《後漢書·荀悦傳》："悦字仲豫，儉之子也。

俭早卒。悦年十二，能说《春秋》。家贫无书，每之人间，所见篇牍，一览多能诵记。性沈静，美姿容，尤好著述。"又称："时政移曹氏，天子恭己而已。悦志在献替，而谋无所用，乃作《申鉴》五篇。其所论辩，通见政体，既成而奏之其大略曰……帝览而善之。""帝好典籍，常以班固《汉书》文繁难省，乃令悦依《左氏传》体以爲《汉纪》三十篇，诏尚书给笔札。辞约事详，论辨多美。……又著《崇德》《正论》及诸论数十篇。年六十二，建安十四年卒。"建安十四年（209）卒，年六十二。

應劭（？—197）

華嶠《漢書》：瑒祖奉，字世叔。才敏善諷誦，故世稱"應世叔讀書，五行俱下"。著《後序》十餘篇，爲世儒者。延熹中，至司隸校尉。子劭字仲遠，亦博學多識，尤好事。諸所撰述《風俗通》等，凡百餘篇，辭雖不典，世服其博聞。（《三國志》卷二十一《魏志·王粲傳》裴松之注）

按：《後漢書·應劭傳》："劭字仲遠。少篤學，博覽多聞。靈帝時舉孝廉，辟車騎將軍何苗掾。"李賢注："《謝承書》、（曰）《應氏譜》并云'字仲遠'，《續漢書·文士傳》作'仲援'，《漢官儀》又作'〔仲〕瑗'，未知孰是。"

應劭著述，多見《後漢書·應劭傳》其自稱曰："於是作《春秋决獄》二百三十二事，動以經對，言之詳矣。逆臣董卓，蕩覆王室，典憲焚燎，靡有孑遺，開闢以來，莫或兹酷。今大駕東邁，巡省許都，拔出險難，其命惟新。臣累世受恩，榮祚豐衍，竊不自揆，貪少云補，輒撰《具律本章句》《尚書舊事》《廷尉板令》《决事比例》《司徒都目》《五曹詔書》及《春秋斷獄》凡二百五十篇。蠲去復重，爲之節文。又集駁議三十篇，以類相從，凡八十二事。其見《漢書》二十五，《漢記》四，皆删叙潤色，以全本體。其二十六，博采古今瓌瑋之士，文章焕炳，德義可觀。其二十七，臣所創造。"其他亦見本傳："時始遷都於許，舊章堙没，書記罕存。劭慨然嘆息，乃綴集所聞，著《漢官禮儀故事》，凡朝廷制度，百官典式，多劭所立。""初，父奉爲司隸時，并下諸官府郡國，各上前人像贊，劭乃連綴其名，錄爲《狀人紀》。又論當時行事，著《中漢輯序》。撰《風俗通》，以辯物類名號，釋時俗嫌疑。文雖不典，後世服其洽聞。凡所著述百三十六篇。又集解《漢書》，皆傳於時。後卒於鄴。"《隋書·經籍志》有《應劭集》二卷，又有《漢朝議駁》三十卷。應劭卒年與著述，詳見陸侃如《中古文學繫年》（上册，第 322—326 頁）與劉躍進《秦漢文學編年史》（第 627—628 頁）。

此評應劭《風俗通》"辭雖不典"，是譏其博雜。劉知幾《史通·辨識篇》以應劭與揚雄并稱："精勤不懈若揚子雲，諳識故事若應仲遠，兼斯具美，督彼群才。使載言記事，藉爲模楷；搦管操觚，歸其準的，斯則可矣。"可知應劭在後世多有文名。

許劭（？—195）

《海内先賢傳》：許劭字子將，虔弟也。山峙淵停，行應規表。邵陵謝子微高才遠識，見劭十歲時，嘆曰："此乃希世之偉人也。"初，劭拔樊子昭於市肆，出虞承賢於客舍，召李叔才於無聞，擢郭子瑜於小吏。廣陵徐孟本來臨汝南，聞劭高名，召功曹。時袁紹以公族爲濮陽長，棄官還，副車從騎將入郡界，乃嘆曰："許子將秉持清格，豈可以吾輿服見之邪？"遂單馬而歸。辟公府掾，敦辟皆不就。避地江南，卒於豫章也。（《世説新語·賞譽》劉孝標注）

按：《後漢書·許劭傳》："許劭字子將，汝南平輿人也。少峻名節，好人倫，多所賞識。若樊子昭、和陽士者，并顯名於世。故天下言拔士者，咸稱許、郭。"以二人之姓并稱，作爲評價文人用語，東漢末始盛行。前有"李杜"，今有"許郭"。《後漢書·許劭傳》："兄虔亦知名，汝南人稱平輿淵有二龍焉。"又《後漢書·許劭傳》："劭與靖俱有高名，好共覈論鄉黨人物，每月輒更其品題，故汝南俗有'月旦評'焉。"汝南"月旦評"，應是當時品鑒人物之習俗，其他地域或亦有之。

《汝南先賢傳》：召陵謝子微，高才遠識，見劭年十八時，乃嘆息曰："此則希世出衆之偉人也。"劭始發明樊子昭於鬻幘之肆，出虞永賢於牧豎，召李淑才鄉閭之間，擢郭子瑜鞍馬之吏，援楊孝祖，舉和陽士，兹六賢者，皆當世之令懿也。其餘中流之士，或舉之於淹滯，或顯之乎童齒，莫不賴劭顧嘆之榮。凡所拔育，顯成令德者，不可殫記。其探摘偽行，抑損虛名，則周之單襄，無以尚也。劭宗人許栩，沉没榮利，致位司徒。舉宗莫不甸匐栩門，承風而驅，官以賄成，惟劭不過其門。廣陵（徐孟本）〔徐孟玉〕來臨汝南，聞劭高名，請爲功曹。饕餮放流，縶士盈朝。袁紹公族好名，爲濮陽長，棄官來還，有副車從騎，將入郡界，紹乃嘆曰："吾之輿服，豈可使許子將見之乎？"遂單車而歸。辟公府掾，拜鄢陵令，方正徵，皆不就。避亂江南，所歷之國，必翔而後集。終于豫章，時年四十六。有子曰混，顯名魏世。（《三國志》卷二十三《和洽傳》裴松之注）

按：此處謝甄評許劭"希世出衆之偉人"，評價甚高。

《豫章記》：許子將墓在郡南四里。昔子將以中國大亂，遠來渡江，隨劉繇而卒，藏於昌門裏。于時漢興平二年也。吳天紀中，太守吳興沈季白日於廳事上坐，忽然如夢，見一人，著黃單衣、黃巾，稱"汝南羊與許子將求改葬"，因忽不見。即求其喪，不知處所。遂招魂葬之，命文學施遐爲招魂文。（《太平御覽》卷五百五十六《禮儀部三十五·葬送四》）

按：《隋書·經籍志》有南朝宋雷次宗《豫章記》一卷，《水經注》、《後漢書》注、《文選》注等多有引用。此處《太平御覽》所引《豫章記》此材料，清徐乾學《讀禮通考》卷八十五引直接題名爲"雷次宗《豫章記》"。

後漢陳蕃喪妻，還葬鄉里，人畢至，唯許劭不往。或問曰："仲舉性峻，峻則少通，不可造。"又時人多不行妻服云云。（《白孔六帖》卷十七《喪妻八》）

按：此以"性峻"評許劭，"峻則少通"，似以爲許劭拘禮，不夠通達。

穎容（生卒不詳）

穎容《春秋例》：著述之事，前有司馬遷、揚雄，後有鄭衆、班固，近即馬融、鄭玄。其所著作違義正者，略舉一兩事以言之：遷《史記》不識畢公文王之子，而言與周同姓；揚雄《法言》不識六十四卦，云所從來尚矣。（《太平御覽》卷六百二《文部十八·著書下》）

按：《後漢書·儒林傳下》："穎容字子嚴，陳國長平人也。博學多通，善《春秋左氏》，師事太尉楊賜。郡舉孝廉，州辟，公車徵，皆不就。初平中，避亂荆州，聚徒千餘人。劉表以爲武陵太守，不肯起。著《春秋左氏條例》五萬餘言，建安中卒。"潁容善《春秋左氏》，師事楊賜。《隋書·經籍志》著錄《春秋釋例》十卷，漢公車徵士潁容撰。馬國翰輯本序曰："《隋》《唐志》作《釋例》，書名與杜氏同，今佚。輯錄二十七節，其全書體例不能詳考。"按東漢《春秋左氏》類著述不少，如《隋書·經籍志》："梁有《春秋左氏達義》一卷，漢司徒掾王玢撰，亡。"姚振宗《後漢藝文志》曰："《隋書·經籍志》梁有《春秋左氏達義》一卷，漢司徒掾王玢撰之。《唐·經籍志》：《春秋達長義》一卷，王盼撰。此作盼，未詳孰是。《藝文志》：王玢《達長義》一卷。洪亮吉《通經表》云'玢'或作'珍'。按王玢始末未詳，《隋志》叙次在服虔、孔融之間，則靈、獻時人也。兩《唐志》作'達長義'，達，通也，似取鄭、賈諸儒之長義而通之。"

田鳳（生卒不詳）

《三輔決錄注》：田鳳字季宗，爲尚書郎。容儀端正，入奏事，靈帝目送之，因題柱曰："堂堂乎張，京兆田郎。"（《初學記》卷十一《職官部上》）

按：《顏氏家訓·勉學》："《三輔決錄》云：'靈帝殿柱題曰："堂堂乎張，京兆田郎。"'蓋引《論語》，偶以四言，目京兆人田鳳也。有一才士，乃言：'時張京兆及田郎二人皆堂堂耳。'聞吾此說，初大驚駭，其後尋愧悔焉。"《太平御覽》卷一百八十五引《三輔決錄注》爲"長陵田鳳"云云。

謝該（生卒不詳）

謝該字文儀，南陽章陵人也。善明《春秋左氏》，爲世名儒，門徒數百千人。建安中，河東人樂詳條《左氏》疑滯數十事以問，該皆

爲通解之，名爲《謝氏釋》，行於世。（《後漢書》卷七十九下《儒林傳下》）

按：謝該善《左氏》，樂詳從其問學。

臧洪（生卒不詳）

《九州春秋》：臧洪爲青州刺史，爲袁紹所圍。糧食盡，厨有米三斗，主簿啓進内，稍以爲糜粥。洪嘆曰："吾獨食此何味？"命使爲薄粥，與衆共歠之。（《藝文類聚》卷七十二《食物部·米》）

按：此又見《後漢書》臧洪本傳，由此可知范曄《後漢書》具有整齊衆書的作用。《後漢書·臧洪傳》："臧洪字子源，廣陵射陽人也。父旻，有幹事才。"《後漢書·臧洪傳》："洪年十五，以父功拜童子郎，知名太學。洪體貌魁梧，有異姿。舉孝廉，補即丘長。"李賢注："漢法，孝廉試經者拜爲郎。洪以年幼才俊，故拜童子郎也。《續漢書》曰'左雄奏徵海内名儒爲博士，使公卿子弟爲諸生，有志操者加其俸禄。及汝南謝廉、河南趙建章年始十二，各能通經，雄并奏拜童子郎。於是負書來學，雲集京師'也。"

孫期（生卒不詳）

孫期字仲彧，濟陰成武人也。少爲諸生，習《京氏易》《古文尚書》。家貧，事母至孝，牧豕於大澤中，以奉養焉。遠人從其學者，皆執經壟畔以追之，里落化其仁讓。（《後漢書》卷七十九上《儒林傳上》）

按：《太平御覽》卷六百十三引《東觀漢記》、卷八百三十三引謝承《後漢書》，《藝文類聚》卷九十四引皇甫謐《高士傳》，與此相同。孫期家貧，學經之餘"牧豕奉養"，此是底層文人的生活、學習狀態。

楊奇（生卒不詳）

《謝漢書》：楊奇字公緯，通經。才性敏暢，入補侍中，天子所問，引經據義，靡事不對。（《北堂書鈔》卷五十八《設官部十·侍中》）

按：《後漢書·楊震傳》稱"牧孫奇，靈帝時爲侍中"。

孔昱（生卒不詳）

孔昱字元世，魯國魯人也。七世祖霸，成帝時歷九卿，封褒成侯。自霸至昱，爵位相係，其卿相牧守五十三人，列侯七人。昱少習家學，大將軍梁冀辟，不應。太尉舉方正，對策不合，乃辭病去。後遭黨事禁錮。靈帝即位，公車徵拜議郎，補洛陽令，以師喪棄官，卒於家。（《後漢書》卷六十七《黨錮傳》）

按：李賢注："《前書》孔霸字次（孺）〔儒〕，即安國孫，世習《尚書》。宣帝時爲太中大夫，授太子經，遷詹事，高密相。元帝即位，霸以師賜爵關內侯，號褒成君。薨，謚曰烈君。今《范書》及《謝承書》皆云成帝，又言封侯，蓋誤也。詹事及相俱二千石，故曰歷卿。""少習家學"，李賢注："家學《尚書》"。

趙昱（生卒不詳）

謝承《後漢書》：昱年十三，母嘗病，經涉三月。昱慘戚消瘠，至目不交睫，握粟出卜，祈禱泣血，鄉黨稱其孝。就處士東莞綦毋君受《公羊傳》，兼該群業。至歷年潛志，不窺園圃，親疏希見其面。時入定省父母，須臾即還。高絜廉正，抱禮而立，清英儼恪，莫干其志；旌善以興化，殫邪以矯俗。州郡請召，常稱病不應。國相檀謨、陳遵共召，不起；或興盛怒，終不迴意。舉孝廉，除莒長，宣揚五教，政爲國表。會黃巾作亂，陸梁五郡，郡縣發兵，以爲先辦。徐州刺史巴祗表功第一，當受遷賞，昱深以爲恥，委官還家。徐州牧陶謙初辟別駕從事，辭疾遜遁。謙重令揚州從事會稽吳範宣旨，昱守意不移；欲威以刑罰，然後乃起。舉茂才，遷廣陵太守。賊笮融從臨淮見討，迸入郡界，昱將兵拒戰，敗績見害。（《三國志》卷八《魏志·陶謙傳》裴松之注）

按：唐晏《兩漢三國學案》卷八簡引此文。《太平御覽》卷三百七十四引作"字元達"。《後漢書·陶謙傳》："昱字元達，琅邪人。清己疾惡，潛志好學，雖親友希得見之。爲人耳不邪聽，目不妄視。太僕種拂舉爲方正。"《後漢書·陶謙傳》："別駕從事趙昱，知名士也，而以忠直見疏，出爲廣陵太守。"

張超（生卒不詳）

張超字子并，河間鄚人，官至別部司馬。工章草，擅名一時。字勢甚峻，亦猶楚共王用刑失節，不合其宜。吳人以皇象方之，五原范曄云："超草書妙絕。"（《書斷》卷下）

按：《後漢書·文苑傳下》："張超字子并，河間鄚人也，留侯良之後也。有文才。靈帝時，從車騎將軍朱儁征黃巾，爲別部司馬。著賦、頌、碑文、薦、檄、箋、書、謁文、嘲，凡十九篇。超又善於草書，妙絕時人，世共傳之。""嘲"與賦、頌、碑文、薦、檄、箋、書、謁文并列，揚雄《解嘲》列入《文選》之"設論"類。張超善草書，其著述，《藝文類聚》卷二十有"後漢張超《尼父頌》"，卷六十四有"後漢張超《靈帝河間舊廬碑》"。

趙壹《非草書》：後世慕崔杜張子，專欲草書爲務，十日一筆，月數丸墨，領袖如皂，唇齒常黑，屈指畫地，爪折鰓出，亦效嚬之增醜也。（《太平御覽》卷六百五《文部二十一·墨》）

按：《四庫全書》本作"後世慕崔杜張芝"。

漢少帝劉辯（173—190）

明年，山東義兵大起，討董卓之亂。卓乃置弘農王於閣上，使郎中令李儒進酖，曰："服此藥，可以辟惡。"王曰："我無疾，是欲殺我耳！"不肯飲。強飲之，不得已，乃與妻唐姬及宮人飲讌別。酒行，王悲歌曰："天道易兮我何艱！棄萬乘兮退守蕃。逆臣見迫兮命不延，逝將去汝兮適幽玄！"因令唐姬起舞，姬抗袖而歌曰："皇天崩兮后土頹，身爲帝兮命夭摧。死生路異兮從此乖，柰我煢獨兮心中哀！"因泣下嗚咽，坐者皆歔欷。（《後漢書》卷十《皇后紀》）

按：觀少帝與唐姬相別之辭，悽愴感人，真亡國之音也。毛宗崗論云："甚矣，帝之多文矣。既作感懷詩於前，復作絕命詞於後。文章無救於禍患，我爲天子一哭，更爲文章一哭。"又《後漢書·皇后紀下》："唐姬，潁川人也。王薨，歸鄉里。父會稽太守瑁欲嫁之，姬誓不許。及李傕破長安，遣兵鈔關東，略得姬。傕因欲妻之，固不聽，而終不自名。尚書賈詡知之，以狀白獻帝。帝聞感愴，乃下詔迎姬，置園中，使侍中持節拜爲弘農王妃。"

仲長統（180—220）

襲撰統《昌言》表，稱統字公理，少好學，博涉書記，贍於文辭。年二十餘，游學青、徐、并、冀之間，與交者多異之。并州刺史高幹素貴有名，招致四方游士，多歸焉。統過幹，幹善待遇之，訪以世事。統謂幹曰："君有雄志而無雄才，好士而不能擇人，所以爲君深戒也。"幹雅自多，不納統言。統去之，無幾而幹敗。并、冀之士，以是識統。大司農常林與統共在上黨，爲臣道統性倜儻，敢直言，不矜小節，每列郡命召，輒稱疾不就。默語無常，時人或謂之狂。漢帝在許，尚書令荀彧領典樞機，好士愛奇，聞統名，啓召以爲尚書郎。後參太祖軍事，復還爲郎。延康元年卒，時年四十餘。統每論說古今世俗行事，發憤嘆息，輒以爲論，名曰

《昌言》，凡二十四篇。（《三國志》卷二十一《劉劭傳》裴松之注）

按：《後漢書·仲長統傳》："仲長統字公理，山陽高平人也。少好學，博涉書記，贍於文辭。年二十餘，游學青、徐、并、冀之間，與交友者多異之。"仲長統游學數地，以文辭見長。本傳稱其"性俶儻，敢直言，不矜小節，默語無常，時人或謂之狂生"，是有狂狷之氣。仲長統《樂志論》，"卜居清曠，以樂其志"，有歸隱田園、長生久視之意。然其中所言"良田廣宅，背山臨流，溝池環币，竹木周布，場圃築前，果園樹後"，又"思老氏之玄虛""求至人之仿佛"，欲圖"彈《南風》之雅操，發清商之妙曲。消摇一世之上，睥睨天地之間"，是跳出學術，綜合儒、道思想的超然理想。然在東漢末年天下大亂之世，仲長統的理想不過是一種幻想而已。仲長統著述頗豐，《後漢書·仲長統傳》記載："尚書令荀彧聞統名，奇之，舉爲尚書郎。後參丞相曹操軍事。每論說古今及時俗行事，恒發憤嘆息。因著論名曰《昌言》，凡三十四篇，十餘萬言。獻帝遜位之歲，統卒，時年四十一。友人東海繆襲常稱統才章足繼西京董、賈、劉、楊。"繆襲以仲長統有西漢董（仲舒）、賈（誼）、劉（向）、揚（雄）之才。這是以爲他的《昌言》有整齊百家、總結前代學術思想之功。獻帝220年退位，仲長統卒於本年，生於靈帝光和三年（180）。

漢獻帝劉協（181—234）

獻帝伏皇后，聰惠仁明，有聞於内則。及乘輿爲李傕所敗，晝夜逃走，宮人奔竄，萬無一生。至河，無舟楫，后乃負帝以濟河，河流迅急，惟覺脚下如有乘踐，則神物之助焉。兵戈逼岸，后乃以身擁遏於帝。帝傷趾，后以綉拭血，刮玉釵以覆於瘡，應手則愈。以淚湔帝衣及面，潔静如浣。軍人嘆伏：雖亂猶有明智婦人。精誠之至，幽祇之所感矣。（《拾遺記》卷六）

按：《後漢書·孝獻帝紀》："魏青龍二年三月庚寅，山陽公薨。自遜位至薨，十有四年，年五十四，謚孝獻皇帝。八月壬申，以漢天子禮儀葬于禪陵，置園邑令丞。"《文心雕龍·時序》："自獻帝播遷，文學蓬轉，建安之末，區宇方輯。"魏代漢，是文人思想最爲動蕩時期，也是文學風格發生重大轉變的時期。歷仕多朝者，已不遑思考個人氣節與歷史評價問題，求生本能打破了兩漢以來儒學秩序下文人心態的平衡。從此，中國古代文人的思想，產生了自秦代周、王莽篡漢以來的第三次大變化。

王立（生卒不詳）

《漢獻帝傳》：尚書令王允奏曰："太史令王立，説《孝經》六隱事，能消却奸邪。"常以良日，允與立入，爲帝誦《孝經》一章。以丈二竹簟，畫九宮其上，隨日時而出入焉。及允被害，乃不復行也。（《藝文類聚》卷六十九《服飾部上·簟》）

按：《後漢書·五行志》注引《袁宏紀》："未蝕八刻，太史令王立奏曰：'日晷過度，無有變也。'於是朝臣皆賀。"王立以《孝經》爲方術，此方術對經學之深刻影響。其術爲誦《孝經》時，"以丈二竹簟，畫九宮其上，隨日時而出入"，此將經學與儀式結合起來，是東漢經學思想一大變化。

蔡琰（生卒不詳）

《蔡琰別傳》：琰字文姬，蔡邕之女。年六歲，夜鼓琴，弦斷。琰曰："第二弦。"邕故斷一弦，而問之。琰曰："第四弦。"邕曰："偶得之矣。"琰曰："吳札觀化，知興亡之國；師曠吹律，識《南風》之不競。由此觀之，何足不知。"（《藝文類聚》卷四十四《樂部四·琴》）

按：《後漢書·列女傳》："陳留董祀妻者，同郡蔡邕之女也，名琰，字文姬。博學有才辯，又妙於音律。適河東衛仲道。夫亡無子，歸寧於家。興平中，天下喪亂，文姬爲胡騎所獲，没于南匈奴左賢王，在胡中十二年，生二子。曹操素與邕善，痛其無嗣，乃遣使者以金璧贖之，而重嫁於祀。"又稱："後感傷亂離，追懷悲憤，作詩二章。"劉昭《幼童傳》《蔡琰別傳》皆記蔡琰事。《後漢書·列女傳》李賢注引劉昭《幼童傳》：

"邕夜鼓琴，弦絕。琰曰：'第二弦。'邕曰：'偶得之耳。'故斷一弦問之，琰曰：'第四弦。'并不差謬。"

高誘（生卒不詳）

自誘之少，從故侍中、同縣盧君受其句讀，誦舉大義。會遭兵災，天下棋峙，亡失書傳，廢不尋修，二十餘載。建安十年，辟司空掾，除東郡濮陽令，覩時人少爲《淮南》者，懼遂凌遲，於是以朝餔事畢之間，乃深思先師之訓，参以經傳道家之言，比方其事，爲之注解，悉載本文，并舉音讀。典農中郎將弁揖借八卷刺之，會揖身喪，遂亡不得。至十七年，遷監河東，復更補足。淺學寡見，未能備悉，其所不達，注以"未聞"。唯博物君子覽而詳之，以勸後學者云爾。（高誘《淮南子叙目》）

按：此據何寧《淮南子集釋》文字。"弁揖"即卞揖，乃晉卞壼之曾祖。此叙高誘注《淮南子》原委。

薊子訓（生卒不詳）

薊子訓，不知所從來。東漢時，到洛陽，見公卿，數十處，皆持斗酒片脯候之，曰："遠來無所有，示致微意。"坐上數百人，飲啖終日不盡。去後皆見白雲起，從旦至暮。時有百歲公説："小兒時，見訓賣藥會稽市，顏色如此。"訓不樂住洛，遂遁去。正始中，有人於長安東霸城，見與一老公共摩挲銅人，相謂曰："適見鑄此，已近五百歲矣。"見者呼之曰："薊先生小住。"并行應之。視若遲徐，而走馬不及。（《搜神記》卷一）

按：《後漢書·方術傳下》："薊子訓者，不知所由來也。建安中，客在濟陰宛句。有神異之道。……於是子訓流名京師，士大夫皆承風向慕之。"《後漢書》同《搜神記》，二者應有相同的材料來源。薊子訓"流名京師"，而"士大夫皆承風向慕之"，可知方術對士風有影響。

薊子訓者，齊人也。少嘗仕州郡，舉孝廉，除郎中。又從軍，除駙馬都尉。人莫知其有道，在鄉里時，唯行信讓，與人從事。如此三百餘年，顏色不老，人怪之。好事者追隨之，不見其所常服藥物也。性好清澹，常閑居讀《易》，小小作文，皆有意義。

見比屋抱嬰兒，訓求抱之，失手墮地，兒即死。鄰家素尊敬子訓，不敢有悲哀之色，乃埋瘞之。後二十餘日，子訓往問之曰："復思兒否？"鄰曰："小兒相命，應不合成人，死已積日，不能復思也。"子訓因出外，抱兒還其家。其家謂是死，不敢受。子訓曰："但取之無苦，故是汝本兒也。"兒識其母，見而欣笑，欲母取之。抱，猶疑不信。子訓既去，夫婦共往視所埋兒，棺中唯有一泥兒，長六寸。此兒遂得長成。

諸老人鬚髮畢白者，子訓但與之對坐共語，宿昔之間，明旦皆黑矣。京師貴人聞之，莫不虛心謁見，無緣致之。有年少與子訓鄰居，爲太學生。諸貴人作計，共呼太學生謂之曰："子勤苦讀書，欲規富貴，但召得子訓來，使汝可不勞而得矣。"生許諾。便歸事子訓，灑掃供侍左右數百日。子訓知意，謂生曰："卿非學道，焉能如此？"生尚諱之，子訓曰："汝何不以實對，妄爲虛飾，吾已具知卿意。諸貴人欲見我，我豈以一行之勞，而使卿不獲榮位乎。汝可還京，吾某日當往。"生甚喜，辭至京，與貴人具説。某日子訓當到，至期未發，生父母來詣子訓。子訓曰："汝恐吾忘，使汝兒失信不仕邪？吾今食後即發。"半日乃行二千里。既至，生急往拜迎，子訓問曰："誰欲見我？"生曰："欲見先生者甚多，不敢枉屈，但知先生所至，當自來也。"子訓曰："吾千里不倦，豈惜寸步乎？欲見者，語之令各絶賓客，吾明日當各詣宅。"生如言告諸貴人，各自絶客灑掃，至時子訓果來。凡二十三家，各有一子訓。諸朝士各謂子訓先到其家，明日至朝，各問子訓何時到宅。二十三人所見皆同時，所服飾顏貌無異，唯所言語，隨主人意答，乃不同也。京師大驚異，其神變如此。諸貴人并欲詣子訓，子訓謂生曰："諸貴人謂我重瞳八采，故欲見我。今見我矣，我亦無所能論道，吾去矣。"適出門，諸貴人冠蓋塞路而來。生具言適去矣，東陌上乘騾者是也。各走馬逐之不及，如此半日，相去常一里許，終不能及，遂各罷還。子訓至陳公家，言曰："吾明日中時當去。"陳公問遠近行乎，曰："不復更還也。"陳公以葛布單衣一送之。至時，子訓乃死，尸僵，手足交胸上，不可得伸，狀如屈鐵，尸作五香之芳氣，達於巷陌，其氣甚異，乃殯之棺中。未得出，棺中噏然作雷霆之音，光照宅宇。坐人頓伏良久，視其棺蓋，乃分裂飛於空中，棺中無人，但遺一隻履而已。須臾，聞陌上有人馬蕭鼓之聲，徑東而去，乃不復見。子訓去後，陌上數十里，芳香百餘日不歇也。出《神仙傳》。（《太平廣記》卷十二《神仙十二》）

按：《初學記》卷十六有簡引。《後漢書·方術傳下》："初去之日，唯見白雲騰起，從旦至暮，如是數十處。時有百歲翁，自說童兒時見子訓賣藥於會稽市，顏色不異於今。後人復於長安東霸城見之，與一老公共摩挲銅人，相謂曰：'適見鑄此，已近五百歲矣。'顧視見人而去，猶駕昔所乘驢車也。見者呼之曰：'薊先生小住。'并行應之，視若遲徐，而走馬不及，於是而絕。"西漢末年以來，此類異人甚多，桓譚《新論》亦多有記載。

陳阿登（生卒不詳）

漢時，會稽句章人至東野還，暮，不及至家。見路旁小屋燃火，因投宿止。有一少女，不欲與丈夫共宿，呼鄰人家女自伴，夜共彈箜篌。問其姓名，女不答。彈弦而歌戲曰："連綿葛上藤，一緩復一組。汝欲知我姓，姓陳名阿登。"明至東郭外，有賣食母在肆中，此人寄坐，因說昨所見。母聞阿登，驚曰："此是我女，近亡，葬于郭外。"（《新輯搜神後記》卷六）

按：此取《漢魏筆記小說大觀》。此"漢時"，疑當東漢時人，故附於此。《搜神後記》，舊題晉陶潛著，恐非，當出於唐前人之手。《北堂書鈔》卷一百六引作《幽明錄》，《太平御覽》卷八百八十四引作《續搜神記》，《太平廣記》卷三百一十七引作《靈怪集》。

蘇耽（生卒不詳）

黃溪東有馬嶺山，高六百餘丈，廣圓四十許里。漢末，有郡民蘇耽，棲游此山。《桂陽列仙傳》云："耽，郴縣人。少孤，養母至孝。言語虛无,时人谓之痴。常与衆兒共牧牛,更直爲帥,録牛無散。每至耽爲帥,牛輒徘徊左右,不逐自還。衆兒曰:'汝直,牛何道不走耶?'耽曰:'非汝曹所知。'即面辭母云:'受性應仙,當違供養。'涕泗又説:'年將大疫,死者略半。穿一井飲水,可得無恙。'如是有哭聲甚哀。後見耽乘白馬,還此山中,百姓爲立壇祠,民安歲登,民因名爲馬嶺山。"(《水經注》卷三十九)

按:此言漢末蘇耽出游馬嶺山,後爲神仙。仲長統《樂志論》也有此類思想,知東漢末年人嚮往神仙。據《水經注》"耒水出桂陽郴縣南山"云云,蘇耽爲桂陽人。又此處"《桂陽列仙傳》",是當時各地亦有《列仙傳》一類著作。

葛洪《神仙傳》:蘇仙公名林,字子玄,周武王時人也,家濮陽曲水。林少孤,以仁孝聞。貧,常自牧牛。得道,母食思鮓,仙公以匕箸置器中,携錢去,即以鮓至。母曰:"便縣有魚,去此百餘里,汝欺我哉!"仙公跪曰:"不妄。"明日舅至,云昨見仙公便縣市鮓。母方駭其神異。後仙去。有白鶴來,止郡城東北樓,以爪畫樓板,似漆書,云:"城郭是,人民非。"於今仙公故第猶在。丁令威亦如此。(《太平御覽》卷六百六十二《道部四·天仙》)

按:此言周武王時人,與《太平廣記》引《神仙傳》名字不同,故事則同,疑即蘇耽。

蘇仙公者,桂陽人也,漢文帝時得道。先生早喪所怙,鄉中以仁孝聞。宅在郡城東北,出入往來,不避燥濕。至於食物,不憚精粗。先生家貧,常自牧牛,與里中小兒,更日爲牛郎。先生牧之,牛則徘徊側近,不驅自歸。餘小兒牧牛,牛則四散,跨岡越險。諸兒問曰:"爾何術也?"先生曰:"非汝輩所知。"常乘一鹿。先生常與母共食,母曰:"食無鮓,他日可往市買也。"先生於是以箸插飯中,携錢而去,斯須即以鮓至。母食未畢,母曰:"何處買來?"對曰:"便縣市也。"母曰:"便縣去此百二十里,道途徑險,往來遽至,汝欺我也!"欲杖之。先生跪曰:"買鮓之時,見舅在市,與我語云,明日來此,請待舅至,以驗虛實。"母遂寬之。明曉,舅果到。云昨見先生便縣市買鮓。母即驚駭,方知其神異。先生曾持一竹杖,時人謂曰:"蘇生竹杖,固是龍也。"數歲之後,先生灑掃門庭,修飾墻宇。友人曰:"有何邀迎?"答曰:"仙侣當降。"俄頃之間，乃見天西北隅，紫雲氤氳，有數十白鶴，飛翔其中，翩翩然降於蘇氏之門，皆化爲少年，儀形端美，如十八九歲人，怡然輕舉。先生斂容逢迎，乃跪白母曰："某受命當仙，被召有期，儀衛已至，當違色養，即便拜辭。"母子歔欷。母曰："汝去之後，使我如何存活？"先生曰："明年天下疾疫，庭中井水，檐邊橘樹，可以代養，井水一升，橘葉一枚，可療一人。兼封一櫃留之，有所闕之，可以扣櫃言之，所須當至，慎勿開也。"言畢即出門，踟躕顧望，聳身入雲，紫雲捧足，群鶴翱翔，遂升雲漢而去。來年，果有疾疫，遠近悉求母療之，皆以水及橘葉，無不愈者。有所闕乏，即扣櫃，所須即至。三年之後，母心疑，因即開之，見雙白鶴飛去。自後扣之。無復有應。母年百餘歲，一旦無疾而終。鄉人共葬之，如世人之禮。葬後，忽見州東北牛脾山，紫雲蓋上，有號哭之聲，咸知蘇君之神也。郡守鄉人，皆就山吊慰，但聞哭聲，不見其形。郡守鄉人，苦請相見，空中答曰："出俗日久，形容殊凡，若當露見，誠恐驚怪。"固請不已，即出半面，示一手，皆有細毛，異常人也。因請郡守鄉人曰："遠勞見慰，途徑險阻，可從直路而還，不須迴顧。"言畢，即見橋互嶺傍，直至郡城。行次，有一官吏輒迴顧，遂失橋所，墮落江濱，乃見一赤龍於腳下，宛轉而去。先生哭處，有桂竹兩枝，無風自掃，其地恒净。三年之後，無復哭聲，因見白馬常在嶺上，遂改牛脾山爲白馬嶺。自後有白鶴來止郡城東北樓上，人或挾彈彈之，鶴以爪攫樓板，似漆書云："城郭是，人民非，三百甲子一來歸，吾是蘇君彈何爲？"至今修道之人，每至甲子日，焚香禮於仙公之故第也。出《神仙傳》。

又一説云：蘇耽者，桂陽人也。少以至孝著稱，母食欲得魚羹，耽出湖州市買，去家一千四百里，俄頃便返。耽叔父爲州吏，於市見耽，因書還家，家人大驚。耽後白母，耽受命應仙，方違遠供養，以兩盤留家中。若須食，扣小盤；欲得錢帛，扣大盤，是所須皆立至。鄉里共怪其如此，白官，遣吏檢盤無物，而耽母用之如神。先是，耽初去時云："今年大疫，死者略半，家中井水，飲之無恙。"果如所言，闔門元吉。母年百餘歲終，聞山上有人哭聲，服除乃止。百姓爲之立祠。出《洞神傳》。(《太平廣記》卷十三《神仙十三·蘇仙公》)

按：此言漢文帝時人，恐後世傳聞之言，未必可信。此言蘇仙公、蘇耽桂陽人，皆同一人。

《蘇耽歌》。蘇耽，桂陽人，少以至孝著稱。一日白母："道果已圓，升舉有日。"母曰："吾獨恃爾，爾去吾何依？"耽乃留一櫃，封鑰甚固，若有所需，告之如所願也。預爲植橘鑿井，及郡人大疫，但食一橘葉、飲一泉水即愈。而後一鶴降郡屋，久而不去。郡僚子弟彈之，鶴乃舉足畫屋，若書字焉，辭曰：鄉原一別，重來事非。甲子不記，陵谷遷移。白骨蔽野，青山舊時。翹足高屋，下見群兒。我是蘇仙，彈我何爲？翻身雲外，却返吾居。（明梅鼎祚《古樂苑》卷五十一《僊歌曲辭》）

按：此歌來歷不明，恐後世僞托。

介象（生卒不詳）

葛洪《神仙傳》：仙人介象，字元則，會稽人，有諸方術。吳主聞之，徵象到武昌，甚敬貴之，稱爲介君，爲起宅，以御帳給之，賜遺前後累千金，從象學蔽形之術。試還後宮，及出殿門，莫有見者。又使象作變化，種瓜菜百果，皆立生可食。吳主共論鱠魚何者最美，象曰："鯔魚爲上。"吳主曰："論近道魚耳，此出海中，安可得邪？"象曰："可得耳。"乃令人於殿庭中作方坎，汲水滿之，并求鈎。象起餌之，垂綸於坎中。須臾，果得鯔魚。吳主驚喜，問象曰："可食不？"象曰："故爲陛下取以作生鱠，安敢取不可食之物！"乃使厨下切之。吳主曰："聞蜀使來，得蜀薑作虀甚好，恨爾時無此。"象曰："蜀薑豈不易得，願差所使者，并付直。"吳主指左右一人，以錢五十付之。象書一符，以著青竹杖中，使行人閉目騎杖，杖止，便買薑訖，復閉目。此人承其言騎杖，須臾止，已至成都，不知是何處，問人，人言是蜀市中，乃買薑。于時吳使張溫先在蜀，既於市中相識，甚驚，便作書寄其家。此人買薑畢，捉書負薑，騎杖閉目，須臾已還到吳，厨下切鱠適了。（《三國志》卷六十三《吳志》"評曰"裴松之注）

介象者，字元則，會稽人也。學通《五經》，博覽百家之言，能屬文。陰修道法，入東岳受氣禁之術，能茅上燃火煮鷄，鷄熟而茅不燋。能令一里内不炊不蒸，鷄犬三日不鳴不吠。能令一市人皆坐不能起，能隱形變化爲草木鳥獸。聞《九丹》之經，周游數千里求之，不值明師，乃入山精思，冀遇神仙。疲極卧石上，有一虎往舐象，象睡寤，見虎，乃謂之曰："天使汝來侍衛我者，汝且停；若山神使汝來試我，汝疾去。"虎乃去。

象入山，見谷中有石子，紫色光彩，大如雞子，不可稱數，乃取兩枚而游。谷深不得度，乃還於山中，見一美女年十五六許，顏色非常，衣服五彩，蓋仙人也。象叩頭乞長生之方，女曰："汝急送手中物還故處乃來，吾故於此待汝。"象即以石送于谷中而還，見女子在舊處。象復叩頭，女曰："汝血養之氣未盡，斷穀三年更來，吾止此。"象歸，斷穀三年，乃復往，見此女故在前處，乃以丹方一日授象，告曰："得此便仙，勿他爲也。"象未得合作此藥。

常住弟子駱延雅合，惟下平床中，有書生數人，共論書傳事云云。不判象傍聞之，不能忍，乃爲決解之。書生知象非凡人，密表奏象於其主。象知之欲去，曰："恐官事拘束我耳。"延雅固留。吳王詔徵象到武昌，甚敬重之，稱爲介君。爲象起第宅，以御帳給之，賜遺前後累千金。從象學隱形之術，試還後宮，及出入殿門，莫有見者。又令象變化，種瓜菜百果，皆立生。

與先主共論鱠魚何者最上，象曰："鯔魚爲上。"先主曰："此魚乃在海中，安可得乎？"象曰："可得耳。"但令人於殿中庭方埳，者水滿之，象即索釣餌起釣之，垂綸於埳中，不食頃，得鯔魚。先主驚喜，問象曰："可食否？"象曰："故爲陛下取作鱠，安不可食？"仍使厨人切之。先主問曰："蜀使不來，得薑作鱠至美，此間薑不及也。何由得乎？"象曰："易得耳。願差一人，并以錢五千文付之。象書一符，以著竹杖中，令其人閉目騎杖，杖止便買薑。買薑畢，復閉目。"此人如言騎杖，須臾，已到成都。不知何處，問人，言是蜀中也。乃買薑。于時吳使張溫在蜀，從人恰與買薑人相見，於是甚驚，作書寄家。此人買薑還，厨中鱠始就矣。

象又能讀諸符文如讀書，無誤謬者。或不信之，取諸雜符，除其標注以示象，象皆一一別之。又有一人種黍於山中，嘗患獼猴食之，聞象有道，從乞辟猴法。象告："無他，汝明日往看黍，若見猴群下，大噪語之曰：'吾已告介君，介君教汝莫食黍。'"此人倉卒直言象欺弄之。明日，往見群猴欲下樹，試告象言語，猴即各還樹，絕迹矣。

象在吳，連求去，先主不許。象言某月日病，先主使左右以梨一奩賜象。象食之，須臾便死。先主殯埋之，以日中死，其日餔時已至建鄴，以所賜梨付苑内種之。吏後以表聞，先主發視其棺中，唯一奏版符耳。先主思象，使以所住屋爲廟，時時躬往祭之，常有白鵠來集座上，良久乃去。後弟子見象在蓋竹山中，顏色更少焉。（四庫本《神仙傳》卷九）

按：《神仙傳》卷九事，多見《藝文類聚》。又裴松之注《三國志》取《神仙傳》材料入史書注，可見當時史學觀或以此類材料爲信史。

段紀配（生卒不詳）

《列女傳》：廣漢廖伯妻者，同郡段氏之女，名紀配，性聰敏，達於《詩》《書》，進退閑暇。父母將有所許，紀配曰："梁高行割鼻告誡，以全其節，求生害仁，仁者不爲。紀配生見禮義，豈獨使古人擅名哉？"作詩三章，以諷父母，乃援刀斷指。（《藝文類聚》卷十八《人部二·賢婦人》）

孫炎（生卒不詳）

時樂安孫叔然，受學鄭玄之門，人稱東州大儒。徵爲秘書監，不就。肅集《聖證論》以譏短玄，叔然駁而釋之。（《三國志》卷十三《魏志·王肅傳》）

按：《隋書·經籍志》著録有魏秘書監孫炎注《禮記》三十卷，孫炎注《爾雅》七卷，又梁有《爾雅音》二卷，孫炎、郭璞撰。

宋忠（生卒不詳）

《英雄記》：州界群寇既盡，表乃開立學官，博求儒士，使綦毋闓、宋忠等撰《五經章句》，謂之《後定》。（《三國志》卷六《魏志·劉表傳》裴松之注）

按:《後漢書·劉表傳》:"(劉表)遂起立學校,博求儒術,綦母闓、宋忠等撰立《五經章句》,謂之後定。愛民養士,從容自保。"姚振宗《隋書經籍志考證》卷一:"宋衷,范《書》、陳《志》皆無傳,《蜀志·先主傳》注引孔衍《漢魏春秋》曰:'劉琮乞降,不敢告備,備亦不知。久之乃覺。遣所親問琮,琮令宋衷詣備宣旨。是時,曹公在宛,備乃大驚駭,謂衷曰:"卿諸人作事如此,不早相語,今禍至方告我,不亦太劇乎。"引刀向忠,曰:"今斷卿頭,不足以解忿。亦耻大丈夫臨別復殺卿輩。"遣忠去。'又《尹默傳》注云:'宋仲子!後在魏。《魏略》曰:其子與魏諷謀反,伏誅,魏太子《答王朗書》曰:嗟乎!宋忠無石子先識之明,老罹此禍。今雖欲顧行滅親之誅,立純臣之節,尚可得耶。'按:其時建安二十四年也。梓潼李仁、尹默并從衷受古學,王肅從衷讀《太玄》,所注《五經章句》《七緯注》《世本注》《太玄》《法言注》,并見本志。衷之事迹略可考見者如此。"

向栩(生卒不詳)

向栩字甫興,河內朝歌人,向長之後也。少爲書生,性卓詭不倫。恒讀《老子》,狀如學道。又似狂生,好被髮,著絳綃頭。常於竈北坐板床上,如是積久,板乃有膝踝足指之處。不好語言而喜長嘯。賓客從就,輒伏而不視。有弟子,名爲"顏淵""子貢""季路""冉有"之輩。或騎驢入市,乞丐於人。或悉要諸乞兒俱歸止宿,爲設酒食。時人莫能測之。(《後漢書》卷八十一《獨行傳》)

按:向長在《隱逸傳》,向栩在《獨行傳》。史書稱向栩"狀如學道,又似狂生",由其讀《老子》《孝經》,其弟子名皆孔子弟子名看,其爲亦道亦儒人物。向栩"不好語言而喜長嘯",已開魏晉嵇康長嘯之風。此可知"嘯"與道、儒皆有關係。又《後漢書·獨行傳》:"會張角作亂,栩上便宜,頗譏刺左右,不欲國家興兵,但遣將於河上北向讀《孝經》,賊自當消滅。"向栩以《孝經》爲方術手段却敵,雖腐儒可笑,然知東漢方術影響至深,儒學已有被施作方術應用傾向。

牟子（生卒不詳）

　　牟子既修經傳諸子，書無大小，靡不好之。雖不樂兵法，然猶讀焉。雖讀神仙不死之書，抑而不信，以爲虛誕。是時靈帝崩後，天下擾亂，獨交州差安。北方異人，咸來在焉，多爲神仙辟穀長生之術。時人多有學者，牟子常以《五經》難之，道家術士莫敢對焉，比之於孟軻距楊朱、墨翟。（釋僧祐《弘明集》卷一）

　　按：此據上海古籍出版社2013年李小榮校箋《弘明集校箋》，《册府元龜》卷八百五十四《總録部·立言》："牟融爲太尉，撰《牟子》。"《後漢書》牟融本傳謂章帝建初四年（79）薨，而靈帝崩于中平六年（189），中間相距一百一十年，則"靈帝崩後"之牟子斷非章帝時之牟融。

　　先是時，牟子將母避世交趾，年二十六歸蒼梧娶妻。太守聞其守學，謁請署吏。時年方盛，志精於學，又見世亂，無仕宦意，竟遂不就。是時諸州郡相疑，隔塞不通。太守以其博學多識，使致敬荆州。牟子以爲榮爵易讓，使命難辭，遂嚴當行。會被州牧優文，處士辟之，復稱疾不起。

　　牧弟爲豫章太守，爲中郎將笮融所殺。時牧遣騎都尉劉彦將兵赴之，恐外界相疑，兵不得進。牧乃請牟子曰："弟爲逆賊所害，骨肉之痛，憤發肝心。當遣劉都尉行，恐外界疑難，行人不通。君文武兼備，有專對才，今欲相屈，之零陵桂陽，假塗於通路，何如？"牟子曰："被秣伏櫪，見遇日久，烈士忘身，期必騁效。"遂嚴當發，會其母卒亡，遂不果行。

　　久之退念，以辯達之故，輒見使命。方世擾攘，非顯己之秋也。乃嘆曰："老子絶聖棄智，修身保真，萬物不干其志，天下不易其樂，天子不得臣，諸侯不得友，故可貴也。"於是鋭志於佛道，兼研《老子》五千文，含玄妙爲酒漿，玩《五經》爲琴簧。世俗之徒多非之者，以爲背《五經》而向異道。欲争則非道，欲默則不能，遂以筆墨之間，略引聖賢之言證解之。名曰《牟子理惑》云。（釋僧祐《弘明集》卷一）

按：漢末牟子，後人以爲牟融，或以其長生不死，故不計其年歲問題。此處之牟子，先儒而後佛道，亦漢末以來士風一大學術轉向。《牟子理惑論》，恐非出明、章時牟融之手，其中雜糅牟融儒家觀點，後竄入佛、道教思想，則不無可能。

主要參考書目

（説明：本參考書目大致按經、史、子、集及其時代順序排列。）

阮元校訂：《十三經注疏》，中華書局 1980 年版。
《二十五史藝文經籍志考補萃編》，清華大學出版社 2014 年版。
司馬遷：《史記》，中華書局 2014 年版。
梁玉繩：《史記志疑》，中華書局 1981 年版。
陳直：《史記新證》，中華書局 2006 年版。
班固：《漢書》，中華書局 1962 年版。
陳直：《漢書新證》，天津人民出版社 1959 年版。
范曄：《後漢書》，中華書局 1959 年版。
王先謙：《後漢書集解》，中華書局 1983 年版。
劉珍等撰，吳樹平校注：《東觀漢記校注》，中華書局 2008 年版。
荀悦撰，張烈點校：《兩漢紀》，中華書局 2002 年版。
陳壽撰，裴松之注：《三國志》，中華書局 1962 年版。
常璩著，任乃強校注：《華陽國志校補圖註》，上海古籍出版社 1987 年版。
楊家洛主編：《四史辨疑》（含梁玉繩《史記志疑》、錢大昭《漢書辨疑》《後漢書辨疑》《續漢書辨疑》《三國志辨疑》五種），台灣鼎文書局 1977 年版。
唐晏：《兩漢三國學案》，中華書局 1986 年版。

沈約：《宋書》，中華書局 1974 年版。
魏徵等：《隋書》，中華書局 1973 年版。

酈道元著，陳橋驛校證：《水經注校證》，中華書局2007年版。
晁公武撰，孫猛校證：《郡齋讀書志校證》，上海古籍出版社1990年版。
洪適：《隸釋·隸續》，中華書局1986年版。
于欽撰，劉敦願等校釋：《齊乘校釋》，中華書局2018年版。
何清谷：《三輔黃圖校釋》，中華書局2005年版。

許維遹：《呂氏春秋集釋》，中華書局2009年版。
王利器：《新語校注》，中華書局1986年版。
王利器：《鹽鐵論校注》，中華書局1992年版。
石光瑛：《新序校釋》，中華書局2001年版。
向宗魯：《說苑校證》，中華書局1987年版。
汪榮寶：《法言義疏》，中華書局1987年版。
黃暉：《論衡校釋》，中華書局1990年版。
王符撰，彭鐸校正：《潛夫論箋校正》，中華書局1985年版。
王利器：《風俗通義校注》，中華書局2010年版。
葛洪撰，王明校釋：《抱樸子內篇校釋》，中華書局1986年版。
孫啓治：《中論解詁》，中華書局2014年版。
王利器：《顏氏家訓集解》（增補本），中華書局1993年版。
釋僧祐撰，李小榮校箋：《弘明集校箋》，上海古籍出版社2013年版。
釋道世撰，周美迦、蘇晋仁校注：《法苑珠林》，中華書局2003年版。
干寶撰，汪紹楹校注：《搜神記》，中華書局1979年版。
王嘉撰，蕭綺錄、齊治平校注：《拾遺記校注》，中華書局1981年版。
殷芸編纂，周楞伽輯注：《殷芸小說》，上海古籍出版社1984年版。
蕭繹撰，陳志平、熊清元疏證校注：《金樓子校注》，上海古籍出版社2014年版。

蔡邕：《琴操》，《續修四庫全書》本。
余嘉錫：《世說新語箋疏》，中華書局2015年版。
蕭統：《文選》，中華書局1977年版。
徐陵編，吳兆宜注，程琰刪補，穆克宏點校：《玉臺新詠箋註》，中華書局2007年版。

劉勰著,范文瀾注:《文心雕龍注》,人民文學出版社 1958 年版。

劉知幾著,浦起龍通釋,王煦華整理:《史通通釋》,上海古籍出版社 2009 年版。

郭茂倩:《樂府詩集》,中華書局 1979 年版。

董治安主編:《唐代四大類書》(《北堂書鈔》《藝文類聚》《初學記》《白氏六帖》),清華大學出版社 2003 年版。

李昉等:《太平御覽》,中華書局 1960 年版。

李昉等:《太平廣記》,中華書局 1961 年版。

王欽若編,周勛初等校訂:《冊府元龜》,鳳凰出版社 2006 年版。

王應麟:《玉海》,廣陵書社 2016 年版。

章如愚:《群書考索》,廣陵書社 2008 年版。

陶宗儀:《説郛三種》,上海古籍出版社 1988 年版。

嚴可均:《全上古三代秦漢三國六朝文》,中華書局 1958 年版。

陸侃如:《中古文學繫年》,人民文學出版社 1985 年版。

劉躍進:《秦漢文學編年史》,商務印書館 2006 年版。

《漢魏六朝筆記小説大觀》,上海古籍出版社 1999 年版。